Jean-Christophe Rufin

Der Abessinier

Jean-Christophe Rufin

DER ABESSINIER

*Bericht
über die außergewöhnlichen Reisen
des Jean-Baptiste Poncet,
Botschafter des äthiopischen Königs
bei Seiner Majestät Ludwig XIV.*

Roman

*Aus dem Französischen von
Claudia Denzler*

Claassen

Die Originalausgabe erschien 1997 unter dem Titel L'Abyssin
bei Éditions Gallimard, Paris, Frankreich.

2. Auflage 1998

*Der Claassen Verlag ist ein Unternehmen
der Econ & List Verlagsgruppe*

ISBN 3-546-00144-3

*Lektorat: Dr. Ulrike Brandt-Schwarze
Satz: Franzis-Druck GmbH, München
Druck und Bindung: Bercker, Kevelaer*

Inhalt

1.
Der Auftrag des Schiffbrüchigen

Erstes Kapitel

Der Sonnenkönig war verunstaltet. Ein Aussatz, wie er in orientalischen Ländern die Ölgemälde befällt, war unter die Lasur gedrungen und breitete sich mit jedem Tag weiter aus. Auf der linken Wange Ludwigs XIV., die er majestätisch dem Betrachter zugewandt hatte, zeigte sich ein großer, schwärzlicher Fleck, ein abscheulicher Stern, der seine rostbraunen Tentakeln bis zum Ohr ausstreckte. Wenn man genauer hinsah, bemerkte man auch Schatten auf dem Körper. Aber, mit Ausnahme derer, die den königlichen Unterleib entstellten, waren diese anderen Verunglimpfungen weniger peinlich.

Seit drei Jahren zierte das Bild das französische Konsulat in Kairo. Es war im Pariser Atelier von Hyacinthe Rigaud, dem Schöpfer des Originals, unter dessen persönlicher Aufsicht kopiert und dann per Schiff hierher transportiert worden. Zu allem Unglück gab es derzeit weder in Kairo noch in den anderen nahegelegenen levantinischen Hafenstädten einen fähigen Maler. Der Konsul, Monsieur de Maillet, stand vor einer grausamen Wahl: entweder allen Besuchern im großen Saal des Konsulats ein Porträt des Königs zu präsentieren, das eine grobe Beleidigung darstellte, oder es unerfahrenen Händen auszuliefern, die es womöglich ganz und gar ruinieren würden. Drei Monate lang überdachte der Diplomat diese schwerwiegende Angelegenheit. Schließlich siegte die Kühnheit, und er beschloß, die Reparatur zu wagen.

Zur Ausführung wählte Monsieur de Maillet einen Mann, der eigentlich Drogist war, sich also auf die Herstellung von Heilmitteln verstand. Er lebte in der fränkischen Kolonie, und es hieß, er sei sehr geschickt bei der Restaurierung von Gemälden, die durch das Klima Schaden genommen hatten. Er war von großer, leicht gebeugter Gestalt, mit einem Gesicht, das bis an die Augen von einem schwarzgrauen Bart verborgen war, und Haaren, so lockig wie die eines Persianers. Seinen mächtigen Körper bewegte dieser Mann mit einer Grobheit, daß es aussah, als wolle er mit seinen langen Gliedern die Luft zerschlagen. Dennoch waren seine Gesten, wenn er sich Mühe gab, von größter Behutsamkeit. Man nannte ihn Maître Juremi. Sein größter Makel bestand darin, daß er ein Protestant war. Die Vorstellung, das Porträt des Königs einem Fanatiker anzuvertrauen, der jederzeit zu einem Attentat fähig war, gefiel dem Diplomaten ganz und gar nicht. Andererseits war dieser Mann jedoch als rechtschaffen bekannt, was in dieser bunt gemischten Bevölkerung durchaus bemerkenswert war. Im übrigen blieb Monsieur de Maillet auch gar keine Wahl.

Maître Juremi sah sich das Bild an und erklärte, er werde etwa zehn Tage für die Arbeit benötigen. Schon am nächsten Morgen mischte er auf einem zwei Meter hohen Gerüst, von einem kleinen nubischen Sklaven des Konsulats unterstützt, in großen Töpfen ein Pulver an, das nach Terpentin und Nelkenöl roch. Der Konsul hatte verlangt, jedesmal anwesend zu sein, wenn an dem Gemälde gearbeitet würde. Jeden Morgen um elf Uhr, sobald die Lösungen angerührt waren, die man täglich frisch zubereiten mußte, riefen die Diener den Konsul, und Maître Juremi begann vor seinen Augen mit der Restaurierung. Er kümmerte sich zunächst um die Flecken auf den Faltenwürfen des purpurroten Mantels, dort, wo sie am wenigsten auffielen. Die ersten Ergebnisse waren recht ermutigend: Die Lasur hatte nichts von ihrem Glanz verloren, der Farbton war unverändert und die Flecken fast vollständig verschwunden. Monsieur de Maillet hatte allen Grund, optimistisch zu sein. Dennoch stieß er jedesmal, wenn sich Maître Juremi dem Herrscherbild mit seinen feinen Pinseln aus Kalbsohr näherte, kleine Schreie aus, wie ein Patient, der den Mund aufsperrt und die Zahnarztzange auf sich zukommen sieht.

Mehrfach mußte man die Sitzungen unterbrechen, weil sie für ihn allzu schmerzhaft wurden.

Endlich erreichte man das Krebsgeschwür, das die königliche Wange zerfraß. Monsieur de Maillet, in ein Hausgewand aus leichtem Kattun gekleidet, die Perücke auf dem Kopf, verkrampfte sich auf der kleinen Bank, die er vor dem Bild hatte aufstellen lassen. Seine Frau griff nach seiner Hand und preßte sie an ihr Herz. Das flehende Paar starrte nach oben wie eine leidgeprüfte Familie angesichts der Kreuzigung eines nahen Verwandten. Es war ein Nachmittag im Mai, schwer von trockener Hitze, die der Wind seit drei Tagen aus der nubischen Wüste in die Stadt brachte. Maître Juremi, der eine graue Kappe auf dem Kopf trug, griff nach einem feinen Pinsel, den ihm der Sklavenjunge reichte, und führte ihn zum königlichen Gesicht. Monsieur de Maillet sprang auf und rief:

»Warten Sie!«

Der Drogist hielt inne.

»Sind Sie vollkommen sicher, daß ... «

»Ja, Herr Monsieur le Consul.«

Maître Juremi zeigte in der Moral die gleichen Gegensätze wie in seiner Erscheinung. Wieder und wieder überfielen ihn schwere Wutanfälle, die er jedoch mit außerordentlicher Konzentration unterdrückte, die auf seinem Gesicht abzulesen war. Er brummte, schnaubte und pfiff wie ein überheizter Ofen, ohne zu explodieren, im Gegenteil, er sprach mit überraschender Sanftheit für einen Mann, dessen Inneres von so gewaltigen Emotionen erschüttert wurde.

»Das ist nur eine Vorbereitungsschicht«, sagte er. »Sehen Sie, Exzellenz, ich berühre kaum ... «

Wenn es nach ihm gegangen wäre, hätte der Protestant die vierzehnte Nase eher mit Scharlachrot verziert und Hundeohren auf die Perücke gemalt. Seine ganze Familie und auch er selbst hatten durch die Schuld dieses Königs größtes Unglück erfahren. Es war schon schlimm genug, daß er ihn mit einer solchen Sorgfalt behandelte. Einmal mehr hatte sich Maître Juremi an diesem Tag geschworen, wenn die Sitzung keinen Fortschritt brächte, alles zum Teufel zu schicken.

Der Konsul mußte wohl ahnen, welch ein Gewitter hinter den

funkelnden Augen des Restaurateurs grollte: Er setzte sich wieder und sagte schließlich:

»Nun, so geschehe es. Wenn es denn sein muß.«

Er preßte die Hände auf den Mund und senkte ein wenig die Lider …

In diesem Augenblick ertönten zwei laute Schläge an der Tür. Der Maler fuhr zurück, der sudanesische Sklave verdrehte die großen weißen Augen zum Himmel, und Monsieur de Maillet öffnete die seinen, die von der Erregung gerötet waren. Einen Moment lang herrschte in dem Raum eine lastende Stille, als hätte der große König persönlich, erbost über die Beleidigung, die man ihm zuzufügen sich anschickte, zwei seiner furchterregenden Donnerschläge vom Himmel gesandt.

Es klopfte erneut, dreimal und noch kräftiger. Man mußte sich der Wirklichkeit stellen. Trotz des ausdrücklichen Befehls des Konsuls, ihn niemals während dieser Sitzungen zu stören, hatte sich irgendwer erlaubt, an die Flügeltür aus Eichenholz zu schlagen, die zur Eingangshalle und zu den Arbeitsräumen führte. Der Diplomat versicherte sich, daß sein Hausmantel geschlossen war, ging eilig zur Tür und öffnete sie mit einem Ruck. Monsieur Macé erschien in der Türöffnung und krümmte sich angesichts der erzürnten Miene seines Vorgesetzten förmlich bis auf den Boden, in einer ehrerbietigen Verbeugung, eine Neigung von verrückter Kühnheit, würde er sich doch nach der Logik der Geometrie das Gesicht auf dem Boden aufschlagen. Er schaffte es jedoch, vielleicht durch die Geschwindigkeit, mit der er sich wieder aufrichtete, unverletzt zu bleiben, und in jener Mischung aus Bescheidenheit und Entschlossenheit, die seinen Erfolg beim Konsul ausmachte, sagte er:

»Der Aga der Janitscharen hat soeben eine Botschaft für Euer Exzellenz gesandt. Er läßt darauf hinweisen, daß es sich um eine außerordentlich dringende Angelegenheit handelt. Die Türken haben ein Wort, um solche Dinge zu benennen, die keinerlei Aufschub dulden. Ich könnte es nicht anders übersetzen als mit übermächtiger Dringlichkeit, weshalb ich mich gezwungen sah, Eurem ausdrücklichen Befehl zuwiderzuhandeln.«

Monsieur Macé war ein Absolvent der berühmten Schule für orientalische Sprachen. Wer dort sein Diplom ablegte, wurde, wie er, in Botschaften entsandt, ehe er zum Diplomaten oder Dolmetscher aufstieg. Der Konsul brachte dem jungen Mann eine gewisse Wertschätzung entgegen, die auf der Befriedigung darüber beruhte, daß dieser »seinen Platz« kannte. Monsieur Macé war kein Edelmann, deshalb ging er alle Aufgaben mit einer Zurückhaltung an, die gleichzeitig seine Grenzen und die kluge Einsicht in dieselben zeigte.

»Gibt es einen Brief?«

»Nein, Exzellenz. Der Gesandte des Aga, der nicht einmal vom Pferd absteigen wollte, hat wissen lassen, daß sein Gebieter Euer Exzellenz sogleich in seinem Palast erwartet.

»Sieh an, diese Wilden beordern mich zu sich!« knirschte Monsieur de Maillet zwischen den Zähnen. »Ich hoffe nur, sie haben gute Gründe. Andernfalls beschwere ich mich beim Pascha persönlich ...«

Monsieur Macé trat auf den Konsul zu und drehte sich so, daß er dicht neben ihm stand, mit dem Rücken zu den anderen Anwesenden im Raum. Der Sprachenkundige senkte die Stimme zu einem Flüstern, das der Enthüllung eines Staatsgeheimnisses in der Öffentlichkeit angemessen schien. Maître Juremi registrierte diese mit guten Manieren verschleierte Unverschämtheit, die bei Berufsdiplomaten zur zweiten Natur wird, mit einem Achselzucken.

»Der Aga erwartet Euer Exzellenz wegen eines französischen Gefangenen, der gestern in Kairo festgenommen wurde«, flüsterte Monsieur Macé.

»Nun gut, ist das ein Grund, uns zu unterbrechen? Sie schnappen jede Woche mindestens einen dieser Elenden, die hier ihr Glück suchen wollen. Was kümmert mich ...«

»Dieser Mann«, entgegnete Monsieur Macé noch leiser, so daß der Konsul die Worte fast von den Lippen des Sekretärs ablesen mußte, »ist kein gewöhnlicher Gefangener. Es ist derjenige, den wir erwarten und der die Botschaft des Königs bei sich trägt.«

Monsieur de Maillet stieß einen Schrei des Erstaunens aus.

»In diesem Fall«, sagte er laut, »dürfen wir keinen Augenblick zögern. Meine Herren«, damit wandte er sich vor allem an Maître Juremi, »die Sitzung ist unterbrochen.«

Der Konsul verließ das Zimmer mit würdiger und unwilliger

Miene, obwohl ihm insgeheim alles lieber war als die Qual, die durch diesen Zwischenfall unterbrochen wurde.

Sobald Maître Juremi allein war, fluchte er laut und kräftig vor Wut, dann warf er seinen Pinsel in den Topf. Die kostbare rosafarbene Paste bespritzte die schwarze Stirn des jungen Sklaven.

Ein geübter Wanderer konnte Kairo in jener Zeit binnen drei Stunden umrunden. Es war nur eine kleine Stadt, von Fremden einhellig als häßlich, verfallen und ohne Charme beschrieben. Aus der Ferne verlieh ihr das Geflecht von zierlichen Minaretten und buschigen Palmenspitzen, die aus den Gärten hervorragten, einen gewissen Charakter. Aber sobald man die engen Gassen betrat, wurde der Blick von zweistöckigen Häusern verstellt, deren einzige Verzierung in den Balkons aus Zedernholz bestand, die gefährlich über den Köpfen der Passanten hingen. Der Palast der Beys, die Zitadelle, wo der Pascha lebte und die sich nach einer Seite zur Place Roumeilleh öffnete, sowie die zahlreichen Moscheen verschwanden in dem allgemeinen Durcheinander. Diese Stadt ohne Raum und ohne Perspektive, ohne Luft und ohne Licht, verbannte Schönheit, Glück und Leidenschaften hinter blinde Mauern und düstere Gitter. Nur in der Nähe des Basars oder an bestimmten Stadttoren, durch die Händler aus dem Umland kamen, traf man auf größere Menschenansammlungen. Schwarze Gestalten, dicht verschleiert, eilten mit hastigen Schritten vorbei, als wollten sie die Gassen möglichst rasch wieder den Bettlern und räudigen Hunden überlassen, die allein dort Aufenthaltsrecht zu genießen schienen.

Es war selten, daß sich ein Fremder in die Kairoer Altstadt wagte. Die Europäer genossen seit dem 16. Jahrhundert den Schutz des Großtürken, ein Ergebnis der Kapitulation, die Khayr al-Din Barbarossa mit Frankreich unterzeichnet hatte. Die Christen durften zwar ungehindert Handel treiben und genossen einige Rechte, fühlten sich jedoch deshalb nicht weniger bedroht. Ständige Auseinandersetzungen spalteten die Ägypter und hetzten den Pascha gegen die Milizen auf, die Janitscharen gegen die Beys, die Beys gegen die Imams, die Imams gegen den Pascha oder auch das Ganze umgekehrt. Wenn die moslemischen Parteien einander eine Waffenruhe gönnten und für einen Moment vorgaben, sich zu versöhnen, so richtete sich diese Einhelligkeit immer gegen die Christen. Es ging nie sehr weit: Man verprügelte ein paar von ihnen, dann kehrte bald die alte Ordnung wieder ein, besser gesagt die alte Zwietracht. Angesichts dieser Zustände zogen es die Franken, wie man sie nannte, vor, das ihnen vorbehaltene Stadtviertel so wenig wie möglich zu verlassen.

Die Unbekümmertheit des jungen Mannes, der an diesem Nachmittag durch die Gassen der Altstadt lief, war deshalb höchst erstaunlich. Er war kurz zuvor aus einem gewöhnlichen arabischen Haus getreten und hatte hinter sich eine einfache Holztür geschlossen. Mit der vertrauten Sicherheit eines Einheimischen tauchte er in das Labyrinth der Stadt ein, obwohl er offensichtlich ein Franke war, was er auch nicht zu verbergen suchte. Der heiße, trockene Südwind, der Chamsin, hatte den ganzen Morgen seinen warmen, sandigen Atem ausgeblasen. Sogar im ewigen Schatten der engen Straßen war die Luft erstickend und trocken. Der junge Mann, der ein einfaches Batisthemd mit offenem Kragen, Leinenkniehosen und weiche Stiefel trug, ging mit unbedecktem Kopf und trug das marineblaue Tuchwams über dem Arm. Zwei alte Araber, die ihm vor der Moschee begegneten, grüßten freundlich, er antwortete ihnen mit ein paar Worten in ihrer Sprache, ohne stehenzubleiben. Obwohl er kein offizielles Amt innehatte, denn er war kein Türke, wußte jeder, daß sein Name Jean-Baptiste Poncet lautete und daß er in der Zitadelle beim Pascha eine herausragende Stellung innehatte.

Er war von kräftiger Gestalt, voller Energie, mit breiten Schultern und einem muskulösen Hals. Manches Mal hatte er sich gefragt, warum ihn das Schicksal nicht auf die Galeere geführt hatte, für die er bestens geeignet schien. Auf diesem robusten Unterbau erhob sich unerwartet zart ein schmaler Kopf mit einem jugendlichen, klaren Gesicht, das von schwarzem Haar umrahmt war und aus dem grüne Augen strahlten. Seine Züge waren völlig asymmetrisch; der linke Wangenknochen saß etwas höher als der andere, und seine Augen waren in einer merkwürdigen Weise angeordnet, die seinen durchdringenden Blick noch betonte. Diese Unregelmäßigkeiten verliehen seiner Einfachheit Kraft und ein gewisses Geheimnis.

Jean-Baptiste Poncet war in den drei Jahren, die er nun in Kairo lebte, der berühmteste Arzt der Stadt geworden. In diesem Monat, dem Mai 1699, hatte er sein achtundzwanzigstes Lebensjahr vollendet.

Im Laufen schwenkte er ein kleines Köfferchen; es enthielt einige Heilmittel, die er mit Hilfe seines Partners selbst herstellte. Die Fläschchen ließen, wenn sie gegeneinander schlugen, ein vom Leder gedämpftes Klirren hören. Jean-Baptiste amüsierte sich damit, diesem Klingeln, das seine Schritte begleitete, einen fröhlichen Rhythmus zu geben. Er blickte friedlich lächelnd vor sich hin und störte sich keineswegs an dem Bewußtsein, daß man ihn hinter den Fensterläden und Holzgittern beobachtete. In den meisten Häusern war er willkommen, entweder um seinen Beruf auszuüben oder einfach als Besucher, der mit seinen Gastgebern den Tee oder das Abendessen einnahm. Er kannte eine Vielzahl der kleinen Geheimnisse dieser Stadt – und sogar einen kleinen Teil der großen – und war deshalb damit vertraut, der bevorzugte Gegenstand der riesengroßen Neugier zu sein, die jeden Menschen erfüllt, besonders aber die Frauen in jenen dunklen Serails, wo Leidenschaft und Intrigen brodeln. Er nahm diesen Zustand ohne Selbstgefälligkeit oder Befriedigung zur Kenntnis und spielte – vielleicht mit weniger Spaß als anfänglich – die exotische Rolle des ungebundenen Tieres, das tausend verborgener Jägeraugen bei der geringsten Bewegung aufzuspüren suchen.

Er setzte seinen Weg fort und kam am Parfumbasar vorbei, ehe er am Ufer des Khalig anlangte. Ein kurzes Stück folgte er dem Lauf des fast völlig ausgetrockneten Flusses, den in anderen Jahreszeiten die Gewitter in wenigen Minuten zum Überquellen brachten. Dann betrat er die mit Häusern bebaute Brücke. Hier drängte sich fast immer eine kleine Menschenmenge, bildete diese Brücke doch die einzige Verbindung zwischen der Altstadt und den arabischen Vierteln. An diesem Tag herrschte jedoch ein besonderes Getümmel, und Jean-Baptiste hatte große Schwierigkeiten, sich einen Weg zu bahnen. Er begriff bereits, daß etwas Ungewöhnliches vorgefallen sein mußte, ehe er sah, daß aus einem Haus in der Mitte der Brücke dichter Qualm aufstieg. Ein irdener Kochherd, so erfuhr er, hatte im Haus eines Stoffhändlers seine Glut ausgespuckt. Um die Flammen einzudämmen, goß eine Gruppe schreiender Ägypter Eimer voll Wasser aus, das sie von einem nahen Brunnen holten und im Laufschritt heranbrachten. Die Angelegenheit war unter Kontrolle, es drohte keine Katastrophe. In dieser Stadt, wo so wenig geschah, versammelte sich dennoch eine Menschentraube, die ihm den Durchgang versperrte. Jean-Baptiste machte von seinen Ellbogen Gebrauch, um voranzukommen. Am Ausgang der Brücke stand eine von zwei Pferden gezogene Kutsche eingeschlossen in der Menge. Als er sie erreichte, erkannte Jean-Baptiste das Wappen des Konsuls und drängte die Gaffer noch rücksichtsloser beiseite, um nicht lange in dieser Nachbarschaft verweilen zu müssen.

Poncet war offiziell Apotheker, er besaß kein Diplom als Arzt. Den Beruf des Mediziners übte er ganz und gar illegal aus. Die Türken hatten nichts dagegen einzuwenden. Seinen Landsleuten jedoch, vor allem wenn unter ihnen zugelassene Ärzte waren – was zu jenem Zeitpunkt in Kairo glücklicherweise nicht zutraf –, war er suspekt. Ständig von Denunziationen bedroht, hatte er aus diesem Grund bereits zwei andere Städte verlassen müssen. Aus Vorsicht hielt er deshalb immer Abstand von dem Vertreter des Gesetzes, für alles, was die Franken betraf, das heißt, vom Konsul.

Als er fast an der Kutsche vorbei war, den Kopf zwischen den Schultern und halb abgewandt, hörte er, wie ihn jemand mit befehlsgewohnter Stimme ansprach:

»Monsieur, ich bitte Sie! Monsieur! Können Sie uns sagen, was hier geschieht?«

Jean-Baptiste hatte schon befürchtet, es sei der Konsul, aber glücklicherweise war es eine Frauenstimme. Er trat näher. Die Scheibe war herabgelassen, und die Dame steckte den Kopf heraus. Die stickige Hitze hatte sie stark mitgenommen. Ihr Rouge lief herab und entblößte das Bleiweiß, mit dem sie ihr Gesicht bedeckt hatte und das jetzt immer stärkere Risse zeigte. Diese Kunstgriffe, dazu bestimmt, das Altern aufzuhalten, beschleunigten es nur. Wenn es nicht durch diese halb aufgelöste Bemalung derartig entstellt gewesen wäre, hätte man das schlichte, lächelnde Gesicht einer Frau von fünfzig Jahren wahrgenommen, deren blaue Augen einen Rest einstiger Schönheit bewahrt hatten, vor allem jedoch einen Ausdruck schüchterner, sanfter Güte.

»Können Sie uns sagen, was die Kutsche aufhält? Besteht keine Gefahr für uns?«

Jean-Baptiste erkannte die Gattin des Konsuls, die er gelegentlich im Garten der Gesandtschaft gesehen hatte.

»Es ist ein kleiner Brand, Madame. Deshalb gibt es einen Auflauf, aber alles wird sich wieder beruhigen.«

Die Dame zeigte ihre Erleichterung und zog sich, nachdem sie Jean-Baptiste freundlich gedankt hatte, in die Kutsche zurück, lehnte sich in ihren Sitz und bewegte wieder ihren Fächer. Erst jetzt sah er, daß sie nicht allein war. Ihr gegenüber, vom schräg einfallenden Sonnenlicht, das durch die Senke des Khalig kam, beschienen, saß ein junges Mädchen.

Es reichte nicht aus, zu sagen, daß die Mängel der einen Frau die Qualitäten der anderen hervorhoben: Sie waren tatsächlich das Gegenteil voneinander. Der übertriebenen Puderschicht, durch welche die Haut der Älteren wie geschwollen aussah, stand das reine Gesicht des jungen Mädchens entgegen. Die nervöse Ängstlichkeit der Dame bildete einen Widerspruch zu der Ruhe und unbeweglichen Strenge des Fräuleins. Wie war sie? Jean-Baptiste hätte es nicht zu sagen vermocht. Von alledem, was die Schönheit ausmacht, wenn sie sich zum ersten Mal enthüllt, nahm er nur einen Gesamteindruck wahr. Ein einziges Detail prägte sich ihm ein, absurd und anbetungswürdig: Sie hatte Bänder aus blauer Seide in ihre Zöpfe geflochten. Jean-Baptiste sah das Mädchen voller Erstaunen an, und, obwohl es ihm gewöhnlich nicht an Ungezwungenheit fehlte, wußte er vor Überraschung nicht, wie er sich verhalten sollte. Auf einen Peitschenschlag des Kutschers hin setzte sich der Wagen plötzlich in Bewegung, unterbrach das stumme Gespräch der Augen und ließ Jean-Baptiste allein, fassungslos, verwirrt und beglückt auf der Brücke zurück.

»Zum Teufel«, sagte er zu sich selbst, »so etwas habe ich in Kairo noch nie gesehen.«

Er setzte seinen Weg bis ins Frankenviertel, wo er wohnte, mit langsamerem Schritt fort.

Zweites Kapitel

Der Konsul, Monsieur de Maillet, stammte aus dem niederen Adel im Osten Frankreichs, wo der Stammbaum seiner kleinen Familie noch immer einige Wurzeln trieb. Man konnte nicht sagen, daß die Maillet verarmt waren, denn sie hatten niemals viel besessen. Umgeben von tatkräftigen Bürgern und wohlhabenden Bauern setzten diese Adligen ihren ganzen Ehrgeiz darein, nichts zu tun, und ihren ganzen Stolz, nichts zu haben. Der einzige Grund, der sie davon abhielt, sich mit anderen zu vergleichen und deshalb zu leiden, war ihr Adelstand, der zwar mittelmäßig war, aber immerhin ausreichte, um den Rest ihrer Mittelmäßigkeit zu verklären. Ihr Heil, daran hatten sie nie gezweifelt, würde von oben kommen. Die eines Tages unausweichliche Erhebung eines – wenn auch entfernten – Familienmitgliedes würde auch alle anderen Verwandten erhöhen. Das Wunder ließ auf sich warten, aber endlich trat es ein, als Pontchartrain, über die jüngere Cousine mit der Mutter von Monsieur de Maillet verwandt, erst Minister und dann Kanzler des großen Königs wurde, der zu dieser Zeit auf dem Gipfel seiner Macht stand. Man gelangt nicht allein zu solchen Höhen, dennoch ist es allein der eigene Verdienst, der dort hinaufführt. Man muß sich seiner Leute, und zwar nicht gerade weniger, versichern, sie plazieren, fördern und eines Tages in Aktion setzen. Sie sind um so ergebener, weil sie nichts waren, ehe man etwas aus ihnen gemacht hat. Pontchartrain wußte das, und er vergaß keineswegs, auch seine Familie zu nutzen.

Monsieur de Maillet hatte – am Ende einer frommen und müßigen Jugend – nur wenig aus den Büchern gelernt, noch weniger aber im Leben. Sein mächtiger Onkel zog ihn aus diesem Nichts, indem er ihm das Konsulat in Kairo verschaffte.

Der Protegé war seinem Beschützer in besorgter Dankbarkeit ergeben, denn er wußte, daß er nichts tun konnte, um allein seine Schuld abzutragen. Er mußte den gefürchteten Tag abwarten, an dem der Mann, dem alles möglich war – auch, ihn in das Nichts zurückzustoßen –, etwas Großes von ihm verlangen würde, das sich möglicherweise nicht ohne Gefahr erfüllen ließe.

Und Monsieur de Maillet liebte die Gefahr ganz und gar nicht.

Das Konsulat in Kairo war eines der begehrtesten Ämter im Orient. Die Abhängigkeit vom französischen Botschafter in Konstantinopel war eher gering. Die Stadt Kairo war kein Durchgangsort: Damit tauchten manche Problem erst gar nicht auf. Man mußte nur über eine wilde Truppe von einigen Dutzend Kaufleuten und Abenteurern herrschen. Diese Männer, durch meist ungewöhnliche Umstände dort gestrandet, besaßen die Kühnheit, den Mut als eine Tugend anzusehen, Geld als eine Macht und die Länge ihres Exils als einen Ruhmestitel. Der Konsul erinnerte sie daran, daß es nur eine Macht gab: das Gesetz, das ihnen nicht eben günstig gesonnen war, und nur eine Tugend, den Adel, den sie niemals erlangen würden. Das Wesentliche jedoch war, darauf legte Monsieur de Pontchartrain größten Wert, sich immer aufs beste mit den Türken zu verstehen. Dies galt für die große Politik Frankreichs – das, wenn auch insgeheim, die ottomanische Allianz gegenüber dem Kaiserreich vorzog – ebenso wie für die tägliche Sicherheit: Nichts garantierte der Frankengemeinde größere Ruhe als das Wissen, daß die Türken jederzeit auf ein Zeichen des Konsuls zur Ausweisung der Unruhestifter schreiten würden.

Es bleibt zu ergänzen, daß der Konsul keine Miete zahlte und viertausend Livres Jahresrente, sechstausendfünfhundert Livres für Essen und Personal sowie das Recht erhielt, jährlich hundert Fässer Wein mit halber Zollgebühr für zwei Piaster zum Weiterverkauf einzuführen, was ihm einen beträchtlichen Gewinn einbrachte. Monsieur de Maillet war unendlich dankbar für diese Segnungen, die ihn reich machten. Jeden Monat wiederholte er seine Lobpreisungen in den Briefen an seinen Wohltäter, die mit Schiffen der Ostindiengesellschaft über Alexandria befördert wurden. Das Wesentliche in diesen Botschaften waren die Danksagungen. Damit diese überzuckerten Sätze jedoch nicht irgendwann zu Sättigung und gar zum Überdruß führten, verwässerte der Konsul sie mit einigen Auslassungen über die örtliche Situation. Diese Abschnitte glichen – wenn sie genug ausgeführt wurden – kleinen Memoranden, in denen er beispielsweise die Möglichkeit erörterte, einen Kanal zu graben, um das Mittelmeer mit dem Roten Meer zu verbinden. Auf diese Idee war er sehr stolz, wenngleich er sich nie ihrer Wirkung gewiß war.

Monsieur de Pontchartrain beantwortete jeden Brief. Er machte seine Anmerkungen und fügte zuweilen einige politische Informationen hinzu. In seinem letzten Brief, der schon vor mehr als einem Monat abgesandt worden war, hatte der Minister zum ersten Mal etwas erwähnt, was einer direkten Anweisung ähnelte. Der Konsul solle sich darauf einstellen, bald den Besuch eines Jesuiten zu erhalten, der, so kündigte er an, aus Versailles über Rom kommen würde. Der Minister trug Monsieur de Maillet auf, alles zu tun, was der Kirchenmann ihn anwies. Er solle seine Wünsche so behandeln, als kämen sie direkt vom Kronrat und vom König persönlich.

Monsieur de Maillet war durch diese Angelegenheit sehr beunruhigt gewesen. Die Befehle mußten wohl äußerst geheim sein, wenn sie einem Gesandten anvertraut wurden und man sogar auf eine schriftliche Botschaft verzichtete. Dieser Jesuit tauchte jedoch nicht auf, und so fühlte sich der Konsul wieder sicher. Er dachte bei sich, die Politik der Herrscher sei eine geheimnisvolle Sache, die ständig ihren Lauf ändern konnte. Andere Intrigen hatten wohl diese eine beendet und den Jesuiten an einen anderen Platz berufen. Falls er nicht einfach unterwegs verlorengegangen war.

Nun aber tauchte der nicht mehr erwartete Reisende halbnackt und gefangen beim Aga der Janitscharen wieder auf. Der Türke hatte keinerlei Schwierigkeiten gemacht, seinen Gefangenen an den Konsul zu übergeben, da dieser sich als Bürge anbot. Dennoch hatte diese Angelegenheit bereits die allgemeine Neugier erweckt. Der Pascha und alle ausländischen Nationen in der Stadt würden nun versuchen, das Geheimnis dieses Gesandten des Sonnenkönigs zu ergründen, der schlammbedeckt in Kairo angekommen und unvorsichtig genug gewesen war, sich darauf zu berufen, daß er eine politische Botschaft zu überbringen hätte.

Diese beunruhigenden Gedanken peinigten Monsieur de Maillet, während er im großen Saal des Konsulats auf und ab schritt. Er hatte den Tisch für seinen Gast decken lassen, und gleich würde er mit ihm speisen. Seine Frau und seine Tochter würden den heiligen Mann nur begrüßen und die Herren dann ihrem

Gespräch überlassen. Man hörte eilige Schritte die Treppen hinauf- und hinabeilen: Nubische Diener brachten frisches Wasser für das Bad des Reisenden. Offensichtlich ließ es sich der eben noch Gefangene gutgehen. In seiner Ungeduld spürte Monsieur de Maillet einen leichten Ärger in sich aufsteigen. Er hielt in seiner Wanderung inne und setzte sich auf die kleine Bank vor dem Gemälde. Was er sah, raubte ihm die Fassung: Das Gesicht des Königs war makellos. Der Fleck war verschwunden und der ursprüngliche Teint in seiner ganzen Reinheit wiederhergestellt. Der Konsul trat näher: Wenn man sehr genau hinschaute, sah man an der Stelle der einstigen Verunstaltung eine etwas stärkere Rötung als im übrigen Gesicht. Auf der Wange eines Kindes hätte man sie als die Spur einer Ohrfeige gedeutet. Bei dem erhabenen König konnte dieser Schatten nur von zuviel Wangenrot herrühren, das aufgetragen wurde, um die Gesundheit des Monarchen zu unterstreichen und sein Volk mit Optimismus zu erfüllen.

Für einen Augenblick meinte Monsieur de Maillet, ein Wunder sei geschehen. Das Auftauchen des Jesuiten und das Verschwinden des Flecks schienen die Folge einer Vorsehung zu sein, die dieses ganze Haus in ihrer großen Hand hielt. Dann erkannte er die Wahrheit und stürzte zu einer Glocke, um zu läuten.

»Sagen Sie Maître Juremi, er soll morgen früh hier erscheinen«, schrie er dem Türsteher entgegen.

Der unverschämte Ketzer hatte es gewagt, die Restaurierung in seiner Abwesenheit zu beenden! Mit guten Ausgang. Was für ein Glück. Aber was für einer Katastrophe war man da um Haaresbreite entgangen? Das vollendete Werk verdiente eine Belohnung – der Konsul hatte sie bereits ausgehandelt –, aber dieser Ungehorsam mußte bestraft werden. Nur so begriffen diese Strolche, was Autorität bedeutete. Morgen würde der Konsul den Drogisten vor die Wahl stellen: acht Tage Gefängnis oder eine Strafe, die seinen Lohn verminderte. Zweifellos würde er sich für die Geldstrafe entscheiden. In die Zufriedenheit, dieses Werk erfolgreich beendet zu haben, mischte sich bei Monsieur de Maillet die Hoffnung, nicht den vollen Preis dafür bezahlen zu müssen. Deshalb empfing er Pater Versau schließlich in bester Laune, als dieser den Saal betrat.

»Mein Freund! Mein Freund!« rief der Jesuit, während er nach den Händen des Konsuls griff. »Ihr Empfang überwältigt mich. Ich habe das Gefühl, zum Leben zurückzukehren. Das Bad, die sauberen Kleider, dieses freundliche Haus ... wenn Sie wüßten, wie sehr ich davon geträumt habe.«

Er hatte Tränen der Dankbarkeit in den Augen. Wenn man, wie Machiavelli behauptet, einen anderen für das Gute liebt, das man ihm angedeihen läßt, so muß man sich nicht wundern, daß Monsieur de Maillet dem Mann, dem er so viele Wohltaten erwiesen hatte, größte Sympathie entgegenbrachte.

»Ich habe Madame de Maillet in der Eingangshalle begrüßt«, sagte der Pater. »Sie sagte mir, daß sie nicht mit uns speisen wird. Ich wollte die Ordnung dieses Hauses keineswegs durcheinanderbringen ... «

»Keineswegs, keineswegs. Wir müssen allein miteinander sprechen. Lassen Sie uns dieses Abendessen gleichzeitig als eine Arbeitszusammenkunft ansehen.«

»Ja, in gewisser Hinsicht. Ich habe auch Ihr Fräulein Tochter getroffen und kann Sie zu ihrer Anmut und Zurückhaltung nur beglückwünschen. Wie konnten Sie das Mädchen in diesem fremden Land nur so gut erziehen, wo man, wie ich vermute, kaum Lehrer, geschweige denn Schulen findet?«

»Sie ist in Frankreich geblieben, bis sie vierzehn war. Wir haben sie erst in den letzten Jahren zu uns geholt.«

Sie kannten einander kaum und plauderten bereits über Familienangelegenheiten. Der Jesuit bewunderte das Porträt des Königs und »seinen hervorragenden Zustand in diesem Klima«. Er stellte noch zwei, drei anteilnehmende Fragen nach der Gesundheit des Konsuls und der Last seiner Verantwortung. Schließlich begaben sie sich zu Tisch und wandten sich den ernsten Angelegenheiten zu.

»Pater, ich brenne darauf, mehr über Ihre Reise zu erfahren. Sie haben von einem Schiffbruch gesprochen, der Sie in große Not gebracht hat?«

»Ein Schiffbruch und Schlimmeres. Ich müßte eigentlich tot sein, und nur die grenzenlose Güte der Vorsehung hat mich davor bewahrt.«

Dann erzählte er ausführlich, wie er von Rom abgereist war und sich auf einer griechischen Galeere eingeschifft hatte, um den Orient zu erreichen, ohne ein italienisches Schiff nehmen zu müssen. An Bord aber hatte er entsetzt die Unfähigkeit des Kapitäns und der Mannschaft erkannt. Vor Zypern war das Schiff auf Grund gelaufen. Angesichts des bevorstehenden Schiffbruchs hatte der Jesuit veranlaßt, daß ein Boot zu Wasser gelassen wurde, das er mit einigen anderen bestieg. Von der Strömung getrieben, brachte sie dieses Boot zu einer felsigen Küste, gegen die hohe Wogen peitschten. Das Boot schlug dagegen und wurde von der Flut verschlungen. Pater Versau hatte ein kurzes Bedauern empfunden, nicht in der Erde begraben zu werden, was, wie jeder weiß, die Auferstehung am Tag des Jüngsten Gerichts schwieriger gestaltet. Aber er hatte das Problem in die Hände Gottes gelegt, wie auch sein Leben und das Schicksal seines Ordens, und dann das Bewußtsein verloren. Seine letzte Erinnerung war dieser Tod im kalten Wasser voller großer schwarzer Blasen. Dann war er auf dem Sand einer kleinen Bucht erwacht. In den Armen hielt er eine dicke Holzplanke, in deren Begleitung ihn das Wasser an Land geschwemmt hatte. Er war ebenso allein, ebenso nackt, ebenso verschreckt und erstarrt wie Adam am Tag der Schöpfung. Aber Gott hatte ihn nicht verlassen. Am Strand gab es Fischer, die ihm halfen. So gut sie konnten, versorgten sie ihn mit Kleidung und nahmen ihn zwei Tage später mit zur ägyptischen Küste, wo sie ihre Netze auswerfen wollten. Auf seinen Wunsch setzten sie ihn auf einem Strand nahe Alexandria ab. Da er ohne Passierschein ins Land der Türken gekommen war, hatte Pater Versau die große Stadt gemieden, einen Umweg durch die Wüste gemacht und schließlich ein Stück flußabwärts den Nil erreicht. Er hatte die Kühnheit besessen, mit Bootsleuten seine Fahrt bis Kairo auszuhandeln, obwohl er keinen Sou bei sich trug.

»Die Fortsetzung kennen Sie«, schloß er bescheiden.

Monsieur de Maillet hatte während des Berichtes tausend Ausrufe des Erstaunens und Entsetzens von sich gegeben. Er betrachtete diesen kleinen Mann, der so schwächlich und mager aussah, daß ihn schon eine leichte Tracht Prügel zu Kleinholz machen würde, und fragte sich, wie er solche Prüfungen hatte überleben können.

»Meine Abenteuer«, fuhr der Jesuit mit ernster Stimme fort, »sind es nur deshalb wert, erzählt zu werden, um meine Ankunft hier zu erklären und den Aufzug, in dem ich mich Ihnen präsentiert habe. Aber wir müssen zum Wesentlichen kommen, und dabei geht es um etwas anderes.«

»Oh ja«, sagte Monsieur de Maillet, »die Botschaft des Königs!«

Pater Versau richtete sich in seinem Stuhl auf, schloß leicht die Augen und brachte eine neue Würde in das Gespräch. Monsieur de Maillet warf einen Blick auf das Porträt, das mit einem Mal die geradezu körperliche Anwesenheit des Herrschers über ihren Köpfen zu bezeugen schien.

»Um offen zu sprechen«, begann der Jesuit, »ich habe gar keine Botschaft bei mir.«

»Aber Sie hatten mir doch gesagt ... «

Der Schwarzgekleidete hob die Hände. Er brauchte Zeit.

»Keine Botschaft im Sinne einer geschriebenen Nachricht. Nichts, was der König geschrieben oder auch nur direkt ausgesprochen hätte. Diese Vorsichtsmaßnahme ist durchaus angemessen, wie Sie verstehen werden. Angesichts der Mißgeschicke, die mir das Schicksal auferlegt hat, war es tatsächlich sicherer, daß ich nichts dergleichen bei mir trug.«

»Da stimme ich Ihnen zu«, sagte Monsieur de Maillet.

»Aber wenn es auch keine Botschaft gibt, so gibt es doch eine sehr deutliche Absicht des Königs, die er demjenigen enthüllt hat, der sein Gewissen leitet.«

»Seinem Beichtvater, Père de la Chaise?«

Der Jesuit kniff die Augen zusammen. Monsieur de Maillet stand der Mund offen, wie einem Kind, dem man eine Schatztruhe zeigt.

»Dieser heilige Mann«, fuhr Pater Versau fort, »der, wie Sie wissen, unserem Orden angehört, hat die Absichten des Königs einer sehr kleinen Gruppe von vertrauenswürdigen Personen kundgetan: Madame de Maintenon, die mit großem Eifer die Sache des Glaubens am Hof von Versailles verteidigt, Monsieur de Pontchartrain, Pater Fleuriau, dem Vorsteher unseres Ordens für alles, was die levantinischen Hafenstädte betrifft, schließlich mir selbst, seinem Assistenten und Vertreter. Und nun Ihnen ... «

Monsieur de Maillet neigte den Kopf, um zu zeigen, daß er sich dem Willen der Mächtigen unterwarf und auch, um die Tränen der Dankbarkeit zu verbergen, die ihm in die Augen stiegen.

»Die Angelegenheit läßt sich in wenigen Worten zusammenfassen. Sie wissen von dem Kampf, welchen die Christenheit heutzutage gegen ihre Feinde führt. Die Türken sind inzwischen bezwungen. Man muß die Rückeroberung vorantreiben. Sie wird stattfinden. Aber gerade von denen, die vorgeben, in Christus zu leben, geht die größte Gefahr aus. Die schändliche Reform versucht, das Werk Gottes von innen zu zerfressen. Der König von Frankreich hat sie stets bekämpft. Daheim, indem er die Kapitulationsverträge, die einst mit den Hugenotten geschlossen wurden, annulliert hat. In ganz Europa, indem er seine Krone gefährdete, als er der Verschwörung der protestantischen Fürsten unter der Führung des Verräters Wilhelm von Oranien die Stirn bot. Aber dieser Kampf ist nicht mehr derselbe wie früher, als die Welt am Mittelmeer und seinem Umkreis zu Ende war. Das ganze Universum ist in diesen Kampf einbezogen. Wir müssen die Botschaft des Herrn in alle bekannten Länder tragen und sie den Ungetreuen wieder entreißen. Aber auch die unbekannten Länder brauchen unseren Beistand, jene neuen Welten, die in den letzten zwei Jahrhunderten aufgetaucht sind und gleichermaßen neue Schlachtfelder für die Christenheit darstellen: Amerika, Indien, China und der Ferne Osten. Jedesmal begegnen wir den gleichen Herausforderungen: zunächst dem Widerstand der Völker, die jenseits des wahren Glaubens leben, ohne jedoch die Leere und die tödliche Gefahr zu erkennen, die dieser Mangel für die Ewigkeit darstellt. Ebenso jedoch die Konkurrenz dieser angeblichen Reform, die nur ein teuflischer Versuch ist, jene vom wahren Evangelium zu entfremden, denen man es scheinheilig anbietet.«

Monsieur de Maillet nickte von Zeit zu Zeit bestätigend mit dem Kopf, um zu zeigen, daß er der Erklärung folgte. Die Eloquenz des kleinen Mannes faszinierte ihn um so mehr, als sie sich mit einem Schlag entfaltete, seit er begonnen hatte, über Politik und Religion zu sprechen.

»Der König von Frankreich hat während seiner langen Herrschaft viel gelernt«, fuhr der Kirchenmann fort. »Er vermag sich der Zwängen zu entziehen, in denen die Geschichte zunächst erscheint. Er erkennt deutlich, und sein Beichtvater ist davon entzückt, den tieferen Sinn seines Kampfes und die Rechtfertigung seiner Macht. Dieser universelle Kampf zwischen den Kräften des wahren Glaubens und denen, die in die Finsternis gestürzt sind, erfüllt ihn ganz und gar. Er ist fest entschlossen, ihn bis zum letzten Atemzug zu führen. Unter den unzähligen Kämpfen sind einige dringlicher als die anderen. Bei dem Türken, ich sagte es schon, ist es nur eine Frage der Zeit. Wir sind präsent, wir unterstützen die Christen, die dort die Flamme am Brennen halten. Wenn das ottomanische Staatsgebilde Risse bekommt, werden wir es durch die Spalten überschwemmen. Aber die Stunde ist noch nicht gekommen. Andererseits gibt es ganz nahe ein Land, das uns ruft, ein großes Land, das die Geschichte und die zerklüftete Landschaft fern von uns gehalten hat, ein Land, das noch im Schatten liegt, aber ich riskiere nichts, wenn ich sage, daß es nur darauf wartet, sich uns anzuschließen: Es ist ein Land, das bereits von der Christenheit erobert wurde, wo jedoch der Glaube unzureichend bewässert wurde und in eine üble Richtung gewachsen ist …

»Abessinien!« flüsterte Monsieur de Maillet wie in Trance.

»Abessinien, ja, dieses fast unbekannte, fast bekehrte Land. Dieses Land, das bisher all jene, die versucht haben, es zu erreichen, verschlungen hat, und das uns dennoch ruft.«

Der Jesuit neigte sich vor, ergriff über den Tisch, auf dem noch die Reste des Essens auf den Zinntellern lagen, die Hand von Monsieur de Maillet und erklärte feierlich:

»Der König von Frankreich muß seinem Ruhm noch die Ehre hinzufügen, dieses Land der Kirche zugeführt zu haben. Seine Majestät beauftragt Sie mit einer Gesandtschaft.«

Drittes Kapitel

Jean-Baptiste Poncet und Maître Juremi, die der Beruf des Apothekers vereinte, bewohnten gemeinsam ein Haus, das ihnen gleichzeitig als Labor diente, ganz am Ende der Frankenkolonie in einer abgelegenen Gasse, die der Diskretion ihrer Arbeit entgegenkam.

»Hallo!« rief Jean-Baptiste, als er die Eingangstür dieser Junggesellenbehausung aufstieß und durch die ungeheure Unordnung ins Innere vorstieß, »bist du da, alter Hexenmeister?«

Aus der oberen Etage hörte er ein Grunzen. Er warf das Wams über die Lehne eines Stuhles und stieg zu dem Freund hinauf.

Oben öffnete sich eine geräumige Terrasse über einem Innenhof. Vor allen anderen Fenstern waren die Läden geschlossen, oder sie waren sogar zugemauert. Poncet traf den Protestanten an der Balustrade stehend, den Blick ins Leere gerichtet, einen Degen in der Hand.

»Was machst du hier, ganz allein, mit diesem Gerät?«

»Ich habe soeben den Konsul getötet«, erklärte Maître Juremi.

»Tatsächlich?«

Jean-Baptiste kannte seinen Gefährten zu gut, um sich aufzuregen.

»Tatsächlich. Ich habe ihn zwölfmal getötet. Willst du es sehen? Schau her.«

Der Riese tat, als kreuzte er die Waffen und kämpfte mit einem Gegner, der schnell zurückwich. An der Mauer angekommen, machte er einen Ausfall und stöhnte, als durchbohre er mit Mühe einen Körper. Die Spitze des Floretts drang in den Gips ein und löste ein kleines Stück von der Mauer, so daß die darunter liegenden roten Ziegel zum Vorschein kamen.

»Bravo«, rief Jean-Baptiste und klatschte Beifall. »Er hat es verdient. Hat es dich erleichtert?«

»Ungeheuer.«

»Nun, wenn du dich jetzt beruhigt hast, kannst du mir ja alles erklären.«

Jean-Baptiste griff nach einem Eisenstuhl und setzte sich. Der andere blieb stehen, lief weiter auf und ab, schlug dabei mit dem Degen gegen sein Bein.

»Ich habe genug von diesem Konsul. Allein sein Anblick weckt bereits Mordgelüste in mir.«

»Das ist doch nichts Neues«, entgegnete Jean-Baptiste lächelnd, »und ich glaube, ich habe dir von Anfang an geraten, diese Arbeit nicht anzunehmen.«

»Nicht anzunehmen! Aber er hat mich zu sich bestellt ... «

»Wenn er mich zu sich bestellte«, sagte Jean-Baptiste, »würde ich nicht hingehen.«

»Du bist sehr lustig! Muß ich dich daran erinnern, daß du kein Protestant bist, was dich vor vielen Dingen bewahrt. Außerdem konsultiert dich der Pascha und schätzt dich als seinen Arzt, während ich selbst nichts als ein finsterer Pflanzenkocher bin... Aber egal, darum geht es jetzt nicht mehr. Maillet hat mich zu sich bestellt, ich bin hingegangen, ich habe die Arbeit ausgeführt, und jetzt ist alles beendet.«

Maître Juremi erzählte seinem Partner, wie er die Abwesenheit des Konsuls ausgenutzt hatte, um seinem Verbot zuwiderzuhandeln und die Restaurierung des Bildes zu vollenden.

»Ist es gelungen?«

»Ich glaube ja.«

»Nun, dann steht doch alles zum besten.«

»Ah! Du kennst ihn nicht. Ich warte jeden Moment darauf, daß er mich von seinen Wachen holen läßt. Er war wohl bisher zu beschäftigt, um die Ausbesserung zu bemerken.«

»Was kann er schon tun? Es ist doch kein Verbrechen, wenn man seine Arbeit zu Ende bringt.«

»Natürlich nicht! Aber dieser Herr verlangt, daß man ihm gehorcht. Er wird mich ins Unrecht setzen, und er hat alle Macht über uns: Er ist Richter und Kläger zugleich. Und weil er ein Geizhals ist, wird er mir eine Geldbuße auferlegen und meinen Lohn um diese Summe vermindern.«

»Dann zahle, damit die Sache erledigt ist.«

»Niemals! Lieber bringe ich ihn um und fliehe.«

Was das Geld betraf, so besaß Maître Juremi einen typisch hugenottischen Gerechtigkeitssinn. Niemals hätte er einen Heller genommen, ohne ihn ehrlich verdient zu haben, aber ebensowenig würde er dulden, daß man ihm nicht genau das zahlte, was man ihm schuldig war.

»Beruhige dich, Juremi. Er hat nicht das Recht, dich zu einer Geldstrafe zu zwingen. Unser Statut sieht vor, daß man uns immer vor die Wahl stellen muß: Geld oder Gefängnis. Triff seinen Geiz, anstatt seine Brust zu durchbohren, das wird ihm ebenso wehtun. Stell dich als Gefangener, bleib zwei Tage in seinem Kerker, und dann mußt du nie mehr mit ihm zu tun haben.«

Maître Juremi hatte sich lange genug dem genüßlichen Gedanken hingegeben, den Konsul umzubringen, daß er bereits dadurch eine große Befriedigung empfand. So konnte er die Klugheit und Boshaftigkeit im Rat, den ihm der Freund gab, erkennen.

Sie schwiegen einen Moment lang. Der warme Wind hatte sich am Nachmittag beruhigt. Der feine Staub, den er mit sich geführt hatte, fiel in einer dünnen Schicht herab, die das Schwarz des Schmiedeeisens bedeckte und die Blätter der Orangenpflanzen in den Töpfen färbte. Jean-Baptiste holte einen Krug Wasser und zwei Zinnbecher aus dem Haus, und sie tranken.

»Es gab einen kleinen Brand, vorhin, auf der Brücke über den Khalig. Es entstand ein großes Durcheinander«, erzählte Jean-Baptiste. »Die Frau des Konsuls steckte sogar mit ihrer Kutsche in der Menschenmenge fest.«

»Aha«, sagte Maître Juremi nicht sonderlich interessiert.

»Sag mal«, fuhr Jean-Baptiste fort, während er sich Wasser in den Becher goß, »du verkehrst doch im Konsulat ... «

Der Protestant zuckte mit den Schultern.

»Kennst du vielleicht das junge Mädchen, das Madame de Maillet begleitete?«

»Wie sieht sie aus?«

Jean-Baptiste schämte sich zuzugeben, daß er sich nur noch an die Bänder erinnerte.

»Ich habe sie nicht richtig gesehen ... «

»Blond, mit großen, blauen, sehr traurigen Augen?«

»Ich glaube ja«, sagte der junge Mann aufgeregt. »Ja, genau so.«

»Das wird die Tochter dieses Dreckskerls von Konsul sein.«

»Anscheinend ist die Natur sehr großzügig mit ihrer Vergebung«, meinte Jean-Baptiste nachdenklich.

»Es ist seltsam, daß du sie gesehen hast. Gewöhnlich geht das Fräulein nie aus. In den zwei Jahren, die sie jetzt hier ist, hat niemand oder fast niemand sie gesehen. Auch ich selbst bin ihr nur einmal in der Eingangshalle begegnet. Aber mir fällt gerade ein, daß ja Pfingsten ist: Bestimmt hat sie eine Messe bei den Visitandinerinnen besucht. Ja, das muß es sein. Abgesehen von den großen Feiertagen hält ihr Vater sie zu Hause verborgen wie einen Schatz.«

»Da hat er recht«, meinte Jean-Baptiste, »sie ist einer.«

»Dieser Konsul ist ein Ungeheuer«, war alles, was Maître Juremi dazu sagte.

An dem finsteren Ton dieser Worte erkannte man, daß er wieder mit seinem persönlichen Groll beschäftigt war.

Jean-Baptiste streckte die Beine aus und kreuzte sie auf der Brüstung, während er sich in seinen Stuhl zurücklehnte. Über den Häusern färbte sich das Himmelsviereck über der Terrasse malvenblau, und die langen Wolkenschleier von einer Mauer zur anderen nahmen durch den Sonnenuntergang einen zarten Rosaton an.

Diese flüchtige, blendende Begegnung mit einem jungen Mädchen, das nicht seinem Stand entsprach, erinnerte Jean-Baptiste an Venedig, Parma, Lissabon. Aber dort war alles möglich gewesen …

Er hatte sehr früh erkannt, daß ihn sein unstetes Umherziehen von der Ordnung der Kasten – egal an welchem Ort – befreite, daß es ihm die Würde eines freien Mannes verlieh und die Fähigkeit, von gleich zu gleich mit einem jeden zu reden. Woher er auch kommen mag, ein Vagabund, der sich geschickt anstellt, kann der Freund eines Prinzen oder der Liebhaber einer Prinzessin werden. Zumindest kann er es sich vorstellen. Poncet, dem es weder an Geschick noch an Phantasie fehlte, hatte diese Erfahrung in den Städten, wo er frei war, oft genug gemacht.

Sobald er jedoch, wie in dieser Frankenkolonie in Kairo, wieder seinen Platz in der Ordnung der Nation einnahm, war er erneut – wie sorgfältig er auch seine Herkunft zu verbergen suchte – der Sohn einer Dienerin und eines Unbekannten. Die Standesunterschiede wurden wiederum zu einem erdrückenden Hindernis und raubten ihm bei derartigen Erscheinungen sogar das Vergnügen, von der Möglichkeit des Glücks auch nur zu träumen. Seit er in Ägypten war, hatte es nur äußerst selten derartige Begegnungen gegeben. Darüber war er nicht einmal besonders traurig, denn sie stimmten ihn nur melancholisch.

»Findest du nicht, daß man in dieser Stadt allmählich anfängt, sich zu langweilen?« fragte Jean-Baptiste.

»Oh doch! Ich würde nichts lieber tun, als von hier zu verschwinden«, antwortete Maître Juremi, dessen Gedanken sich eben der gleichen Schlußfolgerung näherten. »Aber wohin?«

Sie wußten, daß sie in allen Hafenstädten der Levante die gleichen Widrigkeiten antreffen würden, die nicht aus der Fremdheit entstanden, sondern im Gegenteil durch die zu vertraute und zu schwer lastende Präsenz der Vertreter ihres Staates. Das Ideal wäre es, nach Europa zurückzukehren, aber die Ausübung ihres Berufes war dort ohne Diplom unmöglich und verurteilte sie zu ständiger Verfolgung.

»Wir müßten uns in die Neue Welt begeben«, sagte Jean-Baptiste.

Die Idee erschien ihnen exzellent, und um sie ausführlich zu besprechen, gingen sie fröhlich zu Fuß in die Altstadt und speisten in einer arabischen Taverne, in der ein unvergleichliches Milchlamm serviert wurde.

Der Jesuit hatte um die Erlaubnis gebeten, sich in seinem Zimmer etwas auszuruhen, und sich zurückgezogen. Monsieur de Maillet blieb allein, die Ellbogen auf den Tisch gestützt, betäubt. Er hatte aufgehört, den Erklärungen des Mönches zu lauschen, sobald dieser von der Gesandtschaft gesprochen hatte. Der Schock war gewaltig gewesen; nur mit größter Anstrengung hatte der Konsul seine Wirkung verbergen können. Sobald er allein war, befreite er sich jedoch von dieser Zurückhaltung und stieß einen erstickten Schrei aus. Ein Diener eilte herbei und führte ihn zu einem breiten Sessel, in dem er zusammensank.

Die Frau und die Tochter des Diplomaten kehrten gerade von ihrem Besuch bei den Visitandinerinnen zurück. Sie stürzten auf den Unglücklichen zu.

Madame de Maillet verließ das Haus, in dem sie ihr eigenes Zimmer hatte, nur selten. Einen Teil des Raumes hatte sie als Gebetsecke eingerichtet, in zwei anderen Ecken standen ihre Näh- und Webarbeiten bereit, mit denen sie sich abwechselnd beschäftigte. Sie weihte ihrem Gemahl einen wahren Kult, der seinen Pessimismus noch förderte. Die arme Frau sah entsetzliche Gefahren schon in den unbedeutenden Problemen, auf die sich gewöhnlich das Konsulatsleben beschränkte. Monsieur de Maillet schilderte sie ihr mit einer Übertreibung, die dazu angetan war, sie zu verschrecken. Seit langem bereitete sie sich auf die Möglichkeit vor, daß all das ihn irgendwann zu Boden strecken würde, ohne allerdings jemals darüber nachzudenken, was in dieser Situation zu unternehmen sei. Sie lief ziellos herum und jammerte. Ihre Tochter zeigte etwas mehr Geistesgegenwart: Sie löste mit ihren zarten Fingern das Spitzenjabot, das den Vater beengte.

Monsieur Macé gesellte sich zu der Versammlung. Als er den Zustand des Konsuls sah, schlug er vor, einen Arzt zu rufen, ein Vorschlag, der die Zustimmung der beiden Damen fand.

»Ja, aber wen?« fragte schüchtern Mademoiselle de Maillet.

»Plaquet?« wagte Monsieur Macé mit leiser Stimme anzubieten.

Der Konsul richtete sich mit einem Schrei auf.

»Ihn nicht!«

Blitzschnell saß er aufrecht und gab vor, ganz und gar wiederhergestellt zu sein.

Diese ans Wunderbare grenzende Wirkung erzeugte ein bloßer Name. Doktor Plaquet war ein alter Chirurg aus der Marine, in Kairo gestrandet, wohin ihn einst die Liebe zu einer Komödiantin geführt hatte. Die Dame war gestorben, der Chirurg war geblieben. Seitdem vor vier Jahren der letzte Arzt, der diesen Namen verdiente, die Kairoer Kolonie verlassen hatte, war Plaquet als der einzige offiziell praktizierende Mediziner übriggeblieben. Leider waren seine Kenntnisse alt und lückenhaft, und überdies übte er seine Kunst bedauerlicherweise mit einer solchen Brutalität aus, daß niemand mit ihm zu tun haben wollte. Angesichts der Drohung, bei Krankheit mit seinen furchterregenden Eingriffen rechnen zu müssen, hatte die französische Gemeinschaft eine Zeitlang alle Krankheiten unterdrückt, so wie man den Atem anhält, in der Hoffnung, nicht zu ersticken. Dann hatten sich immer mehr Händler und einfache Leute an andere Personen gewandt: Scharlatane, jüdische oder türkische, oder Drogisten, deren bekanntester Jean-Baptiste Poncet war. Aber der Konsul hatte jede Konsultation dieser inoffiziellen Heiler ausdrücklich untersagt. Er mußte nun mit gutem Beispiel vorangehen, und er hoffte sehr, während der wenigen Jahre, die er noch in Ägypten zu verbringen hatte, gar nicht erst in diese Verlegenheit zu kommen. Wenn es nötig sein sollte, wenn etwas Ernstes wäre, würde er sich nach Konstantinopel bringen lassen.

Aber Plaquet, niemals!

Alle Anwesenden zeigten sich sehr erfreut über die rasche Erholung des Konsuls, und die Atmosphäre entspannte sich. Madame de Maillet ließ Kaffee servieren.

Bald saßen alle vier in der Runde in den Sesseln, eine Tasse Kaffee in der Hand.

»Es ist nichts«, sagte der Konsul, »das Mittagessen ... wohl etwas zu schwer. Der Wein ... bei diesem Klima.«

Was sollte er sagen? Er konnte doch vor diesen geschwätzigen Frauen nicht das ungeheure Geheimnis enthüllen, das man ihm soeben anvertraut hatte. Mace vielleicht? Ja, Macé mußte eingeweiht werden. All das verlangte große Taten in den Tagen, die nun kommen würden. Er bedurfte der Unterstützung. Der Jesuit würde das verstehen. Außerdem war Macé eine Vertrauensperson und ihm zutiefst ergeben. Auch wenn der Konsul die Art, in der jener mit seiner Tochter sprach, ganz und gar nicht mochte. Gerade jetzt beispielsweise wandten sie sich einander zu, die Kaffeetasse in der Hand. Das arme Kind sah darin nichts Böses. Aber man hätte schwören können, daß Monsieur de Macé das Mädchen eindringlicher anschaute, als es nötig war. ›Ich möchte, daß dieses Theater unverzüglich aufhört‹, sagte Monsieur de Maillet zu sich selbst.

Monsieur Macé war der einzige junge Mann, der, wenn auch nicht vertraulich, zumindest in der Umgebung von Mademoiselle de Maillet verkehren durfte. Obwohl sie ihn sehr häßlich fand und er einen unangenehmen Geruch der Unreinheit um sich verbreitete, sprach das junge Mädchen in Anbetracht der Isolation, in der sie gehalten wurde, gern mit diesem Geschöpf, das ihr so aufmerksam lauschte. Was Monsieur Macé betraf, so hatte er sich ein für alle Mal für seine Karriere entschieden, und er hatte nicht die Absicht, Schwierigkeiten mit dem Mann zu bekommen, von dem diese abhing, indem er dessen Tochter den Hof machte. Dennoch war der Sekretär bei den seltenen Gelegenheiten, wenn Mademoiselle de Maillet in seiner Nähe war, von ihrer außerordentlichen Schönheit, ihrer Anmut und Jugend bezaubert. Gegen seinen Willen betrachtete er sie so eindringlich, und gegen ihren Willen schien sie davon angetan. Nichtsdestoweniger war das Ganze in den Augen ihres Vaters der Ansatz zu einem Verbrechen.

»Wollen Sie mich bitte mit Monsieur Macé allein lassen«, sagte der Konsul streng.

Die beiden Frauen zogen sich zurück. Sobald sie das Zimmer verlassen hatten, begann der Konsul, auf und ab zu gehen, und Monsieur Macé verharrte schweigend auf dem Stuhl, den ihm sein Vorgesetzter zugewiesen hatte.

»Es gäbe da einiges zu bemerken, Macé, was Ihr Verhalten betrifft«, sagte Monsieur de Maillet verstimmt. »Aber jetzt ist nicht der rechte Zeitpunkt. Ich muß – verstehen Sie mich recht: das heißt nicht, daß Sie es verdienen –, ich muß ein schwerwiegendes politisches Geheimnis mit Ihnen teilen. Sie müssen sich dessen würdig erweisen, ansonsten gibt es keinen Ort auf dieser Welt, wo Sie der Rache des Mannes entgehen könnten, den Sie verraten hätten.«

Während er das sagte, wies er mit dem Zeigefinger auf das Porträt des Herrschers. Der junge Mann verneigte sich, um seine Ergebenheit zu bezeugen, und da er diesmal saß, berührte seine Nase fast die Knie.

Viertes Kapitel

»Der König«, begann Monsieur de Maillet feierlich, »beabsichtigt aus Gründen, die ich Ihnen nicht enthüllen kann, eine Gesandtschaft nach Äthiopien zu entsenden.«

»Euer Exzellenz haben im vergangenen Jahr eine diesbezügliche Depesche aufgesetzt«, sagte Macé.

»Ganz richtig. Der Minister, mein Verwandter, hatte mich nach Möglichkeiten befragt, das Land zu erreichen. Die Angelegenheit lag in Versailles offensichtlich schon in der Luft. Sie erinnern sich an meine Schlußfolgerungen?«

»Zwei Wege: auf dem Meer, über Djidda und die Küste. Oder

der Landweg, über das moslemische Königreich Senaar und die Berge.«

»Ihr Gedächtnis ist hervorragend, Macé. Erinnern Sie sich auch, was ich zu beiden Möglichkeiten bemerkte? Was den Weg über das Meer betrifft, so ist der Zugang zu diesem Land unter der Kontrolle eines moslemischen Herrschers, der mit den Türken verbündet ist. Die einzige Aufgabe dieses Barbaren besteht darin, dafür zu sorgen, daß kein weißer Christ, vor allem kein katholischer, sein Territorium betritt. Seit fünfzig Jahren ist es niemandem gelungen, dieses Hindernis zu überwinden. Den letzten Priestern, die es versuchten, wurde die Gurgel durchgeschnitten und ihre Tonsuren sandte man, wie es heißt, in einer Kiste an den Herrscher von Äthiopien, der ihre Ermordung befohlen hatte.«

Monsieur Macé verzog angewidert das Gesicht und holte ein kleines Spitzentaschentuch hervor, mit dem er kurz seine Nase bedeckte.

»Im Hinblick auf den Landweg«, fuhr der Konsul fort, »gelangten wir zu derselben bedauerlichen Feststellung. Die wenigen europäischen Reisenden, die das Land erreichten und den Negus trafen, wurden für den Rest ihres Lebens an seinem Hof gefangengehalten. Aber meistens hat der Pöbel sie vorher gesteinigt, sobald sie als Katholiken erkannt wurden.«

»All das«, sagte Monsieur Macé traurig, »ist das Werk der Jesuiten.«

»Schweigen Sie«, sagte der Konsul und wurde blaß.

Er trat zur Tür und öffnete sie einen Spalt, um zu sehen, ob jemand dahinter stand.

»Sie wissen doch, daß der Mann, den Sie hier gesehen haben, ein Jesuit ist. Noch dazu steht er dem Beichtvater des Königs sehr nahe.«

»Aber jedermann weiß doch, was geschehen ist«, sagte Monsieur Macé mit leiser Stimme.

»Das ist fünfzig Jahre her.«

»Dennoch!« fuhr der Sekretär flüsternd fort. »Solche Möglichkeiten und soviel Ungeschick. Wenn man sich vorstellt, daß sie den Negus bekehrt und fast das Land unterworfen haben, um schließlich verjagt, verbannt zu werden, so daß seitdem jedem

Katholiken der Zugang nach Abessinien verwehrt wird. Sagen Sie mir nicht, Exzellenz, daß dieser Priester unvernünftig genug ist, dorthin zurückkehren zu wollen.«

»Nein, Macé, beruhigen Sie sich: Er will nicht selbst dorthin. Sein Plan ist weitaus merkwürdiger, als Sie sich vorstellen können.«

Die Lippen des Konsul zitterten leicht. Er fürchtete ein erneutes Unwohlsein und legte vorsichtshalber eine Hand auf den Eichentisch.

»Diesmal wollen sie mich schicken.«

»Sie, Exzellenz!« rief Monsieur Macé und sprang auf, »aber das ist ganz und gar unmöglich.«

Sie standen einen Augenblick voreinander, unbeweglich und bleich. In das Schweigen, das über dem Raum lag, mischte sich leichte Peinlichkeit. Unmöglich, ja, das war vollkommen richtig. Aber warum? Den einzigen, den wahren Grund konnte man nicht eingestehen. Man verkündet nicht, daß man Angst hat. Wie also sollte man diese unausweichliche Ablehnung begründen? Monsieur Macé begriff, daß dies die erste wahrhaft vertrauliche Aufgabe war, mit der ihn der Konsul betraute. Er sah eine unverhoffte Gelegenheit, die Gnade zurückzugewinnen, die er durch sein unvorsichtiges Betragen gegenüber Mademoiselle der Maillet verloren zu haben fürchtete.

»Ihre Gesundheit ...«, sagte der Sekretär mit einer Handbewegung, als wolle er eine Idee erhaschen, wie man einen Schmetterling fängt.

»Ja, ja ...«, fiel der Konsul lebhaft ein, »meine Gesundheit würde das nicht überstehen. Das Klima. Man muß Wüsten durchqueren ...«

Dann verdüsterte sich sein Gesicht.

»Sie werden mir nicht glauben. Von Versailles aus gesehen sind Kairo und die Wüsten im Sudan ein und dasselbe ...«

»Dennoch«, sagte Monsieur Macé, der weiter überlegte.

»Die Türken!« rief der Konsul. »Die Türken geben mir niemals die Erlaubnis. Christlicher Bekehrungseifer ist hier verboten, und die Türken legen Wert darauf, daß Abessinien von Moslems umgeben bleibt. Sie fürchten nichts so sehr wie eine Allianz, die sie von hinten angreifen könnte.«

»Ja«, sagte Monsieur Macé, »wenn diese Gesandtschaft zustandekommt, muß sie geheim sein. Ein Unbekannter.«

»Darüber hinaus«, ergänzte Monsieur de Maillet ohne Furcht, sich selbst zu widersprechen, »wird es dann billiger. Bei den Türken läßt sich alles kaufen, aber man muß sehr viel bezahlen, damit der Pascha einen Konsul reisen läßt, der für sie den Rang eines Bey hat.«

»Bei jeder Etappe würden die Geschenke kostspieliger.«

Fieberhafter Eifer hatte die beiden Männer gepackt. Monsieur der Maillet führte seinen Mitarbeiter in eine Ecke des Zimmers zu einem Sekretär mit Rolladen. Die Hitze hatte die Leisten verformt, so daß der Schrank immer halb offen stand. Monsieur Macé nahm eine Feder und Papier, dann begann er nach dem Diktat des Konsuls ein kurzes Schreiben aufzusetzen, das alle Argumente anführte, die es dem Diplomaten verboten, persönlich nach Abessinien zu reisen. Begeistert lasen sie ihr Werk noch einmal durch. Monsieur de Maillet füllte zwei kleine Gläser mit Xeres (so nannte man bei ihnen den Wein aus Bordeaux, wenn er madeirisiert war), und sie stießen an.

»Trotz allem«, sagte der Konsul, während er sein Glas mit finsterer Miene abstellte, als hätte ihn der Trank mit Bitterkeit erfüllt. »Dem König ungehorsam sein!«

»Sie sind nicht ungehorsam, Exzellenz! Er will eine Gesandtschaft, und Sie teilen ihm lediglich mit, daß Sie diese nicht führen können.«

»Dann müssen wir einen anderen finden.«

Monsieur Macé erbebte bei dem Gedanken, der Konsul könnte auf ihn kommen. Er spürte nicht das geringste Verlangen, in den Tod zu gehen, wenn er auf eine brillante und friedliche Karriere hoffen durfte.

»Man braucht jemanden«, sagte er hastig, »der gute Chancen auf Erfolg hat. Der König will nicht nur, daß seine Gesandtschaft abreist, wie mir scheint. Er will auch, daß sie zurückkehrt. Ein Diplomat wäre zu auffällig: Er würde nicht einmal die ägyptische Grenze überqueren.«

»Sehr richtig!« bestätigte der Konsul. »Das haben wir in unserer Depesche an den Minister begründet.«

Sie überlegten schweigend. Von der Kapelle schlugen die

Glocken die zweite Stunde. Die Hitze, die die Stadt gefangenhielt, hatte auch den Grünstreifen durchdrungen, der die Häuser umgab. Der Achselschweiß hinterließ dunkle Flecken auf Monsieur Macés Baumwolljacke. Der Konsul empfand deswegen ein kurzes Gefühl des Abscheus. »Er könnte wirklich von Zeit zu Zeit die Kleider wechseln!« dachte er bei sich.

Dann kehrte er zu seinen Gedanken zurück. Offensichtlich hatte ihm diese kurze Zerstreuung jedoch zu neuer Phantasie verholfen, denn er rief:

»Man bräuchte im Grunde einen nützlichen Menschen!«

Überrascht von seiner eigenen Idee, hielt er inne. Monsieur Macé wurde von gleichem Erstaunen ergriffen, angesichts der Entdeckung dessen, was so klar auf der Hand lag.

»Genau«, fuhr der Sekretär fort, »Euer Exzellenz haben recht. Ein Mann, der dem Negus das bringt, was er braucht.«

»Ein Händler!«

Plötzlich breitete sich ein Strahlen auf Monsieur Macés Gesicht aus:

»Monsieur le Consul, Sie erinnern sich«, sagte er lebhaft, »im vergangenen Monat hat man uns in Kairo die Ankunft einer Karawane aus Äthiopien angekündigt. Aber niemand hat sie gesehen. Sie hat sich gewiß weiter im Süden aufgelöst. Ihr Anführer ist ein moslemischer Händler, der schon mehrfach nach Abessinien gereist ist.«

»Kennen Sie ihn?«

»Man hat ihn mir einmal in Kairo gezeigt. Er wirkt sehr bescheiden, fast wie ein Bettler. Aber man sagt, daß er von seiner letzten Reise Goldpuder, Zibet und Ambra im Wert von fünfhunderttausend Talern mitbrachte, die er gegen Waren getauscht hatte, die vom Negus bestellt waren.«

Monsieur der Maillet lief voller Erregung hin und her.

»Ist er hier?«

»Ich weiß es nicht. Es ist wohl nicht sehr wahrscheinlich, aber wer weiß? Alles was er tut, geschieht sehr diskret. Ich bin nicht einmal sicher, ob er bereit wäre, mit uns zu sprechen, noch weniger, ob er uns auch nur die geringsten Informationen über Abessinien geben würde.«

»Alles zu seiner Zeit«, sagte der Konsul in einem Ton, der keinen Widerspruch duldete. »Finden Sie ihn. Wir werden ihn schon überzeugen.«

Sein Entschluß war gefaßt. Er schob Monsieur Macé zur Tür.

»Machen Sie sich sofort auf die Suche nach diesem Mann.«

Monsieur Macé war durch diese Eile etwas überfordert.

»Nehmen Sie mein Pferd, eine Wache, Geld, alles, was Sie brauchen. Wenn er hier ist, bringen Sie ihn her. Wie heißt er eigentlich?«

»Die Araber nennen ihn Hadji Ali.«

»Nun denn, viel Glück dabei, Hadji Ali zu finden, mein Lieber.«

Stolz über diese Bezeichnung, aber wenig hoffnungsvoll hinsichtlich seiner Mission, eilte Monsieur Macé in den Hof des Konsulats. Zehn Minuten später war er in der Stadt.

Nachdem er sich ausgeruht hatte, lauschte der Jesuit gelassen Monsieur de Maillet, der ihm ungezwungen und scheinbar aus dem Stegreif den Inhalt des Schreibens darlegte, das er mit Monsieur Macé verfaßt hatte.

Nach einer kurzen Diskussion beugte sich Pater Versau den Argumenten des Konsuls und sah zu dessen großer Erleichterung ein, daß er in der Tat nicht persönlich als Gesandter nach Abessinien reisen konnte.

»Um ganz aufrichtig zu sein«, schloß der Pater, »niemand hat wahrhaft geglaubt, daß Sie selbst reisen würden.«

Diese Bemerkung ärgerte den Konsul. Verdächtigte man ihn der Feigheit? Er wollte gerade protestieren, als ihm einfiel, daß der wahre Mut darin besteht, auch Kränkungen zu begegnen, ohne mit der Wimper zu zucken. Deshalb schwieg er wohlweislich.

»Was schlagen Sie uns statt dessen vor?« fragte der Jesuit ungerührt.

»Mir scheint«, begann Monsieur de Maillet, »in Anbetracht des gewaltigen Machtunterschiedes zwischen unserem sehr christlichen König und diesem Monarchen – der doch letzten Endes nichts anderes ist als ein Eingeborener, wenngleich gekrönt – ist es angemessen, daß Ihre Majestät Ludwig XIV. keinesfalls als Bittsteller auftritt. Bei diesen Leuten kann man nie wissen. Denken Sie an die Kränkung, die Ihrer Majestät widerführe, wenn seine Gesandtschaft gefangengenommen würde, wie die der Portugiesen im vergangenen Jahrhundert. Pedro de Covilham, der sie führte, wurde mehr als vierzig Jahre festgehalten, ehe er dort starb. Deshalb ist zwar die Funktion der Person, die zu uns gesandt wird, von größter Bedeutung, die unseres Botschafters jedoch weitaus weniger.«

»Ihre Argumentation ist sehr vernünftig«, sagte der Jesuit. »Wir dachten, die Entsendung eines echten Botschafters könnte eher angetan sein, den abessinischen Herrscher zu der Antwort zu veranlassen, die wir wünschen. Aber wenn Sie andere Wege sehen, um das gleiche Ziel zu erreichen ... «

Das Gespräch fand auf einem kleinen Balkon statt, der in der oberen Etage vor dem großen Zimmer lag, in dem Pater Versau logierte. Dieses kleine Kap überragte die Hauptstraße, an der die fränkische Kolonie lag. Jeder, der am Konsulat vorbeikam und Monsieur de Maillet auf dem Balkon sah, grüßte ehrerbietig.

»Mir scheint«, sagte der Konsul kühn, »der beste Weg bestünde darin, die natürlichen Beziehungen zu nutzen, die Äthiopien mit diesem Land unterhält.«

»Welcher Art sind diese Beziehungen?«

»Es gibt zwei verschiedene Kategorien. Von Zeit zu Zeit sendet der Kaiser einen Gesandten zum koptischen Patriarchen von Alexandria, um ihn aufzufordern, einen Abuna zu bestimmen. Es ist eine alte Tradition, daß der Führer der äthiopischen Kirche, den man Abuna nennt, ein ägyptischer Kopte ist, der zu diesem Zweck entsandt wird. Aber man kann nicht mit dieser zu unvorhersehbaren und seltenen Möglichkeit rechnen.«

»Der andere Weg?«

»Das sind die Händler. In manchen Jahren kommt eine Karawane aus Abessinien, um in Kairo und unterwegs Tauschhandel zu betreiben.«

»Ich dachte, der Negus liegt im Krieg mit den Moslems?«

»Pater, auch wir haben Krieg mit den Türken, und dennoch sitzen wir hier auf diesem Balkon und plaudern seelenruhig. Die Staaten müssen bestimmte Rücksichten wahren, an denen sich die Individuen zuweilen ein Beispiel nehmen sollten. Es gibt Verbindungen, die niemals abreißen.«

Monsieur de Maillet sprach diese letzten Sätze mit einem gezierten Lächeln aus, welches die grenzenlose Selbstzufriedenheit enthüllte, die er zuweilen empfand.

»Exzellenz«, sagte der Jesuit, dessen Miene ausdrückte, daß er dem Diplomaten größtes Vertrauen entgegenbrachte, »ich verlasse mich ganz auf Sie. Sie werden eine Lösung finden, die dem Plan des Königs dienlich ist.«

Der Konsul neigte den Kopf. Innerlich explodierte er förmlich vor stolzer Ergebenheit.

Monsieur Macé kehrte um fünf Uhr zurück. Völlig aufgelöst, die Haare schweißverklebt, mit Staubkrümeln auf den Wangen stürmte er zum Konsul, ohne sich zu entschuldigen.

»Ich habe ihn«, stieß er außer sich hervor.

»Unseren Händler?«

»Hadji Ali persönlich.«

Er rang nach Atem und preßte die Hand aufs Herz.

»Ich habe die ganze Stadt durchsucht. Es hieß, er sei abgereist. Das Glück war mir hold. Einer meiner Informanten hatte ihn gestern gesehen.«

»Wo ist er?« fragte der Konsul.

»Auf der Schwelle. Er wartet. Lassen Sie mich erklären ... «

Dann besann er sich:

»... Exzellenz.«

Mit dem Atem kehrte auch sein Sinn für Schicklichkeit zurück. Das war nur gut, denn Monsieur de Maillet duldete keine Vertraulichkeiten, aus welchem Grund auch immer.

»Er ist ein Gauner«, fuhr Monsieur Macé fort. »Ein Spitzbube. Er wollte nichts von Abessinien hören. Ich mußte ihm versprechen ... «

»Was denn?«

»... einhundert Taler.«

Der Konsul wich zurück.

»Was erlauben Sie sich!«

»Für diese Summe wird er reden.«

»Und was sagt Ihnen, daß er hundert Taler wert ist?«

»Exzellenz, versprechen Sie mir, meine Verpflichtung einzulösen, sonst bin ich ein toter Mann.«

»Einverstanden, ich werde zahlen. Aber was hat er gesagt?«

»Noch nichts.«

»Sie machen sich über mich lustig!« rief Monsieur de Maillet und machte Anstalten, sich zu entfernen.

»Exzellenz, ich bitte Sie. Er wird sprechen. Er wird ihnen sagen, was der Negus braucht.«

Monsieur de Maillet zögerte einen Moment, wie er sich entscheiden sollte.

»Nun gut«, sagte er schließlich verdrossen, »worauf warten Sie, um ihn eintreten zu lassen?«

Hadji Ali war einer jener Männer, deren Abstammung unmöglich zu bestimmen ist. Außerordentlich mager, nach seinen knochigen Händen und den eingefallenen Wangen zu urteilen, mit feinen Zügen, einer Adlernase, dichten Wimpern und kupferfarbener Haut, die ihn im Jemen als Jemeniten, als Araber in Ägypten, als Abessinier in Äthiopien, ja sogar als Inder in Indien erscheinen lassen konnte. Mit einiger Mühe hätte man ihn sogar als durch die Tropenhitze gebräunten Europäer ansehen können. An diesem Tag war er in die blaue Tunika der Araber gekleidet, zu der er grüne Pantoffeln trug. Er hatte einen Ring im rechten Ohr. Er nahm die Hand es Konsuls zwischen seine flachen Hände, deutete einen dreifachen Fußfall an, legte dann die rechte Hand auf sein Herz und küßte sich schließlich die Fingerspitzen.

Monsieur de Maillet war daran gewöhnt, sich diesen vielfältigen Formen der Begrüßung nicht zu widersetzen, wenngleich es ihm große Mühe bereitete, sie zu ertragen. Er wies auf eine Bank, auf der sich sein Gegenüber im Schneidersitz niederließ.

Das Gespräch kam nur zögernd in Gang, Monsieur Macé übersetzte. Hadji Ali lobte die Ausgestaltung des Konsulats, die Schönheit des Königs – nach seinem Porträt zu urteilen –, die Frische des Hibiskusblütensirups, der ihm serviert wurde, und bemerkte schließlich wehmütig, daß der Seßhafte, welche Schätze er auch besitzen möge, immer auf die anrührende Gesellschaft der Sterne über seinem Kopf verzichten müsse, während er schlafe. Monsieur de Maillet stimmte dieser Bemerkung höflich zu. Man kam nicht voran.

Auf ein Zeichen von Monsieur Macé holte der Konsul aus dem Sekretär eine Lederbörse mit der versprochenen Summe. Er überreichte sie dem Karawanenführer, der sie sogleich verschwinden ließ. Nun begann Hadji Ali, vom Negus zu sprechen. Der derzeitige Herrscher nannte sich Yasu; er war der erste dieses Namens. Etwa vierzig Jahre alt, war er ein großer Krieger, in dessen Königreich Frieden herrschte. Aber er hatte schon viele Kämpfe geführt.

»Die Äthiopier brauchen nichts«, sagte Hadji Ali und kam damit einer Frage zuvor, auf die ihn Monsieur Macé wohl schon vorbereitet hatte. »Ihr Land versorgt sie mit allem.«

»Man hat mich wissen lassen«, sagte der Konsul schließlich, »daß der Herrscher Sie dennoch beauftragt hat, ihm bestimmte Dinge aus Ägypten zu bringen?«

Hadji Alis Antwort war sehr kurz.

»Er sagt wörtlich ›keine Dinge‹«, übersetzte Monsieur Macé, der es für angebracht hielt, in das Gespräch einzugreifen.

»Wie das, ›keine Dinge‹? Was dann?« fragte der Konsul.

»Ich weiß es nicht. Womöglich Tiere?«

»Fragen Sie ihn.«

Monsieur Macé übersetzte die Frage, und der Händler brach in ein schier endloses Gelächter aus. Er hielt sich die Seite, man sah, und das war ziemlich abstoßend, mit Gold plombierte schwarze Zahnstümpfe in seinem weit aufgerissenen Mund. Der Konsul verlor die Geduld. Hadji Ali beruhigte sich allmählich und trocknete sich die Augen.

»Kann er uns seine Heiterkeit erklären?«

»Es war offensichtlich wegen Ihrer Frage«, erklärte Monsieur Macé.

»Ich habe gesagt: ›Er will keine Dinge‹, und Sie sagen: ›Tiere‹. Das ist sehr lustig!« gluckste Hadji Ali, der immer noch lachte.

»Mein lieber Herr«, sagte Monsieur de Maillet verdrossen, »ich finde das auch ungeheuer komisch. Aber ich würde gern wissen, da Sie sich verpflichtet haben, es uns zu sagen, was Sie ihm bringen sollen, wenn es weder Dinge noch Tiere sind.«

Hadji Ali wurde wieder ernst.

»Ich suche einen Mann.«

Monsieur de Maillet wechselte einen kurzen Blick mit Monsieur Macé.

»Einen Mann, sieh an! Darf man wissen, wen?«

»Das ist ein Staatsgeheimnis, und ich darf es niemandem anvertrauen«, entgegnete der Händler in einem Ton, der keinen Widerspruch duldete.

Es folgte ein langes Schweigen, während Monsieur Macé dem Konsul ein Zeichen gab, zum Sekretär zu gehen und eine weitere Börse herauszuholen. Monsieur de Maillet lehnte dies ohne ein Wort aber mit deutlichen Grimassen ab. Hadji Ali hielt die Augen halb geschlossen und tat, als sähe er nichts. Des Kampfes müde und mit dem Gefühl, kurz vor dem Ziel zu sein, fügte sich der Konsul schließlich in das, was man von ihm erwartete. Eine zweite Börse verschwand unter der Tunika des Händlers.

»Im vergangenen Jahr«, begann Hadji Ali, den die Börse ebenso sicher in Gang gesetzt hatte, wie ein Geldstück einen Automaten, »war ich krank.«

Der Konsul war entsetzt über diesen Anfang.

»Sieh an, sieh an ... «

Monsieur Macé hielt es für günstiger, diese Ausrufe nicht zu übersetzen und den Kameltreiber in seiner Weitschweifigkeit nicht zu unterbrechen.

»Ich war krank«, fuhr er fort, »und ich kam nach Kairo, um mich heilen zu lassen. Die arabischen Ärzte haben kein Heilmittel gefunden. Im übrigen schenke ich ihnen ohnehin kein Vertrauen. Mir schien schon immer, als seien die fränkischen Ärzte geschickter. Ich ging zu Ihrer Kolonie, und man nannte mir den Namen eines Mönches. Ich bin zu ihm gegangen. Er war gekleidet wie wir, aber sein Gewand war braun, und er trug eine Kordel um die Taille geschlungen.«

»Ein Kapuziner«, sagte Monsieur de Maillet ungeduldig.

»Zweifellos. Es gibt sehr viele hier. Dieser war ein sehr alter, fast blinder Mann. Ich fragte, ob seine Macht auch auf jene wirke, die an Mohammed glauben; man sagte mir, ja. Und in der Tat hat er mich geheilt.«

»Ich freue mich sehr, all das zu erfahren«, sagte der Konsul zu seinem Dolmetscher. »Dennoch sollte er begreifen, daß uns seine erbärmliche Gesundheit keineswegs interessiert. Fragen Sie ihn, was das mit unserer Angelegenheit zu tun hat.«

»Ich kehrte mit der Septemberkarawane nach Abessinien zurück«, fuhr der Händler fort. »Der Herrscher ließ mich gleich nach meiner Ankunft zu sich rufen. Er verlangte, allein mit mir zu sprechen, was sehr außergewöhnlich war. Dann offenbarte er mir seine Krankheit, die in allen Anzeichen jener gleicht, von der mich der Franke soeben geheilt hatte.«

»Und Sie sind zurückgekommen, um einen Arzt zu suchen!« rief Monsieur de Maillet mit vor Aufregung gerötetem Gesicht.

Hadji Ali verbeugte sich ehrerbietig, um seine Zustimmung zu bekunden.

»Darf man erfahren, ob ... Sie ihn gefunden haben?« fragte der Konsul.

»Leider!« meinte Hadji Ali mit übertrieben bekümmerter Miene. »Der alte Franke, der mich im vergangenen Jahr geheilt hat, ist während der Trockenzeit gestorben. Er war sehr alt, gewiß das Herz ... «

»Was werden Sie tun?« fragte der Konsul.

»Ich warte. Allah sorgt für alles, wenn man ihm vertraut.«

»Das ist eine schöne Lektion des Glaubens«, meinte Monsieur de Maillet etwas ungeduldig, »aber wie sieht es ... auf der Erde aus?«

»Andere fränkische Mönche von der gleichen Art wie mein verstorbener Arzt haben mir versprochen, binnen kurzem jemanden zu finden. Sie erwarten einen der Ihren, einen berühmten Arzt, der dieser Tage aus Jerusalem eintreffen soll. Zu dieser Stunde ist er wohl schon auf dem Weg von Alexandria hierher. Es kann nicht länger als zehn Monde dauern.«

»Tatsächlich«, sagte Monsieur de Maillet.

»Ich freue mich um so mehr, daß dieser Mann kommt«, ergänzte der Händler, »weil die Wirkung der Heilmittel, die sein Vorgänger mir verschrieb, nachgelassen hat und er mir neue besorgen muß.«

»Darf man erfahren, um welche Krankheit es sich handelt?« fragte der Konsul vorsichtig Monsieur Macé. Dieser übersetzte die Frage sehr lange, zweifellos mit blumigen Umschreibungen.

»Meine Krankheit ist nicht geheim, aber da Sie wissen, daß es dieselbe ist, an welcher der Negus leidet, ist es mir unmöglich, sie zu enthüllen, ohne ihn zu verraten. Sie sollen wissen, daß sie nicht tödlich ist, aber sehr unangenehm. Sie verdüstert das Wesen, was für einen Herrscher sehr ärgerlich ist.«

Nun kehrte die Konversation zu einem höflichen, unbedeutenden Austausch zurück. Monsieur Macé begleitete den Händler gegen sechs Uhr hinaus, nachdem sie vereinbart hatten, sich am folgenden Tag wieder zu treffen.

Die Zufriedenheit von Monsieur de Maillet übertraf all seine Erwartungen. Er belohnte seinen Sekretär mit Glückwünschen, die dieser mit einer tiefen Verbeugung entgegennahm. So hatten sie also an einem Tag den Plan der Gesandtschaft korrigieren können, ohne ihn zu entstellen und indem sie das Leben von Monsieur de Maillet bewahrten. Sie hatten den schwachen Punkt des Negus entdeckt und das Mittel, einen Boten zu ihm zu senden. Außerdem würde dieser Bote ein Mönch sein, was den Wünschen von Ludwig XIV. nur entgegenkommen konnte. Beide hielten sich für außerordentlich geschickt. Um ihren Triumph zu genießen, mußten sie dem Jesuiten diese hervorragenden Neuigkeiten mitteilen.

»Was glauben Sie«, fragte Monsieur de Maillet, »um welche Krankheit es sich handelt?«

»Ich glaube, daß Hadji Ali an einem Hautausschlag leidet. Sie haben gewiß bemerkt, daß er sich unaufhörlich an der rechten Seite kratzt. Vorhin, als er den Arm ausstreckte, um nach der Teetasse zu greifen, schien mir, als hätte ich an seinem Ellbogen eine Art Pickel gesehen, wie diese Flechte, die man in unseren Wäldern an den Baumstämmen sieht.«

»Pah!« meinte der Konsul. »Es spielt im Grunde keine Rolle, ob es die Haut oder ein anderes Körperteil ist.«

Nach diesen Worten gingen sie zu Pater Versau hinauf. Der Jesuit lauschte ihrem Bericht höflich, die Finger über dem Bauch gekreuzt. Als Monsieur de Maillet jedoch auf den fränkischen Arzt zu sprechen kam, überkam den kleinen, schwarzgekleideten Mann ein Zorn, der seine Gesprächspartner zutiefst erschreckte. Vor allem erstaunte sie, wie ein so zerbrechlicher Körper einen so gewaltigen Ausbruch ertragen konnte. Dann versuchten sie, den Fehler zu verstehen, den sie begangen hatten und der eine solche Explosion erklärte. Erst jetzt erinnerte sich Monsieur de Maillet, daß alles begonnen hatte, als er das Wort »Kapuziner« ausgesprochen hatte.

Fünftes Kapitel

Die Kapuziner, die man an ihrem besonderen Gewand mit der großen Kapuze erkennt, gehören zu einem reformierten Orden des Heiligen Franziskus. In der Folge eines heftigen Streits mit der Kustodie des Heiligen Landes, von der sie abhingen, war ihre Anzahl in Ägypten während der letzten zehn Jahre stark gesunken und ihr Einfluß geschwächt. Monsieur de Maillet wußte das. Er wußte auch, daß die Kapuziner eine List anwenden mußten, um ihr völliges Verschwinden aus diesem Land zu verhindern. Sie waren bis nach Rom gegangen, um den Papst um Vermittlung zu bitten. Sie hatten ihn davon überzeugt, daß Tausende von Katholiken, die fünfzig Jahre zuvor durch die Jesuiten in Abessinien bekehrt worden waren, bei der Vertreibung des Ordens vor den Verfolgungen des Negus fliehen mußten. Diese unglücklichen Opfer des Eifers der Jesuiten und der Grausamkeit der äthiopischen Häretiker überlebten nur mit großer Mühe, so behaupteten die Kapuziner. Nach ihren Reden waren sie in den unwirtlichen Gegenden im Süden Ägyptens, in Senaar und an der Grenze zu Abessinien verstreut. Die Kapuziner erklärten sich nun zu Beschützern dieser verirrten Katholiken, die niemand je gesehen hatte, deren Existenz sie jedoch beteuerten. Sie baten den Papst, ihnen offiziell diese Mission zu übertragen. Innozenz XII. brachte diesem Orden einfacher, ungebildeter Mönche großes Wohlwollen entgegen, wobei auch die Tatsache eine Rolle spielte, daß es unter den Kapuzinern viele Italiener gab. Er gewährte ihnen die Gunst, um die sie ihn ersucht hatten. Gestärkt durch die päpstliche Unterstützung waren die Kapuziner zwei Jahre zuvor nach Ägypten zurückgekehrt. Sie waren in den Süden vorgedrungen und hatten in Oberägypten ein Hospiz eröffnet. Nachdem sie einst fast gänzlich aus dem Land verschwunden gewesen waren, fand man sie nun stärker als jemals zuvor.

Monsieur de Maillet wußte auch – er hatte dies jedoch nicht bedacht –, daß die Kapuziner keineswegs bereit waren, sich mit diesem Erfolg zu begnügen. Ihr wahres Ziel bestand nicht nur darin, die abessinischen Katholiken im Exil zu unterstützen, sondern sie wollten das Land Abessinien selbst bekehren. Der Papst unterstützte diese Absicht und schuf einen Fonds, der für den dauerhaften Unterhalt der nach Abessinien entsandten Kapuziner bestimmt war. Mit diesen Zielen stand der Orden in direkter Konkurrenz zu den Jesuiten, die ihre Niederlage niemals akzeptiert hatten – eines Tages wollten sie in dieses Land zurückkehren.

Es gab nur wenige Jesuiten in Ägypten, und sie lebten mit jedermann friedlich und in scheinbar gutem Einvernehmen mit allen, daß dem Konsul die starke Rivalität entgangen war, die auf den höheren Ebenen gegenüber anderen Orden bestand. Die zornige Reaktion von Pater Versau auf den Begriff »Kapuziner« brachte Monsieur de Maillet seinen Irrtum unsanft zu Bewußtsein.

»Es kommt nicht in Frage«, erklärte der Jesuit mit mühsamer Beherrschung, »daß eine Botschaft des Königs von Italienern übermittelt wird. Außerdem wurde diese Mission unserem Orden übertragen, und nur diesem. Die Empfehlungen des Königs sind eindeutig. Wenn ich denn gezwungen bin, Ihnen Tatsachen mitzuteilen, die ich Ihnen lieber verschwiegen hätte, weil sie meiner Bescheidenheit zutiefst widerstreben, so sollen Sie wissen, daß ich, ehe ich hierher kam, in Rom seine Heiligkeit, den Papst, persönlich getroffen habe.«

In den Augen des Konsuls wuchs das Ansehen des Jesuiten noch höher, wenngleich das kaum noch möglich war. Nicht nur, daß er seine Befehle aus dem Mund des königlichen Beichtvaters persönlich empfangen hatte, dieser Mann, der da vor ihm stand, hatte sich noch dazu in unmittelbarer Nähe von Gottes Stellvertreter auf Erden aufgehalten und sogar mit ihm gesprochen. Das Gefühl der Bewunderung verstärkte nur die außerordentliche Scham, die der Diplomat über seinen Fehler empfand, und er war bereit, jedem Ansinnen des Jesuiten in vollkommenem Gehorsam und gänzlicher Seelenunterwerfung zu entsprechen.

»Der Papst, dem ich die Absichten des Königs von Frankreich mitgeteilt habe, war ganz und gar davon angetan. Er hat seinen Segen gegeben für alles, was unser Orden unternehmen sollte, um Abessinien der Häresie zu entreißen, in die es unglücklicherweise gestürzt wurde.«

In den Tropen bricht der Abend schnell herein. Die Dämmerung tauchte das Zimmer in einen bläulichen Halbschatten, der das Gewicht der Worte des Jesuiten noch zu unterstreichen schien.

»So sei es«, sagte er mit einem frommen Blick nach oben. »Damit ein solch aufwendiges Unternehmen wie die geistliche Wiedereroberung eines großen Volkes als Werk des wahren Glaubens gelingen kann, muß es von einer universellen, unbestrittenen Macht durchgeführt werden, die weit über allem irdischen Ehrgeiz steht. Nur der König von Frankreich, der größte aller katholischen Herrscher, besitzt eine vergleichbare Macht und kann einen solchen Plan mit der angemessenen Unparteilichkeit zu einem guten Ende führen. Alles vollzieht sich dann nach diesem großen Plan: Der Papst erkennt ihn als geweiht an, und unser Orden führt ihn demütig aus.«

Pater Versau machte eine Pause, dann fügte er leicht mißgestimmt hinzu:

»Ein Unternehmen dagegen, das von unten geführt wird, von unwissenden Priestern, die aus einer schwachen Nation stammen, würde unweigerlich von allzu menschlichen Interessen geleitet … «

Der Satz endete in einem Seufzer. Monsieur der Maillet war niedergeschmettert und wagte nicht mehr zu atmen.

»Sie haben Ihre Angelegenheit auf den richtigen Weg gebracht«, fuhr der Jesuit mit kräftiger und nun wieder äußerst freundlicher Stimme fort. »Unsere Botschaft durch einen Arzt überbringen zu lassen, der mit diesem Händler reist, ist eine hervorragende Idee. Aber es muß unbedingt ein Franzose sein, und er muß von einem Priester unseres Ordens begleitet werden.«

Diener trugen Fackeln herein und zerstörten den Zauber der Abendstimmung. Man sprach nicht weiter über das Thema.

Das Abendessen verlief in entspannter Fröhlichkeit. Der Jesuit erzählte tausend Anekdoten von seinen Reisen. Die Damen befragten ihn nach Versailles, nach Rom. Er glänzte mit seinen Reden und wandte sich vor allem an Mademoiselle de Maillet. Voller Rührung erkannte ihr Vater darin die natürliche Neigung der Priester dieses berühmten Ordens, die jungen Seelen zu leiten.

Pater Versau sprach den Wunsch aus, am nächsten Tag den Besuch der beiden Jesuiten zu empfangen, die er in Kairo wußte. Monsieur Macé übernahm es, sie einzuladen. Man trennte sich sehr früh, und der Konsul blieb allein in seinem Arbeitszimmer zurück. Er dachte lange über die erschreckende Erkenntnis nach, die er eigentlich nicht wahrhaben wollte: Die Jesuiten besaßen tatsächlich die verrückte Tollkühnheit, nicht nur eine Gesandtschaft nach Abessinien entsenden, sondern auch persönlich in dieses Land gehen zu wollen, in dem sie verabscheut wurden. Das Schlimmste jedoch war für Monsieur de Maillet etwas anderes: Er mußte einen französischen Arzt in dieser Kolonie finden, in der es keinen gab.

Um sieben Uhr morgens tauchte die Frische der Nacht in ein Bad aus sanftem Licht. Auf den großen Bäumen der fränkischen Kolonie saßen zahllose Vögel, die in den letzten Schatteninseln kreischten. Der Staub lag noch am Boden, aber wenn er durch Schritte aufgewirbelt wurde, sank er nicht wieder herab.

Maître Juremi lief auf dem sandigen Randstreifen und tauchte hin und wieder aus dem Schutz der Platanen in die sonnenhellen Zwischenräume. Er war so glücklich wie ein Delphin, der zwischen warmem und kühlem Wasser hin und her springt. In der Hand hielt er ein kleines Leinenbündel. Er pfiff vor sich hin. Wie er es vorausgesehen hatte, waren die Schergen des Konsulats am Vorabend zu ihm gekommen, um eine Vorladung zu überbringen.

Maître Juremi hatte sich schließlich den weisen Ratschlägen seines Freundes Jean-Baptiste gebeugt. Er trug in seinem Sack ein paar Toilettensachen, ein sauberes Hemd und eine kleine Bibel bei sich. Nun schritt er ebenso fröhlich dem Kerker entgegen wie ein Mann, der zum Angeln unterwegs ist.

An der Tür des Konsulats wurde er höflich von einem Diener in Empfang genommen. Dieser führte ihn hinauf in die erste Etage, dann traten sie durch eine niedrige, halb verborgene Tür von der oberen Vorhalle in ein kleines Zimmer voller Frische: Durch das geöffnete Fenster blickte man auf das Laubwerk eines großen Maulbeerbaums. In der Mitte des Zimmers war ein Tisch gedeckt, der den gesamten Raum einnahm. Das Licht brach sich auf dem mit den Wappen der Maillets bestickten Tischtuch, ließ Kristallgläser funkeln, strahlte auf eine Karaffe mit Orangensaft, zwei Porzellantassen und frisches Brot. Der Lakai zog einen Stuhl für Maître Juremi heran und forderte ihn auf, sich zu setzen. Der Drogist lehnte ab. Offensichtlich war das alles ein Mißverständnis, welches sich sogleich aufklären würde. Maître Juremi verspürte Lust, dem Diener zu sagen, daß hier ein Irrtum vorliege, daß er gekommen sei, um ins Gefängnis zu gehen. Aber der andere verschwand und ließ ihn mit seinem Bündel in diesem Raum stehen, wo er sich ausrechnen konnte, welche Unannehmlichkeiten binnen kurzem auf ihn zukommen würden.

Gleich darauf trat der Konsul ein. Er sah sehr schlecht aus, seine Augen waren gerötet, und er hatte reichlich Schminke und Puder aufgelegt. Seine Leutseligkeit war deshalb um so erstaunlicher.

»Maître Juremi! Wie freue ich mich, Sie zu sehen! Aber warum hat man Ihnen denn keinen Stuhl angeboten? Nehmen Sie doch bitte Platz.«

Nach einem letzten Anflug von Mißtrauen ließ der Drogist seinen großen Körper auf den kleinen Stuhl sinken. Der Konsul befahl, Pfefferminztee zu servieren, und erwies seinem Gast tausend Aufmerksamkeiten: Er reichte ihm Milch, Zucker und Löffel, persönlich schenkte er Orangensaft in die beiden Gläser ein. Maître Juremi bedauerte, daß er die Idee mit dem Degen aufgegeben hatte, denn mit einem festen Hieb hätte er dieser Komödie auf der Stelle ein Ende setzen können.

»Sie haben sehr gute Arbeit geleistet«, begann Monsieur de Maillet. Dann konnte er sich jedoch nicht zurückhalten und fügte mit gerunzelten Augenbrauen hinzu: »In meiner Abwesenheit.«

Maître Juremi wußte darauf nichts zu erwidern. Um Haltung zu bewahren, stopfte er sich ein Hörnchen in den Mund. Auf diese Weise am Sprechen gehindert, wartete er auf die Fortsetzung.

Schon unter gewöhnlichen Umständen war er nicht sehr redegewandt, deshalb konnte man nicht erwarten, daß er in dieser Situation viel zu sagen gewußt hätte.

»Man braucht zweifellos Talent«, fuhr der Konsul fort, »um die Pflanzen so zuzubereiten, daß Pasten, Farben, Lasuren daraus werden, nicht wahr?«

Maître Juremi bewegte den Kopf hin und her, zuckte mit den Schultern und kaute weiter.

Der Konsul kreiste um eine bestimmte Frage, das war deutlich zu spüren. Aber welche? Der Diplomat trank eine große Tasse Kaffee in einem Zug aus, und es schien dem Drogisten, als würde er nun zu seinem eigentlichen Anliegen kommen.

»Diese Mischungen können für vieles gut sein, nicht wahr? Ich habe mir sagen lassen, daß Sie sogar ... Medizin herstellen?«

›Da haben wir es‹, dachte Maître Juremi.

Sein Atem wurde schneller, wie bei einer Antilope, die hinter sich die Büsche rascheln hört.

»Fürchten Sie nichts«, sagte der Konsul, während er ein vom häufigen Waschen vergilbtes Taschentuch hervorzog und sich den Mund abwischte. »Meine Vorgänger waren in der Vergangenheit sehr streng mit einigen Ihrer Kollegen, die ohne die notwendigen Diplome als Arzneikundige oder Ärzte arbeiteten. Ich selbst habe eine gewisse Vorsicht gezeigt, die wohl letztlich durchaus verständlich ist. Es gibt doch so viele Scharlatane in dieser Gegend. Was denken Sie darüber?«

Maître Juremi hob die Augenbrauen, was Monsieur de Maillet als Zustimmung deutete.

»Jetzt aber steht meine Meinung fest, endgültig fest. Ich habe Sie bei der Arbeit sehen dürfen – zwar nur an einem Bild, aber dennoch. Auch die Informationen, die ich über Sie eingeholt habe, sind ausgezeichnet. Wenn Sie mir sagen, daß Sie Medikamente herstellen, glauben Sie mir, so können Sie meiner Unterstützung gewiß sein. Ich stehe zu meinem Wort, wissen Sie das?«

»Ja, Exzellenz«, murmelte Maître Juremi mit Mühe.

»Nun, so reden Sie ohne Umschweife. Kennen Sie, wie es heißt, das Kompendium der Pflanzen?«

»Ich glaube schon«, meinte der Drogist.

»Er glaubt! Welch eine Bescheidenheit! Ich habe gehört, daß

Sie es nicht nur glauben, sondern daß jedermann in der Kolonie Sie konsultiert, daß selbst der Pascha Sie zu sich ruft.«

Maître Juremi senkte die Augen.

»Sie brauchen sich deswegen nicht zu schämen!« fuhr Monsieur de Maillet fort. »Das ist gut. Das ist sehr gut. Ich ahnte ja nicht, welche Talente Sie besitzen. Sie sind so bescheiden, Maître Juremi. Erst heute nacht, als ich mich etwas unwohl fühlte, gestand mir meine Gattin, daß sogar sie selbst, meine eigene Frau, ohne daß ich es wußte, vor sechs Monaten bei Ihnen Hilfe gesucht und Heilung gefunden hat.«

Das Entsetzen im Gesicht seines Gastes machte die Stimme des Konsuls noch sanfter.

»Ich bitte Sie, fürchten Sie nichts. Ich weiß nicht, wie ich mir Ihr Vertrauen erwerben kann. Ich beglückwünsche Sie von ganzem Herzen. Mehr noch, ich ermuntere Sie.«

Monsieur de Maillet erhob sich, trat zum Fenster, wandte sich zu dem Drogisten um und sagte:

»Wären Sie beispielsweise in der Lage, Hautkrankheiten zu heilen, ich meine diesen Ausschlag, den man hier oft bei den Schwarzen sieht?«

»Ehrlich gesagt, Exzellenz«, stammelte schließlich Maître Juremi, »wir sind zu zweit.«

»Was wollen Sie damit sagen?«

»Ich habe einen Partner.«

»Sehr gut, das weiß ich im übrigen. Aber antworten Sie dennoch auf meine Frage.«

»Bitte verstehen Sie mich, die Medizin ist eher seine Angelegenheit. Er verschreibt, und ich bereite zu. Im Falle Ihrer Frau Gemahlin zum Beispiel habe ich ihm die Beschwerden geschildert. Er hat mir gesagt, was zu tun ist, ich habe eine Salbe zubereitet und sie ihr gebracht. Nur darin besteht meine Rolle.«

Der Konsul kehrte an den Tisch zurück und setzte sich wieder.

»Ich verstehe«, sagte er. »Ich müßte mich also eher an Ihren Partner wenden.«

»Genau das versuchte ich Eurer Exzellenz zu sagen.«

Die Wärme, mit der Monsieur de Maillet das Gespräch geführt hatte, nahm um einige Grad ab.

»Wie heißt er noch gleich?«

»Poncet, Exzellenz, Jean-Baptiste Poncet.«

»Und wo findet man ihn?«

»Wir wohnen im selben Haus. Er schläft in der oberen Etage, ich im Erdgeschoß.«

»Und Ihr Laboratorium?«

»Oh! Exzellenz, ich glaube, daß man bei uns nicht unterscheiden kann, was zum Leben und was zum Arbeiten dient. Ich hätte Mühe, Ihnen zu beschreiben ... «

Der Konsul dachte eine Weile nach.

»Glauben Sie«, sagte er schließlich, »daß Ihr Freund für eine lange Reise zur Verfügung stünde?«

»Das muß man ihn fragen, Exzellenz. Er ist, wie soll ich sagen, ein etwas eigenwilliger Bursche. Wenn ich nicht sein Partner wäre, würde ich sagen ... er ist ein Genie.«

»Ein Genie! Was Sie nicht sagen!«

›Tatsächlich‹, dachte Monsieur de Maillet, ›diese Abenteurer schrecken vor nichts zurück.‹

»Würden Sie ihn zu mir bringen?«

»Gewiß, wenn Sie es wünschen. Wir sind Untertanen des Königs, und Sie vertreten ihn hier.«

Sogar aus dem Mund eines einfachen Mannes erfreute ein solches Glaubensbekenntnis immer das Herz von Monsieur de Maillet, der dem Mann, der ihm so aufrichtig seine Treue bekundete, die Dankbarkeit nicht zu verweigern vermochte. Das ist es, dachte er, die Harmonie der Monarchie: eine willkommene Autorität über dankbare Untertanen.

Maître Juremi lächelte in sich hinein. Er hatte oft festgestellt, daß es für ihn kein Mittelmaß gab zwischen spontaner, wilder Auflehnung und übertriebener Unterwürfigkeit. Das war seine Maske als Protestant. Monsieur de Maillet hätte zweifellos sehr gestaunt, wenn man ihm gesagt hätte, daß er einen jener wilden Emigranten vor sich sah, die Wilhelm von Oranien eingesetzt hatte, um fast mit bloßen Händen die Verteidigungslinie der Stuarts an der irländischen Küste zu durchbrechen. Dennoch zeugte die Narbe an seinem Bauch davon, und Maître Juremi verspürte ein fast unbezwingbares Verlangen, das Hemd hochzuschieben und die Spur des Schwertes unter die Nase des Konsuls zu halten.

»In diesem Fall«, fuhr Monsieur de Maillet fort, »sagen Sie Ihrem Partner, daß ich ihn um elf Uhr hier erwarte.«

»Wie Sie wünschen, Exzellenz. Allerdings ... «

Maître Juremi verspürte plötzlich Skrupel. Der Konsul schien keine böse Absicht zu verfolgen. Es lag also keine große Gefahr darin, ihm Jean-Baptistes wahren Beruf zu enthüllen. Sorgen machte ihm eher der Charakter des Freundes. Hatte er doch gerade am Vortag gesagt: »Wenn er mich bestellte, würde ich nicht hingehen.«

»Allerdings?« fragte Monsieur de Maillet ungeduldig.

»Allerdings, da ich meinen Freund Poncet sehr gut kenne, würde ich mir einen anderen Vorschlag erlauben.«

»Reden Sie.«

»Mir scheint, wenn Eure Exzellenz sich zu ihm begeben würde, also zu uns, wäre mein Partner Ihnen unendlich dankbar und könnte Ihnen nichts verweigern.«

»Mich zu ihm begeben! Dieser Herr gewährt wohl gar Audienzen?«

Der Protestant schwieg vorsichtig.

›Das ist seltsam, absurd, ja empörend‹, dachte der Konsul. Aber dennoch, da es sehr dringend war, da dieser Kauz am längeren Hebel saß, auf seine Weise und für kurze Zeit, mußte er seinen Widerwillen wohl bezwingen.

»Wird er in einer Stunde zu Hause sein?« brachte Monsieur de Maillet mit geballten Fäusten hervor

Sechstes Kapitel

Die Kutsche wartete in dem mit Holz gepflasterten Hof des Konsulats. Es war ein herrliches Gefährt, das in Montereau gebaut und von zwei Schiffen (die Räder in einem, die Karosse und die Deichsel in dem anderen) aus Frankreich hier hergebracht worden war. Der Konsul nutzte den Wagen für offizielle Wege in der Stadt, was seine Autorität bei den Türken beträchtlich erhöhte. Nachdem Monsieur de Maillet die vergangene Stunde damit verbracht hatte, mit sich zu Rate zu gehen, hatte er schließlich beschlossen, mit der Kutsche zu dem Arzt zu fahren. Dieser wohnte nur einige Dutzend Meter von ihm entfernt, und es wäre ein Leichtes, ja sogar selbstverständlich, gewesen, zu Fuß zu gehen. Vielleicht wäre dieser seltsame Besuch dann diskreter abgelaufen; gleichzeitig wäre er jedoch verdächtiger erschienen. Nein, das beste Mittel, um nicht allzuviel Aufmerksamkeit auf sich zu ziehen, war, den Wagen zu nehmen, ihn vor dem Haus eines bedeutenden Kaufmanns, den der Konsul gelegentlich besuchte, anhalten zu lassen und einen Umweg über die Straße zu machen, zum Haus der Apotheker, so als leite ihn allein die Neugier. Monsieur de Maillet fragte Monsieur Macé nach seiner Meinung. Dieser stimmte ihm zu, und so brachen sie gegen zehn Uhr auf.

Um den Ausflug noch normaler erscheinen zu lassen, befahl der Konsul dem Kutscher, zunächst die Kolonie zu verlassen und eine Runde durch die Stadt zu fahren. Anschließend sollte er »vor dem Haus von Monsieur B.« anhalten.

»Nun, Macé«, sagte der Konsul leicht pikiert, »was haben Sie in unseren Akten über die große Persönlichkeit entdeckt, die wir besuchen werden?«

»Recht wenig, Exzellenz. Der Mann macht kaum von sich reden. Ehrlich gesagt wissen wir nicht einmal, ob Poncet sein richtiger Name ist. Er kam vor drei Jahren hierher. Man weiß, daß er sich vorher sechs Monate in Alexandria aufgehalten hat, wohin er kam, als er aus Venedig flüchten mußte. Er hat sich mehrfach gerühmt, seine Kunst zuvor in Marseille, Beaucaire und Italien ausgeübt zu haben. Wir haben guten Grund anzunehmen, daß seine Papiere falsch sind. Seine Geburtsurkunde stammt aus Grenoble, wo im vergangenen Jahr dieser ehemalige Mönch festgenommen wurde, der mit viel Geschick als Fälscher gearbeitet hatte. Eure Exzellenz wurde damals über diese Tatsachen informiert, dennoch haben Sie sich voller Wohlwollen bereit erklärt, Ihre Protektion auch Monsieur Poncet angedeihen zu lassen, trotz der Ungewißheit über den Ort, das Datum und die Umstände seiner Geburt.«

»Was kümmert mich seine Geburt!« zischte der Konsul zwischen den Zähnen.

Für Monsieur de Maillet wurde ausschließlich ein Edelmann irgendwo geboren, auf einem Landbesitz, der ihm ebenso gehörte wie die Menschen, und der seinen Namen trug. Alle anderen Geschöpfe wurden geboren, wo sie konnten, und das hatte allein anekdotischen Wert.

»Weiß man etwas über die Gründe für seine Irrfahrten?« erkundigte er sich. »Dieser Poncet ist doch wohl kein Protestant wie sein Partner?«

»Offensichtlich waren seine Ortswechsel eher die Folge von Denunziationen. Er übt die Medizin und die Arzneikunde aus, ohne irgendein Diplom zu besitzen. Was seine Religion angeht, so sind wir jedoch sicher, daß er als Katholik der römischen Kirche getauft wurde.«

»Aber ich habe ihn noch nie in der Kapelle gesehen.«

So nannte man die kleine Kirche neben dem Konsulat, wo sich jeden Sonntag die Kolonie versammelte.

»Leider! Mehr als ein Viertel der Mitglieder unserer Gemeinde macht es nicht besser als er.«

»Ich weiß, und früher oder später werden wir auch da Ordnung schaffen müssen.«

»Der Priester sagt, er hat ihn hin und wieder gesehen, außerhalb der Gottesdienste, in der ersten Zeit nach seiner Ankunft in der Kolonie. Er soll sogar einmal Blumen in die Kirche gebracht haben.«

»Hat er schon gebeichtet?«

»Nie.«

Der Konsul zuckte die Schultern und schaute ungeduldig hinaus.

Monsieur Macé blätterte in den vergilbten Seiten auf seinem Schoß. Durch die offenen Fenster der Kutsche drang die laue Luft der arabischen Stadt mit dem Duft nach getrockneten Kräutern und Kaffee herein. Die Menge strömte in den engen Gassen so dicht am Wagen vorbei, daß die Fußgänger diesen fast berührten. Kinder krähten kleine Sticheleien und nahmen dann schnell Reißaus. Die Frauen, immer in Gruppen, in ihre Baumwollschleier gehüllt, warfen neugierige Blicke in das Innere der Kutsche.

»Wenige Verurteilungen«, fuhr der Sekretär fort. »Nächtliche

Ruhestörung: Sein Partner und er hatten getrunken, um irgend etwas zu feiern. Eine Klage wegen eines Duells: Tatsächlich kreuzten sie nur miteinander die Degen, um sich zu amüsieren. Poncet trifft sehr viele Türken, versorgt den Pascha, mehrere Beys, den Anführer der Azabs und den der Janitscharen, zahlreiche Händler ... «

Genau das machte die Angelegenheit so heikel für den Konsul. Die Gunst, die der Apotheker bei den türkischen Autoritäten genoß, schenkte ihm eine große Unabhängigkeit. Der Konsul wußte aus Erfahrung, daß es immer gefährlich war, sich mit Männern anzulegen, die beim kleinsten Zwischenfall die schlechte Laune der Einheimischen herausfordern und weitreichende diplomatische Verwicklungen hervorrufen konnten. Es war zu befürchten, daß Poncet dies ausnutzen würde, um sich besonders unverschämt zu gebärden.

»Ihr Dossier ist sehr mager, dazu kann ich Sie nicht gerade beglückwünschen«, murrte der Konsul, wenngleich er der Überwachung seiner Untertanen gewöhnlich nur wenig Interesse entgegenbrachte.

Die Kutsche war am Ende ihrer Rundfahrt angelangt, vor dem Haus, das der Konsul bestimmt hatte. Der reiche Händler, der dort wohnte, kam ihnen mit Ausrufen der Überraschung und Freude entgegen. Der Diplomat hatte die unangenehme Aufgabe, dem Tölpel klarzumachen, daß er natürlich auch sehr glücklich war, ihn zu treffen, daß ihn jedoch eine andere, vollkommen unbedeutende Angelegenheit, pure Neugier sozusagen, im Haus gegenüber erwartete. Darauf griff er Monsieur Macé am Arm und überquerte würdevoll die Straße.

Das Haus, das Poncet und Maître Juremi miteinander teilten, war weitaus weniger prächtig als das gegenüberliegende. Eigentlich waren es mehrere zweigeschossige Gebäude, die aneinander zu kleben schienen. Sie hätten der Straße nur den Anblick einer einheitlichen Mauer geboten, wären sie nicht mit einem Gewirr von Holzkonstruktionen behängt gewesen. Diese Gerüste bildeten unten so etwas wie bogenförmige Wandelgänge, unter denen man Schatten fand, und oben einen Balkon, der gegen die Sonne schützte und die Zimmer kühl hielt. Die Bleibe der Drogisten sah von außen genauso aus wie die Nachbarhäuser. Sie hob sich nicht deutlicher ab als ein Tortenstück vom anderen. In diesem kleinen Viertel wohnten in wildem Durcheinander unter wenig hygienischen Verhältnisse jene beieinander, die zu den Ärmsten der Kolonie gehörten: Neuankömmlinge, gescheiterte Existenzen, Witwen, uneheliche Kinder verschiedener Hautfarbe, die der Konsul aus purer Güte zuweilen in der Kolonie duldete.

Die Tür der Drogisten stand offen. Um nicht noch länger auffällig im Freien zu stehen, traten die Diplomaten ein, ohne auf eine Einladung zu warten. Maître Juremi eilte herbei und führte sie durch den engen Vorraum in ein großes, dunkles Zimmer, welches das gesamte Erdgeschoß einnahm. Hier herrschte eine unbeschreibliche Unordnung, die zu chaotisch war, um sich dem Blick zu erschließen. Der erste Eindruck wurde von Kupfermörsern bestimmt, die gelblich schimmerten. Irdene Kolben auf roter Kohlenglut verbreiteten Dampfschwaden, die nach oben zu steigen suchten, jedoch, von geheimnisvollen Substanzen beschwert, an den Wänden entlangglitten. In einer Ecke zeichnete sich unter einem abgenutzten Laken die Form eines Strohsacks ab. Die Decke war niedrig und von Ruß geschwärzt. Weidenkörbe, einoder zweihundert vielleicht, hingen überall herum, vollgestopft mit getrockneten Pflanzen, runzligen Früchten, den Ratten abgerungenen Brotkanten.

»Es ist eine große Ehre, Exzellenz, Sie in unserem Laboratorium zu empfangen«, sagte Maître Juremi, dessen hohe und breite Gestalt fast die Balken berührte.

»Ist Ihr Partner da?«

»Im Obergeschoß.«

Im Halbschatten nahm man einen von oben kommenden Lichtschein wahr, unter dieser Öffnung eine schmale Stiege. Gefolgt von Monsieur Macé stieg der Konsul hinauf.

Das obere Zimmer, in dem sie nun ankamen, war ebenso hell wie das untere dunkel. Vier große Fenster, die sich auf einer Seite zum Balkon, auf der anderen zu einer Terrasse öffneten, schenkten ihm Licht. Die Decke – sofern sie je existiert hatte – war entfernt worden, so daß man bis zum Dach mit seinen Balken, Sparren und der leicht angegrauten Unterseite der Ziegel hinaufsehen konnte.

Der gesamte Raum war mit Blättern gefüllt. Wahre Bäume in großen Holzkübeln wucherten im hellen Licht und der feuchten Wärme. Eine riesige Wolfsmilchpflanze erreichte fast den First. Ein schöner Ficus, Bäume mit behaarten Stämmen und andere Gewächse voller Stacheln schoben ihr Geäst ineinander. In den Freiräumen zwischen diesen großen Pflanzen wuchs eine Vielzahl kleinerer. Der Boden war fast völlig mit Töpfen übersät, nur schmale Pfade führten zur Terrassentür, dem Balkon, dem Tisch, auf dem sich Bücher stapelten, und zu einem kleinen, in die einzige dunkle Ecke gezwängten Schrank. Auf mittlerer Höhe, entweder in kupfernen oder zinnenen Blumengefäßen an der Wand befestigt oder an Seilen vom Firstbalken herabhängend, wucherten friedlich Dutzende andere Pflanzen jeder Art, Sukkulenten, Doldengewächse, Flechten, Orchideen.

Der Konsul und sein Sekretär standen einen Augenblick sprachlos da. In dem undurchdringlichen Durcheinander dieses Gewächshauses hörte man kleine Vögel flattern und zwitschern. Maître Juremi war unten geblieben. Außer den beiden Besuchern schien sich in diesem irdischen Paradies keine Menschenseele aufzuhalten.

»Kommen Sie näher, meine Herren«, sagte jedoch eine Stimme von oben.

Die beiden Diplomaten gingen mit kleinen Schritten weiter, unter ihnen knarrten die Dielen, die vom Blumenwasser durchtränkt waren. In Kopfhöhe schaukelte in der Zimmerecke eine leere Hängematte zwischen zwei Haken.

»Ich pflanze nur noch diesen empfindlichen Steckling ein, dann stehe ich Ihnen zur Verfügung«, fuhr die Stimme fort. »Nehmen Sie doch inzwischen Platz. Neben dem Tisch stehen zwei Hocker.«

Monsieur Macé, der gute Augen hatte, wies den Konsul darauf hin, daß am größten Baum eine Leiter angelehnt war. Auf den letzten Stufen sah man zwei Beine in Stiefeln aus weichem Leder.

»Sehr schön, sehr schön«, sagte der Konsul mit lauter Stimme, die nicht eben gutgelaunt klang. »Nehmen Sie sich nur Zeit!«

Er machte Monsieur Macé ein Zeichen. Sie stiegen über Blumentöpfe, blieben mit den Hosen an einem unseligen Dornengewächs hängen, erreichten den Tisch und setzten sich, wie man sie angewiesen hatte.

»Es gibt nur eine ganz kurze Zeit für diese Stecklinge«, ließ sich wieder die Stimme vom oberen Ende der Leiter hören. »Was uns in unserem Beruf am meisten interessiert, müssen Sie wissen, sind die Hybriden. Die wilde Pflanze ist im Grunde nur ein Rohmaterial. Oh, oh, oh, jetzt ist der kleine Faden auch noch gerissen. Verzeihen Sie mir.«

»Wir verstehen vollkommen«, sagte Monsieur Macé rasch, denn er fürchtete, der Konsul wäre nicht mehr in der Lage, seinen Zorn zu verbergen.

»Ja, ich sagte, ein Rohmaterial. Man muß sie kreuzen, die einen nehmen, um die anderen zu fördern. Kurz und gut, die Natur ist für uns in gewisser Weise nur der Anfang. Wir haben die Zutaten. Dann muß man die Welt der Zusammensetzungen erforschen.«

Auf dem Tisch stapelten sich sehr verschiedenartige Bücher, in denen der Konsul nervös blätterte: ein Lehrwerk über Botanik, die Oden des Horaz und ein paar Quartbände in arabischer Sprache.

An einem kräftigen Ast hingen zwei Florette, und auf dem Boden lagen Brustleder, Masken und Panzerhandschuhe herum – alles, was man zum Fechten braucht.

»Sie können schon anfangen, mir die Angelegenheit zu erklären«, fuhr die Stimme fort. »Ich bin Jean-Baptiste Poncet. Sie haben mir anscheinend etwas mitzuteilen.«

»Monsieur«, sagte der Konsul, während er aufstand, »die Angelegenheit, über die ich mit Ihnen reden muß, ist in der Tat von höchster Dringlichkeit. Unter anderen Umständen, das können Sie mir wohl glauben, hätte ich Sie nicht aufgesucht. Um ehrlich zu sein, ich hätte es vorgezogen, Sie zu sehen. Aber wenn wir uns wenigstens hören, wird das möglicherweise ausreichen.«

»In der Tat«, erwiderte Jean-Baptiste in aufrichtigem und warmherzigem Ton, »ich bin Ihnen sehr verbunden, daß Sie mir erlauben, meine Arbeit zu beenden. Ansonsten wäre alles, was ich vorbereitet habe, ruiniert ... «

»Monsieur Poncet«, unterbrach ihn der Konsul, der noch

immer stand und den Kopf zur Decke gewandt hatte, »ist es wahr, daß Sie die Heilkunst praktizieren?«

»Oh, Exzellenz! Ich habe immer vorausgesehen, daß dieser Moment kommen würde. Wir wollen Ihnen die Wahrheit nicht länger verbergen. Ich bedaure es sogar, stellen Sie sich vor, daß wir nicht früher darüber reden konnten. Es ist nicht gerade angenehm, sich auf diese Weise verstecken zu müssen, um eine Kunst auszuüben, die im Grunde doch nur Gutes tut. Aber ich wußte um Ihre feindselige Einstellung. Da Sie nun hier sind, werde ich Ihnen gleich einige Proben zeigen ... «

»Hören Sie, Poncet! Meine Frage ist einfach. Sie ist nicht heimtückisch. Ich werde keinerlei Sanktionen gegen Sie ergreifen, ganz im Gegenteil. Ich frage Sie erneut, und ich erwarte, daß Sie klar antworten: Praktizieren Sie die Medizin?«

»Ja.«

»Wären Sie beispielsweise in der Lage, diese Hautkrankheiten zu heilen, die viele Eingeborenen haben, diesen Aussatz, diese Flechte?«

»Nichts einfacher als das. Wobei es kein Wunderrezept gibt. Jeder Fall verlangt eine besondere Behandlung.«

»Ich weiß Bescheid«, unterbrach ihn der Konsul. »Wir müssen uns nicht in Einzelheiten verlieren. Kommen wir nun zu etwas anderem. Ich bin gekommen, um Ihnen in aller Form eine Mission von außerordentlicher Bedeutung anzutragen.«

»Dieser Faden, dieser Faden. Juremi!« rief der Mann von seiner Leiter herab.

»Hören Sie mir zu?« fragte der Konsul.

»Ja, ja, fahren Sie fort.«

»Würden Sie den Auftrag annehmen, eine Mission des Königs von Frankreich auszuführen?«

»Was gibt's?« fragte Maître Juremi mit kräftiger Stimme, während er aus seiner Höhle auftauchte.

»Dieser Kupferfaden. Kannst du mir eine andere Rolle bringen? Der, den ich habe, reißt ständig.«

»Monsieur Poncet«, schnaubte der Konsul, der sich nur mit größter Mühe zurückhielt, »ich rede über Dinge von größter Bedeutung. Können Sie mir nicht zwei Minuten schenken und von diesem Baum herabsteigen?«

»Ich bin fast fertig. Nur noch zwei oder drei Knoten, aber wenn ich jetzt aufhöre, ist alles verdorben. Lassen Sie sich deshalb aber nicht stören. Ich höre, was Sie mir sagen. Eine Mission für den König ... «

»Eine Mission, die Sie zu einem der ruhmreichsten Werkzeuge der Christenheit, ja, des Papstes selbst, machen würde.«

»Ich habe es Ihnen bereits gesagt«, antwortete Poncet mit einer Stimme, in der nicht die geringste Begeisterung zu erkennen war, »ich tue alles, um Sie zu erfreuen, Herr Konsul. Aber mir steht kaum der Sinn nach offiziellen Angelegenheiten.«

»Gehen wir anders an die Sache heran: Es geht darum, einen Herrscher zu heilen.«

»Ludwig XIV.?«

»Das nicht«, kicherte der Konsul, der bei so viel Dummheit die Geduld verlor. »Einen Herrscher, zu dem Sie der König von Frankreich senden würde. Verstehen Sie? Ist es nicht ruhmreich, den Körper eines großen Königs zu behandeln?«

»Wissen Sie, für uns Ärzte gibt es keine Könige mehr, wenn ein Körper vor uns liegt.«

Monsieur Macé sah den Konsul an und spürte bei seinem Herren ebenso wie in sich selbst eine Enttäuschung aufsteigen, die von einem Moment auf den anderen entweder in Beschimpfungen oder in Tränen hervorbrechen konnte.

»Gut, ich habe es Ihnen bereits gesagt, Monsieur le Consul, ich bin sehr gerührt, daß Sie gekommen sind. König oder nicht, wenn Sie mich bitten, jemanden zu behandeln, tue ich es für Sie. Ich hoffe nur, er ist nicht zu weit entfernt. Ich habe hier sehr viel Arbeit, und es ist kaum möglich, daß ich mich für allzu lange Zeit entferne.«

»In diesem Fall«, rief der Konsul, während er sich auf seinen Stuhl zurückfallen ließ, »fürchte ich, daß dieses Gespräch sinnlos ist.«

»Erzählen Sie nur.«

»Das, worüber ich mit Ihnen spreche«, sagte der Konsul ungeduldig, »ist keine Angelegenheit einer kurzen Reise. Ich wette, man braucht mehr als sechs Monate, bis man bei Ihrem Patienten ist.«

»Sechs Monate! Aber worum handelt es sich denn?«

»Den Negus von Abessinien in seiner Heimat zu behandeln«, sagte der Konsul.

Im Geäst herrschte ein langes Schweigen. Dann sahen die Besucher die Leiter erzittern und die Füße die Sprossen herabkommen.

Jean-Baptiste war schnell unten. Er schüttelte mit der Hand die kleinen Blätter ab, die an seinem Hemd und in seinen Haaren klebten, dann trat er langsam auf den Konsul zu.

Er sah sehr viel jünger aus, als Monsieur de Maillet es sich vorgestellt hatte, zweifellos wegen seines Berufes, den jeder gern von verehrungswürdigen Personen ausgeübt wissen möchte.

Abgesehen von dieser Feststellung hielt sich der Konsul nicht damit auf, das Äußere des vor ihm stehenden Individuums zu mustern. Er beobachtete viel mehr seine Manieren, und diese mißfielen ihm. Dieser junge Mann zeigte keinerlei aufgesetzte Miene, die wenigstens den Ansatz von Höflichkeit angedeutet hätte, keinerlei Respekt, noch weniger Unterwürfigkeit. Nichts Gekünsteltes lag in seinem Gesicht, das ganz und gar natürlich wirkte. Die beiden Besucher ihm gegenüber, gepudert, schwitzend, mit Perücken, bemühten sich um eine respekteinflößende Haltung. Doch der Blick ihres Gesprächspartners ruhte gelassen auf ihnen, wie auf jedem anderen Geschöpf dieser Welt, voller Neugier, Wärme und Sympathie, die ihnen als Gipfel der Unverschämtheit erschien. Vor einer so ungewöhnlichen Gestalt war Monsieur de Maillet noch mehr als zuvor auf der Hut. Monsieur Macé spürte, wie sich in ihm sogleich ein flammender Haß entzündete.

Der Konsul und sein Sekretär, der eine aus Ärger, sie nicht unterwerfen zu können, der andere aus Bedauern, daß er sich ihr nie hinzugeben vermocht hatte, verabscheuten gleichermaßen die Freiheit, der sie sich in diesem Moment gegenübersahen. Nach einem Augenblick der Stille trat Jean-Baptiste noch einen Schritt näher und sagte lächelnd:

»Den Negus von Abessinien! Aber darüber müssen wir in Ruhe reden, meine Herren.«

Siebtes Kapitel

Madame de Maillet erwartete ihren Gatten auf der obersten Stufe der Freitreppe. Sie fächelte sich etwas Luft zu, indem sie nervös einen chinesischen Papierfächer bewegte, der mit Rosen verziert war. Die Kutsche kehrte um elf Uhr zurück. Der Konsul stieg mit seinem Sekretär aus. Madame de Maillet eilte ihrem Gemahl entgegen.

»Mein Freund«, rief sie, »ich flehe Sie an. Ruhen Sie sich etwas aus, Sie kommen nie zur Ruhe. Dieses Klima ist gefährlich. Ihr Herz ...«

»Zittern Sie nicht um mein Herz«, sagte der Konsul, »zittern Sie lieber um die Staatsgeschäfte, die schwierig zu führen sind. Und sagen Sie mir, wo sich Pater Versau derzeit aufhält.«

»Er hat sich seit mehr als einer Stunde mit den beiden Jesuitenpatern, die heute morgen zu ihm gekommen sind, in seine Räume zurückgezogen.«

Der Konsul wandte sich zum Obergeschoß und bedeutete Monsieur Macé, ihn zu begleiten.

Das große Zimmer, das man dem Jesuiten überlassen hatte, führte zu einem kleinen Arbeitsraum mit niedriger Decke und getäfelten Wänden, in dem sich der Priester am liebsten aufhielt. Monsieur de Maillet klopfte, man bat ihn einzutreten, Monsieur Macé folgte ihm. Sie setzten sich an den Tisch, um den bereits die schwarzen Gestalten der drei Kirchenmänner gruppiert waren.

»Erlauben Sie mir, Ihnen Pater Gaboriau vorzustellen, den Sie bereits kennen, und Pater de Brèvedent, den Sie, wie ich glaube, noch nicht getroffen haben«, sagte der Mönch.

Die Diplomaten begrüßten die beiden Priester. Pater Gaboriau lebte seit mindestens fünfzehn Jahren in der Kolonie. Er war ein beleibter Mann, mit kräftigem, gerötetem Gesicht und ebensolchen Händen. Er unterrichtete die fränkischen Kinder. Mehrere Schülergenerationen hatten schon fasziniert zu verstehen versucht, wie die chaotische obere Linie seines Gebisses, dessen Stummel in alle Richtungen ragten, auf einen Unterkiefer passen konnte, der nicht weniger unregelmäßig war. Dennoch wiederholte sich das Wunder jedesmal, wenn der Priester zu reden aufhörte, und dieser Sauriermund schloß sich unerwartet friedlich. Die einzige Folge dieser Kiefermißbildung war offensichtlich die deutliche Vorliebe des Paters für Flüssigkeiten. Der Konsul, der bekanntlich fast das Monopol über den Weinhandel innehatte, besaß die Seelengröße, die Bruderschaften zum Selbstkostenpreis zu beliefern. Der Gewinnverlust war unerheblich, so lange es diese heiligen Männer nicht übertrieben. Pater Gaboriau war der einzige, der zum Mißbrauch neigte. Wenngleich das Mitgefühl es Monsieur de Maillet verbot, den Mönch als Trinker anzusehen, hinderte ihn nichts daran, ihn fast als einen Dieb zu betrachten.

Der andere Jesuit war das ganze Gegenteil: von hoher Gestalt, nicht mager, aber mit schlanken Gliedern und wächserner Haut. Er trug eine kleine Kupferbrille, die auf der winzigen Nase kaum Halt fand. Diese auffallend kleine Nase ließ die gewölbte Stirn noch mehr hervortreten, die in einen kurzgeschorenen Schädel mündete, vor allem aber betonte sie den starken Mund und das mächtige Kinn. Dieser Vorsprung schien jedoch eher fleischig als knochig: Seine breiten Lippen schlossen sich kaum, und die Haut am Hals begann am Kinn bereits in Falten herabzuhängen. Wenn man ihn sah, gebeugt, mit dieser Stirn und diesen Augengläsern, diesen knochigen Händen, die es gewohnt waren, vergilbte Seiten umzublättern, erkannte man unvermeidlich den Mann des Wissens und des Studiums.

»In der Tat«, sagte der Konsul mit einer Verbeugung, »ich kannte Pater de Brèvedent noch nicht.«

»Er ist erst vor zwei Monaten eingetroffen, und wie Sie wissen, machen die Türken uns große Schwierigkeiten. Offiziell haben wir nur die Erlaubnis für den ständigen Aufenthalt eines der unseren. Die anderen sind einfache Besucher. Für die Behörden ist der Pater deshalb nur ein gewöhnlicher Reisender.«

Brèvedent deutete ein schüchternes Lächeln an, während er den Konsul aus dem Augenwinkel anschaute, ohne den Kopf zu wenden.

»Nun«, fuhr Pater Versau fort, »haben Sie einen möglichen Gesandten gefunden?«

»Ja, Pater«, sagte der Konsul, »ich habe einen gefunden, und

Sie dürfen mir glauben, daß es nicht einfach war. Franzose, Katholik, Mediziner, kräftig, mit Abenteurergeist.«

»Ich glaube wohl, daß das eine seltene Perle ist«, meinte der Jesuit, während sein Blick bei den Anwesenden Zustimmung erheischte. »Hat er fest zugesagt?«

»Nun, das heißt... Er wird nach dem Mittagsmahl herkommen. Seine Entscheidung steht noch nicht fest. Ich dachte, es sei besser, nichts zu überstürzen. Sie werden ihm selbst die Einzelheiten seiner Mission erklären. Wir empfangen ihn gemeinsam, wenn Sie einverstanden sind. Dadurch wird seine Verpflichtung noch an Gewicht gewinnen.«

Nun gab Monsieur de Maillet eine ausführliche Beschreibung der fraglichen Person. Er traf eine sorgfältige Wahl zwischen den Qualitäten und den Seltsamkeiten dieses Individuums und fand sich selbst dabei äußerst geschickt. Er hielt es für angebracht, Pater Versau positiv auf das scheinbare Alter des Mannes vorzubereiten, dem er begegnen würde.

»Er sieht sehr jung aus, aber nach unseren Polizeiinformationen ist er wesentlich älter, als man meinen möchte.«

Der Konsul fügte lachend hinzu:

»Das ist wohl die Wirkung eines Stärkungsmittels, das er aus den Pflanzen herstellt und sich als Experte selbst verschreibt.«

»Ein Jungbrunnen?« fragte Pater Gaboriau, der sein ganzes Leben lang auf pflanzliche Säfte zurückgegriffen hatte, wenngleich mit bescheidenem Erfolg.

»Ich nehme es an. Nichts anderes kann eine so erstaunliche Frische erklären.«

Sie diskutierten noch ein wenig über diese Elixiere. Ein Diener, von Madame geschickt, kündigte ihnen schließlich das Mittagessen an, und sie gingen hinunter.

Mademoiselle de Maillet nahm an der Mahlzeit teil. Um zu glänzen, erwähnte Pater Versau die Äthiopien-Mission, die der König angeordnet hatte, in fast allen Einzelheiten. Der Konsul hielt diese Vertraulichkeit für unnötig und gefährlich. Er nahm sich vor, noch am selben Abend mit seiner Tochter zu sprechen, um sie auf die außerordentliche Diskretion hinzuweisen, die bei diesem Thema angebracht war. Die Mahlzeit verlief sehr bewegt. Pater Versau erzählte, was man von den abessinischen Herrschern wußte, nach den Berichten der Jesuiten, die einen von ihnen zu Beginn des Jahrhunderts bekehrt hatten. Er berichtete über die ungerechte Vertreibung dieser Missionare und die grausame Verfolgung, von der sie begleitet wurde. Die Damen waren empört. Er malte ihnen nun alle Gefahren aus, die drohten, die Grausamkeit des Klimas und der Menschen. Die Mahlzeit endete in wollüstigem Entsetzen. Selten, das mußte selbst der Konsul zugeben, hatte dieses Haus so viel Lebhaftigkeit und, trotz des ernsten Themas, Fröhlichkeit erlebt. Deshalb erschienen die beiden Jesuiten, die als Gäste gekommen waren, nur noch ernster. Der eine, Brèvedent, hatte seine bekümmerte Miene nicht abgelegt, der andere, röter als je zuvor, war beim dritten Glas eingeschlummert.

Während man sich vom Tisch erhob, kündigte der Verwalter Monsieur Poncet an. Die Damen zogen sich zurück, und man einigte sich, ihn mit dem Kaffee im Audienzsaal des Konsulats unter dem Porträt des Königs zu empfangen.

Poncet trat ein. Er hatte es nicht für nötig gehalten, sich umzukleiden, sondern lediglich den dunkelblauen Frack über das Hemd gezogen, der sehr kurz war und den er außerdem offen trug. Weder Hut noch Manschetten, noch Stock. Seine schwarzen Haare hingen herab, die Locken flogen, wenn er den Kopf bewegte. Die feinen Hände mit den grünlichen Fingerspitzen wanderten durch die Luft, sobald er etwas lebhafter sprach. Er grüßte den Konsul und die drei Priester höflich, wobei er einem nach dem anderen in die Augen sah. Der Konsul stellte die Anwesenden einander vor. Pater Versau, der in einem großen Sessel fast direkt unter dem Porträt des Königs saß, sprach voller Majestät.

»Monsieur Jean-Baptiste Poncet«, begann er feierlich, »können Sie uns hier in aller Form erklären, ob Sie bereit sind, sich zum König von Abessinien zu begeben, um ihm eine Botschaft Ihrer Majestät Ludwig XIV. zu überbringen?«

Ein Lächeln breitete sich auf Poncets Gesicht aus.

»Meine Herren, Sie haben es sehr eilig!« sagte er lachend. »Berücksichtigen Sie, daß ich stehe, daß ich den ganzen Vormittag gearbeitet habe, daß ich zu Fuß gekommen bin, allein oder fast allein auf der Straße, weil sich bei dieser Hitze niemand hinauswagt. Außerdem sehe ich Kaffee und Gebäck ... «

»Sie haben recht«, rief der Konsul, erschreckt von diesem übereilten Vorstoß. »Nehmen Sie Platz. Was dürfen wir Ihnen anbieten? Macé, bitte eine Tasse gesüßten Kaffee für Monsieur Poncet.«

Der junge Mann war schnell mit allem versorgt. Langsam und genüßlich trank er seinen Kaffee, brachte das Gespräch auf das Porträt des Königs und dessen Restaurierung und sprach von den Gewächsen, die er bei der Ankunft im Garten des Konsulats gesehen hatte. Als er seine Gesprächspartner mit seiner Plauderei gezähmt hatte und der Ton natürlicher geworden war, kam er plötzlich auf ihr Anliegen zurück.

»Meine Herren, Sie wollen mich also zum König der Könige schicken, um ihn zu behandeln? Die Idee ist gut, das kann ich Ihnen bestätigen. Sie ist sogar hervorragend. Denn je mehr ich darüber nachdenke, um so deutlicher wird mir, daß tatsächlich nur ein Arzt in dieses Land gelangen kann, ohne sofort umgebracht zu werden. Aber was bringt Sie zu der Annahme, daß der gegenwärtige Herrscher meine Dienste benötigt?«

»Wir wissen es aus sicherster Quelle«, antwortete der Konsul. »Er selbst hat um die Hilfe eines Heilkundigen gebeten. In dieser Stadt gibt es einen Boten, der mit dieser Mission betraut ist und mit dem Sie reisen werden.«

»Hoffen wir nur, daß der König nicht vor meiner Ankunft stirbt! Nun, wir werden sehen.«

»Man muß es auf jeden Fall versuchen«, fügte der Konsul hinzu.

»Zu dieser medizinischen Angelegenheit«, mischte sich Pater Versau ein, der jetzt in vertraulichem Ton sprach, »kommt die Botschaft, die Sie für uns überbringen sollen.«

»Worum geht es genau?« fragte Jean-Baptiste.

»Nun«, meinte Pater Versau, glücklich, daß das Gespräch endlich zum Wesentlichen kam, »durch die Pflege, die Sie ihm angedeihen lassen, werden Sie zunächst das Vertrauen des abessinischen Herrschers gewinnen. Dann wird es Ihre Aufgabe sein, ihm feierlich mitzuteilen, daß Sie auch – ja vor allem – der Bote Seiner Hoheit Ludwig XIV. sind. Sie werden ihm sagen, welch großes Interesse der König von Frankreich dem christlichen Königreich Abessinien entgegenbringt. Wir erwarten wohl, daß Sie ihm ganz genau die unvergleichliche Größe, die außerordentliche Macht und die Heiligkeit des französischen Herrschers darstellen. Man muß diesen Negus einfach zu der Erkenntnis bringen, daß die Fürsten des Westens in ihrer großen Mehrheit den Nacken vor dem König von Frankreich gebeugt haben und daß es in seinem ganz eigenen Interesse liegt, als König von Äthiopien, ebenfalls von diesem hellen Licht erleuchtet zu werden und sich ihm zuzuwenden.«

»Das ist schön«, sagte Poncet, »und ich hoffe, daß es mir gelingt. Aber welche praktische Wirkung erwarten Sie von dieser Angelegenheit?«

»Wir wollen«, erklärte Pater Versau, »daß der Negus im Gegenzug eine Gesandtschaft nach Versailles schickt. Diese Gesandtschaft muß prächtig sein, geführt von einem Vertrauten des Herrschers und begleitet von mehreren Vertretern vornehmer Familien aus seinem Umkreis. Schließlich, und das ist sehr wichtig, müssen auch einige junge Abessinier dabeisein, die zum Studium nach Paris kommen, ins Collège Louis-le-Grand. Damit würden sie die Anerkennung bekunden, die alle Welt dem Ruhm unserer Sprache, unserer Kultur und unserer Wissenschaften zollt.«

»Geben Sie mir einen Brief in diesem Sinne mit?« fragte Poncet.

»Einen offiziellen Brief, wie es sich gehört, mit allen Siegeln versehen«, warf der Konsul ein.

»Aber«, fuhr Pater Versau fort, »Sie müssen ihn sorgfältig verstecken. Sie dürfen Ihre Botschaft nur dem Negus persönlich übergeben.«

»Ich glaube, ich habe verstanden«, sagte Jean-Baptiste. »Nun aber, wenn Sie die Angelegenheit bitte aus meiner Sicht betrachten wollen, werden wir feststellen, daß diese Mission eine zusätzliche Aufgabe ist.«

»Zusätzlich?« rief der Konsul erstaunt.

»Ja, zusätzlich, denn mein Beruf, darin werden Sie mir zustimmen, ist nicht die Diplomatie. Ich werde dorthin fahren, um den Herrscher zu heilen. Eben das müssen wir besprechen.«

»Was gibt es zu besprechen?« fragte der Konsul. »Sie sagen ja oder nein, das ist alles.«

»Pardon, Exzellenz«, entgegnete Jean-Baptiste, »mir scheint, daß es sehr wohl noch ein paar Einzelheiten zu besprechen gibt, zunächst folgende: Wie sieht mein Honorar aus?«

»Ihr Honorar!« rief Pater Versau. »Aber Monsieur, es geht darum, einen Auftrag des Königs auszuführen. Die Ehre ...«

»Jeder sucht das, was er nicht hat«, unterbrach ihn Poncet mit einem Hüsteln. »Bei mir ist es das Geld, was fehlt.«

Der Konsul sah mit fassungslosem Blick zu Pater Versau.

»Wie soll ich die Armen unentgeltlich pflegen«, fuhr Jean-Baptiste fort, den das lastende Schweigen nicht zu stören schien, »wenn mich die Reichen nicht bezahlen?«

»Monsieur«, sagte Pater Versau schließlich, »der Kaiser braucht einen Arzt: Er wird Sie persönlich bezahlen. Unsere Aufgabe besteht lediglich darin, die Auslagen für die Reise zu übernehmen.«

»Das leuchtet mir ein«, sagte Poncet, während er in einen Zimtkeks biß. »Ich werde also mit dem Kaiser über das Honorar sprechen. Aber reden wir noch ein wenig über die Kosten.«

Dann folgte eine mühsame Diskussion, in deren Verlauf der Arzt dem Konsul das Versprechen abnötigte – das schriftlich festgehalten werden sollte –, seine Reiseausstattung zu bezahlen, ihn gleichfalls für die versäumte Arbeit und die infolge seiner Reise verlorenen Patienten zu entschädigen. Er ließ sich als Vorschuß die Instrumente bezahlen, die er mitnehmen würde, weil sie gewiß beschädigt oder verlorengehen würden, verlangte warme Kleidung, Waffen. Dazu kamen die Reittiere für die Expedition sowie das Geld, das all die kleinen Fürsten verlangen würden, deren Territorien man durchqueren mußte.

Der Konsul stimmte allem zu, voller Entsetzen über diese Ausgaben. Er nahm sich vor, noch am selben Tag seinem Verwandten, Monsieur de Pontchartrain, zu schreiben, um ihm die Kosten aufzuladen.

»Nun gut, ich bin einverstanden«, meinte Jean-Baptiste schließlich. »Ich reise nach Abessinien, wann Sie es wünschen.«

Ein Schauder der Erleichterung überlief die Anwesenden.

»Ich möchte noch eine Kleinigkeit ergänzen«, sagte Pater Versau, der nichts ungeklärt lassen wollte.

Während er auf seinen Mitbruder wies, erläuterte er:

»Das ist Pater de Brèvedent, der Sie begleiten wird.«

»Ein Jesuit in Abessinien! Aber vor fünfzig Jahren haben die Kaiser Sie zu ihren Feinden erklärt. Pater, das ist ein Risiko, das ich niemandem übertragen würde.«

»Nicht Sie übertragen es ihm«, sagte Pater Versau entschlossen. »Es handelt sich um die Befehle des Königs. Und wie Sie so treffend bemerkten, es ist fünfzig Jahre her, daß sich das Ganze abgespielt hat. Man kann annehmen, daß sich die Lage gewandelt hat. Auf jeden Fall, da kann ich Sie beruhigen, steht es außer Frage, Pater de Brèvedent in seiner Identität als Jesuiten mitzunehmen. Niemand kennt ihn hier. Er ist ein einfacher Reisender. Dort wird er lediglich, sagen wir, Ihr Diener sein.«

Poncet wechselte einen kurzen Blick mit Pater de Brèvedent, der so fröhlich aussah, als hätte er soeben eine Tracht Prügel empfangen.

»Na gut, als Diener, wenn er damit einverstanden ist«, meinte Poncet.

Dann wandte er sich an den Jesuiten.

»Wir werden Sie … Joseph nennen. Was sagen Sie dazu, Pater?«

Brèvedent senkte den Blick.

»Da wir dabei sind, die Expedition zusammenzustellen«, sagte Jean-Baptiste, »ich habe einen Partner, ohne den ich fast hilflos bin. Wenn er uns begleiten könnte …«

»Ein Hugenotte!« rief der Konsul erregt.

Bei diesen Worten erhob sich Pater Versau.

»Monsieur, mir scheint, daß wir all Ihre Forderungen erfüllt haben. Gehen Sie nicht weiter. Sie werden doch einen Emigranten nicht in eine Angelegenheit hineinziehen, die den König und unsere Kirche so unmittelbar betrifft. Mir scheint, das ist ziemlich einfach zu verstehen. Reden wir also nicht mehr darüber.«

Poncet, der Maître Juremi noch nicht einmal gefragt hatte, hielt es nicht für angebracht, diesen Kampf auszufechten, der von vornherein verloren war. Man beließ es dabei.

Die Verpflichtungen wurden feierlich bekräftigt. Der Konsul begleitete Poncet bis in die Eingangshalle. Als er zurückkam, waren die Anwesenden von sichtbarer Befriedigung erfüllt. Der Konsul stimmte in die Dankeshymnen ein.

Wie gewöhnlich erlegte Monsieur Macé mit seiner Nüchternheit diese Taube mitten im Flug:

»Jetzt«, meinte er finster, »müssen wir nur noch Hadji Ali dazu überreden, auf seine Kapuziner zu verzichten.«

Auf der Freitreppe des Konsulats atmete Jean-Baptiste tief durch. Piniendüfte drangen mit der warmen Luft aus dem großen Garten des nahen Ezbekija. Hinter dem Geruch der Oase und dem der Wüste meinte er jedoch, am Ursprung der Winde, mit ihnen von den Hochplateaus, entlang der Flüsse, herabgekommen, den Duft von Kräutern aus dem Land Punt wahrzunehmen, von dieser Küste der aromatischen Pflanzen, zu deren Entdeckung man ihn entsandte. Abessinien ... Dieses Land hatte ihn einst zum Träumen gebracht, in Venedig, als sein Freund Barbarigo ihm von den Abenteuern des João Bermundez erzählte, dem Gefährten von Christoph da Gama, Sohn des großen Vasco, der ein Jahrhundert zuvor den Äthiopiern zu Hilfe geeilt war und ihr Land vor der moslemischen Invasion bewahrt hatte. Damals war es noch ein Traum, und Jean-Baptiste hätte nie gewagt, sich an seine Verwirklichung zu machen. Nun bot ihm das Glück, an das er ganz fest glaubte, die Möglichkeit dazu. Er träumte von neuen Welten. Welche Welt aber war neuer als dieses unzugängliche, legendäre Land, keineswegs unbekannt und leer, sondern im Gegenteil heiß begehrt und reich, an Gold und an Geschichte.

Jean-Baptiste war in einer Zeit des Elends, dem Frankreich der »Fronde«, der Aufstände gegen das absolutistische Königtum, geboren, ohne Vermögen und ohne Stand. So hatte er alle Gelegenheit gehabt, Unglück und Verzweiflung kennenzulernen. Er hatte schon vor langer Zeit ein für alle Mal beschlossen, sich dem niemals zu beugen. Man konnte sich kein fröhlicheres Dasein als seines vorstellen, kein Leben, das sich geschickter der Routine und den Zwängen entzog. In dem Augenblick, als er in dieser Stadt allmählich einen leichten Überdruß verspürte, weil sie ihm mittlerweile zu gut bekannt war, kam das Schicksal, wie in einem orientalischen Märchen, um ihn in die Länder seiner Träume zu tragen.

Noch ganz benommen schritt Jean-Baptiste langsam die Stufen herab. Er war oft an dem kleinen Garten des Konsulats vorbeigegangen, hatte sich jedoch nie die Zeit genommen, ihn zu betreten. Er blieb einen Moment stehen. Rechts von der kurzen, kiesbedeckten Allee erstreckte sich eine Rasenfläche, in deren Mitte ein kleiner Springbrunnen aus Stein sprudelte. Er trat näher. Hinter dem Becken entdeckte er einen Strauch, der ihm unbekannt war. Selbst in der Zerstreutheit seiner Träume wahrte Jean-Baptiste noch das Auge des Botanikers. Er kniete neben der Pflanze nieder, betrachtete ihre Blätter und zog aus seiner Tasche ein Pfropfmesser mit Holzgriff, um – halb, damit er den Namen in seinen Büchern suchen könnte, halb als Erinnerung an diesen Tag – einen Zweig abzuschneiden. Vorher blickte er um sich, um zu sehen, ob ihn niemand beobachtete. Sein Blick kreuzte sich mit dem von Mademoiselle de Maillet in der ersten Etage. Sie lehnte am Fensterkreuz und rechnete so wenig damit, daß er die Augen heben würde, daß sie sich ebenso ertappt fühlte wie er.

Die gute Laune, die Jean-Baptiste beseelte, ließ ihn in dieser zweiten Begegnung innerhalb von zwei Tagen ein glückliches Omen sehen. Er lächelte. Sie trug noch immer ihre blauen Bänder, und durch dieses vertraute Zeichen konnte Jean-Baptiste jetzt auch etwas anderes erkennen: die außerordentlich feinen Züge des jungen Mädchens, die regelmäßige Nase, klein und sehr gerade, vor allem aber den blassen, durchscheinenden Blick, aus dem aller Ernst verschwand, als sie sein Lächeln erwiderte. Aber sobald sie seine weißen Zähne gesehen und sein Auge entflammt hatte, zog sich das Mädchen zurück. Jean-Baptiste verharrte noch eine kleine Weile auf dem Rasen kniend, in Erwartung ihrer Rückkehr. Das Fenster blieb jedoch leer. Langsam kehrte er zur Allee zurück, dann trat er auf die Straße und ging ohne Hast nach Hause.

Die wunderbare Reise, die man ihm angetragen hatte, nahm seine Träume wieder in Besitz. Die Erscheinung von Mademoiselle de Maillet, die am Vortag noch Traurigkeit in ihm geweckt hatte, steigerte diesmal seine Freude. Von neuem war alles möglich, er fühlte sich wieder als freier, ungebundener Reisender, wie damals in Venedig, Parma oder Lissabon. Schon dieser Gedanke allein machte ihn glücklich. Mehr verlangte er nicht.

Achtes Kapitel

Bis zu ihrem vierzehnten Lebensjahr war Alix de Maillet ein sehr häßliches Kind gewesen. Nachdem ihre Eltern Frankreich verlassen hatten, wurde sie in einem Kloster bei Chinon erzogen, wo sie sich an grausame Spitznamen gewöhnt hatte, die ihre Körperfülle und die Röte ihrer Wangen verspotteten: dicke Pfingstrose, pausbäckige Rübe und andere Gemeinheiten, die sie vergessen hatte. Zu diesem körperlichen Makel gesellte sich, wie zum Trost, eine gewisse Gefälligkeit des Geistes. Sie machte niemandem Angst, weckte keine Eifersucht und empfing, um den Preis der Verachtung, die ihr Aussehen bei den anderen hervorrief, deren Zuneigung. Als sie heranwuchs, setzte sich dieser Zustand zunächst fort: Die Veränderungen ihres Körpers kündigten sich an, ohne ihre unerfreulichen Proportionen zu mildern. Häßlich war sie mit sechs Jahren in dieses Collège gekommen, immer noch häßlich verließ sie es mit vierzehn Jahren, um nach Ägypten zu reisen. Dort aber, unerklärlich und ungewöhnlich spät, nahm plötzlich die Schönheit von ihr Besitz, wie ein Ausschlag, der mit dem Fieber das Gesicht bedeckt. Sie wurde schlanker, streckte sich. Alles, was sich bisher als wenig ansehnliche Fettpolster angesammelt hatte, wandelte sich in Lebenskraft und ließ sie in die Höhe schießen. Das Rot ihrer Wangen verblaßte: In das Rosa mischte sich genug Weiß, um ihrem Teint eine außerordentliche Frische und die Zartheit von Satin zu verleihen. Sie löste ihr dichtes blondes Haar, das in den straffen Knoten und Zöpfen dunkle Schimmer in der Farbe von Eichenholz gezeigt hatte. Das Unglück wollte es jedoch, daß diese Schönheit kam, als sie allein war, ohne eine Seele, die sie ihr bestätigen könnte. Der Blick der Eltern war kein guter Maßstab. Sie hatte keine Freundin mehr, die ihr das eigene Bild gezeigt hätte, und der Spiegel allein sagte nichts. Sie spürte, daß sich etwas veränderte. Wenn sie sich ansah, kam es ihr gar so vor, als nähme sie die Bestätigung ihrer Vorahnungen wahr. Aber sie fragte sich sogleich, ob sich darin nicht die Folgen der schrecklichen Einsamkeit zeigten, zu der sie verurteilt war, denn in diesem schönen Haus in Kairo sah sie niemanden, vor allem aber sah niemand sie.

Anfangs hatte sie noch einen Jungmädchenbriefwechsel mit einigen früheren Freundinnen gepflegt. Aber die Briefe kamen nicht an oder so spät, daß sie schließlich aufhörte, darauf zu warten und bald auch, zu schreiben. Man hatte ihr erlaubt Klavierunterricht zu nehmen, aber die alte Lehrerin war wenig später eines Tages auf der Straße zusammengebrochen, als sie gerade auf dem Weg zu ihr gewesen war. Nach zehn Tagen ohne Bewußtsein war sie dann gestorben. Pater Gaboriau hatte versucht, Alix Latein beizubringen – das sie bereits besser beherrschte als er, war sie doch stets eine aufmerksame Schülerin der Nonnen gewesen –, sowie Mathematik, was sie nicht interessierte. Sie flehte ihren Vater an, ihr diese Übungen zu ersparen. So blieb nur das Lesen. Die Bibliothek des Konsulats war nicht schlecht ausgestattet. Sie liebte die Naturwissenschaften und die Tragödien. Man gab ihr obendrein die »Erlebnisse des Telemach« von François Fénelon und die Fabeln von La Fontaine. Allein entdeckte sie die Romane, die ihr Vater für verwerflich hielt, jedoch nie selbst gelesen hatte und auch nicht versteckte. Madame de La Fayettes »Die Prinzessin von Cleve« schenkte ihr eine neue Welt, die sie nicht mehr verließ. Man muß nicht schön sein, um zu träumen. Während ihrer ganzen Kindheit hatte sie das Gegenteil erfahren. Die Beunruhigung, die von ihrem Körper ausging, der sie für einen Moment glauben machte, sie verdiene ein bißchen Glück im wirklichen Leben, hatte ihr letztendlich nur Ungewißheit und Kummer beschert. So kehrte sie mit Wonne in die Welt der Phantasie zurück, wo sie schon immer die Schönste gewesen war, und wo ihr weiter die verdiente Würdigung zuteil wurde.

Nach dem Mittagessen mit den Jesuiten hatte sie sich am Fenster ihres Zimmers niedergelassen, das sich zum Garten des Konsulats hin öffnete, und auf das Laubwerk der Linden geschaut. Sie dachte an das Land Abessinien, von dem man ihr gerade erzählt hatte, an diese so nahen und doch unzugänglichen Welten, in denen zweifellos andere junge Mädchen träumten, Welten, in die sie auch hätte hineingeboren sein können. Sie stellte sich ihren Körper mit schwarzer Haut vor, und während sie auf das goldene Armband blickte, das sich vom Milchweiß ihres Handgelenkes abhob, fragte sie sich, welche Wirkung dieser gelbe Glanz wohl auf dunklem Untergrund entfalten würde. Sie wandelte von einem Gedanken zum nächsten, entfernte sich ganz und gar von den Dingen, die sie umgaben, und trat, an das Fenster gelehnt, in eine Traumwelt ein, die ihre eigentliche Natur war und in der die Stunden unbemerkt verstrichen.

Plötzlich hörte sie Geräusche auf der Freitreppe. Ihr Vater verabschiedete jemanden. Sie beobachtete einen Mann, der die Stufen hinabging, sah ihn jedoch nur von hinten: schlank, ohne Hut, mit lockigem Haar, die Füße in weichen Stiefeln. In der Allee blieb er stehen. Sie beobachtete ihn weiter. Nun verließ er seinen Weg, schritt über den Rasen und kniete sich neben den seltsamen kleinen Strauch, der auch ihr aufgefallen war, weil er keiner ihr bekannten Pflanze glich.

Jetzt erkannte sie das Profil des Besuchers. Es war der junge Mann, den sie am Vortag auf der Brücke über den Khalig getroffen und der sie so seltsam angesehen hatte. Seine Bewegungen waren von einer erstaunlichen, schlichten Eleganz. Ihr fiel auf, mit welcher Leichtigkeit er niederkniete, ein Messer aus seiner Tasche zog und einen Zweig ergriff ... Die wenigen Menschen, die ihr im Konsulat begegneten, gehörten zwei scheinbar unvereinbaren Welten an: auf der einen Seite die Männer von Stand, gebildet, höflich, von ihrer eigenen Wichtigkeit erfüllt und dabei steif, affektiert und unfähig zu jeder normalen Geste, vor allem, wenn sie nützlich war. Auf der anderen Seite jene, die alles taten, aber nichts galten: Köche, Kutscher, Wachleute, mit ihren ungeschliffenen Manieren, so daß man es lieber sah, wenn sie schwiegen und wie Schatten lebten. Der junge Mann, den sie nun vor sich hatte, mischte auf verwirrende Weise die beiden Kasten: Er hatte die Gestalt eines Herrn und die Geschicklichkeit eines Dieners.

Während sie ihn beobachtete, empfand sie keine Furcht, gesehen zu werden. Alix glaubte sich noch in ihren Träumen, wo es nicht möglich ist, daß der Schläfer von seinen Traumgestalten entdeckt wird. Doch dann wandte ihr der junge Mann den Blick zu. Wie lange schon hatte sie dieses Gefühl nicht mehr erlebt, das doch für jeden, der in einer Gemeinschaft lebt, völlig natürlich ist: von einem Unbekannten betrachtet zu werden. Hatte sie das überhaupt je erlebt, seit sie der Kindheit entwachsen war?

Vielleicht bei einigen alten Priestern, mit denen ihr Vater ihr erlaubte, zu Abend zu essen. Aber eine solch heftige Erschütterung wie durch diesen Mann, der sich selbst voller Anmut der Beobachtung darbot, der seine Gestalt unverhohlen sehen ließ, ebenso wie sein Gesicht in der ganzen Wahrheit des Erstaunens, hatte sie noch nie empfunden. Sie war wie betäubt und erwiderte sein Lächeln. Dann, einer Regung der Angst folgend, die sie sich sogleich übelnahm, trat sie drei Schritte vom Fenster zurück. Die Hände hinter dem Rücken verschränkt, lehnte sie sich gegen die Tür des Zimmers und verharrte dort lange, zutiefst bewegt, atemlos. Schon fehlte ihr die Wärme seines Blickes. Es war die Reaktion eines Kindes, das aus Furcht vor der Gefahr in dem Augenblick flieht, wo es ein großes Glück erlebt.

›Warum bin ich zurückgewichen?‹ fragte sie sich. ›Der junge Mann macht mir keine angst. Nein, nein, ich habe keine Angst. Außerdem sieht er sehr höflich und aufrichtig aus, sonst würde ihn mein Vater nicht empfangen. Es ist doch nichts Böses dabei, wenn ich mich an mein Fenster stelle. Und was wäre schändlich daran, daß ich einen Besucher aus dem Konsulat kommen sehe?‹

Sie überlegte lange hin und her. Schließlich, als am Ende des kleinen inneren Kampfes eine Waagschale die andere unter ihrer Last zum Nachgeben gezwungen hatte, stürzte sie erneut ans Fenster. Der Unbekannte war verschwunden.

Sie zögerte, sah, daß er nicht zurückkam, und trat in ihr Zimmer zurück. Die Hitze hatte sich im Haus gesammelt, ohne die Erleichterung, welche draußen die Bewegung der Bäume im lauen Wind brachte. Sie schaute auf ihr Bett mit der Decke aus grünem Moiré, das Kissen, in welches ihre Initialen gestickt waren, den kleinen Tisch mit dem Filzüberzug, den Stuhl, die Schuhleiste, die Bücher und ein paar Porzellanpuppen. Diese Gegenstände, die ihr Gesellschaft leisteten und an vielen Tagen Frieden geschenkt hatten, waren im Grunde nichts anderes als die Gefängniswärter ihrer Einsamkeit. Ein einziger Blick hatte ausgereicht, um ihnen die Maske abzureißen. Es hätte sie gereut, bei ihnen Trost zu suchen, und so schluchzte sie im Stehen, das Gesicht in den Händen vergraben.

»Grün«, sagte der Konsul in entschiedenem Ton. »Sie haben mich sehr wohl verstanden. Und nach zwei Tagen entsetzlicher Schmerzen fiel er zu Boden wie eine verfaulte Frucht … «

»Lassen Sie mir Zeit zum Übersetzen, Exzellenz«, bat Monsieur Macé und hob die Hand.

Hadji Ali, nach hinten gelehnt, verzog angewidert das Gesicht.

»Er fragt, ob der Patient gestorben ist«, übersetzte der Sekretär für den Konsul.

»Nein«, antwortete Monsieur de Maillet schulmeisterhaft. »Zumindest nicht sofort. Er hat vorher noch lange gelitten. Er flehte, man solle ihm die Gnade erweisen, sein Leben zu beenden. Aber wir Christen haben nicht das Recht, die Seele vom Körper zu befreien.«

»Ich hätte es getan«, schrie Hadji Ali und schwenkte den kleinen Dolch, den er unter seiner Tunika hervorgezogen hatte.

»Er soll sich beruhigen«, sagte der Konsul zurückweichend, »und vor allem dieses Ding wegstecken.«

Hadji Ali trocknete sich mit dem Ärmel die Stirn und fragte etwas ruhiger, während er dem Diplomaten in die Augen sah:

»Sind Sie sich dessen, was Sie da sagen, gewiß?«

»Wie meinen Sie das, ob ich gewiß bin? Schließlich hat es doch mein ehrwürdiger Kollege aus Jerusalem selbst an den Botschafter von Konstantinopel, Monsieur de Ferriol, geschrieben, welcher es mir wiederum soeben durch einen Expreßkurier mitgeteilt hat. Er ist heute morgen eingetroffen, sein Pferd steht noch schweißnaß in meinem Stall.«

Monsieur Macé übersetzte.

»Ein Kapuziner«, setzte Monsieur de Maillet erneut an, ganz langsam, als betete er eine Lektion herunter, »der sich als Arzt ausgibt, hat Jerusalem verlassen. Er ist mit dem Schiff nach Alexandria und Kairo aufgebrochen. Ist das nicht genau dasselbe?«

»Zweifellos«, bestätigte Hadji Ali.

»Drei Patienten, die er angeblich von einer Flechte heilte, wurden nach seiner Abreise ins Konsulat gebracht. Mein Kollege hat einen von ihnen noch lebendig, die anderen beiden tot gesehen. Alle hatten grüne Gliedmaßen, und bei einem waren sie ganz und gar abgefallen.«

»Es reicht«, rief Hadji Ali, den Arm vor dem Mund, von Übelkeit ergriffen. »Wiederholen Sie es nicht noch einmal.«

»Ich wiederhole es, weil Sie nicht hören wollen. Sie zweifeln noch immer.«

»Weil es andere Kapuziner gibt, und diese sehr wohl ... «

»Reden wir nicht mehr davon«, meinte Monsieur de Maillet und stand auf. »Ich habe Sie gewarnt. Wenn Sie das Risiko eingehen wollen, einen Scharlatan zum Negus zu führen, müssen Sie auch die Folgen tragen. Schließlich ist es nicht mein Kopf, der rollen wird ... «

»Aber was bleibt mir für eine Lösung, wenn ich nicht diesen Kapuziner mitnehme?«

Der Konsul setzte sich wieder. Langsam kam man voran.

»Wir haben in der Kolonie einen sehr fähigen fränkischen Arzt.«

»Das wußte ich nicht«, sagte Hadji Ali sehr interessiert. »Um wen handelt es sich?«

»Ein Drogist. Er behandelt den Pascha persönlich.«

»Ah! Ja, ich habe davon gehört. Aber für einen Franken ist es doch seltsam, eine Empfehlung der Türken vorzuweisen, finden Sie nicht?«

»Was heißt hier die Empfehlung der Türken! Und meine, was haben Sie gegen die einzuwenden? Nein, nein, ich empfehle Ihnen diesen Mann in aller Form. Meine eigene Frau wurde von ihm geheilt.«

Hadji Ali schaute noch immer zweifelnd drein.

»Die Kapuziner haben mir von ihm abgeraten«, meinte er.

»Und aus welchem Grund haben sie sich, bitte sehr, diese Verleumdung erlaubt?«

»Er ist nicht gläubig.«

»Er ist nicht gläubig!« rief Monsieur de Maillet auf dem Gipfel der Ungeduld. »Zunächst stimmt das nicht: Er geht in die Kirche. Und außerdem, sagen Sie mir bitte, was der Glauben damit zu tun hat. Wenn er ein guter Arzt ist, was kümmert Sie dann der Rest?«

»Nichts geschieht ganz und gar ohne die Hilfe Gottes«, erwiderte der Karawanenführer kopfschüttelnd.

»Was ist das für ein Gedanke? Sie sind Mohammedaner, dieser Arzt ist Katholik, und der Negus ein Häretiker; wie wollen Sie einen Gott finden, der all das unter einen Hut bringt?«

»Gott ist Gott«, antwortete Hadji Ali, während er die Hände senkte und gen Himmel blickte.

»Nun, dann nehmen Sie den koptischen Patriarchen von Alexandria mit, und bitten Sie ihn, ein Wunder zu vollbringen«, brüllte der Konsul.

Dieser Kameltreiber war dabei, ihn auf ein absurdes Feld zu führen, wo ihm bald nichts anderes übrigbleiben würde, als den widerwärtigsten Atheismus zu verteidigen, nur um seinen Kandidaten zur Geltung zu bringen. Er schwieg, und der Händler verharrte in langem Nachdenken.

Hadji Ali hatte keine Ahnung, ob er die Geschichte von dem Boten aus Jerusalem glauben sollte. In seiner Kultur der Wüstenbewohner waren die ungewöhnlichsten Dinge nicht die am wenigsten wahrheitsgetreuen, und er hütete sich wohl davor, alles, was von nahem oder weitem an Übernatürliches erinnerte, auf sich zu ziehen.

Auf der anderen Seite wußte er ganz genau, daß der Konsul ein unbändiges Verlangen hatte, ihn dazu zu bringen, auf die Kapuziner zu verzichten und den fränkischen Arzt mitzunehmen. Er überlegte sich, wo seine eigenen Interessen lagen, und erkannte, daß die Mönche deutlich im Nachteil waren: Jene hatten ihm nichts versprochen, ja sie taten sogar so, als erwiesen sie ihm einen Dienst. Außerdem waren sie kompromittierend und konnten das Mißtrauen der Türken und aller örtlichen Mächte wecken, die sie auf ihrem Weg treffen würden. Diesem fränkischen Arzt dagegen drohte weniger Verfolgung, und wenn seine Regierung so sehr daran interessiert war, ihn reisen zu sehen, würde er selbst schon seinen Gewinn daraus schlagen.

Hadji Ali begann zu stöhnen und vor sich hin zu jammern.

»Bitte fragen Sie ihn, warum er klagt«, forderte der Konsul Monsieur Macé in gereiztem Ton auf.

»Er sagt, er denkt an all die Kosten, die auf ihn zukommen, wenn er seine Pläne ändern und einen anderen Arzt mitnehmen muß.«

»Gott sei Dank, wir sind so weit«, seufzte der Konsul erleichtert.

Die Diskussion dauerte noch eine halbe Stunde. Dreimal mußte Monsieur de Maillet zu der Schublade seines Sekretärs gehen. Er mußte für die Wechselkamele zahlen, für die Boten, die zu senden waren, für die Gebete, die man sprechen mußte. Doch am Ende wurde das Geschäft in allen Ehren abgeschlossen, und die Beteiligten trennten sich zufrieden.

Sobald Pater Versau von der glücklichen Lösung erfuhr, kündigte er an, am folgenden Tag abzureisen. Seine Reise würde ihn nach Damaskus führen, wo ihn andere Unternehmungen erwarteten. Das Abendessen war kurz und verlief schweigend. Pater de Brèvedent kam in der Nacht noch einmal zurück, um die letzten Anweisungen seines Vorgesetzten entgegenzunehmen. Die beiden Priester führten ein vertrauliches Gespräch im Obergeschoß.

Monsieur de Maillet, der völlig erschöpft war, zog sich früh zurück.

Nicht weit entfernt, in einer der letzten Gassen der Kolonie, hatten Jean-Baptiste und Maître Juremi gutgelaunt miteinander gespeist und eine Flasche von ihrem besten Wein geleert. Um zehn Uhr begaben sie sich auf die Terrasse. Der sandgeschwängerte Wind verschleierte die Sterne und bewahrte die laue Wärme der Luft. Von allen Seiten hörte man aus der arabischen Stadt Trommeln und schrillen Gesang, denn die Hochzeitssaison ging gerade zu Ende. Hunde verständigten sich mit ihrem Heulen.

»Nein, nein«, sagte Maître Juremi, an ihr Gespräch anknüpfend, »es kommt nicht in Frage, daß ich mich auf so eine Geschichte einlasse ... «

»Aber der Konsul braucht ja nichts davon zu wissen. Ich sage ihm nichts, mein Diener und ich verlassen die Stadt, und in einiger Entfernung treffen wir dich wieder.«

Der Protestant, den Zinnbecher in der einen Hand, hob abwehrend und voller Entschiedenheit die andere.

»Zwecklos! Ich habe nein gesagt.«

»Also werden wir uns trennen?«

Sie hatten einander fünf Jahre zuvor in Venedig kennengelernt. Jean-Baptiste hatte dort einen Fechtlehrer gesucht und war auf diesen großen Nichtsnutz von französischem Emigranten gestoßen, schwarzhaarig und brummig, der unter falschem Namen lebte. Seine Schüler nannten ihn Maître Juremi.

»Zweifellos«, sagte der Protestant düster.

Er wandte den Kopf ab, denn wenn er auch leicht von Rührung übermannt wurde, so ertrug er es doch nicht, dies zu zeigen.

Ehe er Fechtlehrer wurde, hatte er die verschiedensten Berufe ausgeübt, und er dachte noch immer voller Wehmut an die kurze Zeit, die er als Gehilfe bei einem Apotheker verbracht hatte. Jean-Baptiste brachte ihn zurück zu Feinwaage und Destillierkolben, und er gab das Geschäft mit der Klinge auf. Sie beschlossen zusammenzuarbeiten und flohen gemeinsam in den Orient.

»Das ist vielleicht eine Welt!« rief der Protestant plötzlich und richtete sich auf. »Man könnte meinen, alles sei meine Schuld.«

Er machte zwei wütende Schritte über die Terrasse, dann wandte er sich zu seinem Partner.

»Wir trennen uns nicht, weil ich mich weigere zu fahren«, fuhr er fort, »sondern weil du ganz allein eine Verpflichtung eingegangen bist, etwas voreilig, wie ich finde ... «

»Hast du nicht gestern abend noch vorgeschlagen, Kairo zu verlassen und in die Neue Welt zu reisen?« protestierte Jean-Baptiste.

»Die Neue Welt vielleicht, aber nicht auf Befehl des Konsuls. Glaub mir, wenn ich eines Tages in unberührte Länder reisen sollte, dann ganz bestimmt nicht, um die Jesuiten dorthin zu führen.«

»Oh!« sagte Jean-Baptiste. »Die Jesuiten ... nur Mittel zum Zweck. Glaubst du, diese Mission interessiert mich? Ich kümmere mich keinen Deut um ihre Botschaft und den Dienst für den König. Aber sie sind dumm genug, mir Reittiere, die Ausrüstung, Waffen zu geben. Sollte ich so dumm sein, das abzulehnen, was man mir anbietet?«

»Egal, jetzt bist du jedenfalls gebunden.«

»Gebunden? Du scherzt. Niemand sagt, daß ich tun werde, was sie von mir erwarten. Wenn mir ein Ort gefällt, halte ich an. Wenn mich eine Richtung lockt, folge ich ihr. Ihre Botschaft kann mir gestohlen bleiben. Ich bin neugierig darauf, Abessinien zu sehen, und ich habe kein anderes Ziel. Außerdem, wenn ich mich dort wohl fühlen sollte, könnte ich durchaus dort bleiben.«

Sie schwiegen lange. Maître Juremi trat wortlos ins Haus, wo eine Kerze brannte, nahm zwei Degen vom Haken und griff nach den Lederwesten. Seit sie sich der Heilpflanzenkunde widmeten, war das Fechten nur noch ein Zeitvertreib in den Sommernächten. Sie stellten sich auf.

»Hör zu«, sagte Jean-Baptiste, ehe sie die Klingen kreuzten, »ich kenne dich doch, du wirst schon mitkommen.«

»Nein, Monsieur, du wirst meine Meinung nicht ändern«, antwortete der Freund, »aber ich wünsche dir eine gute Reise.«

Als dann die Degen klirrten, stob die lauernde Melancholie weit davon.

Neuntes Kapitel

Nun mußte nur noch die Karawane, die von Hadji Ali geführt, von Poncet und seinem Diener Joseph begleitet nach Abessinien aufbrechen würde, bis ins kleinste vorbereitet werden. Alles mußte ganz natürlich erscheinen und durfte nicht den Verdacht der Türken wecken. Weder durfte sich das Konsulat einmischen, noch Jean-Baptiste zu stark interessiert erscheinen. Deshalb übernahm Hadji Ali allein die Aufgabe, Kamele und Maulesel, Sättel, Zaumzeug und Gurte zu kaufen. Es war vereinbart worden, daß Monsieur de Maillet diese ganze Ausstattung bezahlen würde, zu dem Preis, den der Händler ihm nannte. Das bot diesem die Gelegenheit zu weiterem Profit. Von dem Gewinn kaufte Hadji Ali Waren ein, mit denen er die Tiere belud, und die, in Abessinien gegen Gold und Zibet getauscht, sein Vermögen beträchtlich vermehren würde.

Der Konsul verfaßte einen Brief an den Negus. Er ließ ihn von Monsieur Macé ins Arabische übersetzen. Zur Vorsicht beauftragte er den Sekretär, die Übersetzung von einem gelehrten syrischen Mönch, Bruder Franziskus, kontrollieren zu lassen, der in der arabischen Stadt wohnte. Schließlich versah man das Schreiben mit den Siegeln Frankreichs und übergab es an Poncet. Nun mußte man noch Geschenke für die Fürsten zusammentragen, deren Gebiete sie durchqueren würden, nach einer strengen Ordnung, die durch die Tradition unabänderlich festgelegt war.

Jean-Baptiste kümmerte sich darum, in einer Flaschenkiste, die Monsieur de Maillet ihm besorgte, ein Sortiment von Heilmitteln zusammenzustellen, bei dem alle nur möglichen Umstände berücksichtigt wurden. Er sorgte sich auch um die Waffen: Eine große Muskete wurde auf Josephs Reittier geladen. Puder und Zündhütchen behielt Jean-Baptiste bei sich. Neben zwei Schwertern ließ er für sich auch zwei Pistolen besorgen, die er in die Satteltaschen schob.

Während dieser Vorbereitungen wurde das Konsulat zum Generalstab des Unternehmens. Die Reisenden trafen sich dort unauffällig jeden Abend vor dem Essen, um über den Fortgang der Operationen zu berichten. Der vorgebliche Joseph hatte sein Jesuitengewand abgelegt, um nicht aufzufallen. Er hatte sich jedoch auch noch nicht als Gehilfe verkleidet, um bei den anderen Dienern keinen Verdacht zu erregen – unter diesen konnten sich Spione befinden. Hadji Ali, Poncet und sogar Maître Juremi, der sie nicht begleiten würde, aber bei den Vorbereitungen half, gingen im Konsulat ein und aus, ohne sich auch nur anzumelden. Monsieur de Maillet ertrug diese Freiheiten, wußte er doch, daß es bald damit vorbei sein würde. Die Unruhe, die im Haus einzog, ermüdete Madame de Maillet, entzückte jedoch ihre Tochter Alix, der dieser Ausnahmezustand das Vergnügen verschaffte, zwar nicht das Haus zu verlassen, aber wenigstens ein paar Menschen zu treffen. Vor allem bot sich ihr die Gelegenheit, mehrfach und sehr nah dem jungen Mann zu begegnen, den sie im Garten gesehen hatte, und zu erfahren, wer er war. Jean-Baptiste war ihr gegenüber äußerst zurückhaltend: Er wollte sie nicht in Verlegenheit bringen, indem er sie direkt ansprach. Dennoch hatte Alix bald das überraschende und beglückende Gefühl, sich mit ihm zu unterhalten, als redeten sie allein miteinander. Das erste Mal gewann sie diesen Eindruck bei einem langen Gespräch über die Beladung der Maultiere und Kamele. Jean-Baptiste behauptete entgegen landläufigen Vorstellungen, letztere könnten weniger tragen als die Einhufer. Er diskutierte darüber mit Hadji Ali. Auch der Konsul, Monsieur Macé und Pater de Brèvedent beteiligten sich an dem Gespräch.

Indem sie die neuen Sitten im Konsulat ausnutzte, wo die Türen nicht mehr geschlossen wurden, betrat Alix das Zimmer, in dem die Herren beieinandersaßen. Sie ließ sich abseits auf einem Hocker nieder und tat, als würde sie sticken, während sie die Besucher betrachtete. Sofort schien ihr, als wende sich der junge Mann nur an sie. Es war eine seltsame Wahrnehmung. Jean-Baptistes Worte prallten von der dichten Masse der Männer ab, denen er gegenüber saß, und die sie nur im Gegenlicht von hinten sah. Die Worte drangen bis zu ihr, rundgeschliffen wie Kieselsteine. Die Silben klangen gedämpft; der ursprüngliche Sinn war ausgelöscht. Es blieb eine Musik, die für sie bestimmt war, mit dem einzigen Ziel, sie zu bezaubern – und das gelang vollkommen. Wenn sie tatsächlich miteinander gesprochen hätten, wäre sie mit dem Sinn der Worte beschäftigt gewesen, während dieser seiner Bedeutung enthobene Dialog nichts als tiefe Empfindungen in ihr weckte.

Von Zeit zu Zeit sah der junge Mann in ihre Richtung. Sein Blick war scheinbar in die Ferne gerichtet, auf einen Punkt hinter dem Fenster. Die anderen sahen darin zweifellos nur die Inspiration aus dem Nichts, die der Redner zuweilen sucht. Alix jedoch spürte mit einer Gewißheit, die ihr unfehlbar schien, daß dieser Blick tatsächlich auf ihr ruhte und daß das Licht, das von ihrem Gesicht und ihren langen blonden Haaren in den dunklen Raum strahlte, diese Augen und dahinter das verborgene Herz des jungen Mannes mit ihrem Bild und ihrer ganzen Person erfüllte. Leider entflammen diese Spiele der Blicke zwar die Phantasie, vermögen jedoch nicht die Leidenschaft zu besänftigen, die sie wecken. Anstatt die Lust zu stillen, die Alix empfand, sich dem jungen Mann zu nähern, steigerten diese verwirrenden Signale ihre Sehnsucht mit jedem Tag. Er tat nichts, um den Abstand zu überwinden, der sie trennte, und sie war durch die zweifache Fessel der Würde ihrer Stellung und des Schamgefühls ihres Geschlechts daran gehindert.

Eines Nachmittags jedoch bediente sich Alix ihrer eigenen Mutter wie eines Schutzschildes und wagte es, den jungen Mann beinahe direkt anzusprechen, als er das Konsulat betrat. Die beiden Frauen lustwandelten in dem kleinen Garten. Als der Arzt auf der Allee in ihrer Höhe angelangt war, sagte Alix, laut genug, damit er es hörte, während sie den Strauch betrachtete, neben dem Jean-Baptiste kürzlich niedergekniet hatte:

»Warum fragen wir nicht diesen Monsieur, der die Pflanzen so gut kennt, nach dem Namen des Busches, den wir gestern bemerkt haben und dessen Ursprung uns unbekannt ist?«

Jean-Baptiste blieb stehen, grüßte ungezwungen und sagte ohne jede Schüchternheit:

»Mir ist er auch aufgefallen. Stellen Sie sich vor, es ist eine bei uns unbekannte Spezies, die selbst John Ray in seinen botanischen Werken nicht erwähnt. Ich habe sie nur in einem alten ägyptischen Werk erwähnt gefunden. Anscheinend ist diese Art weiter im Süden verbreitet. Die Pflanze wird nie höher als diese hier und blüht nur ein einziges Mal, in lebhaftem Rot und nur für wenige Augenblicke. Manche sehen darin die Erklärung der berühmten Bibelstelle über den brennenden Busch.«

Bei den letzten Worten blickte er dem Mädchen direkt in die Augen, das daraufhin tief errötete. Poncet grüßte und ging weiter.

Madame de Maillet, die nichts von der Verwirrung ihrer Tochter bemerkt hatte, sprach noch lange von dieser Erklärung des Evangeliums, die sie entzückt hatte. Erst in der folgenden Woche, als sie die Anekdote ihrem Beichtvater anvertraute, erfuhr sie, daß diese symbolischen oder wissenschaftlichen Erklärungen des Heiligen Buches von den Kabbalisten oder ebenso gottlosen Philosophen stammen.

Am Vorabend der Abreise wurde Alix mit einem Mal bewußt, daß diese Tage der Unordnung und Fröhlichkeit enden würden, daß sie kein einziges Wort allein mit dem jungen Mann gewechselt hatte, daß er womöglich bei dieser gefährlichen Reise ums Leben käme. Konnte sie etwas unternehmen? Wie gewöhnlich zögerte sie nun, da sie an der Pforte stand, die sie aus dem Traum herausführen würde. Sie spürte, wie wenig Begabung sie für das wahre Leben besaß, sagte sich, daß all die Gefühle, all die Blicke, all die Gedanken, die sie diesem Mann gewidmet hatte, zweifellos nicht erwidert wurden. Hatte er denn jemals versucht, mit ihr zu sprechen, ihr ein Billet zukommen zu lassen? Beim ersten Schritt, den sie gemacht hätte, würde er sie gewiß von ihrem Irrtum heilen. Was wollen Sie, dicke Zuckerrübe? Wofür hält sich diese blasse Pfingstrose? Im Grunde stand es so zum Besten. Ohne Bestätigung, aber auch ohne Zurückweisung, konnte sie diesen neuen Zustrom von Phantasiegebilden, von Süße und Träumen, den sie während dieser glücklichen Tage gewonnen hatte, unbeschädigt bewahren. Was konnte sie mehr erhoffen?

Jean-Baptiste seinerseits war von größter Ratlosigkeit erfüllt. Er stand vor einer Reise, die er sich leidenschaftlich wünschte, aus Freude an der Entdeckung und dem Abenteuer. Er bereitete sich begeistert darauf vor. Die Begegnung mit dem jungen Mädchen weckte jedoch in seinem Herzen etwas wie Skrupel, die das Glück störten, das er eigentlich empfinden sollte.

Auf die Melancholie ihrer ersten Begegnung auf der Brücke des Khalig und die eitle Träumerei bei der zweiten, am Fenster des Konsulats, waren zahlreiche weitere Besuche und tägliche kurze Treffen gefolgt. Jean-Baptiste hatte Gelegenheit gehabt, genauer anzuschauen, was er zunächst nur halb wahrgenommen hatte, und dieses Mädchen, dessen Vornamen er inzwischen kannte, ausgiebig zu betrachten. Diese Nähe hatte den ersten Eindruck von Anmut und Geheimnis durchaus nicht zerstört, sondern vielmehr bestätigt, genährt und so lebhaft werden lassen, daß er sogar seine Träume erfüllte. Es ging so weit, daß Alix ihm mehr und mehr fehlte, wenn er sie nicht sah.

Die Kluft zwischen ihrer und seiner Stellung, die ihm zunächst deutlich geworden war, die er dann glaubte, mißachten zu können, errichtete nun wieder eine unüberwindbare Mauer zwischen ihnen, die ihre Augen jedoch unaufhörlich durchbrachen. Jean-Baptiste war verzweifelt.

Die Zeit der Vorbereitungen und der täglichen Begegnungen dauerte kaum eine Woche. Bestimmt durch die Aufregung der Abreise, waren diese Tage kaum geeignet, um Gefühlen auf den Grund zu gehen. Wem konnte er sich auch anvertrauen? Maître Juremi hatte eine ausgeprägte Abneigung gegen diese Themen und kannte nichts anderes als die typisch protestantische Strenge oder die Schamlosigkeit des Soldaten. Außer ihm wußte Jean-Baptiste, dem die ganze Stadt ihr Herz ausschüttete, niemanden, der in der Lage gewesen wäre, die Rolle zu wechseln und ihm zuzuhören. Plötzlich empfand er sich als den einsamsten und unglücklichsten aller Menschen, und dieser Gedanke, den er nie zuvor gehabt hatte, unmittelbar vor einer so schwindelerregenden Reise in ihm geboren, ließ ihn zum ersten Mal im Leben die paradoxe Süße des Mitleids empfinden, das man sich selbst schenkt. Am Vorabend der Abreise begab er sich am späten Nachmittag in die arabische Altstadt, begegnete zwei Hochzeitszügen, die aus der El Azhar-Moschee kamen, und betrat den Garten von Roda.

Mit seinen alten dickbäuchigen Sagopalmen, den gequälten Stämmen der großen Mangobäume und der nüchternen Härte der Akazien war dies in ganz Kairo der Ort, der am besten als Olivenhain für die Meditation eines Mannes dienen konnte, der im Begriff war, seine Mitmenschen zu verlassen. Dennoch spürte Jean-Baptiste, sobald er in dieser Einsamkeit angekommen war, wie wenig Begabung er für die Verzweiflung besaß. Die fleischigen Pflanzen des Gartens verströmten ihre öligen Düfte in der vom Boden abgekühlten Luft. Alte Gärtner mit nackten Füßen gossen seelenruhig die jungen Pflanzen, und das Wasser erzeugte, wenn es auf die trockene Erde traf, ein leises, wundersames Geräusch. Die Tage waren noch lang. Die Abendstunde, schon ohne Sonne, aber in einen violetten Schatten getaucht, dauerte fort. Jean-Baptiste setzte sich auf eine Bank, lachte darüber, wie dumm er gewesen war, eine ganze Stunde seines Daseins der Melancholie geopfert zu haben, und schwor sich, daß das nicht noch einmal geschehen sollte.

Dann versuchte er, die Situation so nüchtern wie möglich zu betrachten. Zunächst erkannte er, wie sehr es ihm an Erfahrung fehlte. Zwar wurde ihm seit langer Zeit die Gunst der Frauen zuteil, ohne daß er sich darum bemühen mußte, aber er hatte noch nie eine andere Liebe erlebt als die, welche er weckte, ohne selbst davon betroffen zu sein. Diese unerwiderten Leidenschaften hatten ihn nicht viel gelehrt, nur, wie man sich den Unannehmlichkeiten entzog, die zuweilen aus der etwas heftigeren Eifersucht mancher Ehemänner entstanden. Einer dieser betrogenen Wüteriche hatte ihn gar gezwungen, Venedig sehr überstürzt zu verlassen ... Seit er in Kairo lebte, war er vorsichtig genug gewesen, sich ohne Schaden den Intrigen zu entziehen, in die ihn schöne, entflammte Ottomaninnen hineinziehen wollten. Ein Bey, der ihm seine Freundschaft schenkte, hatte ihm sogar vorgeschlagen, ihm seine älteste Tochter zur Frau zu geben. Die Bedingung war natürlich, daß er vor der Hochzeit Türke würde, und Jean-Baptiste nahm diese Verpflichtung zum Vorwand, um sich einer Affäre zu entziehen, an die für ihn keinerlei Gefühle geknüpft waren.

Glücklicherweise war er hellsichtig genug, um diese Spiele und Vergnügungen nicht mit der Liebe zu verwechseln, und er gab gern zu, daß er dieser nie begegnet war. Es gab keinen Grund, dies zu bereuen oder zu bedauern: Es war einfach so. Keine Frau hatte in ihm je diese dauerhafte Verwirrung geweckt, diese Gefangenschaft des Geistes, diese Hingabe des Herzens und der Sinne, die wohl Liebe sein mußte. Daran gewöhnt, nur die guten Seiten in allem zu sehen, was ihm widerfuhr, hatte er sich eher dazu beglückwünscht, daß die Leidenschaft seiner Freiheit niemals Fesseln angelegt hatte. Deshalb fühlte er sich zunächst mit einem gewissen Unbehagen in gerade dem Augenblick, da er vor der abenteuerlichsten all seiner Reisen stand, von dem süßen und beunruhigenden Bild Mademoiselle de Maillets verfolgt.

Ein armer Greis zog auf der Kruppe seines Esels langsam den Weg entlang. In der reglosen Stille des Abends hörte man das Schnalzen des alten Mannes und, im gleichen Rhythmus, das gedämpfte Geräusch der Hufe. Am Brustriemen des Esels war ein mit Feigen gefüllter Korb befestigt. Jean-Baptiste machte dem Bauern ein Zeichen, als dieser auf seiner Höhe war, reichte ihm einen Piaster und erhielt dafür vier Feigen. Er begann eine davon mit seinem Pfropfmesser zu schälen, während er weiter in Nachdenken versunken auf seiner Bank saß.

Er bedauerte nun nicht länger, daß ihn die Liebe ergriffen hatte, denn das war es wohl, worum es sich dieses Mal handelte. Die Frage war nur: Was tun? Er sah nur schlechte Lösungen. Wenn er in Kairo bliebe, würde er sich dem Zorn des Konsuls aussetzen, der ihn zweifellos verfolgen und zu neuem Exil zwingen würde. In diesem Fall war es absurd, sich auch nur die geringsten Hoffnungen auf seine Tochter zu machen. Das arme Kind war für ihn entflammt, weil sie so selten unter Menschen kam, aber sie war ein Mädchen von Stand, von dem ein Mann wie er, Jean-Baptiste, nur träumen durfte, erst recht, wenn er die kurzlebige Stellung verließ, in die ihn seine Mission für einen Augenblick versetzt hatte. Andererseits würde er sie, wenn er abreiste, wahrscheinlich nie wiedersehen. Das war zweifellos die beste Lösung. Alles geht vorbei, und die Reise hilft, schmerzhafte Erinnerungen ebenso wie die schönen zu verdrängen, in dem sie diese unter unzähligen neuen Eindrücken begräbt.

Irgend etwas sagte ihm dennoch, daß er das Unvereinbare vereinen konnte, also weder auf das Vergnügen zu verzichten, daß er empfand, Abessinien kennenzulernen und sich dort auszuzeichnen, noch auf die Versuchung, die unerreichbare Alix de Maillet zu erobern, von der alles in ihm verkündete, daß sie nur dazu geschaffen sei, ihm zu begegnen und ihn glücklich zu machen.

Die Feige war saftig und süß. Er liebte den köstlichen Kontrast der kleinen harten Kerne und des weichen Fruchtfleisches. Er nahm die nächste. An ihr waren noch Dornen, und er stach sich. ›Gerade deshalb ist sie so süß‹, dachte er.

Das war einer jener sinnlosen Sätze, die manchmal eine ganz andere Überlegung durchkreuzen. Er wollte sicher sagen: Eben weil der Kaktus Stacheln hat, schützt er seine Frucht vor Tieren, die ihre Süße begehren könnten. Aber sein Geist, abgelenkt durch die Beschäftigung mit dem Problem, das ihn gefangenhielt, griff nach dem Paradox und übertrug es. Er war von einer Erleuchtung wie geblendet. ›Genau‹, dachte er, während er sich von seinen Feigen abwandte, ›das ist es. Zwischen ihr und mir gibt es außerordentliche Hindernisse. Nur außerordentliche Ereignisse können diese überwinden. Wenn ich in Kairo geblieben wäre, hätte ich sie nie gesehen, mich ihr niemals genähert, und nichts wäre möglich gewesen. Aber die Mission, die mir anvertraut ist, kann mir, indem sie mich größten Gefahren unterwirft, eine Rückkehr voller Triumph schenken. Ich gehe nach Abessinien, ich heile den Negus, ich komme mit der Gesandtschaft, die man von mir erwartet, zurück, ich begleite sie nach Versailles. Ludwig XIV. erhebt mich in den Adelsstand, und der Konsul kann mir seine Tochter nicht mehr verwehren. Genau. Heute die Stacheln, und morgen, dank diesen, die Süße.‹

Der junge Mann stand auf und gelangte, noch immer vor sich hin murmelnd, mit großen Schritten zum Ausgang des Gartens. Nachdem er einmal das Prinzip erkannt hatte, mußte der Rest ohne Mühen kommen. Ganz selbstverständlich entwickelte er einen Plan für sein Verhalten, erklärte ihn für hervorragend und schwor, ihm treu zu bleiben.

Nunmehr erschien ihm alles in einem neuen Licht, besonders die Mission, die ihm anvertraut war. Hatte er zunächst ohne jede Begeisterung gedacht, daß sie ausschließlich den Absichten des Königs von Frankreich und des Papstes diente, so erkannte er jetzt darin auch ein Werkzeug für sein Glück. Nun wurde die Angelegenheit wirklich ernst …

Zehntes Kapitel

Von Schiffern im Binnenhafen von Bulak, der Kairo versorgte, erfuhr Monsieur Macé, daß zwei Kapuziner auf einer alten Feluke das Delta heraufkamen. Die Nachricht von der bevorstehenden Ankunft beschleunigte die Vorbereitungen aufs äußerste. Die Abreise wurde auf den übernächsten Tag, einen Montag, festgesetzt. Für den Vorabend hatte Pater de Brèvedent, den sich Monsieur de Maillet immer schlechter als Diener vorstellen konnte, um die Gunst gebeten, selbst im Konsulat die Messe zu zelebrieren. Es war unvorsichtig, die große Kapelle zu nutzen, wo beim sonntäglichen Gottesdienst die ganze Gemeinde der Kolonie versammelt war. Deshalb fand die Messe für die Reisenden im Empfangssalon statt, unter dem Porträt des Königs. Neben der gesamten Familie de Maillet nahmen Pater Gaboriau, Macé, Frisetti, der Dolmetscher, und Jean-Baptiste daran teil. Wie gewöhnlich gab dieser Alix keinerlei Zeichen, wechselte aber mit ihr einen letzten Blick, in dem sie, zu ihrem großen Erstaunen, tiefe Freude las.

Dem Konsul fiel am Verhalten des Arztes lediglich die vollkommene Unwissenheit auf, die jener bei der elementarsten Liturgie an den Tag legte. Dieses Detail bestätigte, wenn das überhaupt noch vonnöten war, die skandalöse Gottlosigkeit dieser Person.

Nach Abschluß der Zeremonie wurde im Nebensalon ein kleiner Imbiß gereicht. Man wünschte sich Glück. Dann bat Jean-Baptiste den Konsul um eine letzte private Audienz.

»Also«, brummte der Konsul mißgelaunt, sobald sie allein waren, »was gibt es noch?«

»Ich muß Sie darüber informieren, Exzellenz«, begann Poncet, »daß mein Partner während meiner Abwesenheit nicht in Kairo bleiben kann. Er bereitet seine Mittel nach meinen Anweisungen zu, und allein kann er nichts tun. Er wird nach Alexandria reisen, wo ein Apotheker schon lange um seine Dienste bittet.«

»Sehr gut«, sagte Monsieur de Maillet. »Und was, bitte, hat das mit mir zu tun?«

»Dazu komme ich noch. Diese Vereinbarung ist nur vorübergehend. Wenn ich aus Abessinien zurückkehre … «

Der Konsul senkte den Blick.

»… Ja, sage ich«, fuhr Jean-Baptiste mit entschlossener Stimme fort, »wenn ich aus Abessinien zurückkehre, wird auch Maître Juremi wiederkommen, und wir werden unsere gemeinsame Arbeit wieder aufnehmen.«

»Eine wunderbare Idee.«

»Also … «

»Also?«

»Also lassen wir unser Haus so, wie es ist.«

»Ich sehe darin kein Problem. Sorgen Sie sich nicht wegen der Miete«, sagte der Konsul resigniert, denn er glaubte zu erkennen, worauf der Arzt hinauswollte.

»Das ist nicht die Frage. In den Betrag, um den ich Sie gebeten habe, ist die Miete für ein Jahr eingeschlossen.«

»Nun, dann steht doch alles zum besten!«

»Nein«, sagte Poncet, der, nachdem er langsam zweimal das Zimmer durchschritten hatte, förmlich auf den Konsul zustürzte und sich direkt vor ihn stellte – er überragte ihn um einen Kopf. »Dieses Haus ist nichts, aber sein Inhalt ist unendlich wertvoll. Darin ist all unser Material, aber das ist noch nichts besonderes. Vor allem haben wir jedoch darin zahlreiche Pflanzen von unendlichem Wert gezüchtet, Pflanzen, die wir in den letzten Jahren sorgsam gekreuzt haben. Sie dürfen nicht eingehen.«

»Ich nehme an, man kann Anweisungen geben, damit meine Leute sie gießen …«

»Sie gießen! Ihre Leute! Ah! Monsieur, wie wenig Sie sich in diesen Dingen auskennen!« sagte Poncet, während er die Augen gen Himmel verdrehte. »Glauben Sie vielleicht, ein paar Tropfen Wasser genügen, von irgendwem irgendwann ausgekippt, um einen solchen Schatz am Leben zu halten?«

»Ja, gewiß«, stammelte der Konsul, »das dachte ich.«

»Oh nein!« donnerte Poncet. »So ist es nicht. Das ist es übrigens, wofür man uns bezahlt: Für all das, was wir über diese fremde Welt wissen müssen, neben der die menschlichen Intrigen von naiver Einfachheit sind. Sie können sich wahrhaftig nicht vorstellen, wieviel Geduld, Intuition, Gedächtnis man braucht, um all diese pflanzlichen Wesen in Frieden nebeneinander leben zu lassen, die einander voller Feindschaft gegenüberstehen.«

Wie immer, wenn er sich für einen Gegenstand begeisterte, gestikulierte Jean-Baptiste heftig mit den Armen.

»Eine Sorte beispielsweise stirbt, wenn die Temperatur um wenige Grad steigt. Man weiß das, man meint, es reiche aus, das Fenster ein wenig zu öffnen. Oh Unglück! Die Pflanze gerät in Zugluft, und am nächsten Morgen findet man sie tot.«

Er verkündete dies wie einen Völkermord, und Monsieur de Maillet riß erschrocken die Augen auf.

»Eine andere Pflanze«, fuhr Jean-Baptiste fort und ließ den Konsul erzittern, »trinkt alles Wasser, was Sie ihr geben. Sie übersäuft sich, ihre Blätter sind geschwollen, aufgedunsen, gebläht, wie ein Schlauch, und Sie fahren fort, ihr jeden Tag einen Eimer Wasser zu geben. Und dann beginnt plötzlich ihr Trockenzyklus. Nichts kündigt ihn an, so scheint es, außer bestimmten, kaum wahrnehmbaren Zeichen, für deren Erkennung die Botaniker fast ein Jahrhundert gebraucht haben. Und dann, von einem Tag auf den anderen, genügt ein einziges Glas, das auf ihre Wurzeln gegossen wird, und sie verfault ganz und gar. Es gibt auch unvereinbare Nachbarschaften. Man findet Pflanzen, die einander verschlingen, ersticken, mit aller Kraft ihrer Zweige einen tödlichen Kampf führen. Man glaubt …«

»Ich glaube, ich habe verstanden«, unterbrach ihn der Konsul, der zu den anderen zurückkehren wollte. »Wen brauchen Sie also, um Ihre Pensionsgäste zu versorgen?«

»Ich brauche einen gebildeten Menschen, der gut lesen kann,

denn wir haben alles aufgeschrieben. Es gibt bei uns Hefte, in denen jede Art beschrieben ist, mit ihrem Standort, ihrem Ursprung, ihren Krankheiten, ihrem Hunger, ihrem Durst, ihrer Atmung. Aber das ist noch nicht alles. Es gibt Gelehrte, die keine Pflanze berühren können, ohne sie umzubringen. Denn während wir große Anstrengungen unternehmen müssen, um die Pflanze kennenzulernen, erkennt sie uns instinktiv und sobald sie uns sieht. Machen Sie beispielsweise Monsieur Macé zum Hüter unseres Hauses: In einer Woche ist es ein Grab.«

»Wen dann?« fragte der Konsul, der mit Enttäuschung die Ablehnung des Kandidaten vernahm, den er gerade vorschlagen wollte.

»Ich habe es Ihnen gesagt, es gibt Zeichen an den Menschen, die die Pflanzen als besonders günstig erkennen. Wir Botaniker lernen mit der Zeit zu erraten, wer ihr unerklärliches Wohlwollen erhält. Ich sehe hier nur eine Person, die derart von der Natur ausgestattet ist.«

»Um so besser, wenn es wenigstens eine gibt«, sagte der Konsul, ungeduldig, zum Ende zu kommen. »Ihren Namen, damit ich sie sogleich informieren kann.«

»Es ist Mademoiselle Alix, Ihre Tochter.«

Nachdem er seine Bombe geworfen hatte, trat Poncet zwei Schritte zurück und wartete. Der Konsul war sprachlos.

»Meine Tochter«, sagte er schließlich mit einer Miene gekränkter Würde, »ist von einem Stand, der bei weitem über solchen Arbeiten steht.«

»Dennoch hat die Natur sie dafür würdig erklärt.«

»Es ist unwichtig, was die Natur erlaubt, wenn die Gesellschaft es verbietet. Geben Sie diese Idee unverzüglich auf, und finden Sie, ich bitte Sie, einen anderen Kandidaten.«

»Es gibt keinen.«

»Nun, dann werden Ihre Pflanzen krepieren, und wir werden Sie entschädigen.«

»Das ist keine Frage des Geldes«, sagte Jean-Baptiste würdevoll.

Dann trat er auf den Konsul zu und sagte in versöhnlichem Ton:

»Bedenken Sie, daß man nichts Schlimmes von Ihnen erbittet.

Mein Partner und ich sind morgen abgereist. Dieses Haus bleibt leer. Ihr Fräulein Tochter wird auf einem großen Regal zwei dicke Hefte finden, in denen alles lateinisch verzeichnet ist. Ansonsten bin ich voller Vertrauen: Sie hat die Anmut, derer man für die Pflanzen bedarf, und sie wird instinktiv herausfinden, welche Pflege sie ihnen angedeihen lassen muß.«

»Ich sehe, daß Sie insistieren, wenngleich dieses Thema abgeschlossen ist. Meine Tochter wird nicht dorthin gehen.«

»In diesem Fall«, schrie Jean-Baptiste, »gehe ich auch nicht. Sie werden schon jemand anderes finden, um den Grind des Negus auszukundschaften.«

»Etwas mehr Respekt, Monsieur, Sie sprechen von einem König.«

»Es geht um einen König und seinen Grind. Ich lege ihn Ihrer Pflege ans Herz.«

Jean-Baptiste deutete eine Verneigung an und öffnete die Tür.

»Poncet«, schrie der Konsul, »es reicht! Ihre ewige Erpresserei geht zu weit. Hören Sie mir zu, und schließen Sie auf der Stelle die Tür.«

Der Arzt blieb im Türrahmen stehen.

»Seit acht Tagen zwingen Sie uns, ständig nach Ihrem Willen zu handeln. Aber es gibt Grenzen. Ich sage es Ihnen in aller Form: Lösen Sie das Problem mit Ihrem Haus, wie Sie wollen, mit Ausnahme der Lösung, die Sie vorgeschlagen haben, denn diese ist unannehmbar. Dann fahren Sie nach Abessinien, ansonsten ...«

»Ansonsten ...«

»Ansonsten lasse ich Sie unverzüglich festnehmen. Ich habe alle Macht über die Angehörigen unserer Nation in dieser Stadt. Ich werde sie Ihnen gegenüber uneingeschränkt anwenden.«

»Dann lassen Sie mich doch gleich festnehmen.«

»Provozieren Sie mich nicht!« schrie der Konsul.

Poncet streckte bereits die Hände vor, in Erwartung der Handeisen.

»Nun, worauf warten Sie?«

Vom Lärm angelockt, mischten sich Monsieur Macé und Pater de Brèvedent ein und beruhigten die beiden Männer. Wenig später kehrte Poncet nach Hause zurück. Ehe er ging, teilte er dem

Konsul mit, daß sich sein Angebot nicht ändern würde und daß dieser die Nacht habe, um darüber nachzudenken.

Monsieur de Maillet war von diesem letzten Zwischenfall niedergeschmettert. Er weigerte sich, seinem Sekretär oder dem Jesuiten davon zu erzählen, und ging sofort nach oben, um sich auszuruhen. Seine Frau folgte ihm. Sie war sehr besorgt, ihn derart erschüttert zu sehen. Sie fand ihn auf dem Bett ausgestreckt, den Kopf auf die beiden Kissen gestützt. Er empfand große Erleichterung, ihr von dem anstößigen Vorschlag des jungen Mannes zu erzählen.

Man kann nicht behaupten, daß Madame de Maillet eine ehrlose Person war. Sie hatte ebenso wie ihr Gatte eine hohe Meinung von ihrer Abstammung. Aber oft können die Frauen das Wesentliche besser vom Beiwerk unterscheiden. Vorsichtig und mit viel Takt brachte sie ihrem Gemahl bei, daß es zweifellos weniger Nachteile für ihn mit sich brächte, dieser letzten Forderung Poncets nachzugeben, als ihr zu widerstehen. Wenn der Apotheker nicht reiste, würde er den Konsul weiterhin ständig verfolgen und ihn in Komplikationen stürzen, die seine Gesundheit aufs äußerste gefährden würden. Wenn Monsieur de Maillet dagegen zustimmte, wären die Unannehmlichkeiten geringer, ja kaum vorhanden.

»Dieses Haus wird leer sein. Jeder weiß, daß es voller Pflanzen und wissenschaftlicher Bücher ist. Wir schicken Alix mit Pater Gaboriau, um sich dort mit Pflanzenkunde zu beschäftigen: Niemand wird etwas Schlechtes darin sehen. Unserer Tochter aber wird der Ausflug guttun, eine Aufgabe ebenso.«

»Aber wie kommt dieser Kerl überhaupt auf Alix?« fragte der Konsul und richtete sich auf. »Hatten sie womöglich eine geheime Beziehung in diesem Haus?«

»Beruhigen Sie sich, mein Freund, unsere Tochter ist überaus schamhaft, das bezeuge ich. Er hat nur ein einziges Mal mit ihr gesprochen, und das war in meinem Beisein.«

Sie erzählte ihm kurz von der Szene im Garten.

»Dort«, fügte sie hinzu, »wird er den Eindruck von ihrer Begabung für die Gärtnerei gewonnen haben. Ich kann Ihnen versichern, daß er recht hat. Wenn eine meiner kleinen Topfpflanzen unter Hitze oder Trockenheit gelitten hat, vertraue ich sie Alix an. Sie stellt sie in ihr Zimmer und gibt sie mir wenige Tage später neu erblüht zurück.«

Madame de Maillet sprach so überzeugend, daß ihr Gatte schließlich nachgab. Insgeheim tröstete er sich auch mit dem Gedanken, daß Poncet keine Chance hatte, von dieser Reise zurückzukehren. Selbst wenn seine Bitte irgendeinen unehrenhaften Plan in sich barg, würde er niemals die Gelegenheit bekommen, diesen auszuführen ... Erleichtert, dieses letzte Hindernis überwunden zu haben, das er allerdings teilweise selbst errichtet hatte, sandte der Konsul seinen kleinen nubischen Diener zu Jean-Baptiste, um ihm folgende Nachricht zu überbringen: »Meine Tochter wird jeden Morgen mit Pater Gaboriau kommen, um die Pflanzen zu pflegen. Und jetzt reisen Sie ab!«

2.
Die Reise nach Abessinien

Erstes Kapitel

Die Gesandtschaft des Sonnenkönigs brach an einem Montagmorgen um elf Uhr auf. An der Spitze ritt Hadji Ali, den Kopf von einem Turban aus neuem Musselin umhüllt, auf einem Kamel. Dahinter kam Jean-Baptiste, der auf einem tänzelnden Pferd saß. Er trug einen großen Filzhut mit weißer Feder. Der vermeintliche Joseph, falscher Diener und echter Jesuit, erwartete sie – das Gesicht im Schatten eines Strohhutes verborgen – am Stadttor auf einem Maultier. Fünf Tragetiere – Kamele und Mulis – trugen das Gepäck, bewacht von einer Handvoll nubischer Sklaven.

Aus Gründen der Diskretion hatte es im Konsulat nach denen des Vortages keine weiteren Verabschiedungen gegeben. Jean-Baptiste ging kurz vor neun Uhr an den Fenstern des Gebäudes vorbei, um die anderen zu treffen. Monsieur de Maillet und seine Gattin winkten ihnen vom Balkon aus zu. Sie waren doch bewegt, zu sehen, wie sie der arme Bursche, der nach aller Wahrscheinlichkeit dazu bestimmt war, nicht lebendig zurückzukehren, Tränen der Dankbarkeit in den Augen, fast zärtlich grüßte. Tatsächlich kümmerte sich Jean-Baptiste herzlich wenig um dieses alte Paar, hoffte er doch, daß Alix ihn hinter einem der Fenster im Obergeschoß beobachtete.

Dann folgte der Abschied von den Türken, der lang und sehr gefühlvoll ausfiel. Der Pascha, der für die Karawane alle nötigen Passierscheine ausgestellt hatte, betrauerte die Abreise seines

Arztes. Er war jedoch gewohnt, ihm in allem zu gehorchen und sich ordentlich zu verhalten. Deshalb fügte er sich, um ihn ein weiteres Mal zufriedenzustellen, auch wenn das, war ihm diesmal verschrieben wurde, sehr bitter war. Dieser Pascha namens Hussein war ein Mann von etwa fünfzig Jahren, verbraucht von einem Leben, das zu gleichen Teilen aus großen Kämpfen und ausschweifenden Vergnügungen bestanden hatte. Ägypten war für ihn der am wenigsten angenehme und am schwersten zu regierende Landstrich. Die ständigen Intrigen der Milizen und Edelleute ermüdeten ihn. Er schwankte zwischen Gleichgültigkeit – in diesen Zeiten erreichten die Unruhen ihren Höhepunkt – und Grausamkeit, wenn er der Manöver seiner Gegner überdrüssig war und einige Dutzend von ihnen köpfen ließ. Poncets gute Pflege hatte diesen Schwankungen die Spitzen genommen: Ihm war es zu danken, daß es nun weniger Aufstände und weniger Verurteilte gab. Mit seiner Abreise würde sich das wieder ändern. Aber all das war vorbestimmt, und der Pascha verspürte kein Bedürfnis, das Schicksal herauszufordern.

Andere reiche Leute, Türken und Araber, die alle Patienten von Jean-Baptiste waren, ließen ihm mit Piastern gefüllte Börsen überreichen und wünschten ihm eine baldige Rückkehr. Aber das einfache Volk von Kairo war nicht weniger bewegt von der Abreise des Arztes, der seine Hilfe auch den Ärmsten nie verweigert hatte. Eine kleine Menge von Krüppeln, Bettlern und einfachen Leuten, die von dem Trubel um seine Reise angelockt worden waren, begleitete ihn durch die Gassen, jagte die räudigen Hunde in die Flucht, die im Schatten schliefen, und veranlaßte die Frauen, die ihre Köpfe zwischen den Fensterläden hindurchsteckten, eilig ihre Schleier überzustreifen. Jean-Baptiste versprach allen, bald zurückzukommen, und mußte fast ärgerlich werden, ehe man seine Beine losließ und er vorankommen konnte.

Immer wieder durch solche Ehrerweisungen aufgehalten, durchquerten die Reisenden auf vielen Umwegen die Stadt. Maître Juremi, der sie zu Pferd bis zur Stadtmauer begleitet hatte, verabschiedete sich ernst und gefaßt. Unter dem Blick seines strengen Gottes durfte man sich nicht der Rührung hingeben. Jean-Baptiste hatte den Freund noch mehrmals gefragt, ob er seine Meinung geändert habe, und jeden Tag hatte dieser ihm geantwortet, er solle ihn in Ruhe lassen. Letztendlich waren sie zwei Abenteurer, die das Leben für einen Augenblick in denselben Schandtaten zusammengebracht hatte, und die nun, jeder für sich, ihren Weg fortsetzten. Jean-Baptiste war zu sehr auf das fixiert, was er vorhatte, um von seinem Weg abzuweichen, und sein Partner hatte eigene Gründe, anders zu handeln. Man mußte sich fügen. Scheinbar ohne innere Bewegtheit ergriff Maître Juremi schließlich Jean-Baptistes Hand mit seiner mächtigen Pranke. Er drückte sie vielleicht etwas länger als gewöhnlich und ritt dann ohne ein Wort davon.

Die Gruppe verließ die Stadt durch das Teppichtor und traf Joseph unter einem Bogen des Aquädukts der Pharaonen. Es war fast drei Uhr nachmittags. Die Sonne tauchte die Steine schon in gelbliches Licht. Allmählich, während sie gen Westen ritten, wurden ihre Schatten auf dem Boden länger. Sie überquerten den Nil auf zwei großen Fähren, die von – bis auf die Gürtel – nackten Ruderern vorangetrieben wurden. Die verschreckten Kamele zerrten an ihren Hanfstricken. In der Mitte des Flusses nahm das Wasser in den letzten Stunden des Tages die Farbe von Tinte an. An einem Ufer sahen sie, wie sich die graue Masse der Stadt Kairo, von ottomanischen Minaretten übersät, entfernte. Am anderen erkannten sie hinter einem Vorhang aus dunkelgrünen Palmen in der Ferne das bergige Massiv der Pyramiden. Am Abend erreichten sie das Dorf Gizeh und betraten das enge Gewirr von Lehmhütten, in denen Öllampen ein gelbes Leuchten verbreiteten.

Ein Cousin von Hadji Ali empfing sie auf seinem gepflasterten Hof, wo eine Mimose wuchs. Er lud sie ein, auf dem Terrassendach seines Hauses zu schlafen. Kairo war bereits fern, die Nacht sehr schwarz, mondlos und kühl. Sie schliefen gut.

Sehr früh am Morgen zogen sie weiter. Am Fluß entlang erstreckte sich eine riesige Ebene, ein Anblick, so seidig wie grüner Stoff, der hier und da mit schwarzen Vierecken geflickt ist. Tausende von Bauern, allein oder in kleinen bunten Grüppchen, waren über diese Ackerflächen geneigt. Andere trieben Ochsen auf dem Weg voran und trugen den hölzernen Pflug auf der Schulter. Die kleine Karawane durchzog den fruchtbaren Gürtel und erreichte die Wüste in Höhe der Pyramiden. Langsam zogen sie zu ihren Füßen durch die Stille des anbrechenden Tages. Jean-Baptiste war, seit er in Kairo lebte, oft hierher gekommen, um zu träumen. Schon zweimal hatte er von der Spitze der Cheops-Pyramide aus den Sonnenaufgang beobachtet. In der Nähe des Sphinx entfernte sich Jean-Baptiste unauffällig von der Karawane, um den Koloß aus Sand zu umrunden. Als er dem riesigen Kopf, den die Araber Abu-El-Hul, den »Vater des Schreckens« nannten und dem sie nur mit Todesangst entgegentraten, direkt gegenüber stand, blickte der junge Mann fest in die beschatteten Augen und sagte:

»Wir sehen uns wieder, ich schwöre es.«

Dann kehrte er im Galopp zur Karawane zurück.

In der zweiten Nacht schliefen sie, in Felle eingehüllt, unter dem Sternenhimmel, an der Grenze zwischen der Wüste und dem bebauten Land. In den beiden folgenden Wochen, bis sie Manfalût erreichten, gewöhnten sie sich an den regelmäßigen Rhythmus der Kameltreiber: mit der Sonne aufstehen, einen stark gesüßten Tee trinken, der auf einem Reisigfeuer erhitzt wird, die Tiere beladen, schweigend weiterziehen, am Rand der Hypnose, ein Lager suchen, abladen, essen und schlafen.

Manfalût, wo sie nach vierzehntägigem Marsch eintrafen, war eine große Stadt, die sich kaum vom Boden abhob, so sehr schienen die niedrigen Häuser aus gebranntem Kalk direkt mit der Wüste verwachsen. In der Stadt fanden sie jedoch alle Bequemlichkeiten vor und logierten bei einem jüdischen Händler, der den Reisenden das Obergeschoß seines Hauses vermietete.

Hier in Manfalût sollten sie auf die große Karawane treffen, die sie bis nach Nubien bringen würde. Hadji Ali wußte, daß diese »bald« erwartet wurde. Aber im Zeitmaß der Wüste ist »bald« kaum weniger als die Ewigkeit. Die Tage vergingen, und das Warten in der Glut dieser von der Hitze erdrückten Stadt nahm kein Ende.

Mehr als die Gefahren, denen er trotzen sollte, beunruhigte Jean-Baptiste die Gesellschaft, die er während der langen Reise ertragen mußte. Hadji Ali war etwa genauso gesprächig wie seine Kamele. Er verbrachte Stunden damit, seine schwarzen Zähne mit einem spitzen Stöckchen zu bearbeiten. Wenn es ihm gelang, das kleinste Stück Nahrung hervorzuklauben, stieß er einen mächtigen Seufzer aus und dankte dem Propheten. Auf jede Frage von Poncet antwortete er nur, man werde schon sehen, »so Gott es wolle«. Er weigerte sich, irgendwelche Informationen über die Reise, Abessinien oder den Herrscher von sich zu geben. Jean-Baptiste gelangte schnell zu der Überzeugung, daß ihm der Kameltreiber, der dieser Reise unter dem Druck des Konsuls und in Anbetracht seiner persönlichen Interessen zugestimmt hatte, als Arzt nicht vertraute und irgend eine mysteriöse Gelegenheit abwartete, um ihn auf die Probe zu stellen.

Mit Pater de Brèvedent war der Umgang etwas angenehmer. Vor Hadji Ali mußte sich Jean-Baptiste damit begnügen, seinem vorgeblichen Diener kurze Anweisungen zu geben, was er allerdings nur mit gesenktem Blick zu tun vermochte. Er nutzte jedoch die Untätigkeit in Manfalût, um den Priester zur Erforschung der Pflanzen mit sich in die Natur zu nehmen. Ihre Ausflüge führten sie zum Nil und zu der schlammigen Ebene, wo sie unbekannte Schilfarten und Süßwasseralgen in den Kanälen entdeckten, und ein andermal in die Wüste, wo sie Kakteen sammelten und den Skorpionen zusahen, wie sie miteinander kämpften. Es wurde rasch deutlich, daß Pater de Brèvedent solide Kenntnisse in den Wissenschaften besaß. Jean-Baptiste hatte einen kleinen kupfernen Sextanten in seinem Gepäck, den ihm einmal ein türkischer Patient geschenkt hatte. Der Jesuit zeigte ihm die Verwendung des Gerätes und begleitete diese Demonstration fast entschuldigend mit gelehrten Erklärungen über die Astronomie. Als sie etwas vertrauter waren, machte Brèvedent seinem Begleiter eines Tages in dem gewohnten Ton außerordentlicher Bescheidenheit ein Geständnis:

»Ehrlich gesagt, habe ich sogar, oh, in meiner Jugend natürlich, es ist sehr lange her, eine Maschine entwickelt, lachen Sie nicht, ein Perpetuum mobile. Es war eigentlich nichts Besonderes, aber die Physiker hat es anscheinend amüsiert. Ich war schon so weit, das Modell aus Holz und Metall zu bauen ... «

Jean-Baptiste war begeistert, fragte nach Einzelheiten.

»Ich erinnere mich nicht mehr gut«, sagte der Priester. »Das ist zu lange her.«

Dann fügte er errötend hinzu:

»Das Journal der Akademie hat mir sogar die Ehre erwiesen, meine Pläne zu veröffentlichen.«

Man konnte sich jemand Angenehmeren als Reisegefährten wünschen als diesen melancholischen Jesuiten, für den die Astronomie schon an Frivolität grenzte. Aber schließlich mußte man sich damit abfinden, und Jean-Baptiste, der nicht ohne Freundschaft leben konnte, schenkte die seine zunächst von ganzem Herzen Pater de Brèvedent. Abends sah man sie Seite an Seite zurückkehren, wie gleichberechtigte Gefährten, die Hemden schweißdurchnäßt, mit Körben, die mit ihren Funden gefüllt waren, und einem leeren Lederschlauch, aus dem sie den Tag über gemeinsam getrunken hatten. Wenn die Stadttore in Sicht kamen, fielen sie wieder in ihre düstere Komödie von Herr und Diener zurück.

Nun, da er auch seine Qualitäten kannte, fiel es Jean-Baptiste mit jedem Tag schwerer, Brèvedent, diesen kultivierten, empfindsamen Edelmann von zarter Gesundheit keuchend unter der Last der Wassereimer laufen und den Rücken vor Hadji Ali beugen zu sehen, der ihn wie den letzten Dreck behandelte. ›Wie kann er es nur aushalten, sich derart zu erniedrigen?‹ fragte sich Jean-Baptiste. ›Für einen Mann, der einmal gelernt hat, frei seinen Geist zu formen, muß das doch unerträglich sein.‹

Dennoch vergaß er nicht das Ziel ihrer Reise und näherte sich allmählich der Verzweiflung, weil die große Karawane noch immer nicht eingetroffen war und dieser Zeitverzug schlimme Konsequenzen zu haben drohte.

Alix de Maillet war zunächst sehr erstaunt gewesen über die Aufgabe, die ihr ganz unvermutet anvertraut wurde. Ihr Vater erklärte ihr die Angelegenheit. Sie brauchte einen Augenblick, um das Ganze zu verstehen, doch dann erfüllte sie große Freude. Den ganzen Morgen sang sie in ihrem Zimmer vor sich hin und ließ ihre Vogelorgel kreisen. Eine Aufgabe! Es war das erste Mal, daß irgend jemand in dieser Welt es sich einfallen ließ, ihr Verantwortung zu übertragen. All ihre Wünsche gingen mit einem Schlag in Erfüllung: Sie würde endlich aus diesem Haus herauskommen, in dem sie wie eine Gefangene in ihrer Zelle umhergelaufen war. Als Gipfel des Vergnügens würde sie an einen Ort gehen, der ihr allein gehörte, weil niemand da war. Die Beschreibung, die ihr der Vater gab, dieser Irrgarten aus Pflanzen und Gegenständen, weckte in ihr die lebhafteste Neugier. Zu dieser Erregung gesellte sich leise Furcht: War sie überhaupt in der Lage, ihre Aufgabe gut zu erfüllen? Womöglich fände sie Gegenstände und vor allem lebende Geschöpfe, wenngleich nur pflanzliche, vor, feindlich und unverständlich, die sich dem Tod anheim geben würden. Die Gefahr war groß genug, um sie zu beunruhigen, aber im Grunde hatte sie Vertrauen zu sich selbst. Im übrigen handelte es sich ja nicht um einen wahrhaft unbekannten Ort. Es war die Wohnung von Jean-Baptiste Poncet. Sie würde den Ort betreten, an dem er gelebt hatte, und trotz der Enttäuschung, die ihr seine Abreise und sein Schweigen bereitet hatten, erwartete sie, in diesem Haus jenes Gefühl wiederzufinden, das sie für seinen Bewohner empfunden hatte.

Pater Gaboriau, der ohne sonderliche Begeisterung mit dieser Sache zu tun hatte, holte Alix am Morgen nach der Abreise der Karawane ab: Die Pflanzen durften nicht zu lange ohne Pflege bleiben. Der Konsul ließ eine Kutsche vorfahren, und um acht Uhr machten sich das Mädchen und der Geistliche auf ihre Reise, die zwei Minuten dauerte. Von diesem Tag an teilte Monsieur de Maillet allen Besuchern vertraulich mit, daß sich seine Tochter mit dem Pater im Haus der früheren Drogisten der Pflanzenkunde widme. Er wollte, daß die Sache allgemein bekannt, also ganz natürlich würde. Deshalb ließ der Jesuit den Wagen auch direkt vor dem Haus Poncets anhalten und verheimlichte nicht, daß er den Schlüssel dazu besaß. Sie betraten das erste Zimmer, die einstige Höhle von Maître Juremi. Vor der Abreise hatte der Protestant ein wenig Ordnung geschaffen, das heißt, er hatte seine Bettstatt verschwinden lassen und das verstreute Geschirr zusammengestellt. Auf dem Tisch in der Mitte des Zimmers fanden sie einen Brief, der an Pater Gaboriau adressiert war. Dieser bat das junge Mädchen, ihm die Nachricht vorzulesen, denn das Licht war nicht ausreichend für seine schlechten Augen. In dem Brief hieß es, der schon betagte Jesuit könne sich den Aufstieg in die obere Etage ersparen. Ein Liegestuhl, den sie tatsächlich in einer Ecke entdeckten, stünde für ihn im Erdgeschoß bereit. Als feinfühlige Aufmerksamkeit hatten die Apotheker in einer großen Korbflasche mit einem Hahn für den Priester ein Stärkungsmittel zubereitet, um die Schmerzen zu lindern, an denen er – wie sie wußten – litt. Ein Glas pro Tag würde genügen. Im Obergeschoß würde Mademoiselle in zwei großen Registern alle Hinweise finden, um die Pflanzen zu pflegen.

Der Priester kostete von seiner Medizin und spitzte wohlgefällig die Lippen.

»Ist es bitter?« fragte Alix

»Mein Kind, das ist Medizin, man muß sie so nehmen, wie sie ist.«

Wäre das Gebräu nicht von Fachleuten empfohlen worden, hätte Pater Gaboriau geschworen, es sei Schnaps. Als er sein Glas geleert hatte, streckte er sich auf dem Liegestuhl aus und empfahl seiner Schülerin, in der oberen Etage ans Werk zu gehen.

Sie stieg hinauf und entdeckte, wie ihr Vater einige Tage zuvor – wenngleich mit ganz anderen Empfindungen –, den unvorstellbar wuchernden Überfluß in diesem Gewächshaus. Die Pflanzen hatten während der Nacht ihren feuchten Atem verströmt. Die verbrauchte Luft war lau und klamm, mit einem Duft nach Bäumen und Waldblumen. Die kleinen Vögel unterm Giebel zwitscherten.

Das junge Mädchen ging langsam den schmalen Weg zwischen den Blumentöpfen entlang. Sie berührte die Zweige mit den Fingerspitzen, gelangte bis zum Tisch und setzte sich auf einen Hocker. Das war tatsächlich ein außergewöhnlicher Ort, ganz nach dem Bilde dessen, der ihn geschaffen hatte und dessen Anwesenheit sie noch zu spüren meinte. Sie versank in süße Träumerei, aus der sie der Anblick zweier großer Register riß, die auf dem Tisch lagen und sie an die Anforderungen ihrer Mission erinnerten. Sie öffnete den ersten Band. Es war eine nüchterne lateinische Abhandlung über Gartenbau, zwanzig Jahre zuvor in Holland gedruckt. Der Umfang des Buches entmutigte sie. Ehe sie alles gelesen und übersetzt hätte, würden die armen Pflanzen lange tot sein. Aber während sie die ersten Seiten durchblätterte, entdeckte sie ein kleines, wie ein Lesezeichen leicht über die Kante herausragendes Stück Papier, auf dem mit der Feder geschrieben war: »Geben Sie den großen einen Eimer Wasser am Tag, ein Glas den kleinen und ein halbes pro Woche den Sukkulenten. Öffnen Sie die Fenster tagsüber, und schließen Sie sie, wenn Sie gehen. Ansonsten lassen Sie sich von Ihrem Gefühl leiten. Und vor allem sprechen Sie zu ihnen, so, wie Sie mit mir sprechen würden … Jean-Baptiste.«

Alix brach in erleichtertes Lachen aus. Dann preßte sie die Hand auf den Mund, weil sie fürchtete, die Aufmerksamkeit des alten Priesters auf sich gezogen zu haben. Aber von unten hörte sie nur die regelmäßigen Atemzüge des Schlafenden. Sie faltete das Papier, verbarg es zwischen zwei Büchern auf einem Regal und begann glücklich, die unkomplizierten und erquicklichen Tätigkeiten auszuführen, die ihr aufgetragen waren.

Zweites Kapitel

Zwei Tage nach der Abreise der Gesandtschaft erhielt Monsieur de Maillet im Konsulat den Besuch eines seltsamen Mannes, der sich als Bruder Pasquale vorstellte.

Als der Ankömmling in sein Arbeitszimmer geführt wurde, erschauerte der Konsul. Es war ein Kapuzinermönch mit der Robe seines Ordens, mit der geknoteten Kordel und der großen Kapuze auf den Schultern. Obwohl seine Gestalt unter diesem weiten Gewand verborgen war, sah dieser große, breitschultrige Mann mit seinen schwieligen Händen wie ein Holzfäller aus, der dem Orden beigetreten war. Ein großer eckiger Kopf, der von einem lockigen schwarzen Bart umrahmt war, und kleine, starre, funkelnde Augen verliehen ihm eine beängstigende Ausstrahlung. Er hatte einen starken italienischen Akzent, rollte rauh das r und trennte die Worte des Französischen mit der Roheit eines Fleischers, der den Speck von einem Stück Rindfleisch absäbelt.

»Ich bin il Superiore von unserer Comunità«, begann er, nachdem er den Konsul begrüßt hatte.

›Wenn dieser Grobian der Vorsteher ist‹, dachte Monsieur de Maillet verächtlich, ›wie mögen dann erst die anderen sein …‹

Der Mönch erklärte ohne Umschweife, daß er den Mann treffen wolle, den Monsieur de Maillet mit einer Botschaft für den Negus von Äthiopien beauftragt habe.

Der Konsul erging sich in gespieltem Erstaunen und angeblicher Verständnislosigkeit. Daraufhin zog der Kapuziner ein Blatt Papier unter seinem rauhen Gewand hervor und las den ersten Absatz des geheimen Briefes vor, den der Konsul Poncet anvertraut und auf den er das Siegel der französischen Krone gedrückt hatte. Monsieur Macé, der dem Treffen beiwohnte, fürchtete, Monsieur de Maillet würde zusammenbrechen: Für einen Augenblick war der Konsul totenbleich. Dann faßte er sich wieder und fand die Kraft, den Mönch zu fragen, wie er an dieses Dokument gekommen sei.

»Durch Sie selbst, Signor Konsul, Sie haben es uns doch gesandt«, erwiderte der Kapuziner und entblößte mit einem breiten Lächeln ein grauenvoll lückenhaftes Gebiß.

»Ich habe Ihnen nichts dergleichen gesandt!«

»Ihr Segretario, den ich hier sehe, wie ich glaube, hat die Übersetzung von unserem Bruder überprüfen lassen, nicht wahr? Sie kennen doch Frater Francesco?«

Der Konsul wandte sich zu Monsieur Macé um und durchbohrte ihn mit seinem Blick. Hätte er ihn auf der Stelle zusammenschlagen können, er hätte nicht gezögert. Sein Fehler war so ungeheuerlich, so unverzeihlich, daß es kaum eine angemessene Strafe gab. Der Konsul hatte Monsieur Macé beauftragt, die Übersetzung seines Briefes von einem alten maronitischen Mönch überprüfen zu lassen, Bruder Franziskus, der hinter den Schlachthöfen in der Stadt lebte und für seine Sprachkenntnisse bekannt war. Statt dessen hatte sich dieser Unfähige, dieser Tölpel, im Mönch geirrt und war nicht zu dem harmlosen Syrer, sondern zu einem Kapuziner gegangen …

Monsieur Macé seinerseits entdeckte nun – auf dem schlimmsten Wege – den Schlüssel zu dem, was ihm zunächst als diplomatisches Rätsel erschienen war. Daß der Konsul seinen Brief an den Negus eben jenen Kapuzinern zukommen ließ, die er soeben mühevoll von der Reise ferngehalten hatte, erschien dem Absolventen der Sprachenschule, der im Grunde noch ein blutiger Anfänger war, wie eine subtile List, die geeignet war, den Ruf des

Machiavellismus der Kanzleien des Orients zu bestätigen. Und nun enthüllte sich ihm die grausame Wahrheit...

Inzwischen sammelte Monsieur de Maillet seine Gedanken. Die Rechnung mit Macé würde er später begleichen. Jetzt mußte man sehen, was dieser Flegel von Mönch, der einen solchen Trumpf in der Hand hatte, von ihm wollte. Der Konsul suchte in seiner Erinnerung und fand mit Befriedigung heraus, daß die Jesuiten in dem Brief des Königs an den Negus nirgends erwähnt waren.

»Diese Mission ist eine gute Idee«, fuhr Bruder Pasquale fort. »Ich bin gekommen, um ihnen Hilfe anzubieten. Wir haben unsere Fratres in Oberegyptia und selbst in Nubia. Wir können Ihnen nützlich sein.«

Dann begann der Mönch, Monsieur de Maillet zu erklären, daß sein Orden unmittelbar an allem interessiert war, was Äthiopien betraf. Der Papst selbst hatte die Kapuziner mit der heiligen Mission beauftragt, dieses Land zum Glauben zu führen. Im übrigen hatte der Heilige Vater kaum zwei Wochen zuvor den Vorsteher des Franziskanerordens offiziell zum Pontifikallegaten »a latere« ernannt. Darin erkannte der Konsul wieder einmal die sprichwörtliche Doppelzüngigkeit von Innozenz XII. Während er die vom König von Frankreich unterstützte Mission der Jesuiten segnete, ernannte dieser intrigante Papst gleichzeitig den Vorsteher eines direkt konkurrierenden Ordens zum Legaten für Äthiopien. Das hieß, daß er zwei Bruderschaften, die einander mit wenig Nachsicht gegenüberstanden, in dieselbe Richtung schickte. Mochte der Bessere gewinnen!

Aber jetzt blieb keine Zeit für Ausflüchte. Der Konsul spürte die Gefahr und reagierte mit außerordentlicher Schnelligkeit. Wahrhaftig, in solchen Momenten bewunderte er sich selbst. Ah! Wenn Pontchartrain ihn in dieser Minute sehen könnte, das Gesicht gesammelt, gleichzeitig Überraschung und Enttäuschung widerspiegelnd.

»Großer Gott, mein teurer Bruder, was für ein ärgerlicher Umstand. Ich habe tatsächlich dafür Sorge getragen, Sie durch meinen Sekretär von unseren Absichten in Kenntnis zu setzen. Da aber Bruder Franziskus nichts anzumerken hatte, glaubten wir, Sie würden diese Gesandtschaft lediglich zur Kenntnis nehmen. Nichts veranlaßte uns anzunehmen, daß Sie sich daran beteiligen wollten. Vor nunmehr drei Tagen sind sie abgereist, und wir haben keinerlei Möglichkeit, sie einzuholen.«

»Schade, veramente«, sagte Bruder Pasquale kopfschüttelnd. »In wenigen Tagen zwei verlorene Gelegenheiten. Zwei unserer Brüder sollten mit einem arabischen Commerciante abreisen, der einen Medico für den Negus suchte. Und der Mann ist verschwunden.«

»Ist das möglich!« rief der Konsul fassungslos. »Ich verstehe, daß Sie verärgert sind.«

Er fügte einige weitere Sätze des Bedauerns hinzu. Aber der Kapuziner war kein Mann, der leere Worte machte. Als er begriff, daß er hier nicht mehr erfahren würde, grüßte er unvermittelt und ging.

Daß es im Leben seltsame Zufälle gibt, wußte Bruder Pasquale, und er kannte den Orient zu gut, um den Versuch zu unternehmen, die Merkwürdigkeiten des Daseins zu erklären. Aber die Abreise dieser Gesandtschaft erschien ihm dennoch sehr überstürzt und der Konsul zu erregt, um aufrichtig zu sein. Der Mönch verschwand in der arabischen Stadt, um seine Nachforschungen fortzusetzen.

Im Konsulat riß Monsieur de Maillet, kaum daß der Priester verschwunden war, seine Perücke vom Kopf, unter der er furchtbar schwitzte. Er wandte sich Macé zu, und ehe er Gelegenheit hatte, seinen Zorn loszuwerden, sah er seinen Sekretär mit dem Geräusch einer zerbrechenden Nuß auf die Knie fallen. Man erflehte niemals vergeblich seine Vergebung: Monsieur de Maillet beschloß lediglich, seinen Sold für zwei Monate einzubehalten.

Endlich traf die große Karawane in Manfalût ein. Sie zog im Morgengrauen in die Stadt ein, als alles noch schlief. Am Vorabend war der große Marktplatz nichts als eine verlassene Fläche aus grauem Sand gewesen, über den ein paar ausgemergelte Hunde liefen. Am Morgen nun war er dicht bedeckt mit knienden Kamelen, verschnürten Ballen und über Holzpflöcke gespannten Stoffen, die als Unterstände dienten. Unzählige Männer in blauer

Tunika, den Kopf mit dem Turban bedeckt oder diesen lose wie einen Schal um die Schultern, rannte schreiend umher. Kleine Teekannen aus Weißblech wurden über Reisigfeuern erhitzt. Dichter Rauch, blau von Fett, stieg aus den Kohlebecken auf, wo Lammknochen kochten, und verbreitete sich in Kopfhöhe.

Hadji Ali kannte den Karawanenführer gut, einen gewissen Hassan El Bilbessi, und diese Bekanntschaft erlaubte ihm, sogleich einige Geschäfte zu machen. Er tauschte seine fünf Maulesel gegen zwei Kamele, weil diese weniger teuer waren als in Kairo und weil der Marsch durch die Wüste, der ihnen bevorstand, mit ihnen leichter sein würde. Unglücklicherweise konnten die beiden neu erworbenen Tiere jedoch kaum die Lasten der Maultiere tragen, die sie ersetzten. Die Folge war, so verkündete Hadji Ali mit einem boshaften Grinsen, daß Joseph kein Reittier mehr haben würde und nun wie die nubischen Sklaven – die allerdings im Unterschied zu ihm daran gewöhnt waren – zu Fuß neben den Tieren durch den Sand laufen mußte.

Pater de Brèvedent nahm diese neue Erniedrigung ohne zu murren hin. Er brachte sogar seinen Gefährten davon ab zu protestieren, weil man keinerlei Verdacht wecken dürfe. Jean-Baptiste erschien die Unterwürfigkeit des Jesuiten allmählich etwas übertrieben. Auch sonst war seine Sympathie für ihn, zu der er sich anfänglich gezwungen hatte, inzwischen sehr abgekühlt. Es war allzu offensichtlich, daß der Mönch seine Begeisterung nur oberflächlich und aus Höflichkeit teilte. Brèvedent wahrte stets eine vorsichtige Zurückhaltung. Trotz des Vergnügens, das er angeblich bei den Spaziergängen mit Jean-Baptiste empfand, wurde schnell deutlich, daß er diese Ausflüge lieber vermied. Sein einziges Verlangen bestand darin, sich hinter einer Nopal-Hecke zu verbergen, um zu beten und die spirituellen Übungen auszuführen, die seinen Glauben festigten. Bei einem kurzen Gespräch wurde das ganze Ausmaß der Verschiedenartigkeit ihrer Persönlichkeiten offenbar.

Mit naiver Sicherheit antwortete der vorgebliche Joseph Jean-Baptiste, als dieser ihn über die Berufung befragte:

»Das ist sehr einfach. Ich bin in einer wohlhabenden Familie von gutem Stand geboren. Alles fiel mir leicht. Es genügte mir, das zu lernen, was man mir beibrachte. Der Plan der Schöpfung wurde mir ohne Mühe zugänglich, durch jene Sprache, die man die Wissenschaft nennt. Gott hat mich mit der Gnade seiner Vorsehung beschenkt. Er hat mir alles gegeben; ich wollte ihm einfach alles zurückerstatten.«

»Nun«, sagte Jean-Baptiste, »bei mir ist es genau das Gegenteil. Ich bin ohne Familie und sehr arm geboren. Man hat mich mit sechs Jahren zur Arbeit bei einem Apotheker geschickt. Seine Tochter hat mich aus einer Laune heraus das Alphabet gelehrt, wie man einem Hund beibringt, Männchen zu machen: um darüber zu lachen. Das war die ganze Bildung, die ich erfuhr. Den Rest habe ich mir ganz allein beigebracht, so gut ich konnte. Im Grunde, wenn ich Ihnen folge, müßte ich sagen: Gott hat mir nichts gegeben, wir sind quitt … «

Der Jesuit starrte ihn entsetzt an, wie ein Schüler, der den Fehler eines Klassenkameraden entdeckt und fürchtet, dafür ebenso wie dieser bestraft zu werden. Offensichtlich sah er den Arzt, wenn nicht als den Teufel persönlich, so zumindest als einen seiner Anhänger an. Diese Furcht mochte ihn seit der Abreise erfüllen und das Resultat zahlreicher Warnungen von Pater Versau und dem Konsul sein. Zum ersten Mal begriff Jean-Baptiste an diesem Tag, daß er allein war. Die Freundschaft von Maître Juremi, seine Leidenschaft für die Wahrheit, die ihn von jeder Heuchelei fernhielt, seine Großzügigkeit und sein seltener und kostbarer Humor fehlten ihm mit einem Male sehr.

Zwei Tage später brach die Karawane von Manfalût auf. Sie bestand aus fast einhundertfünfzig Tieren und erstreckte sich in einer langen behäbigen Prozession, in der Hadji Ali, Poncet und Joseph etwa die Mitte einnahmen. Sie liefen zwei Meilen nach Osten und machten in dem Marktflecken Alcantara Halt. Auf einer Steinbrücke überquerten sie einen schmalen Wasserlauf, den sie für einen Arm des Nils hielten. Am folgenden Abend schlugen sie ihr Lager neben riesigen Ruinen in der Wüste auf. Es war die kolossale Statue eines sitzenden Pharaos, dessen Kopf und Oberkörper durch die Erosion zerstört worden waren, so daß man nur noch die Füße und Beine erkennen konnte.

Durch das Wohlwollen des Karawanenführers konnten Hadji Ali und Poncet zwei der besten Plätze einnehmen, zwischen den Zehen des Kolosses, dort, wo die riesigen Steinblöcke ausgehöhlt waren und kleine Grotten bildeten, die vor der Kälte der Nacht schützten.

Joseph bereitete das Abendessen für seine Herren zu. Poncet leistete ihm am Feuer Gesellschaft, während der Priester die Suppe umrührte. Seine Miene erschien noch besorgter als gewöhnlich.

»Ich habe mich vorhin unter die Kameltreiber gemischt«, sagte der Jesuit, »und ihr Gespräch mitbekommen.«

»Und, was sagen sie?«

»Daß es noch einen anderen Franken in der Karawane gibt.«

»Das ist doch völlig normal«, antwortete Poncet, ohne sich aufzuregen. »Regelmäßig reisen Händler nach Oberägypten und Nubien.«

Die Art des Jesuiten begann ihn wahrhaft zu ärgern. Seine heuchlerische Miene, die ewige Besorgtheit, sein Ernst – es fehlte nur wenig, daß auch er anfing, ihn in den Hintern zu treten.

»Stellen Sie sich vor, Sie wären allein, inmitten einer Karawane dieser Größe«, jammerte Pater de Brèvedent, »und Sie wüßten – denn jeder weiß es –, daß zwei andere Christen dazugehörten, würden Sie nicht so schnell wie möglich zu ihnen gehen?«

»Unter den Abenteurern im Orient gibt es Menschen, die ihresgleichen lieber nicht begegnen wollen«, sagte Jean-Baptiste kurz angebunden.

»Dann sollten wir versuchen, diesen Mann zu treffen. Das ist der beste Weg, um zu erfahren, ob er vor uns flieht und was er versteckt.«

Schließlich gab Jean-Baptiste nach. Zum einen wollte er keinen Streit, und zum anderen wirkte die Unruhe dieses Teufels von Priester ansteckend. Er willigte ein, einen Rundgang durch das Lager zu machen. Joseph vertraute den Rührlöffel einem Nubier an und riet ihm, die Suppe nicht anbrennen zu lassen. Angesichts der Kürze der Zeit bis zum Anbruch der Nacht und der Größe der Karawane trennten sie sich. Der Jesuit ging auf einer Seite um den Steinkoloß herum und Poncet auf der anderen. Der Tag neigte sich rasch seinem Ende zu. Vor dem Horizont errötete das immer kleiner werdende Sonnenrund über der schon ins Dunkel getauchten Wüste. Das tiefstehende, durch den

Staub des Lagers gedämpfte Licht umgab die Gestalten mit einem flirrenden Nebel. Die beiden Männer, jeder auf seiner Seite, durchforschten vor Anbruch der Nacht so viele Gruppen, wie sie konnten, aber sie entdeckten niemanden, der nach einem Franken aussah. Der Jesuit war trotzdem nicht beruhigt. Pater Versau hatte ihm geraten, sich vor den Intrigen der Kapuziner zu hüten, und Brèvedent witterte seine Widersacher hinter dieser geheimnisvollen Angelegenheit des unauffindbaren Reisenden.

Die folgenden Tage zogen sich quälend dahin, denn sie durchquerten eine lange Steinwüste, ohne auf Wasserstellen zu treffen. Joseph bot einen bemitleidenswerten Anblick. Erschöpft von der Hitze, preßte er bei jedem Halt die ausgetrockneten Lippen an den Ziegenlederschlauch, den Poncet seitlich am Sattel seines Kamels trug. Schon am zweiten Tag fielen die Spangenschuhe des Jesuiten auseinander, und er mußte mit bloßen Füßen über den heißen Sand laufen. Am Abend waren seine Fußsohlen nur noch blutige Blasen. Poncet öffnete den Lederkoffer mit seinen Medikamenten, bestrich die Füße des Bedauernswerten mit einer Salbe, die seine Wunden trocknen ließ und den Schmerz linderte. Am nächsten Morgen jedoch, als er wieder aufstehen sollte, erbleichte der Jesuit und drohte das Bewußtsein zu verlieren. Jean-Baptiste bot ihm für diesen Tag sein Kamel an. Aber Joseph wollte nichts davon wissen und überstand den ganzen Weg, ohne zu klagen.

»Dieser Mann hat wirklich eine Leidenschaft für den Gehorsam«, dachte Jean-Baptiste. »Wahrscheinlich fürchtet er nichts so sehr wie die Freiheit.«

Glücklicherweise bedeckte sich der Himmel in den folgenden Stunden mit ein paar Wolken. Es wurde ein wenig kühler, und der Boden war in diesem Teil der Wüste mit feinem Staub bedeckt, der die Füße schonte. Als sie am Abend Halt machten, verkündete ihnen Hadji Ali, daß sie nur noch eine Tageswanderung bis zu der großen Oase zurückzulegen hätten, wo sie ein paar Tage Rast machen würden.

Dann verließ er sie, um das Abendessen mit dem Karawanenführer zu teilen: Hassan El Bilbessi hatte ein verletztes Kamel opfern lassen, und das faserige Fleisch kochte über einem großen Feuer.

Der nächste Tag brachte wiederum glühende Hitze, und Joseph litt noch einmal sehr. Schließlich erreichten sie in der Nacht den großen Palmenhain, den die Alten Parva-Oase nannten und die Araber El Vah. Dies war der fernste Punkt auf ihrer Strecke, der noch unter der Herrschaft des Paschas stand: ein kleiner Archipel miteinander verbundener Palmenwäldchen, zwischen denen hier und da enge Pflanzeninseln an trockene Steingolfe grenzten. Das Ganze hatte die Ausmaße einer großen Stadt. Eine Vielzahl von Quellen durchtränkte die schwarze Erde und nährte ein saftiges, hohes, dichtes Gras. Mehrere Parzellen, von Mäuerchen aus flachen Steinen umgeben, waren bepflanzt. Dort baute man Sennessträucher und Koloquinten an. Auf den schmalen Wegen des Palmenhains liefen Gruppen lachender, dunkelhäutiger Kinder entlang, die auf den Köpfen große, unförmige Kalebassen trugen und wie kleine Hampelmänner aussahen. Hadji Ali kannte diesen Platz gut, und in einem der Palmenhaine zählte ihn eine äußerst gastfreundliche Dame zu ihren regelmäßigen Kunden. Poncet erhielt eine Hütte aus geflochtenen Palmenwedeln mit einem Bett. Die Kamele wurden, nachdem man sie in einem Becken getränkt hatte, angebunden und konnten weiden. Jean-Baptiste überließ sein Bett Joseph und spannte für sich zwischen zwei Palmen eine Hängematte auf.

Drittes Kapitel

Zwei Tage nach ihrer Ankunft in dem Palmenhain ließ sich Hadji Ali neben Jean-Baptiste nieder und bot ihm an, zum Zeichen der Freundschaft den Tee zuzubereiten. Nach einer guten Stunde sinnlosen Palavers bat der Kameltreiber den Arzt, einen Augenblick mit ihm in die Strohhütte zu kommen.

»Sieh dir das an«, sagte der Händler, sobald sie drinnen waren.

Er lüftete einen Ärmel seiner weiten Tunika und entblößte einen Arm, eine Schulter und den oberen Teil des Rückens, die von einem gräßlichen schorfigen Ausschlag bedeckt waren.

»Seit wann bist du krank?« fragte Poncet.

»Seit ungefähr drei Jahren. Mal kommt es, und mal verschwindet es.«

»Kratzt du dich?«

»Unaufhörlich, Tag und Nacht. Der Prophet soll mich davor bewahren. Aber sobald er die Augen abwendet, schinde ich mich bis aufs Blut«, sagte der Kameltreiber.

Dann nahm Hadji Ali draußen seinen Platz bei der Teekanne wieder ein. Der Arzt ging zu seinem Gepäck, daß man neben dem Eingang der Hütte aufgestapelt hatte, und kam mit einer zugekorkten Phiole zurück.

»Das wirst du jeden Morgen und jeden Abend über die wunden Stellen streichen. In drei Tagen sprechen wir uns wieder.«

Hadji Ali küßte ihm die Hände, griff behutsam nach der Phiole und verschwand, um das Nützliche mit dem Angenehmen zu verbinden und sich von seiner Tänzerin einreiben zu lassen.

Brèvedent, welcher die Szene von weitem beobachtet hatte, kam heran und setzte sich neben Jean-Baptiste. Der Priester hatte sich scheinbar von den Leiden der vorangegangenen Tage erholt, seine mißtrauische und furchtsame Haltung jedoch beibehalten.

»Warum hat er so lange gewartet? Er hätte Ihnen seine Krankheit vor der Reise zeigen können«, bemerkte er, während er dem Kameltreiber mißtrauisch nachblickte.

»Natürlich nicht. Stellen Sie sich vor, meine Wissenschaft hätte sich bereits als unwirksam erwiesen, bevor wir Kairo verlassen hätten: Die Reise wäre umgehend abgesagt worden. Man hätte daraus geschlossen, daß ich auch den Negus nicht heilen könnte. Jetzt haben wir Hadji Ali bezahlt, wir haben uns ihm anvertraut. Wenn man sich unserer entledigen muß, wird er die Geschichte zu seinem größten Vorteil regeln.«

Sie schwiegen, und Jean-Baptiste ahnte, daß die finsteren Gedanken den Geist des Jesuiten stärker als je zuvor bestürmten.

Die Wahrheit war, daß Pater de Brèvedent keinerlei Vertrauen in Jean-Baptistes medizinische Qualitäten besaß. Bei ihren botanischen Exkursionen hatte der Priester Gelegenheit gehabt, sich von den bescheidenen Kenntnissen des Apothekers zu überzeugen. Oft wußte er selbst mehr als dieser. Jean-Baptiste hatte das offensichtlich nicht verunsichert. »Die Botanik ist nicht die Medizin«, hatte er gesagt. »Das Wesentliche ist diese Begeisterung, die Intuition, die es ermöglicht, eine Verwandtschaft zwischen den Geschöpfen zu erkennen, und zwischen einem leidenden Menschen und der Pflanze, die ihm helfen kann, eine zwingende und notwendige Verbindung zu enthüllen.«

Für Brèvedent war dieser Unsinn nichts anderes als Magie. Er hegte größte Zweifel an der Wirkung, die diese Hirngespinste heute bei Hadji Ali und morgen beim Negus erzielen würden. Aber es war zu spät, um sich zurückzuziehen, und das Schicksal des Jesuiten war auf Gedeih und Verderb mit dem dieses seltsamen Kräuterhändlers verbunden.

Um das Thema zu wechseln und die Atmosphäre zu entspannen, brachte Jean-Baptiste das Gespräch auf den Namen der Oase, El Vah.

»Ich glaube, das ist eine Verstümmelung von El Haweh: die Luft. Sie werden diesen Namen wegen der Frische gewählt haben, die hier herrscht, und dem leichten Wind, der ständig die Palmen rauschen läßt.«

Brèvedent seinerseits neigte mehr zu der Deutung Halaoué: die Süße. Sie beschlossen, diesen philologischen Streit durch einen Ortsansässigen entscheiden zu lassen. Der erste, den sie trafen, war ein alter Mann, der zwei mit Datteln beladene Esel mit einem Stock vorantrieb.

Die Araber liebten ihre Sprache: Keiner würde je die Diskussion um ein Wort ablehnen. Der alte Mann lauschte den Erklärungen der beiden Reisenden und lachte. Er hatte ein von Falten übersätes Mumiengesicht. Als sie ihre Hypothesen dargelegt hatten, stieß der Alte mit seinem Holzstock wie mit einem Florett nach Brèvedents Brust und sagte:

»Nein.«

Dann tat er dasselbe bei Poncet.

»El Vah«, sagte er in seiner ihm eigenen Betonung und zog sie mit sich.

Sie durchquerten eine Lichtung, liefen an einem kleinen Koloquintenfeld entlang, der alte Mann vornweg, gefolgt von Jean-Baptiste, Brèvedent und, weit zurückgeblieben, den Eseln. Schließlich erreichten sie ein Waldstück, das mit dichten Büschen von dunklem Grün bedeckt war. Der Alte wies mit seinem Stock auf die Sträucher und wiederholte dreimal:

»El Vah!«

Es war eine Art Stechpalme mit wie lackiert glänzenden Blättern und wenigen Stacheln, von dunklem Grün.

»Der Stab Moses'«, sagte der alte Mann. »El Vah!«

Und er wies auf den Strauch.

»Der Stock des Khaled Ibn El Waalid: El Vah!«

»Wer ist Khaled Ibn El Waalid?« fragte Brèvedent demütig.

Der Alte runzelte die Brauen. Die Frage erschien ihm ein Zeichen großer Unwissenheit.

»Großer General«, sagte er, »der Vernichter der Christen!«

»Wahrhaftig?« fragte der Jesuit peinlich berührt.

»Vorher war das Wasser hier bitter. Khaled Ibn El Waalid hat die Quellen mit seinem Stock berührt. Das Wasser wurde rein. El Vah!«

Sie dankten dem Alten und kehrten schweigend zurück.

»Also«, sagte Pater de Brèvedent, der sah, daß sein Begleiter in Gedanken versunken war, »mit welchen übernatürlichen Zusammenhängen bringen Sie diese Pflanze in Verbindung?«

Jean-Baptiste machte eine unbestimmte Bewegung. Als sie im Lager waren, setzte er allein die Wanderung durch die Oase fort.

Er hatte in dem Strauch die Pflanze wiedererkannt, die verirrt und einsam im Garten des Konsulats wuchs und von der er gerade einen Zweig abpflücken wollte, als Alix ihm erschienen war. Diese Erinnerung ließ ihn in süßeste Träume versinken.

Seit zwei Wochen kam Alix nun jeden Tag; es war ihr zu einer angenehmen Gewohnheit geworden. Pater Gaboriau schlief nach seinem Trunk regelmäßig im Liegestuhl ein. Sie ging hinauf, um mit den Vögeln und den Pflanzen zu sprechen. Wie Jean-Baptiste geahnt hatte, entdeckte sie instinktiv, was jedes einzelne Gewächs brauchte. Sie ermutigte die kleinsten, beschränkte mit einigen Schnitten der Baumschere den Eroberungsdrang der größten. Sie hatte auch Zeit, in den Büchern zu blättern und vorsichtig den Knauf der Degen zu berühren, die noch an einem Ast hingen. Sie besaß sogar die Kühnheit, sich in der Hängematte auszustrecken. In allem, was um sie herum war, spürte Alix die Abwesenheit von Jean-Baptiste. Zuweilen, je nach ihrer Stimmung, sah sie ihn an jedem Platz, wo er eine Spur hinterlassen hatte. Dann wieder fehlte er überall, wie ein Kopf, der vom Körper getrennt ist und ihn leblos zurückgelassen hat.

Erst nach zwei Wochen, nunmehr vertraut mit dem Haus, wagte sie sich auf die Terrasse zum Innenhof. Obwohl alle Fensterläden geschlossen waren, war es doch möglich, daß sie jemand beobachtete. Sie fürchtete, ihrem Vater könnte irgendein Tratsch zu Ohren kommen.

Die ersten Male ging sie deshalb nur für wenige Minuten hinaus. Hinter den Fenstern, von denen aus sie gesehen werden konnte, schien sich nichts zu bewegen. Sie wurde mutiger, holte sich einen Stuhl und verbrachte schließlich den halben Vormittag im Freien.

Am fünfzehnten Tag nach der Abreise der Karawane saß sie gerade dort, als sie hinter einem der Fensterläden ein leises Geräusch hörte. Sie zuckte zusammen und erstarrte. Es war besser, sich nichts anmerken zu lassen, nicht hineinzustürzen und sich in Sicherheit zu bringen, als sei an ihrem Verhalten irgend etwas Unrechtes. Das Kratzen wiederholte sich. Es war das Fenster, das der Terrasse am nächsten lag, weniger als einen Meter über ihr. Plötzlich öffneten sich die Läden mit einer Bewegung, und die Gestalt einer Frau erschien am Fenster. Sie gebot Alix mit einem Finger auf den Lippen zu schweigen, da sie ahnte, daß das Mädchen in seinem Erstaunen um Hilfe rufen könne. Alix beruhigte sich, und die beiden Frauen betrachteten einander schweigend. Die Person, die eben das Fenster geöffnet hatte, wirkte reif: Es schien dem Mädchen, als habe sie bereits jene fernen Ufer des Lebens berührt, von denen man in ihrem Alter glaubt, sie nie zu erreichen. Das heißt einfach, daß sie bereits die vierzig überschritten hatte. Ihr volles Gesicht zeigte die schönen, kräftigen Züge einer Bäuerin, in dem lächelnde, vertrauenerweckende Augen strahlten, die das Gegenüber gerade ansahen, um Freunden die Aufrichtigkeit und den anderen Mut und Stolz der Armut zu bezeugen. Sie trug das einfache, braune Leinenkleid einer Dienerin, aus dem – wie Früchte aus einem zu vollen

Korb – ihre runden Arme, starke Schultern und feste Brüste hervorquollen.

»Freundin! Freundin!« flüsterte sie und winkte mit einer Hand, während sie die andere auf dem Mund liegen ließ.

Als sie sah, daß sich Alix beruhigt hatte, sagte sie, immer noch mit leiser Stimme:

»Sehen Sie nach, ob der Priester schläft.«

Das Mädchen gehorchte.

»Woher weiß sie, daß hier ein Priester ist?« dachte Alix, während sie vorsichtig die Treppe hinunterschlich.

Pater Gaboriau schnarchte genüßlich. Sie kehrte auf die Terrasse zurück und nickte bestätigend.

»Ich komme hinunter«, sagte die andere bestimmt.

Das Mädchen wagte nicht, ihr zu widersprechen. Nun sah sie, wie die kräftige Frau geschickt aus dem Fenster kletterte und mit der Eleganz einer Katze geräuschlos auf die Terrasse sprang. Sie strich ihren Rock mit der Handfläche glatt, dann trat sie auf das Mädchen zu, griff mit freundschaftlicher Autorität nach ihren Handgelenken und hob leicht ihre Arme.

»Es ist wohl wahr, daß Sie schön sind!« sagte die Frau.

Alix errötete heftig. »Dicke Pfingstrose«, dachte sie.

»Noch schöner, als er gesagt hat«, fügte die Frau hinzu.

In ihrem Gesicht war etwas Sanftes, Tröstendes. Vielleicht war es diese Nähe von Freude und dem Lächeln mit Fältchen um Augen und Mund, von Tränenspuren und erlittenem Unglück, die der einfachen Fröhlichkeit die Schwermut großer Verpflichtungen verliehen.

»Wer ›er‹?« fragte Alix

»Maître Juremi natürlich«, sagte die Frau lachend.

Mademoiselle de Maillet konnte einen Ausdruck der Enttäuschung nicht verbergen.

»Denn er ist es, der mir von Ihnen erzählt«, fügte die Frau mit rätselhafter Miene hinzu.

Sie nahm Alix bei der Hand, führte sie zum Stuhl und drückte sie sanft hinunter. Sie selbst lehnte sich gegen die Balustrade.

»Seit fünfzehn Tagen beobachte ich Sie. Ich weiß alles von Ihnen, Ihren Namen, wen Sie lieben. Das ist zu ungerecht. Ich muß Ihnen etwas über mich erzählen: Ich heiße Françoise. Ich wohne in dem Haus, aus dem ich gerade gekommen bin. Als diese Herren noch hier waren, kam ich jeden Tag, um ihnen das Essen zuzubereiten. Nun, sind Sie beruhigt, all das zu wissen?«

»Ja ... Nein ... Ich weiß nicht«, sagte Alix verwirrt.

»Natürlich, das ist ziemlich grausam«, sagte Françoise. »Ich hätte seit langer Zeit mit Ihnen sprechen können. Glauben Sie, es macht mir Spaß, Sie hier zwei Schritte von mir entfernt allein umherirren zu sehen?«

Aus dem schwarzen Haarknoten fiel eine schwere Locke über Françoises Schläfe. Sie brachte sie wieder an ihren Platz. Alix sah, daß ihre Hände von der Arbeit gerötet waren, die Nägel abgebrochen und kurz, aber dennoch Frauenhände, durch die Qualität der Haut, die das Netz der Venen unsichtbar machte und ihnen die Anmut eines glatten Gegenstandes verlieh.

»Aber Sie müssen mich verstehen«, sprach Françoise weiter. »Ich hatte Anweisungen. Und nochmal Anweisungen ... Man kann zwar immer ungehorsam sein. Aber ich hatte es versprochen.«

»Versprochen? Aber was hatten Sie versprochen und wem?« fragte Alix.

»Juremi. Er hat mich schwören lassen, daß ich warte, bis Sie sich eingerichtet haben, daß ich darauf achte, ob der Priester auch jeden Tag gut schläft ... Apropos, ist noch etwas von dem Getränk da, daß sie ihm gemacht haben?«

»Ungefähr die Hälfte der Korbflasche.«

»Erinnern Sie mich daran, sie nachzufüllen, wenn sie zu Ende geht.«

»Haben Sie noch etwas davon?« fragte Alix, die in den vergangenen Tagen von der Aussicht gequält worden war, das Stärkungsmittel könne zu Ende gehen.

»Soviel man will. Das ist der Schnaps zu zwanzig Piaster, den uns Ihr Vater verkauft!«

Françoise lachte leise, aber mit offenem Mund. Sie hatte tadellose Zähne, gleich einer Perlenkette. Sie wurde wieder ernst.

»Ich habe Juremi all das versprochen. Und außerdem, Ihnen den Brief zu geben.«

»Den Brief!« rief Alix laut.

Sie verstand nichts: Juremi, ein Brief. Sie erschrak.

Françoise legte den Finger an den Mund und lauschte auf eine Reaktion des schlafenden Priesters. Als sie sicher war, daß sich nichts rührte und daß das Mädchen förmlich auf Kohlen saß, wühlte sie unter ihrem Kleid und zog einen Umschlag hervor.

»Das ist typisch: Sie haben zwei Wochen lang Geduld gehabt, und jetzt sind Ihnen zwei Minuten zu lang! Nehmen Sie.«

Alix griff nach dem Brief und las auf dem Umschlag: »Für Mademoiselle de Maillet. Es war die Handschrift des Zettels, den sie seit dem ersten Tag wieder und wieder gelesen hatte – die Handschrift von Jean-Baptiste.

Viertes Kapitel

Nach drei Tagen begann sich die Karawane langsam wieder zu formieren. Auf den Gegenden, die sie durchqueren würden, immer tiefer im Süden gelegen, lastete eine brütende Hitze. Der zunehmende Mond erleuchtete die Wüste. Deshalb wurde beschlossen, bei Nacht voranzuziehen. Aufbrechen würde man am Nachmittag bei Sonnenuntergang. Die Brunnen würden immer seltener werden, knapper noch die Versorgung mit Lebensmitteln. Sie mußten sich mit Nahrung für acht Tage versorgen. Im letzten Moment lud man Joseph noch einen Sack auf den Rücken, weil die Tiere aufs äußerste beladen waren.

Hadji Ali traf seine Anordnungen mit undurchdringlicher Miene. Er kam und ging, überprüfte die Beladung der Karawane, schrie Befehle, schlug mit seiner Peitsche um sich. Mehrmals ging er an Poncet vorbei, ohne sich über die Wirkung der Behandlung zu äußern. Der Arzt hütete sich, ihm die geringste Frage zu stellen, ehe die drei Tage vergangen waren.

Sie brachen auf und zogen langsam durch die milde Nacht. Weißliches Mondlicht zeichnete die Umrisse der Gegenstände nach und formte die Schatten. Die sich hin- und herwiegenden Kamele, das gesammelte Schweigen der Menschen und das dumpfe Geräusch von hunderten Schritten auf dem Sand schufen im Geist eine Beruhigung, eine fast unwiderstehliche Betäubung. Man mußte dagegen ankämpfen, nicht einzuschlafen.

Im Morgengrauen, als sich der Himmel zu ihrer Linken violett färbte, erreichten sie die erste Wasserstelle und bauten ihr Lager auf. Es war nicht einmal eine Oase: nur ein paar Bäume und ein Brunnen voller Alaun. Das Wasser hatte eine häßliche Farbe und einen furchtbaren Geschmack. Die Männer benutzten es, um sich die Haare und das Gesicht zu benetzen. Aber man mußte schon an etwas anderem als an Durst sterben wollen, um davon zu trinken.

Es war das Ende des dritten Tages von Hadji Alis Behandlung. Als das Lager errichtet war, wandte er sich Poncet zu, schritt dann mit ernstem Gesicht an ihm vorbei und mischte sich unter die Kameltreiber, die wenige Meter entfernt um den Brunnen versammelt waren und sich vor dem Gebet mit Wasser bespritzten. Ihre Köpfe und Oberkörper waren entblößt. Langsam tat Hadji Ali es ihnen gleich. Er behielt nur seine lange Pluderhose aus Leinen an und streifte die Schuhe ab. Er bespritzte sich mit Wasser, rieb sich ab, spuckte aus, nahm seine Tunika und den Turban in eine Hand, die Schuhe in die andere und trat auf Poncet zu. Dieser sah, daß auf der ganzen behandelten Fläche nur eine unmerkliche Erhebung übrig geblieben war, die bald verschwinden würde. Die Krankheit war geheilt. Hadji Ali grüßte Jean-Baptiste voller Respekt, warf die Tunika über und setzte seinen Weg fort, um einen abgeschiedenen Platz zu finden, wo er seinen Gebetsteppich ausrollen konnte.

Joseph, der das Ganze beobachtet hatte, schlug heimlich ein Kreuz und sagte:

»Mein Gott, das ist ein Wunder!«

Die Bemerkung verärgerte Jean-Baptiste ein wenig, sah er doch darin eine Art, seinen Verdienst zu schmälern.

»Wissen Sie, was die Kabbalisten schreiben?« fragte er. »Wer an Wunder glaubt, ist ein Narr ... «

Pater de Brèvedent senkte den Kopf.

»... und wer nicht daran glaubt, ist ein Atheist. Sie werden heute abend darüber nachdenken, wenn wir weitergehen.«

Die folgenden Tage und Nächte glichen einander. Die Flotte der Wüstenschiffe hatte ihren Rhythmus gefunden, auf ihrer Kreuzfahrt durch die tiefe Einsamkeit. Sie schliefen mehrmals inmitten der Unendlichkeit, ohne anderen Schatten als die aufgespannten Felle ihrer Zelte. Darunter herrschte eine Bruthitze. Im Gegensatz zu den ersten Tagen waren die Ruhestunden qualvoller als der Marsch, der nun in der Kühle der Dunkelheit stattfand. Sie erreichten einen Brunnen, dessen Wasser sauber war, und konnten die Schläuche füllen.

Seit er persönlich die Geschicklichkeit des Arztes überprüft hatte, begegnete Hadji Ali Jean-Baptiste mit größerem Respekt. Ohne geschwätzig zu werden, zeigte er doch die Bereitschaft, seine Fragen zu beantworten, und zuweilen gab er sogar aus eigenen Stücken Informationen preis, die er für nützlich hielt. An jenem Tag sagte Hadji Ali zu Poncet, ehe sie aufbrachen:

»Bis El Vah gab es einen anderen Franken in der Karawane. Wußten Sie das?«

»Man hatte es uns gesagt, aber wir haben ihn nie gesehen. Wer ist es?«

»Ich weiß es nicht. Er ist uns zwei Tagesmärsche voraus.«

»Wer begleitet ihn?«

»Er reitet auf einem Kamel, ein weiteres trägt das Gepäck. Aber der Mann ist allein.«

Sobald sich der Kameltreiber entfernt hatte, kam Joseph heran, um nach Neuigkeiten zu fragen. Jean-Baptiste sagte ihm, daß alles zum besten stünde, halb aus Mitleid mit dem Jesuiten, halb, um das bedrückende Schauspiel seiner Verzweiflung nicht noch zu verschärfen.

Es folgten viele Tage anstrengender Ruhepausen und Nächte des Marsches unter dem blendend weißen Licht des Vollmonds. Schließlich erklommen sie ein Wüstenplateau und, nachdem sie eine ganze Nacht darauf entlang marschiert waren, sahen sie am frühen Morgen zu ihren Füßen das breite Niltal, erfüllt von Nebel, den die Felder während der Nacht ausgeatmet hatten. In der Flußbiegung hatte man eine große Stadt erbaut. Zwischen der flachen Masse der Lehmhäuser tauchten die grünen Vierecke der Gärten und die Minarette auf, die massig waren wie Burgtürme, ganz anders als die ottomanischen Spitzen in Unterägypten. Sie waren in Dunqulah angekommen, der ersten Stadt des Königreiches Senaar. Die Karawane lagerte vor den Stadttoren.

Hadji Ali und Poncet, dem in drei Schritten Abstand sein Diener folgte, betraten die Stadt gegen Mittag und begaben sich zu dem Prinzen, der die Stadt im Namen des Königs von Senaar verwaltete, um ihm ihre Empfehlungsschreiben und Geschenke zu überreichen.

Es war ein kleiner, schwächlicher Mann, der wie verloren in einer Art Thron lehnte, der mit Stoffen in lebhaften Farben bedeckt war. Er empfing die Reisenden mit großer Aufmerksamkeit und bat Poncet, seine jüngste Tochter zu behandeln, ein Mädchen von elf Jahren, das sein Augenlicht zu verlieren drohte. Man ließ die kleine Prinzessin kommen, die sich nur noch am Arm einer Dienerin fortbewegte. Ihre Augen waren von gelblichem Eiter verklebt. Der Gouverneur erzählte, daß man ihr manchmal in der Nacht die Hände auf dem Rücken zusammenbinden müsse, weil sich die Entzündung verschlimmere, sobald sie ihre Lider berühre. Jean-Baptiste befahl Joseph, den Arzneikoffer zu holen. Er holte einen roten Puder hervor, der in ganz reinem Wasser aufzulösen war. Mit dieser Flüssigkeit, so erklärte er, müsse man die Augen des Kindes dreimal am Tag reinigen und nachts einen mit derselben Lösung durchtränkten Baumwollstreifen über die Lider binden.

Am nächsten Morgen hatte das Mädchen trockene Augen. Drei Tage später konnte es sie ohne Schwierigkeiten öffnen, und bald darauf war die Tochter des Prinzen wieder in der Lage, ganz normal zu sehen. Außer sich vor Freude erklärte der Gouverneur Poncet, er könne sich alles von ihm wünschen. Der Arzt erbat sich nichts weiter als seinen Schutz. Während der einen Woche, die sie in Dunqulah verbrachten, behandelte man sie mit ausgesuchter Freundlichkeit. Sie durften sogar im Palast schlafen. Man servierte ihnen Antilopenhaxe und Ameisenbärfilet. Zum großen Bedauern des Gouverneurs kamen sie nicht in den Genuß der Nilpferdwange, weil es nicht die richtige Saison war. Poncet mußte noch viele Patienten unter den großen Herren und ihren Familien heilen. Der Gouverneur stellte ihm ein Pferd und seinem Diener einen Esel zur Verfügung. Sie konnten die Stadt verlassen und die außerordentliche Fruchtbarkeit in diesem Abschnitt des Niltales bewundern. Das Ufer war an dieser Stelle zwei bis drei Meter höher als der Fluß. Die Erde wurde nicht natürlich durch die Überschwemmungen feucht gehalten wie in Ägypten. Hier wirkte die Arbeit der Menschen, die durch kluge Ausnutzung von Wasserrädern, ausgehöhlten Stämmen und kleinen Schleusen um den Preis einer riesigen, nie endenden Arbeit die Kulturen bewässerten. Nach der Rückkehr machte Poncet dem Gouverneur Komplimente für diese Arbeit und drückte seine Bewunderung für die gewissenhafte Verwaltung dieser Region aus. Der kleine Mann antwortete ihm voller Begeisterung:

»Diese Stadt gehört Ihnen, wenn Sie es wünschen. Bleiben Sie als Arzt bei mir, und ich gebe Ihnen schon morgen zwanzig Morgen Land im Tal und dreißig Familien, um es zu bestellen. Sie bekommen ein Haus in der Stadt, einen Stall mit Kamelen und arabischen Hengsten. Glauben Sie mir, Sie werden glücklich sein.«

Hadji Ali kam ihm zu Hilfe. Höflich erinnerte er den Gouverneur daran, daß sich der fränkische Reisende zum Negus begeben mußte und daß man sein Angebot, so großzügig es auch sein mochte, erst bei der Rückkehr annehmen könne. Für alle Völker des Nils galten die Abessinier als »Herren des Wassers«, weil sie die Quelle des Flusses beherrschten und nach ihren Wünschen dessen Lauf umleiten oder trockenlegen konnten. Niemand würde es riskieren, den König des Landes der Quellen zu provozieren. Der Gouverneur beugte sich.

Die von Poncet behandelten Kranken brachten beste Kunde. Jeden Tag gab es einen Bericht über eine wunderbare Heilung. Pater de Brèvedent mußte das Offensichtliche anerkennen, ohne sich die Gründe erklären zu können: Dieser Bursche besaß wahrhaft eine Macht. Er war im Einklang mit den Geschöpfen – in ihrem Leiden, das er zu lindern vermochte, aber auch in den schlichtesten Momenten ihres Lebens. Er mußte ein Kind nur anschauen, und schon lächelte es ihm zu. Selbst die Tiere wurden durch seine Anwesenheit beruhigt. Räudige, apathische, furchtsame Hunde, die den Menschen mißtrauten, folgten ihm instinktiv in den Straßen, ohne daß er ihnen etwas gab. Dieses Einvernehmen mit allen Geschöpfen Gottes war den Albernheiten des Heiligen Franziskus und seiner Anhänger näher als der kargen Strenge des Heiligen Ignazius. Man konnte von dem Jesuiten nicht verlangen, derartige Kindereien zu bewundern. Allerdings konnten die Gaben Poncets ebenso wie die Sprachen, der örtliche Glaube, kurz und gut, alles, was zu nichts gut war, heimlich in den Dienst des wahren Glaubens gestellt werden. Er war ein ausgezeichneter Passierschein nach Abessinien. Man mußte ihn nur richtig einsetzen.

Schließlich war alles bereit für die Abreise. Sie wurden zu einem letzten Abendempfang in den Palast eingeladen. Die Karawane würde sich erst am Morgen in Bewegung setzen, denn man hatte beschlossen, in Anbetracht der drohenden Gefahren künftig nur mehr am Tage weiterzuziehen.

Poncet ruhte sich in seinem Zimmer aus, als es an der Tür kratzte: zweifellos ein Bote, der darum bat, einem Kranken in der Stadt zu helfen. Er öffnete und stand vor einem kleinen rotznäsigen, schwarzen Jungen mit kahlgeschorenem Schädel, der ihm einen Zettel reichte. Poncet entfaltete ihn. Er war in französisch abgefaßt:

»Treffen Sie mich dort, wohin Sie das Kind führen wird.«

Der Text war in Großbuchstaben geschrieben, als wolle man die Schrift anonym halten, und nicht unterzeichnet.

Poncet entschloß sich, Pater de Brèvedent zu wecken, der in einem Zimmer im Erdgeschoß schlief, und ihn um seine Begleitung zu bitten. Dann öffnete er den schon gepackten Koffer noch einmal, zog einen Degen heraus, befestigte ihn an seiner Seite und reichte dem verschreckten Jesuiten einen langen Dolch. Das Kind führte sie durch die Gassen, wo der Schatten in der Abenddämmerung dichter wurde. In den Tiefen der Stadt wimmelte es von Menschen. Um die Stunde, da die Hitze abklingt und die Fledermäuse zu kreisen beginnen, kommen die Bewohner aus ihren fensterlosen, höhlengleich kühlen Häusern und unterhalten sich von Tür zu Tür.

Jean-Baptiste versuchte, sich den Weg zu merken, den sie zurücklegten, verlor jedoch bald die Orientierung. Schließlich landeten sie auf einem kleinen Platz, an dem drei Gassen zusammenliefen. An einer Ecke befand sich hinter zwei viereckigen Fenstern, die durch geschmiedete Gitter geschützt waren, eines jener Teehäuser, wie man sie überall im Orient findet. Sie traten ein. Der Saal war fast leer. Der Boden und die gemauerten Bänke an den Wänden waren mit roten und blauen Flickenteppichen bedeckt. Kleine Öllampen auf Tabletts aus ziseliertem Kupfer verbreiteten ein warmes Licht. Ein Mann, der im Halbdunkel des Raumes gesessen hatte, erhob sich bei ihrem Eintreten. Poncet legte die Hand auf den Knauf seiner Waffe.

»Freund«, sagte der Mann.

Poncet erstarrte. Er betrachtete die hohe Gestalt in der Dunkelheit.

»Diese Stimme ... «

Der Unbekannte trat etwas näher ins Licht der Tische, nahm den Filzhut ab und entblößte sein Gesicht.

»Maître Juremi!« rief der Jesuit aus.

Jean-Baptiste, der den Freund beim ersten Wort erkannt hatte, stürzte auf ihn zu und umarmte ihn herzlich. Freudenschreie ertönten. Zu dem Glück, seinen Partner wiederzufinden, kam für Poncet das Ende einer Einsamkeit, die auch Josephs Gesellschaft kaum vermindert hatte. Maître Juremi bestellte Kaffee, leerte die Tassen aus dem Fenster und goß aus einer kleinen Flasche, die er in der Tasche hatte, eine weiße Flüssigkeit hinein. Sie stießen auf ihr Wiedersehen an.

»Also du warst der fränkische Edelmann«, sagte Jean-Baptiste.

»Ich konnte doch nicht auftauchen, so lange wir noch in Ägypten waren. Aber glaub mir, es hat mir wahrlich nicht an Lust dazu gefehlt.«

Als sich seine Augen an das schwache Licht der Lampe gewöhnt hatten, konnte Poncet die Veränderungen in den Zügen des Freundes erkennen, das abgemagerte Gesicht, die tiefliegenden Augen.

»Und hier hielt ich es für besser, euch eure Angelegenheiten mit dem Gouverneur erledigen lassen und mich erst am Vorabend der Abreise zu zeigen. Was meinst du? Wird es schwierig, wenn ich mich euch anschließe?«

»Das laß meine Sorge sein«, erklärte Poncet. »Wir haben uns wiedergefunden und werden uns nicht mehr trennen.«

Sie gaben sich wieder ihrer Freude hin. Maître Juremi füllte die Gläser nach. Sie tranken sie mit einem Zug leer und begannen erneut zu scherzen und zu lachen.

»Erzähle mir von deiner Reise«, sagte Jean-Baptiste. »Wann

hast du denn beschlossen, mit uns zu gehen? Wie hast du es geschafft, in Manfalût unerkannt zu bleiben?«

Das Glas an den Lippen hob Maître Juremi die Hand zum Zeichen, daß er gleich antworten werde. Doch plötzlich ertönte schrill und mißtönend die Stimme des Jesuiten, der sich bisher im Hintergrund gehalten hatte.

»Verzeihen Sie«, sagte er, »aber mir scheint, die Anwesenheit dieses Herren gehört nicht zu den Abmachungen, die wir getroffen hatten.«

Plötzlich hatte er zu seinem Befehlston zurückgefunden. Dies war nicht mehr der gehorsame Diener, der zu sein er vorgab. Maître Juremi wurde sich erst in diesem Augenblick seiner Anwesenheit bewußt.

»Was will dieser Mensch da von uns?« fragte er und warf Pater de Brèvedent einen unfreundlichen Blick zu.

»Wir sind hier auf Befehl des Königs«, fuhr der Priester fort, »und nach den Anweisungen ihrer Heiligkeit, des Papstes. Uns und nur uns allein obliegt diese Mission. Der Konsul hat es vor der Abreise gesagt: Es kommt nicht in Frage, daß sich in unsere Gesandtschaft ein ... jemand der ... «

Das Gesicht von Maître Juremi hatte einen so furchterregenden Ausdruck angenommen, daß der Jesuit nicht den Mut fand, seinen Satz zu beenden.

»Er soll still sein, oder ich bringe ihn um«, donnerte der Protestant und schlug auf den Kupfertisch. Wie ein mächtiger Beckenschlag erfüllte das Geräusch das Zimmer und ließ den Wirt herbeieilen.

Der Jesuit richtete seinen Angriff nun gegen Jean-Baptiste, der ruhiger wirkte und letztendlich der Schiedsrichter in dieser Angelegenheit war.

»Monsieur Poncet, Sie sind Verpflichtungen eingegangen. Auch wenn wir noch so weit reisen, wir werden zurückkehren, zumindest hoffe ich es. Wir werden uns zu rechtfertigen haben. Im übrigen wird, wenn wir diesen Mann mitnehmen, niemand glauben, daß er ohne Ihre Zustimmung hierher gekommen ist. Man wird sagen, daß es einen Vorsatz von Ihrer Seite gab, einen Komplott.«

Maître Juremi stieß einen wilden Schrei aus und zog seinen Degen.

»Ich werde ihn in zwei Teile zerhacken«, schrie er und stürzte sich auf den Jesuiten.

Poncet stellte sich dazwischen. Das Geschrei ging weiter. Neugierige standen in Massen vor den Fenstern und in der Türöffnung, um diesem außergewöhnlichen Schauspiel beizuwohnen: einen Streit unter Franken. Es gelang Jean-Baptiste, den Freund zu entwaffnen. Er schob ihn in den hinteren Teil des Raumes und wandte sich dann an Pater de Brèvedent.

»Ich habe mich nicht dazu verpflichtet«, erklärte er, »einen Freund, der Hilfe braucht, inmitten der Wüste im Stich zu lassen. Nehmen Sie zur Kenntnis, daß ich mit seiner Anwesenheit hier nichts zu tun habe. Ich übernehme allerdings die volle Verantwortung dafür, daß er jetzt bei uns bleibt.«

Schließlich, während er Maître Juremi am Ärmel zog und Joseph vor sich herschob, setzte Jean-Baptiste hinzu:

»Laßt uns sofort zum Gouverneur gehen und die Papiere besorgen.«

Sie zwängten sich durch die Menge der Schaulustigen und folgten dem kleinen Boten, der sie auf dem Hinweg geführt hatte, durch die finsteren Gassen.

Der Gouverneur stand nach der Heilung seiner Tochter in Jean-Baptistes Schuld und konnte ihm den Gefallen, um den dieser ihn bat, nicht verweigern. Er ließ einen Empfehlungsbrief für Maître Juremi an den König von Senaar und den Negus von Äthiopien aufsetzen. Hadji Ali, enttäuscht über die Verstärkung der beiden Franken, sah dennoch ein, daß es unklug war, sich ihnen in dieser Angelegenheit zu widersetzen. Pater de Brèvedent wurde wieder zu Joseph und behielt seine Meinung für sich. Seine Unterlippe sank herab, und die gesamte untere Hälfte seines Gesichts fiel ein, was ihm den gewohnten Ausdruck von Verzweiflung verlieh. Er wurde noch schweigsamer, und Jean-Baptiste fragte sich, ob der Jesuit, trotz der geringen Zuneigung, die er ihm bisher bezeugt hatte, nicht einfach von Eifersucht geplagt wurde, die beiden Freunde wieder vereint zu sehen.

Wie dem auch sei, der vorgebliche Joseph zog daraus einen Vorteil, denn am folgenden Tag war dank der beiden Kamele, die der Protestant mit sich führte, und der Geschenke, die man dem

Gouverneur übergeben hatte, ein Reittier für den Diener verfügbar.

Nichts konnte den Priester davon abbringen, daß die Ankunft von Maître Juremi ein Spektakel war, das dieser mit Wissen Poncets inszeniert hatte. Nichtsdestoweniger entsprach das nicht der Wahrheit. Während der langen Stunden des Marsches in der Karawane gab es genug Zeit, um alles zu erklären. Tatsächlich hatte Maître Juremi, von Gewissensbissen geplagt, weil er den Freund allein solch großen Gefahren ausgesetzt wußte, sehr bald beschlossen, mit ihm zu reisen. Um jedoch keine Komplikationen mit dem Konsul entstehen zu lassen und Jean-Baptiste auch nicht zu einer Lüge zu zwingen, was für Maître Juremi eine abscheuliche Untat darstellte, hatte er es vorgezogen, nichts zu sagen und ihn heimlich außerhalb von Ägypten zu treffen.

Jean-Baptiste hatte schon sehr bald eine Ahnung gehabt, wer der geheimnisvolle Franke war, der sich so nah bei ihnen verbarg, aber bis zu ihrem Wiedersehen war er sich nicht sicher gewesen.

Sie sprachen auch über Kairo, wo Maître Juremi eine Nacht länger geblieben war als sein Freund. Er hatte das Haus gerade in dem Augenblick verlassen, als die Kutsche mit Alix und Pater Gaboriau um die Straßenecke bog.

»Bist du dir auch ganz sicher, daß mein Brief sie erreicht hat?« fragte Jean-Baptiste mit belegter Stimme.

Fünftes Kapitel

Nun, da sie die Natur des Trankes kannte, der Pater Gaboriau verschrieben worden war, empfahl Alix diesem ohne Zögern, die Dosis beträchtlich zu steigern. An diesem Tag brachte sie ihn, kaum daß sie bei den Apothekern angekommen waren, dazu, ein großes Glas in einem Zug auszutrinken. Der Priester brauchte keine fünf Minuten, um einzuschlafen. Beim ersten Schnarchen sprang Alix auf die Terrasse, wandte sich zu dem Fenster mit den geschlossenen Fensterläden und rief:

»Françoise! Sie können kommen.«

Sogleich öffneten sich die Läden, und Françoise stieg herab. Sie gesellte sich zu dem Mädchen auf der Terrasse. Sie holten zwei Stühle herbei und ließen sich nebeneinander in eine Ecke nieder.

»Nun«, fragte Françoise, »sind Sie glücklich über den Brief, den ich Ihnen gestern gegeben habe?«

Alix errötete. Obwohl sie diese Frau, die sie mit so viel Güte anschaute, kaum kannte, spürte sie doch ein tiefes Vertrauen. Während der endlosen Morgenstunden hatte Alix mit größter Ungeduld auf den Augenblick gewartet, da sie sich dieser Unbekannten anvertrauen konnte, von der sie sich verstanden fühlte.

»Nehmen Sie«, sagte sie, indem sie der Freundin den Brief reichte. »Lesen Sie selbst.«

Françoise griff nach den beiden Blättern, die mit Jean-Baptistes enger Schrift bedeckt waren, und las:

»Liebe Alix,

ich schreibe Ihnen in großer Eile. Ich sitze auf einem Koffer, in der Unordnung all dessen, was ich mitnehme, und mein Geist ist von den belanglosen Mühen der Vorbereitungen in Beschlag genommen. Das sind keine sehr günstigen Bedingungen, um Gefühle auszudrücken. Dennoch spüre ich die meinigen heute ebenso deutlich, wie die Pläne, zu denen sie mich veranlaßt haben. Ich muß also keine Verwirrung fürchten, wenn ich meinen Gefühlen Ausdruck gebe. Meine einzige Sorge liegt darin, sie Ihnen zu unverhofft zu offenbaren und in einem Augenblick, wo Sie noch nicht bereit sind, sie zu vernehmen. Deshalb habe ich mich dazu entschlossen, Ihnen diesen Brief erst mit einer gewissen Verzögerung zukommen zu lassen, die Sie mir verzeihen mögen, so hoffe ich. Sie lesen diese Zeilen, also sind Sie in mein Haus gekommen, haben sich daran gewöhnt und sind von meinen lieben Pflanzen umgeben. Also ist auch Françoise aufgetaucht und hat Ihr Vertrauen gewonnen, das sie wohl verdient. Unter diesen Umständen, Alix, ist es leichter, zu Ihnen zu sprechen. Wir teilen einen gemeinsamen Ort, auch wenn wir nicht gemeinsam dort sind. Wir haben Freunde, die uns verbinden. Niemals waren wir uns so nah wie jetzt, da die Entfernung uns von allem befreit, was uns trennte, als wir beieinander waren.

Unter dem Schutz dieser Entfernung fällt es mir ein wenig

leichter, Ihnen ganz einfach zu gestehen, was ich für Sie empfinde. Während der letzten Tage habe ich es nicht gewagt, und hätte ich es doch getan, so hätten die Umstände dieses Geständnis beeinträchtigt. Dennoch habe ich nur Sie gesehen, nur zu Ihnen gesprochen, selbst wenn ich so tat, als wende ich mich an die anderen – Sie waren in allen meinen Gedanken.

Unsere Begegnung ist noch zu frisch, als daß wir die einzelnen Etappen vergessen könnten. Vom ersten Augenblick an, als ich Sie erblickt habe, auf der Brücke des Khalig, war ich ergriffen von Ihrer Schönheit, der Anmut Ihres ganzen Wesens. Seit ich mich Ihnen nähere, seit ich Sie beobachte, seit wir Blicke wechseln, hat sich dieses erste Gefühl nur vertieft. Da ich nicht an solch heftige Gefühle gewöhnt bin, war ich zunächst beunruhigt, ja, habe mich sogar geärgert, ehe ich mich meinen Empfindungen voller Glück hingab. Ich hätte gern genug Zeit, um all die Reize zu schildern, die ich an Ihrer Person entdecke: Dieser Stapel Papier würde dafür nicht ausreichen. Da ich auf das Vergnügen verzichten muß, ausführlich zu sein, ziehe ich es vor, nichts zu sagen, was Sie, zufällig aus der Vielzahl Ihrer Vorzüge herausgegriffen, glauben lassen könnte, daß ich einige davon nicht wahrgenommen hätte. Liebe Alix, ich bete alles an, was mir von Ihnen erschienen ist, und darüber hinaus kann ich sagen, daß ich ebenso leidenschaftlich jene Kraft liebe, die Sie noch verbergen, aber die sich schon bald enthüllen wird.

Warum sage ich Ihnen das alles, nun, da ich abreise? Wenn meine Gefühle so tief sind – sollten sie nicht Grund genug sein, Sie nicht zu verlassen? Und wenn ich dennoch gehe, wozu ist es gut, sie auszusprechen? Eben darüber habe ich während der letzten Tage nachgedacht, mit der großen Verwirrung eines Menschen, der sich weigert, der Melancholie in seinem Leben auch nur den geringsten Raum zu geben. Nachdem ich hin und her überlegt habe, konnte ich schließlich dies alles in einem anderen Licht sehen. Und dieses Licht läßt meine Abreise zu einem glücklichen Umstand werden. Ja, Alix, Sie lesen richtig, und eben davon will ich Sie überzeugen: Diese Reise ist unsere Chance. Wäre ich in Kairo geblieben, so wäre alles unmöglich gewesen. Dagegen darf ich alles erhoffen, wenn ich die Prüfung bestanden habe, die mir auferlegt ist. Dieser Erfolg wird mich zu Ihnen erheben, und wenn Sie es wollen, werden wir gleich und frei sein. Seit ich den Schwur abgelegt habe, diese Mission für Sie, und nur für Sie, zu erfüllen, gibt es auf diesem Weg keine Gefahr, der ich nicht begegnen könnte. Jeder Schritt, der mich von Ihnen entfernt, bringt mich Ihnen näher. Ich habe keinen Zweifel am Erfolg meines Unternehmens: Ich werde wiederkommen. Meine einzige Hoffnung besteht darin, daß Sie genug Geduld haben werden, meine Rückkehr abzuwarten. In den Gegenden, durch die ich reise, während Sie dies lesen, Alix, können Sie mich zwar nicht erreichen, aber Sie können mich auch nicht verlassen. Ich werde ständig das Glück verspüren, daß Sie mich begleiten. Und dort, auf den Wüstenpfaden, von allem befreit, finde ich den Mut, Sie zu umarmen.«

»Ach«, meinte Françoise, nachdem sie zu Ende gelesen hatte, »so viele Umstände, um zu sagen, daß er Sie liebt.«

»Aber er hat mich kaum kennengelernt«, entgegnete das Mädchen aufgeregt. »Wir haben nicht miteinander gesprochen ...«

»Und wie verliebt man sich Ihrer Meinung nach? Indem man jemanden, der einem nicht gefällt, jeden Tag sieht, so lange, wie es nötig ist?«

»Nein, gewiß nicht, aber wie kann ich glauben ... daß er aufrichtig ist?«

Alix offenbarte die Früchte ihres endlosen Nachdenkens in der letzten Nacht mit sichtlicher Mühe.

»Ein Mann, der zu einer solchen Reise aufbricht, hat keinen Grund zu lügen«, sagte Françoise.

»Vielleicht ist es eine Herausforderung oder ein bißchen Wehmut, Prahlerei. Schließlich hat er nichts zu verlieren, wenn er mich bittet, auf ihn zu warten ...«

»Glauben Sie auch nur einen Moment an das, was Sie da sagen?« fragte Françoise.

Das Mädchen senkte die Augen und dachte einen Moment lang nach. Ein Träne lief über ihre Wange.

»Natürlich nicht«, gestand sie schließlich. »Ich versuche nur, mich vom Gegenteil zu überzeugen, weil alles in mir sagt, daß er mich liebt ... wie ich ihn liebe.«

»Wäre es so schlimm, das einfach hinzunehmen?«

»In diesem Fall«, fuhr das Mädchen fort, die ihren Gedanken folgte, »bin ich unglücklich, was auch geschehen mag.«

»Und warum das?« fragte Françoise.

»Urteilen Sie selbst«, sagte Alix erregt, während sie den Blick aus ihren schönen, tränennassen Augen auf die Freundin richtete. »Wenn er nicht von dieser Reise zurückkehrt, werde ich ewig leiden. Und wenn er wiederkommt ... «

»Wird alles möglich sein, er hat es Ihnen gesagt.«

»Sie kennen meinen Vater nicht!«

»Was für ein Kind!« dachte Françoise gerührt, ehe sie sanft hinzufügte:

»Sie sehen zu weit in die Zukunft. Warten Sie nur, bis er zurück ist. Ansonsten vertrauen Sie auf ihn. Das hat es wohl noch nie gegeben, daß ein Mann, der den Zugang zu unbekannten Königreichen erzwungen, fremdländische Fürsten überzeugt, den Willen des Königs von Frankreich und des Papstes erfüllt hätte, nicht auch den hartnäckigsten Vater zum Nachgeben bringen könnte.«

Alix betrachtete sie mit einem Ausdruck zärtlichen Argwohns, mit dem man jene anschaut, die einem genau die Worte sagen, die man hören will.

»Kommen Sie jeden Morgen hierher. Wir werden miteinander reden. Dann wird die Zeit schneller vergehen«, sagte Françoise.

Sie nahm Alix in die Arme, streichelte ihr Haar und ließ sie noch ein bißchen weinen.

Bis Senaar ging alles gut. Die große Karawane erreichte die Stadt nach zehn Tagesmärschen durch die Wüste von Bahiouda. Je weiter man nach Süden kam, desto dichter wurde wieder die Vegetation. Sie betraten das Land, daß die Araber Rahemet Ullah nannten, die »Barmherzigkeit Gottes«. Diese Barmherzigkeit bestand darin, daß man nicht mehr wie in Dunqulah die Erde bewässern mußte: Das tat der Tropenregen, der bis hierher gelangte. Überall sah man grüne Weiden, hohe Sträucher und sogar kleine Wälder. Dank der Gunst des Himmels konnten sich die Bauern ausruhen und führten singend ihre Esel spazieren.

Senaar, die Hauptstadt, lag am Ufer des Blauen Nils, der von den Bergen Abessiniens herabströmt und Schieferschlamm mit sich bringt. Es war eine große Landwirtschafts- und Handelsstadt mit reichen Basaren, schönen Moscheen und einem Palast, der dem König und seinem Hof als ständiger Wohnsitz diente. Alles war aus Steinen erbaut, die mit rotem Strohlehm verputzt waren.

Die Reise war auf diesem letzten Abschnitt ohne Zwischenfälle vonstatten gegangen. Nach der anfänglichen Fröhlichkeit des Wiedersehens war Maître Juremi wieder in seine übliche Schweigsamkeit und schlechte Laune verfallen. Zwischen ihm und dem Jesuiten herrschte Waffenstillstand. Sie mieden sich und richteten das Wort nur an Poncet, der als Vermittler zwischen den beiden Männern diente, was ihm nicht eben angenehm war. Zweifellos war Josephs Position noch unvorteilhafter. Während sein Feind als Herr reiste, erniedrigte er sich als Diener, be- und entlud die Tiere, bereitete bei jeder Rast die Suppe und füllte die Wasserschläuche an den Brunnen. Obendrein erteilte ihm auch Hadji Ali direkt Befehle. Poncet hatte ihn gebeten, das zu unterlassen. Aber nun, da sie in unbekannten Ländern waren, fürchtete der Kameltreiber die Franken nicht mehr. Man mußte vorsichtig sein. Der offensichtliche Respekt, den er gegenüber Jean-Baptiste an den Tag legte, hinderte den Händler nicht daran, jede nur mögliche Gelegenheit auszunutzen, um von ihm die Bezahlung der geringsten Dienste zu verlangen, was sich mit der Zeit zu beträchtlichen Summen addierte. Mitten in der Wüste von Bahiuda nutzte Hadji Ali eine Rast, um eine weitere Erpressung zu versuchen. Er kam zum Lager der Franken, begleitet von Hassan El Bilbessi. Der Kameltreiber war nahezu unkenntlich, da er um seinen Kopf einen Turban geschlungen hatte, der nur die vom Sand geröteten Augen erkennen ließ.

»In zwei Tagen«, begann Hadji Ali, »kommen wir in Guerri an. Das ist ein Kontrollposten gegen die Verbreitung der Pocken.«

Er erklärte, daß der König von Senaar, der die Krankheit sehr fürchtete, an den Grenzen Quarantänestationen für verdächtige Reisende eingerichtet habe.

»Hassan sagt, daß er den Postenführer gut kennt«, fuhr Hadji Ali fort. »Er wird die Araber passieren lassen. Aber vor euch wird er Angst haben. Wir werden gezwungen sein, euch dort zu lassen und die Reise allein fortzusetzen. Wenn nicht … «

»Wenn nicht?«

»Wenn ihr nicht etwas gebt, um diesen Beamten zu überzeugen.«

Hadji Ali nannte eine unverschämt hohe Summe. Dann folgte eine Komödie mit Hassan El Bilbessi, mit dem er im Dialekt sprach. Diese schüttelte den Kopf wie ein halsstarriger Bauer, der nicht nachgeben will. Schließlich sank der Preis, aber sie mußten zahlen. Zwei Tage später, als sie am Kontrollposten ankamen, fanden sie die Gebäude verlassen. Zweifellos fürchtete man keine Epidemie mehr, und die Quarantänemaßnahmen waren abgeschafft worden. Aber weder Hadji Ali noch Hassan wollten das Geld zurückgeben, das sie sich zweifellos schon geteilt hatten.

In Senaar begann alles gut. Sie gingen in den Palast, um dem König ihre Briefe und ihre Geschenke zu überreichen. Wie in Dunqulah bat der König, als er erfuhr, daß Poncet Arzt war, diesen, einen seiner Verwandten zu behandeln. Doch von nun an lief es schlechter.

In einem Zimmer neben dem Thronsaal hatte der König Poncet und Maître Juremi vorgeladen, denn letzterer beanspruchte in seinem Empfehlungsbrief ebenfalls den Titel eines Apothekers. Der Herrscher war ein sehr magerer Mann, mit einer Haut von mattem Kohleschwarz. Aus seinen kleinen Augen strahlte die besorgte Grausamkeit eines Menschen, der viele Verbrechen befohlen hatte und deshalb jederzeit damit rechnete, selbst eine noch entsetzlichere Rache zu erleiden. Hadji Ali war nicht zu der Untersuchung geladen worden. Der König selbst erklärte die Angelegenheit in arabisch, und diese Sprache verstanden Poncet und Maître Juremi gut. Ein Wächter brachte einen Knaben herein, der vierzehn Jahre alt sein mochte und bereits jetzt größer war als die beiden Franzosen. Auf Befehl des Königs streifte der Junge seine goldbestickte schwarze Tunika ab und zeigte seine ganze Magerkeit. Unter der zarten Haut sah man jeden Muskel, wie bei einem Getriebe, dessen Zahnräder bloßliegen. Der Bauch war nackt und der Nabel gewölbt, darüber erhob sich ein Entenhals. Das Auffälligste war, daß der Junge – abgesehen von seiner Magerkeit – gesund zu sein schien.

»Das ist der Sohn meiner dritten Frau«, sagte der König. »Keiner weiß, was mit ihm passiert. Alles geht durch ihn hindurch.

Wenn er Hirse ißt, kommt Hirse aus ihm heraus, wenn er Sorgho ißt, kommt Sorgho, wenn er Fleisch ißt, Fleisch.«

Er wandte sich den Ärzten zu, um ihre Meinung zu erfahren.

»Was hältst du davon?« fragte Poncet seinen Freund.

Nach einem Streit mit Joseph war Maître Juremi an diesem Morgen besonders schlechter Laune.

»Das ist ganz einfach«, sagte er abweisend, »soll er doch Scheiße essen!«

Jean-Baptiste hatte diese Antwort so wenig erwartet, daß er in Lachen ausbrach. Er fing sich sogleich, aber das Unglück war geschehen. Der König glaubte, man lache über den Patienten oder, schlimmer noch, über ihn. Er befahl Poncet zu übersetzen, was der Apotheker gesagt habe. Jean-Baptiste sagte, das sei unnötig, dann dachte er sich etwas aus, was den König kaum befriedigte.

Es war nichts zu machen. Poncet widmete dem Jungen seine aufmerksamste Pflege, verordnete ihm Tabletten, durch die er vom nächsten Tag an, das, was er aß, besser bei sich behalten konnte. Doch das Vertrauen des Königs war – wie ein gesprungener Teller, der noch nicht zerbrochen ist –, so tief erschüttert, daß man kaum hoffen konnte, es wieder zu heilen.

Ein anderes Ereignis, das unter gewöhnlichen Umständen ohne Folgen geblieben wäre, kam hinzu. Es vergrößerte jenen unsichtbaren Sprung und trug dazu bei, ihn bis zum Bruch zu erweitern. Der Auslöser für diese Katastrophe war Pater de Brèvedent.

Seit sich die Identität des Franken, der vor der Karawane her geritten war, geklärt hatte, war der Jesuit – abgesehen von dem Unglück, sich in Begleitung eines Protestanten zu befinden – wenigstens in einem Punkt beruhigt: Dieser war kein Kapuziner. Er hatte sich schließlich selbst davon überzeugt, daß diese Gefahr gebannt war und daß sie die Konkurrenten durch ihre überstürzte Abreise aus Kairo abgehängt hatten.

Brèvedent war sich dessen so sicher, daß ihm die Idee kam, Poncet zu bitten, mit ihm – unter seiner falschen Identität als Diener – das Haus der Kapuziner in Senaar zu besuchen, das eine kleine Gemeinschaft von Mönchen beherbergte. Vielleicht würden sie dabei Informationen aus der Gegend bekommen und erfahren, was diese Mönche im Hinblick auf Abessinien vorhatten. Poncet stimmte zu. Sie ließen Maître Juremi in der Stadt, in dem Haus, das Hadji Ali für sie gemietet hatte, und gingen zu Fuß zum Kloster.

Es mag seltsam erscheinen, daß der König dieses moslemischen Staates in seiner Hauptstadt ein katholisches Hospiz duldete. Die Erklärung war einfach. Die Kapuziner hatten bei ihm Argumente benutzt, die genau das Gegenteil von jenen waren, die den Papst dazu gebracht hatten, ihrer Mission zuzustimmen. In Rom hatten sie vorgegeben, den nach der Ausweisung der Jesuiten nach Senaar geflüchteten Katholiken zu Hilfe eilen zu wollen. In diesem Königreich wußten aber alle, und der König als erster, daß es diese geflüchteten Katholiken schlichtweg nicht gab. Die Jesuiten hatten in Abessinien niemanden bekehrt außer dem Negus, und auch ihn nur für kurze Zeit. Sie waren gegangen, wie sie gekommen waren: allein. Die Spiele der Macht funktionieren dergestalt, daß, gäbe es Katholiken in Senaar, der König den römischen Priestern nie erlaubt hätte, zu ihnen zu stoßen, aus Furcht, sie könnten sich gegen ihn erheben. Da es aber keine gab, und da sich die Mönche unter Androhung grausamster Strafen verpflichtet hatten, niemals die Bekehrung von Moslems zu versuchen, war es nicht weiter gefährlich, diese Handvoll friedlicher Ausländer zu dulden. Sie unterrichteten die Kinder, einige pflegten Kranke und durchbrachen die Isolierung von Senaar, indem sie den König mit Europa verbanden, denn sie hatten das Ohr des Papstes.

Von Joseph gefolgt, trat Poncet durch das Holzportal des Konvents und gelangte in einen geräumigen Hof. Auf dem mit rotem Staub bedeckten Boden standen beschnittene Orangenbäume in großen runden Bottichen. Der Kapuziner, der die Reisenden empfing, wirkte nicht besonders erstaunt über ihren Besuch. Er führte sie in ein fensterloses Zimmer, dessen Tür wie alle anderen zum Hof führte. Er bot ihnen flache Hocker an, die mit geflochtenen Lederriemen bespannt waren. Vier andere Brüder gesellten sich zu ihnen. Ihre Kleidung, gleich der des Heiligen Franziskus, erinnerte in dieser Umgebung eher an die Gewänder der Araber. Angesichts ihrer gebräunten Haut, der schwarzen Bärte und der kräftigen Gestalt von Bauern aus den Abruzzen hätte man sie mit den Bewohnern dieses nubischen Königreichs verwechseln können, wäre da nicht das kleine Kreuz gewesen, das sie um den Hals trugen.

Einer der Brüder bezeichnete sich als den Vorsteher. Er nannte sich Raimondo. Er stellte seine Kameraden vor, die ebenso mißgelaunt wirkten wie er selbst… Während er auf zwei andere Mönche wies, die etwas im Hintergrund standen und Poncet mißtrauisch betrachteten, sagte er:

»Diese beiden Brüder sind gerade hier bei uns zu Besuch. Sie sind gestern morgen aus Kairo angekommen.«

»Gestern morgen!« rief Poncet. »Aber auf welchem Weg? Wir hätten Sie in Dunqulah treffen müssen.«

»Es gibt mehrere Karawanen, die bis hierher gelangen«, sagte Bruder Raimondo. »Sie sind das Niltal hinab bis zum zweiten Katarakt gezogen und haben dann die Sandwüste im Norden durchquert.«

»Das ist ein viel längerer Weg«, meinte Poncet.

»Es hängt von der Jahreszeit ab. Wenn der Nil kein Hochwasser hat, galoppiert man zu Pferd durch das Tal und kommt schnell voran.«

Jean-Baptiste erkundigte sich nach dem Datum ihrer Abreise. Er rechnete aus, daß sie Kairo zehn Tage nach ihm verlassen hatten.

Sechstes Kapitel

Als sie durch dunkle Gassen vom Konvent zurückkehrten, war der falsche Joseph von Entsetzen erfüllt. Die schlimmsten Warnungen von Pater Versau, der ihn vor der Abreise ausführlich über die gefährlichen Manöver der Kapuziner aufgeklärt hatte, erwiesen sich nun als berechtigt und dies auf gänzlich unerwartete Weise. Die milde Nacht schien vor Gestalten und Gefahren nur so zu wimmeln. Der Jesuit dachte an die vielen, vielen Tage der Reise, die sie in diese Gegend geführt hatten: Wie eine Reihe von Granitblöcken lasteten sie auf ihnen und trennten sie vom Tageslicht. Sie konnten schreien oder sterben: Niemand würde ihnen zu Hilfe eilen. Von diesen finsteren Gedanken nährte sich das laute Pfeifen, das der Priester wie ein Wal beim Atmen ausstieß. Angewidert beschleunigte Jean-Baptiste seinen Schritt und eilte weit vor dem Priester einher, um diesem Geräusch zu entgehen. Auch wenn es ungerecht war, übertrug er den ganzen Zorn, den die Erpressung der Kapuziner in ihm geweckt hatte, auf den Unglücklichen, der nur den Fehler begangen hatte, sie in die Höhle des Löwen zu führen. In dieser Verfassung, der eine fast explodierend, der andere verzweifelt, betraten sie das Haus, wo Maître Juremi auf sie wartete.

Dieser saß ruhig im Hof auf den geflochtenen Kisten und las im Licht einer kleinen Messinglampe. Poncet und Joseph setzten sich jeder auf einen Koffer ihm gegenüber.

»Die Kapuziner wissen alles«, sagte Jean-Baptiste.

Pater de Brèvedent hielt den Kopf gesenkt und starrte finster vor sich hin.

»Du meinst ... «

Maître Juremi wies mit einer Kopfbewegung auf den Jesuiten, ohne die Augen abzuwenden.

»Nein, ich glaube, das wissen sie glücklicherweise nicht.«

»Was dann?«

»Das Wesentliche: daß wir eine Gesandtschaft Frankreichs sind.«

»Man muß ihnen klarmachen, daß sie schweigen sollen«, sagte Maître Juremi und erhob sich mit steifen Gliedern.

Die Mauern aus Strohlehm um den Hof waren nur mannshoch. Hinter diesem kargen Schutzwall hörte man die Geräusche des Abends: ferne Stimmen und Kindergeschrei, nahes Murmeln, das Bellen der Hunde, das Geräusch von Schritten. Über ihnen, in dem unergründlichen, erdrückenden Himmel einer mondlosen Nacht, der von Sternen übersät war, blies ein starker Wind.

»Aber was wollen sie eigentlich?« fragte Maître Juremi.

»Daß wir zwei von ihnen mit uns nehmen. Sie sind in Kairo beim Konsul gewesen, kurz nach unserer Abreise, und sie sind nicht bereit, sich die Chance entgehen zu lassen, die Hadji Alis Auftrag ihnen bot.«

»Und wenn wir ablehnen?«

»Werden sie alles dem König von Senaar erzählen. Weißt du, was das bedeutet? Dieser Fürst ist Moslem. Er wird wohl einen Arzt zum Negus lassen, aber er wird nie den Weitermarsch der Gesandtschaft eines christlichen Königs dulden.«

»Und dann?«

»Und dann werden wir erst Gefangene sein, nehme ich an. Und wie uns die Herren Kapuziner zu verstehen gegeben haben, werden sie sich nicht damit begnügen. Das einfache Volk hört auf sie, vor allem, wenn es darum geht, eine schlechte Meinung über Fremde zu verbreiten. Sie werden sagen, wir seien Magier, was schon meine Kiste mit Phiolen beweist. Man wird beim König unseren Kopf fordern. Er wird ihn gern gewähren ... «

»Was habt ihr ihnen geantwortet?« fragte Juremi.

»Daß wir uns mit Hadji Ali absprechen müssen, daß wir alles tun werden, was in unserer Macht steht. Kurz, daß wir zwei Tage Zeit brauchen.«

»Bravo«, sagte Maître Juremi. »Und was machen wir in den zwei Tagen?«

Poncet zog die Brauen hoch zum Zeichen, daß er darauf keine Antwort wußte. Sie begannen schweigend zu überlegen. Jean-Baptiste spürte keine echte Angst, obwohl die Situation sehr kritisch war. In diesem Augenblick, wo alles verloren schien, war er zwar verärgert, weil ein Hindernis aufgetaucht war, aber er zweifelte noch immer nicht an dem glücklichen Ausgang ihrer Reise. Die Quelle seines Vertrauens war vermutlich der Gedanke an Alix.

»Nehmen wir doch einen Kapuziner mit«, schlug Maître Juremi vollkommen ernst vor, »und dann hauen wir ihn in Stücke, sobald wir hier weg sind.«

Pater de Brèvedent fuhr auf. Wie gewöhnlich wandte er sich nicht an den Protestanten, sondern sprach zu Poncet:

»Die reformierten Franziskaner in unser Unternehmen aufzunehmen würde unserer Mission vollkommen entgegenstehen. Priester zu töten kann dagegen nur die Idee eines zutiefst ungläubigen Geistes sein.«

»Nun, dann soll er eine andere Lösung finden«, meinte Maître Juremi bissig.

Poncet stand auf, ging ein wenig in dem kleinen Hof, der schon fast im Dunkel lag, umher und kehrte dann zu seinen Gefährten zurück. Er stellte sich vor ihnen auf und erklärte:

»Wir müssen noch heute nacht abreisen.«

»Abreisen!« riefen die beiden anderen, ausnahmsweise einstimmig.

»Ja, abreisen. Wir haben zwei Tage und zwei Nächte vor uns. Wir müssen etwas organisieren, um die Spione der Kapuziner zu täuschen, damit sie glauben, daß wir noch immer in der Stadt sind. Inzwischen versuchen wir einen so großen Vorsprung zu gewinnen, wie wir können.«

»Wir kennen die Gegend nicht«, wandte Pater de Brèvedent ein.

»Die Karawane zieht erst in einer Woche weiter«, fügte Maître Juremi hinzu.

»Wir warten nicht auf die Karawane. Hadji Ali wird uns führen.«

Poncet entdeckte seine eigenen Antworten erst in dem Moment, als er sie aussprach, wie ein Prüfling, der vor Aufregung nicht nachdenken kann und sich selbst fast ohne sein Zutun die von den Prüfern erwarteten Worte aussprechen hört.

»Bleibt hier«, sagte er, »bereitet euer persönliches Gepäck vor, nur das Nötigste. Ich gehe und suche Hadji Ali.«

Ehe sie sich wieder gefaßt hatten, war er schon verschwunden. Draußen sah man fast nichts. Jean-Baptiste stieß gegen Schatten und stolperte über die Steine, mit denen die Gasse gepflastert war. Glücklicherweise führte ein gerader Weg zu dem großen Sandplatz, auf dem die Karawanen bei ihrem Halt in der Stadt lagerten. Er lief zwischen den Zelten hindurch und erreichte das von Hassan El Bilbessi. Wie er vermutet hatte, saß Hadji Ali auf den Teppichen am Boden. Er schwatzte mit dem Karawanenführer und mehreren anderen Händlern. Nachdem Poncet alle Anwesenden begrüßt und so langsam, wie er es in seiner Ungeduld vermochte, ein Glas kochendheißen Tee getrunken hatte, bat er um die Erlaubnis, Hadji Ali wegen einer dringenden Angelegenheit einen Moment zu entführen. Schließlich gelang es ihm, den Kameltreiber widerwillig seiner Gesellschaft zu entreißen und zu ihrem Haus zu führen. Er bat ihn, im Hof Platz zu nehmen, eben dort, wo sie wenige Minuten zuvor zu dritt diskutiert hatten.

»Was gibt es, daß Sie sich so aufregen?« fragte Hadji Ali mißmutig.

»Wir müssen heute nacht abreisen«, sagte Poncet.

Hadji Ali entblößte seine Zahnstümpfe in einem entfernt ironischen Grinsen.

»Heute nacht?« fragte er.

»Ich scherze nicht.«

»Das ist sehr schade«, sagte Hadji Ali, noch immer spöttisch. »Reist ihr ganz allein?«

»Nein. Mit dir.«

»Wunderbar. Der Prophet hat wahrhaftig gut daran getan, gegorene Getränke zu verbieten: Das gibt euch seltsame Ideen ein.«

»Ich habe kein gegorenes Getränk zu mir genommen«, schrie Jean-Baptiste, »und ich rate dir zu hören, was ich dir zu sagen habe, wenn du nicht morgen ausgepeitscht und ins Gefängnis geworfen werden willst.«

»Ausgepeitscht? Und von wem?«

»Vom König.«

Hadji Ali wurde wieder ernst.

»Also folgendes: Du erinnerst dich daran, daß der Konsul von Frankreich in Kairo nicht wollte, daß du mit den Kapuzinern reist.«

»Ganz genau.«

»Er hatte recht, und was er dir über sie gesagt hat, ist wahr. Aber das sind hartnäckige Burschen. Sie haben zwei von ihren Leuten auf deine Fersen gesetzt, um sich zu rächen, und sie haben dich gefunden.«

»Hier?«

»Ja, hier. Stell dir vor, diese Priester haben ein Haus in dieser Stadt, und sie sind hoch angesehen beim König von Senaar, der sie beschützt.«

Hadji Ali bekam es mit der Angst. Sein Körper und seine Gesichtszüge sanken zusammen, und er nahm allmählich einen mitleiderregenden, Gnade erflehenden Ausdruck an.

»Aber wieso sind sie mir deswegen böse?« fragte er.

»Sie sind uns allen böse. Sie haben vor, diese Mission zu verhindern. Morgen werden sie dem König erzählen, wir seien keine Ärzte, sondern Scharlatane, und der König wird ihnen glauben. Vor allem werden sie sagen, daß wir Gesandte Ludwigs XIV. sind, und man wird uns ins Gefängnis werfen.«

»Oh weh!« jammerte Hadji Ali, der sich insgeheim schon ausrechnete, welchen Profit er aus diesem Unglück ziehen könnte.

»Und weil du den Herrscher angelogen hast, weil du uns als fränkische Ärzte eingeführt hast, wirst du ins Gefängnis geworfen und ausgepeitscht.«

»Aber ich werde sagen, daß ich nichts davon wußte«, protestierte der Kameltreiber.

»Die Kapuziner haben mit dem Konsul in Kairo gesprochen, und sie wissen, daß du es weißt.«

Dann sah er ihn direkt an und fügte hinzu:

»Und wenn sie es nicht sagen, werden wir es bezeugen.«

Obwohl er diesen Satz mit dem erbarmungslosesten Gesichtsausdruck ausgesprochen hatte, der ihm möglich war, wirkte Jean-Baptiste nicht sehr überzeugend. Hadji Ali kannte die Menschen: Er spürte instinktiv, daß Poncet niemals etwas derartiges tun würde, nicht einmal mit seinem schlimmsten Feind. Dennoch erreichte dieser Satz sein Ziel, wenngleich über einen seltsamen Umweg: Da der Verdacht des Händlers sich auf diesen Aspekt konzentrierte, erschien plötzlich alles andere glaubhaft. Hadji Ali zweifelte nicht daran, daß die drei Franken sich ernsthaft in Gefahr befanden, und er bedachte seine eigenen Interessen. Er brauchte nicht lange, um zu erkennen, daß er aus ihrem Verschwinden keinerlei Gewinn ziehen konnte. Wenn das Ganze mitten in der Wüste geschähe, könnte er sich ihres Gepäcks bemächtigen. Aber wenn der König von Senaar sie einsperrte, würde dieser sich als erstes ihrer Habseligkeiten annehmen.

Nein, es lag eindeutig in Hadji Alis Interesse, sie bis zum Negus zu bringen, und von ihm eine Belohnung zu erhalten, denn der abessinische Herrscher würde gewiß mit Poncets Diensten zufrieden sein. Gleichzeitig sicherte sich Hadji Ali damit die Dankbarkeit der Franken in Kairo. Ja, es war offensichtlich zu seinem Vorteil, wenn er die Reisenden rettete. Außerdem mußten sie einen Teil ihres Gepäcks in Senaar zurücklassen, wenn sie so überstürzt abreisten, und Hadji Ali konnte der Nutznießer sein. Sein Entschluß war also gefaßt. Er mußte ihn dennoch als größtes Opfer darstellen, damit Poncet bereit wäre, ihn möglichst üppig zu entlohnen.

Hadji Ali begann also zu jammern und wischte sich den Schweiß ab, der ihm auf die Stirn getreten war, als Poncet die Peitsche und das Gefängnis erwähnt hatte. Dann sprach er über Geld. Eine Viertelstunde später hatte man sich feierlich geeinigt. Man würde zu viert reisen, die drei Franken und Hadji Ali, mit fünf Kamelen und einem Minimum an Gepäckstücken. Jeder Reisende würde seine persönliche Habe und seine Waffen auf seinem Tier mitführen. Das Lastkamel würde vor allem die Geschenke für den Negus und den Medizinkoffer tragen. Alles andere (sie hatten noch viele wissenschaftliche Instrumente, Geschenke für örtliche Fürsten, Kleider zum Wechseln) würde noch in dieser Nacht in das Haus einer Witwe gebracht, von der sich der Kameltreiber regelmäßig verwöhnen ließ, wenn er in Senaar war. Sie würde alles verstecken, bis er zurückkehrte. Schließlich forderte Hadji Ali, daß die Kamele von nun an sein Eigentum seien. Die Franken sollten sie für eine Summe von ihm mieten, die ans Verbrecherische grenzte.

Unter diesen Bedingungen erlaubte Hadji Ali, daß sie ihn retteten. Er ging so weit in seiner Güte, ihre Flucht von Hassan El Bilbessi decken zu lassen. Vom nächsten Morgen an würde dieser jedem, der ihn nach den Franken fragte, sagen, daß sie am Fluß nach seltenen Pflanzen suchten und daß Hadji Ali mit einem Migräneanfall im Dampfbad sitze. Dann würde man schon sehen.

Sie ruhten sich ein wenig aus, aber sie konnten nicht schlafen. Um zwei Uhr morgens erschien Hadji Ali, der inzwischen mit Hassan El Bilbessi gesprochen hatte, mit einem Kamel, das sie mit zwei Koffern beluden. Dann schlichen alle drei in die Gasse und folgten zu Fuß dem Kameltreiber, ihre Koffer und Sättel mit sich schleppend. Sie sattelten ihre Kamele, die in einiger Entfernung von der Karawane angebunden waren, und machten sich auf den Weg. Die Nacht war tiefschwarz. Glücklicherweise kannte sich Hadji Ali gut aus. Nichts ist so beruhigend wie die Flucht. Sie spürten keine Angst mehr. Mehrere Stunden pirschten sie sich vorsichtig im Schrittempo voran. Die Stadt war fern, die Hunde hörte man nicht mehr. Zu ihrer Linken blies aus der Dunkelheit ein feuchter Wind, der vom Fluß kam. Sie schlossen daraus, daß sie am Blauen Nil entlangzogen. Beim ersten Morgengrauen entdeckten sie vor sich Hütten aus getrocknetem Schlamm, die aus einem Schilfteppich auftauchten. Erstaunte Ochsen, die am Ufer standen, schnaubten, als wollten sie so schnell wie möglich die letzten Reste der kalten Nacht wegpusten. Eine Knüppelholzbrücke überspannte den Nil: Sie führten ihre Tiere hinüber, und als sie die andere Seite erreicht hatten, machten sie sich in schnellem Galopp auf zu dem violetten Licht im Osten.

Die Sicherheit von Alix und Françoise, die sich daran gewöhnt hatten, einander jeden Morgen auf der Terrasse der Drogisten zu treffen, wurde unverhofft von demjenigen bedroht, den sie am wenigsten fürchteten. Pater Gaboriau, so friedlich, so gehorsam bei seiner Behandlung, der sie so wenig störte, hatte einen Herzanfall. Eines Tages fand Alix den armen Mann, als sie ihn wecken wollte, in seinem Liegestuhl: Eine Hand hing herab, ein Auge war weit aufgerissen und der Mund schief.

Der Alte überlebte, gelähmt und stumm. Dieser Unglücksfall wäre den beiden Frauen beinahe zum Verhängnis geworden. Der Konsul benutzte ihn als Vorwand, um anzuordnen, daß den Ausflügen, die er ohnehin nur unter Zwang genehmigt hatte, ein Ende gesetzt werde. Seine Tochter berief sich auf die moralische Verpflichtung gegenüber den »Eigentümern des Laboratoriums«. Der Diplomat zuckte nur mit den Schultern. Welch große Worte, um ein paar Gauner zu bezeichnen. Das Gespräch entwickelte eine unerhörte Lautstärke, denn Alix zeigte einen völlig ungewohnten Widerstand. Schließlich erreichte sie, daß sie ihre Tätigkeit wieder aufnehmen durfte, von nun an allerdings in Begleitung von Madame de Maillet. Françoise zeigte sich nicht. Schon beim ersten Besuch quälte Alix ihre Mutter mit langwierigen Erklärungen aus einem Botanikbuch, das sie erfunden hatte – sie kannte kein anderes –, mit vielen lateinischen Wörtern, die sie sich, während sie sprach, ausdachte und endlosen Besichtigungen der bescheidensten Kakteen, die zu weltweit einzigartigen Exemplaren erklärt wurden. Die arme Frau langweilte sich fürchterlich, und kehrte mit einer Migräne und schmerzenden

Beinen nach Hause zurück. Sie brachte die Energie auf, ein zweites Mal mitzugehen, aber das war alles. Die Luft in diesem Gewächshaus, so erklärte sie, sei verderblich für ihre Gesundheit. Sie erkannte jedoch an, daß sie ihrer Tochter äußerst wohl tat. Madame de Maillet überzeugte ihren Gemahl, daß die Arbeit mit den Pflanzen bei Alix eine völlig harmlose Leidenschaft sei: Es sei schlimmer, ihr zu widersprechen, als sie gewähren zu lassen. Der Konsul, der in der Kolonie keinerlei unangenehme Kommentare über diese Besuche gehört hatte und sogar von einem Händler Komplimente bekam, dessen Sohn ebenfalls ein Herbarium angelegt hatte, gab schließlich nach. Alix hatte gefürchtet, daß sie ihre Besuche nicht fortsetzen könnte oder noch stärker überwacht werden würde. Statt dessen erlaubte ihr ihr Vater, allein zu Jean-Baptistes Haus zu gehen, und so konnte sie sich mit Françoise, ohne daß es jemand kontrollierte, treffen.

Es war eine Zeit großen Glücks. Alix spürte, wie in ihr eine große Veränderung vorging. Die Entschlossenheit, die sie gegenüber ihrem Vater in dieser Angelegenheit an den Tag gelegt hatte, war ein erstes Anzeichen dafür gewesen.

Zunächst waren es nur Kleinigkeiten. Bisher ohne Freundin, in einem Alter, da man ihrer am stärksten bedarf, konnte Alix nun nicht mehr umhin, das Ausmaß ihrer eigenen Schönheit zu erkennen, diesen neuen Körper, den sie noch etwas furchtsam betrachtete, wie ein rassiges Gespann, dessen Kraft einem Angst einjagt.

Sie probierte neue Frisuren aus, die sie mittags, ehe sie heimkehrte, eilig wieder löste. Oft brachte Alix aus dem Konsulat, in einer Tasche versteckt, Toilettenartikel mit, die sie ihrer Mutter stahl, und mit denen sie sich schmückte. Auf der schattigen Terrasse, wo die Orangenbäume wuchsen, spazierte sie lachend vor der Freundin auf und ab. Françoise lehrte das Mädchen, über die allgemeinen und kaum zu bestimmenden Vorstellungen von Schönheit hinaus, jede Einzelheit zu bewerten und herauszustellen. Alix erblühte.

Im nachhinein war sie Françoise sehr dankbar, daß sie in jener langen Zeit, als Alix sich selbst voller Naivität entdeckte, so viel Geduld und Fröhlichkeit gezeigt hatte.

Unmerklich wurde diese erste Seite umgeblättert. Alix kannte ihre Qualitäten, zweifelte nicht mehr daran und sah ihre Grenzen. Aus dieser Zeit erwuchs eine neue Ungezwungenheit, eine tiefe Sicherheit, die sie geschickt verbarg, ohne die Bescheidenheit ihrer Art und ihrer Äußerungen zu verändern. Ihre Mutter merkte wie gewöhnlich nichts. Alix wurde bewußt, daß diese arme Frau, unter deren Fremdheit sie lange gelitten hatte, ihr nur wenig beibringen konnte. Was für ein Unterschied zu Françoise, deren Leben ein einziger Roman war! Sie war in der Nähe von Grenoble in einer wohlhabenden Familie geboren. Ihr Vater war Getreidehändler. Françoise hatte sich für die geringe Aufmerksamkeit gerächt, die diese braven Leute ihrer Tochter schenkten, indem sie sie verließ, um einem dreißig Jahre älteren Mann zu folgen. Er hatte keinen Beruf gelernt, aber jeden ausgeübt. Er gab viel Geld aus, ohne reich zu sein, ganz im Gegensatz zu Françoises Vater. Dieser schöne Liebhaber verstand zu reden, er kannte den Orient und Italien. Er nahm sie mit sich, und das war der Anfang unendlicher Abenteuer, die sie in kleinen Stücken erzählte, wie in »Tausendundeiner Nacht«. Flucht, Vermögen, Reise, Elend. Sie liebten sich. Exil, Lüge, Spiel, erneutes Elend. Sie kamen nach Kairo und verstanden sich bereits nicht mehr. Die Fortsetzung war immer weniger glücklich, und alles endete mit dem ruhmlosen Tod des Mannes, fern von ihr, in der arabischen Stadt. Von diesen Irrfahrten bewahrte Françoise Bilder, Anekdoten, einige Verhaltensregeln. Sie erwähnte diese Gebote so, als würden sie ihr selbst nichts mehr nützen, als sei sie durch das Alter und die Gleichgültigkeit bereits zu abgeklärt. Aber als Françoise begann, von ihrer Arbeit bei den Drogisten zu erzählen, fiel Alix auf, daß sie von Maître Juremi nie ohne ein gewisses Gefühl sprach.

»Lieben Sie ihn?« fragte das Mädchen schließlich.

»Ich kann nicht weniger Offenheit zeigen, als ich von Ihnen verlangt habe«, antwortete Françoise. »Er ist ein mutiger, guter Mensch und, ja, ich glaube wohl, daß ich ihn liebe.«

»Haben Sie es ihm gesagt?«

»Oh, man sieht, daß Sie ihn nicht kennen! Er ist schweigsam und brummig. Zwanzig Mal habe ich mir vorgenommen, mit ihm zu sprechen. Ich hatte die ganze Nacht darüber nachgedacht, was ich ihm sagen würde. Ich komme her, er sieht mich mit seinem finsteren Blick an, und ich verliere allen Mut. Wissen Sie, ich spiele hier die erfahrene Dame. Aber ich bin noch nicht einmal so weit wie Sie ... «

Dieses einfache Geständnis ließ all die anderen Berichte nur noch kostbarer erscheinen: Françoise gestand ihre Kühnheiten ebenso ein wie ihre Schwächen, die Leidenschaft, der sie bis zum Ende gefolgt war, und jene, die sie noch nicht zu offenbaren gewagt hatte.

Alix bewunderte sie. Ihr Vater wäre sehr entsetzt gewesen über eine solche Empfindung für eine Dienerin. Aber Alix sah sie ganz anders. Dies war eine freie Frau, die ihre Freiheit teuer erkauft hatte und die nichts bedauerte.

Alix hat bis dahin niemals daran gedacht, daß man etwas anderes tun könne, als sich zu unterwerfen, wenn man eine Frau war. Françoise zeigte ihr etwas anderes. Unter ihrem Einfluß wuchsen neue Träume, die abenteuerlichen, chaotischen Wegen folgten. Jedesmal, wenn Alix sich selbst frei sah, ritt sie an Jean-Baptistes Seite dahin. Sie sagte sich zunächst, daß es daran liege, daß es keine anderen Beispiele um sie herum gab. Françoise belehrte sie eines Besseren:

»Ein Mann, der so sehr von Ihren Träumen Besitz ergriffen hat, wird nicht so leicht daraus verschwinden«, meinte sie kopfschüttelnd.

Siebtes Kapitel

Sie ritten einundzwanzig Tage ohne größere Pausen. Anfangs waren sie von der Furcht besessen, vom König von Senaar und seinen Soldaten verfolgt zu werden. Überall meinten sie, Zeichen seiner Macht wahrzunehmen. In ihrer Angst verliehen sie ihm einen weitaus größeren Einfluß, als er tatsächlich besaß. Erst nach etwa einer Woche konnten sie sich davon überzeugen, daß sie nicht verfolgt wurden und die bedrohlichen Agenten des Königs, denen sie in ihrem Fieber fast Flügel verliehen hatten, erst recht nicht vor ihnen her eilten. Die Wahrheit hieß, daß sie einfach irgendwo in diesem riesigen Wüstenreich verloren waren. Ihr tatsächlicher Feind waren weder der unsichtbare Monarch noch die ausgekochten Kapuziner, sondern diese Landstriche ohne Wasser, ohne Nahrung und ohne Ruheplatz, durch die sie zogen.

Das Land war flach. Weite, trockene Ebenen mit glühenden Steinen und Täler entlang von Sandufern wechselten einander ab. Nur einmal im Jahr strömte das Wasser mit großer Heftigkeit hier entlang und wurde vom Boden aufgesogen, ehe es sich mit anderen Flüssen vereinen konnte. In diesen Tälern gab es eine dichte Vegetation aus Bambus und Schilf, Kakteen, die gerade blühten, Aloe und Akazien. Dichte Teppiche von Kantuffa, einem undurchdringlichen Distelgebüsch, machten den Aufenthalt unangenehm und das Fortkommen oft unmöglich.

In ihrem auf das Nötigste beschränkten Gepäck fanden die Flüchtenden nichts, was sie schützen konnte: weder Zelt noch Hängematte oder Decken. Sie schliefen auf dem Boden. In den Wüstengebieten fürchteten sie die Spinnen, Skorpione und das Gift der Nattern. In den Tälern, soweit sie sich dort einen Weg bahnen konnten, wurden sie zur Beute von Mücken, bedrohten sie große Boa Constrictors und alle Insekten, die dem Schöpfer eingefallen waren, um die Menschen aus dieser Einsamkeit zu vertreiben und zu ihresgleichen zurückzuschicken, mochte ihre Angst vor diesen auch noch so groß sein. Pater de Brèvedent wurde gleich zu Beginn ihrer Flucht am Knöchel von einer riesigen Spinne gebissen. Poncet gab ihm ein Mittel, das den Schmerz dämpfte. Aber die Entzündung dehnte sich über das ganze Bein aus, und er bekam Fieber. Die Reise wurde immer qualvoller für ihn. Dann wurde es besser, und der Priester erholte sich, wenngleich nur langsam, wodurch seine Schwäche noch verstärkt wurde.

Da sie sich verfolgt glaubten, mieden sie die Dörfer, die nichts als Ansammlungen von Schäferhütten waren. Sie gingen nachts zu den Brunnen, um ihre Wasserschläuche zu füllen. Als der Sack mit Saubohnen, den sie aus Senaar mitgenommen hatten, zur Neige ging, fingen sie ein verirrtes Lamm. Hadji Ali tötete es auf rituelle Weise und befahl Joseph, es zu zerlegen. Von einem Moslem getötet, von einem Katholiken zerschnitten und von einem Protestanten gegessen – man konnte sich kein ökumenischeres

Lamm vorstellen, es sei denn, die Knochen wären von einem Rabbiner abgenagt worden. Die Reste luden sie auf ihre Sättel. Plötzlich stürzte sich eine Gruppe mit Assagai und Kurzschwert bewaffneter Schwarzer auf sie, alarmiert von dem Schäfer, der sie beobachtet hatte. Poncet wollte angesichts der Übermacht der Angreifer fliehen, aber Maître Juremi schwang seinen Degen und schrie:

»Zu mir, meine Herren!«

Jean-Baptiste griff ebenfalls nach seiner Waffe und kam dem Freund zu Hilfe. Sie griffen die ersten beiden Eingeborenen an. Überrascht von der Geschwindigkeit der Florette, die fast unsichtbar durch die Luft flogen, ließen sich die beiden großen Burschen durchbohren, während sie noch ungläubig die Augen aufrissen. Zwei andere Schwarze traten an ihre Stelle. Sie amüsierten sich offensichtlich über diese unverständlichen, fast unkörperlichen Zusammenstöße. Die Macht der Waffen erregte sie. In einem großen Kreis beobachteten die anderen Eingeborenen wie bei einem Fest diese seltsamen Kämpfe. Die beiden Fremden bewegten sich hinter ihren langen Eisenarmen, die wie Libellenflügel durch die Luft sausten. Ihre Gegner parierten die Schläge mit schweren Wurfspießen. Manche trugen einen kleinen Lederschild. Wenn sie getroffen wurden, traten zwei andere an ihre Stelle. Über den Ausgang des Kampfes gab es keine Zweifel, denn die Menge war auf über zweihundert Köpfe angewachsen. Die Menschen stampften mit den Füßen auf den Boden und ließen ihre schweren Knöchelbänder rasseln. Der Kreis um Poncet und seinen Gefährten war fast geschlossen. Sie mußten bald müde werden. Dann brauchten sie die Angreifer nur noch einzusammeln, außer Atem und wehrlos. Plötzlich, während er sich im Kampf umdrehte, sah Poncet Joseph, der nicht von der Menge eingeschlossen war, sondern bei den Kamelen stand, mit herabhängenden Armen, unfähig, eine Entscheidung zu treffen.

»Die Pistolen!« schrie Poncet.

Der Jesuit stand noch immer wie versteinert da.

»In meinem Sattel, nehmen Sie die Pistolen, laden und schießen Sie.«

Der Kreis schloß sich langsam. Bald sah Poncet nur noch den

Staub des Bodens und unzählige nackte, magere Beine, die rhythmisch stampften.

Plötzlich ertönten zwei Feuerstöße. Die Schwarzen erstarrten. Es folgten dreißig lange Sekunden, von Stille erfüllt, dann nahmen sie alle Reißaus und ließen die Verwundeten und ihre Waffen zurück.

Pater de Brèvedent hielt noch die Pistolen in der Hand und starrte mit fassungslosem Gesicht auf ihren Rauch.

»Na also«, sagte Maître Juremi, während er auf den falschen Joseph zu trat, »das nenne ich einen Triumph. Mit zwei Pistolen nimmt man sich hier ein Königreich.«

Dann fügte er hinzu:

»Wenn man nur ein wenig beharrlicher wäre, würden sie sich gewiß auch zu Katholiken machen lassen.«

Der Jesuit zuckte mit den Schultern.

Sie fanden Hadji Ali, der es vorgezogen hatte, alles aus der Entfernung zu beobachten, und sich in einen Dornenstrauch gestürzt hatte. Er flehte Poncet an, seine zahlreichen und tiefen Wunden zu versorgen, und ertrug die Behandlung wie ein Märtyrer. Unter den Reisenden war er der einzige Verletzte dieses kurzen, siegreichen Feldzuges.

Jean-Baptiste glaubte, sie seien nunmehr außer Reichweite der Rache des Königs, und hielt es für besser, sich nicht länger zu verstecken. Wenn sie heimlich die Dörfer umgingen, würden sie sich bei den Einwohnern verdächtiger machen, als wenn sie sich wie normale Reisende verhielten. Nachdem sie sich entschlossen hatten, aufzutauchen, wurde ihr Leben etwas einfacher. Bei den Wüstenstämmen trafen sie auf wohlwollende Neugier. Man kam von weit her, um diese weißen Geschöpfe zu sehen, und wagte es voller Furcht, sie zu berühren. Wenngleich sie sehr erstaunt waren, erwiesen sich die Wüstenbewohner doch als außerordentlich gastfreundlich. Die Menschen, die Jean-Baptiste und seine Begleiter angegriffen hatten, waren nur darüber erzürnt gewesen, daß man sich heimlich ihres Besitzes bemächtigt hatte. Wenn man die Leute jedoch freundschaftlich um etwas bat, waren sie bereit, alles zu geben, was sie hatten. Sie überließen den Reisenden Hütten zum Übernachten und boten ihnen Hirsefladen und große Schalen mit Milch an, in die frisches Blut gemischt war –

für die Schwarzen der Gipfel des Genusses. Mit größter Selbstverständlichkeit führten sie den Reisenden auch die schönsten Mädchen aus ihrer Verwandtschaft zu. Nach den langen Tagesritten hatten Poncet und Maître Juremi jedoch nur noch den Wunsch zu schlafen. Sie baten die Kurtisanen, die man ihnen für die Nacht geschenkt hatte, sich neben sie zu legen und schnarchten dann inbrünstig. Ehe sie einschliefen, dachten sie jedoch daran, vor den Bettgefährtinnen kurz ihre ganze Anatomie zu entblößen. Man hatte ihnen erklärt, daß eine der wichtigsten Aufgaben, die jenen übertragen wurde, darin bestand, die Gemeinschaft am folgenden Tag über die Farbe der intimsten Körperteile der Fremden aufzuklären. Da sie sich nicht direkt davon überzeugen konnten, fiel es offenbar schwer, sich vorzustellen, daß die gleiche seltsam weiße Farbe auch diese verborgenen Stellen bedeckt.

Pater de Brèvedent, dem seine Gefährten geraten hatten, es ihnen gleichzutun und auf keinen Fall die Ehre zurückzuweisen, die man ihm erwies, verbrachte die Nacht im Gebet, voller Angst, jeden Moment der Verführung zu erliegen. Der Jesuit, kaum von seiner Entzündung erholt und geschwächt von den Prüfungen, die hinter ihm lagen, ruinierte nun seine Gesundheit durch diese fiebernden Nachtwachen. Maître Juremi wies ihn darauf hin, daß es, um seine Keuschheit zu bewahren, nicht nötig sei, die Formulierung des Ignazius »Perinde ac cadaver« wörtlich zu nehmen. Es war nichts zu machen.

Hadji Ali, der sich gewiß nicht derartig geziert hätte, war noch immer von Dornenwunden übersät, und die leichteste Berührung ließ ihn vor Schmerzen aufschreien. Deshalb blieb ihm nichts anderes übrig, als ironische Bemerkungen über die Sitten dieser Wilden zu machen und scheinheilig zu bedauern, daß sie sich durch den Islam noch nicht gebessert hätten.

So wanderten sie fünf Tage von Dorf zu Dorf und erreichten schließlich, eingetaucht in den Schatten der Palmen, bedeckt mit Blumen und Früchten – Guaven, Granatäpfeln, Avocados und Orangen –, den großen Marktflecken Grefim. Papageien und bunte Vögel saßen im Dickicht und bildeten eine angenehme Abwechslung nach den schrecklichen Geiern, die während der vergangenen Tage die einzigen Begleiter der Reisenden gewesen waren.

Sie mußten noch zwei kurze Wüstenetappen zurücklegen. Dann erreichten sie das langgestreckte, fruchtbare Tal von Semonée, das nach Serké führte. Die von weißen, mit Baumwolle bepflanzten Hügeln umgebene Stadt war ein bedeutendes Handelszentrum. Ein lebhafter Markt bildete das Zentrum, zum Bersten gefüllt mit Gemüse aus der Umgebung und verziert durch bunte Baumwollstoffe, die in der Stadt gewebt und mit Naturpigmenten – Karmin, Indigo und Safran – gefärbt wurden. Der Duft von Kräutern lag über dem Markt. In verschwenderischer Fülle wurde an den Ständen Aroma aus Äthiopien angeboten. Die Stadt lag an einem schmalen Fluß, der von einer Brücke überspannt wurde. Am jenseitigen Ufer begann Abessinien, dessen hohe Bergketten sich in staubigem Dunst verloren.

Sie überquerten die Brücke um sechs Uhr abends. Obwohl sich ringsherum nichts verändert hätte, stießen sie vor Aufregung Freudenschreie aus, sobald sie das andere Flußufer betreten hatten. Poncet öffnete den Medikamentenkoffer und zog eine Flasche hervor, die er für diesen großen Tag aufgehoben hatte. Sie setzten sich unter einen Kapokbaum, dessen riesige Wurzeln, dreieckig wie Haifischflossen, als Rückenlehne und Armstütze dienten. Jean-Baptiste öffnete die Phiole und erhob sie auf ihre Ankunft in Abessinien. Er nahm einen großen Schluck und reichte die Flasche weiter an Maître Juremi, der es ihm gleich tat. Es handelte sich um ebenjene Medizin, die Pater Gaboriau in seinem Liegestuhl ein solches Wohlbehagen verschafft hatte. Hadji Ali, der, seit er das christliche Gebiet des Patriarchen betreten hatte, schon weniger moslemisch war, genehmigte sich die doppelte Dosis. Joseph wollte nichts trinken, aber sie überredeten ihn dazu. Zehn Minuten später erbrach er zum ersten Mal Blut. Sehr in Sorge um den Priester fragte Poncet den Kameltreiber, wie weit es bis zur nächsten Ortschaft am abessinischen Ufer sei, wo sie sicher seien und lange genug bleiben könnten, um den Kranken im Schatten eines Strauches oder gar in einem Haus zu pflegen.

Hadji Ali erklärte, es gebe kein nahegelegenes Dorf. Es sei besser, den Weg fortzusetzen, da die Hauptstadt nicht mehr weit sei. Es war unschwer zu erkennen, daß es dem Kaufmann vor allem darum ging, rasch ans Ziel zu kommen, und daß das Leben eines Dieners in seinen Augen nicht als hinreichender Grund gelten konnte, Zeit zu verlieren.

Der Jesuit pflichtete ihm bei. Er spielte die Ernsthaftigkeit seines Zustandes herunter.

»Wir steigen ja jetzt in die Hochebenen auf«, sagte er. »Die frische Luft dort oben wird mir bestimmt besser bekommen als ein verlängerter Aufenthalt in dieser Wüste, wo man erstickt.«

Sie bestiegen ihre Kamele. Nach einer Stunde hatten sie den Fuß der Berge erreicht. Sie kamen in ein breites Tal, das mit Schilf und Ebenholzbäumen bedeckt war. Je weiter sie den schmalen Pfad hinaufstiegen, desto dichter wurde die Vegetation. Abends machten sie auf einer Lichtung am Wegrand halt. Mitten in der Nacht wurden sie von einem furchteinflößenden Brüllen und spitzen Schreien geweckt. Der Mond war verschwunden, die Dunkelheit undurchdringlich. Sie hielten es für besser, beieinander zu bleiben und den Tag abzuwarten. Im Morgengrauen entdeckten sie, daß zwei Kamele fehlten. Eine riesige Blutlache füllte eine Bodensenke: Eines der Tiere war von einem Löwen angegriffen und gerissen worden. Das andere fanden sie zweihundert Meter tiefer, es hatte sich bei seiner panischen Flucht das Rückgrat gebrochen.

Sie setzten ihren Weg durch die üppige Vegetation fort, von der sie nun wußten, daß sie voll eines wilden Lebens war, das noch bedrohlicher war als die Schrecken der Wüste.

Nach dem Verlust eines Reittieres mußte einer von ihnen zu Fuß gehen. Der Jesuit bot sich an. Er war abgemagert und fieberte, seine Beine begannen anzuschwellen. Poncet protestierte heftig dagegen.

»Lassen Sie mich«, sagte Pater de Brèvedent. »Kümmern Sie sich nicht zu sehr um mich. Ich bin nur ein einfacher Diener, vergessen Sie das nicht. Wenn Sie mich anders behandeln, werden Sie Verdacht erwecken.«

Doch diesmal hörte man nicht auf ihn. Maître Juremi schob ihn fast mit Gewalt in seinen Sattel und lief selbst neben der Karawane her.

Sie legten noch mehrere Etappen durch das immer üppiger werdende Tal zurück, wo sie auf Sykomoren mit einem Durchmesser von zehn Fuß stießen. Nachts lösten sie sich mit der Pistole in der Hand nah am Feuer bei der Wache ab, die angebundenen Kamele dicht bei sich. Weit oben mündete das Tal in ein anderes, noch breiteres, welches das erste aufzunehmen und fortzusetzen schien. Die Höhe verlieh der Morgenluft eine angenehme Frische, die Nächte waren kalt und feucht. Auf dem kurzen Steilhang, der die beiden Täler trennte, entfaltete sich hinter ihnen ein atemberaubendes Panorama: Durch das grüne Meer, das die Berge bedeckte, zog sich wie eine lange gewundene Narbe der Weg, dem sie gefolgt waren. Gleich einer Meereszunge, die auf einem Sandstrand versickert, war diese ganze Masse von Felsen und Bäumen ein Wogen, Strömen, Hinabstürzen hin zur grauen Weite der Wüste, die man jetzt von oben sah. In der Ferne erschienen die Palmen und die weißen Flecken einiger Felder wie hingeworfener Schaum auf der grünen Brandung.

An der Seite des neuen Tals, das sie nun erreicht hatten, bestand der Bewuchs vor allem aus Nabeas und wilden Oliven. Sie hörten eine Lerche singen und sahen in den Bäumen Unmengen von Hähern und Grünspechten. Der Weg führte in steilen Serpentinen hinauf. Manchmal konnten sie über sich zwei oder drei Schleifen erkennen. Seit sie Abessinien betreten hatten, waren sie auf keine Ortschaft getroffen und außer ein paar halbnackten, sehr mürrischen Gestalten, die sich unter riesigen Säcken mit Holzkohle beugten, keinem Menschen begegnet.

Nachts lösten sie sich weiterhin bei der Wache ab, obwohl die Natur jetzt weniger bedrohlich wirkte. Am Tag sahen sie kein Tier, abgesehen von Horden großer schwarzer, sehr magerer Affen, deren Arme so lang und ebenso geschickt waren wie die Beine.

Schließlich verließen sie den Wald und erreichten eine offene Wiese, die mit gelben Blumen bedeckt war. Hier und da wuchsen noch ein paar Bäume, Koniferen und Zwergaffenbrotbäume standen seltsamerweise beieinander. Am oberen Rand eines Steilhangs erblickten sie eine Mauer, die eine deutliche Trennlinie zwischen den Gipfeln zog: Das war der Rand des Hochplateaus. Als sie näher kamen, sahen sie über sich diese schwarze Palisade, die wie ein Wall auf den Bergspitzen entlang verlief. Zu ihren Füßen waren riesige Basaltblöcke, die eine gewaltige Macht herausgebrochen hatte, den Abhang herabgerollt und dort liegengeblieben. Über die fruchtbare Wiese rannen hier und dort frische Bächlein, die aus dem angrenzenden braunen Gestein entsprangen. In diesem Amphitheater der Vegetation, das von der nahen Basaltumrandung der Hochebene eingeschlossen wurde, gaben sie sich alle einer genüßlichen Entspannung hin. Ausgestreckt auf dem weichen Gras, der Durst gelöscht von klarem Wasser, erwärmt von der Sonne und erfrischt von einem sanften Wind, blieben sie fast einen Tag lang schweigend, im Halbschlaf, mit verlorenem Blick liegen. Die Reisenden, deren einziger Gedanke bisher dem Überleben gegolten hatte, konzentriert auf die irdischen Erfordernisse, waren mit einem Mal von der Bewunderung für den Himmel ergriffen.

Jean-Baptiste spürte, daß sie alle beteten. Bei Hadji Ali war es offensichtlich: Er war in Richtung Mekka niedergekniet. Pater de Brèvedent hatte die Augen halb geschlossen, als lausche er in weiter Ferne dem Wohlklang heiliger Posaunen, welche die Macht und den Ruhm des Allmächtigen priesen. Er, der auf seine Kirche mit ihrem Pomp verzichten mußte, hatte zweifellos die größte Mühe, diese Einsamkeit zu ertragen.

Maître Juremi, der sich abseits hielt, saß auf einem großen Felsen, schüttelte den Kopf, bewegte die Lippen und blickte von Zeit zu Zeit mit strengem Blick zum Himmel auf. Poncet kannte den Freund gut und wußte, daß dies seine Art des Gebetes war. Er spürte ständig den Blick seines Gottes auf sich ruhen. Das Gebet war lediglich der Moment, wo Gott und er einander etwas Besonderes zu sagen hatten. Maître Juremi machte keine Umschweife: Er war der Ansicht, der Schöpfer habe eine ebenso große Verpflichtung gegenüber seinen Kreaturen wie umgekehrt, vielleicht sogar eine noch größere, denn, wie er zu sagen pflegte, »letztendlich war er es, der angefangen hat«. Wenn er sich über eine Ungerechtigkeit empörte, zögerte der Protestant nicht, seinem Gott Vorhaltungen zu machen, ihm seine Ansicht mitzuteilen, ja sogar, in gebieterischer Form Forderungen zu stellen.

Jean-Baptiste seinerseits dankte den unsichtbaren Mächten des Himmels und der Erde, deren Namen oder Aussehen er, wie er sich nun endgültig eingestand, nicht kannte. Er dachte lange an Alix, mit dem köstlichen Gefühl, daß ihn dieser Weg schon ein wenig näher zu ihr geführt hatte.

Achtes Kapitel

Ehe sie den letzten Steilhang, der auf die Hochebene führte, in Angriff nahmen, legten sie ihre europäische Kleidung ab: zerrissene, schmutzige Hosen und ein hundertmal in Brunnen, Pfützen, Bergflüsse getauchtes Hemd, steif vom Staub, der es bis in alle Poren durchdrungen hatte. Sie zogen alle drei maurische Gewänder an, die aus einer langen blauen Tunika und einem Turban bestanden. Hadji Ali wollte sie zunächst als einfache Kameltreiber einführen, um bei den Abessiniern, die an solche Karawanen gewohnt waren, kein Mißtrauen zu erregen.

Nach zwei Stunden erreichten sie die Basaltmauer. Sie liefen an ihr entlang, um einen durchlässigen Punkt zwischen den braunen Orgelpfeifen zu finden. Am Ende des steilen Weges, der sich zwischen den Blöcken dahinschlängelte, entdeckten sie ein Dorf, das an dem abgeschrägten Rand der Hochebene lag.

Das erste, was sie sahen, nachdem sie das Dickicht durchquert hatten, war die achteckige Kirche mit dem von einem Kreuz gekrönten spitzen Dach. Als sie dort vorbeikamen, fand gerade eine Messe statt. Die unbewegliche, reine Luft war vom fernen Echo hoher, psalmodierender Stimmen erfüllt.

Die Ortschaft selbst war eine Ansammlung armseliger Hütten, in denen Sklaven und Hirten lebten. Sie liefen mit bloßem Kopf umher, mit einem Ziegenleder auf den Schultern und einem Viereck aus weißem Baumwollstoff um die Lenden. Die Menschen hatten eine hellere Haut als alle Schwarzen, denen die Reisenden bisher begegnet waren.

Vor langer Zeit, als Senaar noch christlich gewesen war, hatte es auf dieser Strecke einen regen Handel gegeben, und das Dorf hatte als Zollstation gedient. Aus diesem Grund war die jetzt zerfallene Mauer errichtet worden, die sie beim Betreten des Ortes überwunden hatten. Hadji Ali führte sie zielsicher zum Haus eines ihm bekannten Händlers, der sie mit dem Gemurmel eines Verschwörers empfing. Dank der Abenddämmerung und ihrer blauen Tuniken zeigte sich niemand erstaunt, als sie vorübergingen. Nur Hadji Ali, der mit dem Ort vertraut war, hatte mit Absicht sein Gesicht entblößt, damit man ihn wiedererkannte.

Am folgenden Tag kaufte der Händler, der sie aufgenommen hatte, ihre Kamele und gab ihnen dafür Maultiere, denn sie würden nun nicht mehr durch die Wüste reiten. Sie mußten noch etwas Geld dazuzahlen. War es die wunderbare Nacht, die er im Hof des Händlers unter freiem Himmel verbracht hatte, auf einem Bett aus geflochtem Sisal? Sollte man darin die tröstende Wirkung des Kreuzes erkennen, das er auf der Kirche gesehen hatte? Auf jeden Fall schien es Pater de Brèvedent am Morgen besser zu gehen. Hadji Ali ging, um den Awid zu bezahlen, einen Einlaßzoll, den zwei Beamte des Herrschers in der Stadt kassierten, und am frühen Nachmittag machten sie sich wieder auf den Weg.

Zunächst ritten sie durch eine leicht hügelige Heidelandschaft, bedeckt mit blühendem Heidekraut, wildem Hafer und Schilfrohr. Dann durchquerten sie einen luftigen Zedernwald, der aussah wie ein Kirchenschiff, das von den regelmäßigen Säulen der Baumstämme eingefaßt und vom hohen Gewölbe ihrer Äste bedeckt war. Die Maultiere liefen wie von selbst in einem regelmäßigen Trab, der nach dem weichen Schaukeln der Kamele eine angenehme Abwechslung darstellte. In der Sonne war die Luft warm, aber ihre Reinheit nach dem heißen Staub der Wüste erschien ihnen anregend und lebendig. Jeder kleine Schatten – von einem Baum oder einem Wölkchen, spendete eine unerwartete Frische, die sie erstaunlicherweise an Europa erinnerte. Doch die Lebenskraft der Elemente wirkte sich auf die Reisenden keineswegs günstig aus. Mit dem Ende der Mißhandlungen, die die Trockenheit und die tropischen Ausdünstungen ihren Körpern zugefügt hatten, drangen all die Verletzungen, die ihre Gesundheit erlitten hatte, an die Oberfläche und fanden die nötige Ruhe, um sich zur Geltung zu bringen. Als sie am ersten Abend in einem kleinen Ort mit wenigen Hütten Halt machten, zog Maître Juremi Poncet beiseite und zeigte ihm sein Bein. Über dem Knöchel, in einem Krater aus gerötetem Fleisch steckte wie eine kleine weiße Schnur der Kopf eines Pharaonenwurms. Jean-Baptiste ließ sich eine Hühnerfeder geben. Er rollte das erste Stück des Parasiten vorsichtig über die Feder und legte einen festen Verband darüber.

Auch Jean-Baptiste selbst war in einem erbärmlichen Zustand. Er zitterte, seine Gelenke und sein Rücken schmerzten. Er legte sich schlotternd nieder. Am Morgen sahen sie, daß der Jesuit noch schlimmer von seinem Leiden betroffen war als zuvor. Seine Lippen waren ausgetrocknet, er wurde von Hustenanfällen geschüttelt, und kalter Schweiß lief ihm über die Stirn. Sogar Hadji Ali, der doch an solche Reisen gewohnt war, bat Poncet um ein Mittel gegen Verdauungsprobleme.

Aber es war keine Zeit mehr, in diesen Dörfchen zu verweilen. Das Heil würde aus der Hauptstadt Gondar kommen, die nur noch fünf Tagesmärsche entfernt war. Sie brachen auf. Nur halb bei Bewußtsein, vom Fieber ausgedörrt, legten sie den Weg zurück, und diese Betäubung verstärkte noch die Wirkung des märchenhaften Schauspiels, das ihnen diese letzte Etappe der Reise bieten sollte. Die Erinnerungslücken, die undeutliche Wahrnehmung, das Echo ihrer Empfindungen, welche die Krankheit lange in ihren Körpern fortklingen ließ – all das vermischte sich, um bei ihnen einen ebenso starken wie wirren Eindruck von dieser Landschaft zu hinterlassen.

Die sanft gewellte Hochebene, die sie durchzogen, erschien ihnen wie der natürliche Sockel der Erde, wie ein einfaches Kreidebecken am Ufer eines Meeres. Wenn der Weg, dem sie folgten, nahe am Rand des Plateaus entlangführte, zeigte ihnen das tiefe Tal, aus dem ein Nebel aus Dampf und Staub aufstieg, nicht, wie hoch sie selbst waren, sondern enthüllte tiefe Abgründe und ließ sie bis in die qualmenden Innenwelten der Erde hinabblicken. Im nächsten Moment, wenn sich der Weg ein wenig vom Steilhang abwandte, konnten sie aus der Hochebene einen wie gemeißelt wirkenden Berg auftauchen sehen, der zunächst noch mit Pflanzen bedeckt, weiter oben jedoch nackt und kalt war. An manchen Orten glichen diese Bergspitzen gigantischen Monumenten aus grauem Stein, von denen sich einzelne Blöcke ablösten.

Manchmal vereinigten sich beide Naturschauspiele, und der

Weg führte an einer Seite dicht am Abgrund vorbei, während er auf der anderen Seite von der hochmütigen Einsamkeit eines Porphyrgipfels überragt wurde.

Außer den Bewohnern der Bauerndörfer, in denen sie allabendlich rasteten, trafen sie unterwegs keine Menschenseele. Ein Adlerpaar schwebte den ganzen Tag über ihnen. Sie sahen die Exkremente von Elefanten, jedoch niemals die Tiere selbst. Eines Tages trafen sie auf eine Herde Agazars, jene Wildziegen, die den Abessiniern so gut munden. Hadji Ali bedrängte Poncet, eines der Tiere mit der Pistole zu erlegen, aber diesem war zu schwindelig, als daß er Lust auf die damit verbundenen Bewegungen gehabt hätte.

Schließlich kamen sie in der Stadt Bartcho an, die einen halben Tag von Gondar entfernt lag. Hadji Ali erfuhr dort, daß der Herrscher nicht in der Hauptstadt weilte, weil er in einer Provinz eine Rebellion niederschlagen mußte.

»Es ist unnötig, daß ihr euch zu früh in Gondar zeigt«, sagte Hadji Ali. »Besser ist es, hier die Rückkehr des Königs abzuwarten. Ich habe einen Freund, der euch bei sich verstecken wird. Ich gehe in die Stadt und komme euch holen, wenn es an der Zeit ist.«

Poncet traute den Reden des Kameltreibers nicht mehr. Er verzieh ihm nicht, daß er ihnen alles gestohlen hatte: Nur die Geschenke für den König der Könige waren übriggeblieben. Alles andere war in die Hände des Händlers gewandert, der sogar dreist genug war, sie daran zu erinnern, daß die maurischen Tuniken, die sie trugen, sein Besitz waren und daß er sie zurückhaben wollte, sobald sie der Kaiser mit dem ersten Gold belohnt hätte. Jean-Baptiste ließ Hadji Ali widerwillig ziehen, denn er befürchtete, dieser würde sie ganz und gar im Stich lassen. Glücklicherweise besserte sich ihre Gesundheit. Maître Juremi rollte seinen Pharaonenwurm jeden Tag ein Stück weiter ein. Er würde bald geheilt sein. Nur der Zustand des Jesuiten bot Anlaß zu wachsender Besorgnis. Das Haus, in dem Hadji Ali sie untergebracht hatte, war aus Holzblöcken errichtet, die mit einem Gemisch aus Schlamm, Stroh und Kuhfladen abgedichtet waren. Der Boden bestand aus festgeklopfter Erde. Es war nicht gerade der geeignete Ort, um einen Kranken zu pflegen. Der arme Joseph auf seinem Siechenlager schien selbst allmählich zu Erde zu werden. Der Unglückliche hatte seine Kräfte weit überschätzt. Die grenzenlose Hingabe an seine Mission hatte ihn zu der Überzeugung verleitet, er, der Mann der Wissenschaft, an den friedlichen Komfort der Bibliotheken gewöhnt, könne sich in einen wahren Zwangsarbeiter verwandeln, der auch die schwersten Wege zu bezwingen vermag. Aber die Schwäche förderte die Krankheit, wie die Trockenheit den Kiefernwald dem Feuer ausliefert. Der Jesuit sah wahrhaftig mitleiderregend aus: Sein großer, fleischloser Körper war gewunden wie eine Weinranke. Er atmete mit offenem Mund, die Lippen brannten von der Luft und der Hitze seines Fieberatems. Jean-Baptiste und Maître Juremi wechselten sich an seinem Lager ab. Aber trotz der Freundlichkeit, die der Protestant in diesen Momenten dem Patienten erwies, brachte dieser, wenn er bei Bewußtsein war, all die heilige Abscheu zum Ausdruck, die die Anwesenheit des Häretikers in ihm weckte. So lange er daran glaubte, wieder gesund zu werden, klammerte sich Brèvedent an seine fixe Idee: die Erfüllung seiner Mission. Stundenlang beschrieb er mit dumpfer Stimme, die zuweilen auch aus den Tiefen des Deliriums auftauchte, den Plan von der Bekehrung Abessiniens.

»Man muß zunächst die Sitten, Gebräuche, Gewohnheiten und die Sprache durchdringen«, sagte er. »Ja, die Sprache zuerst. Sobald wir ankommen, lerne ich diese Sprache. Man hat mich in Frankreich nur Bruchstücke gelehrt. Aber eigentlich spricht sie niemand. Nur durch die Sprache wird die Überzeugung möglich. Dann den Glauben ... genau kennenlernen ... Dort liegt das große Geheimnis. In Europa hat die Kirche den heidnischen Kult durch die Zeremonien des wahren Glaubens ersetzt ... Aber unter Beibehaltung derselben Orte, derselben Daten, derselben Bilder.«

Manchmal klammerte er sich an den, der bei ihm wachte, und wandte sich sogar an Maître Juremi, den er für Poncet hielt.

»Wir werden die Fehler unserer Vorgänger nicht wiederholen, nicht wahr? Man darf nicht den König bekehren, ehe man begonnen hat, bei dem Klerus und dem Volk zu wirken ... «

Als der Jesuit in seiner Agonie die Tiefe seiner Seele entblößte, zeigte sich, daß seine Bescheidenheit und Unterwürfigkeit nur die Kehrseite eines maßlosen Stolzes waren. Er wahrte einen strikten Gehorsam gegenüber seinem Orden und verzichtete auf sein persönliches Vergnügen, aber dies geschah im Dienste ungeheurer Pläne und eines kollektiven Machtstrebens. Er hatte sich gefügt, die Wassereimer zu tragen, aber nur, um sich um so sicherer zum Herrn eines Königs und seines Reiches zu machen. Trotz der Ermutigung und Pflege durch Jean-Baptiste wurde die Krankheit immer schlimmer, und der Jesuit erkannte bald, daß er verloren war. Sobald er davon überzeugt war, verlieh er seiner Leidenschaft für den Gehorsam einen neuen Inhalt: Er hörte auf, sich den Forderungen seiner Mission zu unterwerfen, und folgte denen der Vorsehung, das heißt, er fügte sich in seine Krankheit, die jene ihm gesandt hatte. Es war nichts mehr zu machen. Binnen zwei Tagen gab er den Geist auf, dem Ruf des Todes ebenso gehorsam, wie er es den Befehlen Hadji Alis gewesen war.

Poncet und Maître Juremi wollten ihn im Hof begraben, unter der Akazie, die ihm Schatten spenden würde. Der Händler, ihr Gastgeber, weigerte sich und erklärte, sein Urahn, der das Haus gebaut hatte, sei nach seinem gewaltsamen Tod dort beigesetzt worden. Es sei undenkbar, diese Grabstätte zu entweihen, indem man dem Vorfahren für die Ewigkeit einen solch schlechten Gefährten an die Seite gebe.

Deshalb trugen sie die sterblichen Überreste des Jesuiten bei Nacht durch die Straßen hinaus, liefen bis zu einem mit Bohnen bepflanzten Feld und gruben dort, am Rand der Heide, ein tiefes Loch, um Pater de Brèvedent zu beerdigen. Er trug seine maurische Tunika – Hadji Ali konnte sie ja von ihm zurückfordern. Maître Juremi sprach mit der Bibel in der Hand ein kurzes Gebet, und Poncet, der einzige Katholik, der nichts von den Riten verstand und nicht wußte, wohin mit seinen Händen, warf die Erde auf den Körper, ohne das Ende des Psalms abzuwarten. Es bewegte ihn, in diesem Loch den Mann verschwinden zu sehen, der in langen Wochen sein Leben geteilt hatte, der Mann, dem er seine Freundschaft angetragen hatte, ohne ganz sicher zu sein, ob dieser sie wirklich abgewiesen hatte.

»Niemals zuvor ist jemand aus Angst vor der Freiheit so weit geflohen«, sagte Maître Juremi, nachdem er seine Bibel geschlossen hatte.

Das war der Grabspruch für den armen Priester.

Auf dem Rückweg unternahmen die beiden Freunde in Gedanken eine stille Reise zu dem geheimnisvollen Kontinent ihrer vergangenen Kindheit, zu den ermordeten Hoffnungen und der verschlungenen Vergangenheit. Als sie wieder anfingen zu sprechen, bestätigten sie einander, daß das Leben des Jesuiten noch trauriger gewesen war als sein Tod und daß sie ihn zwar aufrichtig beweint hatten, jedoch keineswegs bedauerten.

Vom nächsten Tag an entspannte sich die Atmosphäre. Sie fanden miteinander sogar zu einer neuen Fröhlichkeit, die sie sich unbedingt bewahren wollten. Hadji Ali kam nach dreitägiger Abwesenheit zurück. Er war kaum wiederzuerkennen in seiner abessinischer Tunika aus weißem Baumwollstoff, die mit einem farbigen Band bestickt war. Seine Haare waren nach hinten gekämmt, und er hatte sich parfümiert. Die Nachricht von Josephs Tod beeindruckte ihn nicht mehr als der Verlust eines Maultiers. Er ging einfach darüber hinweg und kam zu den Neuigkeiten:

»Der König der Könige kehrt heute nach Gondar zurück«, begann er. »Wir können um eine Audienz bitten.«

»In wie vielen Stunden?« fragte Poncet, glücklich, das Haus verlassen zu können, das ihnen förmlich auf den Kopf fiel.

»Das ist keine Frage von Stunden, sondern von Tagen.«

»Tagen! Hat es dieser König denn nicht eilig, geheilt zu werden?«

»Gewiß hat er es eilig. Aber ehe er dem Hof offenbart, daß er fränkische Ärzte geholt hat, muß er die Geister darauf vorbereiten und eindeutig kundtun, daß diejenigen, die bisher so getan haben, als behandelten sie ihn, gescheitert sind.«

»Mir scheint, während der ganzen Zeit, die unsere Reise gedauert hat, hatten sie zehnmal Gelegenheit, ihn zu heilen oder zu töten«, sagte Jean-Baptiste.

»Gewiß«, antwortete Hadji Ali, der neuerdings in gesetztem Ton sprach, passend zu seinem Gewand. »Dennoch, als sie sahen, daß ich zurückgekehrt bin und ahnten, welche Mission mir aufgetragen war, beschlossen all jene, welche die Königin umgeben, erbitterte Feinde der Franken, einen letzten Versuch zu unternehmen. Ihr müßt wissen, daß die Priester und Wahrsager, aus denen diese Partei besteht, Rache nehmen wollen, weil sie durch den König gedemütigt wurden. Als er in seine letzte Schlacht zog, sah man am Himmel einen Komet von besonderer Helligkeit, mit einem langen Schweif. Die Wahrsager lasen daraus, daß der König die Schlacht verlieren und nicht zurückkehren würde. Aber er hat gewonnen und ist da. Sie müssen seine Gnade wiedererlangen.«

»Und welches Mittel wollen sie diesmal einsetzen?«

»Sie haben vergangene Woche mit einer Prozession einen großen Heiligen aus Lalibela kommen lassen. Es ist ein Mönch, der seit mehr als zwanzig Jahren nichts gegessen und getrunken hat.«

»Zwanzig Jahre!« riefen Jean-Baptiste und Maître Juremi mit spöttischer Miene.

»Macht euch nicht darüber lustig. Das ist wirklich wahr. Der Heilige ist für alle sichtbar. Er liegt unter einem Baldachin. Vier Mönche tragen seine Sänfte. Zehn andere laufen vor ihm, sie umgeben den Patriarchen, singen und tragen ein großes goldenes Kreuz. Hinter der Sänfte laufen dreißig barfüßige junge Krieger.«

»Und ein Dutzend Maultiere mit Fässern voller Met?« fragte Maître Juremi kichernd.

»Der Mönch betet seit seiner Ankunft«, fuhr Hadji Ali fort, ohne sich auf einen Streit einzulassen. »Heute morgen hat er den Negus gesehen und eine große Ikone der Jungfrau über ihm erhoben. Morgen wird er wiederkommen, um ihm das göttliche Wort zu trinken zu geben.«

»Zu trinken! Aber in welcher Form?« fragte Jean-Baptiste ernst.

»Das Ganze ist sehr mysteriös. Er spricht viele Worte, die man nicht hört; zweifellos liegt darin das Geheimnis. Denn seine Bewegungen sind bekannt und sehr einfach. Zwei Offiziere, die überwachen, was der König zu sich nimmt, haben alles beobachtet und mir davon erzählt. Also: Der heilige Mann ritzt ein Wort – welches? Geheimnis – auf ein Zinnamulett. Dann taucht er die kleine Tafel in geweihtes Wasser, und die Tinte des Wortes löst sich darin auf. Dieses Wasser gibt man dem Herrscher zu trinken.«

»Wie oft wiederholen sie diesen Vorgang?« fragte Jean-Baptiste mit einer gewissen Niedergeschlagenheit.

»Nur zweimal.«

»Und wieviel Tage geben sie sich, um den Erfolg zu beurteilen?«

»Der König hat mich wissen lassen, daß er, wenn es ihm in einer Woche nicht besser geht, auf eure Dienste zurückgreifen wird.«

»Und wenn er wider Erwarten genesen sollte?« fragte Poncet.

»Wider Erwarten!« schrie Maître Juremi. »Aber im Gegenteil, genau das ist außerordentlich wahrscheinlich. Wenn die Behandlung zunächst nicht wirkt, muß man nur die Dosis erhöhen und eine ganze Bibel in einem halben Liter Branntwein eintauchen.«

»Wenn er genesen sollte«, sagte Hadji Ali, »reisen wir ab.«

»Ohne ihn zu sehen?«

»Ihr müßt verstehen, daß der König ein großes Risiko eingeht, indem er euch empfängt, auch wenn man weiß, daß er euch eigens hat kommen lassen. Seit die Jesuiten zu Lebzeiten seines Großvaters versucht haben, das Land zu bekehren, ist der Negus nicht mehr frei. Die Priester und alle, die sich den Katholiken widersetzt haben, überwachen ihn genau. Bei dem kleinsten falschen Schritt werden sie ihre Intrigen wieder aufnehmen und versuchen, sich von der eisernen Faust zu befreien, mit der er sie festhält. Alle Welt weiß, daß die fränkischen Priester es noch nicht aufgegeben haben, sich hier mit allen Mitteln einzuschleichen, deshalb ist man voller Mißtrauen. Wenn der König, um euch zu sehen, nicht mehr den Vorwand seiner Behandlung hat, wird er euch lieber zurückschicken, um den Frieden zu bewahren.«

Nach diesen beunruhigenden Neuigkeiten verließ sie Hadji Ali und kehrte zum Palast zurück. Sie blieben allein. Ihr Vertrauen war nicht erschüttert. Sie waren nur verärgert, weil sie weiter in diesem Hof eingesperrt waren.

Einer der Söhne des Händlers, bei dem sie wohnten, brachte ihnen vom Kräutermarkt Proben von allen Pflanzen, die dort verkauft wurden. Sie untersuchten sie voller Begeisterung, denn in diesem Land gab es mehr aromatische Arten, mehr duftende Harze, Färbestoffe, Gewürze als an jedem anderen Ort der Welt. Mit seinem Mörser, den Filtern, einem Behelfskolben zerstampfte und destillierte Maître Juremi die Pflanzen nach Poncets Anweisungen, stellte Auszüge und Emulsionen her. Sie vervollständigten halbwegs den Medikamentenkoffer, den die Reise ernsthaft angegriffen hatte. Wenn sie zurückfahren sollten, ohne den König zu sehen, würden sie wenigstens diese botanischen Funde mitnehmen und sich damit trösten können.

Drei Tage nach Hadji Alis letztem Besuch teilte ihnen der Händler mit, daß sie am Abend das Quartier wechseln würden. Bei Anbruch der Nacht legten sie zu Fuß, unter ihren Tuniken verborgen, die letzte Strecke zurück, die sie von der Hauptstadt trennte, gefolgt von den Maultieren, die ihr bescheidenes Gepäck trugen. Ein anderer Moslem nahm sie in seinem Haus im maurischen Viertel von Gondar auf. Sie bekamen dort zwei karg möblierte Zimmer, deren vergitterte Fenster auf eine enge Gasse führten. Der Mann brachte ihnen persönlich zu essen und riet ihnen zur Geduld.

Aus dieser nüchternen Bleibe holte sie Hadji Ali eine Woche später ab. Am Vorabend hatte er ihnen abessinische Gewänder bringen lassen, also kurze Tuniken aus weißem Voile und eine Toga aus leichter Baumwolle, die über die Schulter geworfen wurde. Am Morgen erschien Hadji Ali auf einem kleinen braunen Pferd mit Zügeln, die mit Troddeln und Federn verziert waren. Hinter ihm führten Sklaven zwei weitere Pferde an der Longe. Poncet und Maître Juremi, diesmal nach abessinischer Art bekleidet, wie Hadji Ali ihnen empfohlen hatte, bestiegen die Pferde, und die kleine Gruppe trottete gemächlich zum Palast von Kusquam.

Neuntes Kapitel

»Fahren Sie fort«, sagte Monsieur de Maillet ungeduldig. »Vergessen Sie nicht, daß dieser Brief heute fertig werden muß, wenn wir wollen, daß er mit der nächsten Post von Alexandria abgeht. Wo waren wir?«

Monsieur Macé, der mit einer Feder in der Hand vor dem Sekretär saß, war noch ganz benommen und konnte kaum aus den Augen sehen als Folge der schlechten Nacht, die er hinter sich hatte. Die Stechmücken, die mit Beginn der Trockenzeit die Stadt überfallen hatten, waren offensichtlich ganz versessen auf seine überschüssigen Körpersäfte. Was ihn von den Menschen trennte, brachte ihn den Insekten näher. Diese schmerzhafte Tatsache führte ihn leider nicht dazu, die Prinzipien seiner Hygiene zu überdenken.

»Nun, nun«, sagte er und versuchte den Faden seiner Lektüre wiederzufinden, »da sind wir: ›und eben dieser Kapuzinerpater, der mich gebeten hatte, Mönche seines Ordens mit unserer Gesandtschaft reisen zu lassen, ist gestern erneut zu mir gekommen. Ich muß Eurer Exzellenz beichten …‹«

»Nein! Zu undiplomatisch. Ein Konsul beichtet nicht einem Minister.«

»Wenn wir schreiben: ›Eure Exzellenz muß wissen?‹«

»Das geht zur Not. Fahren Sie fort.«

»Eure Exzellenz muß wissen, daß diese Begegnung ohne jede Freundlichkeit verlief. Ich habe mich gezwungen, sie zu Ende zu bringen, obwohl die wiederholten Angriffe von Pater Pasquale, der offensichtlich außer sich war, die Grenzen des Anstands und selbst der Würde deutlich überschritten.«

»Das ist ganz gut«, sagte Monsieur Maillet, der im Stehen ein Bein ausstreckte, zufrieden mit dieser Lesung und gleichzeitig in Bewunderung für seinen apfelgrünen Seidenstrumpf, der soeben mit einer Galeere aus Frankreich eingetroffen war.

»Nach unserer letzten Begegnung ließ er die Karawane unserer Boten verfolgen. Die Kapuziner haben unsere Gesandtschaft in Senaar eingeholt und ihren Wunsch wiederholt. Unsere Boten nutzten die mondlose Nacht und sind, wie es scheint, geflohen. Trotz aller Nachforschungen hat man ihre Spur nicht wiedergefunden.«

»Sie haben den Singular verwandt?«

»Wie meinen, Exzellenz?«

»Nun, nehmen Sie den Plural, Spuren. Ich kann mir kaum vorstellen, daß sie auf einem Bein im Gänsemarsch geflohen sind und nur eine einzige Spur hinterlassen haben.«

»Hat man ihre Spuren nicht wiedergefunden.«

»Sehr gut.«

»Durch diese Flucht alarmiert, haben die Kapuziner Nachforschungen angestellt und schließlich die Identität des vorgeblichen Joseph entdeckt. Die Angelegenheit wird bis zum Papst gelangen, dies behauptet zumindest Pater Pasquale.«

»Nennen wir diesen Haudegen nicht zu oft beim Namen. Sagen sie nur: ›Dies behaupten die Kapuziner.‹«

Monsieur Macé notierte.

»Ich schlage Eurer Exzellenz vor, aus dieser ärgerlichen Affäre zwei vorläufige Schlußfolgerungen zu ziehen: Die erste lautet, daß unsere Gesandten vor etwa einem Monat in Senaar noch am Leben und bei guter Gesundheit waren, eben dort, wo sie etwa zu diesem Zeitpunkt sein sollten.«

Monsieur de Maillet war ans Fenster getreten und schaute in den Garten.

»Die zweite – etwas abwegig, das gebe ich zu – betrifft die Komplikationen, welche die religiösen Streitigkeiten in diese Mission hineintragen. Die Rivalität der Kongregationen, die offene Feindseligkeit der Abessinier gegen den katholischen Klerus gestalten eine Mission, die an und für sich nur geringe Probleme aufgeworfen hätte, außerordentlich kompliziert. Mit anderen Worten, und um es vielleicht zu frei heraus zu sagen, ich fürchte, daß die Jesuiten, nachdem sie dieses Vorhaben gefördert haben, es jetzt gefährden. Ich verstehe wohl, daß Ihre Majestät, als sie diese Mission befahl, im Interesse der gesamten Christenheit zu handeln wünschte.«

Seit dem Vorabend war es nun das vierte Mal, daß sie diesen Brief lasen. Der Konsul wurde nicht müde, diesen politischen Teil zu hören, der ihm außerordentlich gewagt und hellsichtig erschien. In diesem Augenblick tauchte seine Tochter auf der Freitreppe auf, und ihr Anblick lenkte seine Aufmerksamkeit ein wenig ab. Wie gern würde er ihr diese diplomatischen Feinheiten vorführen, damit sie ein deutliches Bild vom Genie ihres Vaters bewahrte, wenn er eines Tages, leider, nicht mehr wäre.

»Es scheint mir deshalb angebracht, zu prüfen«, fuhr Monsieur Macé fort, »bis zu welchem Punkt in dieser Angelegenheiten die ureigensten Interessen des Königs von Frankreich mit denen des katholischen Glaubens verschmelzen. Sobald die Gesandtschaft zurückgekehrt ist, werde ich Euer Exzellenz konsultieren, um zu erfahren, wie ich mich verhalten soll. Sollte man weiterhin die

Staatsbeziehungen mit den religiösen Angelegenheiten vermischen, oder muß man, sofern diplomatische und vor allem Handelsbeziehungen möglich erscheinen, allein im Auftrag Ihrer Majestät und vor allem im Interesse seines Staates handeln?«

»Ich glaube, jetzt ist alles perfekt«, sagte Monsieur de Maillet andächtig. »Wir lesen es nachher noch einmal durch, nachdem Sie die Korrekturen angebracht haben, und dann können wir es abschicken.«

Monsieur Macé erhob sich und kehrte in den erstickenden Verschlag zurück, der ihm als Büro diente.

An seinem Fenster, ein wenig hinter den Vorhang zurückgezogen, beobachtete der Konsul zärtlich seine Tochter, die »herborisieren« ging, wie man es sich in der Familie auszudrücken angewöhnt hatte. Er bewunderte ihre zarte Gestalt, ihren leichten Schritt, ihre ernste, kaum mehr kindliche Ausstrahlung.

»Wir müssen bald über ihre Verheiratung nachdenken«, sagte er sich.

»Diese Bestie wird mich noch abwerfen!«

Maître Juremi beherrschte mit seiner Masse das kleine Pferd, das mit Wahnsinn in den Augen um sich schlug. Hadji Ali rief einen Sklaven, der das Tier am Geschirr packte.

»Das ist nicht der passende Moment, um uns zur Schau zu stellen«, sagte Jean-Baptiste, der seine Zügel mit beiden Händen umklammerte und sein Pferd mühsam im Schrittempo hielt.

Sie hatten das maurische Viertel verlassen und überquerten das Flüßchen, das sie von der Stadt selbst trennte. Da sie nicht mehr unter ihren moslemischen Kapuzen verborgen waren, konnte jeder erkennen, daß sie Weiße waren. Aber die Menge, die durch die Gassen der Stadt strömte, blieb ungerührt und ließ nicht die geringste Neugier erkennen. Dafür gab es mehrere Gründe: Zunächst hatten die beiden Franken mit ihrer von der Wüstensonne gebräunten Haut fast den gleichen Teint wie die christlichen Abessinier, die nicht sehr dunkel sind. Außerdem hatte die Anwesenheit von mehreren Dutzend Ausländern in Gondar die Bewohner an ihre Gesichtsfarbe gewöhnt. Die meisten von ihnen waren Griechen oder Armenier, und es gab sogar einige Slawen aus dem Süden, denen der Herrscher Schutz gewährte, weil sie dem ottomanischen Joch entflohen waren. Schließlich, aber das sollten die beiden Reisenden erst allmählich erfahren, verabscheuten es die Abessinier, ihre Gefühle und alles, was ihre Gedanken verraten konnte, sichtbar werden zu lassen. Wie dem auch sei, die beiden Freunde, die nichts von alledem wußten, ritten durch die Straßen in dem wunderbaren Gefühl, in diesem märchenhaften Land, von dem sie so lange geträumt hatten, keine Fremden zu sein. Maître Juremi mit seinem dichten, angegrauten Bart, der ihm das Aussehen eines Weisen verlieh, und Jean-Baptiste, dessen lockige, tiefschwarze Haare, der dunkle Teint und die elegante Haltung den Eindruck eines Edelmannes erweckten, ritten leicht beunruhigt, aber voller Glück nebeneinander her.

Während sie ihre Pferde in langsamem Schritt zum Palast hinaufführten, traten die weißgekleideten Menschen beiseite, um sie vorbeizulassen. Männer wie Frauen trugen Baumwollgewänder, die einfach um ihre schlanken Gestalten gewickelt waren. Mit den feinen Zügen, den großen schwarzen, mandelförmigen Augen und der aufrechten Haltung wirkten die meisten von ihnen stolz und edel. Auf den ersten Blick erkannte man die Sklaven aus den unterworfenen Ländern, die zwischen ihnen herumkreischten. Diese waren schwärzer und liefen gebeugt, von Natur oder unter einer Last.

Die Stadt war noch voll von bewaffneten Soldaten, die mit Lanzen und Lederschilden einherspazierten, und Gefangenen des letzten Feldzugs. Als sie an einer mit Gras bewachsenen Freifläche vorüberkamen – sicher ein Manövergelände oder ein Versammlungsplatz –, rief Maître Juremi Jean-Baptiste zu:

»Da ist die Erklärung für das, was wir vorgestern gehört haben.«

Eine Gruppe von etwa zwanzig Shangalla-Kriegern, die der Negus besiegt hatte, waren jammernd auf dem Platz versammelt. Einige saßen auf Steinblöcken, andere standen mit vorgestreckten Armen herum. Fünf oder sechs lagen am Boden, den Kopf mit den Händen bedeckt. Alle hatten in ihren schwarzen Gesichtern zwei blutige Löcher anstelle der Augen.

»Die Bestrafung der Verräter«, sagte Hadji Ali.

Die Anführer der Rebellen, welche die siegreiche Armee gefangengenommen hatte, waren nach einem Gerichtsurteil geblendet worden. Dieses Urteil war zwei Tage zuvor vollstreckt worden. Die Schmerzensschreie hatte man in der ganzen Stadt gehört, sogar in dem Haus, wo die Reisenden warteten.

Sie setzten ihren Weg fort. Jean-Baptiste, der sich mehrfach nach diesem grausamen Spektakel umwandte, sah, daß die Menge tat, als würde sie den Gequälten nicht die geringste Aufmerksamkeit schenken. Wenn sich einer von ihnen in der Dunkelheit, in die man ihn gestürzt hatte, unsicher einem Abessinier näherte und ihm in den Weg trat, wich ihm dieser unauffällig aus, völlig unbeeindruckt, als wäre er über eine Pfütze gesprungen oder einem umherlaufenden Tier aus dem Weg gegangen.

Inmitten der eilig errichteten Bauten und der Zelte, die ihn umgaben und an seinen Mauern lehnten, war der Palast nahezu unsichtbar. Das mächtige Bauwerk aus geschnittenen Steinen wurde von viereckigen Türmen mit ovalen Kuppeln flankiert. In Begleitung von Hadji Ali konnten sie das große Torgewölbe durchqueren, ohne von den Wachposten angehalten zu werden. Sie stiegen von den Pferden, vertrauten sie einem Diener an und durchschritten einen dunklen Gang. Nach kurzer Wartezeit in einem eisigen Vorzimmer, das nach kaltem Stein roch, wurden sie in einen Audienzsaal geführt, dessen zwei hohe Fenster auf den Hof hinausgingen. Etwa zehn Personen standen nebeneinander an der Wand und erwarteten sie. Hadji Ali machte eine tiefe Verneigung, die seine Gefährten genau nachahmten.

Einer der Männer löste sich aus der Gruppe: Er stand in der Mitte, aber etwas weiter vorn, war mit einem schwarzen, goldbestickten Mantel bekleidet und trug eine Kette aus demselben Metall. Er hatte ein rundes Gesicht, kurzes, lockiges, streng nach hinten gekämmtes Haar und einen kurzen Bart. Er war kleiner als Maître Juremi, mochte aber etwa sein Alter haben. Er sprach mit kräftiger Stimme zu ihnen.

»Er fragt«, übersetzte Hadji Ali, »ob ihr Franken seid.«

»Und wer ist er?« flüsterte Jean-Baptiste dem Dolmetscher zu, ehe er antwortete.

»Ein großer Fürst, Ras Johannes, Generalintendant des Königreichs, der mächtigste Mann nach dem Herrscher.«

»Wenn Sie unter Franken Katholiken verstehen, nein, Exzellenz, das sind wir nicht. Wir sind Untergebene des großen Königs Ludwig XIV., aber nicht des großen Priesters der römischen Kirche.«

Während der endlosen Tage des Wartens hatten Jean-Baptiste und Maître Juremi lange überlegt, wie sie die vorhersehbaren Fragen beantworten sollten. Da Pater de Brèvedent nicht mehr da war, um sich zu entrüsten, hatten sie beschlossen, sich gegen die katholische Religion größte Freiheiten herauszunehmen, ja sich sogar als deren Feinde auszugeben, um ihre Distanz zu den Jesuiten zu unterstreichen. Das war ein riskantes Spiel, aber nicht mehr und nicht weniger gefährlich als jedes andere.

»Wo liegt das Land, aus dem ihr kommt?« fragte der Ras nach einer Denkpause, denn die erste Antwort der Fremden, von Hadji Ali übersetzt, schien ihn etwas aus der Fassung gebracht zu haben.

»Jenseits von Senaar und Ägypten, Exzellenz, auf der anderen Seite des großen Meeres.«

Jean-Baptiste wußte, daß sich für die Abessinier die Kenntnis der Welt auf diese beiden Länder beschränkte. Sie wußten von der Existenz anderer Völker, hatten von Portugiesen und Italienern gehört, aber sie vermochten sie nicht im Raum einzuordnen.

»Gibt es in diesen Gegenden Länder, wo der, welcher sich als Führer der Christen ausgibt, nicht König ist?«

Jean-Baptiste erkannte die Propaganda der Jesuiten wieder, die fünfzig Jahre zuvor die Allmacht des Papstes über den Westen geltend gemacht hatten.

»Euer Exzellenz muß wissen, daß es glücklicherweise viele solcher Länder gibt. Der Papst behauptet, über die Seelen zu herrschen, aber er herrscht keineswegs über die Länder. Könige wie der unsrige schützen glücklicherweise in ihren Ländern alle Untertanen, auch jene, die, wie wir, die Autorität des Papstes nicht anerkennen.«

War es das soeben erlebte Schauspiel der Gemarterten, die sie bei der Ankunft gesehen hatten? Auf jeden Fall verspürte Maître Juremi, dem die außerordentlichen Gefahren dieses Gespräches wohl bewußt waren, ständig das Bedürfnis, sich die Augen zu reiben.

»So glaubt ihr also nicht an Christus?« fragte plötzlich ein anderer aus der Gruppe, ein hochgewachsener Greis, der eine rote Kappe auf dem Kopf trug und zur Linken des Ras stand.

»Wir glauben an ihn, und wir verehren sein Wort«, sagte Jean-Baptiste. »Aber wir tun es auf unsere Weise, die keineswegs die des Papstes ist. Deshalb beurteilt er unsere Lehre ebenso streng wie die eure und hat uns mit Härte verurteilt.«

Verwirrung zeigte sich bei den Zuhörern. Ohne ihre majestätische Haltung aufzugeben, konsultierten die Würdenträger einander mit Blicken. Es gab sogar hie und da ein Tuscheln.

»Seid ihr Priester?« fragte derselbe Greis.

»Keineswegs.«

»Dennoch behauptet ihr, heilen zu können.«

»Wir behaupten nur, unseresgleichen nützlich sein zu können, indem wir den Reichtum der Pflanzen und der Tiere nutzen, die Gott am Tag der Schöpfung auf der Erde verbreitet hat.«

»Glaubt ihr, daß man ohne Gebete heilen kann?«

»Die Gebete rufen nach Wundern, die wir nicht vollbringen.«

»Glaubt ihr nicht an Wunder?«

Jean-Baptiste hatte Lust, die Antwort zu wiederholen, die er dem Jesuiten gegeben hatte, aber er blieb lieber vorsichtig.

»Wir glauben an die Wunder, die in den Schriften überliefert sind und die der Sohn Gottes vollbracht hat. Wir kennen keine anderen.«

»Dennoch haben große Heilige solche vollbracht«, sagte der Ras.

»Möglicherweise liegt dort die Grenze unseres Glaubens«, entgegnete Jean-Baptiste. »Wir sind überzeugt von allem, was Christus gesagt hat und was in den Evangelien niedergeschrieben ist. Aber wir können uns nicht zu der gleichen Hingabe entschließen, wenn es um die Worte einfacher Sterblicher geht. Wir glauben beispielsweise weder, daß ein Heiliger eines Tages den Teufel selbst bekehrt, noch, daß ein kranker, ausgehungerter Mönch durch das Gebet gebratene Wachteln auf seinen Teller geholt hätte.«

Das waren zwei Beispiele, die Jean-Baptiste von Pater de Brèvedent kannte, der sie selbst aus dem Bericht der Jesuiten gehört hatte, die aus Abessinien vertrieben wurden. Die Geschichte von diesem heiligen Bezwinger Luzifers und dem Wachteln liefernden Mönch waren, wie ihm schien, Punkte, die auch innerhalb des koptischen Klerus diskutiert wurden. Diesmal zeigten die Anwesenden sichtbare Aufregung. Offensichtlich hatte Jean-Baptiste an lebhafte und tiefe Auseinandersetzungen unter ihnen gerührt. Der Ras gebot Schweigen. Alle faßten sich wieder. Nun trat ein kleiner Mann aus der Gruppe der Würdenträger vor. Er trug eine safrangelbe Mönchskutte. Seine vorstehenden Augen schienen schlecht zu sein, und er blickte wie durch einen Nebel.

»Wie viele Naturen hat Christus?« fragte er mit schriller Stimme.

Das war die zentrale Frage, um welche die Jesuiten lange gekämpft hatten, der Punkt, an dem sich die Kirchen zwölf Jahrhunderte zuvor gespalten hatten, eine theologische Angelegenheit von fast undurchdringlicher Vielschichtigkeit. Seltsamerweise hatten die Reisenden, als sie sich im Geiste auf die Befragung vorbereiteten, nicht an diese Frage gedacht, als sei sie zu offensichtlich oder zu schwierig, als würde niemand wagen, sie in ihrer ganzen rohen Einfachheit zu stellen. Maître Juremi sah Jean-Baptiste an, auf dessen Gesicht sich tiefe Überraschung abzeichnete.

Zehntes Kapitel

»Wie viele Naturen hat Christus?« wiederholte der Mönch.

Im Raum herrschte ein lastendes Schweigen. Alle Augen waren auf Jean-Baptiste gerichtet, der stumm blieb. Dann, mit einem Mal, wie von einer Inspiration erfaßt, richtete er sich auf:

»Wie viele Naturen Christus hat? Aber diese Frage müßte ich Ihnen stellen, Monsieur!«

Er ließ Hadji Ali Zeit zu übersetzen, dann fuhr er fort:

»Jeder darf nur von dem sprechen, was sein Gebiet ist. Ich bin Arzt, mein Freund kann Medikamente zubereiten. Das einzige, was wir ansonsten beherrschen, ist die Handhabung dieser eisernen Spieße, die wir zu Hause an der Seite tragen, man nennt sie Degen. Fragen Sie uns, was Sie wollen Monsieur, über Pflanzen oder Waffen. Wir werden versuchen, darauf zu antworten. Aber die Frage, die Sie uns stellen, geht den Theologen an, der Sie gewiß sind. Wir sind bereit, Ihre Lehren zu vernehmen.«

Jean-Baptiste beendete diese Antwort mit einer würdevollen Verneigung. In seiner weißen Toga, eine Hand auf dem Herz, blickte er den Ras und seine Begleiter mit entwaffnender Direktheit an.

Innerlich jedoch war er voll ängstlicher Spannung, als würde er auf einem schmalen Pfad am Rand eines Abgrundes wandeln. Sein Herz klopfte heftig, kalter Schweiß lief seinen Rücken hinab. Aber er zwang sich mit aller Gewalt, sich nichts anmerken zu lassen.

Ein langes Schweigen folgte dieser Erklärung. Man hörte nur aus dem Hof die Klagen von Männern und Frauen – wie einen Chor des Jammers.

»Bereitet Euch darauf vor, den König der Könige zu sehen«, sagte Ras Johannes schließlich in feierlichem Ton. »Da Ihr behauptet, ihn heilen zu können und da Ihre Majestät die Güte hat, sich Euren Anweisungen unterwerfen zu wollen, werdet Ihr vor seinem Antlitz zugelassen. Ich erkläre Euch jedoch, daß unser Herrscher mit niemandem in direkten Kontakt treten darf, am wenigsten mit Fremden. Ihr dürft ihn weder berühren noch Euch ihm nähern, sondern ihn nur anblicken und dem Mann lauschen, durch dessen Mund er spricht.«

»Aber das ist unmöglich«, rief Jean-Baptiste. »Wie sollen …«

Der Ras hob die Hand, um ihn zum Schweigen zu bringen.

»So ist es. Habt Ihr die Macht, ihn zu heilen, ja oder nein?«

Jean-Baptiste war verzweifelt über die Bedingungen, die ihnen gestellt wurden, weniger, was die Behandlung des Monarchen betraf – durch Hadji Ali wußte er ja ungefähr, woran dieser litt –, als wegen seiner Mission als Gesandter: Wie sollten sie unter diesen Umständen auch nur die geringste Botschaft übermitteln?

Der Ton des Ras duldete keinen Widerspruch. Poncet akzeptierte alles. Die Würdenträger verließen das Zimmer, und zu dritt erwarteten sie die königliche Audienz.

»Diese Details hast du uns verschwiegen« sagte Jean-Baptiste wütend zu Hadji Ali. »Wir werden nicht mit dem König sprechen können?«

»In der Öffentlichkeit ist er unnahbar«, sagte der Kameltreiber. »So lautet das Gesetz: Er hat nicht einmal das Recht, den Boden zu berühren. Er reitet mit einem Maultier bis zu seinem Thron und stellt den Fuß erst auf die Erde, wenn er auf dem Teppich angekommen ist, der unter seinem Sitz ausgebreitet liegt. Da auch das Maultier auf den Teppich geht, wie ihr sehen werdet, macht es oft seinen Haufen mitten in die persischen Motive. Aber das ist egal, alle Welt ist daran gewöhnt. Ihr habt sogar noch Glück: Die Lage hat sich etwas geändert. Früher sah man den Herrscher überhaupt nicht. Der Großvater des jetzigen erschien nur zwei- oder dreimal im Jahr. Er hörte seinen Ratgebern hinter einem Vorhang zu.«

»Warum spricht er nicht?«

»Das ist so. Er hat einen Beamten, um jedes seiner Organe zu vertreten. Es gibt das Auge des Königs, das ihm alles berichtet, was es am Hof sieht. Das Ohr des Königs lauscht für ihn. Es gibt den Chef seiner rechten Hand und den der linken, für die Armeen. Und ihr werdet den ›Serach massery‹ sehen, der mit lauter Stimme seine Worte wiederholt.«

»Macht er wenigstens seine Kinder selbst?« brummte Maître Juremi.

»Bleiben wir ernst, wir haben wenig Zeit«, sagte Poncet. »Was ist mit dem Heiligen, der seit fünfzig Jahren nichts mehr gegessen hat? Stehen wir in Konkurrenz zu ihm, oder ist er entlassen worden?«

»Er ißt erst seit zwanzig Jahren nichts mehr«, erwiderte Hadji Ali pedantisch. »Zwanzig Jahre! Ah, der Prophet würde solche Dinge nicht erlauben ... «

Er küßte seine Hand und blickte gen Himmel.

»Nein«, fuhr er fort, »der Herrscher hat ihm sein Vertrauen entzogen.«

»Bist du da ganz sicher?« fragte Maître Juremi. »Wir wollen ihm doch nicht sein täglich Brot rauben.«

Poncet sah den Freund wütend an.

»Entschuldige«, sagte der Protestant. »Das Warten macht mich nervös.«

»Heb dir deine Scherze bis zu dem Moment auf, wo sie uns die Augen ausstechen«, sagte Jean-Baptiste boshaft.

In diesem Augenblick kamen zwei Wachen, um sie zu holen. Sie folgten ihnen durch eine Reihe kleiner dunkler Kammern, leer und eisig. Nach einem kurzen Aufenthalt in der letzten betraten sie den Audienzsaal. Es war ein riesiger Raum, dessen dreigeteiltes Gewölbe auf sechs mächtigen, runden Säulen ruhte, die in der Mitte und in den vier Ecken standen. Die Menge der Höflinge stand im Hintergrund. Näher zum König hin gab es an den Seiten mehr sitzende Gestalten: Sie befanden sich außerhalb des herrscherlichen Gesichtskreises. All jene, auf die der Blick des Negus fallen konnte, mußten stehen, auch wenn sich die Audienz über Stunden hinzog.

Der Herrscher saß ganz hinten, in einer Art Alkoven, auf einem Thron, der wiederum auf dem Teppich stand, wo das Maultier diesmal keinen Unrat hinterlassen hatte. Ein Abstand von einigen Metern trennte den König von der ersten Reihe der Höflinge. Die Fremden wurden unter allgemeinem Schweigen nach vorn geführt. Jetzt hörten sie durch die Fenster, die auf den Hof hinausgingen, das Brüllen der gefangenen Löwen, welche die Berühmtheit des Königs der Könige ausmachten. Und immer noch ertönte, von der entgegengesetzten Seite, der Chor des menschlichen Klagens und Stöhnens, den die Reisenden während der Audienz mit dem Ras gehört hatten.

Wie sie vorher vereinbart hatten, ahmten Poncet und sein Gefährte alle Bewegungen Hadji Alis nach. Vor dem Herrscher angekommen, sahen sie, wie der Kameltreiber auf die Knie fiel und sich mit vorgestreckten Händen auf die Steinplatten warf. Sie taten es ihm gleich. Unglücklicherweise kniete sich Maître Juremi, dem es an Erfahrung fehlte, etwas zu weit nach vorn, so daß seine Hände, als er lang auf dem Boden lag, den königlichen Teppich berührten. Zwei Beamten zogen ihn unverzüglich ein stückweit zurück. Sie blieben liegen, bis der »Mund des Königs« sie wissen ließ, daß der Monarch ihnen erlaube, vor ihm zu stehen. Dann durften sie ihn ansehen.

Yasu I., König der Könige von Abessinien, erschien ihnen weit oben auf seinem Thron aus vergoldetem Holz, der mit indischen Stoffen bedeckt war. Sie konnten seinen Körper, der in einen scharlachroten Mantel gehüllt war, ebensowenig erkennen wie sein Gesicht, denn er trug langes Haar, das mit einem im Nacken geknoteten Musselindiadem zusammengehalten wurde und über die Schläfen herabfiel. Man sah nur seine feine Nase und die großen Augen, funkelnd und starr. Sein Mund war von den Enden eines gelben Seidenschals verborgen, der lässig um seinen Hals lag.

Wenn er sprach, vernahm man kaum den Klang seiner Stimme, ehe der Beamte, der diese weiterzutragen hatte, laut und deutlich die königlichen Worte wiederholte. Jean-Baptiste fiel auf, daß Hadji Ali während der Audienz nicht mehr übersetzte: Ein abessinischer Dolmetscher, der rechts neben dem »Mund des Königs« stand, hatte die Aufgabe, die offiziellen Sätze ins Arabische zu übertragen. Die Audienz war außerordentlich kurz. Der Negus bestätigte seine Bereitschaft, den Rat der Fremden anzunehmen, um das Leiden, das ihn quälte und über das keine weiteren Informationen gegeben wurden, zu lindern. Poncet übergab der »rechten Hand« die Botschaft, die er vom Pascha von Ägypten für ihn erhalten hatte. Der König der Könige sagte, daß er sich über die guten Absichten dieses Fürsten freue, mit dem er Handelsbeziehungen unterhielt und der dem Patriarchen von Alexandria erlaubte, den Abuna zu entsenden, das kirchliche Oberhaupt, von dem die abessinische Kirche abhängig war.

In dem sehr kurzen, aber schmeichelhaften Brief, den der Dolmetscher vorlas, wurden die ärztlichen Qualitäten Poncets erwähnt. Dieser wiederum garantierte für Maître Juremi, der nicht erwähnt wurde. Der Protestant überreichte einem anderen Beamten die Gabe für den König. Da sie nur als einfache Privatleute gekommen waren, mußten die Apotheker kein allzu prächtiges Geschenk machen. Auf Rat von Hadji Ali hatten sie eine Schachtel mit Rasiermessern mit Elfenbeingriff und einen Gobelinteppich von etwa einem mal anderthalb Metern ausgewählt, der eine Szene der Hirschjagd darstellte. Diese Geschenke verschwanden augenblicklich hinter dem Alkoven.

Ohne ihnen zu danken, entließ sie der Negus. Er sagte, er

erwarte am folgenden Tag ihre Heilmittel. Ras Johannes, der näher zum Thron getreten war, fügte mit drohender Miene hinzu, daß die Medikamente zuerst an drei Sklaven ausprobiert würden, dann an zwei Beamten und schließlich am Negus. Jede Anomalie bei einer dieser Verkostungen würde für die Fremden schlimmste Folgen haben. Schließlich erklärte er ihnen noch, sie könnten sich in der Stadt und im Land frei bewegen. Sie dürften mit jedem sprechen, aber wenn sie nur ein einziges Wort äußerten, mit dem sie ansatzweise den katholischen Glauben verbreiten wollten, würde die entsprechende Strafe sofort auf sie angewendet.

Sie streckten sich erneut auf dem Boden aus und verließen den Saal, schwitzend und zitternd wie Verurteilte.

Sie machten sich auf den Rückweg zu dem moslemischen Freund von Hadji Ali, aber ehe sie ankamen, rannte ihnen ein einfach gekleideter Bote hinterher, um ihnen zu sagen, daß sie ihre Koffer packen, sie auf die Pferde laden und ihm folgen sollten. Die Sachen waren schnell beisammen, da ihnen Hadji Ali alles gestohlen hatte. Sie warfen das wenige, das ihnen geblieben war, in einen Bettelsack, ihre europäischen Lumpen, die Bücher, die der Maure nicht las, den Medikamentenkoffer und natürlich ihre in Leinwand gewickelten teuren Degen. Der Mann geleitete sie zu einem Steinhaus direkt an der Palastmauer, auf der dem Eingangstor gegenüberliegenden Seite. Es mochte ursprünglich ein Wachhäuschen gewesen sein. Man betrat es durch einen engen Flur, der in Stufen mündete. Sie folgten dem Boten, der oben eine dicke Tür aufsperrte, indem er einen mächtiges Schloß öffnete. Er führte sie in ein Zimmer von bescheidener Größe, von einem großen Fenster erhellt, durch das vom Morgen an die Sonne hereinschien. Die Einrichtung bestand aus zwei Betten aus geflochtenen Lederbändern, zwei aus Holzblöcken gehauenen Hockern, einem Tisch und einem Glasstück als Spiegel.

Die Frage, die Poncet und seinen Gefährten beschäftigte, war die Bestimmung des großen Schlüssels, mit dem der Bote die Tür aufgesperrt hatte. Würden sie ihn bekommen, damit sie sich zu Hause fühlten? Würde man ihn jemand anderem anvertrauen, was bedeuten würde, daß sie Gefangene wären? Der Bote ließ ihn in der Tür stecken. Da er kein arabisch sprach, erfuhren sie nicht mehr.

Als sie allein waren, ließen sie sich jeder auf sein Bett fallen und blieben lange unbeweglich und schweigend liegen.

»Fühlst du dich nicht wie Jonas?« sagte Maître Juremi schließlich. »Ganz tief im Walfisch und ohne Chance, wieder rauszukommen?«

»Alles zu seiner Zeit«, sagte Jean-Baptiste und streckte sich. »Wir haben ein paar Hindernisse überwunden, warten wir auf die nächsten. Heute abend bereiten wir die Salben für den Herrscher vor, da uns Hadji Ali versichert, daß dieser an derselben Krankheit leidet wie er. Dann werden wir weitersehen.«

Nach diesen Worten schlief er ein, und Maître Juremi folgte ihm gern in den Schlaf.

Ein leises Klopfen an der Tür weckte sie. Es war nicht mehr ganz hell. Von der Straße drangen dunkle Schatten herein. Der Nachmittag war schon fast verstrichen. Der Mann, der ihr Zimmer betrat, war ein Jüngling von etwa zwanzig Jahren, klein und sehr schlank. Sein Gesicht war von Pockennarben entstellt. Die Krankheit hatte seine Haut anschwellen lassen, und seine Züge waren teigig, besonders die Nase, die kurz, aber rund wie eine Kugel war. Die Augen dagegen strahlten Intelligenz und Humor aus, der Mund lächelte und die Bewegungen waren voller Anmut. Nach diesen Kennzeichen und angesichts der schwarzen, leicht gelockten Haare hätte man ihn für den unglücklichen Bruder Jean-Baptistes halten können.

»Ich heiße Demetrios«, sagte er auf arabisch.

Es war deutlich zu hören, daß er wie ein Ausländer sprach. Er sagte ihnen, er könne auch griechisch, seine Muttersprache, das sie nicht beherrschten, und italienisch, das die beiden Franzosen in Venedig gelernt hatten. In dieser Sprache setzten sie das Gespräch fort.

Demetrios stellte sich als persönlicher Diener des Herrschers vor. Hadji Ali, der viel zu tun habe, könne sich nicht mehr ständig um sie kümmern, während er selbst so oft bei ihnen sein werde, wie sie es wünschten. Von jedem anderen wäre ihnen dies als die Vorstellung ihres neuen Gefängniswärters erschienen. Aber der junge Mann hatte eine so fröhliche und liebenswürdige Art, daß sie diese Erklärung ohne Mißtrauen, ja sogar mit einem gewissen Vergnügen vernahmen.

»Wollt ihr euch die Stadt ansehen? Ich kann euch zum Essen ausführen oder hier etwas zubereiten.«

Es war noch früh, und sie hatten kaum etwas von der Hauptstadt gesehen. Deshalb waren sie gern bereit, ihrem Führer nach draußen zu folgen.

Sie gingen zu Fuß. Die maurische Gestalt Hadji Alis war nicht mehr an ihrer Seite. Sie waren alle drei in den gleichen Baumwollstoff gekleidet. All das gab ihnen die angenehme Illusion, nicht mehr Ausländer zu sein, sondern sich frei unter einem Volk zu bewegen, das ihnen glich. Demetrios, ständig lächelnd, riß sie versehentlich aus diesem Glücksgefühl.

»So lange ich bei euch bin, habt ihr nichts zu befürchten«, sagte er. »Die Priester werden nicht wagen, euch zu ermorden.«

Nach diesen Worten begannen die beiden, jeden Passanten mißtrauisch zu betrachten. Scheinbar zeigten alle Abessinier die gleiche Ungerührtheit. Wenn die Franken vorbeigingen, sah man ihnen nicht nach, wandte den Blick aber auch nicht ab. Man hätte schwören können, daß sie nicht auffielen.

Von Zeit zu Zeit weiteten sich die Gassen, durch die sie kamen, oder kreuzten eine wichtige Hauptstraße. Einmal trafen sie auf eine lange Prozession, die sie vorüberziehen lassen mußten. Der Zug wurde von Priestern angeführt, die eine scharlachrote Toga und eine hohe, goldbestickte Haube trugen. Sie hielten dicke Stöcke in den Händen, an deren Spitze durchbrochene, geschnitzte Kreuze steckten, die mit anderen, bis ins Unendliche verkleinerten, ineinander verschlungenen Kreuzen bedeckt waren. Man konnte meinen, das Metall sei wie Rauhreif um die Grundform herum kristallisiert. Hinter ihnen liefen Krieger mit Lanzen, schwarzen Schilden und Hirschfängern an der Seite. Einige trugen um den Arm geschlungene schmale rote Stoffbänder. Demetrios erklärte ihnen, daß dies ein Ruhmeszeichen sei und daß jeder dieser Streifen den Tod eines Feindes symbolisiere. In der Mitte dieser schweigenden, ernsten Soldaten folgte der Gegenstand, dem die Prozession offensichtlich galt. Ein kräftiger Abessinier, der die anderen um einen Kopf überragte, trug, wie den Schaft einer Flagge einen langen, nach oben gerichteten Pfahl, an dessen Ende ein Querholz angebracht war. Über diesen Garderobenständer hing eine Art Jacke aus einem dunklen, seidigen Stoff, mit zwei Ärmeln und zwei zerrissenen, ungleichen Schößen, wie man sie an den befleckten, abgenutzten Prunkgewändern sieht, die Bettler zuweilen tragen. Aus dieser seltsamen Reliquie rann ein rosafarbener Saft.

»Oh, ich kann mir vorstellen, daß ihr empört seid«, sagte Demetrios mit seinem warmen Blick.

»Es sieht aus wie ... «, meinte Maître Juremi, der entsetzt die Augen aufriß, »... eine Haut.«

»Man muß die Gesetze dieses Landes in all ihren Nuancen erfassen«, sagte Demetrios. »Es gibt verschiedene Arten der Bestrafung. Die, welche ihr hier seht, ist gewiß außerordentlich selten, weil sie für ein Verbrechen angewandt wird, das glücklicherweise auch gar nicht oft vorkommt. Das Gesetz sagt, daß die Verräter, wenn es Feinde sind, geblendet werden.«

»Wir haben es gesehen.«

»Ja. Und nur wenn es sich um Freunde handelt, um Männer aus unserem eigenen Lager, aus unserer eigenen Familie sozusagen ... besteht die Strafe darin, sie lebendig zu häuten.«

Bei diesen Worten wandten Jean-Baptiste und sein Freund die Augen erneut zu dem widerwärtigen Balg, der im Wind schaukelte, dann blickten sie von Übelkeit erfüllt zur Seite. Die Prozession endete mit einer Gruppe von lächelnden Frauen und Kindern, die schweigend in die Hände klatschten.

Die drei Männer setzten ihren Weg fort. Demetrios spürte, daß die beiden Fremden von dem, was sie gesehen hatten, aus dem Gleichgewicht geraten waren.

»Beruhigt euch«, sagte er. »Ihr kommt in einem Moment, wo ein siegreicher Feldzug geendet hat. Die Gefangenen werden bestraft, man entlarvt die Verräter, man belohnt den Mut. Aber das Leben ist nicht jeden Tag so bewegt.«

»Wir sind sehr erleichtert, das zu hören«, sagte Maître Juremi. »Wenn dann also unsere Haut spazieren getragen wird, haben wir den Trost, dem Volk eine seltene Zerstreuung zu bieten.«

»Man wird eure Haut nie spazieren tragen!« sagte Demetrios und brach in fröhliches Lachen aus. »Das ist ganz und gar unmöglich.«

»Und wenn unsere Behandlung scheitert?« fragte Poncet.

»Nichts von all dem wird euch geschehen. Ihr seid die Gäste des Herrschers.«

»Waren die Jesuiten das nicht auch?« erkundigte sich Juremi.

»Oh, verzeiht«, antwortete Demetrios mit erhobenem Finger. »Die Jesuiten wurden nicht lebendig gehäutet, soviel ich weiß. Das Gesetz wurde bei ihnen ordnungsgemäß angewandt.«

»Das heißt?«

»Das heißt, daß man sie gesteinigt hat. Wenn wir zurückkehren, werdet ihr zwei Steinhaufen mitten auf einem Platz sehen. Die letzten Jesuiten, die man hingerichtet hat, sind noch darunter. Es ist verboten, sie anzufassen.«

»Nun, wir riskieren also die Steinigung«, sagte Poncet, der sich dem vertraulichen Gespräch mit diesem so ungezwungenen Burschen hingab.

»Langsam, langsam, ihr riskiert gar nichts«, meinte Demetrios, während er sie beide beim Arm nahm und neben sich her führte. »Der Herrscher schützt euch, und ich bin sein Diener. Kommt, wir wollen das Thema wechseln. Ihr werdet sehen, daß dieses Land noch viele andere Vergnügungen bereithält.«

Elftes Kapitel

Sie aßen in einem riesigen, halb unter der Erde liegenden Raum zu Abend, den man durch eine niedrige Tür betrat. Eine Frau in reifem Alter, groß und in ein langes weißes Baumwollkleid gehüllt, auf das ein buntes Kreuz gestickt war, hatte sie dort empfangen. Sie besaß jene strenge Schönheit, die sie allmählich als einen gemeinsamen Zug dieser edlen Rasse erkannten. Die Frau bat sie in ein kleines Séparée, das durch Musselinvorhänge vom Rest des Saales getrennt war. Hinter diesen Schleiern sah man Menschen umhergehen. Es gehörte zu den Gewohnheiten der Abessinier, niemals in der Öffentlichkeit zu essen, aus Angst vor den bösen Geistern, welche durch die Blicke von Unbekannten über die Nahrung in ihren Körper eindringen könnten. Während der Mahlzeiten verwandelten sich diese Lokale deshalb in eine Aneinanderreihung von enger Zellen mit Baumwollvorhängen, in denen sich die Speisenden in kleinen, auserwählten Gruppen voreinander verbargen. War das Essen beendet, wurden die Vorhänge zurückgezogen, und der Saal erschien in seiner Gesamtheit, mit all den Gruppen, die auf Hockern oder Teppichen um Tische mit buntem Flechtwerk saßen. Sie hatten von einem daumendicken Fladen aus Tef gegessen, einem fermentierten Getreide, das auf der Hochebene wächst. Darüber wurde reichlich scharfe Soße gegossen. Aus runden Tongefäßen mit langem Hals hatten sie einen öligen Met getrunken, scheinbar harmlos, der jedoch angenehm die Sinne verwirrte. Als die Vorhänge gehoben wurden und sie die anderen Gäste sahen, wunderten sich Poncet und sein Gefährte über die ebenmäßige Schönheit der Männer und Frauen, von denen sie umgeben waren. Sie betrachteten sie ungeniert und ihr Blick enthüllte eindeutig ihre Vorliebe für das weibliche Geschlecht.

»Paßt auf«, sagte Demetrios. »Die Sitten hier sind von großer Einfachheit. Dieses Volk kennt den Ehebruch als Sünde nicht, aber wenn es etwas gibt, worin man kein Pardon kennt, dann ist das die Würde. Bezeigt den Frauen immer eine hochmütigen, ja sogar mit Verachtung gemischten Respekt. Vermeidet es, sie anzusehen. Man beachtet euch trotzdem. Niemand schaut euch an, aber jeder sieht euch. Merkt euch das Folgende, wenn ihr mir meine Aufgabe nicht unmöglich machen wollt: Der Blick eines Unbekannten gilt hier als die größte Gefahr. Sobald ihr mit irgendeiner dieser Frauen allein seid – egal ob sie verheiratet oder eine Prinzessin ist –, könnt ihr von ihr alles bekommen, was ihr euch wünscht. Aber vorher dürft ihr sie nicht ansehen.«

Das Schauspiel der zur Schau gestellten Menschenhaut war ihnen noch in solch lebhafter Erinnerung, daß die beiden Fremden sofort damit aufhörten, ihre Blicke schweifen zu lassen. Sie wanden sich ostentativ Demetrios als einzigem Gesprächspartner zu.

Der junge Mann sprach ein gutes Italienisch. Er hatte ihnen erzählt, daß er fast der einzige in der Stadt sei, der diese Sprache beherrsche, die er von seiner Mutter gelernt hatte, einer Griechin sizilianischer Abstammung. Wie andere Händler war auch seine Familie über das Rote Meer in das Land gekommen und dort wohl oder übel geblieben. Seine Mutter hatte fünf Kinder, zwei davon von einem Abessinier. Demetrios war einer dieser Mischlinge.

»Ich war lange Zeit das schönste Kind der Stadt«, sagte er, während er sie aus seinem von Narben verwüsteten Gesicht ansah. »Aber dann kam die Seuche. Viele Menschen starben. Mein Leben wurde gerettet, alles andere ist mir egal. Nach dem Tod meiner Eltern hat mich der König in seine Dienste genommen, und sein Wohlwollen ruht seither auf mir. Wißt ihr eigentlich«, fuhr er mit einem kindlichen Gesichtsausdruck fort, »daß er ein äußerst menschenfreundlicher König ist?«

»Mir scheint«, gab Jean-Baptiste zurück, »wir haben einige überzeugende Beispiele dafür gesehen ... «

»Was denn!« rief der Jüngling. »Ihr seid immer noch mit diesen Zwischenfällen beschäftigt? Das ist nicht gut. Man darf die Herrscher nicht nach Kleinigkeiten beurteilen. Yasu ist ein guter König, das versichere ich euch, vielleicht der beste, den unsere Geschichte seit langer Zeit gekannt hat. Wollt ihr ein Beispiel dafür? Es gibt hier einen alten Brauch, nach welchem in dem Moment, wo der Negus den Thron besteigt, all seine Brüder und Schwestern, die nach ihm herrschen könnten, auf jenen unzugänglichen Hochplateaus eingesperrt werden, von denen es in diesem Land unzählige gibt. Sie werden ihr Leben lang in diesen Gefängnissen bewacht. Wenn sie fliehen, fängt und verstümmelt man sie, denn es heißt, daß ein Mensch, der nicht unversehrt ist, kein König sein kann. Nun, als Yasu zum Herrscher ernannt wurde, tat er sogleich Folgendes: Er stellte ein Gefolge zusammen und zog an den Fuß des Amba Wachine, dorthin, wo die Prinzen gefangengehalten wurden. Er gab Befehl, sie freizulassen, und erwartete sie. Ihr könnt euch das Schauspiel nicht vorstellen! Man sah eine ganze, erbärmliche Truppe den Berg hinuntersteigen. Es waren Greise darunter, so mager wie Hiob, in Fetzen, mit Eiter bedeckt. Das waren die Blutprinzen, die zu der dritten Generation vor Yasu gehörten. Und es gab Kinder. Einem Jungen hatte man ein Ohr abgeschnitten, weil er einen Sklaven überredet hatte, ihn unter seiner Toga zu verstecken und ihm zur Flucht zu verhelfen. Das sollte doch wirklich euer Mitleid wecken, denn schließlich waren sie keine Verräter oder Aufrührer, sondern einfach nur Prinzen. Diese Sitte war nicht nur ungerecht, sie war gefährlich, und Yasu hatte das wohl verstanden. Denn man kann sich vorstellen, daß die tapfersten dieser Gefangenen in ihren Herzen nur noch Haß auf den Herrscher empfanden und daß sie mit allen Mitteln versuchten, ihn abzusetzen. Wenn es einer feindlichen Partei gelungen wäre, dieses Gefängnis zu erobern, hätte sie sogleich über eine Menge legitimer Thronanwärter verfügt, die zu allem bereit waren, um sich zu rächen. Das ist schon vorgekommen. Nun, Yasu hat all diese Gefangenen, ohne zu zögern, freigelassen. Er hat befohlen, ihnen Kleider und Essen zu geben. Zwei Tage lang flossen Tränen der Freude und der Dankbarkeit.«

Der Met lockerte die Zunge des Plauderers und ließ seine Begleiter ruhig zuhören. Die beiden Reisenden saßen bequem auf weichen Teppichen, gewiegt von der Musik eines Krar, das ein alter Mann spielte, lauschten Demetrios und amüsierten sich über sein fröhliches Mienenspiel.

»Haben diese Prinzen ihre Tränen nicht schnell vergessen?« fragte Poncet. »Sind Ehrgeiz und Eifersucht tatsächlich erloschen?«

»Oh ja. Unser König hat seitdem mit seiner Familie nur noch zu tun gehabt, um von ihr geehrt zu werden. Nur einer seiner Cousins hat sich aufgelehnt.«

»Und ihm wurde bei lebendigem Leib die Haut abgezogen«, warf Maître Juremi ein.

»Ihr kennt also seine Geschichte?« fragte Demetrios verwundert.

»Nur das Ende.«

Der junge Mann lachte lauthals.

»Es gibt nicht nur die Familie«, fuhr er, wieder ernst, fort. »Die Balabat, das heißt unser Adel, und unsere Fürsten, die Gouverneure, die Stämme – alle in diesem großen Land bedrohen den König unaufhörlich. Und da sind die Gallas noch nicht einmal dabei. Am wenigsten Schwierigkeiten bereiten uns noch die benachbarten moslemischen Länder. Sie schnüren uns die Kehle zu, aber bekämpfen uns nicht mehr. Nein, wahrhaftig, unser König kennt keinen Frieden. Das ist das Los aller Könige. Aber der jetzige hat sich mit einem Feuereifer ans Werk gemacht, der ihn zu dem größten macht, den wir seit langer Zeit hatten. Er hat die Prinzen für sich gewonnen, die Stämme befriedet, die Gallas zurückgeschlagen, die Moslems Respekt gelehrt. Sein Werk ist unermeßlich groß.«

»Verzeih, wenn es mir an Respekt gegen ihn fehlt«, meinte Poncet, dem sich leicht der Kopf drehte, »aber ich kann mir nicht vorstellen, wie diese lebende Statue, die wir heute morgen gesehen haben, das alles vollbringen konnte. Steht er nicht ganz und gar unter dem Einfluß des Ras und all seiner Priester?«

»Der König?« fragte Demetrios. »Ihr macht wohl Scherze! Sie fürchten ihn. Sie verabscheuen ihn, weil er ihnen ihre Macht genommen hat. Niemals wurde der hohe Klerus so streng kontrolliert. Der König versteht nicht viel von der religiösen Lehre, aber er achtet auf ihre Autorität. Und er weiß, daß sie auf der Einheit ihrer Kirche beruht. Er hat die Streitereien zwischen Priestern und Balabat zum Schweigen gebracht. Er hält sie fest am Zügel. Und wenn er sich bei den Audienzen wie eine lebende Statue verhält, dann nur, um sie besser zu zwingen, diese Priester, Fürsten und Adligen, vor ihm stehenzubleiben, wie ihr es gesehen habt, bis sie vor Erschöpfung umfallen.«

»Gibt es nicht trotzdem unter ihnen jemanden, der etwas mehr Einfluß hat und der ihm beispielsweise Botschaften überbringen könnte?« fragte Jean-Baptiste, der noch immer an die Nachricht dachte, die ihm der Konsul mitgegeben hatte.

»Unter denen, die ihr gesehen habt? Niemanden. Aber es gibt andere Wege.«

»Dich beispielsweise?« fragte Jean-Baptiste und sah Demetrios an.

»Ihr erweist mir schon zuviel Ehre, wenn ihr nur daran denkt.«

Mit unsicherem Schritt kehrten sie in der Dunkelheit der Nacht zurück. Demetrios verließ sie an der Tür. Ehe er zu Bett ging, wühlte Jean-Baptiste in seinem Medikamentenkoffer und zog ein Heft heraus, in dem er Rezepturen und das Verhältnis der Mischungen notierte. Er steckte eine kleine Graphitmine in eine Tasche und das Heft in die andere.

»Morgen fange ich an, mir Notizen zu machen«, sagte er, während er sich völlig angezogen ausstreckte.

»Wozu?« fragte Maître Juremi, der sich beim Gähnen fast den Kiefer ausrenkte.

»Zunächst, weil es interessant ist. Außerdem, weil wir so den Weg finden, aus diesem Land wieder herauszukommen.«

Es war noch Nacht, als Jean-Baptiste hörte, wie sich der Schlüssel im Schloß drehte. Er tastete nach seinem Degen, den er unter seinem Bett versteckt hatte. Die Tür öffnete sich langsam, und eine Gestalt zeichnete sich im Licht eines Leuchters aus Ton ab, in dem eine kurze Kerze brannte.

Jean-Baptiste wartete, bereit zu handeln, als er plötzlich eine Klinge blitzen und Maître Juremis großen Schatten geräuschlos springen sah. Der Protestant war sogleich bei dem Eindringling und setzte ihm die Florettspitze auf das Herz. Der Unbekannte hob die Hände und mit ihnen die Kerze, die sein Gesicht erleuchtete: Es war Demetrios.

»Was willst du hier um diese Zeit?« donnerte ihm Maître Juremi an.

»Pst! Ich flehe dich an«, sagte Demetrios in einem Atemzug. »Mach keinen Lärm, und nimm den Degen von mir weg.«

Maître Juremi trat zurück. Demetrios schlüpfte ins Zimmer.

»Zieht euch an«, sagte er leise.

»Wir sind fertig.«

»Dann folgt mir. Ihr habt nichts zu fürchten.«

Die beiden Freunde wechselten einen Blick, steckten die Waffen ein und folgten dem jungen Mann. Anstatt das Haus zu verlassen, öffnete dieser eine Tür, die sie schon am Tag bemerkt und für den Zugang zum Dachboden gehalten hatten. Diese führte in einen schmalen Gang. Sie gingen noch durch zwei weitere Türen und erkannten an den behauenen Steinen, daß sie den Palast betreten hatten. Sie folgten Demetrios eine enge Wendeltreppe hinauf, in deren Wand Schießscharten eingelassen waren, durch die ein kalter Wind drang. Sie kamen an dem gezackten Zinnenweg heraus. Der Himmel war klar, ohne eine einzige Wolke, und in der Stadt sah man nur das schwache Licht der Wachposten und die Feuer der Soldaten. Das Himmelszelt war so dicht, so gleichmäßig gesprenkelt, daß man an einen Seidenstoff dachte, bei dem durch alle Löcher die doppelten Fäden des Nichts und der Sterne funkelten. Seit die Reisenden auf dem Hochplateau angekommen waren, ließ sie die Erde zuweilen vergessen, daß sie in der Fremde waren. Doch der Himmel erinnerte sie jederzeit daran. Zwischen zwei Zinnen erkannten sie das Kreuz des Südens.

Demetrios führte sie durch eine ganze Front von Mauern, und sie traten hinter ihm unter eine der kleinen Kuppeln, die sich an jeder Ecke des Schlosses erhoben. Diese Kuppel bildete das Dach eines quadratischen kleinen Saales. Darin standen ein Holztisch und vier Hocker. Auf einem davon saß ein Mann in einer einfachen weißen Tunika, die in der Taille von einem bestickten Gürtel zusammengehalten wurde. Er hatte einen Ellbogen auf den Tisch gestützt und neigte sich zu einem Leuchter. Bei ihrem Eintreten richtete er sich auf. An den Augen und der Form der Nase erkannten sie in der Person, die sie in aller Schlichtheit empfing, die lebende Statue, den unerschütterlichen Gott wieder, vor dem sie sich am selben Morgen auf den Boden geworfen hatten: Es war der König. Poncet zögerte einen Moment. Mußte man sich auch in diesem Zimmer in ganzer Länge auf den Boden werfen, was gewiß nicht sehr bequem sein würde? Um die Unversehrtheit seiner Haut zu retten, hätte Jean-Baptiste nicht gezögert, die schlimmsten Verrenkungen auszuführen. Aber mit einem Blick auf seine Gäste wies der König auf die Hocker, die neben ihm standen und rückte sogar in völliger Ungezwungenheit einen zurecht, der verdreht zwischen zwei Teppichen stand.

Sie begnügten sich mit einem kurzen Gruß und nahmen bei dem Monarchen Platz. Ohne Hofstaat, allein, strahlte der König der Könige nicht mehr Majestät aus als jeder seiner Untertanen, welche ohnehin bemerkenswert war. Zu der stolzen und strengen Haltung, einem gemeinsamen Zug aller Abessinier, gesellte sich bei ihm ein besonderer Ausdruck von Trauer, ja sogar Bitterkeit, der jedesmal sichtbar wurde, wenn sein Gesicht zur Ruhe kam. Er hatte den beiden Fremden zur Begrüßung ein gequältes Lächeln geschenkt, das sogleich verschwand, um wieder der Melancholie Platz zu machen. Vom Körperbau her war er für seine Rasse eher klein und sehr mager. Er mochte etwa vierzig Jahre alt sein und hielt sich leicht gebeugt. In seinen Augen gab es nicht einmal jenen lebhaften Glanz, der ein wildes, wenngleich schlafendes Herz vermuten ließ. Nein, dies war einfach ein müder, geschwächter Mann, dem man gern Mitleid entgegengebracht hätte, wenn man nicht gewußt hätte, daß er noch am Vortag die Ausführung abscheulicher Foltern befohlen hatte.

»Ich bin sehr glücklich, Euch zu sehen«, sagte er mit sanfter Stimme.

Demetrios übersetzte diese Worte ins Italienische.

»Es ist eine große Ehre für uns, Majestät ... «, begann Jean-Baptiste.

Der König unterbrach Demetrios' Übersetzung.

»Das ist unnötig«, sagte er. »Lassen wir das. Sie sind nicht mehr da.«

Poncet wußte nicht mehr weiter.

»Ihr habt den Priestern gut geantwortet«, fuhr der König mit teilnahmsloser Stimme fort.

Sie bemerkten, daß er von einem unaufhörlichen Juckreiz an Armen und Bauch gequält wurde.

»Ja, man hat mir Eure Worte berichtet. Sie waren geschickt gewählt. Ich glaube auch nicht an ihre Wunder. Man hat noch nie erlebt, daß sie auch nur das geringste Fieber geheilt hätten. All ihre seherischen Zeremonien sind Mummenschanz. Ihr wißt zweifellos, daß sie mir wegen des Kometen eine Niederlage prophezeit haben. Es ist immer dasselbe: Sie wollen meinen Ruin und rufen die Sterne an, um sich Mut zu machen. Aber was ist das nun wirklich für eine Religion, an die Ihr glaubt und die weder die katholische noch unsere ist?«

»Man nennt sie die Reform, Majestät«, sagte Poncet.

»Die Jesuiten haben nie darüber gesprochen, als sie hier waren.«

»Mit gutem Grund: Sie sind unsere schlimmsten Feinde.«

»Ich glaube Euch«, sagte der Herrscher.

Dann richtete er seinen müden Blick auf Maître Juremi und fügte ruhig hinzu:

»Ich hätte allerdings schwören können, er sei einer.«

»Ein Jesuit!« rief Poncet.

Maître Juremi war totenbleich.

»Ja, oder irgendein anderer Priester. Das ist so ihre Methode«, sagte der König, während er erneut Jean-Baptiste ansah. »Ihr seid Arzt, das verstehe ich, aber er hat sich Eurer Karawane angeschlossen. Wie ein Dieb oder wie ein Priester.«

Maître Juremi wollte aufspringen. Poncet packte ihn fest am Arm.

»Glücklicherweise«, fuhr der König fort, »hat mir Hadji Ali alles erzählt. Ich habe verstanden, daß dieser Mann Euer Partner ist und daß es die Franken waren, die sich geweigert haben, ihn mitreisen zu lassen. Macht Euch keine Sorgen. Ich vertraue Euch. Anscheinend seid Ihr geschickt in Eurem Beruf, und das ist das einzige, was mich interessiert. Wir haben wenig Zeit, ich muß Euch meine Krankheit zeigen.«

Die Flamme der Kerze zeichnete ihre Schatten in die Steinkuppel. Die hohe, bauchige Decke verlieh dem Raum etwas von einer Grotte. Aber das Morgengrauen stieg empor, und man konnte in der Dunkelheit schon das bläuliche Viereck einer schmalen Öffnung gen Osten erkennen.

Der Herrscher stand auf, löste unbefangen seinen Gürtel und legte die Tunika ab. Poncet trat zu ihm und untersuchte ihn schweigend.

»Ihr dürft mich anfassen«, sagte der König, der die Verlegenheit des Arztes bemerkte.

Poncet bat Maître Juremi, den Leuchter hochzuhalten, und begann die kranke Haut abzutasten. ›Was für ein Glück‹, dachte er, ›daß ich ihn untersuchen kann. Diese Krankheit hat nichts mit der von Hadji Ali zu tun.‹

Der König hatte auf der Brust und dem Oberbauch einen breiten Streifen, aus dem Flüssigkeit austrat und der an einigen Stellen eiterte und aufgesprungen war. Der Arzt suchte andere wunde Stellen, fand jedoch keine. Er drehte den Patienten mehrmals hin und her. Für jeden, der etwas außerhalb der Gruppe gestanden hätte, wäre es eine erstaunliche Szene gewesen: Der König der Könige, nackt und gebeugt, stellte ergeben seine Magerkeit und den Ausschlag zur Schau, der seinen Körper bedeckte. Neben ihm die kräftige Gestalt von Maître Juremi, der friedlich die Lampe hielt, und schließlich Jean-Baptiste, der völlig in die Untersuchung vertieft war und dabei den Kranken sanft berührte, weniger darauf bedacht, einem Herrscher zu gehorchen, als bei diesem

Menschen wie bei jedem anderen die Pflichten der Brüderlichkeit zu erfüllen.

»Tut es weh?« fragte Poncet.

»Ziemlich«, antwortete der Herrscher. »Aber der Schmerz ist belanglos. Das Schlimmste ist der Juckreiz.«

Auf ein Zeichen des Arztes kleidete er sich wieder an.

»Stellt Euch die mehrstündigen Audienzen vor«, begann der König. »Ich verspüre nur ein einziges Verlangen – mich mit den Nägeln zu zerkratzen. Aber ich darf mich nicht bewegen. Diese Hunde haben durch eine Indiskretion erfahren, daß ich krank bin. Das ist schlimm genug. Ich will nicht, daß sie mich auch noch leiden sehen oder irgendwelchen Reflexen nachgeben, die mir die Krankheit diktiert. Mein Wille muß ihnen unbezwingbar erscheinen. Sonst zerfetzen sie mich.«

Sie setzten sich wieder um den Tisch.

»Seid Ihr schon behandelt worden?« fragte Jean-Baptiste.

»Mehrmals. Bäder, Schlammpackungen, ein Puder, den mir die alte Frau gegeben hat, die meiner Mutter bei der Geburt beigestanden hat und behauptet, etwas von Medizin zu verstehen.«

»Das Ergebnis?«

»Immer schlimmer.«

»Und ...« Poncet zögerte, »der große Heilige, der seit zwanzig Jahren nicht gegessen hat?«

»Wie, das wißt Ihr nicht? Ich habe ihn Tag und Nacht überwachen lassen. Man hat ihm am Vortag seiner Ankunft erwischt, kurz vor Morgengrauen. Er saß auf allen Vieren in der Küche und war dabei, sich mit Oliven vollzustopfen. Ich habe befohlen, daß er sofort in sein Kloster zurückreist, um dort die Verdauung fortzusetzen.«

Sie lachten alle vier.

»Majestät«, sagte Poncet, »wir werden eine Salbe für Eure Krankheit zubereiten. Muß sie erst an den Sklaven ausprobiert werden?«

»Nein. Gebt den Priestern irgendein harmloses Mittel, damit sie es ausprobieren, laßt mir durch Demetrios direkt Eure Medikamente zukommen und erklärt ihm, wie man sie anwenden muß.«

»Ihr müßt auf jede andere Behandlung verzichten, während Ihr Euch der unseren unterzieht.«

»Seid ohne Sorge.«

»Und wir müssen Euch unbedingt in zwei Tagen wiedersehen, um die Wirkung zu beurteilen.«

»Diese Treffen sind gefährlich. Niemand darf davon erfahren. Man darf sie nicht zu oft wiederholen. Ich werde versuchen, es in zwei Tagen zu ermöglichen, aber seid nicht ungeduldig. Und, vor allem, bewahrt absolutes Stillschweigen.«

Der Tag war endgültig angebrochen, und der Saal wurde von einem blauen Licht erfüllt, in dem ihre Gestalten blaß und grau wirkten. Der Herrscher verließ sie und verschwand durch eine kleine Tür. Sie gingen zur anderen Seite hinaus, liefen wieder über den Wall und kehrten in ihr Haus zurück.

»Weißt du, was er hat?« fragte Maître Juremi.

»Ich fürchte ja, und es ist sehr ernst.«

Nach der fröhlichen und ernsten Zeit der ersten Geständnisse, dann der Vertraulichkeit, entwickelte sich zwischen Alix und Françoise eine gewisse Routine inmitten der Monotonie von Jean-Baptistes Pflanzen. Ihre Tête-à-Têtes wurden allmählich von der Gewohnheit ausgehöhlt und von Pessimismus erfüllt. Sie trafen sich immer am gleichen Platz, der, nachdem er in der ersten Zeit für sie die Anwesenheit jener beiden Männer symbolisiert hatte, auf die sie warteten, schließlich zum schmerzhaften Dekor einer Abwesenheit wurde, welche die eine wie die andere immer schwerer ertrug. Wegen Nichtigkeiten hatten sie zwei-, dreimal Streit, der sich sofort wieder legte, sie jedoch vor der Gefahr warnte, wenn sich nichts am Ablauf ihrer Begegnungen ändern würde. Da hatte Alix eine Idee.

»Was würden Sie sagen«, fragte sie Françoise, »wenn ich meine Mutter überzeugen könnte, Sie in ihre Dienste zu nehmen? Sie könnten bei uns arbeiten, und wir würden uns dort treffen. Ich würde allmählich Freundschaft für Sie bezeigen, und Ihre Gesellschaft würde mir erlaubt werden. Wir könnten zusammen spazierengehen und hierher kommen. Aber wir wären nicht mehr gezwungen, hierzubleiben, um uns zu sehen.«

Françoise war einverstanden. Man mußte nur noch einen Weg finden, Madame de Maillet zu überzeugen. Schon allein dieser Plan, noch ehe er gelungen war, brachte neue Bewegung in ihr Leben.

Alix erzählte ihrer Mutter immer öfter von einer Französin in der Stadt, die vom rechten Weg abgekommen sei und mit der sie Mitleid habe. Die arme Frau, die eine armselige Wohnung neben dem »Herbarium« bewohne, helfe ihr, die Pflanzen zu gießen und die Eimer zu tragen. Das junge Mädchen bat die Mutter zunächst um einige Piaster, um diese bescheidenen Dienste zu entlohnen. Dann, im Laufe weiterer Gespräche, erzählte sie vom Unglück dieser Frau, die nicht aus schlechter Familie stamme und die das Leben ohne jegliche Mittel in dieser feindlichen Stadt ausgesetzt habe. Sie klagten gemeinsam über das Elend auf der Welt, und Madame de Maillet dankte der gütigen Vorsehung, die sie selbst immer vor solchen Härten bewahrt hatte. Mutter und Tochter hatten einander wenig zu sagen. Françoise wurde zu ihrem bevorzugten Gesprächsthema. Als Madame de Maillet Alix eines Tages nach Neuigkeiten von ihrem Schützling fragte, sagte die Tochter, die beschlossen hatte, ihr den letzten Schlag zu versetzen, in gleichmütigem Ton:

»Oh! Sie ist getröstet. Sie hat ihre Entscheidung getroffen.«

»Und welche?«

»Ich weiß nicht, ob ich es Ihnen erzählt habe. Ein türkischer Händler, ziemlich reich, hat ihr vorgeschlagen, ihn zu heiraten. Sie wäre dann für immer versorgt. Natürlich hat sie lange geschwankt. Er ist anscheinend alt und häßlich. Aber letztendlich wäre sie nur seine vierte Ehefrau und würde mit den anderen dreien die Unannehmlichkeit teilen, seine Anwesenheit zu ertragen.«

»Wie entsetzlich!« rief Madame de Maillet. »Und bedeutet das auch, daß sie dem christlichen Glauben abschwört?«

»Genau das ist der Punkt, vor dem sie am meisten zurückgeschreckt ist. Sie ist sehr gläubig, und diese Verleugnung würde ihr große Schmerzen bereiten.«

»Na und«, fragte Alix' Mutter, »wie hat sie sich schließlich entschieden?«

»Der Türke hat sie überzeugt, daß die moslemische Religion

kein allzu schwerer Zwang ist. Es reicht, wenn man erklärt, daß Gott Allah ist und Mohammed sein Prophet. Mehr wird nicht verlangt. Christus wird dort als eine Art heiliger Vorläufer anerkannt, und nichts verbietet, weiter zu ihm zu beten. Kurz, dem Mauren ist es gelungen, die Unglückliche zu überzeugen, daß sie im Glauben nur wenig verlieren werde und daß sie außerdem sicher sein könne, sich jeden Tag satt zu essen.«

»Meine Tochter«, sprach Madame de Maillet, deren Blick von furchtbarem Entsetzen erfüllt war, »diese Frau wird sich aufgeben. Man darf nichts von dem glauben, was diese Ungläubigen erzählen. Sie haben die Heiligen Stätten erobert, unsere Kirchen zu Tausenden zerstört und zahllose Christen umgebracht. Wir müssen um jeden Preis verhindern, daß sie Türkin wird. Sie würde bei diesem Leben nicht nur sterben, denn diese Männer sind nach dem, was man sagt, gegenüber ihren Ehefrauen von außerordentlicher Roheit, sondern sie würde sich obendrein auch noch für die Ewigkeit in die Hölle stürzen.«

Die beiden Frauen suchten nach einer Lösung, um diese Katastrophe zu verhindern. Schließlich erwähnte Alix, man könne doch Françoise als Dienerin einstellen. Ihre Mutter erwog diese Möglichkeit.

»Ja«, sagte sie schließlich, »ich werde darüber nachdenken: Seit unsere Wäscherin nach Frankreich zurückgegangen ist, habe ich Monsieur de Maillet oft gebeten, sie zu ersetzen. Er hat immer behauptet, es gebe in der fränkischen Kolonie niemanden, der diesen Dienst ausführen könne. Ich glaube, es war eher Sparsamkeit, daß er diese Stelle nicht wieder besetzt hat. Ihr Vater ist so bescheiden beim Ausgeben der Staatsgelder.«

»Ich fürchte allerdings, daß er dabei nicht spart«, sagte Alix lebhaft, die diese Idee begeistert aufgenommen hatte. »Die beiden nubischen Sklavinnen, die hier die Wäsche machen, haben uns doch schon die Farbe mehrerer Kleider verdorben, wenn sie die Wäsche einmal nicht mit zuviel Soda verbrennen.«

»Ganz zu schweigen von den Bügelarbeiten, das sind wahre Massaker. Aber leider schenkt Ihr Vater dem keine Aufmerksamkeit. Das einzige Mal, daß ich gehört habe, wie er sich beklagte, war, als er vor einigen Monaten seine schönen Strümpfe aus apfelgrüner Seide nach einer Woche ziegelrot wiederfand, weil die Nichtswürdigen diese mit einem meiner Mäntel eingeweicht hatten.«

»Da sehen Sie doch«, beharrte Alix. »Ich bin sicher, daß man ihm den Vorteil, also die Einsparung, vor Augen führen könnte, welche die Einstellung einer Wäscherin bedeuten würde. Mein Vater wird sagen, er habe keine Zeit, jemanden zu finden; alles wird sich bestens fügen, weil wir sie ihm bringen.«

Alix redete so lange auf die Mutter ein, bis diese sich bereit erklärte, einen Versuch zu unternehmen. Was sie möglicherweise nicht getan hätte, um ein Menschenleben zu retten, das in der Hand Gottes liegt, wollte die fromme Frau gern tun, um eine Seele zu retten, die im Begriff stand, sich vom wahren Glauben abzuwenden.

»Wie wollen Sie meinem Vater die Angelegenheit vortragen?«

»Ich kenne ihn gut. Bei ihm nützt es nichts, etwas zu verbergen. Ich werde ihm die ganze Wahrheit sagen, wie Sie sie mir erzählt haben.«

Alix gelang es, ernst zu bleiben, aber als sie der Freundin diese letzte Antwort wiedergab, lachten sie lange darüber.

Monsieur de Maillet ließ sich überzeugen und bewilligte seiner Frau die Einstellung einer Wäscherin für eine Probezeit von zwei Wochen. Françoise stellte sich im Konsulat vor und wurde kurz dem Konsul vorgeführt, der sich nicht zu den Angelegenheiten der Dienerschaft herabließ. Sie verstand es, das Herz von Madame de Maillet zu erobern. Von Anfang an arbeitete die neue Wäscherin hart. Der Konsul, der gewöhnlich kaum etwas bemerkte, mußte zugeben, daß sich das Haus in den zwei Wochen veränderte. Seine Anzüge erstrahlten wieder im alten Glanz. Mit einem Präparat aus den Pflanzen Poncets war es Françoise sogar gelungen, den Strümpfen des Konsuls ihre ursprüngliche Farbe wiederzugeben. Die Damen trugen nunmehr weiße Spitzen, nicht mehr vergilbte wie zuvor. Schließlich – der größte Erfolg – war es Françoise mit sanfter Entschlossenheit gelungen, sich nacheinander der beiden Anzüge zu bemächtigen, die Monsieur Macé besaß und die einander an Schmutz zu überbieten suchten. Eines Morgens, als ihm sein Sekretär einige Unterlagen brachte, hatte der Konsul das Gefühl, daß etwas fehlte. Er schaute in alle Ecken des Zimmers, ohne etwas Ungewöhnliches zu entdecken. Dann plötzlich hob er die Nase in Richtung von Monsieur Macé, der vor ihm stand, und begriff mit dem Erstaunen und der Langsamkeit, die typisch ist, wenn man etwas entdeckt, was verschwunden ist, daß sein Sekretär nicht mehr schlecht roch. Françoise wurde eingestellt.

Wie geplant, setzten Alix und sie ihre Freundschaft im Konsulat fort. Das Mädchen kümmerte sich jeden Morgen um die Pflanzen. Sie tat es nun allein und blieb nicht mehr so lange wie zuvor. Dann kehrte sie zurück und schlenderte durch das Haus. Der Raum, den Monsieur de Maillet und seine Angestellten im Konsulat einnahmen, beschränkte sich auf den Flügel der Repräsentationsräume, das heißt, das Zimmer mit dem Porträt des Königs, einige benachbarte Arbeitszimmer und in der ersten Etage die oft leerstehenden Schlafgemächer für hohe Gäste. Madame de Maillet verließ ihr Zimmer kaum. Der übrige Teil des großen Hauses, die Eingangshallen, die Flure, das Zimmer von Alix, die Boudoirs, die Küchen, die Diensträume, die Waschküche waren für die Begegnungen der beiden Freundinnen wie geschaffen. Die Vielfalt der Räumlichkeiten verlieh ihrer Vertraulichkeit den Reiz des Neuen, die Pikanterie der notwendigen Heimlichkeit und neue Nahrung aus tausend Gesprächen, die zwei muntere Frauenzimmer in einem so großen Haus belauschen konnten.

Zwölftes Kapitel

Gleich am Morgen nach der Untersuchung, die ihnen der Herrscher an seinem Körper gestattet hatte, bereiteten Jean-Baptiste und Maître Juremi zwei Heilmittel vor: das, was sie dem König geben würden, und ein anderes für die Versuche der Priester.

Am Nachmittag führte sie Demetrios außerhalb der Stadt in eine große Kirche, wo eine Weihfeier stattfand, die jedes Jahr Tausende von Gläubigen anlockte. Die Sonne strahlte vom Himmel. Von Foltern war nichts mehr zu sehen. Man erblickte nur eine Menge von weißgekleideten Frauen und Kindern mit schwarzen

Sonnenschirmen, die fröhlich auf kleinen Eseln einhertrabten. Greise stützten sich im Gehen auf ihre langen Schäferstöcke. Viele Priester und Mönche mit Kutten in lebhaften Farben trugen Prozessionskreuze. Die höchsten Würdenträger verbargen sich vor der Sonne unter großen roten und schwarzen Schirmen, die mit silbernen Glöckchen verziert waren und von kleinen Sklaven geschwenkt wurden. Alle strebten einem Zedernwald zu. Die gewundenen Äste der Bäume rankten sich bis zum Boden und dienten den Kindern als Balancierstange. Die Kirche selbst war kaum zu erkennen. Sie war achteckig, und ihr rundes Strohdach ruhte auf gekappten Stämmen der großen Zedern, die acht Fuß von den Mauern entfernt im Kreis gepflanzt waren. Diese natürliche Kolonade war durch Hinzufügung eines Knüppelholzbodens zwischen Stämmen und Kirche in eine kreisförmige Galerie verwandelt worden. Demetrios gelang es, die Reisenden, nachdem sie die Schuhe ausgezogen hatten, in diesen ersten Rundgang zu führen. Dort sahen sie Ikonen aus verschiedenen Epochen. Manche zeugten von byzantinischem Einfluß, aber die meisten wiesen Züge eines besonderen abessinischen Stils auf. Die Augen der Heiligen schienen ein Eigenleben zu gewinnen, unabhängig von den Gesichtern, welche sie ganz und gar beherrschten. Die Haut der Heiligen war hell, ein Zeichen der Göttlichkeit und geheimnisvolles Merkmal des Heiligen, wie etwa die Verwendung einer toten Sprache für das Gebet. Aber die Züge waren den lebenden Modellen des Landes abgeschaut, so daß diese Ikonen mit ihren erstarrten Gesten und der strengen Ordnung gewöhnliche Frauen und Kinder zur Würde Christi und der Gottesmutter zu erheben schienen.

Nach der Rückkehr zeigte Demetrios ihnen den Palast. Er führte sie in den Hof, an dessen Eingang sie auf dem Weg zur Audienz beim König vorbeigekommen waren. Auf ein Zeichen des jungen Mannes ließen die Wachen sie an den Käfig herantreten, in dem die vier Löwen des Negus schliefen, ein männliches Tier und vier Weibchen, von denen eines noch sehr jung war. Der Käfig war mit dicken Eisenriegeln verschlossen. Einen Moment lang fürchtete Poncet, daß Demetrios bei dieser Gelegenheit wieder zu einer Schilderung von Foltern ausholen würde. Doch dieser erklärte ihnen nur, daß die Löwen dem Herrscher und nur ihm allein gehörten, daß er sie jeden Morgen mit Fleischwürfeln fütterte, die ein Sklave ihnen in seinem Beisein vorwarf, und daß niemand ihre Ruhe stören dürfe. Sie waren erleichtert, das zu hören.

Am Nachmittag übergab ihnen Demetrios schließlich mehrere schmeichelhafte Einladungen in vornehme Häuser der Stadt. Noch am selben Abend begaben sie sich in einen dieser Paläste. Die Gastgeber hatten für alles gesorgt, was dazu angetan war, die Fremden zu erquicken: erlesene Gerichte, Met im Überfluß und eine kleine Gruppe von Musikanten und Sängern. Poncet, der sich am Nachmittag ausführliche Aufzeichnungen gemacht hatte, konnte seine Beobachtungen nun fortsetzen. Etwas fiel ihm besonders auf: Offensichtlich war es der Brauch, daß sich die Männer – die Abessinier kannten weder Löffel noch Gabel – bei der Nahrungsaufnahme nicht besonders anstrengen mußten. Meist bereiteten ihnen ihre Nachbarinnen kleine Häppchen zu und fütterten sie damit. Poncet saß neben einer eindrucksvollen Dame reiferen Alters, deren weites Kleid aus bestickter Baumwolle kräftige Formen ahnen ließ. Mit blankem Entsetzen sah er zu, wie sie, kaum daß die Sklavin den Fladen und die Saucen auf den Tisch gestellt hatte, mit ihren langen Fingern voller Goldringe eine Kugel formte, diese in eine rote Flüssigkeit tunkte, deren Schärfe selbst für das bloße Auge geradezu sichtbar war, und das ganze mit einer entschlossenen Bewegung, die keinen Widerspruch duldete, in seinen, Jean-Baptistes, Mund schob, der bald furchtbar zu brennen begann. Den zweiten Bissen mußte er schon mit Tränen in den Augen annehmen. Maître Juremi erlitt die gleiche Behandlung von der zarten Hand eines jungen Mädchens, das zu seiner Rechten saß. Die anderen Männer waren offenbar über diese Handreichungen keineswegs schockiert. Dagegen zeigten sie ihre Mißbilligung, sobald Poncet oder sein Freund versuchten, sich diesem Mästen zu entziehen, mit der armseligen Ausrede, sie hätten keinen Hunger mehr.

Diese Qualen endeten erst, als ihre grausamen Folterknechte der Meinung waren, sie hätten genug gegessen, oder vielleicht einfach in dem Moment, da sie – aus Erfahrung – fürchten mußten, ihre Opfer würden es nicht überleben. Nun gossen sie Ströme von Met auf das innere Feuer, womit sie die Bedauernswerten ins Schwitzen brachten. Später zerstreuten sich die Gäste im Haus. Einige traten auf die Terrasse und genossen den Kaffee im Mondlicht. Poncets strenge Begleiterin winkte ihm jedoch, ihr zu folgen, und Maître Juremi verschwand im Schlepptau der seinen in eine andere Richtung.

Beide nahmen an, man führe sie in ein Bad, wo sie ihre verquollenen Gesichter und die noch immer von der Schärfe der Gewürze brennenden Lippen erfrischen konnten. Statt dessen fanden sie sich in dunklen, mit Stoffen behangenen und mit Kissen übersäten Zimmern wieder. Ohne ein Wort entkleideten sich ihre Gastgeberinnen. Dann übernahmen sie ebenso, wie sie über ihre Ernährung entschieden hatten, die Erfüllung ihrer anderen Bedürfnisse. Ein kurzer Versuch des Aufbegehrens überzeugte die Freunde von der Hellsichtigkeit Machiavellis: Das, was man nicht verhindern kann, muß man wollen, hatte der Florentiner geschrieben. Dieser offensichtlichen Wahrheit folgend, trugen sie ihren Teil zu dem Unternehmen bei. Nach den langen Tagen in der Wüste entdeckten die beiden Reisenden die Wollust wieder, deren Geschmack sie fast vergessen hatten, und sie waren überrascht – aber nicht enttäuscht –, daß sie ihnen in dieser unerwarteten Form zuteil wurde. Etwas später kehrten sie in die Salons zu den anderen Gästen zurück. Demetrios bot sich an, die beiden Franken nach Hause zu begleiten. Sie verabschiedeten sich von den Männern, die einen verzückten Eindruck machten – vielleicht waren die Ehemänner ihrer Wohltäterinnen darunter –, und von den Frauen, die, ernst wie stets, würdevoll ihren respektvollen Gruß entgegennahmen.

Sie gingen zu Bett, fassungsloser denn je. Diese fleischlichen Genüsse waren weit davon entfernt, Jean-Baptiste von den Gedanken an Alix abzubringen. Im Gegenteil, ihre Abwesenheit schmerzte nun mehr denn je. Er träumte von ihr, mischte die Erlebnisse des Abends mit den Erinnerungen an das Mädchen und verbrachte eine herrliche Nacht.

Am nächsten Tag standen sie spät auf und gingen zum Kräutermarkt, wo sie in Kisten und großen Haufen all die seltenen Arten fanden, von denen ihr moslemischer Gastgeber ihnen Proben mitgebracht hatte. Sie plauderten mit den Händlern und trafen zwei Männer vom Lande, deren Beruf es war, in den abgelegensten und oft unzugänglichsten Gebieten aromatische und medizinische Pflanzen zu sammeln. Als sie diese über die Verwendung der vielfältigen Körner und Blätter befragten, stellten Poncet und Maître Juremi mit Entsetzen fest, daß die Arzneikunde in diesem Land am besten auf dem Gebiet der Gifte entwickelt war. Wie in Europa war also auch hier die Lehre von den Todestränken schon sehr früh zu einer exakten und überprüfbaren Wissenschaft geworden – zu einer reichen, gedeihenden Verwandten der Medizin, die nur ein anfechtbarer, von Vermutungen lebender und, wie mancher meinte, sehr viel weniger nützlicher Zweig der Wissenschaft war.

Am Abend begaben sie sich zum Diner in ein anderes Haus. Angesichts der Erfahrungen vom Vortag, tranken sie wenig und bestanden darauf, sich selbst mit Nahrung zu versorgen. Vor dieser Hartnäckigkeit kapitulierten die anwesenden Frauen, und die beiden Freunde konnten die Mahlzeit beenden, als ihnen danach war. Anschließend ließen sie sich neben der Dienerin nieder, die den Kaffee bereitete, und stellten ihren Nachbarn unzählige Fragen, die von ihrem Interesse an der abessinischen Literatur zeugten. War dies anfänglich nur als List gedacht, um erneuten Angriffen durch die Frauen zu entgehen, so eröffnete sich ihnen nun die ganze Welt der abessinischen Poesie.

Demetrios hatte große Mühe, die Texte, die man ihnen vortrug, ins Italienische zu übersetzen. Er erklärte ihnen, daß die Schönheit dieser Verse auf dem Gegensatz beruhe. Es sei wie der Unterschied zwischen Wachs und Gold, wie die Äthiopier es beschrieben. Das Wachs ist das Material, aus dem die Form besteht, in welcher der goldene Schmuck gegossen wird. Diese Form ist im Grunde simpel und aus billigem Stoff, aber wenn man sie zerbricht, entdeckt man darin einen verborgenen Juwel. Die poetischen Sätze verbergen unter der trügerischen und glanzlosen Erscheinung des oberflächlichen Sinns durch tiefgründige Wortspiele eine andere Bedeutung, voller Tiefe, Glanz und Weisheit. In der Übersetzung ging dieses Schillern verloren. Jean-Baptiste und sein Freund lauschten den Gästen, die schöne Verse zitierten, zunächst in der Wachsform. Die Mimik der Vortragenden zeugte von Niedergeschlagenheit und Langeweile. Dann aber sprachen die Abessinier mit kaum wahrnehmbaren Variationen im Ton und Sinn die goldenen Sätze, und plötzlich erstrahlten ihre Gesichter vor Bewunderung und Wollust.

Man verabschiedete sich begeistert voneinander. Jean-Baptiste und sein Freund beglückwünschten sich auf dem Heimweg, weil sie so vernünftig gewesen waren und poetische Darbietungen jeglichen anderen Vergnügungen vorgezogen hatten. Sie kamen deshalb früh und mit klarem Kopf ins Bett. Ehe sie einschliefen, sprachen sie noch einmal darüber, wie sie sich dem Herrscher gegenüber verhalten sollten. Jean-Baptiste schlug vor, an der Oberfläche der Dinge zu bleiben und mit dem König nur über die Symptome zu sprechen. Maître Juremi jedoch, der von einer tiefen Wahrheitsliebe erfüllt war, empfahl ihm größere Aufrichtigkeit: Er solle dem König zumindest die Möglichkeit andeuten, daß seine Krankheit ernster sei. Wachs oder Gold, da waren sie wieder beim Thema. Sie schliefen ein, ohne etwas entschieden zu haben.

Im Morgengrauen weckte sie Demetrios wie vorgesehen, und sie begaben sich ein zweites Mal zum König in seinem Turm.

Sie fanden ihn in heller Aufregung. Sobald sie eingetreten waren, sagte Yasu mit einem strahlenden Lächeln zu ihnen:

»Ihr habt mich geheilt.«

Jean-Baptiste und Maître Juremi verzogen keine Miene.

»Ich kratze mich nicht mehr. Ich habe keine Schmerzen mehr. Die größten Schorfflecken sind abgefallen, und die eiternden Stellen trocknen aus. Wahrhaftig, wenn ich meine Überzeugungen – und Eure – vergessen wollte, würde ich sagen, es ist ein Wunder. Seht nur.«

Er begann, seine Tunika wie ein Hemd auszuziehen, also ohne den Gürtel zu öffnen, indem er nacheinander beide Ärmel abstreifte.

Poncet sah sich die Wunden an.

»Es ist tatsächlich sehr viel besser«, sagte er nüchtern.

»Ihr seht nicht sehr begeistert aus«, sagte der König. »Ich verstehe. Ihr seid vorsichtig. Ihr wollt sicher sein, daß es dabei bleibt. Ihr habt recht, aber laßt mich trotzdem sagen, daß ich Euch selbst dann, wenn diese Erleichterung nur vorübergehend wäre, sehr dankbar bin. Ihr habt mir Stunden des Friedens nach Monaten der Qual geschenkt.«

»Majestät«, sagte Poncet schließlich. »Was wir sehen, ist tatsächlich ermutigend. Es gibt allen Anlaß zu der Annahme – da Eure Krankheit deutlich auf die Behandlung reagiert –, daß es in den nächsten Tagen weitere Besserung geben wird. Aber … «

Er warf einen Blick auf Maître Juremi, wie ein Soldat, der einer schweren Mission entgegengeht.

»… Ihr müßt etwas Wichtiges erfahren«, fuhr er fort.

»Ich höre Euch zu.«

»Die Krankheit, an der Ihr leidet, kann gemildert werden. Fast vollständig und für lange Zeit, aber sie kann nicht geheilt werden. Sie wird wiederkehren. Ihr müßt lernen, damit zu leben… «

Er ließ einen Augenblick verstreichen. Der König sah ihn starr an, ohne zu blinzeln. Jean-Baptiste hörte sich den Satz vollenden und war selbst darüber erstaunt:

»… und daran zu sterben.«

Nachdem Demetrios diese Worte übersetzt hatte, starrte er den König an, um seine Antwort abzuwarten. Sie kam nicht sofort. Der Negus stand auf, lief in eine Zimmerecke, verschwand fast im Schatten, dann kam er zurück und sagte:

»Ich mag nicht, was Ihr mir sagt, aber ich mag Eure Sprache. Es ist nicht die der Schmeichler und Scharlatane. Ihr habt recht, wenn Ihr annehmt, ich könne es ertragen.«

Er machte eine Pause, den Blick in der Flamme des Leuchters versunken, dann wieder auf Jean-Baptiste gerichtet.

»Nach welcher Zeit wird die Krankheit über mich siegen?«

»Ich weiß es nicht«, sagte Poncet.

»Das stimmt nicht«, schrie der König aufgeregt in autoritärem, wütendem Ton. »Welche Zeit?«

Jean-Baptiste war verwirrt.

»Nun, also, ich glaube … Es gibt, glaube ich, kein Beispiel, daß jemand, der diese Krankheit hatte … noch mehr als zwei Jahre gelebt hätte.«

Der König empfing dieses Urteil in vollkommener Unbeweglichkeit. Er richtet sich leicht auf, ließ die Stille fortdauern.

»Der Tod«, sagte er schließlich, »bedeutet nur wenig für mich selbst. Ich kann morgen sterben. Ich bin bereit.«

Er setzte sich wieder, als wolle er seinen Worten die Feierlichkeit nehmen.

»Aber ich habe eine Mission zu erfüllen.«

Sein Ton klang jetzt sehr vertraulich. Er wirkte völlig ruhig und nur von dem Wunsch erfüllt, seine Gedanken zu äußern.

»Mein ältester Sohn«, fuhr er fort, »ist fünfzehn Jahre alt. Er ist noch schwach und leicht zu beeinflussen. Ich mag die Erziehung nicht, die ihm die Priester und der Hof während meiner langen Abwesenheit geben. Ich kann erst aus diesem Leben scheiden, wenn ich ihn sicher auf den Thron gesetzt habe. Sonst wird das, was drei Generationen von Königen geschaffen haben, zerstört.«

Er sah wieder starr in die Kerze, an der langsam ein Tropfen Talg herabrann.

»Zwei Jahre!« sagte er.

Er stand auf, ging zu einem anderen Stuhl neben der Tür, durch die er gekommen war. Darauf lag eine weiße, zu einem Rechteck gefaltete Stola. Er warf sie über seine Schultern und hüllte sich darin ein.

»Als mein Großvater die Krone erbte«, erzählte er, »herrschte im Land völlige Anarchie. Unsere Feinde hatten es zerstört, unsere Vasallen ihre Freiheit zurückgewonnen, die Priester diktierten dem Herrscher ihren Willen. In den Dörfern starben die Menschen vor Hunger ... «

Der König wandte sich um und kam auf die Freunde zu.

»Man sah die Bauern ihre Toten verschlingen ... «

Poncet senkte die Augen. Maître Juremi starrte in den Schatten.

»So war dieses Land. Man mußte ganz von vorn anfangen: die königliche Autorität wieder herstellen, die Feinde vertreiben, die Fürsten unterwerfen, die Priester bändigen. Basilides, mein Vorfahre, hat ruhmreich damit begonnen, er hat diese Stadt gegründet, Gondar, eine neue Hauptstadt, fern von der Korruption, die in Aksum herrschte, dem jahrhundertealten Königssitz. Dann kam sein Sohn, mein Vater, ebenso integer, ebenso ruhmreich, ebenso entschlossen. Ich, der ihm folgte, hatte das Glück, lange Zeit zu herrschen, das Erbe einzuholen und die Früchte zu ernten. Ich habe die Lasten gemildert, die das Volk drückten, ich habe die Wegegelder abgeschafft, die das Land ebenso in Stücke teilten, wie es Räuber getan hätten. Vor allem aber habe ich das

Gesetz angewandt. Es ist hart, zweifellos, aber es ist das unserer Väter, und jeder kennt es, jeder ist vor ihm gleich.«

Langsam dämmerte der Morgen herauf. Eine violette Wolke teilte das Fenster: oben die Nacht, unten ein blasses Licht.

»All das haben wir allein vollbracht, versteht Ihr? Allein. Schon seit langer Zeit erwarten wir keine Hilfe mehr von unseren Nachbarn. Sie sind Mohammedaner: Sie hassen uns. Aber wir mußten uns außerdem vor denen hüten, die wir lange, ohne sie zu kennen, für unsere Freunde gehalten hatten, unsere Brüder, unsere katholischen Verwandten jenseits der Meere. Als die Türken vor einem Jahrhundert dieses Land angriffen, glaubten die Könige jener Zeit, sie könnten die Portugiesen zu Hilfe rufen. Sie sind gekommen. Christoph da Gama, Sohn des großen Vasco, hat sogar sein Leben für uns gegeben. Aber sie haben uns nur gerettet, um uns dann ihre Jesuiten zu schicken. Als diese ankamen, wußte niemand hier, daß es Priester waren. Unsere Vorfahren haben sie herzlich empfangen. Waren sie nicht unsere Brüder in Christus? Als sie davon sprachen, daß wir dem Papst gehorchen und uns der katholischen Gemeinschaft anschließen müßten, gab es von unserer Seite keinerlei Einwände. Stellt Euch das vor! Wir hatten so darunter gelitten, von der Welt abgeschnitten zu sein ... Voller Freude schickten wir uns an, zu ihr zurückzukehren. Wir haben die Jesuiten lediglich gebeten, und das war wohl das Geringste, uns die theologischen Argumente darzulegen, welche die Überlegenheit ihrer Interpretation der Evangelien über unsere bewiesen. Unsere Priester waren ohne Hintergedanken, aber mit all ihrem Wissen zum Disput bereit, und diese Jesuiten, ihrer selbst so sicher, mußten zugeben, daß sie keine Antworten auf unsere Fragen wußten. Sie kehrten verdrossen nach Rom zurück. Der Papst schickte andere, die mehr wußten, aber vor allem bereit waren, jedes Mittel einzusetzen. Wir hielten sie für Brüder, und sie handelten wie wahre Feinde. Unser schwacher Punkt war zu jener Zeit der König. Der arme Mann war leicht zu beeinflussen: Er beugte sich den Angriffen der Jesuiten, die ihn zu den schlimmsten Entscheidungen trieben. Er erklärte schließlich, daß er kraft seiner alleinigen Autorität die sofortige Konversion des Landes befehle. Und wir haben verstanden, leider zu spät, daß sich zu dem Übel, das von außen kam und an das wir gewöhnt waren, jetzt noch ein weiteres gesellte: das, was unsere vermeintlichen Freunde verlangten. Ich erspare Euch die verschiedenen Ereignisse, es gab unzählige, in denen uns die fränkischen Mönche tausend Beweise für ihren verderblichen Einfluß gaben, für ihren Willen, unser Bewußtsein zu unterwerfen, uns einen neuen Glauben aufzuzwingen, uns durch Hinterlist und Spaltung zu erobern. In jener Zeit gab es die furchtbarsten Bürgerkriege, die wir je erlebt haben. Die Autorität der Könige, die bis dahin auch in den schlimmsten Momenten gewahrt geblieben war, zerbrach, als dieser eine Herrscher aus Schwäche dem Glauben dieser Fremden folgte. Das Volk versteckte sich hinter den Priestern. Die aber waren unfähig, es zu verteidigen. Unsere Feinde profitierten von unserer Kraftlosigkeit. Das alles mündete in einem Chaos, das drei Generationen, wie ich Euch berichtet habe, kaum zu beseitigen vermochten.«

Er beruhigte sich und fuhr sanfter fort:

»So steht es, und deshalb brauche ich Zeit.«

Es war fast Tag. Der König trat zu Poncet und legte die Hand auf seine Schulter. Es war eine trockene, leichte Hand, fast ohne Gewicht.

»Wenn ich Männer wie Euch sehe, bedaure ich, daß wir alles aus dem Westen ablehnen mußten. Wißt Ihr, ehe die Moslems aus ihrer Wüste hervorkamen, bildeten wir eine einzige Zivilisation mit der Euren. Am Hof meiner Vorväter sprach man griechisch. Aber wir sind noch nicht stark genug, um das Risiko einzugehen, uns denen zu öffnen, die vorgeben, unsere Brüder zu sein, und die uns doch, soweit wir wissen, weiterhin bekehren wollen, ohne zu verstehen, daß sie uns dadurch verlieren.«

Er zog die Hand zurück und wandte sich langsam zum Gehen.

»Dank Euch«, sagte er fast fröhlich, »gibt es jetzt Hoffnung in meinem Leben. Ich wußte, was ich noch zu vollbringen habe. Jetzt weiß ich, wieviel Zeit mir dafür bleibt.«

Der König verschwand, und die Reisenden schwiegen, tief berührt. Dann führte sie Demetrios, erschreckt vom hellen Tageslicht, das nun in den Raum drang, in ihr Haus zurück. Sie baten ihn, sie alleinzulassen, um sich umzukleiden, und verabredeten, daß er zwei Stunden später wiederkehre solle.

Sobald die Tür geschlossen war, stürzte sich Maître Juremi auf Jean-Baptiste.

»Bist du verrückt geworden? Was hat dich gepackt? Wir hatten uns geeinigt: Du solltest seinen Optimismus dämpfen, ihn auf eine lange Krankheit vorbereiten. Aber warum dieses Geständnis? Diese Vorhersage?«

»Ich weiß«, sagte Jean-Baptiste, den Kopf in die Hände gedrückt. »Als ich diesen Mann ansah ... konnte ich ihn nicht belügen.«

»Nicht lügen, einverstanden. Aber warum die ganze Wahrheit?«

»Da ist etwas in ihm, das mir befohlen hat, ihm alles zu sagen.«

»Das ist nicht in ihm«, sagte Maître Juremi. »Es ist in dir. Dem König sein Schicksal vorhersagen! Was für ein Wahnsinn! Du hast dich für Gott gehalten, mein Freund. Die Sache ist ganz einfach: Es war Stolz, ein Anfall von Stolz, das ist alles.«

»Ich glaube nicht«, sagte Poncet mit dumpfer Stimme. Ich glaube eher das Gegenteil. Wenn ich mit ihm spreche, ist er nicht König. Ich spreche mit ihm wie ... wie mit einem Bruder.«

»Ein Bruder, den du soeben erdolcht hast.«

Er hatte seinen Satz kaum vollendet, als es dreimal kräftig an der Tür klopfte. Der Protestant öffnete: Zwei Gardeoffiziere kamen, um sie zu verhaften.

Dreizehntes Kapitel

Mit wilder Miene, unfähig, sich in einer anderen als ihrer eigenen Sprache auszudrücken, führten die Soldaten die beiden Franken zum Palast, nicht mehr durch den Geheimgang, den sie bei Nacht benutzten, sondern um alle Mauern herum und durch den Prachteingang.

Sie durchquerten ein enges Vorzimmer und fanden sich in dem Saal wieder, wo sie durch den Ras und die Priester befragt worden waren. Dieselben Würdenträger erwarteten sie dort, aber diesmal standen sie in zwei Gruppen, zwischen denen auf den

Steinplatten mit Laken bedeckt drei Körper lagen. Der Dolmetscher, der bei der offiziellen Audienz des Königs gesprochen hatte, trat vor und übersetzte die Worte, die einer der Mönche sprach:

»Ihr habt Medikamente aus Eurer Herstellung gesandt, die für den Herrscher bestimmt waren. Diese Sklaven haben sie gekostet: Sie sind tot.«

Jean-Baptiste war außerordentlich erleichtert. Er hatte etwas ganz anderes befürchtet. Diese »offiziellen« Heilmittel waren eine Mischung aus Wasser, Mehl und Rübenfarbstoff, die er unter den Augen von Demetrios zusammengemixt hatte.

»Sagt diesen Herren«, meinte Jean-Baptiste lächelnd, »daß unsere Rezeptur einfach ist und daß wir, ehe wir die Proben sandten, eine gleiche Menge bei Monsieur Demetrios hinterlassen haben, der, wie ich glaube, dem König dient.«

Bei dem Namen Demetrios wurde unter den Anwesenden Verwirrung spürbar, noch ehe der Dolmetscher übersetzt hatte. Die beiden Ärzte verstanden, daß man nach dem jungen Griechen sandte. Er kam bald, atemlos, eine kleine Holzdose in der Hand, in der sich eine Probe der Substanz befand, die sie den Priestern übergeben hatten.

Der junge Mann gab eine lange Erklärung ab, welche die Franken nicht verstanden, aber deren ungezwungener Ton ihnen nicht entging. Zur Ergänzung seiner Worte öffnete Demetrios die Dose, nahm einen Bissen von ihrem Inhalt, aß ihn demonstrativ und bot den Umstehenden davon an. Die Priester verzogen angewidert das Gesicht und verließen den Raum nach kurzer Diskussion. Kaum war die Tür geschlossen, hörte man dahinter eine wilde Debatte ausbrechen.

Demetrios erklärte lachend, daß der Zwischenfall erledigt sei.

»Ich hoffe, sie werden vom König wenigstens dafür verurteilt, daß sie diese drei Unglücklichen selbst vergiftet haben«, sagte Jean-Baptiste.

Soldaten betraten diskret das Zimmer und schleiften die Leichen der Sklaven an den Füßen hinaus.

»Man kann nur verurteilt werden, wenn man Menschen getötet hat, und dazu zählen die Sklaven nicht«, antwortete Demetrios ernst.

Nach diesen Worten verließen auch die beiden Ärzte mit ihrem

Führer das Zimmer. Da es leicht fällt, sich an das Unglück der anderen zu gewöhnen, sobald eine ganze Gesellschaft es für Recht erklärt, vergaßen sie die Opfer dieses lächerlichen Ränkespiels und lachten nur noch darüber.

Diese Erfahrung half ihnen, besser zu verstehen, wie der König seine Macht inmitten all dieser Gefahren ausübte. Die einzigen, denen er sein Vertrauen schenkte, waren Männer, die fremden Nationen angehörten, wie Demetrios oder Hadji Ali. Manche waren in der Kindheit entführt worden, bei Feldzügen oder Razzien. Ebenso wie die Türken durch christliche Kinder beschützt wurden, die sie gestohlen hatten und aus denen sie Janitscharen machten, hatte auch der König der Könige in seinem Dienst junge Moslems, die als Christen erzogen wurden und die ihm voll und ganz ergeben waren. Sie waren ihm sowohl in der Hauptstadt als auch überall im Lande nützlich. Im Ausland bediente er sich für vertrauliche Botschaften der Moslems wie Hadji Ali, die ihm alles verdankten, oder der Armenier und anderer orientalischer Christen, Untertanen des Großtürken.

Während ihres Aufenthaltes in Gondar lernten Poncet und sein Freund, diese schützende Allgegenwart zu erkennen, die sie nie verließ. Neben Demetrios begleiteten sie in den Straßen, durch die sie kamen, in den Häusern, in denen sie speisten, auf den Feldern, wo sie Pflanzen sammelten, stets diskrete Männer des Königs, fast unsichtbar, die unter dem Deckmantel gutmütiger Bauern, Vagabunden oder Händler die schützende Hand des Regenten über sie hielten.

In den Wochen, die sie in der Hauptstadt verbrachten, wurden sie Zeugen verschiedenster Szenen, beobachteten die seltsamen Sitten und hatten auch Gelegenheit – wenngleich mit einer Zurückhaltung, die ihnen fast einen schlechten Ruf einbrachte –, einige wollüstige Begegnungen zu genießen. Sie besuchten zahlreiche Kirchen, lernten die Malerei kennen und die Musik des Landes schätzen, die ihnen anfangs eher mißtönend erschienen war. Sie verstanden mehr von ihrer Schönheit, als sie ihnen in der Bewegung des Tanzes begegnete, der sie als Unterstützung und Zierde diente.

Bald wußten sie die Herkunft der unzähligen Gegenstände aus Holz, gehämmertem Kupfer oder Hanf zu erkennen, deren vielfältige Herstellung die Kultur dieses buntgescheckten Reiches widerspiegelte. Poncet füllte ein ganzes Heft mit Notizen. Dank der Geschicklichkeit des Demetrios konnte er sich ein neues besorgen – die Abessinier kannten das Papier noch nicht und verwandten nur Pergament.

Sie sahen den König wieder, allerdings weniger oft, um keinen Verdacht zu erwecken. Sie konnten den fortschreitenden Rückgang der Symptome, wenngleich nicht der Krankheit selbst, beobachten. Er fragte sie nie wieder nach Prognosen. Dafür stellte er viele Fragen über die Sitten, die Wissenschaften und die Politik der westlichen Nationen.

Eines Tages teilte ihnen Demetrios mit, daß der König von Senaar unter dem Vorwand eines geringfügigen Grenzstreites Abessinien den Krieg erklärt hatte: Der Negus würde erneut ins Feld ziehen. Der Grieche meinte, es sei weitaus weniger gefährlich, dem König zu folgen, als in der Stadt zu bleiben. Der Hof könnte die Gelegenheit dieser relativen Freiheit nutzen, um seine Rachepläne gegen die Fremden wieder aufleben zu lassen, von denen man gerüchteweise als gefährliche Günstlinge sprach. Der König hatte vorgegeben, er behandele sich mit der Medizin, die ihm der Hof offiziell von den fränkischen Ärzten übergeben hatte. Später hatte er wissen lassen, es gehe ihm besser, und schließlich, er sei geheilt. Er belohnte die beiden Fremden mit verschiedenen Geschenken von großem Wert. Dazu kam das Honorar, das sie von all ihren anderen Patienten in der Stadt bekamen. Im Laufe der Zeit rief man Jean-Baptiste und seinen Partner zu vielen Kranken jeden Standes. Man hatte sie sogar sehr förmlich gebeten, ein Unwohlsein der Königin zu behandeln, was sie mit Erfolg taten. Die Priester waren außer sich vor Zorn.

Als es darum ging, den König auf seinem Feldzug zu begleiten, meinte Jean-Baptiste, der Augenblick der Wahrheit sei gekommen. So sehr ihn der Aufenthalt in Abessinien auch interessierte, er vergaß nicht den wahren Grund seiner Reise und die Verpflichtung, die er vor sich selbst eingegangen war: Er mußte mit einer Botschaft zurückkehren.

Nichts dergleichen hatte er bis jetzt erreicht. Sie kannten jetzt die Gründe für das Mißtrauen des Negus gegenüber den Jesuiten und dem Abendland. Hatte ihnen der Herrscher nicht selbst gestanden, es sei für sein Land zu früh, sich dem Ausland zu öffnen? Zu diesem politischen Hindernis, das sich vor der Möglichkeit einer Gesandtschaft erhob, kam ein anderes, persönlicheres, das in gewisser Weise die Schattenseite der Methode darstellte, mit der sich die Reisenden Zugang zu dem Herrscher verschafft hatten, einer Methode, durch die sie bisher nur in den Genuß von Vorteilen gekommen waren. Tatsächlich waren alle Bemühungen, die sie darauf verwandt hatten, das Vertrauen und die Freundschaft des Königs zu erlangen, um ihre Sicherheit und ihr Wohlbefinden zu gewährleisten, von größerem Erfolg gekrönt, als sie je erwartet hatten. Der Herrscher liebte sie. Er war ihnen in Vertrauen und Zuneigung verbunden, wofür er ihnen jeden Tag, mehr oder weniger direkt, unwiderlegbare Beweise gab. Das Spiel, das sie betrieben hatten, war gefährlich. Gewiß, die Freundschaft des Herrschers konnte ihn dazu bringen, ihr Ersuchen um eine Botschaft zu erhören, wenn sie ihn nicht im Gegenteil – und diese Möglichkeit war ebenso wahrscheinlich – dazu verleitete, sie ihr Leben lang bei sich zu behalten, wie so viele andere Reisende vor ihnen. Jean-Baptiste beschloß, bei ihrer nächsten Begegnung mit dem König zu sprechen. Den ganzen Tag über dachte er an Kairo, an sein Haus, an Mademoiselle de Maillet, und seine durch die Träume verstärkte Sehnsucht, all dies wiederzusehen, wurde so stark, daß er die Energie in sich spürte, auch den härtesten Gegner zu überzeugen.

Der König empfing sie nicht immer in dem Zimmer unter der Kuppel an den Palastmauern. Oft führte Demetrios sie aus der Stadt heraus, und sie trafen den Herrscher in seinem Jagdzelt am Waldrand, wo er am Tag Leoparden oder Löwen verfolgte.

Sie sprachen jetzt fast vertraut miteinander, obwohl der König nie seine Distanz und Würde, Zeichen seiner natürlichen Majestät, ablegte. An diesem Abend hatte er ihnen die Ehre erwiesen, in ihrer Gesellschaft zu Abend zu essen. Alle drei – Demetrios wahrte den Abstand eines jeden Untertanen zu seinem König – berührten mit den Händen denselben mit Saucen gewürzten Fladen. Sie erwähnten den bevorstehenden Feldzug, die Abreise des Königs. Das Mahl ging zu Ende. Ein Soldat brachte eine Wasserkanne, und sie säuberten sich die Finger.

»Majestät«, begann Jean-Baptiste, als sie allein waren, »erlaubt mir, da wir von Eurer Abreise gesprochen haben, auch etwas zu unserer zu sagen.«

Der Satz war zweideutig. In dem Blick, den ihm der Herrscher zuwarf, las Poncet, daß er wohl verstanden hatte: Sie sprachen nicht von demselben Ziel.

»Euer Majestät hat uns zu sich gerufen. Wir haben getan, was in unserer Macht stand. Wir haben Hadji Ali unsere Absicht nie verschwiegen. Wir müssen jetzt dahin zurückkehren, wo wir herkommen.«

Eine Dienerin brachte den Kaffee in kleinen Tassen. Der König nahm sich Zeit, seine Gäste selbst zu bedienen, löste zwei winzige Blätter von jener aromatischen Pflanze, welche die Abessinier die »Gesundheit Adams« nennen, und warf sie in seinen Kaffee.

»Wie seltsam!« sagte er. »Ich wollte gerade heute abend mit Euch darüber sprechen, wie Ihr euch hier niederlaßt. Das Gesetz, das wir über Jahrhunderte angewandt haben, ist streng: Jeder Ausländer ist willkommen, aber er muß bei uns bleiben. Ihr wißt, welche Probleme, ja sogar Katastrophen jedesmal daraus erwachsen sind, wenn wir dieses Prinzip durchbrochen haben. Ich beabsichtige deshalb, es wieder einzuführen.«

Poncet schaute zu seinem Gefährten und bemerkte in den Augen des Protestanten eine gewisse Ungläubigkeit. Er wartete ab.

»Ich will Euch aber weder zwingen«, fuhr der Negus fort, »noch Euch in dieser Heimlichkeit weiterleben lassen, die, das verstehe ich, sehr schmerzhaft für Euch sein muß. Deshalb ist meine Absicht, Euch ein offizielles Amt zu geben – zu dessen Annahme ich den Hof zwingen werde – und eine Entlohnung, die der hohen Wertschätzung entspricht, die ich für Euch empfinde.«

»Majestät«, entgegnete Poncet liebenswürdig, aber in entschlossenem Ton, »ich bedaure. Wir können es nicht annehmen. Wir haben es Euch seit unserer Ankunft zu verstehen gegeben: Wir müssen nach Kairo zurückkehren.«

»Wahrhaftig«, sagte der Monarch, »Ihr habt es mir gesagt. Oder vielmehr, der Pascha von Kairo hat es mir in dem Brief geschrieben, den er Euch als Empfehlung mitgegeben hat. Nun, das ist schon etwas wert. Das ist vielleicht sogar der einzige Umstand, unter dem das Prinzip, das ich Euch soeben dargelegt habe, eine Ausnahme erfahren kann. Der Pascha von Kairo ist Mohammedaner. Insofern betrachte ich ihn als Feind. Aber er ist ein Feind, mit dem wir Geschäfte machen. Er fürchtet mich wegen meiner Macht über den Nil. Ich brauche ihn, denn er muß jedesmal, wenn der Abuna stirbt, einen neuen Patriarchen hierher reisen lassen. Das ist die Tradition, und wir brauchen dringender denn je einen Mönch, der nicht unsere Sprache spricht und sein ägyptisches Kloster nur verläßt, um vor mir zu zittern. Wegen des Ehrenwortes, das ich dem Pascha schuldig bin, kann ich Euch also ziehen lassen.«

»Wir sind Eurer Majestät dafür sehr dankbar.«

»Ich möchte Euch jedoch noch eine Frage stellen«, fuhr der König fort.

Poncet neigte den Kopf. Es war offensichtlich, daß der Herrscher sich nicht für die Brutalität entschieden hatte, aber er wollte noch einmal versuchen, sie zu überzeugen.

»Warum zieht Ihr es vor, diesem Ungläubigen zu dienen, diesem Türkenhund, der sich im übrigen kaum dankbar zeigen wird, und nicht einem christlichen Fürsten, der Euch keine Bitte abschlagen würde?«

»Majestät«, antwortete Poncet, »wir kehren nicht wegen des Paschas von Kairo zurück.«

»Aber warum dann?«

Der junge Arzt dachte: ›Jetzt sind wir soweit.‹ Er trank einen Schluck Kaffee und fuhr fort:

»Wie Ihr wißt, sind Maître Juremi und ich Partner. Er folgt mir, aber tatsächlich bin ich es, der zurückkehren möchte.«

»Nun, dann stelle ich Euch diese Frage, Jean-Baptiste.«

»Mit einem Wort, Majestät, ich liebe ein Mädchen.«

Der König begann zu lachen. Es war fast das erste Mal, daß sie einen solchen Gefühlsausbruch an ihm erlebten. Er lachte still, den Kopf nach hinten geworfen. Demetrios wartete respektvoll darauf, die Fortsetzung des Gespräches zu übersetzen.

»Sehr gut«, sagte der Herrscher schließlich. »Ich nehme an, sie würde sehr stolz sein, an meinem Hof zu leben, mit Gold bedeckt. Nach allem, was man mir erzählt, ist Kairo eine sehr heiße Stadt, und die Frauen bevorzugen unser Klima. Laßt Eure Gattin also kommen.«

»Sie ist nicht meine Gattin«, sagte Jean-Baptiste.

»Ihr werdet sie hier heiraten.«

»Frei heraus, Majestät … wir sind noch nicht soweit.«

Der König gab sich erneut seinem seltsamen Lachen hin.

»Und wie weit seid Ihr?«

»Ihr müßt wissen, Majestät, daß sie ein Mädchen von weit höherem Stand als dem meinen ist. Ihr Vater hat ein bedeutendes Amt in unserem Staat inne. Wir lieben uns … «

Jean-Baptiste spürte ein leichtes Stechen, als er diesen Satz aussprach, als würde er damit das Schicksal herausfordern. Mit dem Aberglauben der Verliebten fürchtete er sich auf diesem Feld, und nur auf diesem, vor höheren Mächten.

»… aber ich muß ihren Vater überzeugen, was nicht einfach sein wird.«

»Sagt ihm, daß sie bei einem großen König leben wird und daß Ihr einer seiner wichtigsten Beamten sein werdet.«

»Oh! Majestät! Kennt Ihr die Menschen nicht? Sie sind ohne Phantasie, und was sie nicht vor Augen haben, existiert für sie nicht. Ich weiß sehr wohl, daß ein Amt bei Euch an Würde viele andere aufwiegt, derer sich bei uns die Söhne der größten Familien rühmen. Aber auch das wird nicht ausreichen, um den Vater des Mädchens, das ich liebe, zu überzeugen.«

Er machte eine Pause, ließ Demetrios seine Übersetzung beenden und sagte, indem er den Kopf schüttelte, als denke er laut und bewerte nacheinander alle Ideen, die sich in seine Gedanken drängen:

»Ich sehe sehr wohl, Majestät, daß Ihr alles tut, was Euch möglich ist, um mir zu helfen, und ich bin Euch dafür sehr dankbar. Ehrlich gesagt, da gäbe es schon etwas … «

»Was? Sprecht.«

»Ich wage nicht, es Euch zu gestehen, denn ich weiß, daß meine Idee an Eure tiefsten Überzeugungen rührt.«

»Sagt es trotzdem. Wenn ich es ablehnen muß, werden wir später wenigstens nicht bedauern müssen, nicht alles erwogen zu haben.«

»Nun also«, sagte Jean-Baptiste schließlich fast überstürzt, wie ein Mensch, der seine Last mit einer Schulterbewegung auf die Erde wirft. »Der Vater meiner Geliebten ist Diplomat. Wenn es mir möglich wäre, mich in seine Position zu erheben, würde er mich vielleicht nicht als Gleichgestellten, wohl aber als zu seiner Welt gehörend anerkennen. Ein Weg, das zu erreichen, bestünde darin, daß Eure Majestät unserem König Ludwig XIV. empfiehlt, mich zu seinem ständigen Gesandten in Abessinien zu ernennen. Auf diese Weise könnte ich zurückkehren und gleichzeitig bei dem jungen Mädchen den Glanz eines Amtes geltend machen, das gewiß weitaus geringer ist als jene, die mir Eure Majestät an Ihrem Hof anbieten könnte, aber das zumindest den Vorteil hat, von ihrem Vater anerkannt zu werden.«

»Eine Gesandtschaft!« sagte der König.

Ein Luftstrom drang unter der Plane des königlichen Zeltes herein, wirbelte auf dem Boden etwas Sand auf und lenkte die Aufmerksamkeit für kurze Zeit ab.

»Ihr wißt«, fuhr der König fort, »daß wir diese Sitte nicht kennen. Wenn wir einem unserer Nachbarn etwas zu sagen haben, schicken wir Boten, so unauffällig wie möglich, Händler, Pilger und zuweilen sogar Bettler. Immer wenn man uns offizielle Vertreter gesandt hat, wie einst die Portugiesen, haben sie uns durch ihre Überheblichkeit verärgert, und wir haben sie nicht wieder abreisen lassen.«

»Ich weiß«, sagte Poncet.

Der König stand auf und ging um den Tisch herum. Im Vorbeigehen strich er über die dicke, rauhe Leinenwand des Zeltes, mit einer mechanischen Bewegung, die seine Ratlosigkeit verriet.

»Ihr wißt auch, daß all diese Priester, die, welche Ihr Jesuiten nennt, und die anderen, die wie Araber gekleidet sind, um uns herumschleichen und nach dem kleinsten Vorwand suchen, um in unser Land einzudringen. Als ich noch ein Kind war, rief mein Vater einen Arzt aus Kairo, wie ich es mit Euch getan habe. Zwei Mönche sind gekommen. Er hat sie liebenswürdig, wenngleich voller Mißtrauen empfangen und gefragt, wer von ihnen der Arzt sei. Sie haben ihm ungerührt geantwortet, daß der Arzt nicht sofort aufbrechen konnte und daß sie seine Vorboten seien …«

»Was ist aus ihnen geworden?« fragte Jean-Baptiste.

»Sobald man erfuhr, daß die fränkischen Mönche zurückgekehrt waren, versammelte sich die Menge. Unsere Priester und Fürsten haben den König abgeschirmt, aus Furcht, er könne konvertieren, wie es zu unserem Unglück schon einmal geschehen war. Jeden Moment konnte der Bürgerkrieg wieder aufflammen. Der König, mein Vater, hat nicht gezögert: Er lieferte die beiden Fremden der Menge aus, die sie vor dem Palast gesteinigt hat. Das sage ich, um zu erklären, daß eine Gesandtschaft jene Fanatiker mit sich ziehen könnte, die jede Möglichkeit nutzen, hier einzudringen, und die wir nicht wiedersehen wollen.«

»Eben darum!« sagte Jean-Baptiste, immer noch nachdenklich, als spreche er seine innersten Gedanken aus. »Vertraut die Gesandtschaft nicht einem Unbekannten an, sondern einer Person, die Euch vertraut ist, von der Ihr wißt, daß sie den Priestern nicht mehr Sympathie entgegenbringt als Ihr, und die sich verpflichtet, diese niemals hierher zu führen. Das würde die Situation in ein neues Licht rücken. Mir scheint, Majestät, daß Ihr in der Tat nur wenig zu fürchten habt. Im Gegenteil, ein Gesandter unseres Königs, Zeuge des Lebens in Eurem Reich, Kenner der Manöver der Jesuiten, könnte unseren Herrscher unverzüglich über alle neuen Bewegungen der Priester informieren. Ludwig XIV. hat Einfluß auf den Papst und könnte ihn bitten, den Eifer seiner Kongregationen zu dämpfen. Viele Probleme erwachsen daraus, daß man Euch in unserem Land nicht kennt. Auf diesem Feld der Unwissenheit schlägt die Propaganda leicht Wurzeln. Verzeiht mir diese Offenheit, ich schäme mich selbst dessen, was ich sagen muß, aber den Jesuiten ist es durch ihre Berichte gelungen, dieses Königreich als ein Land voller unwissender, grausamer Wilden zu beschreiben. So haben sie ein leichtes Spiel, wenn sie vorgeben, das Licht des Glaubens hineintragen zu wollen. Wenn ich unserem König das berichten könnte, was wahr ist, würde er es verstehen. Ich würde Euch helfen – ihm und Euch –, Beziehungen voller gegenseitiger Achtung zu entwickeln, zwischen zwei großen christlichen Herrschern, einem im Orient, dem anderen im Abendland. Mir scheint, daß Ihr auf diese Weise den Strom all jener, welche die Ordnung in Eurem Reich stören und sich gleichzeitig der Macht und der Seelen bemächtigen wollen, an der Quelle austrocknen könntet.«

Am Ende dieser Tirade, die er mit immer lauter werdender

Stimme herausgesprudelt hatte, wie von einer plötzlichen Inspiration und unerwarteten Leidenschaft getrieben, hielt Jean-Baptiste die Augen fest auf den König gerichtet. Der Herrscher rührte sich nicht und überlegte lange. Dann rief er die Wache. Ein junger, sehr magerer, hochgewachsener Mann erschien, mit einer Lanze in der Hand und einem ziselierten Dolch am Gürtel.

»Schickt in die Stadt, man soll sofort Murad herbringen.«

Vierzehntes Kapitel

Ein Mann, der viel gelogen, viel gestohlen, verleugnet, verraten hat, kann nur dann ein hohes Alter erreichen und sein Leben in Frieden beenden, wenn er inmitten all dieser Treuebrüche eine – vielleicht die einzige –, aber beständige, unvergängliche, schützende Treue bewahrt hat. Ein solcher Mann war Murad. Der Armenier hatte jenes unvorstellbare Alter erreicht, daß man nur von den kaukasischen Völkern kennt, die zwar sehr gut zählen können, aber dennoch durch das Alter jener außergewöhnlichen Greise schließlich verwirrt und durcheinandergebracht werden. Murad hatte in seinem Leben nur zwei Epochen gekannt: seine Kindheit in einem Dorf am See Van bis zu seiner Ankunft in Äthiopien mit seinem Vater, einem Händler. Dann, ab seinem fünfzehnten Lebensjahr, den ständigen Dienst für vier abessinische Könige. Er hatte alles miterlebt: die Missionen der Jesuiten, ihre Vertreibung, die Anarchie, die Festigung der Macht durch Basilides, und schließlich die Herrschaft von dessen Enkel, Yasu I. Seine Sprachkenntnisse, sein diplomatisches Geschick, die Schnelligkeit, mit der er Menschen zu beurteilen wußte, hatten ihn zum bevorzugten Boten der Negus gemacht, vor allem, wenn es um Indien und die Holländer auf Bali ging. Ihm wurde die Ehre zuteil, von dieser Mission mit einer riesigen Bronzeglocke zurückzukehren, die ihm die Holländer zum Andenken geschenkt hatten.

Jean-Baptiste hatte Murad mehrfach getroffen, seitdem sie in Gondar waren. Zunächst hatte er Gelegenheit, dem Armenier ein Medikament gegen eine Krankheit zu verschreiben, vor der ihn sein hohes Alter eigentlich hätte bewahren sollen, die ihm jedoch dank der Kraft seiner Lenden, »zum vierundzwanzigsten Mal« heimgesucht hatte, wie er behauptete. Poncets Heilmittel hatten gewirkt, und der Greis ging seiner fünfundzwanzigsten Havarie entgegen, als eines Nachts – er erfreute sich gerade der Gesellschaft einer jungen Huri-Frau – ein Schlaganfall die Hälfte seines Körpers lähmte. Dank Jean-Baptistes Pflege war das Leben allmählich in die betroffenen Glieder zurückgekehrt, aber Murad behielt eine schwerfällige Hand und hängende Lippen zurück. Sein Geist hatte nicht gelitten und Poncet war erleichtert zu erfahren, daß der König sich dem Urteil eines Mannes anvertrauen würde, der dem jungen Arzt immer mit größter Freundlichkeit begegnet war.

Der Alte erschien nach einer Stunde. Er war ziemlich mürrisch, wie jeder Mensch, den man aus den ersten Träumen gerissen hat. Jean-Baptiste wußte, daß Murad wenig und sehr schlecht schlief. Er hatte eine Ahnung, daß das zur Schau gestellte unwirsche Gehabe nur vorgetäuscht war. Es verbarg die Befriedigung des alten Mannes darüber, daß er noch gefragt wurde, und erlaubte ihm als durchtriebenem Geschäftsmann gleichzeitig, den Preis für seine Bemühungen, also die Entschädigung für dieses Opfer, hochzutreiben.

Der König erklärte ihm die ganze Angelegenheit der Gesandtschaft Jean-Baptistes, ohne jedoch die Liebesgeschichte zu erwähnen. Er befragte Murad über die Zweckmäßigkeit eines solchen Unternehmens und die Möglichkeiten, es zu verwirklichen.

Der Alte hörte zu. Er saß auf einem Stuhl, der mit Perlmutt verziert war und zum Jagdmobiliar des Königs gehörte. Er hielt sich ein wenig schief, hatte einen Ellbogen aufgestützt und die Augen halb geschlossen. Jean-Baptiste spürte, daß der Blick des alten Mannes – durch einem Hornhautfleck getrübt, aber noch immer scharf – hinter den Wimpern von einem zum anderen glitt und daß Murad ihn selbst besonders genau beobachtete. Die Begeisterung stand dem jungen Mann ins Gesicht geschrieben, und er versuchte nicht zu verbergen, daß er sich die Dinge, die der Negus darlegte, von ganzem Herzen wünschte. Nachdem er die königlichen Worte eine angemessene Zeit auf sich hatte wirken lassen, erklärte Murad mit einer Stimme, die durch die Krankheit ein wenig gebrochen klang:

»Majestät, das ist eine hervorragende Idee. Aber, wie Herodot sagte, kann die Leier, je nach der Verwendung, ein Musikinstrument oder ein Bogen, also eine Waffe, sein. Ebenso kann Eure Unternehmung je nach der Durchführung ganz unterschiedliche Ergebnisse zeigen.«

So sprach Murad stets. Er tat niemals seine Meinung kund, ohne sich hinter dem tatsächlichen oder erfundenen Zitat eines griechischen Philosophen zu verbergen, wie ein Krieger sich hinter seinem Schild in Deckung bringt, um sich demjenigen, den er angreifen will, so weit wie möglich zu nähern, ohne in Gefahr zu geraten. Der König wartete auf die Fortsetzung.

»Zunächst«, sagte Murad mit einem Ausdruck tiefster Mattigkeit, »dürft Ihr nichts aufschreiben, Majestät. Der Weg ist so weit von hier bis in die Hauptstädte des Abendlandes, daß eine große Gefahr besteht: Euer Brief könnte in die Hände von Menschen fallen, die Mißbrauch damit treiben würden. Das kann bereits hier geschehen: Stellt Euch vor, wie die Priester auf die Entdeckung reagieren würden, daß Ihr um einen Gesandten bittet. Es kann unterwegs geschehen: Die Türken wären über Eure Absichten informiert und Monsieur Poncet enttarnt. Schließlich kann es auch erst dort geschehen: Ihr kennt die Jesuiten, ihr juristisches Geschick, ihren gerissenen, hinterhältigen Geist. Aus einem Wort, das Euch harmlos erscheint, würden sie herausdeuten, daß Ihr sie herbeiruft, daß Ihr Euch Rom unterwerft, was weiß ich? Also: nichts Schriftliches.«

»Was ist also zu tun?« fragte der König, der den Worten im Stehen gelauscht hatte, die Hände hinter dem Rücken verschränkt.

»Das, was schon Euer Vater und Euer Großvater getan haben. Und das Ihr selbst oft genug getan habt.«

»Indem ich Monsieur Poncet einen Boten zur Seite stelle«, sagte der König. »Ja, daran habe ich schon gedacht. Aber wen? Euch, Murad?«

»Die Frage Eurer Majestät ist rein formal, aber sie schmeichelt mir, und ich danke Euch. Nein, Ihr wißt, daß mich der Tod erst kürzlich zur Hälfte mit sich gerissen hat. Ich war so sehr bereit, mich ihm zu unterwerfen, daß ich den Kopf gesenkt habe, und da hat er mich verfehlt. Aber ich erwarte in kürzester Zeit einen weiteren Schlag. Ich hoffe, das wird der letzte sein.«

»Wer dann?« beharrte der König. »Hadji Ali ist nur bei den Mohammedanern nützlich. Er wäre für eine solche Mission nicht geeignet.«

Poncet war erleichtert zu erfahren, daß sie nicht mit ihrem Folterknecht zurückfahren würden. Er blickte zu Maître Juremi. Dieser winkte ihn aus der Ecke des Zeltes, wo er bisher geschwiegen hatte, mit einer Handbewegung zu sich.

»Maillet wollte junge, abessinische Adlige, erinnerst du dich?« fragte er mit leiser Stimme.

»Dafür besteht nicht die geringste Chance. Ich werde trotzdem fragen.«

Jean-Baptiste trat wieder zum Herrscher und ergriff das Wort:

»Was würdet Ihr von einigen Söhnen der vornehmen Familien halten, Majestät? Sie könnten gleichzeitig großen Nutzen aus der Reise ziehen, ihre Studien in Frankreich fortsetzen, unsere Sprache lernen und die Eure lehren ... «

»Seid Ihr verrückt geworden?« rief Yasu. »Kein christlicher Abessinier kann das Land verlassen, ohne von unseren moslemischen Nachbarn massakriert zu werden. Und vergeßt nicht, daß die Angelegenheit geheim bleiben muß.«

Poncet beugte sich diesen Argumenten gern: Er konnte wenigstens berichten, daß er es versucht habe ...

Das schweigende Nachdenken hielt an.

»Demetrios?« fragte der König plötzlich mit Blick auf den Übersetzer.

»Nein, nein, er ist Euch hier zu nützlich«, wehrte Murad ab.

An der kaum wahrnehmbaren Hast, mit der er diese Antwort vorgebracht hatte, während er noch immer eine unbeteiligte, müde Haltung wahrte, erkannte Poncet, daß der Alte einen Kandidaten hatte und den Herrscher langsam auf seinen Namen lenkte.

Murad ließ ihn noch zwei, drei andere Personen aufzählen, die abgelehnt wurden. Schließlich, nach einem aufgesetzten Schweigen, sagte der Armenier mit gespieltem Zögern:

»Da wäre vielleicht unser Neffe ... «

»Welcher Neffe ist das? Ich weiß, daß Eure Schwester mehrere Kinder hat, aber ich kenne nur Mädchen.«

»Sie hat auch einen Sohn. Er heißt wie ich: Murad. Ja, ich weiß, das ist nicht sehr praktisch. Nennen wir ihn den jungen Murad, wenn Ihr wollt, obwohl er jetzt fast vierzig Jahre alt ist. Er ist in Aleppo aufgewachsen. Ihr wißt vielleicht, Majestät, daß mein Schwager lange in dieser Gegend als Händler gearbeitet hat. Seine Frau, meine Schwester, ist vor fünfzehn Jahren hierher zurückgekehrt. Ich glaube, sie verstand sich nicht sehr gut mit ihrem Gemahl. Wie dem auch sei, der Vater hat den Sohn behalten, wie es bei uns üblich ist. Leider hat das nicht viel gebracht, trotz der hervorragenden Eigenschaften des Jungen. Stellt Euch vor, Majestät, er ist ... Koch geworden.«

»Und diesen Mann wollt Ihr zu einem großen König schicken, Murad?«

»Eure Majestät weiß wohl, daß die besten Boten die Bescheidensten sind, weil sie unbemerkt bleiben. Tatsächlich zählt nur ihre geistige Wendigkeit und Ihr müßt wissen, daß es meinem Neffen daran nicht mangelt. Im übrigen war er kein gewöhnlicher Koch: Er stand in den Diensten eines wohlhabenden christlichen Händlers. Er hat Sprachen gelernt, darunter, so glaube ich, ein wenig Französisch. Als er im letzten Jahr hierher zurückkehrte, war ich selbst erstaunt, wie gut er zurechtkam. Ich will Euch nicht mehr erzählen, Majestät, Ihr werdet es selbst sehen. Seit zwei Tagen weilt er am Tanasee, zum Fischen. Was wollt Ihr, das ist seine Leidenschaft, und er kocht so herrlichen Fisch ... Ich werde ihn holen lassen und morgen zu Euch schicken.«

»Nun gut«, sagte Yasu ohne große Begeisterung, »ich werde ihn empfangen.«

Er war sich sehr wohl darüber im klaren, daß sein alter Botschafter versuchte, ein Mitglied seiner Familie bei dieser Mission, die ihm verheißungsvoll erschien, unterzubringen. Das war die Regel: Seine Ratgeber, das wußte der König, taten nichts für ihn, was ihnen nicht selbst nützte. Auf der anderen Seite wurden sie jedoch so gut behandelt, daß sie den Interessen des Königs so wenig wie möglich schaden wollten, während sie sich bemühten, ihren eigenen zu dienen. In gewissem Sinne war doch jede Angelegenheit ein auf beiden Seiten beladenes Boot, durch den

Nutzen des Auftraggebers und den des Ausführenden, und durch dieses Gleichgewicht war es nicht zu versenken.

»Der Gesandte ist ein Problem«, begann Murad erneut. »Wir sind auf dem besten Weg, es zu lösen. Aber haben Euer Majestät schon überlegt, mit welcher Botschaft Sie ihn betrauen will?«

»Gewiß«, sagte der König, der seine Sicherheit wiederfand, weil er auf diesem Feld nur die Zustimmung, nicht aber den Rat des Alten brauchte. »Er wird dem König von Frankreich meine Grüße übermitteln, keineswegs als Untertan oder Vasall, sondern wie ein König einen anderen segnet, von gleich zu gleich. Nach dem, was ich von diesem Ludwig weiß, ist er mächtig: Ich werde ihm wünschen, daß er seine Macht erhalten und seinen Einfluß über die Menschen ausdehnen kann. Ich werde ihm auch Gesundheit wünschen, denn er ist schon alt, wie ich glaube. Schließlich werde ich ihm herrliche Liebesgenüsse wünschen. Bei der Aufzählung all dieser guten Wünsche wird der Bote die Ebenbürtigkeit unseres Standes deutlich werden lassen. Er wird sagen, daß er der Gesandte des Nachfahren Salomons ist, durch dessen Sohn Menelik, Kind der Königin von Saba, König der Könige von Abessinien, Herrscher über Oberäthiopien und große Reiche, Lehensgebiete und Länder, König von Choa, Chafate, Fatiguar, Angote und so weiter, mit allen Titeln und Ehren, wobei ich mich selbst davon überzeugen werde, daß der Bote die vollständige Liste kennt, ehe er abreist. Dann wird er unseren Willen kundtun, daß kein religiöser Abgesandter aus Rom unseren Frieden stören möge. Er wird deutlich machen, daß wir diesen nicht von vornherein feindlich gesonnen waren, daß wir die ersten von ihnen sogar sehr herzlich empfangen haben, aber daß sie unsere Gastfreundschaft und unser Vertrauen mißbrauchten. Der König mag uns, wenn er es wünscht, Handwerker und Arbeiter schicken, die bei ihm sehr geschickt sind und die unsere Hauptstadt verschönern können, wie einst der Maler Brancaleone unsere Kirchen geschmückt hat, zum größten Ruhm des damaligen Negus. Schließlich wird er ihm sagen, daß ich es gern sähe, wenn sein treuer Untertan, Herr Jean-Baptiste, Sohn des Poncet, als Botschafter an meinen Hof entsandt würde, damit er ihn darüber informieren kann, was in meinem Land geschieht, wie er auch mich wissen lassen wird, welche Ereignisse in seinem Land stattfinden. Das ist meine Botschaft. Es ist nicht die eines Bittstellers, sondern eines Herrschers, der seinen Bruder und seinesgleichen grüßt. Von Religion wird keine Rede sein, denn es versteht sich, daß wir beide an Christus glauben und daß uns dieser Glauben vereinen, nicht jedoch trennen soll. Ich verstehe im übrigen nichts von den religiösen Streitigkeiten auf diesem Gebiet, und ich gehe davon aus, daß dies nicht die Angelegenheit der Könige ist.«

»Und was werdet Ihr ihm als Geschenk senden?« fragte Murad.

»Geschenke? Ist das unter diesen Umständen angebracht?«

»Majestät, Ihr sagt selbst, Ihr wollt von gleich zu gleich sprechen. Was macht ein Fürst, wenn er einem anderen in dessen Land Grüße sendet? Er bringt ihm Geschenke dar, die das beste Mittel sind, seine Herrlichkeit zu zeigen und zu beweisen, daß er nichts erwartet.«

»Du hast recht, Murad«, sagte der König. »Bereite also Geschenke vor, solcher Art, wie wir sie Fürsten unserer Welt machen. Was dieses Abendland angeht, das wir nicht kennen, ist es an Euch, Jean-Baptiste, uns zu sagen, was dort geschätzt wird.«

Nach diesen Sätzen trennten sie sich. Murad kehrte jammernd auf sein Lager zurück, um seine Befriedigung darüber zu verbergen, daß er ein gutes Geschäft abgeschlossen hatte.

Am übernächsten Tag erschien der junge Murad. Es gab ein Geheimtreffen mit dem König, bei dem nur sein Onkel anwesend war. Dann stellte er sich Jean-Baptiste und Maître Juremi vor. Er war ein großer, dickbäuchiger Bursche mit stark geröteten Wangen, als trage er noch die Spuren gewaltiger Ohrfeigen. Seine Kleidung erinnerte an die Gewänder von Kurden oder Persern: Über der langen Tunika trug er eine Pluderhose, von der man nur die engen Knöchelbänder sah. Ein breiter Stoffgürtel war um die Taille gewunden. Den rasierten Schädel bedeckte ein gelber Seidenturban. All diese Stoffe waren mit Fettflecken übersät. Murad war nicht unsauber, aber seine Gefräßigkeit und die Gier, mit der er nach der Nahrung langte, wobei er sie unweigerlich über seine Kleidung verteilte, führten ebensoschnell, wie er sich umzog, zu neuen Flecken. Die Sorgfalt des jungen Murad, die er auf sein Äußeres verwandte, überstand einfach nicht die unerhörte Prüfung, die jede Mahlzeit für ihn darstellte. Er ertrug keinen Aufschub, wenn es darum ging, seinen Hunger zu befriedigen, und fand nicht einmal die Zeit, eine Serviette umzulegen.

Dieser Makel schadete seiner Erscheinung. Er hatte allerdings ein ansprechendes Gesicht, und die einstige Harmonie seiner kindlichen Züge hatte sich in der Fetthülle fast vollständig erhalten. Die Fülle seines Fleisches ließ keinen Platz für Falten, und auf diesen fülligen Rundungen wuchs sogar der Bart, den er sich stehen ließ, nur in der Form von zwei dünnen Strähnen zu beiden Seiten des Kinngrübchens. Die Franken gestanden ihm sogleich einen großen Vorteil zu: Mit einem solchen Aussehen würde der junge Murad überall unerkannt bleiben. Er sprach zwar kein Französisch, aber wenigstens die unnachahmliche »lingua franca« der Händler der Levante. Man konnte sich gewiß etwas besseres als Botschafter vorstellen, aber er würde zumindest ein ehrlicher Weggefährte sein, unauffällig – und ein guter Koch.

Jean-Baptiste hatte ohnehin nur noch einen Gedanken im Kopf: so schnell wie möglich aufzubrechen. Sie hatten die größten Hindernisse überwunden. Die Schwierigkeiten der Rückreise machten ihm keine Sorgen. Er war bereits in Kairo, und der Gedanke an Alix ging ihm nicht mehr aus dem Kopf. Die Erinnerung an sie ruhte unbeschädigt in einem abgeschlossenen Winkel seines Geistes. Er hatte sich davor gehütet, während der Reise zu oft an sie zu denken, so sehr fürchtete er sich davor, an dem Bewußtsein ihrer Abwesenheit zu verzweifeln. Nun aber war das Bild da, gut sichtbar, so nah wie der Augenblick, da er sie wiedersehen und ihr die große Neuigkeit von seiner Gesandtschaft mitteilen könnte. Jean-Baptiste träumte von all dem, während er seine Rückkehr vorbereitete. All die Schwierigkeiten, die Ungewißheiten, die tausend Dinge und Handgriffe, die zu erledigen waren, hatten einen großen Vorteil: Keinen Augenblick zweifelte er daran, daß sie ihn mit der gleichen Ungeduld erwartete. Diese erste Zeit der Liebe ist so beschaffen, daß alles, was sie verzögert, sie gleichzeitig nährt, daß alles, was ihr entgegensteht, sie nur stärkt. Man konnte sich keine ungünstigeren Umstände als diese Trennung gleich nach der ersten Begegnung vorstellen, und eben deshalb war paradoxerweise nichts besser geeignet, das Gefühl zu vertiefen und die Zweifel fernzuhalten.

Angeregt von dem Gedanken an die Rückkehr schafften Jean-Baptiste und Maître Juremi derart emsig, daß sie in dem Augenblick, als der Herrscher zu seinem Feldzug aufbrechen wollte, ihre Vorbereitungen abgeschlossen und die Karawane zusammengestellt hatten. Neben ihnen selbst und dem jungen Murad, der vom König mit reichlich Kleidung zum Wechseln – darunter mehreren Prachtgewändern – ausgestattet worden war, die zwei Koffer füllte, gehörten dazu zehn abessinische Sklaven, die man vorzeiten in den Provinzen des Südens gefangengenommen hatte. Es waren sechs Männer und vier Frauen, alle mit sehr dunkler Haut, halbnackt, die Haare mit Schnecken und Holzperlen verflochten. Der junge Murad hatte von seinem Onkel einen sehr kurzen Brief erhalten, vom Herrscher unterzeichnet und gesiegelt, der an keine besondere Person gerichtet war, sondern lediglich bestätigte, daß der Armenier ein offizieller Gesandter des Negus sei, ohne sein Ziel oder seine Mission näher zu bestimmen. Er hatte gewissenhaft die Botschaft auswendig gelernt, die er dem König von Frankreich überbringen sollte. Die Sklaven sollten zunächst die Reisenden bedienen und schließlich Ludwig, Sohn des XIV., wie Murad hartnäckig sagte, als Geschenk übergeben werden. Dazu kamen andere Geschenke: fünf Pferde und zwei junge Elefanten, die mit Fußfesseln liefen und durch eine schwere Kette miteinander verbunden waren. Drei Koffer enthielten Zibet, Tabak und Goldpuder.

Drei Pferde waren nötig, um all das zu tragen, was die französischen Ärzte während ihres Aufenthalts als Geschenke erhalten hatten: Gold, Schmuck, Felle, Elefantenzähne und andere Kostbarkeiten, die ihnen ihre Patienten – vor allem der Herrscher – überreicht hatten. Dazu kam auf einem kleinen Esel ein doppelter Ledersack, ebenso prall wie leicht, gefüllt mit getrockneten Pflanzen, Wurzeln und Samen, die sie während ihrer Reise gesammelt hatten.

Sie überließen Demetrios Phiolen mit Medikamenten und Anweisungen zur Behandlung des Königs, der sich vollkommen geheilt fühlte, für den – leider sehr wahrscheinlichen – Fall, daß die Krankheit erneut ausbrechen sollte.

Drei ganze Tage waren notwendig, um sich von all denen zu verabschieden, die sie in der Stadt kannten. Jean-Baptiste, nunmehr ganz von seiner Geliebten erfüllt, lehnte die fleischlichen Angebote, derer sie sich an den letzten Abenden kaum erwehren konnten, mit größter Höflichkeit ab. Maître Juremi erfüllte seine Pflichten für zwei.

Schließlich kam der letzte Tag. Die warme Saison ging zu Ende, und in den Nächten ballten sich schwere Wolken zusammen. Die Reisenden hatten ein letztes Gespräch mit dem König, oben im Palast, in dem kleinen Zimmer, wo er sie beim ersten Mal empfangen hatte. Der Herrscher war zu Tränen gerührt und umarmte sie nacheinander wie Brüder. Er erklärte, daß er Gott jeden Tag bitten würde, sie zu schützen und bald zu ihm zurückzubringen.

»Nehmt«, sagte er, während er ihnen eine Goldkette mit einem Amulett aus dem gleichen Metall entgegenstreckte, eine halbe Handbreit stark und mit der Darstellung des Judaslöwen verziert. »Ich weiß, daß Ihr nicht daran glaubt, aber es ist mehr wert als nur das Material.«

Der König legte die Kette selbst um den Hals von Jean-Baptiste, küßte ihn ebenso wie Maître Juremi und verschwand eilig.

Am selben Tag sahen sie ihn noch ein letztes Mal, aber aus der Ferne, bei der offiziellen Audienz, denn gegenüber den Priestern und Fürsten war, wenngleich alle Welt es wußte, nicht davon die Rede, daß sie private Begegnungen mit dem König gehabt hatten.

Man führte sie in den Hof des Palastes, wo der Thron errichtet war. Die vier Löwen, wenige Schritte vom Herrscher entfernt, brüllten in ihrem Käfig. Der König saß wie immer unbeweglich da und sprach nur durch die Vermittlung seines offiziellen »Mundes«. Poncet und Maître Juremi warfen sich lang auf den Boden. Die rauhen Steinplatten, auf denen ihre Gesichter lagen, fühlten sich nun fast vertraut an, sie strahlten nicht mehr die abweisende Kälte aus, die sie bei der Ankunft empfunden hatten. Diese Erde oder vielmehr dieser Stein, was in diesem am Rand des Himmels gelegenen Land des Basalts auf dasselbe herauskam, gehörte jetzt auch ein wenig ihnen. Da die Audienz andauerte und es die Priester für angebracht hielten, sie lange liegen zu lassen, sahen beide, als sie aufstanden, daß der andere den Boden ein wenig mit seinen Tränen angefeuchtet hatte.

Eine Abteilung von dreißig berittenen Kriegern begleitete sie aus der Stadt heraus und bis nach Aksum, fünf Tagesmärsche entfernt. Dort trafen sie den jungen Murad mit dem Rest der Karawane, vor allem den Elefanten. Bis zur Landesgrenze behielten sie eine einfache Eskorte von sieben Männern. Dann wandten sie sich der Küste zu.

3.
Das Beglaubigungsschreiben

Erstes Kapitel

Die Diplomatie ist eine Kunst, die eine so beständige Würde verlangt, Majestät im Verhalten und tiefste Ruhe, daß sie nur wenig mit der Eile, der Anstrengung, kurz mit der Arbeit in Übereinstimmung zu bringen ist. Monsieur de Maillet erfüllte als kluger Diplomat seine Rolle niemals so gut, wie in jenen Augenblicken, wo er eindeutig nichts zu tun hatte und sich ihr deshalb ganz und gar widmen konnte. Dieses Nichts wußte er dann zu der Würde eines Staatsaktes zu erheben, wie es sich gehörte, vom Nimbus der Geheimnisse umgeben und mit dem Duft der Verachtung gegen all jene parfümiert, die es wagen könnten, von ihm Rechenschaft über den Gebrauch seiner Zeit zu verlangen. Seit der Abreise der Abessinien-Mission und den ärgerlichen Unannehmlichkeiten, die ihm die Intrigen der Kirchenmänner bereitet hatten, fand der Konsul endlich zum geregelten Gang seines Staatsdienstes zurück. Er las die Zeitungen, die ihn mit Verspätung erreichten, führte eine genaue Aufstellung über Aufstieg und Veränderungen auf der Karriereleiter und versuchte die Richtung festzulegen, in die er seine berechtigten Ambitionen lenken konnte. Schließlich erwiderte er nach einer langfristig festgesetzten Ordnung die Besuche zahlreicher türkischer und arabischer Persönlichkeiten, denen er nichts zu sagen hatte, von denen er nichts hören wollte und bei denen die Konversation oft die Finesse, die Ziselierung der orientalischen Basreliefs erreichte, geschmückt mit tausend Verzierungen, die das Auge anziehen und ihm schmeicheln, ohne daß es jedoch irgendeine besondere Form, irgendein Zeichen zu erkennen vermag.

Diese Harmonie wurde in den ersten Maitagen des Jahres 1700, also acht Monate nach der Abreise von Poncet und Hadji Ali, jäh unterbrochen. Alles geschah in zwei kurzen Wochen. Zunächst kam die Post aus Alexandria mit einem Brief des Grafen de Pontchartrain. Der Konsul schloß sich ein, um ihn zu lesen. Nach den Begrüßungsfloskeln und einigen unbedeutenden Anmerkungen kam der Minister auf Äthiopien zu sprechen. Voller Überraschung nahm Monsieur de Maillet die folgenden Zeilen zur Kenntnis:

»Was die Angelegenheit Ihrer Botschafter in Abessinien angeht, so fürchte ich, daß die Herren Jesuiten, die Ihnen die Absichten des Königs übermittelten, diese ein wenig mit den eigenen vermischt haben, die nicht ganz die gleichen sind. Gewiß hat Ihre Majestät vor mir seine Freude kundgetan, Abessinien durch den verdienstvollen Einsatz des Jesuitenordens in den Schoß unserer heiligen Mutter Kirche zurückkehren zu sehen. Er hat jedoch nicht den Wunsch geäußert, eine Delegation des Königs von Abessinien in Versailles zu empfangen. Nachdem ich heute mit Ihrer Majestät, dem König, gesprochen habe, kann ich Ihnen mitteilen, daß er keinen Gefallen an der Vorstellung findet, solche Boten zu begrüßen, da eine abessinische Gesandtschaft den Großherren der Türken zweifellos zutiefst verärgern würde, während es doch in Erwägung der europäischen Angelegenheiten noch nie so wichtig war, die guten Beziehungen zu ihm zu erhalten. Aus Ihren Briefen spricht nur geringe Zuversicht, daß Ihre Emissäre heil zurückkehren werden. Wenn sie jedoch nach Kairo kommen und falls sie von Gesandten des Königs von Abessinien begleitet sind, empfehle ich Ihnen mit äußerster Dringlichkeit, diese Bevollmächtigten nicht bis Versailles weiterreisen zu lassen, sie zunächst in Kairo zu behalten, ihre Huldigung entgegenzunehmen und sie anschließend unter größten Lobesgesängen zu ihrem Herren zurückzuschicken, weiter nichts.«

Diese neuen Anweisungen ließen größte Unannehmlichkeiten erahnen. Monsieur de Maillet zeigte beim Essen eine finstere Miene und tuschelte in den folgenden Tagen unablässig mit Monsieur Macé, den er zu diesem Zweck aus dem Verschlag, in dem er vor sich hinvegetierte, hervorkommen ließ. Die folgende Woche brachte einen neuen Schock. Ein arabischer Reiter erreichte die Kolonie in wildem Galopp, seine rote Kappe flatterte im Wind. Er sprang vor dem Konsulat vom Pferd und erklärte, er habe eine Botschaft für den Vertreter Frankreichs. Dieser nahm sie persönlich aus den Händen des Boten entgegen, wie es auf dem Umschlag geschrieben stand. Als der Konsul den Mann befragte, erfuhr er, daß dieser in drei Etappen aus Djedda im Jemen gekommen war. Die Bezahlung hatte bei Empfang zu erfolgen. Monsieur de Maillet ließ seinen Sekretär den Preis aushandeln.

Dieser zweite Brief stürzte den Diplomaten in noch größere Erregung als der erste. Das ganze Leben im Haus geriet durcheinander. Die wunderbare Mechanik, der Geist des Konsuls, so geschickt darin, den Müßiggang feinzumahlen, kreischte unter den störenden groben Körnern, die man mit vollen Händen hineinwarf. Madame de Maillet regte sich auf, fürchtete sie doch, ihr Gemahl könne wieder seine Gesundheit gefährden.

Am meisten beunruhigt war jedoch Alix. Sie war verstört durch die Neuigkeiten, denn die langen Monate hatten ihr alle nur möglichen Emotionen verschafft: Hoffnung, Sorge, Pessimismus und schwarze Vorahnungen. Sie näherte sich jetzt den Ufern der Resignation.

Die Ankunft der beiden Kuriere trieb sie auf den Gipfel der Ungeduld und der Neugier. Aber diesmal hatte Monsieur de Maillet beschlossen, seiner Familie nichts von den Gründen für seine Besorgnis zu offenbaren. Er bewahrte eine hartnäckige und unangenehme Erinnerung an die häusliche Unordnung, in die sein übergroßes Vertrauen bei der Abreise der Abessinien-Mission gemündet hatte. Der Konsul beschränkte sich darauf zu brummen, es gäbe Schwierigkeiten, und verschloß sich wie eine Auster bei der ersten Frage seiner Nächsten.

Trotz ihrer Bemühungen konnten weder Alix noch Françoise etwas erfahren, wenngleich sie sogar an den Türen lauschten. Sie waren auf Vermutungen angewiesen. Alix' verliebter und besorgter Geist sagte ihr, daß Jean-Baptistes Mission etwas Schlimmes zugestoßen war. Sie war völlig verzweifelt darüber, nichts zu erfahren, als Françoise schließlich eine Idee hatte.

»Da sich der Konsul nicht äußert, besteht die einzige Lösung darin, daß wir selbst nachsehen«, schlug sie vor.

»Sein Büro betreten? Aber das ist unmöglich!« sagte Alix.

So kühn sie auch unter Françoises Einfluß geworden war, vor der Vorstellung eines solchen Verstoßes gegen die Autorität ihres Vaters schreckte sie zurück.

»Aber das ist gar nicht so schwer!« beharrte Françoise. »Nachts läßt er all seine Papiere ausgebreitet auf seinem Schreibtisch liegen, und die Tür bleibt offen. Der kleine Nubier, der die Fensterläden schließt, hat es mir erzählt.«

»Sie vergessen, daß die Wache in der Eingangshalle schläft und daß es keinen anderen Weg in das Zimmer gibt.«

»Wissen Sie«, sagte Françoise gewitzt, »daß Maître Juremi anfangs fürchtete, das Getränk für Pater Gaboriau sei nicht stark genug, um ihn einzuschläfern?«

»Und weiter?«

»Er hat mir noch eine weitere Flasche dagelassen. Nur ein paar Tropfen davon, in irgendeiner Flüssigkeit aufgelöst, sollten den guten Mann in einen so unbezwingbaren und tiefen Schlaf sinken lassen, daß man selbst in seiner Nähe nicht hätte flüstern müssen. Der Priester hat das Mittel ja nicht gebraucht. Aber ich habe die Flasche aufgehoben.«

Am nächsten Morgen mußte man die Schildwache wecken, indem man ihr einen Krug kaltes Wasser in den Kragen goß. Monsieur de Maillet verfluchte die Trunksucht des orientalischen Personals. Aber ihm fiel nichts weiter auf.

Am Abend zuvor jedoch betrat Alix, nachdem sie sich vergewissert hatte, daß die Wachen schliefen, gegen elf Uhr das Arbeitszimmer ihres Vaters, während Françoise an der Tür wachte. Obgleich sie über das, was sie tat, entsetzt war, zeigte das Mädchen dennoch bewundernswerte Kaltblütigkeit, sobald es die Schwelle überschritten hatte.

Auf dem roten Leder des Schreibtisches erkannte Alix zunächst den Brief des Grafen de Pontchartrain. Die Wachssiegel, die Wappen des Ministers, tief in das dicke Büttenpapier eingeprägt, unterschieden ihn deutlich von allen anderen. Sie griff vorsichtig danach und versuchte, sich zu merken, wo er genau gelegen hatte, ehe sie ihn aufnahm. Dann legte sie ihn doch wieder beiseite und hob es sich auf, ihn zu entziffern, denn sie hatte das Gefühl, daß das Wesentliche an anderer Stelle zu finden sein müsse. Tatsächlich entdeckte sie unter dem Brief des Ministers einen anderen, kleineren.

Während das erste Schreiben durch seine Majestät von den anderen abstach, fiel dieses durch sein erbärmliches Aussehen auf, das zerknitterte Papier, von Regen befleckt und von unsauberen Händen berührt. Alix nahm den Brief vorsichtig an sich. Er kam aus Djedda. Es war die Schrift von Jean-Baptiste. Alix legte ihn erst einmal an ihr Herz. Sie verharrte einen Augenblick und wagte nicht, ihn zu lesen. Das lange Warten hatte sie derart empfindsam gemacht, daß sie, während sie dieses Stück Papier, das Jean-Baptiste berührt hatte, an sich preßte, dieselbe Erregung empfand, als würde sie ihre Hand auf die seine legen. Schließlich begann sie zu lesen. Es war eine kurze Nachricht, unter unbequemen Umständen geschrieben, mit einer Bambusspitze, die sich in das Papier eindrückte. Die Linien stiegen nach rechts auf.

»Exzellenz,
Ich bin auf dem Rückweg nach Kairo. Die Mission in Abessinien war ein voller Erfolg, allerdings muß ich Ihnen voller Bedauern mitteilen, daß Pater de Brèvedent vor unser Ankunft in der äthiopischen Hauptstadt gestorben ist. Ich bringe einen Gesandten des Negus mit. Er überquert in diesem Augenblick das Rote Meer, denn er wurde länger in Massaua zurückgehalten. Der König der Könige hat uns mit Geschenken für unseren Herrscher beladen. Wir bringen zehn abessinische Sklaven, Pferde, zwei junge Elefanten und viele andere Dinge mit. Wir müssen nur noch nach Port Said hinauf, sobald wir wieder beieinander sind und ein Boot gefunden haben, das uns dorthin bringt. Wenn alles günstig verläuft, sind wir in einem Monat in Kairo. Ich bitte Euer Exzellenz ... «

»In einem Monat!« stieß Alix hervor.

Sie suchte nach dem Datum, daß auf den oberen Rand des Briefes gekritzelt war, und rechnete schnell: Er war vor genau neunundzwanzig Tagen geschrieben worden.

Sie legte den Brief von Jean-Baptiste zurück und den des Ministers darüber – es war nicht mehr nötig, diesen zu lesen, hatte sie doch erfahren, was sie wissen wollte.

Zweites Kapitel

Von dem Hügel, auf dem Jean-Baptiste und seine Gefährten ihr Lager aufgeschlagen hatten, konnten sie die ganze Stadt Suez überblicken. Es war kaum mehr als eine Ansammlung arabischer Häuser, beherrscht von einigen ottomanischen Bauten und der ockerfarbenen Masse des Zollhauses mit seinem Dach aus Hohlziegeln. Große, zweistämmige Palmen streckten ihre grünen, ausgefransten Fahnen empor, die im Golfwind wehten. Die dreieckigen Segel der Handelsschiffe ritzten wie mit einem Nagelstrich den blauen Finger des Meeres, der sich in die Windungen der Wüste schmiegte. Der Weg führte die Reisenden durch den ebenen Teil der ägyptischen Küste. Die Steilhänge des Sinai versanken in ihrem Rücken.

Suez ist ein Ort voller Melancholie, wo die Wasserträume enden. Die pathetische und sichtbare Energie des Indischen Ozeans bricht sich dort, ganz am Ende des ausgestreckten Armes des Roten Meeres, denn das Mittelmeer, steif und unbeweglich, rührt sich nicht, um seinen Ruf zu beantworten. Zahllose Karawanen, deren Silhouetten oder Spuren man überall sehen kann, ziehen ihre Fäden durch die Sandzunge, die jene Wassermassen voneinander trennt, als wollten sie diese trotz allem miteinander vertäuen.

Das Ende der Regenzeit versammelte ohne Eile die letzten Schauerwolken, die einen dichten, frischen Schatten auf die Erde warfen. Um das Feuer aus trockenen Äste versammelt, welches die Sklaven vorbereitet hatten, indem sie aus weitem Umkreis

Reisighaufen zusammentrugen, betrachtete die kleine Truppe dieses Schauspiel. Das Tageslicht nahm schnell ab, die Dunkelheit ließ das Spiel von Farben und Schatten, die Tiefe schufen und Gegensätze unterstrichen, noch prächtiger erscheinen. Die Reisenden konnten sich keineswegs mit dieser Herrlichkeit vergleichen. Um es genau zu sagen, sie wagten kaum, sich anzusehen. Der einzige, der in Anbetracht des eigenen Zustandes nicht zu leiden schien, war Murad, dessen einzige Sorge in diesem Moment die Qualität der Suppe war. Er hob immer wieder den Deckel des Topfes, der über dem Feuer hing, um die Farbe des köchelnden Ragouts zu begutachten.

Von dem stolzen Gefolge bei der Abreise war nicht viel übrig geblieben: Murads Pferde waren krepiert, sobald sie aus der Hochebene hinabstiegen, von Insekten gequält, die sie nicht gewohnt waren. Der Armenier hatte andere Reittiere beschaffen müssen, indem er einen Boten zurück zum König sandte. Fünf neue Pferde wurden gebracht, die ebenfalls sehr schnell starben, was den beiden Franken sehr verdächtig vorkam, denn ihre Pferde waren völlig gesund. Über diese Verzögerung verärgert, war Poncet mit Maître Juremi vorausgeritten und hatte sich gleich nach Djedda gewandt, um den Konsul zu benachrichtigen. Nachdem Murad einen Großteil des Inhalts der Kisten geopfert hatte – Poncet verdächtigte ihn, all das zu einem guten Preis in Massaua verkauft zu haben –, lud er den Rest auf die Esel und die beiden Maultiere. Dieses stolze Gefolge begleitete ihn noch immer. Die Elefanten hatten nicht viel länger überlebt. Einer von ihnen war an der Küste vor Hitze gestorben. Der andere, der robuster aussah, wurde auf ein kleines Floß geladen, das er allein ausfüllte. Zehn Männer hatten ihn mit Ketten auf das Boot gezerrt. Murad war stolz, das Tier so über das Wasser schwimmen zu sehen. Er folgte mit dem Rest der Karawane auf einem anderen Boot, das neben dem des Dickhäuters segeln sollte. Was im Kopf des Tieres vor sich ging? Niemand weiß es. Aber kaum hatten die Boote abgelegt, kaum sah sich der junge Elefant von Wasser umgeben, wurde er von Panik ergriffen, wedelte mit den Ohren und trompetete laut. Die Mannschaft konnte ihn nicht daran hindern, zwei seiner Fesseln zu zerreißen und so stark zu stampfen, daß er das Floß zum Kentern brachte. Das Meer verschluckte den Koloß und das Floß, an das er noch mit zwei Ketten gefesselt war. Fünf Seeleute gingen in der Katastrophe unter.

Murad kam also ohne Elefanten an. Er brachte lediglich, in einer fest verschlossenen Holzkiste, die Ohren des Tieres, das noch an Land gestorben war und die er ihm hatte abschneiden lassen. Es waren sehr schöne und große Ohren, wie sie nur die afrikanischen Elefanten besitzen. Jean-Baptiste lobte die Geistesgegenwart des Armeniers, der auf diese Weise eine Spur bewahrt hatte, die auf die unglaublichen, wunderbaren Geschenke des Herrschers hinweisen konnte. Murad empfing die Komplimente mit um so größerer Bescheidenheit, als er insgeheim mit diesen Ohren etwas ganz anderes vorhatte. Er hatte gehört, daß dieser Körperteil des Elefanten getrocknet ein unvergleichliches Fleisch hergibt, wenn man es entsprechend würzt.

Das Schicksal der Sklaven war kaum besser. Der Nayb von Massaua, ein kleiner Fürst, der dank eines Erlasses des Großtürken über sein Stück Insel herrschte, wollte dem Negus gern zu Gefallen sein, der ihm befahl, die Reisenden nicht zu belästigen. Er war zu sehr von diesem mächtigen Nachbarn abhängig, um ihn zu verärgern. Aber nirgends im Brief des Königs der Könige war von den Sklaven die Rede. Deshalb behielt der Nayb für seine persönliche Verwendung die vier Frauen, die seinem Geschmack entsprachen. Einer der Männer, die Murad blieben, kam auf dem Boot des Elefanten ums Leben. Vier erreichten Djedda. Der Scharif von Mekka, dem der Armenier in Massaua die Geschenke unter dem Vorwand verkauft hatte, die Last seiner Tiere zu erleichtern, fühlte sich von dem Zibet und den beiden Säcken mit Goldpuder, die er von den Reisenden erhielt, zu wenig geehrt. Lüstern betrachtete er die beiden am besten gebauten abessinischen Sklaven und erklärte sie zu seinem Eigentum. Poncet kämpfte und erreichte, daß der Scharif nur einen behielt. So verzehrten sie also in Begleitung der drei Übriggebliebenen, einem Erwachsenen, der einen Klumpfuß hatte, und zwei Kindern von etwa vierzehn und elf Jahren, auf den Hügeln von Suez ihr Abendbrot.

Der Anblick der Franken war nicht dazu angetan, das Bild zu verschönern. Sie hatten zwar ihre Pferde und den Großteil ihres Gepäcks gerettet, aber Poncet war in Arabien und während des Aufstiegs zum Roten Meer sehr krank gewesen. Zuvor, in Massaua, hatte sich Maître Juremi schlecht gefühlt. Sie beendeten dieses Reisejahr bleich, abgemagert, blutleer durch das Fieber und voller Wunden an den Beinen, die sie sich auf dem Schiff zugezogen hatten, die das Meeressalz hatte anschwellen lassen und der Sand jetzt noch zusätzlich reizte. Der einzige Trumpf, der ihrer Rückkehr einen Anstrich von Würde geben konnte, die ihnen jetzt gänzlich fehlte, waren neue Hosen, Baumwollhemden mit Spitzenkragen und rote Jacken, die sie sich in Djedda besorgt hatten. Korsaren, die ein Schiff gekapert und dabei diese Beute gemacht hatten, waren bereit gewesen, sie ihnen für eine ungeheuerliche Menge Goldes zu verkaufen. Diese Toilette lag sorgfältig gefaltet in einem Ledersack. Nun mußte man sich über ihre Verwendung einigen und einen grundsätzlichen Plan für die Rückkehr festlegen.

»Wir sind jetzt nur noch drei Tage von Kairo entfernt«, sagte Jean-Baptiste. »Zwei davon werden wir gemeinsam verbringen. Beim letzten Nachtlager läßt du dein Pferd zurück, Juremi, nimmst ein Maultier und verläßt uns. Du wendest dich dann nach Norden. In zwei Etappen erreichst du den Nil in Benha, und am nächsten Tag kommst du über die Straße von Alexandria nach Kairo, wie man es erwartet.«

Es war eine ruhmlose Rückkehr für den Mann, der alle Mühen der Reise geteilt hatte. Aber Poncet wußte, daß Maître Juremi, als er ihm folgte, von vornherein diese bescheidene Rolle angenommen hatte, an die der einstige Soldat gewöhnt war.

»Und wir, bleiben wir zusammen?« fragte Murad Jean-Baptiste mit leichter Besorgnis.

»Nur zwei Tage. Dann wirst du an der Stelle, wo uns Juremi verläßt, warten. Ich gehe vor.«

»Wie?« schrie Murad. »Allein bleiben! Mitten in der Wüste.«

»Du wirst nicht allein sein, du hast die Sklaven«, knurrte Maître Juremi.

»Schöner Trost. Hast du sie dir angesehen?«

»Wir halten an einem sicheren Ort, bei einem Karawanenplatz«, sagte Poncet verstimmt. »Und ich werde jemanden bezahlen, der dich beschützt.«

»Du gehst also als erster … «, stellte Murad nicht gerade begeistert fest.

»Ich werde dein Kommen ankündigen. Am folgenden Tag erscheinst du am Nachmittag, so vornehm, wie du kannst. Einer der Sklaven, der älteste – man muß seinen Fuß mit zwei Filztüchern umhüllen, damit man nicht sieht, daß er hinkt – folgt dir auf dem anderen Maultier. Die beiden Kinder kommen mit den Eseln hinterher.«

Murad nickte.

»Wie viele saubere Gewänder hast du noch in deinem Koffer?«

»Eines.«

»Dann heb es auf. Du wirst dich nach deiner Ankunft für die offiziellen Empfänge umkleiden. Wenn man dich am Stadttor empfängt, sagst du einfach, daß du darum bittest, den Aufzug eines Mannes zu verzeihen, der eine lange, schwierige und gefährliche Reise hinter sich hat.«

Die nächsten zwei Tage verliefen ohne Zwischenfälle. Am letzten Abend legten sie noch ein paar Einzelheiten fest, dann brach die Nacht herein. Sie wickelten sich dicht am Feuer in Felle. Jean-Baptiste verspürte eine ungeheure Erregung. Sein Körper sandte ihm tausend Signale von Müdigkeit und Schmerz. All die Sterne, in deren Gesellschaft er ein Jahr lang gelebt hatte und die er bald verlassen würde, schauten auf ihn herab. Er war von dem Gedanken, ja fast von dem Empfinden an das nahe Kairo erfüllt. Bei der Abreise, wo alles dazu angetan ist, einen zu entmutigen, spürt man keine Ungeduld. Während der Reise hält man sich wacker. Aber wenn die Rückkehr bevorsteht? Warum diese Verzögerung, warum vergehen die Minuten so langsam? Es sind so wenige Augenblicke, die uns von dem Frieden trennen, den uns Gewißheit verschafft. Jean-Baptiste hatte die Vorstellung von seiner Heimkehr über lange Monate genährt. Er stellte sich Alix vor, ihre Liebe, endlich ihre Begegnung. Und plötzlich spürte er, wie sehr diese Konstruktion, auf die er sich geschwungen hatte, indem er sie selbst Stein um Stein errichtete, um diejenige, die er liebte, nicht aus den Augen zu verlieren, so weit er auch entfernt sein mochte, wie sehr dieser bunt zusammengewürfelte Turm aus zerbrechlichen Hoffnungen, aus zusammengeflickten Erinnerungen, aus Splittern von Bildern, Tönen, den Trümmern längst vergangener Tage entrissen, wie sehr das alles auf Sand gebaut war, auf der verrückten Annahme, jemand könnte auf ihn warten, ohne ihn zu kennen, ihn lieben, fast ohne ihn gesehen zu haben. Dieses Wesen, das er so weit und so lange mit sich genommen hatte, war es etwas anderes als sein eigenes Verlangen? In jener Nacht, schlecht gebettet auf den spitzen Steinen der Wüste, fragte sich Jean-Baptiste nicht nur, ob Alix ihn liebe, sondern auch, ob sie tatsächlich existiere.

Schließlich beschloß er, dieses letzte Lager mitten in der Nacht zu verlassen. Am Vortag war alles wie vorgesehen abgelaufen: Maître Juremi hatte sich brummig wie immer in Richtung Alexandria aufgemacht. Murad war beruhigt, denn sie hatten ihr Lager an einem sehr belebten Karawanenplatz aufgeschlagen, wo überdies in jener Nacht sogar zwei Janitscharen schliefen. Sie hatten sich früh hingelegt. Murad hatte bald ein lautes Schnarchen hören lassen. Jean-Baptiste wußte, daß er vergebens den Schlaf suchen würde. Er sattelte leise sein Pferd, ließ seinen Esel und sein ganzes Gepäck beim Rest des Konvois zurück, der die Stadt am nächsten Tag erreichen würde, zog sein sauberes Hemd, die Hosen und die Jacke an und machte sich allein auf den Weg. Ein großer weißer Mond war im Westen aufgestiegen und beleuchtete den Weg ebenso hell, wie es die Wintersonne getan hätte. Der Tag war heiß gewesen. Die Luft bewahrte noch Inseln der Wärme, in die der Reiter im Trab wie in seidige Mäntel hineinschlüpfte. Das Hufgeklapper des Pferdes ertönte wie der Schlag eines riesigen Herzens, das die Oberfläche der Wüste erzittern ließ.

Alles war noch in tiefe Nacht getaucht, als er unter den Ruinen eines Ptolemäus-Tempels hindurchritt. Ihm stand nicht der Sinn danach, zwischen den zerfallenen Säulen über die Vergänglichkeit der Jahrhunderte zu meditieren, denn er war ganz und gar vom Gegenteil erfüllt, von der Ewigkeit der Sekunden und dem unendlich langsamen Verstreichen der letzten Augenblicke der Abwesenheit. Er erreichte Kairo im Morgengrauen. Die Wachen schliefen noch, und das Tor war verschlossen. Als sie den gut gekleideten, unbewaffneten Franken sahen, ließen sie ihn ein, ohne Fragen zu stellen. Die ganze Stadt lag noch im Schlaf, mit Ausnahme der Bettler, die um diese Zeit wie graue Schatten umherstreiften. Mit der Sonne hatte sich eine frische Brise erhoben, in der die Schwalben zwitschernd einhersegelten.

Der alte Wächter der fränkischen Kolonie schoß bei seiner

Ankunft fast seine Muskete ab, dann, sobald er ihn erkannt hatte, stieß er Freudenschreie aus, die Jean-Baptiste energisch zum Verstummen brachte.

Schließlich erreichte er die große Straße und sah in ihrer Mitte das Konsulat, wo die weiße Fahne mit der Lilie flatterte. Sein Pferd, schweißgebadet von dem scharfen Ritt, ging langsam weiter, denn er trieb es nicht mehr an und hatte die Zügel auf den Knauf gelegt. Jean-Baptiste blickte empor zu dem Fenster von Alix: Es war offen, aber die Vorhänge waren zugezogen. Nichts existierte mehr zwischen ihr und ihm als dieses winzige Hindernis aus bedrucktem Stoff, auf dem man die Rückseite blauer Motive sah. Das war es: keine Wüste, kein Berg, kein Raubtier trennte sie mehr. Erneut gab es zwischen ihnen nur die zarte und zugleich mächtige Wand, welche die Menschen zwischeneinander errichten, wenn es darum geht, zu lieben, zu helfen oder zu teilen. Das Pferd war stehengeblieben, ohne daß Jean-Baptiste es bemerkte.

Ein Klappern im Garten, gewiß ein Wächter, der schaute, was der Eindringling wollte, riß den jungen Mann aus seinen Träumen. Er ließ das Pferd weitergehen, bog an der Ecke der ersten Straße ein und legte den Weg bis zu seinem Haus mit einer Vertrautheit zurück, die aus der Tiefe des Vergessens auftauchte. Er stieg vom Pferd, band es an einen in die Wand eingelassenen Ring und ging bis zu seiner Tür. Der Schlüssel war, wie gewohnt, in einem Mauerloch versteckt, verborgen unter einem Stück Putz. Er trat ein. Im Erdgeschoß herrschte noch die Nacht, aber bei ihm in der oberen Etage war es bereits taghell. Nichts hatte sich verändert. Er hatte Welten durchquert, seine eigene Spur verloren, mit Geschöpfen gesprochen, die in ihrer Unnahbarkeit geradezu märchenhaft wirkten, er wäre beinahe ermordet worden, fast ertrunken, verhungert. Und während dieser langen Abwesenheit, die der Welt so fremd schien wie ein Traum, hatte die Fuchsie weiter ihre malvenfarbenen Tropfen zum Blühen gebracht, eine Agave hatte am Ende eines langen, schuppigen Schafts die Blüte ihres Lebens gehißt, die Araukarie war errötet, die Orangenbäume trugen Früchte. Die unmerkliche Treue der Pflanzen hatte einen Tunnel unter der Bewegtheit seines Lebens gegraben, und die Vergangenheit mündete dank dieses unterirdischen Weges unbeschadet im gegenwärtigen Augenblick.

Jean-Baptiste nahm auch wahr, wie sehr diese natürliche Bewegung durch liebende Menschenhand kontrolliert, gelenkt und beherrscht worden war. Nirgends gab es ein Durcheinander. Alles war an dem Platz, wo er es verlassen hatte, abgesehen von einigen Stühlen, die auf der Terrasse verstreut standen. Aber er wußte, welche ständigen Anstrengungen nötig waren, damit dieses wilde, lebendige Getümmel eine solche Intensität und Ordnung, eine solche Fruchtbarkeit und doch Mäßigung bewahrte. Dieser Frieden und diese Süße waren lediglich das Gleichgewicht zwischen zwei mächtigen Gegnern, der Vegetation und der Intelligenz, die sie kultiviert. So erkannte er auf den ersten Blick, daß er nicht verlassen war.

Diese Beruhigung schlug eine Bresche, durch die unendliche Müdigkeit drang. Er ging zur Hängematte und streckte sich aus, angezogen, wie er war, die Sporen noch an den Stiefeln. Die Anspannung der Reise, die ständige Aufmerksamkeit, die ganze Wachsamkeit eines Jahres lösten sich mit einem Schlag. Die Barriere, die er gegen die Erschöpfung errichtet hatte und die, bestürmt vom Ozean der Müdigkeit, nur noch an einigen dünnen Fäden hing, brach endgültig zusammen. Er schloß die Augen und schlief ein.

Im Traum sah er den kleinen John Appleseeder, dessen Geschichte ihm seine Großmutter erzählt hatte. Es war das erste Mal, daß diese Erinnerung zurückkehrte. Woher kannte die arme Frau diese Legende? Sie war während ihres Exils Dienstmagd bei den Stuarts gewesen: Welcher schottische Diener hatte sie ihr erzählt, um sie zu verführen, oder welches Königskind, das sie im Waschhaus getroffen hatte? John war ein Schlingel, der überall Apfelkerne aussäte. Wenn man ihn bestrafte, indem man ihn in einen Verschlag sperrte, schob er einen Kern zwischen zwei Parkettbretter. Spielte er mit einem Freund, steckte er einen in dessen Haarschopf. Bei den Großen, bei den Kleinen, bei den Reichen und bei den Armen, in der Stadt und auf dem Land, zu Hause und auf Reisen, überall verbreitete John Appleseeder seine kleinen Apfelsamen. Nach einer gewissen Zeit wuchsen überall, wo er gewesen war, Apfelbäume, die ihre tiefen Wurzeln in die Parkettbretter oder in den Haaren eines Jungen versenkten, bei den Kleinen wie bei den Großen. Die Wände brachen unter dem Druck der Zweige, und die Reichen weinten vor den klaffenden Spalten. Aber die Bäume trugen schöne Äpfel, und die Armen, welche davon aßen, dankten John. Sie schrien vor Freude …

Jean-Baptiste erwachte. Françoise stand, eine Hand auf den Mund gepreßt, inmitten der Pflanzen und sah ihn voller Entsetzen an. Dann erkannte sie ihn, und ihr Ausdruck wandelte sich.

»Oh! Verzeihen Sie, daß ich geschrien habe, Monsieur Jean-Baptiste. Monsieur Jean-Baptiste! Sie! Wie konnte ich das ahnen? Mein Gott! Wie Sie sich verändert haben!«

Sie trat an die Hängematte heran, griff nach der Hand des jungen Mannes und küßte sie.

»Mein Gott! Sie sind so mager! Und dieser Bart, der Ihre Wangen noch eingefallener aussehen läßt! Diese langen Haare!«

Sie hörte nicht auf, ihn mit Tränen in den Augen anzustarren, und wußte vor Rührung nicht, was sie sagen sollte.

»Was für schöne Kleider«, flüsterte sie und berührte den Damaststoff seiner roten Jacke.

Die Korsaren hatten wohl ein sehr kostbares Schiff ausgeraubt, und Jean-Baptiste, der in Djedda kaum Aufmerksamkeit darauf verwandt hatte, merkte erst jetzt, daß er wie ein Edelmann gekleidet war.

»Haben Sie Hunger?« fragte Françoise, als sie sich wieder gefaßt hatte. »Durst? Warten Sie, ich gehe zu mir … «

»Nein«, sagte Jean-Baptiste, »das ist nicht nötig. Später! Später! Sag mir nur eins: Wo ist sie?«

»Ah! Monsieur Jean-Baptiste, was für ein Glück, daß Sie diese Frage stellen! Sie haben sie also nicht vergessen. Ich hatte Angst, wissen Sie, nach dieser Reise. Ich habe ihr immer gesagt, sie soll warten und hoffen. Aber es kann soviel geschehen unterwegs, und das Herz kann sich wandeln.«

Jean-Baptiste richtete sich ganz auf und ließ die Beine von der Hängematte herabbaumeln.

»Wandeln?« entgegnete er. »Das meine jedenfalls nicht. Aber sag mir, wo ist sie? Was … was denkt sie?«

»Sie denkt nur, daß sie Sie liebt, und hat seit Ihrer Abreise kaum etwas anderes im Kopf.«

»Oh, Françoise!« rief Jean-Baptiste und nahm sie in die Arme oder warf sich vielmehr in die ihren, wie in die einer Mutter.

Dann löste er sich, hielt Françoises kräftige Hände fest und fragte:

»Kommt sie her?«

»Jeden Tag.«

»Wann?«

»Nun«, meinte Françoise und blickte aus dem Fenster, wo gerade die Sonne aufging, »... jetzt.«

Jean-Baptiste sprang auf, und in seinem Gesicht stand größte Besorgnis.

»Sie darf nicht ... Geh ihr entgegen. Halte sie zurück. Sag ihr, daß ich zurück bin. Aber ... sie darf mich nicht so sehen. Ist Manuel noch da?«

Das war ein alter Diener, dem sein Herr bei seiner Rückkehr nach Frankreich ein kleine Pension ausgesetzt hatte und der in einem der Nachbarhäuser lebte. Poncet und sein Partner gaben ihm gelegentlich etwas zu tun. Manuel war sehr kräftig, aber leider vollkommen taub.

»Er ist zu Hause«, sagte Françoise.

»Ruf ihn. Er soll mir einen Wasserzuber und Seife vorbereiten. Ich will auch, daß er mir den Bart und die Haare schneidet. Und du, Françoise, mußt mich behandeln.«

»Sind Sie verletzt?«

»Dem Himmel sei Dank, das Innere ist unversehrt, aber die Hülle hat ein paar Risse abbekommen.«

Françoise machte sich schon zu schaffen. Jean-Baptiste kamen Bedenken.

»Ich muß nachher ins Konsulat. Sobald man erfährt, daß ich zurück bin, kann sie nicht mehr herkommen. Wie wollt ihr euch treffen?«

»Machen Sie sich keine Sorgen. Es ist viel geschehen während Ihrer Abwesenheit. Ich arbeite für Madame de Maillet. Ich kann im Konsulat kommen und gehen, wie ich will, denn ich habe immer noch mein Zimmer hier. Wir werden alles organisieren.«

»Françoise!« rief Jean-Baptiste und küßte ihr die Hände.

Sie machte Anstalten, davonzueilen. Auf der ersten Stufe der Treppe wandte sie sich um und sagte so unbefangen, wie sie es vermochte, als erkundige sie sich mehr der Form halber nach einer Nebensächlichkeit:

»Ist Ihr Partner, Maître Juremi, nicht bei Ihnen?«

»Nein«, sagte Jean-Baptiste, ohne der Frage Bedeutung zuzumessen, »Du weißt doch, daß er nach Alexandria gereist ist.«

»Kommen Sie, vor mir können Sie sich diese Vorsicht sparen. Ich weiß sehr wohl, daß er Ihnen gefolgt ist.«

Als Maître Juremi ihr vor der Abreise seine Anweisungen gab, hatte er sie auch in dieses Geheimnis eingeweiht, und die Arme sah darin weitaus mehr als eine einfache Vertraulichkeit. Sie hatte es sorgfältig bewahrt, sogar vor Alix, wie etwas – das einzige im übrigen –, was sie jemals allein mit diesem Mann geteilt hatte.

»Nun, denk weiterhin das, was alle denken. Er ist nach Alexandria gereist. Aber irgend etwas sagt mir, daß er in zwei Tagen hier sein müßte«, fügte Jean Baptiste lächelnd hinzu.

Drittes Kapitel

Jean-Baptiste irrte sich, wenn er annahm, während seiner Abwesenheit habe sich nichts geändert: Das mußte er sogleich feststellen, als er das Konsulat betrat. Nach langem Nachdenken hatte der Konsul beschlossen, seinen Schreibtisch von einer Ecke des Empfangssalons in die andere zu verschieben. Das Möbelstück stand jetzt unter dem Porträt des Königs, das heißt ganz hinten im Raum und nicht mehr am Fenster. Der Konsul gewann dadurch an Majestät, was er an Kühle verlor. Mit der hohen, braunen Perücke und der marineblauen Jacke mit vergoldeter Knopfleiste, unter der eine bestickte Seidenweste hervorsah, schwitzte er noch schlimmer als gewöhnlich, wobei er diese Qual mit der gewohnten Heldenhaftigkeit ertrug. Er empfing Poncet gegen vier Uhr nachmittags.

Monsieur de Maillet saß hinter der großen Ledertischplatte, auf der lediglich ein schönes Tintenfaß stand, und hörte sich die Erklärungen seines Besuchers an, ohne ihn zum Sitzen aufzufordern. Jean-Baptiste, sauber, rasiert, die Haare geschnitten, aber noch immer erschöpft, blieb stehen, wie eine Schachfigur auf dem schwarz-weißen Spielbrett, das den Fußboden bildete. Es war eines der Mittel, die der Konsul für sehr geschickt hielt, um ein Gespräch schnell zu beenden. Das andere Mittel war die schlechte Laune, die er an den Tag legte.

Der Konsul wollte unterstreichen, daß die Mission des Apothekers beendet sei und daß dieser nicht den Anspruch erheben dürfe, mehr zu erhoffen als die kurzen Glückwünsche, mit denen er ihn begrüßt hatte. Seine Nachricht aus Djedda, die eine Woche zuvor angekommen war, hatte dem Konsul Zeit gegeben, sich auf die Überraschung der Rückkehr einzustellen. Das große Problem, das einzige, war der Empfang des Bevollmächtigten des Negus. Der Apotheker mußte begreifen, daß er zwar für kurze Zeit nützlich gewesen war, um die Botschaft zu überbringen, die man ihm anvertraut hatte, daß sich alles weitere jedoch zwischen Diplomaten abspielen würde, in einer Welt, die ein einfacher Kräuterhändler nicht ohne Lächerlichkeit anstreben konnte. Monsieur de Maillet stellte die notwendigen Fragen, um den Empfang der Gesandtschaft angemessen vorzubereiten. Er erkundigte sich nach dem Namen des Gesandten, der Anzahl seiner Bediensteten, seiner Herkunft und der voraussichtlichen Stunde seines Eintreffens. Dagegen hütete er sich wohl davor, dem jungen Mann Gelegenheit zu geben, die Wechselfälle seiner Reise zu erzählen, und gab ihm bei dem ersten Versuch, den der andere in diese Richtung unternahm, zu verstehen, daß es sich dabei um Nebensächlichkeiten handele, mit denen sich ein derart mit Verantwortung beladener Mensch nicht abgeben könne. Es stand außer Frage, daß der Konsul den Geschehnissen etwa aus übertriebener Höflichkeit irgendwelche Bedeutung zumaß, auch wenn sie den ganzen Ruhm darstellten, welchen dieses Individuum je erlangen würde, und die er deshalb zu seinem Vorteil darzustellen suchte.

Jean-Baptiste war außerordentlich erschöpft. Das Übermaß der Gefühle beim Betreten des Hauses und die Hoffnung, womöglich Alix zu sehen, die sich schnell zerschlug, hatten ihm alle Energie geraubt, mit der er seine Vermessenheit hätte nähren können. Dieser Empfang entsprach genau dem, was vom Konsul zu erwarten war. Dennoch hatte er in seinem tiefsten Innern gehofft, daß vielleicht … Er spürte, wie ihn tiefe Niedergeschlagenheit überfiel.

»Monsieur le Consul, erlauben Sie, daß ich mich zurückziehe?« fragte Jean-Baptiste und machte einen Schritt zur Tür.

»Danke«, antwortete Monsieur de Maillet, der Verdienste wohl zu würdigen wußte. »Auf Wiedersehen, Monsieur Poncet.«

Der junge Mann ging hinaus. Monsieur Macé, der dem Gespräch in einer dunklen Zimmerecke beigewohnt hatte, trat zum Schreibtisch und sagte, vornübergebeugt und mit leiser und hastiger Stimme:

»Exzellenz, vielleicht wäre es trotz allem angebracht, daß dieser Mann morgen die Delegation begleitet, welche die Gesandtschaft erwartet.«

»Er?« wunderte sich Monsieur de Maillet. »Und in welcher Funktion?«

»Mir scheint ... daß sich der Gesandte des Negus und dieser Apotheker kennen. Zumindest der erste Kontakt wird dadurch erleichtert. Der Gesandte könnte sich womöglich selbst nach seinem Reisegefährten erkundigen ... «

»Sie haben recht«, sagte der Konsul. »Dafür kann er noch nützlich sein. Sehen Sie nach, ob er noch auf der Straße ist, und informieren Sie ihn über diesen Auftrag.«

Monsieur Macé trabte zur Tür und verbreitete um sich den frischen Duft von Jasmin, den die Wäscherin seinen Kleidern anstelle der natürlichen Ausdünstungen verliehen hatte.

Er durchquerte die Eingangshalle und erreichte die Freitreppe, wo er auf Poncet stieß, den er schon viel weiter entfernt vermutet hatte. Es schien ihm, als plaudere Françoise, einen Weidenkorb am Arm, gerade mit ihm. Aber sobald sie den Sekretär kommen sah, schlüpfte sie ins Haus, als setze sie den Weg aus dem Garten fort, ohne ihn unterbrochen zu haben. Monsieur Macé, der nie etwas vergaß, und am wenigsten, wenn er es sich nicht erklären konnte, sortierte diese Beobachtung in die Schublade »verdächtig«, die einen verborgenen, aber genau begrenzten Bereich seines Geistes einnahm. Er wandte sich an Jean-Baptiste, als sei nichts geschehen.

»Halten Sie sich morgen früh bereit«, sagte er zu ihm, »die Delegation zu begleiten, welche die Gesandtschaft empfängt. Wir haben die Uhrzeit noch nicht festgelegt, werden Ihnen aber mit der Wache eine Nachricht schicken.«

Monsieur Macé schien zu zögern, dann fuhr er mit leiser Stimme fort, als gebe er ihm einen ganz persönlichen Rat:

»Und versuchen Sie, sich anständig zu kleiden. Es handelt sich immerhin darum, den Bevollmächtigten eines Königs zu empfangen.«

Jean-Baptiste sah ihn entgeistert an. Eine innere Stimme riet ihm, in Lachen auszubrechen, eine andere, diesen Kauz an der Jacke zu packen und seinen Kopf an der Hauswand zu zerschmettern. Aber er hörte nicht darauf, denn er war von einem Gefühl der Vergeblichkeit und Traurigkeit erfüllt, die sich nur im Schlaf lösen konnte. Er wandte sich um und ging nach Hause, ohne jemanden zu treffen.

Françoise hatte gerade genug Zeit gehabt, ihm auf der Freitreppe einen Satz zuzuflüstern:

»Sie wird Sie heute nicht treffen.«

Jean-Baptiste grübelte über diese Worte nach und gab sich, als er daheim war, jener tiefer Hoffnungslosigkeit hin, die nicht durch ein dramatisches Ereignis ausgelöst wird, sondern nur durch die verwirrende Entdeckung, daß alles um einen herum nur durch die Gegenwart oder die Erwartung eines einzigen Wesens erträglich ist. Wenn dieses Wesen ausbleibt, sieht man dort, wo sich gerade noch eine lebbare Welt erhob, nur unerträgliche Ruinen, die von bösartigen Verrätern und Narren bevölkert sind.

Alix in ihrem Zimmer war keineswegs ruhiger. Wie alles, was man lange erhofft und was man sich tausendmal vorgestellt hat, erschien ihr die Rückkehr Jean-Baptistes wie ein unerwartetes Ereignis, das sie gänzlich unvorbereitet traf. Sie war sehr erleichtert, daß Françoise sie erreicht hatte, als sie gerade das Konsulat verlassen wollte, um »herborisieren« zu gehen. Sie hatte eine unverhoffte Begegnung vermieden, deren unendliche Schwierigkeiten sie sich im nachhinein ausmalte.

Sie würde Jean-Baptiste also etwas später sehen. Ihre Gedanken waren zu wirr, als daß sie einen Plan entwickeln konnte. Françoise kümmerte sich um alles, Alix mußte sich nur vorbereiten. ›Ja, ja‹, sagte sich das Mädchen, ›das ist gut: Ich muß mich nur vorbereiten.‹ Françoise verließ das Zimmer. Alix setzte sich vor ihre Frisierkommode. Und plötzlich verließen sie die Kräfte.

Die ganze stolze Gewißheit ihrer Schönheit, die sie in diesem Jahr erlangt hatte, verließ sie. Sie fand sich aufgedunsen, den Teint gelblich, entsetzte sich über der Farbe ihrer Haare. Der Blick von Jean-Baptiste hatte vermocht, ihr die eigenen Qualitäten zu enthüllen, und nun verschwanden diese Qualitäten in dem Augenblick, da sie diesem Blick erneut begegnen sollte. Sie hatte sich in der süßen Gewißheit des Traumes eingerichtet, der sie glauben ließ, daß sie liebte und geliebt wurde. In der Leidenschaft verflechten sich gewöhnlich die Bindungen der Phantasie mit denen der Wirklichkeit. Sie verstärken sich gegenseitig, und man kann sich auf einem Netz ausruhen, das zu gleichen Teilen aus Träumen und aus Wirklichkeit, aus Gespenstern und Gesten, aus Begehren und Erinnerungen besteht. Durch diese seltsame Trennung jedoch hatte die Liebe nur den Stoff der Phantasie weben können, fein und voller Farben, der jedoch wie ein Schmetterlingsflügel zu Staub zu zerfallen drohte, sobald man die Hand darauf legte.

Françoise kam zurück und erwartete, die Freundin fertig vorzufinden.

»Nun, was haben Sie?« fragte die Dienerin. »Beeilen Sie sich.«

»Ich will nicht.«

»Ich bitte Sie, was ist los?«

»Sehen Sie, hier, auf dem Nasenflügel.«

Françoise trat heran und kniff die Augen zusammen.

»Bei Gott, ich sehe nichts.«

»Danke, Françoise, aber es ist unnötig, mich anzulügen. Ich habe dort einen großen Pickel, ich spüre es, man sieht ihn.«

Dann setzte sie entschlossen hinzu:

»So will ich mich nicht zeigen.«

»Jean-Baptiste wird in einem Augenblick hier sein. Mir scheint, es genügt, ihn kurz zu sehen. Er kommt wegen Ihnen. Er hat ein so großes Verlangen, zu wissen, daß Sie immer noch hier sind, daß Sie ihn erwarten … Mir scheint, das ist keine Angelegenheit, die eine lange Vorbereitung braucht. Zeigen Sie sich ihm. Sie werden beide beruhigt sein über die Gefühle des anderen, und in den nächsten Tagen treffen Sie sich ausführlicher.«

»Nein, Françoise, dieser Pickel entstellt mich. Ich will nicht, daß er mich so sieht.«

Als erfahrene Frau spürte Françoise, daß es sinnlos war, weiter in sie zu dringen. Alix war keineswegs so eitel, daß dieser Pickel sie wirklich störte. Er war lediglich der Ausdruck jener den Verliebten eigenen Hemmnisse: Während sie in anderen Momenten so frei und so schnell durch Raum oder Zeit eilen können, um sich zu finden oder einander zu fliehen, wird, wenn sie noch ganz am Anfang stehen, die kleinste Bewegung, eine winzige Verschiebung der Hand oder des Arms, zur unüberwindlichen Anstrengung, als wenn sie die Ketten von Galeerensträflingen zerbrechen müßten. Man konnte nur warten. Françoise ging, um den jungen Mann zu benachrichtigen, den sie in der Eingangshalle traf, und ließ Alix mit ihren Qualen in ihrem Zimmer allein.

Die fränkische Kolonie in Kairo vereinte alle Nationen Europas, Franzosen, Italiener, Engländer und andere. Insgesamt waren es einige hundert Menschen, die meisten von ihnen Kaufleute. Von all diesen Nationen besaßen nur zwei ein eigenes Konsulat: England und Frankreich. Die englische Vertretung war sehr klein und hatte zu jener Zeit keinen ordentlichen Amtsträger. Frankreich nahm die führende Position ein.

Das französische Konsulat übte seine Macht direkt auf die Franzosen aus, indirekt jedoch auch über andere Nationen, die Frankreich entweder schützte, weil sie Christen waren und zu kleinen Gemeinden ohne Verteidigung gehörten, wie die Maroniten, oder, weil ihr eigenes Land keine Gesandtschaft hatte und Frankreich deshalb eingewilligt hatte, ihre Regierungen bei diesen nicht französischen Franken zu vertreten.

Diese konsularische Autorität wurde jedoch nicht gern hingenommen. Die Kaufleute in den Hafenstädten der Levante unterwarfen sich ihr nur widerwillig. Aber sie hatten keine andere Wahl: Nur um den Preis dieser Unterordnung erlaubten ihnen die Türken, auf islamischem Gebiet zu leben und zu handeln. Um der Macht des Konsuls etwas entgegenzusetzen und ihren eigenen Einfluß geltend zu machen, wählten die Händler einen »Vertreter der Nation«, den die Konsularbeamten in jeder Angelegenheit zu Rat ziehen mußten, die sie betraf. Manche Konsuln hatten in der Vergangenheit eine Kraftprobe mit diesen Vertretern riskiert: Sie war ihnen schlecht bekommen. Als Monsieur de Maillet sein Amt antrat, wurde er sehr kühl empfangen, war er ihnen doch durch Versailles aufgezwungen worden, während seine Vorgänger meist aus der Kolonie stammten. Vom Beginn seiner Amtszeit an konzentrierte er deshalb all seine Bemühungen auf den Vertreter, um sich dessen persönliches Wohlwollen zu sichern. Das war zu jener Zeit ein dicker Mann namens Brelot, der in Kairo einen Seidenwarenhandel betrieb, stammte er doch aus Lyon. Er war reich und sehr sparsam, was alles Wichtige anging – man erzählte sich, seine Kinder trügen zu Hause durchlöcherte Kleider, die nicht mal die Bettler anziehen würden –, jedoch von außerordentlicher Verschwendungssucht bei allem Überflüssigen. Er zögerte bei keiner Ausgabe, die dazu angetan war, ihn in die Nähe des einzigen Edelmannes zu erheben, den es in Kairo gab, nämlich den Konsul.

Deshalb war es ganz selbstverständlich, daß Monsieur de Maillet diesem Brelot die Ehre zuerkannte, eine Abordnung zu bilden, die am folgenden Tag den Gesandten aus Äthiopien empfangen würde. Unter den Instrumenten seines wachsenden Ruhmes besaß Brelot eine Kutsche, ein elegantes englisches Kabriolett, das er einem Bankier aus Damiette abgekauft hatte. Der arme Brite hatte Bankrott gemacht und mußte sein Gespann mit Tränen in den Augen für den Preis einer Galeerenfahrt nach Marseille abgeben.

Im Laufe des Nachmittags wurde Brelot mehrfach zur Konsultation ins Konsulat gerufen. Am Abend war die Liste der Abordnung fertig. Das Gerücht einer bedeutenden Ankunft hatte sich schnell in der Kolonie verbreitet. Manche berichteten, Poncet sei zurückgekehrt. Mehrere Händler tauchten unter nichtigen Vorwänden im Konsulat auf. Monsieur Macé hatte Anweisung, ihnen zu sagen, daß Monsieur de Maillet für den nächsten Tag die Ankunft einer bedeutenden Persönlichkeit erwarte, daß sie aufgefordert seien, zu Hause zu bleiben und nicht in den Straßen für unnötige Bewegung zu sorgen, daß schließlich eine Abordnung den Bevollmächtigten erwarten würde und nur jene sich dieser anschließen dürften, die auf der Liste aufgeführt seien.

Am nächsten Morgen erhob sich Jean-Baptiste, von einer Nacht mit tiefem Schlaf belebt, in bester Laune. Er dachte noch einmal über die Ereignisse des Vortages nach, fand, es sei zweifellos besser, Alix nicht zu überstürzt zu treffen, und die Nachrichten, die ihm Françoise überbracht hatte, erschienen ihm hervorragend. Was den Empfang im Konsulat anging, so hatte er damit gerechnet, und der Plan, den er aufgestellt hatte, berücksichtigte dies. Er mußte nur noch Murad voller Ergebenheit begrüßen und ihn dann auf die Wege führen, die er vorbereitet hatte. Er schlüpfte in seine schöne rote Jacke. Darunter trug er ein weißes Spitzenhemd. Er entstaubte den Filzhut, der im Schrank gelegen hatte, befestigte den Degen an der Seite und ging hinaus, um sein Pferd zu satteln.

Als er im Konsulat ankam, war die Abordnung bereit. An der Spitze kam Monsieur Fléhaut, der Kanzler des Konsulats, ein Mann, den Jean-Baptiste immer nur erlebt hatte, wie er ergeben die Rechnungen erledigte und die Post absandte, der jedoch – wenngleich weit unter Monsieur de Maillet – ebenfalls zu der Diplomatenkaste gehörte. Er trug einen bestickten Anzug und einen großen Federhut. Nie zuvor hatte er so prächtig ausgesehen. Zu seiner Rechten stand Monsieur Frisetti, der erste Dolmetscher des Konsulats. Er übte seinen Beruf in der Stadt aus und lebte von der Übersetzung geschäftlicher Texte. Der Konsul vertraute ihm gelegentlich delikate Dokumente an und hatte ihn engagiert, die gesamte offizielle Korrespondenz mit den Türken zu übersetzen. Links von Fléhaut, auf einem Pferd mit fürstlichem Zaumzeug, glänzte Brelot. Man hatte ihn mit Mühe hinaufgezerrt, denn er war steif von der Gicht, aber er machte eine gute Figur unter der kastanienbraunen Perücke und in einem Gewand aus edelster Seide. Dahinter folgte das einspännige Kabriolett, in dem nur ein Kutscher saß. Brelot war die Ehre zuerkannt worden, auf dem Rückweg neben dem Gesandten darin zu sitzen. Dahinter schließlich folgten in zwei Reihen, auf Pferden von geringerer Güte, vier Kaufleute, die nach langen Verhandlungen ausgewählt worden waren. Zwei von ihnen waren Venezianer und hatten ihren Platz in der Gesellschaft dafür erhalten, daß sie sich verpflichteten, den abessinischen Gast bei sich aufzunehmen. Bei all diesen protokollarischen Diskussionen war ein einziger Punkt sehr schnell geregelt worden: Poncet mußte sich damit begnügen, als letzter zu folgen. Er nahm diesen Platz gern ein. Die Abordnung setzte sich um zehn Uhr in Bewegung. Es war vereinbart worden, daß sie die Karawane des Gesandten empfangen, diesen sogleich in die Kolonie zurückbegleiten und unter dem Balkon des Konsulats vorbeiführen würden, wo Monsieur de Maillet ihn begrüßen sollte – mehr konnte er nicht tun, denn der Gast war kein offizieller Diplomat und die Akkreditierungsurkunden nicht ausgetauscht. Anschließend würde man ihn in das venezianische Viertel führen, wie man den Teil der Kolonie nannte, wo die Italiener wohnten.

Der Zug durchquerte die Altstadt von Kairo und mied dabei die Hauptstraßen, um nicht zu große Aufmerksamkeit der Türken zu erregen, die solchen Kundgebungen immer mißtrauten, wenn sie deren Hintergründe nicht kannten. Dann erreichten sie die Vororte durch das Katzentor und waren bald in der Wüste. Sie hielten eine Viertelstunde von der Stadtmauer entfernt, neben dem Tempel, den Poncet am Vortag im Mondlicht passiert hatte. Der Tag war heiß, und der Wüstenwind wirbelte Sandwolken auf, die in den Augen brannten. Ohne sich ganz zu zerstreuen, verteilten sich die Reiter so, daß jeder ein wenig Schatten fand. Es war ein recht seltsames Schauspiel. Riesige griechische Säulen, rissig vom Wind, erhoben sich in der grauen Wüste. Dahinter waren unbewegliche Gestalten mit der Haltung von Edelleuten verteilt, steif auf ihrem Pferden sitzend, schwitzend unter ihren reichen Gewändern und den Perücken. Manche suchten den Horizont ab. Andere zählten, um sich abzulenken, die kleinen schwarzen, glänzenden Kotkugeln der Schafe, die von einem alten Hirten mit großem Turban gehütet wurden.

Poncet, der unangenehme Fragen fürchtete, als sich das Warten in die Länge zog, schlug vor, daß er einen Erkundungsritt unternahm. Er trieb sein Pferd an, galoppierte eine Stunde und kehrte in leichtem Trab zurück, ohne etwas gesehen zu haben.

Der Nachmittag war angebrochen. Er fand die Würdenträger, die von ihren Pferden gestiegen waren und die Jacken abgelegt hatten, von Durst gequält, bereit, ihre Wut an ihm auszulassen.

»Ich verstehe es nicht« sagte er. »Es muß irgend etwas Ernstes geschehen sein.«

Er sah, daß die anderen inzwischen sogar an der Existenz dieses Gesandten zweifelten. Während sie sich beunruhigten, weil sie ihn nicht kannten, hatte Poncet, der ihn nur allzugut kannte, andere Gründe, sich über Murads Schicksal Sorgen zu machen.

»Es ist schon vier Uhr«, sagte Jean-Baptiste. »Ich schlage Ihnen vor, zurückzukehren. Wir werden zwei Janitscharen aussenden, um Wache zu halten und Alarm zu geben, wenn sich in der Nacht etwas ereignen sollte.«

Ohne Antworten abzuwarten, die gewiß nicht sehr liebenswürdig waren, gab er seinem Pferd die Sporen und wandte sich zur Stadt.

Viertes Kapitel

Die beiden Soldaten, die an diesem Tag das Katzentor bewachten, waren glückliche Greise, bedeckt mit ruhmreichen Narben. Der Aga der Janitscharen hatte seine Anerkennung für ihre militärische Wachsamkeit bezeugt, indem er ihnen dieses friedliche Amt gab, wo sie in Ruhe ihr Leben vollenden konnten. Kairo war zu jener Zeit mehr von Aufständen als von Invasionen bedroht. Die Beamten an den Toren begnügten sich damit, diese bei Nacht zu schließen, um Hyänen und anderen Wüstentieren den Zugang zu verwehren. Am Tag saßen die beiden Alten im Schatten des großen Torbogens im Schneidersitz auf einem Teppich, spielten Dame und tranken Tee, den ihnen ein kleines, barfüßiges Mädchen vom nahen Basar brachte. Gegen neun Uhr am Morgen sahen sie in der Menge, die in die Stadt strömte, einen Mann mit Pluderhose und breitem Flanellgürtel, wie ihn die Kurden tragen. Er stand gut im Fleisch und lastete schwer auf dem Rücken seines armen Maultiers. Das Tier war mitten im Torweg stehengeblieben und weigerte sich weiterzugehen. Der Mann schlug es bis zur Erschöpfung mit einem weichen, mehrfach gebrochenen Zweig, der es kaum beeindrucken konnte. Drei schwarze Sklaven – man mochte meinen, es seien Nubier, aber ihre Züge waren fremd – schoben die Kruppe des Maultiers, aber es stemmte sich nach hinten, und sie konnten es lediglich daran hindern, sich ganz niederzusetzen. Etwas weiter entfernt zupften drei beschlagene Esel und ein weiteres Maultier, die aneinander gebunden waren, in braver Unbeweglichkeit die winzigen Grashalme zwischen den Steinplatten.

Der Mann stieg schließlich von seinem störrischen Reittier, kam zu den Wachen und blieb, von diesen zehn Schritten ganz außer Atem, vor ihnen stehen.

»Oh! Meine lieben Freunde, meine Brüder!« brachte er japsend hervor. »Könnt ihr mir helfen, dieses Maultier bis hier voranzubringen? Es ist ein widerspenstiges Tier, das niemals in seinem Leben das Tor einer Stadt durchquert hat. Es hat Angst bekommen und will nicht mehr hören.«

Der Mann sprach arabisch mit einem syrischen Akzent.

»Woher kommst du denn?« fragte einer der Soldaten. »In deinen Städten gibt es anscheinend keine Tore?«

»Ich komme aus Van, in Anatolien, und an Toren fehlt es uns weiß Gott nicht. Aber das Maultier und ich – das ist ein großer Unterschied. Ich habe es von Bauern im Jemen gekauft.«

»Ach so, dann ist es ein Maultier, das nicht lesen kann«, sagte einer der Alten lachend.

Der zweite Greis, der nicht erfaßt hatte, was an diesem Satz komisch sein sollte, wurde einfach von der Heiterkeit seines Kameraden angesteckt. Als der Reisende die beiden lachen sah, hielt er es für angebracht, mitzutun und schüttelte sich so herzlich, daß ihm beinahe sein Seidenturban vom Kopf fiel.

»Und wohin willst du mit diesem Tier, das nicht lesen kann?« fragte der erste Alte laut genug, damit auch die kleine Ansammlung, die sich um sie gebildet hatte, an diesem guten Scherz teilhaben könne.

»Zum Konsul der Franken«, antwortete der Reisende.

»Aha, du willst wissen, ob dein Maultier Latein versteht«, meinte der andere Soldat und löste damit eine neue Lachsalve aus, der sich der Mann mit dem Maultier unbefangen anschloß.

Es folgten noch zwei, drei Variationen zu diesem Thema, dann kehrte wieder Ruhe ein. Die Wächter trockneten die Tränen an ihren faltigen Augen. Dieser seltsame Fremde gefiel ihnen, weil er ihnen Gelegenheit gegeben hatte, sich ein wenig zu amüsieren und offensichtlich auch nicht beleidigt war.

»Wie heißt du, Bruder?« fragte einer der Soldaten.

»Murad, mein Freund.«

»Sehr schön. Nun, Murad, wir werden dein Maultier nicht ziehen. Ich kenne diese Tiere. Das würde nichts nützen. Wir werden etwas viel Besseres machen. Wir werden dir einen Rat geben, einen guten Rat, verstehst du?«

»Ich höre«, sagte Murad etwas enttäuscht.

»Wenn du hier weiterreitest, mußt du die ganze Stadt durchqueren. Da gibt es viele kleine Bögen über den Gassen, und dein Maultier, das nicht lesen kann, würde sie für Tore halten ... Deshalb ist es am besten, wenn du umdrehst. Am Ende des Torweges steht ein großer Feigenbaum, siehst du ihn?«

»Ich sehe ihn.«

»Wende dich gleich dahinter nach rechts, und folge dem kleinen Weg, der um die Stadt herumführt. Von weitem wirst du andere Tore sehen. Du zählst bis sechs. Durch das siebente betrittst du die Stadt. Es ist nicht so ein Tor wie dieses, nur ein großes Gitter, das deinem Maultier keine Angst machen wird. Hundert Meter weiter findest du auf der linken Seite das Frankenviertel.«

Murad bedankte sich herzlich, verließ die beiden Alten und folgte ihrem Ratschlag, diesmal in voller Übereinstimmung mit seinem Maultier.

Die Ansammlung unter dem Katzentor zerstreute sich allmählich. Eine Stunde später, als die Wachen noch immer lachten, fiel ihnen eine Gruppe von Franken auf, wie man sie selten gesehen hatten, die in schnellem Trab vorbeiritt. Diese Herren trugen bunte Jacken und Perücken und führten ein schwarzlackiertes Kabriolett mit sich, das sie mit ihren prächtig gezäumten Tieren umgaben. Sie ritten durchs Tor und entfernten sich rasch von der Stadt.

Es war außergewöhnlich, daß der Gärtner des Konsulats das Haus betrat. Er war ein alter, sehr ergebener Kairoer Kopte. Bei Anbruch der Nacht hörte man ihn bis tief in die heiße Saison mit einer Messingkanne in der Hand leise durch die Alleen gehen, ohne ein anderes Geräusch hervorzurufen als das leise Plätschern des Wassers, das auf die ausgetrockneten Blätter regnete. Aber an diesem Tag hatte er keine Wahl: Das Konsulat war leer: Der Kutscher von Monsieur de Maillet, die Tages- und Nachtwachen und zwei Diener waren der Abordnung gefolgt, die der Gesandtschaft entgegenzog. Es blieb nur er, Gabriel, der alte Gärtner, und da er niemanden fand, dem er seine Nachricht übergeben konnte, durchschritt er nacheinander alle Türen und gelangte schließlich, mit immer größerem Zögern, bis zum Arbeitszimmer des Konsuls persönlich. Monsieur de Maillet hatte seine Perücke und die Damastjacke über einen Holzbügel gehängt. Er lief in Spitzenhemd und Seidenhosen auf und ab, ein Taschentuch in der Hand, um sich den Schweiß zu trocknen. Monsieur Macé saß zusammengesunken auf einem Stuhl und erwartete einen Befehl oder ein Wort. Er bemerkte zuerst das zögernde Eintreten des Gärtners.

»Und was will dieser da?« fragte der Konsul, als er ihn ebenfalls entdeckte.

Monsieur Macé befragte den Alten auf arabisch, denn er sprach keine andere Sprache.

»Er sagt, daß ein Mann verlangt, Sie zu sehen, Exzellenz.«

»Ein Mann!« sagte der Konsul mit einem bösen Lächeln. »Wie seltsam. Warum nicht ein Riesenkürbis oder eine Fledermaus? Sagen Sie diesem Einfältigen, daß er sich um unsere Beete kümmern soll und um nichts anderes. Und ich will ihn nicht mehr hier sehen. Wenn ein Mann nach mir verlangt, soll er ihm einfach sagen, daß ich beschäftigt bin.«

Nachdem er die Übersetzung der Antwort gehört hatte, war die Kränkung auf dem Gesicht des Alten zu lesen.

»Er sagt, er wird es ihnen ausrichten. Aber er zweifelt, daß sie sich von hier entfernen werden.«

»Ihnen ausrichten?« fragte der Konsul. »Wie viele sind es denn?«

»Vier«, sagte der Alte, »mit Eseln und beschlagenen Maultieren.«

»Und wie sehen sie aus? Ist es eine Karawane?« erkundigte sich Monsieur de Maillet.

»Ja, wenn man so will. Es ist eine Karawane, aber sie gleicht keiner anderen, die ich hier jemals gesehen habe.«

»Warum hat sie die Wache der Kolonie hereingelassen?«

»Zweifellos, weil der Mann dasselbe gesagt hat, wie mir.«

»Aber was denn?«

»Ganz einfach« sagte der Gärtner mit respektvoller Häme, die seine Rache für den Empfang des Konsuls kundtat, »daß er der Gesandte des Negus von Abessinien ist.«

Monsieur Macé erbleichte und übersetzte diese Worte.

»Mein Gott!« entfuhr es Monsieur de Maillet.

Die Diplomaten standen einen Augenblick fassungslos da, dann näherten sie sich mit unendlicher Vorsicht dem Fenster. Nacheinander warfen sie einen Blick hinaus und traten eilig zurück.

»Das ist doch nicht möglich!« sagten sie im Chor.

Sie schauten erneut. Gegenüber, unter den Platanen der Hauptstraße, stand eine erbärmliche Truppe: drei Esel mit räudigem Fell, der Widerrist aufgerieben, in dem kleine Vögel herumpickten, zwei Maultiere, die auch der ärmste Wasserträger von Kairo nicht genommen hätte. Diese unglücklichen Tiere trugen, festgebunden an ihrem Körper, riesige Pakete. Die Sisalstricke waren nur an den empfindlichsten Stellen mit Stoff umhüllt. Drei Schwarze mit stumpfen Mienen, in Baumwolltuniken gekleidet, welche die Farbe der Wüste angenommen hatten, warteten stehend. Murad saß auf der Erde, an einen Baum gelehnt, er hatte einen Strumpf ausgezogen und kratzte sich heftig an der Fußsohle.

»Macé«, sagte der Konsul schließlich, der zum Befehlen geboren war und deshalb kein Erstaunen zeigen durfte, »gehen Sie hinunter und begrüßen Sie ihn im Namen des Konsulats. Erklären Sie ihm die Situation, und führen Sie ihn ins venezianische Viertel in die Wohnung, die ihn erwartet.«

Der Sekretär verließ das Zimmer, der Gärtner war schon vor ihm verschwunden. Monsieur de Maillet blieb allein, warf einen Blick zum König und wurde plötzlich von unendlichem Respekt für sein Genie und das des Ministers Pontchartrain erfüllt, dessen letzten Briefs er sich mit Tränen der Anerkennung erinnerte.

Monsieur Macé war inzwischen bei Murad angekommen, der sich weiter am Fuß kratzte, und er hustete, um seine Aufmerksamkeit zu wecken.

»Ah! Da ist endlich jemand«, sagte der Armenier, während er den Stiefel anzog und aufstand.

Er streckte Monsieur Macé dieselbe Hand entgegen, mit der er sich soeben eifrig zwischen seinen Zehen zu schaffen gemacht hatte.

»Ich bin Murad, der Botschafter Äthiopiens.«

»Willkommen, Exzellenz«, sagte der Sekretär und brach sich fast das Rückgrat, während er sich, so tief er konnte, verneigte und gleichzeitig dem Händedruck entging.

»Kommen Sie, richten Sie sich auf«, sagte Murad eilig, »Sie werden sich wehtun. Sagen Sie mir lieber: Sind Sie der Konsul?«

»Nein, Exzellenz«, antwortete Monsieur Macé, den Hut auf das Herz gepreßt, ein Bein gestreckt, leicht nach hinten geschoben, den Kopf gebeugt. »Der Herr Konsul bittet mich, Eure Exzellenz zu empfangen und mit allem Respekt zu begrüßen. Der Herr Konsul bittet Sie auch, seine Entschuldigung entgegenzunehmen. Eine protokollarische Abordnung ist zu Ihrem Empfang entsandt worden und hat Sie offensichtlich nicht gefunden ... «

»Daran ist dieses verfluchte Maultier schuld«, erklärte Murad und versetzte dem Tier einen Fußtritt, der es nicht einmal mit der Wimper zucken ließ. »Es wollte einfach nicht hören. Wir mußten einen Umweg machen, um durch ein Gittertor zu gehen ... Na gut! Jetzt sind wir endlich da. Der Weg war lang, glauben Sie mir. Wo ist Poncet?«

»Er ist bei der Abordnung.«

»Bei der Abordnung? Aber was soll ich jetzt machen? Ich kenne diese Stadt nicht. Niemand wird mich aufnehmen wollen.«

»Sie aufnehmen? Aber Exzellenz, alles ist bereit. Sie müssen mir nur folgen.«

»Ah! Was für eine gute Nachricht. Und Sie werden uns auch zu essen geben?«

»Zu essen, zu trinken, alles, was Eure Exzellenz begehrt«, sagte Monsieur Macé, dessen Erstaunen mehr und mehr wuchs.

»Was für ein Glück. Nun denn, ich folge Ihnen. Kommt her, ihr da. Das sind Abessinier: Normalerweise ein sehr fleißiges

Volk, aber man könnte annehmen, sie haben mir die drei faulsten mitgegeben. Gehen wir, gehen wir.«

Sie setzten die Maultiere und Esel in Bewegung und durchquerten die ganze Kolonie. Monsieur Macé war voller Dankbarkeit für die vom Konsul ergriffenen Maßnahmen, der für diesen Tag jeden Verkehr untersagt hatte. Je weniger Zeugen es für diese Ankunft gab, desto weniger mußte das »Kind der Sprachen« fürchten, eines Tages ein Gespenst aus seiner Vergangenheit auftauchen zu sehen, das, um seine Karriere zu zerstören, laut rufen würde: »Ah, ich habe ihn gesehen, diesen da, wie er die beiden Esel des Botschafters von Äthiopien führte.«

Murad blieb unterwegs stehen, um sich mit einem Grunzen des Wohlbehagens an einer Platane zu erleichtern.

Schließlich erreichten sie das Haus der Venezianer. Das Erdgeschoß stand für die Gesandtschaft bereit. Es war ein Holzhaus, dessen Obergeschoß einen Vorsprung bildete, getragen von einer eleganten Dreieckskonstruktion aus Balken. Ein Garten trennte es von der Straße. Er war klein, aber sorgfältig gepflegt. Ein Saum aus kurzgeschnittenen Sträuchern inmitten des Rasens – grün in grün – stellte die Wappen der Dogenrepublik dar. Murad bestand darauf, alle Tiere mit in diesen Garten zu nehmen, und befahl den Abessiniern, sie frei herumlaufen zu lassen, nachdem sie das Gepäck abgeladen hatten.

Der Armenier zog die Schuhe aus, ehe er das Haus betrat, warf sich auf das erste Sofa und schwor, sich nicht mehr zu rühren.

Monsieur Macé verschwand, um, wie er sagte, Erfrischungen kommen zu lassen.

»Und die Suppe«, rief ihm Murad nach.

Der Sekretär berichtete dem Konsul gleich nach seiner Rückkehr von diesem seltsamen Verhalten. Monsieur de Maillet erklärte ihm, daß ein Diplomat, der in fremden Ländern Erstaunen empfinde, einem Reiter gleiche, der mitten in der Schlacht seinen Helm ablegt.

»Und außerdem«, ergänzte der Konsul voller Edelmut, »seien wir nachsichtig. Bedenken wir, woher er kommt.«

Eine zweite Liste war zusammengestellt worden, auf der die Namen von Kaufleuten erschienen, die nicht das Glück gehabt hatten, an der Abordnung teilzunehmen, und die man für andere Ehren vorgesehen hatte, vor allem dafür, Erfrischungen zu bringen.

»Soll man trotzdem …?« fragte Monsieur Macé.

»Aber natürlich«, sagte der Konsul. »Sagen Sie dem ersten dieser Herren, er soll seiner Pflicht nachkommen.«

Den ganzen Nachmittag hindurch gaben sich im Haus der Venezianer würdige Händler die Klinke in die Hand. Heerscharen von Dienern brachten Körbe mit Früchten, Schalen mit Kuchen, Platten mit Zwischengerichten. Alle zahlten damit den Preis, sich dem Botschafter Äthiopiens nähern zu dürfen. Anschließend eilten sie alle ins Konsulat, um Monsieur de Maillet zu erklären, daß man sie nicht noch einmal dazu bewegen würde und daß niemand glauben könne, dieser Flegel, der sie empfangen hatte, sei der Botschafter eines Königs. Sie hüteten sich, den Konsul anzugreifen, und beschuldigten ausdrücklich Poncet des Betruges. Die von Brelot geführte Delegation kehrte eben in dem Moment zurück, als sich diese erbärmlichen Szenen abspielten. All ihre Mitglieder waren ebenso wütend auf Poncet. Als sie die Wahrheit erfuhren, hörten sie auf, den Apotheker zu beschuldigen, weil sie einen Gesandten erwarten mußten, den es gar nicht gab, und schlossen sich sogleich den Kritiken an, die ihm die Lieferanten der Erfrischungen entgegenbrachten. Jean-Baptiste nutzte das Durcheinander im Konsulat und machte sich davon.

»Ruhe, meine Herren«, sagte der Konsul mit lauter Stimme, die endlich den Tumult übertönte. »Ich bitte Sie jetzt, sich zurückzuziehen, und danke Ihnen für Ihre Unterstützung.«

Die Proteste begannen erneut. Der Konsul brachte sie mit einer Handbewegung zum Schweigen.

»Dieser Mann ist der Gesandte eines großen Königs, der allerdings seit Jahrhunderten von jeder Zivilisation ausgeschlossen ist. Deshalb muß man nachsichtig sein, und trotz dieser Zwischenfälle bleibt seine Ankunft ein großes Ereignis. Auf jeden Fall zählt der Gesandte weniger als die Botschaft. Schon morgen werden wir wissen, was uns der König von Abessinien zu sagen hat.«

Nachdem er das Konsulat verlassen hatte, war Poncet direkt in das venezianische Viertel geritten, um Murad zu treffen. Er fand den Salon der Venezianer von allen Möbeln entleert, welche die

Abessinier auf Anweisung des Armeniers draußen an der Hauswand aufgestapelt hatten. Dort, wo einst das Empfangszimmer der Händler gewesen war, gab es nichts als Teppiche und die Kissen, die man von den Stühlen genommen und auf dem Boden verteilt hatte. Murad saß dort im Schneidersitz unter dem großen Leuchter aus Glasperlen, umgeben von einer stattlichen Anzahl von Silberplatten, Kristallschalen und kostbaren Krügen.

Jean-Baptiste ließ sich die Geschichte mit dem Maultier und den Grund für seine Ankunft auf einem anderen Weg erklären. Er hörte sich Murads Version vom Empfang in der Kolonie an. Der Armenier hielt all diese Händler für äußerst unverschämt, denn nachdem sie ihm erklärt hatten, er sei hier zu Hause und all diese Geschenke seien für ihn bestimmt, hätten sie versucht, den Gebrauch, den er von all diesen Dingen machen wollte, zu beschränken. Nichts paßte ihnen: weder die Maultiere im Garten noch das Ausräumen der Möbel, noch der Kaffee, das einzige Vergnügen der Abessinier, die ihn auf einem Feuer zubereitet hatten, das sie ganz ordentlich auf den Steinplatten in der Vorhalle entfacht hatten.

Nachdem er bei diesem Bericht immer wieder in Lachen ausgebrochen war, was Murad ein wenig kränkte, riet ihm Jean-Baptiste, nichts an seinem Verhalten zu ändern. Er gab ihm sehr genaue Anweisungen, was er am nächsten Tag tun und sagen müsse, wenn man ihn nach seinem Beglaubigungsschreiben frage.

Dann kehrte Jean-Baptiste nach Hause zurück. Er erwartete auf irgendeinem Weg eine Nachricht von Alix und war den ganzen Tag voller Ungeduld gewesen, denn er hatte nichts anderes im Kopf, als daß er sie am Vortag nicht gesehen hatte.

Er tastete sich die Stiege hinauf, zündete eine Kerze an und entdeckte, wie erwartet, einen vierfach gefalteten Brief unter dem Leuchter. Er war von Françoise geschrieben, die ihn anwies, im Garten am Ende der Hauptstraße der Kolonie zu warten, sobald die Glocke der Kapelle zwei Uhr morgens geschlagen hätte.

Fünftes Kapitel

Alix stand ohne Licht in ihrem Zimmer und wartete darauf, daß die vereinbarte Stunde kam. Am Himmel stand nur eine schmale Mondsichel, die oft von schweren Wolken verdeckt wurde. Deshalb hielt Françoise es für möglich, den langen Weg durch die Straßen zu gehen,um sicheren Abstand zum Konsulat und seinen Spionen zu gewinnen. Am Anfang der Nacht, als ihr noch viel Zeit zum Nachdenken blieb, hatte Alix sich gesagt, daß sie nicht zu dem Rendezvous gehen würde, daß es verrückt sei, daß sie ihre Ehre aufs Spiel setze. Dann, während die Stunden verstrichen, schob sie diese Gedanken beiseite, wie man einen Dieb vertreibt, der einen angegriffen hat. Sie sagte sich: ›Ist es nicht so, daß ich ihn von ganzem Herzen liebe?‹

Von diesem Augenblick an war sie ebenso sicher, daß sie hingehen würde, wie sie es zuvor gewesen war, der Versuchung zu widerstehen. In ihrem Geist wurden nun nicht mehr die alten Argumente laut, die ihrer Erziehung entstammten, sondern die neuen Gewißheiten, die sie selbst im Laufe dieses Jahres erworben hatte. In ihren Gesprächen mit Françoise in all diesen Monaten hatte sie die Würde der wahren Liebe erkannt, die nicht durch Interessen, sondern durch die Leidenschaft gelenkt wird. Was die Ehre anging, so dachte sie an ihre Mutter, welche ihre eigene so gut bewahrt hatte: Was war anderes aus ihr geworden als die Sklavin eines Mannes, der sie als seinen Besitz ansah? Alix folgte diesen gefährlichen Gedanken, während sie sich ankleidete. Es wäre falsch anzunehmen, daß sie allein unter dem Einfluß von Françoise stand, indem sie so handelte. Als sie durch den Dienstboteneingang das Haus verließen und ihre Schatten mit dem der Straße verschmolzen, spürte Alix, wie sie vor Freude erbebte, nicht nur im Bewußtsein dessen, was sie tat, sondern auch in der tiefen, fast wilden Erkenntnis, daß diese Handlung, die Gefahr, vielleicht eine Form des Opfers, den ureigensten Teil ihrer selbst befriedigte, der am wenigsten von der Zivilisation verbogen war – den man einfach ihren wahren Charakter nennen konnte.

Während Jean-Baptiste das Rendezvous erwartete, dachte er darüber nach, daß er bisher nur einfache, oberflächliche Liebschaften erlebt hatte, bei denen der erste Augenblick, der oft auch der letzte ist, einem Kampf gleicht, in dem jeder kaltblütig zu erobern oder zu widerstehen sucht, und wo sich das armselige Spiel letztendlich darauf beschränkt, so lange wie möglich zu verheimlichen, was man denkt. Diesmal wußten beide schon im voraus, was der andere in der Tiefe seiner Seele empfand. Es ging keineswegs um Eroberung oder Verlassen. Sie mußten lediglich die Liebe, die schon da war und seit langem in ihnen ruhte, nach außen tragen, ins Freie, wo ihre Worte erklingen und ihre Bewegungen sich entfalten würden. Er spürte, wie unsicher ihn diese Verantwortung werden ließ.

Als die beiden gedämpften Glockenschläge in der Dunkelheit ertönten, waren sie auf ihrem Weg. Alix und Françoise kamen von der linken Seite des Gitters, während Jean-Baptiste, der sie bereits, im Garten verborgen, erwartete, auf den Eingang zuschritt. Beide hatten das Gefühl, einen vergänglichen, unwiderbringlichen Moment zu erleben, der nicht wegen der Verpflichtung, die sie doch seit langem eingegangen waren, so kostbar war, sondern einfach deshalb, weil er niemals wiederkehren würde. Sie waren entschlossen, diesen Moment so lange wie möglich hinauszuzögern, ihn festzuhalten, wie man die Züge eines Menschen, den man nicht mehr wiedersehen wird, in seiner Erinnerung bewahrt. Mit einem Wort, sie waren willens, nichts zu überstürzen. Als sich jedoch ihre Schatten einander näherten, als sie miteinander allein war, verließ sie diese Entschlossenheit: Die lange Trennung, die Ungewißheit dieses einsamen, dunklen Ortes und vor allem das Verlangen, das sie in sich spürten, bewirkten, daß sie einander sofort in die Arme fielen und schweigend mit Küssen bedeckten.

»Was für ein Glück!« sagten sie abwechselnd.

Sie fuhren fort, ihre Münder zu genießen, sich mit unsicheren Händen zu berühren, die sich sorgfältig der Gegenwart des anderen, seiner Wirklichkeit zu vergewissern schienen und gleichzeitig die Süße der Liebkosung schenkten.

Sie waren so tief in jenem Zustand der Liebe versunken, wo alles verschwindet, daß sie kaum ein Wort sprachen. Es genügte ihnen, beieinander zu sein. Aber Françoise, die am Tor Wache hielt, flüsterte ihnen zu, sie dürften nicht zu lange verweilen.

Diese Worte holten sie zurück in die Welt mit all den Hindernissen, die sich auf ihrem Weg auftürmten.

»Wie willst du meinen Vater überzeugen?« fragte Alix und sah den Geliebten an, von dem sie in der Dunkelheit nur die schlanke Silhouette wahrnahm. »Er spricht immer öfter davon, daß er mich verheiraten will ... «

»Erst einmal darf man ihm nichts sagen«, erklärte Jean-Baptiste. »Er darf nichts ahnen. Wir werden uns sehen, denn ich kann nicht mehr leben, ohne dich in meinen Armen zu halten, nun, da wir endlich vereint sind. Aber niemand darf etwas erfahren, bis ich meinen Plan ausgeführt habe. Ich werde nach Versailles reisen.«

»Wie!« rief Alix und klammerte sich an ihn. »Du bist kaum angekommen! Du willst schon wieder fort?«

»Bedenke, daß dies die einzige Lösung ist. Der König wollte eine Gesandtschaft: Ich habe sie ihm gebracht. Er allein kann mir die Belohnung geben, die mir zusteht. Ich werde als Edelmann zurückkommen, und dein Vater wird mir nichts verweigern können.«

Alix war bereit, alles zu glauben, was der, den sie liebte, ihr sagte. Dieser Plan mißfiel ihr, denn er würde sie noch für einige Zeit trennen. Sie stimmte allerdings zu, daß es der beste war, der möglich schien, und sie schwor Jean-Baptiste, ihm mit allen Mitteln zu helfen.

»Die einzige Hilfe, die ich von dir brauche, ist, mich nicht zu vergessen.«

Sie stieß einen empörten Schrei aus, der von einem langen Kuß erstickt wurde.

Schließlich erschien Françoise erneut und flehte sie an, sich zu trennen, denn bald würden die Janitscharen ihre Runde machen. Sie entfernten sich voneinander, rannten zurück, umklammerten sich noch einmal und verschwanden schließlich in verschiedene Richtungen in der warmen Nacht, wo man nur das Knacken der Palmen hörte, die vom Wind geschüttelt wurden.

Murad vertraute Jean-Baptiste. Hatte nicht der Negus selbst diesem Fremden seine Zuneigung geschenkt? Deshalb war er bereit, alles zu tun, was ihm der Arzt riet. Das war um so einfacher, als ihm die anderen Bewohner der fränkischen Kolonie nicht gefielen. Diese überreichen und überliebenswürdigen Kaufleute erinnerten ihn an seinen einstigen Herren in Aleppo, an dessen gütige Grimassen und seine Heuchelei. Oft hatte Murad große Lust verspürt, ihm die Teller ins Gesicht zu werfen. Diesmal stand ihm diese Möglichkeit offen. Pech, wenn ihm diejenigen, die davon getroffen wurden, noch nichts getan hatten.

»Wie, mein Beglaubigungsschreiben?« antwortete er hochmütig, als ihn Monsieur Macé danach fragte. »Für wen halten Sie mich? Ich bin der Gesandte des Königs. Des Königs der Könige obendrein.«

Und mit einem Blick auf seine kleine, fleischige Hand, auf deren kleinen Finger ein Kupferring gepreßt war, fügte er hinzu:

»Ihre Majestät hat mir befohlen, die Briefe einzig dem König von Frankreich persönlich anzuvertrauen. Deshalb muß ich nach Versailles reisen, um sie ihm zu übergeben.«

Monsieur Macé bedrängte ihn, aber der Armenier blieb hart und entließ ihn schließlich sehr unhöflich. Der Sekretär kehrte entsetzt ins Konsulat zurück und berichtete Monsieur de Maillet mit Trauermiene von dem Gespräch.

»Ah! So ist das also!« rief der Diplomat. »Er will uns seine Briefe nicht geben! Was hat dieser Kerl nur für Manieren? Es mag noch angehen, daß er sich auf den Boden setzt und die ganze Kolonie beleidigt. Er müßte sich zumindest in aller Form ausweisen.«

»Vielleicht würde er Ihnen ...«, schlug Monsieur Macé vor.

Der Konsul blieb vor dem armen »Kind der Sprachen« stehen und durchbohrte ihn mit seinem Blick.

»Sie bilden sich offensichtlich ein, daß ich, der Vertreter des Königs von Frankreich, das Wort an jemanden richten kann, der sich nicht herabläßt, seine Legitimation vorzuweisen?«

»Natürlich nicht«, kapitulierte Monsieur Macé.

»Gut«, sagte der Konsul. »Wir werden nochmals eine Abordnung zu ihm schicken.«

»Keiner der Kaufleute will hingehen.«

»Nun, dann gehen Sie selbst«, schrie Monsieur de Maillet. »Und Sie werden ihm sagen, wenn er nicht bis morgen seine Briefe herausgibt, wird er aus der Kolonie gejagt und kann sehen, wie er in der Altstadt unterkommt.«

Monsieur Macé ging, um die Botschaft zu überbringen, und kehrte zurück, nachdem Murad ihn hinausgeworfen hatte. Dieser hatte die Kühnheit so weit getrieben, ihm ein Stück fettiges Baklava, in das er gerade gebissen hatte, an den Kopf zu werfen.

»Diese Komödie hat lange genug gedauert«, erklärte Monsieur de Maillet kaltblütig und entschlossen. »Ich weiß sehr wohl ein Mittel, diese Angelegenheit mit dem Brief zu klären. Und Sie können mir glauben, wenn es sich herausstellt, daß er keinen hat, so berechtigt mich sein Verhalten, alle Skrupel aufzugeben und ihn auf die Straße zu setzen, ihn, seine Tiere, seine Sklaven und seine Lumpen.«

Nach diesen Worten rief der Konsul nach seinem Wagen und ließ sich beim Pascha ankündigen.

Hochzufrieden kehrte er von dieser Audienz zurück und verbrachte eine wunderbare Nacht. Leider kündigte man ihm am nächsten Morgen, als er gerade sein Arbeitszimmer betrat, den Besuch von Pater Plantain an.

Der Jesuit war kurze Zeit nach der Abreise von Pater de Brèvedent in Kairo eingetroffen. Der Schlaganfall, der Pater Gaboriau getroffen hatte, erlaubte dem Ankömmling, offiziell in Erscheinung zu treten: Binnen weniger Wochen wurde er der offizielle Vertreter der Jesuiten in der Stadt.

Er war ein Mann von etwa vierzig Jahren, dessen kräftige Gestalt das Erbe einer Familie war, die sich seit Jahrhunderten in der Region Charolles mit dem Ochsenhandel beschäftigte. Er hatte lange, feine Finger, die er langsam kreuzte und voneinander löste, während er sie fast zärtlich betrachtete, vielleicht, weil sie allein seiner Herkunft zu widersprechen schienen. Sein Gesicht wurde unter dem mächtigen und bereits ergrauten runden Schädel, der über den Augen vorsprang, erdrückt. Diese hohe Stirn, gewöhnlich ein Zeichen von Intelligenz, verlieh ihm hingegen ein eher stumpfsinniges Aussehen, so sehr lastete die Masse auf seinem Gesicht und der gesamten Gestalt. Mit diesem Äußeren hätte er eigentlich entweder Abdecker oder Musiker werden müssen. Glücklicherweise neigte er eher zu den Studien und trat in das Noviziat ein. Seit seiner Ankunft in Kairo hatte er dem Konsul zahlreiche Beweise für seinen mißtrauisches Wesen und das Talent für Intrigen gegeben. Da Monsieur de Maillet diesen Pater bei der ersten Begegnung für aufrichtig und von schlichtem Gemüt gehalten hatte, ließ ihn die Entdeckung seiner Doppelzüngigkeit vermuten, er sei getäuscht worden: Von nun an unterstellte er dem Priester jegliche Schurkerei.

»Was für ein Glück, Sie zu sehen, Pater!« sagte der Konsul, als er den Mann in Schwarz auf der Schwelle seines Arbeitszimmers erscheinen sah.

Gleichzeitig wappnete sich der Diplomat mit der Vorsicht, die man an den Tag legt, um mit der Stockspitze ein giftiges Tier zu treffen.

Pater Plantain war keineswegs unterwürfig: Er verbarg seine Heimtücke hinter einer fast militärischen Strenge. Mit lauter Stimme bellte er ein knallendes: »Exzellenz!« und stand stramm. Monsieur de Maillet ergriff ihn am Arm und schob ihn in einen Sessel.

»Ich habe Ihren Brief erhalten, Exzellenz«, sagte der Jesuit. »Ich danke Ihnen. Das ist eine wunderbare Neuigkeit! Seit einer Woche wußten wir von Ihnen, daß Pater de Brèvedent seine Reise leider nicht vollenden konnte. Aber abgesehen von diesem Unglück steht alles zum Besten: Ein Gesandter kommt zu uns!«

Der Konsul hatte den Vertreter der Jesuiten über die Rückkehr der Mission informiert, ihn jedoch nicht eingeladen, sich der Abordnung anzuschließen, die sie empfangen sollte. Indem er ihm diese Ehre verweigert hatte, konnte man allerdings annehmen, daß er ihm einiges erspart habe.

»Es heißt, aber das werden Sie mir sagen können, sie sind mit drei abessinischen Eingeborenen zurückgekehrt?« fragte der Priester.

»Das hat man mir auch erzählt« sagte der Konsul.

»Wie, Sie haben sie nicht gesehen?«

»Nur von weitem.«

Monsieur de Maillet war nicht bereit, mit diesem Unruhestifter über das Problem mit den Beglaubigungsschreiben zu reden.

»Sie sind gerade angekommen, vergessen Sie das nicht«, fügte er sicherheitshalber hinzu.

Der Mann in Schwarz schüttelte mehrmals den Kopf, was seinen Gesprächspartner in Anbetracht der Masse, die sich dem Augenschein bot, förmlich für ihn leiden ließ.

»Drei Abessinier auf den Plätzen, die für die Schüler aus dem Orient im Collège Louis-le-Grand reserviert sind, das wird für großes Aufsehen sorgen«, meinte der Jesuit mit glänzenden Augen.

Der Konsul zeigte ein gezwungenes Lächeln.

»Sind Sie darüber informiert«, fuhr der Priester fort, während er sich nach vorn neigte, »daß die Kapuziner anscheinend sieben von ihnen geschnappt haben, als Äthiopien Krieg mit dem König von Senaar führte? Sieben! Überlegen Sie sich, was das bedeutet! Sie werden direkt nach Rom gebracht ... «

Er beugte sich noch näher zum Konsul und fuhr mit noch leiserer Stimme fort:

»... wenn die Türken sie auf das Schiff lassen.«

Er begleitete diese letzten Worte mit einem Lächeln, das eindeutig von seiner Absicht kündete, den Dingen nicht ihren Lauf zu lassen, ohne einzugreifen.

»Wir werden dieselben Schwierigkeiten haben«, warf der Konsul vorsichtig ein, was er sogleich bedauerte, »die drei Abessinier, die zu uns gekommen sind, aus dem Land zu bringen ... «

»Oh! Exzellenz«, sagte der Jesuit, indem er sich majestätisch aufrichtete, »was der König von Frankreich wünscht, hat hier trotz allem Gewicht. Der Türke hört auf uns, denke ich. Aber ich wage mich da auf Ihr Feld. Sie sind schließlich der Diplomat. Sie können diese Dinge besser beurteilen als ich.«

Monsieur de Maillet bewunderte die Hinterlist dieses vermeintlichen Felsbrockens, der seine Andeutungen an den Mann brachte wie ein altes Waschweib. Er beschloß, die Führung des Gesprächs an sich zu ziehen.

»Die diplomatischen Angelegenheiten sind in der Tat sehr vielschichtig, Pater, wenn ich es so direkt sagen darf, womöglich weitaus mehr, als Sie ahnen können. Das Entscheidende, müssen Sie wissen, ist, daß alles nach Ordnung und Regel abläuft. Sie sind im Dienste des Glaubens hier, Sie sind an überirdische Bewegungen gewöhnt, die bisweilen wie ein Blitz einschlagen, gleich dem Heiligen Geist, wenn er herabsteigt, um eine Seele zu besuchen. Wir dagegen bleiben auf dem Boden: Die Politik ist die Bewegung der Menschen. Hier darf nichts überstürzt werden ... «

Der Priester verstand nichts von dieser Rede. Er sah den Konsul nur aus der Tiefe seiner schwarzen Augen an und gewann, wie einst sein Vater vor einem verlockenden und fetten Tier, das er jedoch für boshaft hielt, die Überzeugung, daß ihm der Konsul etwas Wesentliches vorenthielt.

Das Gespräch dauerte noch zehn Minuten, und er erfuhr nichts Neues mehr.

Als er ging, zögerte der Jesuit einen Moment auf der Straße, dann wandte er sich zu Poncets Haus. Er klopfte an die Tür, aber Jean-Baptiste war nicht da. Dann ging er zu den Venezianern. Ein alter Türke, der hinter dem Gartentor lag, antwortete Pater Plantain, daß seine Exzellenz, der Gesandte Äthiopiens, niemanden empfange.

Völlig verwirrt machte sich der Jesuit auf den Heimweg.

Bei Einbruch der Nacht kehrte Maître Juremi unauffällig nach Hause zurück, ohne den schon dichten Schatten der Bäume vor dem Konsulat zu verlassen. Dort traf er Poncet, der ihn so begeistert begrüßte, als hätten sie sich bereits vor zwei Monaten getrennt.

»Und ich dachte, man würde dich wie einen Helden behandeln, der seine Abenteuer in einem Kreis von bewundernden Damen erzählt!« riet der Protestant, als Jean-Baptiste ihm die Ereignisse der vergangenen Tage erzählt hatte.

»Dann kennst du die Kolonie nicht. Sie haben Angst, sie überwachen sich gegenseitig. Ich bin nirgends mehr willkommen. Die einzigen, die mich gern sehen würden, meide ich, zum Beispiel diesen Jesuiten, der heute nachmittag vorbeigekommen ist und den Nachbarn gesagt hat, daß er mit mir sprechen will. Nein, glaub' mir, die Reise geht weiter, und ich fühle mich hier seit zwei Tagen einsamer als in der Wüste.«

»Und Murad?«

»Dazu komme ich jetzt. Er ist untergebracht wie ein Fürst. Aber der Konsul wollte ihn noch nicht empfangen. Er will erst seine Briefe sehen. Ich habe Murad das Versprechen abgenommen, nicht nachzugeben und immer nur zu erklären, daß er den Auftrag habe, nach Versailles zu reisen.«

»Und ... deine Schöne?«

»Ich weiß nicht, wann ich sie wiedersehen kann. Aber gestern abend ... hast du schon gegessen?«

»Noch nicht.«

»Dann komm mit, wir gehen zu Yussuf, gegenüber der Hassanmoschee. Dort können wir in Ruhe reden.«

Fröhlich machten sie sich zu Fuß in die Altstadt auf.

Poncet und sein Partner kehrten gegen Mitternacht zurück. Als sie vor ihrem Haus ankamen, sprang ein Schatten aus dem Dunkel der Arkaden. Maître Juremi zog seinen Degen.

»Erbarmen!« sagte der Schatten, »ich bin es.«

»Murad! Was tust du hier, um diese Zeit?«

Sie gingen hinein. Poncet zündete eine Kerze an. Der Armenier war schweißüberströmt und atmete schwer.

»Ich hatte mich vorhin kaum hingelegt«, brachte er keuchend hervor, »als plötzlich zwanzig Männer in mein Haus stürmten.«

»Zwanzig Männer? Wer denn, Soldaten, Kaufleute?«

»Soldaten. Türken. Verrückte. Sie haben sich auf mich gestürzt und mich bedroht, indem sie mir ein großes Krummschwert an den Hals setzten: Da.«

Er wies auf das rosige Fleisch, das unter seinem Kinn hing.

»Und dann?«

»Dann haben sie alles durchsucht, alles auf den Kopf gestellt, alles geöffnet. Und als das ganze Haus durcheinander war, haben sie mir gesagt, ich muß morgen früh zum Pascha kommen.«

»Aber was wollten sie?« fragte Poncet.

»Ja, was haben sie mitgenommen?« ergänzte Maître Juremi.

»Nichts.«

»Wie, nichts?«

»Nichts, weder Gold noch Geschenke, noch Kleidung.«

»Sie haben nichts mitgenommen?«

»Nur den Brief des Negus«, sagte Murad und senkte den Blick.

Sechstes Kapitel

Während Poncets langer Abwesenheit war Hussein, der Pascha von Kairo, sein treuer Patient, unglücklich vom Pferd gestürzt und hatte sich das Bein gebrochen. Die herbeigerufenen Scharlatane hatten in ihrer Unfähigkeit die Haut aufgeschnitten und den Bruch freigelegt. Was weder Aufstände noch Gift oder Ausschweifungen vermocht hatten, geschah durch einen falschen Schritt: Hussein starb unter furchtbaren Qualen.

Die »Pforte« schickte als Ersatz einen ganz anderen Menschen: Mehmet-Bey war ein reiner Krieger. Er hatte in Ungarn an der Spitze der türkischen Invasion gestanden und bewahrte seitdem einen großen Haß auf die Christen. Er kannte die Franken allerdings gut genug, um die verschiedenen Nationen zu unterscheiden, eine Mühe, der sich in jener Zeit nur wenige Türken unterzogen. Seine Vorliebe – sofern man das sagen konnte, denn es ging eher um einen geringeren Grad des Hasses – galt den Franzosen, gegen die er nicht direkt gekämpft hatte und die mit der »Hohen Pforte« geheime Bünde gegen die Habsburger geschlossen hatten. Mit den Jahren war Mehmet-Bey die Beute der Imams und Muftis geworden. Diese heiligen Männer machten sich geschickt zu Führern dieses eifrigen, aber unwissenden Moslems, von dem sie hofften, er würde weniger großzügig mit den Feinden des Islams umgehen als sein Vorgänger.

Als Murad vor dem Pascha erschien, überkam Mehmet-Bey ein gewaltiger Zorn. Der Armenier, der bei dem Gedanken an dieses Treffen jedesmal erzitterte, war, um sich zu beruhigen, auf seinem Maultier in den Palast geritten. Nun besaß aber niemand außer den christlichen Botschaftern – im Ergebnis der Kapitulationsverträge, die sie mit der »Pforte« ausgehandelt hatten – das Privileg, auf einem Reittier die Zitadelle zu betreten. Die Wachen schleiften Murad roh vor den Pascha.

»Für wen hältst du dich eigentlich?« sagte Mehmet-Bey, der in der roten Türkenuniform, einen Turban mit vergoldeten Fransen um den Kopf geschlungen, vor ihm stand. »Aber erstmal auf den Boden mit dir! Hast du vielleicht vor, dem Sultan die Ehrerweisung zu verweigern?«

»Ich ... Ich ehre ihn und erweise ihm tiefsten Respekt«, stotterte Murad zitternd, auf den Knien, die Nase auf den Steinplatten.

»Sag mal«, fuhr Mehmet-Bey fort, während er um den Mann herumlief, der vor ihm auf dem Boden lag, »bist du nicht Türke? Du sprichst unsere Sprache, und du siehst ganz so aus, als hättest du unsere Sitten, mit Ausnahme des Respekts, der dir vollkommen abgeht. Bist du vielleicht ein Renegat?«

»Nein, nein«, protestierte Murad, der die Nase weiterhin auf den Boden preßte und mit seinem Hintern die Bewegung der Ablehnung ausführte, die er im Stehen mit dem Kopf gemacht hätte. »Ich bin Armenier. Mein Vater hat mir seine Religion gegeben, und der große Herr in seinem Edelmut hat mir erlaubt, sie zu behalten.«

Mehmet-Bey verabscheute nichts so sehr wie orientalische Christen.

»Der Sultan zeigt sehr viel Güte gegen euch, die ihr uns das Messer in den Rücken rammt, wenn wir gegen diese Frankenhunde kämpfen! Aber so ist es nun einmal ... «

Er kehrte nachdenklich zu dem mit Teppichen und Kissen bedeckten Podest zurück, wo er gewöhnlich Audienz hielt, und ließ sich dort nieder.

»Steh auf, zeig dein Verrätergesicht.«

Murad richtete sich auf, blieb jedoch auf Knien. Sein großer, runder Kopf war rot und geschwollen, weil er ihn so lange nach unten gehalten hatte. Der Pascha gab einem seiner Wachen ein Zeichen, und dieser trat mit einem Silbertablett zu ihm: Darauf lag der Brief des Negus.

»Nicht nur, daß du im Land des Propheten lebst, ohne seinem Wort zu folgen, außerdem paktierst du auch noch mit den Abessiniern, die hartnäckig auf ihrem Willen beharren, dem Islam zu widerstehen, ja ihn sogar zu bekämpfen«, sagte der Türke.

Nachdem das Blut in seinen Bauch zurückgeflossen war, versuchte Murad, seine Gedanken zu sammeln und sich zu erinnern, was ihm Poncet zu antworten geraten hatte.

»Ich bin ein Kaufmann, Exzellenz«, jammerte er. »Ich verdiene mein Leben, wie ich kann. Der Zufall hat mich ans Rote Meer geführt. Dort stand ich im Dienst des Nayb von Massaua. Er ist ein guter Moslem. Niemals hatte er Grund, sich über mich zu beklagen, fragt ihn selbst. Eines Tages hat er mir eine Botschaft für den König von Äthiopien anvertraut … «

»Warum hat er es nötig, diesem Schakal Botschaften zu schicken?«

»Weil ihm die Abessinier schon einmal die Zufuhr an Wasser und Lebensmitteln abgeschnitten haben, Exzellenz. Der Nayb ist gezwungen, sich um diese Nachbarn zu kümmern, die in den Bergen über ihm herrschen.«

Mehmet-Bey kniff die Augen zusammen, ein Zeichen dafür, daß ein Wort eine tiefere Schicht seines Geistes durchdrungen hatte, die über dem breiten Sockel der Gewißheiten lag, eine Schicht, in der zuweilen jenes verwirrende Ding erbebte, das man eine Idee nannte.

»Also du meinst, es ist wahr, daß dieser Negus das Wasser von unserem Land zurückhalten kann? Warum hat er es niemals getan, wo er uns doch anscheinend so sehr verabscheut?«

»Er hat es mit Massaua getan, das fast eine Insel ist. Er hat es eine Zeitlang von allem abgeschnitten.«

»Aber mit uns, hier, in Ägypten, wo wir vom Nil leben?«

»Exzellenz, soviel ich weiß, fehlt es dem Negus weder an den Mitteln noch am Willen, die Moslems des Wassers zu berauben, das sie zum Leben brauchen. Aber überlegt Euch nur, sobald er den ersten Flußarm des Nils umlenkt, sagen wir, daß er ihn nicht mehr von Ost nach West, sondern in die andere Richtung laufen läßt, ruiniert er Ägypten, aber … «

»Aber?« fragte der Pascha.

»… aber gleichzeitig schenkt er den Somalis den Wohlstand, die doch ebenso Moslems sind wie Ihr.«

Der Pascha nahm diese Worte auf, sie durchdrangen die finsteren Räume seines Verständnisses, und schließlich brach er in ein lautes Lachen aus, das vom untertänigen Chor der Dienstboten, die überall im Saal verstreut waren, aufgenommen wurde.

»Das Wasser, das Gott auf die Erde schickt«, sagte der Pascha, »ist dazu bestimmt, jene zu ernähren, die an ihn glauben und seinem Propheten folgen. Wenn sich dein Herr einbildet, er sei im Besitz von Macht, nur weil der Regen zuerst auf seine elenden Berge fällt, so täuscht er sich. Und um mir das zu sagen, hat er dich zu seinem Boten gemacht?«

»Nein, Exzellenz.«

»Das dachte ich mir, denn sonst wärest du wenigstens zu mir gekommen. Seit du hier angekommen bist, du, Untertan des Sultans, hast du es nicht für nötig gehalten, dich ihm, also mir vorzustellen.«

»Ich hatte die Absicht, Exzellenz, aber die Zeit … «

»Lüg nicht. Ich kenne die Wahrheit. Der Negus schickt dich, um ein Bündnis mit den Franken einzugehen, und das kann nur gegen uns gerichtet sein. Ich kann mir vorstellen, daß man darin das Werk all dieser katholischen Priester sehen muß, die unsere Gastfreundschaft mißbrauchen.«

Die kleine Gruppe der Muftis mit ihren schwarzen Roben und weißen Turbanen, die in einer Ecke des Audienzsaales saßen, ließen Flüstern und kleine Schreie der Befriedigung hören. Sie liebten die Entschlossenheit des Paschas.

»Exzellenz, der Negus schickt mich zum Handeln … «

»Was?« schrie Mehmet-Bey mit donnernder Stimme, »noch mehr Lügen! Paß auf, daß ich dir nicht ein paar Peitschenhiebe geben lasse, die dir diese Betrügermanieren austreiben werden, eine Behandlung, die man schon früher bei dir hätte anwenden sollen, bei dir und allen deinesgleichen.«

Murad streckte sich wieder auf dem Boden aus.

»Erbarmen, Exzellenz!«

»Merk dir ein für alle Mal, ich weiß alles. Du hast überall erzählt, du bist der Gesandte des Negus für den König Ludwig XIV. Außerdem bestätigt dieser Brief, den meine Soldaten bei dir gefunden haben, offiziell, daß dich der Abessinier mit einer Mission losgeschickt hat. Welcher?«

»Es ist wahr, daß Ihre Majestät, der König von Abessinien, gewünscht hat, ich soll nach Frankreich reisen.«

»Zweifellos um irgendwelche heimtückischen Abmachungen auszuhandeln und uns von hinten anzugreifen, während wir in Europa kämpfen?«

»Nein, Exzellenz«, schrie Murad und richtete sich auf, denn er drohte zu ersticken.

»Warum dann?«

»Einfach um Ihrer Majestät, dem König von Frankreich, zu danken, weil er ihm das Leben gerettet hat.«

»Das Leben gerettet!«

»Ja, Exzellenz, es ist eine ganz klare Angelegenheit: Der Negus war sehr krank, und da er bei sich keinen Arzt fand, hat er Frankreich um Hilfe gebeten. Der Konsul dieser Nation hat erst den Ratgeber seines Königs informiert und dann einen fränkischen Arzt zum Negus geschickt. Zum Dank hat mich der Herrscher von Abessinien beauftragt, diesem König Ludwig einige Geschenke zu bringen und ihm seine Dankbarkeit auszudrücken.«

»Wo ist der fränkische Arzt? Ist er dort geblieben?«

»Nein, Exzellenz. Er ist mit mir zurückgekehrt. Gegenwärtig lebt er in Kairo.«

Mehmet-Bey wußte nichts von dieser Angelegenheit. Aber er hatte unter den Hofleuten seines Vorgängers von diesem Arzt gehört. Der Gehorsam des Pascha gegen die Gelehrten des Islam kannte nur eine Grenze: Das war die Zuverlässigkeit, die er der Religion in Fragen der Heilkunde zubilligte. Mehmet-Bey hatte mehrfach auf dem Schlachtfeld Gelegenheit gehabt, die Überlegenheit der Christen über die Mauren auf medizinischem Gebiet anzuerkennen. Im übrigen waren die meisten dieser Ärzte von schlimmstem Unglauben erfüllt, was sie jedoch nicht hinderte, ihren Dienst erfolgreich auszuführen. Er hatte daraus geschlossen, daß auf diesem Gebiet eine gewisse Zurückhaltung bei den religiösen Prinzipien angebracht sei. Da er seit zwei Jahren an immer schlimmerer Fußgicht litt, interessierte ihn die Geschichte mit dem fränkischen Arzt sehr. Er stellte Murad mehrere Fragen über die Krankheit des Negus, auf die der andere nicht direkt antworten wollte, dann über Poncet und die Methoden, die jener anwandte. Der Pascha behandelte Murad zwar immer noch voller Strenge, war aber offenbar durch die Erklärung, die dieser ihm für seine Reise gegeben hatte, ein wenig besänftigt. Schließlich entließ er ihn mit den Worten:

»Vergiß nicht, mein Herr Gesandter, daß du hier unter meiner Autorität stehst. Ich kann dich jederzeit kommen lassen und dir meine Befehle geben. Die Botschaft, die du mit dir trägst, gewährt dir keinerlei Rechte und vor allem nicht dasjenige, unverschämt zu sein. Geh jetzt zu den Franken zurück. Aber ich will nichts davon hören, daß du mit ihren Priestern Komplotte schmiedest. Verstanden?«

»Exzellenz«, sagte Murad nach einem letzten Kniefall, »ich habe alles verstanden. Ihr werdet keine ergebeneren Diener finden als mich.«

»Ich hoffe doch«, sagte der Pascha.

Der Armenier grüßte und begann sich mit gebeugtem Rücken rückwärts zu entfernen. Er machte drei Schritte, blieb stehen und rief:

»Exzellenz! Mein Brief.«

»Du wirst ihn vom Konsul von Frankreich bekommen, da du dich als Diplomat ausgibst und dein Negus dich mit einer Mission bei dieser Nation beauftragt hat.«

Murad sah in dieser Antwort eine neue Komplikation auf sich zukommen, aber er war so glücklich, seinen Kopf gerettet zu haben, daß er fast davonrannte und sein Maultier vergaß.

Am selben Nachmittag hielt der Gesandte des Königs der Könige Einzug im Konsulat von Frankreich. Monsieur de Maillet hatte ihn wissen lassen, daß er nun bereit sei, ihn zu empfangen.

Murad war durch die Audienz beim Pascha tief erschüttert. Er fühlte sich nicht mehr so sorglos wie bei seiner Ankunft in Kairo. Trotz Poncets Empfehlung, fest zu bleiben, gab der Armenier den vertraulichen Ton auf, in dem er bisher mit den Franken gesprochen hatte. Der Konsul war höchst erstaunt, als sich Murad, sobald er in sein Zimmer geführt wurde, sogleich auf die Knie warf, wie er es beim Pascha getan hatte. Monsieur Macé richtete ihn auf. Der Konsul tat, als hätte er nichts bemerkt, wie bei einer Gräfin, der ein Windhauch für einen Moment die Röcke hochgeblasen hatte.

»Mein lieber Herr«, sagte der Konsul, als sie beide saßen, »alarmiert durch die Gerüchte, die seit Ihrer Ankunft immer lauter wurden, hielt es der Pascha der Türken für richtig, sich Ihrer Identität zu versichern. Glauben Sie mir, ich habe mit diesem Vorgehen nichts zu tun und verurteile die gewalttätigen Methoden, die bei Ihnen angewandt wurden, aufs entschiedenste. Aber so steht es nun einmal: Wir sind in einem fremden Land, und die Türken haben die Rechte, die sie sich gegeben haben. Diese Angelegenheit hat eine Folge: Da es der Pascha für angebracht hielt, mir den Brief zu überbringen, den man bei Ihnen gefunden hat, bin ich nun in Besitz der Legitimation, um die ich Sie seit Ihrer Ankunft vergeblich gebeten hatte. Somit hat das, was für Sie äußerst ärgerlich war, einen glücklichen Ausgang: Ich weiß jetzt, daß Sie ohne den geringsten Zweifel der akkreditierte Gesandte des Negus sind, wie es dieses Dokument beweist, das übersetzt und durch das Siegel des Herrschers bestätigt wurde. Ich habe also die Ehre, Sie herzlich zu begrüßen und als Botschafter des Herrschers von Abessinien bei mir zu empfangen.«

Murad senkte höflich den Kopf und warf dann einen Blick um sich, als erwarte er nach dieser guten Nachricht eine unerwartete Kränkung.

»Dieses Beglaubigungsschreiben«, fuhr Monsieur de Maillet fort, »legitimiert Sie zwar ganz eindeutig, erwähnt jedoch keineswegs die Absicht des Negus, Sie zum Hof nach Versailles zu senden. Wir werden also, wenn Sie zustimmen, folgendes vereinbaren: Während Ihres Aufenthaltes in Kairo sorgen wir für Ihre Unterbringung, wie auch für die Ihrer Dienerschaft, die sich, wie ich glaube, aus drei Personen zusammensetzt?«

Murad nickte.

»Ich stelle Ihnen fünf Zechinen im Monat für Ihre Ausgaben zur Verfügung, die ich aus dem Fonds des Konsulats zahlen werde. Wenn Sie meinen, daß Ihre Mission beendet ist, werden wir alles Nötige veranlassen, damit Sie nach Abessinien zurückkehren können.«

»Aber«, wandte Murad schüchtern ein, da er sich der Ratschläge Poncets erinnerte, »neben meinem Beglaubigungsschreiben habe ich auch noch eine persönliche Botschaft für den König.«

»Ich habe es Ihnen gesagt«, entgegnete der Konsul sanft, wie man einem Kranken zuredet, der seine Medizin nicht nehmen will, »Ihr Brief weist nicht darauf hin, daß Sie diese Botschaft selbst überbringen müßten ... «

»Trotzdem ... «, sagte Murad schwach.

»Mein lieber Herr«, sagte der Konsul verstimmt, »diese Angelegenheit ist ganz einfach. Machen wir sie nicht unnötig komplizierter. Sie haben eine Botschaft für den König: Geben Sie sie mir. Wenn sie geschrieben ist, werde ich sie übersenden, aber nichts dergleichen hat der Pascha bei seiner Durchsuchung gefunden, soweit ich weiß. Wenn es eine mündliche Botschaft ist, werde ich sie in einer Depesche getreulich wiedergeben. Wenn sie von Geschenken begleitet wird, lassen wir diese auf Schiffen unserer Flotte nach Frankreich bringen, und sie werden sicher dort ankommen.«

»Aber der König hat mir aufgetragen, ich solle persönlich hinreisen.«

»Hören Sie«, sagte der Konsul. »Antworten Sie mir nicht sofort. Überlegen Sie. Ich verstehe, daß Sie sich an diese Stadt, an diese Mission gewöhnen müssen.«

Monsieur de Maillet dachte vor allem, daß eine Zeit des Nachdenkens Murad zu der Erkenntnis bringen würde, wie bedenklich seine Position sei, und ihm helfen würde, seine eigenen Interessen zu erkennen. Um ihn endgültig zu überzeugen, fügte er hinzu:

»Der Negus kann es Ihnen nicht übelnehmen, daß Sie Ihre Botschaft nicht selbst überbringen. Denn in Wahrheit ist es ganz einfach: Die Türken widersetzen sich in aller Form, daß Sie das Land verlassen, um nach Europa zu reisen. Dank der guten Beziehungen, die wir mit ihnen unterhalten, dulden sie Ihre Anwesenheit bei unserem Konsulat, aber sie werden Sie niemals an Bord gehen lassen. Habe ich mich klar ausgedrückt?«

Murad stimmte zu, daß es eindeutiger nicht möglich sei. Er nahm diese Neuigkeit mit einer Erleichterung auf, die ihn selbst erstaunte. Im Grunde legte er keineswegs Wert darauf, Wind und Gezeiten zu trotzen, um diesen König Ludwig XIV. zu treffen, dessen Porträt über dem Konsul ihn vermuten ließ, er sei noch furchterregender als der Pascha. Er beendete das Gespräch mit Monsieur der Maillet sehr fröhlich und begab sich schwitzend in der Sonne des hellen Nachmittags zu Poncet, um ihm diese erstaunlichen Nachrichten zu überbringen.

Man weiß nicht, welche Besonderheit des Klimas Ursache dafür ist, daß die Gänsefedern aus Ägypten nichts taugen. Anstatt fest zu sein und das Papier zu kratzen wie jene aus Europa, sind sie übermäßig weich und werden noch nachgiebiger, wenn man sie in die Tinte taucht. Deshalb ließ Monsieur de Maillet die seinigen aus Frankreich kommen. Die Angestellten des Konsulats hatten mit den einheimischen Lieferungen zu kämpfen und er behielt sich selbst die Nutzung der guten Federn für seine persönliche Korrespondenz vor, in den seltenen Fällen, wo er selbst etwas schrieb. Um sich an diesem Abend an Monsieur de Pontchartrain zu wenden, hatte er, wenngleich er es wegen hartnäckiger Schmerzen im Handgelenk verabscheute, beschlossen, selbst die Gedanken niederzuschreiben, die er dem Minister übermitteln wollte. Seine längliche, geneigte Schrift glänzte unter dem Licht der Fackel:

»Ich habe dem Gesandten des Negus vorgehalten, daß die Türken sich seiner Reise widersetzen, was strenggenommen nicht ganz der Wahrheit entspricht. Der Pascha von Kairo hat nicht die Macht, eine solche Mission zu verbieten, wenn wir sie wirklich wollen. Es ist jedoch wahr, daß eine Gesandtschaft aus Abessinien unter den gegenwärtigen Umständen die »Pforte« zutiefst verärgern würde, was wiederum unangenehme Konsequenzen für unsere guten Beziehungen haben könnte. Somit entspricht meine Aussage indirekt doch den Tatsachen, und es sind tatsächlich die Türken, die eine solche Reise unmöglich machen. Ich werde mich fest an diese Linie halten und habe guten Grund zu glauben, daß die Person, die hier den König der Könige vertritt, sich nicht beklagen wird.

Gestatten Sie mir jedoch, in meinem Kommentar noch ein wenig weiter zu gehen. Es wäre schade, wie mir scheint, wenn diese Angelegenheit mit Abessinien, die so gut begonnen hat, keine weitere Entwicklung erfahren würde, die unseren Interessen entspricht. Ich schlage deshalb vor, daß wir diese Angelegenheit den Jesuiten aus den Händen nehmen und sie auf unseren eigenen Wegen weiter verfolgen. Worin läge das Interesse der Jesuiten? Das Land zu bekehren. Es ist ihnen nicht gelungen, weil Pater de Brèvedent das Ziel seiner Reise nicht erreicht hat. Dennoch würden sie diese Mission als Erfolg ansehen, wenn sie die drei Abessinier mit nach Frankreich nehmen könnten, die bis hierher mit Monsieur Murad gekommen sind. Entsprechend in den Schulen der Pater in Paris ausgebildet, könnten diese Eingeborenen später in ihr Land zurückgeschickt werden und hätten größere Chancen, es zu bekehren als Fremde. Darauf zählt die Jesuitengemeinschaft. Ich bin der Ansicht, man sollte ihnen in diesem Punkt nachgeben. Gestärkt durch diesen Erfolg und ganz mit der Vorbereitung ihrer neuen Schützlinge und künftigen Gesandten beschäftigt, werden die Pater zumindest für eine gewisse Zeit nicht mehr an einer Gesandtschaft zum Negus interessiert sein. Wir haben sie zufriedengestellt und verfügen über einen Handlungsspielraum, der von ihnen unabhängig ist. Ich schlage vor, daß wir ihn nutzen, um so schnell wie möglich eine Gesandtschaft, die dieses Namens würdig ist, zum Negus nach Abessinien zu schicken, unter dem Schutz von Monsieur Murad, dessen wir uns auf diesem Weg entledigen könnten.

Die Mission von Monsieur Poncet hatte vor allem den Verdienst uns zu beweisen, daß die Reise möglich ist und weniger gefährlich, als man befürchten mußte. Wenn wir eine echte Gesandtschaft schicken, würden wir diesmal nicht mehr von den Phantasien eines Apothekers abhängig sein und nicht mehr Gefahr laufen, alles durch die Entdeckung von mehr oder weniger geschickt getarnten Kirchenleuten in unserer Abordnung zu zerstören. Eine solche Gesandtschaft, geführt von einem richtigen Diplomaten, könnte mit dem König von Äthiopien solide Grundlagen für einen politischen Vertrag aushandeln. Andererseits könnte sie auch im Namen der Ostindiengesellschaft verheißungsvolle Geschäftsbeziehungen zu diesem Land knüpfen, wo es unendlich viel Gold gibt, wo viele natürliche Reichtümer ausgebeutet werden könnten und das eine von Konkurrenz freie Etappe auf dem Weg in den fernen Osten darstellt.

Wem, so werden Sie mich fragen, soll man eine so hohe Mission anvertrauen? Mir scheint, wenngleich ich ihn noch nicht kenne, daß der Chevalier Le Noir du Roule, dessen Ankunft Sie mir in Ihrer letzten Depesche ankündigten und der unter meinem Befehl die Funktion des Vizekonsuls in Damiette wahrnehmen soll, über die notwendigen Qualitäten für ein solches Unternehmen verfügt.

Ich weiß, mit welchen Absichten Sie ihn ausgewählt haben, um mich in meinen familiären Verpflichtungen zu unterstützen. Ich hoffe, Ihnen durch diese Vorschläge zu zeigen, daß ich meine Interessen als Vater nicht über die des Königs stelle. Ich wage dennoch zu hoffen, daß sie sich verbinden lassen und daß Monsieur le Noir du Roule, bedeckt mit dem Ruhm und dem Reichtum, den er sicherlich erwerben wird, meine Familie nur um so mehr ehren wird, indem er anschließend meine Tochter zur Frau nimmt.«

Siebtes Kapitel

Als Jean-Baptiste die Neuigkeiten von Murad vernahm, verstand er, daß die Partie verloren war. Die Allianz zwischen dem Konsul und dem Pascha – ob es nun eine simple Übereinstimmung der Interessen oder eine wahrhaftige Einheit war – zerbrach alle Hoffnungen, die Gesandtschaft bis nach Versailles zu führen. Wenn Murad dem Konsul seine Botschaft mitteilte, würde dieser sie dem König übermitteln und dabei den Inhalt nach seinen Wünschen entstellen. Man durfte gewiß nicht auf den Diplomaten rechnen, um die Interessen dieses Monsieur Poncet, den er verachtete, auch nur im geringsten zu fördern.

So viele Bemühungen, all die Reisetage, die Prüfungen hatten also nichts genützt. Jean-Baptiste wollte sich gerade der Verzweiflung hingeben, als ihn hintereinander zwei gute Nachrichten erreichten, die zwar in keiner Weise die Zukunftsperspektiven veränderten, seinen Geist jedoch auf ein nahes Glück lenkten.

Als er gerade mit Maître Juremi in der erfrischenden Kühle ihrer Terrasse sprach und die ganze Angelegenheit von allen Seiten betrachtete, um festzustellen, daß die Reise nach Versailles endgültig gescheitert war, brachte ihm ein Wachposten aus dem Konsulat einen Brief von Monsieur de Maillet. Dieser lud »Monsieur Poncet» für den folgenden Abend zum Diner ein, um die Ankunft »seiner Exzellenz, des Gesandten Ihrer Majestät, des Königs von Abessinien» zu feiern. Eine Liste der Gäste war beigefügt. Das einzige, was Jean-Baptiste interessierte, war, darauf zu lesen: »Monsieur, der Konsul von Frankreich, Madame de Maillet – und ihre Tochter«.

Wenig später erschien Françoise an ihrem Fenster, sprang auf die Terrasse und erklärte Jean-Baptiste einen Plan, den dieser genau befolgen mußte, wenn er Alix nach dem offiziellen Empfang allein treffen wollte. Nachdem sie ihre Botschaft übermittelt hatte, lief Françoise in dem Haus der beiden Männer noch ein wenig hin und her, um, wie sie sagte, nachzusehen, ob es ihnen an nichts fehlte. Sie wagte sich sogar ins Erdgeschoß, wo Maître Juremi nun wieder seine Mixturen zubereitete. Er grüßte sie mit einem Grunzen, und die arme Frau lief rasch wieder nach oben, eilte ziemlich erregt an Poncet vorbei und verschwand auf demselben Weg, auf dem sie gekommen war.

Am folgenden Tag versteckte sich Poncet, der die Stunden mit schmerzhafter Langsamkeit verstreichen fühlte, in seinem Haus. Gegen Mittag besuchte er Murad und legte mit ihm die Einzelheiten für das Verhalten fest, das jener am Abend im Konsulat zeigen sollte. Jean-Baptiste befürchtete, dieser erste öffentliche Auftritt würde dem Konsul nur zusätzliche Argumente liefern, um sich dagegen auszusprechen, daß der Armenier jemals am Hof in Frankreich erscheine. Dann ging er nach Hause und ließ Maître Juremi, der sich noch überheblicher gab als sonst, die Besucher abfertigen. In der Tat hatte sich unter den Kaufleuten die Neugier verbreitet, und nun brannte jeder darauf, den Reisebericht des Apothekers zu hören, zumal er ihn noch niemandem gegenüber geäußert hatte und sein Schweigen die ganze Sache mit jedem Tag interessanter machte. Auch Pater Plantain war dreimal erschienen. Maître Juremi ließ ihn nicht über die Schwelle, und der Jesuit beugte sich hin und her, um über die Schulter des Protestanten zu spähen und etwas vom Geheimnis dieses Hauses zu erhaschen. Pater Plantain beklagte sich voller Bitterkeit, daß auch Murad niemanden empfangen wolle, und erklärte, daß er gern wissen würde, wie Pater de Brèvedent gestorben sei. Maître Juremi beherrschte sich, um den Jesuiten nicht hinauszuwerfen, und hörte sich seine Klagen halbwegs höflich an, ohne jedoch einen Fingerbreit zu weichen.

Schließlich kam die Stunde des Essens. Jean-Baptiste kleidete sich an: Die den Korsaren abgekauften Kleider waren zwar unter gewöhnlichen Umständen etwas zu elegant, für einen solchen Anlaß jedoch durchaus angemessen. Maître Juremi versicherte ihm, er sähe wunderbar aus. Poncet bemerkte in den Augen seines Kameraden einen traurigen Ausdruck, gewiß nicht, weil er nicht an den Feierlichkeiten teilnehmen konnte – diese interessierten ihn ohnehin wenig –, aber vielleicht, weil er zu dieser Geheimhaltung gezwungen war, als seien all die Anstrengungen, Gefahren und auch all die Erfolge dieser Monate etwas, das man nicht eingestehen konnte, eine Schuld, die er verbergen mußte, wie er einst jenen einfachen und unschuldigen Glauben verbergen mußte, dem er anhing.

Auf dem Weg zum Konsulat dachte Poncet darüber nach, daß er sich dafür einsetzen müsse, den Freund zu rehabilitieren. Er gelangte zu dem Schluß, daß er dafür in Frankreich die beste Unterstützung finden würde. Dies war ein weiterer Grund, warum er seine Entsendung nach Versailles durchsetzen mußte. Leider sah er die Möglichheit dazu jedoch in immer weitere Ferne rücken.

Um den Gesandten des Negus zu empfangen und ihn dafür zu entschädigen, daß er nicht bekam, was er wünschte, hatte Monsieur de Maillet ein großartiges Festmahl vorbereiten lassen. Auf den Stufen der Freitreppe schwangen Wachen in Janitscharenkostümen ihre Krummschwerter und bildeten ein Ehrenspalier für die Gäste. Unzählige Kerzen auf den Leuchtern erhellten die Eingangshalle und den Empfangssalon, das Gold der Rahmen, das polierte Parkett, die Scagliolaböden und brachten sogar die Kupferknöpfe auf den Livreen der Diener zum Funkeln. Die Frauen tauchten begierig in dieses künstliche Licht, von dem sie wußten, daß es ihnen schmeichelte, weil es ihren Schmuck und ihren Augen Glanz gab, während es ihre Züge in einen blendenden Nebel tauchte. Diese Damen aus der Kolonie, zumeist würdige Gemahlinnen der Kaufleute, hatten oft ein chaotisches Leben in der großen Welt hinter sich, dessen erste Phase, die meist auch die längste gewesen war, sich an einer Ladenkasse oder sogar auf der Bühne fahrender Schauspielgesellschaften abgespielt hatte. Als ihre Abenteurerehemänner in Kairo zu Reichtum gelangt waren, hatten sie plötzlich ihre maßlose Gier nach Ansehen stillen können. Sie kauften ihren Schmuck bei schmuggelnden Juden und ließen zwölfjährige Schneiderinnen, die sie kaum bezahlten, die neuesten Kleider aus Paris kopieren. Diese Juwelen und Gewänder gelangten ziemlich spät auf diese Körper, die Arbeit und Habgier ihrer Frische beraubt hatten. Aber die Wirkung des Luxus, der so begehrenswert macht, liegt eben darin, daß man in gewisser Weise die Güte der Dinge annimmt, die man besitzt, so daß der Gichtkranke, der in einem schönen Kabriolett vorbeifährt, die Leichtigkeit seiner Pferde gewinnt und eine Frau, deren Jugend erloschen ist, für einen Abend ebenso neu, ebenso glänzend, ebenso geschmeidig für das Auge wird, wie das Organdy, das sie bedeckt und mit dem sie schamlos die Beine der Männer streift.

Jean-Baptiste war mit den letzten Gästen angekommen und begrüßte den Konsul, der seine Gäste in der Eingangshalle empfing. Dann tauchte er ein in das Meer von Taft, Perlen und Edelsteinen, um dort die einzige zu suchen, die in seinen Augen einen Reiz besaß. Für diesen großen Anlaß hatte man alle Räume im Erdgeschoß geöffnet: Der übliche Empfangssalon, wo das Porträt des Königs noch immer seine Majestät ausstrahlte und aus dem man den Schreibtisch des Konsuls entfernt hatte, öffnete sich in einen weiteren Saal, der aus Sparsamkeit gewöhnlich verschlossen blieb. Heute hatte man dort die Tafel aufgestellt. Alix war nicht zu sehen. Schließlich entdeckte Jean-Baptiste sie in einem Zimmer, von dessen Existenz er nichts geahnt hatte. Es war ein kleiner Musiksalon, wo sich die Damen am Abend gern aufhielten. Nahe beim Fenster, das zum Garten hinausging, stand an der Wand ein grünes Spinett, das mit einer ländlichen Szene geschmückt war. Alix saß vor einem kleinen Kamin, über dem ein großer Spiegel hing, so daß Jean-Baptiste, als er hereinkam, sie gleichzeitig von hinten und von vorn sah. Der Raum war klein, und sie hatten das Gefühl, plötzlich direkt voreinander zu stehen, was sie beide verwirrte. Aber es gab zuviel Bewegung um sie herum, zuviel Lachen, Rufe, lautstarke Begrüßungen, als daß irgend jemandem außer ihnen eine so winzige Einzelheit aufgefallen wäre. Ein aufmerksamer Beobachter hätte dennoch bemerkt, daß Alix, die ihre Reize bisher zurückhielt, obwohl sie größte Sorgfalt auf ihre Frisur und ihre Toilette verwandt hatte, diese mit einem Mal erstrahlen ließ. Es war wie das Entfalten eines Fächers, eines Pfauenrades, eines Schmetterlingsflügels.

Ergriffen von diesem Windstoß, den sie doch erwartet hatte, empfing sie eine starke Eingebung von Schönheit, die sie wie ein Schleier umgab. Jean-Baptiste, ebenso bewegt, blieb einen Augenblick stehen, dann machte er zwei Schritte vorwärts. Sogleich wurde er wie ein Soldat, der seine Deckung verläßt und zur Zielscheibe aller Kugeln wird, von fünf oder sechs Frauen umringt, die von den Heldentaten des jungen Reisenden gehört hatten und ihre Männer jeden Tag baten, ihn zu sich einzuladen. Als sie ihn nun in seiner ganzen Schönheit eintreten sahen, in seiner roten Korsarenjacke mit den silbernen Achselschnüren, den herabfallenden Haaren und ohne Krawatte, verwechselten sie das Interesse, das sie für seine Geschichte empfanden, mit der körperlichen Anziehung, die sein bloßer Anblick in ihnen weckte – und das in dem Augenblick, wo die Rüstung ihres Geschmeides in ihrem Innern die Illusion nährte, unwiderstehlich zu sein. Jean-Baptiste drohte, in diesem Strom unterzugehen, als eine allgemeine Bewegung alle Welt aus dem kleinen Salon herausdrängte und die Gäste in den Prachtsaal führte: Man kündigte die Ankunft des Gesandten an. Tatsächlich war es falscher Alarm. Der Konsul hatte seine Kutsche geschickt, um Murad abzuholen, dieser war jedoch noch nicht fertig, und er meinte unsinnigerweise, es sei besser, die Kutsche pünktlich zurückzuschicken, weil sie dem Konsul fehlen könnte. Deshalb setzte der Armenier seine drei Sklaven hinein und sagte ihnen, sie sollten erklären, er selbst käme zu Fuß. Als die Karosse vor der Freitreppe stehenblieb, stürzte der Konsul persönlich zur Tür und erlebte vor den erbarmungslosen Augen der Gäste die Unannehmlichkeit, drei Eingeborene mit nackten Beinen aussteigen zu sehen, die in einfache Baumwollstoffe gehüllt waren und entsetzt mit den Augen rollten. Murad kam zehn Minuten später angetrabt und wurde zunächst von einem der Soldaten angehalten, der ihn in der Dunkelheit nicht erkannte. All diese Widrigkeiten verzögerten das Diner und verlängerten das Vergnügen der Eingeladenen, die zum größten Teil noch nie die Ehre gehabt hatten, offiziell empfangen zu werden. Schließlich ließen sich die Gäste an zwei langen Tafeln nieder. Der Gesandte Murad saß an der ersten, dem Konsul gegenüber. An der Stirnseite der zweiten thronte Monsieur Brelot, Vertreter der Nation, bei dem Monsieur de Maillet den

Schaden wiedergutmachen wollte, der durch die lächerliche Abordnung verursacht wurde, die Murads Ankunft verpaßt hatte. Ihm gegenüber hatte Frisetti Platz genommen, der erste Dolmetscher des Konsulats. Poncet saß an diesem zweiten Tisch zwischen zwei Damen, deren Anblick ihn sogleich bekümmerte. Sekretär Macé war sein erster männlicher Nachbar zur Rechten.

Jean-Baptiste ließ seinen Blick durch den Saal gleiten, um zu sehen, wo Alix saß. Er erlebte einen Moment der Enttäuschung, denn sie hatte zunächst einen entfernten – falschen – Platz eingenommen. Schließlich aber setzte sie sich rechts von Frisetti, das heißt, fast direkt ihrem Geliebten gegenüber. Es war das erste Mal nach langer Zeit, daß sie einander in der Öffentlichkeit so nah waren, unter strahlendem Licht. Fast hatten sie die Illusion, das gastgebende Paar zu sein.

Jean-Baptiste vermied es, allzuoft in Alix' Richtung zu sehen, so stark war seine Erregung, so sehr fürchtete er, sie stünde ihm im Gesicht geschrieben. Das allgemeine Durcheinander beruhigte sich etwas, als alle Platz genommen hatten. Man wandte sich nach der einen oder anderen Seite, um sich einander höflich vorzustellen, und begann sofort zu plaudern.

»Jetzt, lieber Monsieur Poncet, werden Sie uns doch ein wenig von ihren Abenteuern in Abessinien erzählen?«

Monsieur Macé selbst hatte diese Frage in den Raum geworfen und erhielt von der Tischrunde begeisterte Zustimmung.

»Sie müssen mir Fragen stellen«, antwortete Jean-Baptiste. »Dieses Land ist weit entfernt, und ich glaube fast, jeden Tag gab es unvorhergesehene Ereignisse, die allein ein Kapitel eines Buches füllen würden.«

»Beginnen Sie also mit der Reise. Ist es tatsächlich so gefährlich, dorthin zu gelangen?« fragte Monsieur Macé.

Wenn man den Sekretär ansah, mochte man glauben, diese Worte würden der reinen Neugier entspringen. In Wahrheit handelte er – wie immer – auf Anweisung. Von dem Gedanken erfüllt, eine neue Gesandtschaft zu entsenden, diesmal eine offizielle, war der Konsul zu dem Ergebnis gekommen, daß man die Gefahren abschätzen müsse, die diesem Unternehmen drohten. Murad war bei der Aufklärung dieser Frage keine große Hilfe. Das Beste war deshalb, Poncet dazu zu bringen, von seiner Reise zu berichten.

Der Konsul war keineswegs bereit, ihn darum zu bitten und weniger noch, diesem Apotheker ein Gefühl der eigenen Wichtigkeit zu geben, indem er ein Interesse an ihm zeigte.

Die Gelegenheit des Empfangs brachte Monsieur de Maillet auf die Idee, Poncet zu schmeicheln und zu einer öffentlichen Beichte zu veranlassen, also ohne ihm scheinbar besonderes Interesse entgegenzubringen. Monsieur Macé hatte den Auftrag bekommen, ihm möglichst ausführliche Erzählungen zu entlocken, alles in seinem bemerkenswerten Gedächtnis zu speichern und den Verlauf des Berichts durch kluge Fragen zu lenken. Unter dem Blick von Alix ging die Begeisterung mit Jean-Baptiste durch. Er kümmerte sich nicht um diese absurden Bürger, die ihn umgaben. Für sie, die er liebte, und nur für sie, war er bereit, einen leidenschaftlichen Bericht der Abenteuer zu geben, die er erlebt hatte, über die Leiden und Freuden, von denen er wollte, daß sie diese kannte und teilte, sei es auch im nachhinein.

Monsieur Macé hatte die größte Mühe, die Erzählung des Reisenden auf praktische Fragen zu lenken. Poncet schweifte zu Einzelheiten ab, die dem Sekretär überflüssig erschienen. Er begann beispielsweise eine endlose Beschreibung des Kaffeezeremoniells in Abessinien. Aber die Damen liebten diese Geschichten und zürnten dem armen Sekretär, wenn er versuchte, auf den König von Senaar zurückzukommen oder auf den Zustand des Weges bis zum Tanasee. Er war bald überfordert und griff nicht mehr ein, wenn Poncet lachend auf die nebensächlichsten Fragen antwortete.

Beim Dessert wagte die rundliche Gemahlin eines Kaufmanns, gerötet und belebt von den Getränken, am Gespräch teilzunehmen, und rief Jean-Baptiste mit einer Stimme, die aus ihrer Vergangenheit als Fischhändlerin stammte, zu:

»Monsieur, es heißt, die Abessinier seien sehr schön. Haben Sie sich keine Frau mitgebracht?«

Alle sahen Poncet an.

»Eine Frau?« wiederholte er und senkte den Blick.

Einen Augenblick lang herrschte Schweigen. Dann hob Jean-Baptiste den Kopf und sah Alix einen kurzen Moment lang an. Das ganze Feuer ihrer Liebe lag in diesem Blick.

»Ehrlich gesagt, Madame«, sagte er, ohne der Fragestellerin die geringste Aufmerksamkeit zu schenken, »habe ich diese Reise in der Tat unternommen, um eine Frau zu finden. Und ich glaube wohl, ich habe sie gefunden.«

Er hatte diese Worte mit einem solchen Ernst ausgesprochen, daß das Unbehagen der Anwesenden noch einen Augenblick andauerte.

»Er scherzt!« sagte schließlich eine Männerstimme.

Plötzlich entspannte sich die Stimmung, man lachte.

»Sie scherzen, nicht wahr?« rief Jean-Baptistes Nachbarin und beugte sich zu ihm.

»Natürlich.«

Es gab ein allgemeines »Ah!«, und das Gespräch ging wieder lebhaft weiter wie zuvor. Aber Monsieur Macé, der Mademoiselle de Maillet nicht ansehen konnte, ohne von ihrer Schönheit überwältigt zu sein, wenngleich er sich dagegen wehrte, war der Blick nicht entgangen, den sie mit Jean-Baptiste ausgetauscht hatte. Er betrachtete sie von nun an aufmerksamer und verzeichnete diese Beobachtungen an einem geeigneten Platz in seinem Gehirn.

Das Souper ging zu Ende; die Gäste erhoben sich, um im Empfangssalon, unter dem Porträt des Königs, den Kaffee zu nehmen. Diejenigen, die an Poncets Tisch gesessen hatten, waren fröhlich und erzählten amüsante Anekdoten. Die Gäste vom ersten Tisch blickten dagegen finster und empört. Mit leiser Stimme verbreitete man entrüstete Kommentare über das Benehmen dieses Bevollmächtigten des Königs von Abessinien. Nicht nur, daß er mit den Händen aß und herumkleckerte, er hatte ihnen außerdem ständig die seltsamsten Fragen gestellt – über den Preis des Geflügels, die Art der Zubereitung, wieviel Butter man zu den Saucen gäbe –, so daß man meinen konnte, eher mit einem Koch am Tisch zu sitzen. Vom Wein erhitzt, war er schließlich derart zerstreut gewesen, daß er nach dem Rock seiner Nachbarin gegriffen und sich die Finger daran abgewischt hatte. Der Gipfel des schlechten Benehmens war erreicht, als er, nachdem er ein Sorbet verschlungen hatte, der Gattin des wichtigsten Bankiers der Kolonie einen eisigen Kuß in den Nacken geben wollte. Die Sache wäre böse ausgegangen, hätte Monsieur de Maillet, nachdem sich jeder in seinem Verhalten richtete, als sei er – und er war es tatsächlich – der Maßstab des guten Verhaltens, nicht die Aufmerksamkeit der ganzen Gesellschaft auf sich gezogen, indem er tat, als hätte er sich verschluckt.

Während diese Geschichten verbreitet wurden und die Zeugen dieser widerlichen Szenen ihre Erzählungen gegen die pikanten Anekdoten vom Nachbartisch tauschten, war Alix zu ihrer Mutter gegangen und hatte ihr erklärte, daß eine Migräne sie quäle. Madame de Maillet wußte, welche Überwindung es ihre Tochter gekostet hatte, an diesem Diner teilzunehmen, was sie zuerst strikt abgelehnt hatte. Sie küßte sie auf die Stirn und wünschte ihr eine gute Nacht. Für Jean-Baptiste war es weniger leicht, sich davonzumachen. Er wurde von zwanzig Damen verfolgt. Neunzehn von ihnen versprach er, zum Essen zu ihnen zu kommen, was sie entzückte und den Wert seiner Gunstbezeugungen gleichzeitig ein wenig entwertete. Deshalb hielt es die zwanzigste für origineller, ihn um nichts zu bitten, worum sie die anderen sofort beneideten.

Jean-Baptiste verabschiedete sich vom Konsul, der ihn für seine mitreißenden Erzählungen lobte, von denen alle Gäste an seinem Tisch schwärmten. Der Arzt bat um Erlaubnis, Murad heimzubegleiten, der, wie er erklärte, gewöhnt sei, früh schlafen zu gehen. Dem Konsul kam es sehr entgegen, von diesem Objekt ständiger Skandale befreit zu werden. Er bot ihnen seine Kutsche an, ohne jedoch darauf zu bestehen: Der Armenier, der allein in einer Ecke des Salons in einem Sessel zusammengesunken war, die Tunika voller Flecken und die Finger fettig von allem, was sie ergriffen hatten, würde womöglich die blauen Satinbezüge der Kutsche verderben. Poncet meinte, es sei gesünder für sie, zu Fuß zurückzugehen, und schleppte den Gesandten mit sich, der alle Welt mit einem Grunzen grüßte. Am Fuß der Freitreppe schlossen sich ihnen die drei Abessinier an, denen man in der Küche zu essen gegeben hatte.

»Fackeln, um den Herrn Gesandten nach Hause zu begleiten!« rief Monsieur de Maillet.

Aber Jean-Baptiste bremste ihn:

»Es ist besser, dieses Schauspiel nicht zu sehr zu beleuchten.«

Das sah der Konsul ein, und er entließ sie – wie einen kleinen Stamm auf der Flucht – in die Dunkelheit.

Nachdem sie zweihundert Meter zurückgelegt hatten, vertraute Poncet Murads Arm dem kräftigsten der Abessinier an, der arabisch sprach, und wies ihn an, den Armenier zu den Venezianern zurückzubringen. Jean-Baptiste seinerseits wandte sich nach links, umging das große Konsulatsgelände und durchquerte eine Gasse, die von zwei fensterlosen Mauern gesäumt war. Eine von ihnen begrenzte den Hinterhof des Konsulats. Dort fand sich eine kleine Tür, durch die man sonst die Lebensmittel in die Küche lieferte. Hier erwartete ihn Françoise.

Achtes Kapitel

Poncet stieg hinter Françoise eine enge Dienstbotentreppe hinauf, die nach Schimmel roch. Dann betrat er allein ein dunkles Ankleidezimmer und schließlich einen Raum, durch dessen weitgeöffnete Fenster man den sternenübersäten Nachthimmel sah. Ein leichter Nordwind trug den schlammigen Geruch des Deltas in die Stadt. Von unten drangen der Lärm und das Gelächter der Gäste herauf, die noch in großer Zahl geblieben waren. Die verlöschende Kerze auf dem Nachttisch warf ein gelbliches Licht auf Alix. Jean-Baptiste trat langsam heran und nahm sie in die Arme. Sie hatte sich nicht umgekleidet. Jean-Baptiste spürte unter seinen Fingern und seinen Lippen das frisierte Haar, das Geschmeide, die Stoffe, das Gesicht, und versah all dies aus der Erinnerung heraus mit der Farbe, der Harmonie, dem Glanz, den es unter den großen Lüstern im Salon erhalten hatte. Die beiden Liebenden waren mit allen Sinnen beieinander und konnten endlich das grenzenlose Vergnügen genießen, das, was man begehrt, in eben dem Moment zu berühren, da man es begehrt. Zu viele Widrigkeiten hatten sie bisher getrennt, als daß sie noch das geringste Hindernis für ihre Wollust duldeten. Sie versanken in endlosen Küssen, während von unten, wie aus der Dunkelheit eines Theaters, Beifallsrufe ertönten, gleich denen, die man einem schönen Paar auf der Bühne am Ende der Vorführung spendet.

Neben ihnen stand ein Bett; sie waren einander ganz hingegeben. Aber es hieße, sie schlecht zu verstehen, wollte man glauben, daß sie in dieser Phase ihrer Liebe der letzten Lust nachgeben würden, die sie nacheinander verspürten. Wenngleich ihre Bewegungen voller Gewißheit waren, nährten sie noch immer brav die Hoffnung, eines Tages das Recht zu erhalten, sich zu lieben, und warteten auf diesen Moment, um endlich auch die letzten Grenzen zu überwinden.

»Mein Liebster, mein Liebster«, murmelte Alix, während sie Jean-Baptistes Gesicht mit Küssen bedeckte. »Wie glücklich ich bin. Ich liebe dich und möchte immer bei dir sein.«

Vielleicht war es die Erwähnung dieser unmöglichen Dauer, die sie plötzlich zusammenfahren und sich ein wenig von Jean-Baptiste abrücken ließ. Sie richtete ihre dunklen Augen, die von Tränen glänzten, auf ihn, und fragte ernst:

»Sag mir: Wann fährst du nach Versailles? Und vor allem, wann kehrst du zurück, um mich mit dir zu nehmen?«

»Ach Gott!« seufzte Jean-Baptiste und wandte ein wenig den Kopf ab.

»Was ist denn?«

»Es ist alles sehr kompliziert. Dein Vater lehnt den Gedanken an eine Reise nach Frankreich ab und behauptet, die Türken würden sich widersetzen. Man muß zugeben, daß wir es ihm auch nicht einfach machen: Du hast Murad gesehen ... «

»Du willst sagen ... alles ist aus?«

»Nein«, rief Jean-Baptiste und drückte ihre Hände. »Es wird nur schwieriger und länger dauern, als ich zunächst gehofft habe.«

Jean-Baptiste wollte nicht zugeben, daß tatsächlich alles verloren war. Er wußte nicht, woher noch eine Hoffnung auftauchen konnte, und dennoch erschien ihm in diesem Augenblick, vor Alix, der Gedanke an Aufgabe noch widerwärtiger und unwahrscheinlicher als die Niederlage.

Von der Freitreppe drang der Lärm der Gäste empor, die allmählich aus dem Konsulat strömten, sich laut verabschiedeten und endlos bedankten.

»Hör zu«, sagte Alix. »Wir haben wenig Zeit. Wenn die letzte Kutsche vorfährt, um ihre Fahrgäste einzuladen, mußt du gehen.«

Bei diesen Worten umarmte sie ihn verzweifelt, dann fing sie sich wieder:

»Du mußt wissen, daß es sehr dringend ist ... «

»Was willst du damit sagen?«

»Mein Vater ... Oh, ich wollte nicht, daß du es erfährst, es ist unnötig, alles noch komplizierter zu machen.«

»Sprich, ich bitte dich.«

»Seit drei Tagen spricht mein Vater ständig von der bevorstehenden Ankunft eines Mannes, der aus Frankreich entsandt ist. Es ist ein Diplomat, der in Rosette oder Damiette seine Arbeit antreten soll, ich weiß nicht mehr, wo.«

»Und weiter?«

»Nun, mein Vater hat mehrmals Kommentare zu diesem Mann abgegeben, auf seine hohe Abstammung, seine Karriere und seine Zukunft hingewiesen und mich dabei eindringlich angesehen. Er hat noch nichts zu mir gesagt, aber meine Mutter hat mir bestätigt, daß mein Vater seit längerer Zeit beabsichtigt, mich zu verheiraten. Er hat unseren Verwandten, den Minister gebeten, ihm jemand zu senden, der eine Partie nach seinen Wünschen wäre, ein Edelmann ... «

»Und ... «, sagte Poncet, »du ... was denkst du?«

»Ich denke, mein Liebster, daß ich dich und nur dich will und daß ich diesen Unbekannten schon jetzt verabscheue.«

»Wann soll er ankommen?«

»Ich habe verstanden, daß er zu dieser Stunde bereits unterwegs ist.«

Jean-Baptistes Miene verfinsterte sich.

»Hör mir zu«, sagte er, während er nachdachte, »es ist möglich, daß sich unsere Angelegenheit noch ein wenig hinzieht. Es ist auch möglich, daß dieser Mann eintrifft, ehe ich das erhalten habe, was es mir gestatten würde, bei deinem Vater vorzusprechen. Bis dahin darfst du nicht zustimmen, dich zu nichts verpflichten. Du mußt dich widersetzen, finde tausend Vorwände, spiele krank. Wenn es nötig ist, schicke ich dir durch Françoise Mittel, die dich husten, erbrechen, blaß aussehen lassen, ja die dich sogar richtig krank machen, wenn es nötig ist. Aber vor allem, verpflichte dich zu nichts.«

»Das einzige, wozu ich mich in der Tiefe meines Herzens jemals verpflichtet habe, ist, für immer dir zu gehören. Sei ohne Sorge, ich werde tun, was immer du willst. Außerdem kenne ich meinen Vater: Er kann mir etwas verweigern, das ich mir wünsche, aber er wird mich nicht zwingen, seinem Willen zu folgen. Wenn wir beide auf unserer Position beharren, wird es einen Waffenstillstand geben, und dieser wird von Dauer sein.«

Sie umarmten sich erneut, denn von unten hörte man nur noch wenige Stimmen und die letzten Kutschen. Alles was sie sich noch zu sagen hätten, konnte Françoise übermitteln. Die einzige Botschaft, die sie ihr nicht übertragen konnten, war die Befriedigung der Sinne, der Dialog der Hände und Münder, dieses Gespräch der Körper, die sich suchen und einander im Rascheln des Samtes und der Seide antworten.

Aus der Dunkelheit des Ankleideraums drängte Françoise mit leiser Stimme, es sei an der Zeit, jeden Augenblick könne jemand hinaufkommen. Sie trennten sich unter Tränen. Alix wartete, bis die letzten Geräusche der Schritte auf der Dienstbotentreppe verklungen waren, dann öffnete sie den Riegel ihres Zimmers und streckte sich angezogen auf ihrem Bett aus.

Zu Hause fand Poncet Maître Juremi auf der Terrasse, eine Laterne zu seinen Füßen. Er trank aus einem kleinen Glas Mandarinenschnaps, den er vor langer Zeit während untätiger Stunden in seinem Destillierkolben gebraut hatte.

»Sieh an«, sagte der Protestant, »da ist ja unser Verliebter.«

Jean-Baptiste setzte sich dem Freund gegenüber, ohne ein Wort zu sagen.

»Oh! Oh! Es scheint, wir haben schlechte Neuigkeiten. Komm, trink das, um dir den Bauch zu wärmen.«

Maître Juremi reichte Poncet ein kleines Glas, das dieser auf die Balustrade stellte, ohne daran zu rühren.

»Du läßt dich gehen, mein Lieber«, sagte Maître Juremi und stand auf.

Trotz der späten Stunde sah er sehr munter aus. Man spürte,

daß er einen sehr ruhigen Abend verbracht und die Rückkehr des Freundes erwartet hatte, um sich zu unterhalten. Mit großen Schritten lief er über die Terrasse.

»Was ist denn los? Will sie dich nicht?«

»Doch«, sagte Poncet etwas dümmlich, da er mit den Gedanken ganz woanders war.

Maître Juremi griff nach diesem winzigen Knochen und begann lautstark darauf herumzubeißen. Er erklärte Jean-Baptiste , das sei das Wesentliche, er habe großes Glück, alle Hindernisse würden überwunden, wenn nur das Gefühl erwidert werde.

»Du mußt kämpfen! Das ist alles. Sieh dir an, in welchem Zustand du bist.«

»Wir fahren nicht nach Versailles«, sagte Jean-Baptiste trübselig. »Der König wird mich nicht adeln, und ich werde sie nicht heiraten.«

»Und die Nacht wird niemals enden, das Wasser wird nicht mehr aus dem Brunnen sprudeln, und die Hyänen werden uns verschlingen. Komm schon! Nerven zeigen, Herr Pessimist!«

Maître Juremi durchmaß die Terrasse mit seinem schweren Schritt, trat in Poncets Zimmer, holte zwei Degen und die Lederwesten und kam zu seinem Freund zurück.

»Da nimm, en garde, wie in den guten alten Zeiten. Du wirst sehen, ob du in fünf Minuten nicht deine Sinne wiedergefunden hast.«

Jean-Baptiste hatte nicht die geringste Lust, seinen Sessel zu verlassen. Die unbewegliche Luft um ihn herum raubte ihm Tropfen für Tropfen die letzten Düfte, die Alix auf seiner Haut und seinen Kleidern hinterlassen hatte. Dennoch warf er sich in einer entfernten Region seines Herzens vor, den Freund an diesem Abend allein gelassen zu haben, und er wollte ihn wenigstens etwas dafür entschädigen. Er stand also auf, streifte das Lederwams über und ging in Stellung. Nach wenigen Sekunden berührte ihn Maître Juremis Degen. Sie gingen erneut in Stellung. Poncet war noch immer nicht ganz bei der Sache, er machte einige müde Paraden, Quinten und Septimen. Maître Juremi gelang ein Ausfall, er touchierte wiederum.

»Hör mal! Muß ich dich ganz und gar durchlöchern, damit

dich ein ordentlicher Aderlaß von deiner schlechten Laune heilt?«

Das Geräusch der Florette reizt den Mann an einem verborgenen Ort, wo bei jedem die Kriegerseele schläft. Unausweichlich setzt das erste Kitzeln des Degens einen kämpferischen Eifer in Bewegung, der die Muskeln spannt und die Augen leuchten läßt. Bei der dritten Runde war Poncet schon fast ganz dabei. Maître Juremi touchierte noch einmal, aber weniger deutlich. Dann waren sie lange Zeit gleichauf, voller Bewegung, unvorhersehbarer Aktionen, dumpfer Schreie und Wendungen. Schließlich touchierte Jean-Baptiste und stieß gleichzeitig einen mächtigen Schrei aus:

»Die Jesuiten!«

Fassungslos senkte Juremi sein Schwert und blickte erstaunt um sich.

»Wie? Die Jesuiten? Wo denn?«

Jean-Baptiste trat zurück, setzte sich auf die Balustrade und begleitete seine Gedanken mit der Hand, die seine Waffe hielt, indem er die Buchstaben einer Proklamation in die Luft zu zeichnen schien.

»Die Je-su-i-ten. Die Jesuiten! Natürlich«, sagte er. »Sie allein können unsere Angelegenheit regeln.«

»Zum Teufel, wovon redest du?«

»Von der Reise nach Versailles. Sie allein, sage ich dir. Oh! Warum habe ich daran nur nicht früher gedacht. Ja: Die einzigen, die den Konsul umstimmen und erreichen können, daß wir zum König fahren, sind die, welche seine Befehle überbracht haben. Wir dürfen die Macht dieser Priester nicht vergessen, nur weil wir gelernt haben, ihnen zu mißtrauen.«

»Aber du vergißt«, wandte Maître Juremi mit ernster Miene ein, »daß wir in Abessinien feierlich versprochen haben, daß die Jesuiten nicht wiederkommen. Wenn wir nach Versailles wollen, so um dem König einen Bericht zu geben, der genau dem entgegensteht, was uns die guten Pater erzählt haben. Deshalb dürfen wir nicht ausgerechnet sie bitten, uns zu begleiten.«

»Du hast recht. Aber das Ergebnis dieser Unnachgiebigkeit ist, daß wir gar nicht nach Versailles fahren und die Jesuiten weiterhin nur ihre eigene Meinung bei Hofe geltend machen.«

»Es ist besser, wenn sie es allein tun, als mit der Unterstützung unserer Aussagen.«

»Aber nein!« sagte Poncet. »Überleg doch: Wenn wir mit ihnen gemeinsam nach Versailles gehen, so nicht, um sie zu unterstützen, sondern im Gegenteil, um ihnen feierlich zu widersprechen, sobald wir vor dem König stehen. Man muß sie benutzen. Nichts anderes.«

»Du hast ihre Ansichten noch nicht übernommen, aber schon ihre Methoden verinnerlicht, wie ich sehe.«

»Und wie willst du kämpfen, wenn nicht mit den gleichen Waffen, die dein Gegner verwendet? Wenn ich dich mit dem Degen angreife, verteidigst du dich dann mit einem Löffel?«

»Die Fehler derjenigen zu übernehmen, die man bekämpft, heißt, ihnen bereits einen Sieg zuzugestehen.«

»Dann muß man rein bleiben und sterben.«

»Ja, es ist besser zu sterben, als sich zu verraten, aber man kann auch rein bleiben und siegen.«

»Wir kommen vom Thema ab«, sagte Jean-Baptiste mürrisch. »Es geht einfach darum, wie die Botschaft des Negus nach Versailles gelangen kann. Das ist die eigentliche Frage. Und ich sage dir, daß nur die Jesuiten dieses Wunder vollbringen können.«

Maître Juremi wandte sich ab, machte drei Schritte in Richtung Hauswand und wandte sich dann wieder dem Freund zu.

»Jean-Baptiste, du bist dabei, alles durcheinanderzubringen. Nur um deiner selbst willen legst du solchen Wert auf diese Reise. Du bist bereit, das Wort zu verraten, das du gegeben hast, um deine egoistischen Bedürfnisse zu befriedigen.«

»Ich verbiete dir, so zu reden!« schrie Poncet und schlug mit dem Knauf seines Degens gegen das Eisen der Balustrade.

»Habe ich denn unrecht?« fragte Maître Juremi, der noch immer halb im Schatten stand.

»Du hast recht und unrecht. Ja, ich will meine Angelegenheit in Versailles vortragen. Nein, ich werde den König von Abessinien nicht verraten. Ich werde mich mit der gleichen Energie beiden Aufgaben widmen, und ich werde beide lösen.«

Maître Juremi trat einen Schritt zurück, um in der Dunkelheit zu bleiben. Poncet wußte, daß er im Begriff war einzulenken.

»Laß mich nur machen«, sagte er mit ruhiger Stimme. »Ich bitte dich lediglich, neutral zu bleiben und mir dein Vertrauen zu schenken. Ich werde allein mit den Jesuiten sprechen, ich allein nehme das Risiko auf mich, sie in unser Spiel hineinzuziehen, und ich allein werde die Verantwortung dafür tragen, sie schließlich vor dem König bloßzustellen.«

»In meiner Religion«, kam die Stimme Maître Juremis aus der Nacht, »predigt man nur durch Beispiele. Ich werde nicht versuchen, dich mit Gewalt zu bekehren, noch durch Überzeugung. Ich werde nicht zu den Jesuiten gehen, und ich mißtraue mir selbst zu sehr, als daß ich glauben würde, man könne sie täuschen. Aber ich hindere dich nicht daran, deinem Weg zu folgen ... Und ich hoffe, es wird dir gelingen.«

Jean-Baptiste, ganz glücklich über seine Idee und zufrieden, daß sein Freund sich nicht widersetzte, trat auf ihn zu. Auch Maître Juremi machte einen Schritt nach vorn. Sie griffen nach ihren Gläsern und stießen auf ihre herzliche Uneinigkeit an, unter dem Blick der Wega, die im Sternbild der Lyra leuchtete, und der lärmenden Zustimmung der Kairoer Hunde.

Von dem Souper im Konsulat hatte Murad furchtbare Kopfschmerzen zurückbehalten, die er dem Essen zuschrieb, wenngleich sie eher mit den Getränken zu erklären waren, denn er hatte von allen reichlich gekostet. Er hatte sogar Mischungen ausprobiert, die das Entsetzen seiner Nachbarn hervorriefen: Champagner, Burgunder Wein und Absinth in einem Glas ...

Um alles noch schlimmer zu machen, hatte ihn der äthiopische Sklave, der ihm jeden Morgen mit einer Flaschenscherbe – Murad zeigte große Abscheu für das Metall des Rasiermessers – den Schädel rasierte, versehentlich geschnitten. An seinem Turban sah man einen getrockneten Blutstropfen. In diesem Zustand empfing er Poncet gegen neun Uhr, und dieser teilte ihm mit, daß er den Vertreter der Jesuiten eingeladen habe, welcher binnen kurzem erscheinen würde. Murad, der die Lehren des Königs nicht vergessen hatte, war zunächst empört, aber als ihm Poncet seinen Plan erklärte, beruhigte er sich und stimmte wieder Klagen über sein Bauchweh an.

Pater Plantain erschien kurz vor der vereinbarten Zeit. Er stand zunächst vor Murad und Poncet, dann ließ er sich auf ein Zeichen des Gesandten mit der Grazie eines Stieres, der unter dem ersten Hammerschlag zusammenbricht, auf dem Teppich, der auf dem Boden ausgebreitet war, nieder. Murad bot sehr höflich Kaffee und Gebäck an, die nach Zustimmung des Jesuiten von den drei äthiopischen Sklaven gebracht wurden.

Sobald er sie sah, richtete sich Pater Plantain auf und rief kniend:

»Mein Gott! Wie schön sie sind!«

Zuerst kam der älteste, der seinen Klumpfuß hinter sich her schleifte. Das ältere der Kinder schielte fürchterlich, und das Haar des anderen war von Grind verdrängt worden, der die Kopfhaut bedeckte.

»Finden Sie?« fragte Murad mit einem Blick auf seinen armseligen Hofstaat.

»Ich sehe die Seelen«, sagte der Priester mit feuchten Augen.

In der Tat betrachtete er die drei mit jenem von Seligkeit durchdrungenen Respekt, den die Schäfer in der Tiefe einer Höhle bezeugen, wenn ihnen die Jungfrau erscheint.

»Nun«, sagte Poncet, »sehen Sie, welch freundliche Aufmerksamkeit von seiten des Negus: Diese drei Diener sind ein Teil der Geschenke, die er dem König Ludwig XIV. sendet.«

Pater Plantain ließ die Abessinier nicht aus den Augen, bis sie sich umdrehten und in die Küche zurückhumpelten.

»Sie sagen, diese da sind Teil der Geschenke, die der Herrscher dem König schickt«, meinte er, als die Sklaven verschwunden waren. »Gibt es noch andere?«

»Oh, Pater, gewiß«, antwortete Jean-Baptiste. »Noch kostbarere.«

Der Priester konnte sich kaum vorstellen, was dieses Geschenk überbieten mochte, das er soeben gesehen hatte. Poncet spannte ihn auf die Folter, steckte langsam die Hand in die Tasche und zog einen Brief hervor.

»Diese Botschaft ist der Polizei des Paschas glücklicherweise entgangen«, sagte er.

»Eine Botschaft! Eine Botschaft des Königs?«

»Von seinem Schreiber nach seinem Diktat aufgezeichnet und mit seinem Siegel versehen.«

Murad folgte dem Gespräch zwischen den beiden Männern. Als er Poncet von einem Brief des Negus sprechen hörte, wandte er den Kopf rasch zu ihm um, was seine Migräne belebte. Er hatte kaum Zeit, das verschwörerische Zwinkern des Apothekers wahrzunehmen, dann streckte er sich auf den Kissen aus und bat Pater Plantain, ihn zu entschuldigen. Der Priester hielt Poncet schon die Hand entgegen, um nach dem Brief zu greifen.

»Leider hat mir der König befohlen, diesen Brief nur Ludwig XIV. persönlich zu übergeben«, sagte dieser und steckte den Brief wieder in die Tasche. »Es mag noch angehen, daß das andere Schreiben geöffnet wurde. Es war nur ein Beglaubigungsschreiben. Mit diesem wird es nicht geschehen. Ich habe es geschworen.«

»Und … was enthält er?« fragte der Jesuit voller Neugier.

»Pater, die Botschaft oder der Brief, das ist eins, und sie sind für den König bestimmt.«

»Ja, aber ohne Einzelheiten, der Sinn?«

»Äußerst günstig. Das ist alles, was ich sagen kann. Der Negus grüßt den König von Frankreich aufs herzlichste und zeigt größtes Entgegenkommen in allen Fragen der Religion.«

»Sehr gut, sehr gut«, sagte der Jesuit. »Geht er so weit, die zwei Naturen Christi zuzugeben?«

Poncet zog die Brauen hoch, wie jemand, der viel weiß, keinen Grund sieht, besorgt zu sein, aber nichts sagen darf. Pater Plantain zeigte mit einer befriedigten Miene, daß er verstanden hatte.

»Und … die anderen Geschenke?« fragte er.

»Sie sind hier: Gold, Zibet, Kräuter, Seidengürtel und der Inhalt einer Kiste, die wir nur vor dem König öffnen dürfen.«

»Hervorragend … Hervorragend! Ihre Mission ist ein voller Erfolg.«

»Leider konnte uns Pater de Brèvedent nicht bis zum Ende begleiten. Aber glauben Sie mir, wir waren seinem Andenken treu, und es hätte uns nicht besser gelingen können, wenn er bei uns gewesen wäre.«

»Das sehe ich! Die Anweisungen von Pater de La Chaise hätten nicht besser ausgeführt werden können. Sie müssen dem König unbedingt von diesen wunderbaren Ergebnissen berichten.«

»Das scheint mir auch«, sagte Poncet mit einer Verbeugung. »Leider wissen Sie, daß das unmöglich ist.«

»Ja, die Türken ... «

»Die Türken, Pater, haben ein breites Kreuz.«

»Was wollen Sie damit sagen?«

Poncet rief die Sklaven, indem er in die Hände klatschte, und sie kamen, um die Tassen zu füllen. Ihm ging es vor allem darum, sie noch einmal vor den Augen des Jesuiten vorbeiziehen zu lassen, um seine Begeisterung zu schüren. Sobald sie verschwunden waren, wiederholte Pater Plantain seine Frage.

»Sie sprachen von den Türken«, sagte er leicht verwirrt.

»Nein, Pater, Sie selbst haben von ihnen gesprochen. Ich habe nur meine Zweifel geäußert.«

»Wie denn, Sie glauben nicht, daß der Pascha Ihnen die Reise nach Frankreich verbietet?«

»Ich kenne Mehmet-Bey nicht«, sagte Poncet. »Aber ich habe lange seinen Vorgänger behandelt. So fanatisch sie auch sein mögen – es scheint, dieser ist ziemlich schlimm –, diese Ottomanen überschreiten uns gegenüber nie bestimmte Grenzen.«

»Was wollen Sie damit sagen?«

»Ich will sagen, daß ein Türke niemals wagen würde, ein Haus in der Kolonie zu durchsuchen, ohne daß der Konsul seine Zustimmung gegeben hätte.«

»Sie denken ... «

»Daß der Türke und Monsieur de Maillet in dieser Angelegenheit eine merkwürdige Allianz gegen uns bilden.«

Der Jesuit war zunächst fassungslos. Dann, als der Geruch eines Komplotts seine Nase erreicht hatte, schaute er noch durchtriebener, die Augen wurden starr in der Tiefe ihrer Höhle aus Knochen und Brauen, der Mund war zusammengekniffen:

»Die Anklage, die Sie da vorbringen, ist äußerst schwer, Monsieur Poncet. Man müßte annehmen, daß hier versucht wird, dem Willen des Königs zuwiderzuhandeln ... «

»Sie scheinen zu glauben, Pater, daß der König nur einen Willen hat. Man muß allerdings fürchten, daß es um ihn herum durchaus unterschiedliche Einflüsse gibt: Die einen sorgen sich um sein Seelenheil, die anderen führen seine Politik.«

Pater Plantain versank in Nachdenken.

»Verstehen Sie mich richtig«, sagte Poncet. »Wir haben den Befehlen gehorcht, die uns Pater Versau überbrachte, und bis ins letzte ausgeführt, was der König von uns erwartete. Es ist von höchster Bedeutung, um die Verbindungen, die wir geknüpft haben, nicht zu zerreißen, daß wir ihm davon berichten, daß der Gesandte des Negus bestätigen kann, daß seine Botschaft an Ludwig XIV. übergeben wurde und daß er mit einer Antwort zurückkehrt. Das läuft gewiß den Interessen derjenigen zuwider, die eine Allianz mit den Türken der Vollendung der großen christlichen Mission Frankreichs vorziehen.«

Der Jesuit sprang eifrig auf.

»Ich werde das schnell geklärt haben«, verkündete er.

Er verabschiedete sich von Poncet, empfahl ihm, Murad nicht zu wecken, der seit einigen Minuten schnarchte, und verschwand eiligen Schrittes mit der zufriedenen Miene eines Mannes, der im Begriff ist, sich in die Sünde zu stürzen, um diese zu bekämpfen.

Neuntes Kapitel

Drei Tage lang hörte Poncet nichts. Drei lange Tage, in denen er nicht hinausgehen wollte, weil diejenigen, die sich darum stritten, ihn zum Essen zu empfangen, überall ihre Schildwachen aufgestellt hatten. Die Hitzezeit war angebrochen. Der Wind vom Nil trug die üblen Ausdünstungen von der Mündung heran. Poncet ließ wissen, er sei krank, und er wurde es tatsächlich. Er spürte, wie das Fieber seinen Körper erhitzte und Schmerzen in Abständen Ellbogen und Knie durchfuhren. Dazu kam die Mattigkeit, die ihn den ganzen Tag in seiner Hängematte hielt, in Träume verloren, denen er nicht folgte und von denen er sich nur erinnerte, daß sie traurig waren. Françoise, die ihn jeden Tag besuchen kam, erklärte ihm lachend, er sei liebeskrank. Er war gern bereit, ihr zu glauben und wurde trotzdem nicht gesund. Am zweiten Tag brachte sie ihm einen Brief von Alix, den er hundertmal las. Es war nichts: Worte der Zärtlichkeit, zudem noch voller Zurückhaltung, falls jemand diesen Brief finden würde. Aber sie hatte geschrieben. Er schaute auf die Zeilen, sie verschwammen vor seinen Augen und in diesen Kringeln ohne Sinn fand er die Bewegung, die Hand, die sie ausgeführt und schließlich den ganzen Körper jener Frau wieder, die diese Hand lenkte. Am dritten Tag gab es einen weiteren Brief. Er enthielt weitere Liebesworte. Am Ende hatte Alix eine kleine Abschweifung hinzugefügt, die sie zweifellos große Anstrengung kostete, sprengte sie doch den Rahmen der Liebe, die sie ganz und gar erfüllte.

»Ich weiß nicht, ob du es bemerkt hast, aber unsere liebe Françoise ist ganz von einer Leidenschaft erfüllt, und weiß nicht, wie sie sich offenbaren soll. Sie ist in deinen Freund Juremi verliebt. Ich muß sagen, er macht einen so furchterregenden Eindruck, daß ich ihr Zögern verstehe. Aber du kennst ihn doch sehr gut, vielleicht kannst du ihn ein wenig aushorchen ... «

Maître Juremi, von dem niemand wußte, daß er in Abessinien gewesen war, bewegte sich frei in der Kolonie und in der Stadt. Er hatte einige Hausbesuche durchgeführt, obwohl er selbst nicht behandelte. Aber Poncets Patienten flehten ihn an, ihnen neue Medikamente zu geben. Der Protestant brachte den Erkälteten Brustbeerenpaste, und denen, die an Bauchweh litten, Kalomel. Er schaute auch zur Kontrolle bei Murad vorbei, der für den Augenblick glücklicherweise entschlossen schien, sich ruhig zu verhalten.

Als Maître Juremi an diesem dritten Abend nach Hause kam, bat ihn Jean-Baptiste, bei ihm zu bleiben. Mit einem so verschlossenen Menschen mußte man sehr behutsam sprechen. Aber die Krankheit weckt die Melancholie, und so begann Poncet in wehmütigem Ton ein Gespräch über die Vergangenhcit. Trotz ihrer langjährigen Freundschaft und ihrer Reisen wußte Jean-Baptiste nur wenig über das Leben von Maître Juremi.

»Du hast mir einmal erzählt, daß du verheiratet warst?« fragte Jean-Baptiste nach dem Umweg über eine Erinnerung.

»Ja«, entgegnete der Waffenmeister finster.

»Bist du es immer noch?«

»Vielleicht schon.«

»Wie? Du weißt es nicht?«

Der Protestant mochte keine Vertraulichkeiten. Jean-Baptiste beharrte auf seiner Frage.

»Das ist trotzdem etwas sehr seltsam, verheiratet zu sein, ohne es zu wissen.«

»Oh, das gebe ich zu. Aber das Leben ... «

»Komm, erzähl schon. Es wird mich ablenken, genau das, was ich brauche.«

»Die Sache ist ganz einfach, aber ich fürchte, sie wird dir nicht die Fröhlichkeit schenken, die du suchst. Mein Vater war Schmied in der Nähe von Uzès, das weißt du. Unsere Familie kam aus Italien. Eines Tages, vor einem Jahrhundert, hat sie sich zum Reformismus bekehrt. Ich habe mich um nichts gekümmert, bis ich achtzehn war. Um uns herum gab es nur Protestanten. Ich habe den Beruf meines Vaters gelernt und sollte mit ihm arbeiten. Mit fünfundzwanzig Jahren habe ich ein Mädchen aus unserer Gegend geheiratet. Sie hieß Marine. Du kannst dir nicht vorstellen, was das für eine Zeit war. Es ist jetzt fünfundzwanzig Jahre her! Die Menschen bei uns mochten einander, sie halfen sich gegenseitig, und bei jeder Gelegenheit feierte man schöne Feste, auch wenn wir nicht viel besaßen. Man muß dazu sagen, daß sich die Protestanten gern versammeln, vielleicht weil es nicht so viele gibt: Es beruhigt sie, wenn sie sich in einer Menge befinden. Und an dem Morgen, als wir geheiratet haben, waren vor der Kirche viele Protestanten versammelt. Wein und Geigen! Aber acht Tage später, verstehst du, acht Tage, widerrief der König das Toleranzedikt. Man spürte, daß etwas Furchtbares in Vorbereitung war. Louvois hatte seine Dragoner entsandt, die in den Garnisonen warteten. Unsere Leute trafen sich in den Bergen: Es kamen noch mehr als bei der Hochzeit eine Woche zuvor. Alle Familienoberhäupter, mit Schaffellen auf dem Rücken, großen schwarzen Hüten und der Bibel in der Hand. Es wurde beschlossen, alle jungen Männer zwischen zwanzig und fünfunddreißig sollten ins Ausland gehen, falls die Dinge eine böse Wendung nehmen würden.«

»Du bist acht Tage nach deiner Hochzeit weggefahren?«

»Neun, um genau zu sein. Bedenke, daß dieser Beschluß nicht aus Mitleid gefaßt wurde. Die Gemeinschaft wollte nicht die Schwachen schützen, sondern im Gegenteil unsere Stärke vor dem Feind bewahren: Frauen, Kinder und Alte blieben dort, und nur die jungen Männer, die kämpfen konnten, wurden in Sicherheit gebracht. Also weiter: Ich habe die Causses durchquert und mich ständig versteckt, dann Aquitanien, wo ich auf Fischerbooten gearbeitet habe. Anschließend bin ich in die Vereinigten Provinzen hinaufgezogen, zum Stadhouter Wilhelm. In seiner Armee habe ich in England gekämpft. Dann bin ich zum Kaiser zurückgekehrt, und du hast mich als Waffenmeister in Venedig kennengelernt.«

»Und deine Frau?«

»Ich weiß nichts von ihr«, sagte der Protestant und senkte den Blick.

»Hast du sie geliebt?«

»Sie ist meine Frau.«

»Dennoch«, sagte Poncet, »neun Tage!«

»Aber ein Schwur vor Gott ist für die Ewigkeit ... «

»Wenn sie tot ist?«

»Bin ich frei.«

»Warst du niemals in Versuchung ... «

»Natürlich war ich in Versuchung«, sagte Maître Juremi und nickte. »Natürlich war das Fleisch oft schwach, das weißt du. Aber das ist etwas anderes, eine Ehefrau. Wir haben nicht die Bequemlichkeiten der Katholiken. Und darüber hinaus habe ich niemals nachgegeben, nein.«

»Wie heißt dein Dorf im Gard?«

»Soubeyran.«

Sie sprachen nicht weiter darüber. Am Abend schrieb Poncet Alix einen Brief, in dem er ihr offenbarte, daß Maître Juremi vielleicht nicht frei sei, aber daß er sich, wenn er nach Frankreich ginge, bemühen würde, es herauszubekommen. Er riet ihr, Françoise nichts davon zu erzählen.

Am vierten Tag ließ sich Pater Plantain, nachdem er seine Nachforschungen angestellt hatte, beim Konsul ankündigen.

»Exzellenz«, begann der Jesuit in schärferem Ton als je zuvor, »ich habe heute morgen wichtige Nachrichten aus Konstantinopel erhalten.«

Monsieur de Maillet zeigte Aufmerksamkeit.

»Sie kennen, glaube ich, Pater Versau?« fuhr der Priester fort.

»Er war im vergangenen Jahr hier.«

»Nach zahlreichen Unglücksfällen, einem Schiffbruch und so weiter.«

»Ich erinnere mich sehr gut.«

»Nun, dann erinnern Sie sich auch, daß man ihn beauftragt hatte, Ihnen den Willen des Königs bezüglich der Abessinien-Mission zu übermitteln?«

»Gewiß.«

»Ich habe ihm von der Rückkehr der Gesandtschaft berichtet.«

»Sie haben eben das richtige Wort gebraucht: Es ist besser, von Mission zu sprechen.«

»Wie Sie wollen, aber das ändert nichts. Mein Brief wurde per Expreß befördert, kurze Zeit, nachdem der Pascha die Durchsuchung bei dem Gesandten des Negus durchführen ließ. Ich habe ihm natürlich von diesem Zwischenfall berichtet, ebenso von der Weigerung dieses Türken, den Botschafter nach Versailles reisen zu lassen.«

»Und?« fragte Monsieur de Maillet, der blaß zu werden begann.

»Pater Versau hat mir soeben geantwortet und seine Empörung ausgedrückt. Ich habe ihm die Angelegenheit zunächst so harmlos wie möglich dargestellt, aber er hat sich sehr ereifert. Er hat mir geschrieben, daß der Pascha kein Recht hat, so einzugreifen, wie er es tat, und noch viel weniger, sich der Reise von seiner Exzellenz Murad und Monsieur Poncet zu widersetzen. Diese Mission wurde nach dem Willen des Königs nach Abessinien gesandt, und dieser selbe Wille befiehlt, die Antwort des Negus bis zu Ludwig XIV. zu bringen.«

Der Konsul rieb nervös eine Locke, die ihm in den Nacken herabhing.

»Deshalb«, schloß der Jesuit im Ton einer Urteilsverkündung, »verlangt Pater Versau von mir alle Einzelheiten über diese Angelegenheit, damit er eine Protestnote an Monsieur de Ferriol aufsetzen kann, der, wie ich glaube ... «

»Ja, ja ... der Botschafter Frankreichs beim Großtürken!«

Monsieur de Ferriol war Maillets direkter Vorgesetzter, denn er befahl über alle Konsulate der Hafenstädte.

»Aber wozu dieses Memorandum?«

»Damit der Botschafter, auf den Pater Versau, wie ich glaube, großen Einfluß hat, dem Sultan diese Angelegenheit vorträgt. In einem solchen Fall, also wenn sich ein Pascha erlaubt, seine Rechte zu überschreiten, bestimmt der Großtürke eine Kommission, eine Kiaya, die sich vor Ort begibt, eine Untersuchung durchführt und Sanktionen festlegt. Diese türkischen Gouverneure können sich nicht einfach wie Statthalter benehmen. Wenn sie ihre Macht mißbrauchen, werden sie bestraft.«

Monsieur de Maillet, der genügend Scharfblick besaß, sah das riesige Unwetter, das diese Worte fürchten ließen, sehr nahe am Horizont auftauchen.

»Nein, nein«, rief er, »es ist nicht nötig, daß sich Pater Versau bemüht ... «

»Wie? Wollen Sie diese Türken die Verpflichtungen mit Füßen treten lassen, die sie seit mehr als einem Jahrhundert mit uns verbinden? Wenn wir so fortfahren, werden die Kapitulationsverträge bald ohne Wert und die Christen dieses Landes den schlimmsten Verfolgungen ausgesetzt sein.«

»Sie haben recht, Pater, aber das ist eine rein lokale Angelegenheit, und die Lösung muß hier gefunden werden. Wir werden doch nicht Konstantinopel hineinziehen.«

»Leider ist das schon geschehen«, sagte Pater Plantain überheblich, »und ich würde sagen, das ist nur gut so, denn der Pascha versteht, wie mir scheint, nur die Zeichen der Macht.«

»Sie kennen ihn schlecht.«

»Ich bin sehr glücklich darüber.«

»Er ist ein Türke, noch dazu ein Soldat. Er ist etwas wild. Er läßt sich hinreißen. Aber er hört auf die Stimme der Vernunft.«

»Um so besser, dann wird er auf die Vernunft des Sultans hören.«

»Ich bitte Sie«, sagte Monsieur de Maillet und stand auf, »lassen Sie mich eine Einigung versuchen. Schreiben Sie nicht sofort an Pater Versau. Ich werde selbst meinen Protest an den Pascha richten.«

»Dann gehen wir zusammen.«

»Zusammen!«

»Ja, denn ich vertrete in gewisser Weise den Kläger. Diese Mission wurde unserem Orden übertragen, und dieser Türke hindert uns daran, sie zu erfüllen.«

»Aber Sie wissen doch, daß er ein strenger Moslem ist. Er wird nicht das gleiche Wohlwollen zeigen, wenn ich nicht allein, sondern in Ihrer Gesellschaft komme.«

»Dann lassen Sie uns mit dem Sultan verhandeln, der uns nicht schlecht gesonnen ist. Mein Brief ist übrigens fertig. Mir fehlen nur noch ein paar Einzelheiten, die Sie mir mitteilen werden. Er wird morgen abgehen.«

Monsieur de Maillet war schweißgebadet. Er sah absolut keinen Ausweg, und wie ein Mensch, der zwischen zwei Qualen entscheiden muß, wählte er die, die er für weniger schmerzhaft hielt.

»Nun denn«, seufzte er, »gehen wir zum Pascha.«

»In diesem Fall müssen wir sogleich gehen, denn der Kurier nach Konstantinopel kann nicht warten.«

Der Konsul akzeptierte auch diese letzte Forderung und ließ sich in der Zitadelle ankündigen. Die Wache kehrte nach einer halben Stunde zurück und teilte mit, die Audienz sei auf der Stelle möglich. Monsieur de Maillet, Pater Plantain und Monsieur Macé als Dolmetscher fuhren in der Karosse des Konsuls. Der Jesuit war auf dem Gipfel der Erregung, ohne sich jedoch etwas anmerken zu lassen. Der Konsul sah aus dem Fenster und biß auf seinem Ärmelaufschlag herum.

Schon beim Eintreten dieser Abordnung spürte Mehmet-Bey, daß die Angelegenheit ernst war. Er verkürzte die Begrüßungszeremonie und bat den Konsul, ihm die Gründe für den Besuch zu erklären.

»Nun«, begann Monsieur de Maillet in größter Verlegenheit mit einer Stimme, die gleichzeitig umgänglich und entschlossen klingen sollte, aber eher zögernd und falsch wirkte,

»ich bin zu Eurer Hoheit gekommen, um einen Protest vorzutragen.«

Mehmet-Bey rührte sich nicht. Er blickte erst den Jesuiten, dann den Konsul an und ahnte eine unangenehme Wendung in jenem Bündnis, das er bereits bereute. Monsieur Macé übersetzte. Der Konsul fuhr fort:

»Nach den Verträgen, die wir unterzeichnet haben, obliegt der Schutz aller Christen dem König von Frankreich.«

Langsam wie ein Panther schloß und öffnete der Pascha die Lider.

»Ihr könnt also nicht in das Haus eines Christen eindringen, ohne Euch vorher mit dem Konsul von Frankreich abzustimmen, und Ihr könnt ebensowenig jemanden in seiner Bewegungsfreiheit beeinträchtigen, der zum König von Frankreich, seinem Schutzherren, zu reisen wünscht.«

Nachdem er das gesagt hatte, schloß Monsieur de Maillet die Augen, als wollte er die Lunte, die er entzündet hatte, nicht bis zum Pulverfaß brennen sehen.

»Wovon redet Ihr?« fragte der Pascha schließlich mürrisch.

»Von diesem Armenier, der mit einem fränkischen Arzt der Kolonie aus Abessinien gekommen ist.«

»Und was haben die Leute mit dem Mann da zu tun?« fragte der Pascha, indem er auf Pater Plantain wies.

Der Konsul schwitzte dicke Tropfen. Es schien ihm gar, als müsse er die Besinnung verlieren. Er stand in diesem riesigen Saal und sah die Wände gefährlich um sich kreisen.

»Nichts«, sagte er. »Pater Plantain wird bald nach Konstantinopel reisen. Er wird unserem Botschafter von dieser Audienz berichten, falls das Ergebnis ungünstig ausfallen sollte.«

Mehmet-Bey legte die Hände auf die Kissen, die um ihn verteilt waren, als suche er eine bequemere Sitzstellung.

»Ich verstehe nichts von Euren Frankenangelegenheiten«, sagte er. »Was wollt Ihr wissen, daß Ihr nicht schon wißt? Ihr protestiert? Wogegen? Ich habe diesen Brief nur genommen, weil Ihr mich darum gebeten hattet, und ich habe ihn Euch übergeben. Was diesen Armenier angeht, so ist er frei. Bringt ihn hin, wo Ihr wollt, er ist Christ und sein Schicksal kümmert mich nicht. Aber auch ich warne Euch: Wenn Ihr etwas in Konstantinopel mitzuteilen habt, werde ich ebenfalls ein Wort hinzufügen. Ich finde, daß Eure Mönche immer zahlreicher werden und in einer Stadt, wo es so wenige Katholiken gibt, sehr aktiv sind. Wir wissen, daß sie ihre Zeit damit verbringen, Komplotte auszuhecken, und der Sultan wird sicher daran interessiert sein, Einzelheiten darüber zu erfahren. Seid Ihr zufrieden mit meinen Erklärungen?«

»Exzellenz hat uns vollkommen überzeugt«, sagte Monsieur de Maillet und senkte den Kopf, so höflich er konnte, da er nicht das Risiko eingehen mochte, sich zu verneigen.

Sie zogen sich zurück.

Auf der Rückfahrt herrschte in der Kutsche ein lastendes Schweigen, das im Gegensatz zum Leben auf den Straßen stand. Der Konsul hatte diesen Versuch nur in der wahnwitzigen Hoffnung unternommen, seine Komplizenschaft mit dem Pascha würde diesen dazu bringen, die Komödie bis zum Ende mitzuspielen und die ganze Verantwortung auf sich zu nehmen. Das Spiel war riskant gewesen, und er hatte es verloren. Pater Plantain hingegen hatte soeben die Bestätigung erhalten, daß seine Nachforschungen richtig gewesen waren: Es war tatsächlich der Konsul, der alles angezettelt hatte. Der Priester bemühte sich sehr, wütend auszusehen, innerlich jedoch jubelte er vor Freude: Monsieur de Maillet konnte ihm nichts mehr verweigern. Natürlich hatte der Kirchenmann diesen Vorteil mit einem leichten Warnschuß von seiten des Pascha bezahlt, aber das beunruhigte ihn kaum. Als sie im Konsulat ankamen, schloß Monsieur de Maillet das Arbeitszimmer hinter ihnen, setzte sich, nahm die Perücke ab, ohne den Pater um Erlaubnis zu bitten, und sagte:

»Ich sehe ein, daß ich Ihnen eine Erklärung schulde. Tatsächlich ist es nicht der Pascha, der sich der Reise von Monsieur Murad widersetzt, sondern unser Minister selbst, Monsieur de Pontchartrain. Hier habe ich den offiziellen Beweis.«

Er klopfte mit dem Finger auf seinen Schreibtisch.

»Politische Gründe also?« fragte der Jesuit.

»Aber nein!« rief der Konsul mit der hohen Stimme eines Hauslehrers, der immer denselben Fehler bei seinem Schüler korrigiert. »Nein! Es geht nicht um Politik, sondern einfach um Vernunft, Pater, ich würde sogar sagen um Anstand. Haben Sie sich diesen Murad angesehen? Er benimmt sich wie der letzte Kofferträger, er beleidigt das Schamgefühl der Damen, beschmutzt sich bei Tisch, wischt sich die Hände am Wandteppich ab. Sagen Sie mir frei heraus: Sehen Sie ihn auch nur einen Augenblick in Versailles? Können Sie ihn sich vor dem König vorstellen?«

Er wies auf das Porträt, das über ihm hing.

»Der König hat den vornehmsten Hof der Welt. Nein, man muß vernünftig sein, und der Minister hat sich sehr deutlich ausgedrückt: Urteilen Sie selbst, mit wem Sie es zu tun haben, und sehen Sie, ob es möglich ist. Nun, ich sage Ihnen: Nein, es ist nicht möglich.«

»Es ist also eine Frage der Person. Sie haben grundsätzlich nichts dagegen?«

»Nichts.«

»Dann werden Poncet und ich nach Versailles fahren.«

Der Konsul überlegte einen Moment und sah Pater Plantain an. Er erkannte mit Mißfallen, daß die Jesuiten in die Angelegenheit zurückkehrten und vielleicht seine eigene Initiative stören würden, indem sie den König beeinflußten. Aber das war noch eine geringere Unannehmlichkeit im Vergleich zu dem Skandal, wenn sie Konstantinopel aufhetzten, was er auf diese Weise verhindern konnte. Außerdem hegte der Konsul die Hoffnung, sein eigenes Unternehmen in Gang zu setzen, noch ehe der Jesuit und Poncet aus Frankreich zurückkehrten.

»Das ist eine wunderbare Idee«, erklärte Monsieur de Maillet schließlich. »Fléhaut, mein Kanzler, wird Sie begleiten.«

»Und Sie machen Ihren Einfluß beim Pascha geltend, damit die drei Abessinier uns begleiten können?«

»Dazu verpflichte ich mich.«

»Nun«, sagte der Jesuit, »schreiben wir es gleich auf, wenn Sie wollen, damit Versailles über unsere Ankunft informiert wird. Derselbe Kurier, der morgen nach Konstantinopel reist, wird die Depesche in Alexandria übergeben. Sie wird mit der königlichen Galeere am 30. abgehen und Anfang des kommenden Monats in Paris sein.«

»Ich bin einverstanden, aber selbstverständlich werden Sie außerdem an Pater Versau schreiben, um ihm mitzuteilen, daß er nichts zu unternehmen braucht, weil sich alles hier geregelt hat.«

»Exzellenz, das geschieht auf der Stelle.«

Es war wie ein Abkommen. Das war Diplomatie. Der Konsul hatte das Gefühl, endlich zu seinem Beruf zurückzukehren, nach all diesen Stunden des Feilschens, das ihn an Kaufleute erinnerte. Trotz seiner Niederlage atmete er auf.

Zehntes Kapitel

Es ist kaum verwunderlich, daß die Menschen den Himmel zum vermeintlichen Führer ihres Schicksals gewählt haben. Im Wechsel der Gestirne liegt etwas unverhofftes und doch regelmäßiges, das große Ähnlichkeit mit dem Verlauf des menschlichen Handelns besitzt. Nachdem der Konsul entlarvt war, änderte sich alles von Grund auf, wie in jenem Moment der Nacht, da Pegasus auf der einen Seite verlischt, während auf der anderen Orion aufsteigt, gefolgt von den Plejaden.

Jean-Baptiste genas auf der Stelle von seiner Krankheit, die er gar nicht hatte. Er wurde aktiv, um die Reise vorzubereiten, deren Beginn nach Ablauf von vier Tagen festgesetzt war. Alles wurde sofort organisiert: Murad sollte allein im Haus der Venezianer bleiben, und der Konsul würde bis zur Rückkehr der Abgesandten weiter für seine Kosten aufkommen. Dann wollte man ihm nahelegen, nach Äthiopien zurückzukehren, wie zu hoffen war, mit der Antwort des Königs von Frankreich.

Man zählte die Geschenke zusammen, die man nach Versailles mitnehmen würde. Als sie Gondar verließen, hatten sich die Reisenden schwer beladen und sehr reich gefühlt. Leider hatten die Reisekosten, die Gier der türkischen Zöllner und die Verderblichkeit einiger Lebensmittel diesen Reichtum stark reduziert. Poncet und sein Partner besaßen neben dem Schmuck, den ihnen der Herrscher geschenkt hatte, jeder einen Sack Goldpuder. Jean-Baptiste, der auf den Erfolg seiner Reise nach Frankreich setzte, war bereit, seinen Sack wenn nötig den Geschenken hinzuzufügen, die sie dem König bringen würden, falls das Übrige nicht ausreichte. Murads Beitrag war in der Tat recht mager. Zwar waren da die drei Abessinier, aber Poncet war nicht begeistert von der Vorstellung, sie mitzunehmen, denn er kannte die Wachsamkeit der Moslems nur allzugut. Aber der Jesuit legte großen Wert darauf, und man mußte wohl zugeben, daß die anderen Geschenke recht armselig waren und keinen würdigen Ausgleich darstellten. Sie beschränkten sich auf zwei Kilo Zibet, das übel roch, weshalb man ihnen empfahl, es gegen Tabak einzutauschen, was sie auch – mit beträchtlichem Verlust – taten. Es gab außerdem einen Seidengürtel, der mit Goldfäden bestickt war. In Gondar, auf den Togen aus weißer Musseline, hätte er wohl Bewunderung geweckt. In Kairo dagegen, und mehr noch in Versailles, war zu befürchten, daß der europäische Geschmack ihn eher als Lumpen ansah. Schließlich waren alle Tiere, Pferde und Elefanten, wie man weiß, auf der Reise gestorben. Es blieb nur die Kiste mit den Elefantenohren. Poncet versicherte sich bei Murad, daß sie gut verpackt waren. Dieser garantierte es ihm mit der Hand auf dem Herzen. In Anbetracht der ursprünglichen Verwendung, der er diese Ohren zuführen wollte, hatte sie der Abdecker, der sich um sie gekümmert hatte, nach allen Regeln der Kunst präpariert. Sie würden mit der Frische des Lebens selbst aus ihrer Kiste auftauchen.

Nach einem stürmischen Gespräch unter vier Augen mit dem Pascha, in dessen Verlauf der Konsul peinliche Erklärungen abgab und erniedrigende Entschuldigungen vorbrachte, teilte er Pater Plantain mit, daß er die notwendigen Genehmigungen erhalten habe, um die Abessinier an Bord zu bringen. Man mußte dennoch vorsichtig handeln, damit die Muftis von Alexandria nichts davon erfuhren. Das würde alles zunichte machen, denn diese Fanatiker widersetzten sich der Abreise jedes Afrikaners in die christlichen Länder.

Nun wurde Abschied genommen. Monsieur der Maillet, ein fairer Spieler, empfing die drei Reisenden, also Poncet, den Jesuiten und den Kanzler, zum Abendessen. Jean-Baptiste war ganz und gar rehabilitiert. Der Konsul war darum besorgt, ihn zu schonen, da er ihm an höchstem Ort schaden konnte. Es war ein Arbeitsessen. Die Frauen waren nicht geladen. Sie erschienen nur zum Kaffee, der in dem kleinen Musiksalon genommen wurde, den Jean-Baptiste beim Galadiner entdeckt hatte. Weder Monsieur de Maillet noch seine Gattin konnten ahnen, welches Vergnügen und welche Verwirrung sie in den Herzen der beiden Liebenden weckten, als sie in einem so kleinen Raum vereint waren, wo sie sich mit dem Anschein größter Natürlichkeit zehnmal flüchtig berühren konnten. Auf das Drängen ihres Vaters setzte sich Mademoiselle de Maillet ans Spinett und spielte ein paar Stücke. Der Klang der Saiten fordert, um seine Wirkung zu entfalten, eine Bereitschaft der Seele, die den meisten an diesem Abend fehlte, über die jedoch die beiden jungen Menschen angesichts der nahen Trennung im Übermaß verfügten. Wie die Säure, die über eine Kupferplatte gegossen wird, diese an manchen Stellen ätzt und an anderen, die von Wachs geschützt sind, unbeschädigt läßt, störten die Klänge weder das Gespräch des Jesuiten mit Monsieur de Maillet noch die unterwürfige Aufmerksamkeit Monsieur Macés oder die bescheidene Eitelkeit Fléhauts. Sie berührten jedoch die weich gestimmten Herzen von Alix und Jean-Baptiste, denen kein Henker eine unsichtbarere und köstlichere Qual bereiten konnte, zutiefst.

Es gelang ihnen recht gut, ihre Bewegung zu verbergen, aber am Ende waren beide so erregt, daß sie zu einer schlimmen Unvorsichtigkeit getrieben wurden.

Kaum war Poncet zu Hause angekommen, sah er Françoise atemlos heraneilen. Sie sagte ihm, daß Alix ihn kurz nach Mitternacht – wie beim ersten Mal – im Garten erwarte. Es war eine helle Mondnacht: Diesmal würde man etwas sehen. Die Gefahr war erheblich größer. Er gab es zu bedenken. Françoise antwortete, das wisse man. Was wäre mutiger, fragte sich Jean-Baptiste: im Namen der Sicherheit zu verzichten oder die Kühnheit und das Vergnügen zu wählen? In einer Liebe, der soviel entgegenstand wie der ihren, konnte ein vernünftiger Entschluß nur als Zeichen der Gleichgültigkeit oder der Lauheit interpretiert werden, was Jean-Baptiste auf keinen Fall wollte. Er würde da sein.

Zur genannten Stunde sah er, bereits im Park verborgen, von weitem, vom hellen Mondlicht beschienen, die Gestalten der beiden Frauen heraneilen. Als sie das Gitter erreichten, bemerkte Jean-Baptiste plötzlich einen anderen Schatten, der sich von einem Platanenstamm zum nächsten schlich. Alix kam zu ihrem Geliebten, umarmte ihn. Er drückte sie an seine Brust, gebot ihr jedoch zu schweigen. Gleichzeitig ließ er die Stelle in der Dunkelheit, wo der Schatten verschwunden war, nicht aus den Augen. Dieser tauchte wieder auf und machte zwischen zwei Bäumen einen neuen Satz auf den Park zu.

»Ihr werdet verfolgt«, flüsterte Jean-Baptiste Alix zu.

Diese Worte ließen sie erstarren. Françoise, die am Gitter wartete, hatte den Schatten ebenfalls gesehen und eilte zu dem Paar. Sie hörte Jean-Baptistes Worte.

Vielleicht aus einer Vorahnung heraus, die er sich jedoch nicht eingestanden hatte, trug er ein Messer an der Seite. Er griff danach und entwickelte schnell einen Plan, den er den beiden Frauen mitteilte.

»Ich gehe zu eurem Verfolger und werde ihn entlarven. Ihr flieht zum Konsulat, aber trotzdem vorsichtig und ohne zu rennen. Habt ihr den Schlüssel von der Hintertür?«

»Ja«, sagte Françoise.

»Dann nehmt diesen Umweg, und sobald ihr zurück seid, tut ihr so, als würdet ihr tief schlafen. Es kann sein ... «

»Los doch!« sagte Françoise. »Kümmern Sie sich nicht um den Rest.«

Jean-Baptiste umarmte Alix in aller Eile, nicht ohne seine ganze Aufmerksamkeit darauf zu konzentrieren, diesen Geschmack, diese Süße, diesen Blick in seiner Erinnerung einzugraben, denn sie würden vom nächsten Tag an für lange Monate seine einzige Wegzehrung sein. Dann riß er sich von ihr los und stürzte in den Teil des Gartens, wo der Schatten am tiefsten war. Er lief um das Gitter herum und verließ den Park durch eine kleine Holzpforte. Mit langsamem Schritt schlich er bis zum Rand der großen Straße und verbarg sich ebenfalls hinter dem Stamm einer Platane. Im Mondlicht sah er deutlich die silbrigen Gestalten der Frauen, die in die Gasse eilten, welche zum Hintereingang des Konsulats führte. Der Schatten ihres Verfolgers überquerte die Straße und verschwand wieder hinter einem Baumstamm. Inzwischen hatte Poncet Gelegenheit, die

Gestalt eines mittelgroßen Mannes zu erkennen, der nach Frankenart gekleidet war und unbewaffnet zu sein schien. Um ihn zu überraschen, mußte er seine Deckung verlassen. Er befand sich im Rücken des Mannes, dem er folgte, und dieser richtete seinen Blick zweifellos auf die beiden fliehenden Frauen. Poncet überwand schnell zwei Intervalle zwischen den Stämmen, bis er fast hinter dem Baum stand, wo der Mann gewesen war, ehe er die Straße überquerte. Jean-Baptiste stand also jetzt genau dem Blick des Mannes entgegengesetzt, den er überraschen wollte.

Poncet wartete einen Augenblick, dann sprang er in großen Sätzen über die Straße, packte die Gestalt, deren Bewegung er in der Dunkelheit wahrnahm, umklammerte sie und setzte ihr das Messer an den Hals. Es gab kaum einen Kampf. Aneinandergepreßt, ohne die Hilfe der Augen, fielen die beiden Kämpfer zu Boden, rollten übereinander, und Jean-Baptiste gewann leicht die Oberhand. Sein Gegner besaß weder die Kraft noch die Technik für den Kampf: Er ließ sich ins Licht ziehen, den Dolch immer noch am Hals.

»Hierher! Hierher! Wachen, Wachen, man bringt mich um!«

Der Mann, den Poncet in seiner Gewalt hatte, begann zu schreien.

»Macé!« rief Jean-Baptiste.

Der andere wiederholte seine Schreie. Das Konsulat war nicht weit entfernt; man hörte ein Klirren an der Freitreppe, gewiß die Wache, die nach ihren Waffen griff. Lichter erschienen an den Fenstern. Drei Männer kamen auf die Straße. Monsieur Macé schrie immer noch, und Poncet begriff, daß die Angst dem Sekretär die ersten Schreie entlockt hatte, während er jetzt das Ziel hatte, bemerkt zu werden und seinen Gegner gefangennehmen zu lassen. Gleichzeitig sah Monsieur Macé Jean-Baptiste an, und trotz der unbequemen Stellung, in der er sich befand, trotz der Klinge, die unter seinem Kinn lag, lächelte er mit einem Ausdruck von Ironie und Verachtung.

›Glaubst du wirklich, daß ausgerechnet du mich kriegst?‹ schien dieses Lächeln zu sagen.

Die Wache kam angerannt. Jean-Baptiste ließ seinen Gefangenen los und floh. Die drei Soldaten drückten lautstark ihr Erstaunen aus, als sie Monsieur Macé entdeckten, der sich aufgesetzt hatte und seinen Hals rieb. Er gab ihnen Anweisung, seinen Angreifer nicht zu verfolgen.

Der Rest der Nacht war von der gewohnten Ruhe erfüllt. Aber drei Personen schliefen nicht. Jean-Baptiste fragte sich, ob Alix rechtzeitig in ihr Zimmer gelangt war. Er wußte nicht, daß sie auf kein Hindernis getroffen war und niemand überhaupt daran gedacht hatte, sich ihrer Anwesenheit zu versichern. Sie dagegen hatte noch die ersten Geräusche des Kampfes und die Schreie eines Mannes gehört. Deshalb war sie voller Sorge um Jean-Baptiste. Monsieur Macé schließlich, vollständig angekleidet auf seinem schmalen Eisenbett, überlegte, wie er sich am nächsten Tag verhalten sollte. Der Konsul würde erfahren, daß er angegriffen worden war. Er mußte sagen, von wem. Die Idee, Poncet zu denunzieren, gefiel ihm außerordentlich. Eben um ihn zu überführen, hatte er Alix und ihre Dienerin nach seinen anfänglichen Beobachtungen überwacht und verfolgt. Aber welchen Grund sollte er für diesen Angriff angeben? Warum hatte ihn Poncet angegriffen? Er würde von dem Rendezvous reden müssen. Alles paßte zusammen, und der Konsul würde erst in dem Moment persönliche Betroffenheit zeigen, da man ihm vor Augen führte, daß seine Tochter ihre Ehre aufs Spiel setzte. Ja, aber wie konnte man ohne Beweise eine so schwere Anschuldigung erheben? Dieser Teufel von Poncet war in der Lage, die Geschichte umzudrehen, um sich zu verteidigen, und ihn, Macé, zu beschuldigen oder sogar zu kompromittieren. Andererseits war es zu spät, um noch einen Versuch zu unternehmen, die Liebenden zu überraschen: Poncet fuhr am nächsten Morgen nach Versailles. Schließlich, gegen fünf Uhr in der Frühe, hatte Monsieur Macé einen Plan gefaßt und schlief erleichtert ein.

Jean-Baptiste, der kaum geschlafen hatte, verließ das Bett im Morgengrauen, überprüfte ein letztes Mal sein Gepäck, vor allem den Inhalt des Medikamentenkoffers, mit dem er immer reiste, und brach auf, um den Jesuiten abzuholen. Dieser beendete eben seine Messe. Jean-Baptiste wartete und lief vor der Kapelle auf und ab. Dann begaben sie sich zum Konsulat, um sich zu verabschieden. Poncet wollte vor allem einer Vorladung des Konsuls zuvorkommen und nicht allein gehen.

Monsieur de Maillet empfing sie nach einer halben Stunde im Hausmantel und ohne Perücke. Er wünschte ihnen mit verkniffener Miene viel Glück für ihre Mission, bat den Jesuiten, den Grafen de Pontchartrain von ihm zu grüßen, falls er die Ehre hätte, ihm zu begegnen. Er bat sie auch, sich um Fléhaut zu kümmern, der keine Erfahrungen mit Reisen hatte. Schließlich bat er Pater Plantain, ihm ein Gespräch unter vier Augen mit Poncet zu erlauben.

Der Konsul erhob sich und führte den Apotheker bis zum anderen Ende des großen Saales in eine Ecke. Die noch tiefstehende Morgensonne durchzog die staubige Dunkelheit mit schrägen Strahlen und hüllte die beiden Männer vor dem amarantenen Hintergrund der Wandbespannung in fahle Schleier.

»Man berichtet mir«, sagte der Konsul fast flüsternd, »daß Sie heute nacht meinen Sekretär angegriffen haben.«

»Er hat mich verfolgt. Ich habe ihn nicht erkannt.«

»Er hat Sie verfolgt, um Sie zu entlarven. Anscheinend waren Sie dabei, ein junges Mädchen zu entehren.«

»Hat er die Aufgabe, die Tugend dieser Kolonie zu schützen?«

»Auf jeden Fall ist es nicht Ihre Aufgabe, diese zu beschädigen.«

Der Konsul hatte ziemlich laut geantwortet. Er blickte in die Richtung des Jesuiten, der sich nicht gerührt hatte und zehn Schritte von ihnen entfernt fortfuhr, verliebt seine Hände zu betrachten.

»Sie können sicher sein, wenn eine Familie Klage erhebt, auch in Ihrer Abwesenheit, werde ich Strafmaßnahmen festlegen und diese notfalls nach Frankreich übermitteln, damit sie ausgeführt werden.«

›Gut,‹ dachte Poncet erleichtert, ›das wichtigste weiß er nicht.‹ Er verneigte sich respektvoll.

»Man berichtet mir auch«, fuhr der Konsul mit einer gewissen Peinlichkeit fort, »daß Sie jedes Maß für die Wirklichkeit verloren hätten und so weit gehen würden, daß Sie ... daß Sie eine Begegnung, Umgang suchen mit ... meiner eigenen Tochter.«

»Oh, Herr Konsul, mit Ihrer Tochter, das ist etwas ganz anderes.«

»Und was, wenn ich bitten darf?«

War es Herausforderung, Spiel, gewiß auch Ärger – offensichtlich wurde Jean-Baptiste vor jeder Reise ohne Nachdenken dazu verleitet, dem Konsul mit einer Geste der Unverschämtheit und Kühnheit zu begegnen, die er seiner Geliebten widmete. Beim ersten Mal, ehe er aus Kairo nach Äthiopien aufgebrochen war, hatte er durchgesetzt, daß sie sein Haus hüten durfte. Diesmal war er selbst fast entsetzt, sich im Flüsterton ihrer bisherigen Unterhaltung folgende Worte aussprechen zu hören:

»Nun, bei ihr ist es einfach Liebe.«

Der Konsul krümmte sich, als sei ihm die Klinge eines Meuchelmörders zwischen die Rippen gefahren.

»Ich liebe sie«, beharrte Jean-Baptiste, ohne die Augen zu senken. »Und ich wage zu glauben, daß auch sie ... «

»Schweigen Sie! Und vergessen Sie diese Gedanken auf der Stelle«, sagte der Konsul streng.

»Es sind keine Gedanken ... «

»Es reicht, sagte ich. Seit langem weiß ich, daß Sie derartige Absichten verfolgen. Ich hoffte, Sie würden darauf verzichten, diese absurden Träume zu nähren.«

»Ich nähre sie, und sie nähren mich.«

»Nun, dann guten Appetit. Aber gehen Sie nicht noch weiter. Ich habe andere Pläne mit meiner Tochter.«

»Ehe Sie ihr diese vortragen, sollten Sie folgendes wissen: Ich habe die Absicht, Sie um ihre Hand zu bitten.«

Monsieur de Maillet wurde mehrmals von einem lauten Lachen geschüttelt, das durch den großen Raum hallte, dann fiel er wieder in den Flüsterton zurück:

»Wahrhaftig, das ist eine ordentliche Erklärung: an einem Fenster, zehn Minuten vor der Abreise, aus dem Mund eines Pillendrehers.«

Er lächelte immer noch mit der mitleidigen Verachtung, die man für die Verrenkungen eines Hanswurst aufbringt.

»Das ist keine Erklärung«, sagte Jean-Baptiste entschlossen. »Es ist eine Ankündigung. Ich werde mit der Gunst des Königs zurückkehren und mit dem Adel, den man braucht, um Ihnen ebenbürtig zu sein. Erst dann werde ich eine ordentliche Erklärung abgeben. Aber es geht nicht an, daß bis dahin andere Verpflichtungen eingegangen werden.«

Diese Worte waren für Jean-Baptiste eine Erleichterung, ein Vergnügen, wie es einem die Unverschämtheit und die Gesten der Rache schenken, aber gleichzeitig spürte er, daß er eine ungeheure Ungeschicklichkeit begangen hatte. Das war eine unverzeihliche Art, sich vor einem Gegner zu entblößen, den man noch nicht besiegt hatte und dem er das Geschenk machte, sich in der Entspannung des Triumphes zu zeigen, während jener ihn noch schlagen konnte. Die Reife gewährt das Privileg, solche Fehler sofort zu bemerken, und da diese Klarsichtigkeit mit der Wehmut einhergeht, sie selbst nicht zu begehen, verdoppelt sie noch die Energie, mit der man sie zu bestrafen sucht.

»Ich lege größten Wert auf diesen Hinweis, glauben Sie mir«, sagte Monsieur de Maillet mit einem bösen Grinsen. Dann führte er seinen Gesprächspartner zurück zu dem Jesuiten.

Sie brachen zu dritt am Nachmittag auf, in einer auf Kosten des Konsulats gemieteten Kutsche, die von vier Pferden gezogen wurde. Hinter ihnen, in einer Kalesche, deren blaues Verdeck man ganz heruntergezogen hatte, saßen die Abessinier auf einer Bank hinter einem alten arabischen Kutscher. Der Zug sammelte sich bei Murad, wo man die Pakete einlud. Der Armenier verabschiedete sich jammernd von Poncet, obwohl er in Wirklichkeit sehr glücklich war, weil er an dieser gefährlichen Reise nicht teilnehmen mußte. Er hatte sich recht gut an sein geruhsames Pöstchen in Kairo gewohnt und war glücklich, es weiter ausfüllen zu dürfen.

Maître Juremi und Jean-Baptiste verabschiedeten sich, wie gewohnt, ohne andere Gefühlsausbrüche als eine brüderliche Umarmung. Diesmal war Jean-Baptiste ganz sicher, daß der Protestant Kairo nicht verlassen würde. Es war für ihn, den Emigranten, weniger gefährlich, nach Abessinien zu reisen, als sich nach Versailles in das Umfeld des Königs und der Jesuiten zu begeben. Maître Juremi versprach, auf Murad aufzupassen und, wenn es möglich wäre, Nachricht von Alix zu geben. Ehe er in die Kutsche stieg, zog Jean-Baptiste den Freund beiseite. Eine Reise übergibt dich, ob du es willst oder nicht, den Händen des Schicksals. Er würde es sich nicht verzeihen, wenn er zwei Geschöpfe trennte, weil er sein Werk zu gut verrichten wollte. Deshalb sagte er zu seinem Freund:

»Kümmere dich um Françoise. Ich glaube, sie liebt dich.«

Sie neigten nicht dazu, Vertraulichkeiten auszutauschen. Der Riese sah Jean-Baptiste verlegen an, senkte die Augen und hätte größte Mühe gehabt, seine Verwirrung zu verbergen, wenn sie nicht die Bewegung der Abreise wieder erfaßt hätte.

»Poncet, was ist los? Wir sind schon zu spät«, rief der Jesuit.

Maître Juremi rannte hin und her, um die Wagentüren zu schließen und sah ihnen nach.

Die Kutschen fuhren am Konsulat vorbei, wo lediglich Madame Fléhaut auftauchte, eine magere Gestalt in einem Kleid aus grauem Leinen, die sich von ihrem Mann verabschiedete und dann die Hände auf den Mund preßte, um einen Schrei zu unterdrücken. Zum zweiten Mal entfernte sich Jean-Baptiste von der, die er liebte, um ihr näherzukommen, und er bewahrte sein Vertrauen in die Zukunft.

4.

Das Ohr des Königs

Erstes Kapitel

Bis Alexandria geschah nichts, was des Erzählens wert wäre. Der Jesuit wachte über die drei Abessinier und kam jedem ihrer Wünsche zuvor. Die Unglücklichen sagten kein Wort, schienen sich jedoch zu fragen, warum dieser Mann plötzlich ihr Sklave geworden war, ohne daß sie deshalb seine Herren waren. Kanzler Fléhaut machte den Mund während der ganzen Strecke nicht auf und litt tausend Tode, als die Notwendigkeiten der Reise ihn zu den gewohnten Zeiten am Essen hinderten.

In Alexandria gab es den ersten ernsthaften Zwischenfall. Die beiden Kutschen waren bei Einbruch der Nacht angekommen und wandten sich zu einem einstigen Lazarett, das ein Franzose namens Rigot in ein Hotel umgewandelt hatte. Er war ein Mann des Konsuls: Als Gegenleistung für diplomatischen Schutz informierte er Monsieur de Maillet über alles, was er erfuhr. Er empfing die Reisenden, gab ihnen zu essen und brachte sie in zwei unauffälligen Pavillons unter, wo er sie persönlich bediente. Der Kutscher der Kalesche, in der die Abessinier gefahren waren, ein alter Araber aus Alexandria, zog es unglücklicherweise vor, die Nacht zu Hause zu verbringen, und traf unterwegs einen Cousin, der einer der schärfsten Muftis dieses einfachen Viertels war. Er erzählte ihm von den Abessiniern und ihrer Begleitung aus Franken. Der Cousin trug diese interessante Neuigkeit unter seinem Burnus mit sich fort.

Am nächsten Tag bestieg man die königliche Galeere. Der

Hafen war sehr belebt. Zahllose Gepäckträger liefen mit ihren Lasten auf dem Kopf über die Laufstege an den Schiffen. Man rief von der Brücke zum Kai hinunter, Stimmen drangen aus den dunklen Unterdecks der Ruderer herauf. Die Sonne stand senkrecht am Himmel und tauchte den weißen Putz der Hauswände, die Obststiegen und sogar das grobe Sackleinen, das ein Holzkran hochzog, in blendendes Licht. Die Kutsche von Jean-Baptiste, Pater Plantain und Fléhaut bahnte sich mühsam einen Weg durch dieses Gedränge. Kinder spielten, indem sie sich an die großen Holzräder des Wagens klammerten. Wenn sie anhalten mußten, hing manchmal der eine oder andere kopfüber und lachte. Dahinter folgte das Kabriolett der Abessinier, dessen Verdeck unter der Sonne in überseeischem Blau erstrahlte. Die Menge vergrößerte den Abstand zwischen den beiden Kutschen; der Jesuit klebte förmlich am Sehschlitz der ersten Karosse und drückte lautstark seinen Ärger und seine Sorge aus. Der Konvoi war nur noch fünfzig Schritte vom Schiff entfernt, als ein Ereignis mit solcher Gewalt und Schnelligkeit stattfand, daß alle durcheinander gerieten: Ein dicker Ägypter, in eine beigefarbene Tunika gehüllt, mit einem Spitzenkäppchen auf dem Kopf, trat an das Kabriolett heran, das fast zum Stehen gekommen war, und schob mit einer plötzlichen Bewegung das blaue Verdeck zurück. Die drei eng aneinandergepreßten Abessinier fanden sich plötzlich entsetzt im hellen Sonnenlicht wieder. Gleichzeitig stellte sich ein anderer Typ neben den Kutscher und befahl ihm, anzuhalten, was der alte Araber um so bereitwilliger tat, als er in dem Mann, der sich neben ihm auf den Kutschbock geschwungen hatte, seinen Cousin erkannte. Der Cousin begann, mit der schrillen Stimme des Muezzins zu schreien, und alles, was an Moslems im Hafen versammelt war, spitzte die Ohren, um ihm zuzuhören. Er begann eine wilde Rede, indem er auf die drei Abessinier wies, die sich in ihre Musselinschleier gehüllt hatten. Von Zeit zu Zeit hob der Prediger die Faust nach der ersten Karosse.

»Ich gehe hin«, sagte Pater Plantain und packte den Türgriff.

Jean-Baptiste mischte sich ein.

»Wenn Sie aussteigen, sind Sie tot«, sagte er.

Dann schob er den Kopf hinaus zum Kutscher und befahl ihm, die Pferde um jeden Preis anzutreiben. Der Kutscher, ein Deutscher aus der Kolonie, hatte sogleich begriffen. Er peitschte auf das Gespann ein, und die vier tänzelnden Pferde bahnten sich selbst den Weg durch die schreiende Menge. Bald stand die Kutsche neben dem Schiff. Poncet rannte an Bord, schob den zitternden Fléhaut vor sich her und zog mit festem Griff den Jesuiten, der den Abessiniern zu Hilfe eilen wollte, mit sich. Am Fallreep stießen sie auf den Kapitän, der sie mit dem Kadi erwartete. Wie sie am Vorabend erfahren hatten, war dieser alte moslemische Würdenträger bereit, die Befehle des Paschas auszuführen, wenn sie willens waren, eine klingende Belohnung hinzuzufügen, um seinem Gehorsam Kraft zu verleihen. Aber der Kadi hatte sie schon vorher gewarnt, daß es auch mit der Genehmigung des Vertreters des Großtürken verboten war, afrikanische Christen an Bord zu bringen. Die Angelegenheit war sehr delikat, denn jeder Moslem, unabhängig von seiner Position, konnte sich mit vollem Recht dagegen auflehnen. Jetzt, da das Unwiderrufliche geschehen war, hob der Würdenträger die Arme zum Himmel und protestierte, er könne nichts tun.

Man sah das Kabriolett nicht mehr. Es war von einer brüllenden Menschentraube besetzt. Pater Plantain rang mit dem Ausdruck größten Schmerzes die Hände.

Jean-Baptiste, der keine Zeit verloren hatte, brachte mit zwei Matrosen das Gepäck an Bord. Als sie den letzten Koffer hinaufzogen, sah man, daß sich die Menge vom Kabriolett entfernte, wobei sie in ihrer Mitte die drei Abessinier vor sich herstießen, von denen man nur hin und wieder einen Fetzen weißen Stoffes wahrnahm. Der Mufti, der den Angriff geleitet hatte, richtete seine Predigt nun gegen die Kutsche der Franken, und ein paar Leute stürmten darauf zu. Poncet machte dem Deutschen ein Zeichen loszufahren: Der Kutscher ließ die Peitsche knallen, trieb sein Gespann zum Galopp und verschwand in einem Durcheinander von Schreien, platzenden Wassermelonen und Mehlstaub. Inzwischen begann sich die Menge, erbost über diese Flucht, dem Schiff zuzuwenden. Ein paar Mauren mit nacktem Oberkörper sprangen an die Leinen und versuchten, zum Schiffsrumpf hinaufzuklettern.

Die drei Franken wurden vom zweiten Kapitän in ein dunkles Zimmer auf der Schanze geführt, wo er sie einschloß. Inzwischen hielt der Kapitän mit Hilfe der übrigen Mannschaft die Menge in Schach. Vom Kai brüllten tausende Stimmen und forderten, daß man die Diebe von Afrikanern der Rache des Propheten ausliefere.

Schließlich zerstreute sich die Ansammlung, die Galeere konnte ablegen. Sobald sie das offene Meer erreicht hatten, kam der Kapitän persönlich, um die Reisenden zu befreien und ehrerbietig zu begrüßen.

»Was ist mit den Abessiniern geschehen?« fragte Pater Plantain, der nach Nachricht dürstete, als hätte er seine eigenen Kinder verloren.

»Zu dieser Stunde«, sagte der Kapitän höflich, »sind sie wahrscheinlich schon Türken. Mohammed hat drei Anhänger mehr. Das ist vielleicht traurig für sie, aber wir sollten uns freuen, denn der König von Frankreich hätte beinahe drei Untertanen weniger gehabt.«

Nachdem er das mit einem Lächeln gesagt hatte, griff er Poncet und den Jesuiten beim Arm und führte sie mit Fléhaut zur Offiziersmesse. Die gute Laune von Kapitän de Hooch, dessen Vorfahren aus Flandern stammten, während er selbst in Dièppe geboren war, konnte jedoch nichts daran ändern, daß dieser Zwischenfall bei seinen drei Passagieren während der ganzen Überfahrt eine gewisse Wehmut zurückließ.

Der Oktober war angebrochen. Auf dem Meer hatten sie frischen Wind, der sie vorantrieb und den Sträflingen die Arbeit abnahm, sobald sie die Reede verlassen hatten. Abgesehen von den Ruderern, die man nicht sah, bestand die Mannschaft aus schweigsamen Soldaten. Die längste Etappe führte sie nach Agrigent. Fléhaut schloß sich in seiner Kabine ein, sobald die ägyptische Küste verschwand, und mißtraute allen Nahrungsmitteln, bis er an den Rand der Entkräftung geriet. Poncet ließ ihm Medikamente mit der Suppe reichen, zumindest tat er so. Der Kanzler dankte dem Arzt für die gute Pflege, ohne zu ahnen, daß er seine Heilung eher dem Koch verdankte.

Der Jesuit war kein besserer Weggefährte. Er betete stundenlang auf dem Vorschiff, und der Schiffsjunge, der die Brücke schrubbte, machte einen weiten Bogen, um ihn nicht zu stören. Jean-Baptiste glaubte, er erbitte Gottes Vergebung wegen der abessinischen Sklaven. Er brauchte zwei Tage, um zu begreifen, daß der Priester vor allem Angst hatte und den Himmel eher wegen der Zukunft als der Vergangenheit anrief. Er bat nur darum, nicht sterben zu müssen.

Der einzige, mit dem Jean-Baptiste freie und angenehme Gespräche führte, war Kapitän de Hooch, Sohn von Seeleuten und stolzer Soldat. Er hatte während des Hollandkrieges tapfer gekämpft. Als zweiter Offizier eines Schiffes hatte er unter dem Kanonenfeuer am Sieg von Beachy Head teilgenommen. De Hooch empfand für König Ludwig XIV. ehrliche Zuneigung. Er hatte ihn nur ein einziges Mal und nur von weitem gesehen. Aber er wußte viele Geschichten über ihn, Geschichten aus seiner Kindheit während der »Fronde«, die das ganze Land bewegt hatte; Geschichten seines Ruhmes, seiner Schlachten, seiner Ehe und seiner Bündnisse; galante Geschichten, das sehr volkstümliche Porträt seiner Mätressen und Bastarde. De Hooch fuhr seit fünf Jahren in den Orient und hatte deshalb die neuesten Anekdoten verpaßt: Er schwatzte nur über die Anfänge der Herrschaft – die zu Legenden geworden waren – und über den einzigen Krieg, den er selbst mitgemacht hatte. Wenn Poncet in den letzten Jahren in Europa geblieben wäre, hätte er gemerkt, daß de Hooch vom König nicht mehr wußte als das, was allen Franzosen bekannt war. Dort jedoch, auf dieser Landschaft grüner und malvenblauer Wogen, unter den Löchern in den mächtigen Wolken, die von schrägen Strahlen erleuchtet wurden, gewann die Erzählung vom Leben Ludwig XIV. mit dem Akzent des Seemanns den Klang eines griechischen Epos. Dank der tausend privaten oder ruhmreichen Abenteuer aus dem Leben des Königs, von denen der Kapitän alle Einzelheiten kannte, glaubte Jean-Baptiste in die Intimität des Halbgottes eindringen zu können, wie sich ein Schäfer bei Ovid während der Mittagsruhe vorstellt, er würde Zeus duzen. Mit einem Schlag tauchte Jean-Baptiste in diese Faszination für den »Sonnenkönig« ein, die in seinen Landsleuten allmählich gewachsen war, gleich jenen Erwachsenen, die man im Beisein ihrer Kinder tauft. Kurz und gut, er war auf dem Weg, wieder Franzose zu werden.

In Agrigent machten sie fünf Tage Halt. Eines Abends speisten der Kapitän, Pater Plantain und Poncet in einem Lokal auf den

Hügeln. Es war noch warm genug, um auf der Terrasse zu sitzen, aber das Weinspalier bebte bereits unter kurzen Herbstböen. Als sie an Bord zurückkehrten, mußten sie feststellen, daß jemand den Tabak, der für den König bestimmt war, gestohlen hatte. Fléhaut, der in der Nachbarkabine schlief, hatte nichts gehört, oder seine Frau hatte ihm geraten, nie jemanden zu beschuldigen. Der Kapitän befragte die Schiffswache. Sie behaupteten, die Schatten von Kindern gesehen zu haben, die an den Tauen hinabglitten. Es gab Strafen, aber der Tabak für Ludwig XIV. wurde dennoch irgendwo in den grünen und grauen Bergen geraucht, die sich hinter dem Hafen erhoben.

Sie stachen eines Morgens um fünf Uhr wieder in See. Diesmal hatten sie Gegenwind, das Schiff stieß gegen unruhige Wellen, die einen gelblichen Schaum ausspien. Es regnete. Man konnte die Segel nicht hissen, und die Ruderer mußten stundenlang arbeiten. Poncet wußte nicht, was besser war: Sollte er darum bitten, die Galeerensträflinge zu sehen, um eine richtige Vorstellung von ihrer unendlichen Verzweiflung zu erhalten, die aber letztlich erträglich war, oder sich besser nur die Körper in ihrer mechanischen Bewegung vorstellen, die zwei Planken unter ihm in Ketten jede seiner Ruhestunden mit Schuld erfüllten. Die Qualen der Sträflinge endeten nach zwei kurzen Pausen wenigstens für diese Reise in Marseille. Jean-Baptiste stand voller Ungeduld auf dem Oberdeck und sah die Kais des Alten Hafens näherkommen. Sobald sie angelegt hatten, verabschiedete er sich vom Kapitän und sprang an Land.

Während der Reise hatte er daran gezweifelt, daß ihn die Macht der Jesuiten sehr stören könnte, denn ihre Anwesenheit beschränkte sich auf den zurückhaltenden Pater Plantain, der von der Angst vor dem offenen Meer fast erstickt wurde. Im Hafen von Marseille war kein Zweifel mehr möglich: Fünf dieser Herren in Schwarz standen vor drei Kutschen von derselben Farbe und erwarteten sie am Kai. Nur Fléhaut, von schlaflosen Nächten und fehlender Nahrung abgemagert, der auf einer Trage aus seiner Heckkabine herausgebracht wurde, hätte die Anwesenheit dieses Leichenzuges rechtfertigen können. Aber Pater Plantain, der seine Lebenskraft wiederfand, sobald er festen Boden unter den Füßen hatte, und von seinen Brüdern beglückwünscht wurde, nahm ebenfalls darin Platz, und Poncet, der seinen Anzug aus rotem Samt angezogen hatte und sich glücklich und frei fühlte, mußte sich dennoch wie die anderen in einem dieser Leichenwagen einsperren lassen, zwischen die Leidensmienen seiner neuen Schutzengel. Sie wandten sich nach Pharo, wo die Jesuiten ein Haus besaßen. Neben einer Kirche mit flachem Giebel bestand der Besitz der Bruderschaft aus einem riesigen Gebäude aus weißem Stein mit einem Flachdach und Hohlziegeln. Jean-Baptiste erhielt eine enge Zelle im zweiten Stock, deren Fenster sich über der Provence öffneten. Auf einer Seite sah er die ersten Häuser von Marseille, auf der anderen erstreckte sich eine schöne von Ackerfurchen durchzogene Landschaft, gespickt mit Zypressen, von Kiefern und Kastanien unterbrochen. Weit entfernt am Horizont trennte eine weiße, geschwungene Linie – beschneite Gipfel der Alpenausläufer – die braune, ruhige Erde vom Himmel, der von Wolken verhangen und von Regenschauern gepeitscht war. Diesmal war es Poncet, der sich in seiner Kabine einschloß und den anderen das Gespräch mit den Patern überließ. Die Reisenden machten sich zwei Tage später wieder auf den Weg, in einer schwarzen Kutsche ähnlich der, die sie am Hafen erwartet hatte. Sie war schlecht gefedert und wurde von einem Kutscher gelenkt, der gewiß armselig bezahlt wurde und die Fahrgäste seine Unzufriedenheit spüren ließ, die er gegenüber seinen Herren nicht zu zeigen wagte. Dieser Rüpel nahm offenbar absichtlich alle Unebenheiten mit voller Geschwindigkeit, und mehr als einmal fanden sie sich peinlich berührt auf den Knien ihres Nachbarn wieder. Zerschlagen und unzufrieden, während der Reise nichts gesehen zu haben, weil sie nur damit beschäftigt gewesen waren, sich irgendwo festzuklammern, kamen die drei Abgesandten mitten in der Nacht im Schloß von Simiane an, wo die Pater für sie Gastfreundschaft erbeten hatten.

Der Marquis von Simiane, ein kräftiger, charmanter Edelmann, der den originellen Akzent der Provenzalen sprach, hatte sie erst zwei Tage später erwartet. Er war verwirrt über dieses Mißverständnis und empfing sie mit rührender Schlichtheit im Jagdanzug. Er stellte ihnen seine Frau und die beiden Söhne vor, die ihrer Mutter erstaunlich ähnlich sahen: lange spitze Nase, schwarzes Haar, ovales Gesicht. Es bewegte das Herz, diese von den Jahren gezeichnete, leidende Frau zu sehen, die von den beiden kräftigen Burschen gestützt wurde, welche ihre Mutter, wie es schien, durch ihre ständige Aufmerksamkeit für das Geschenk ihrer Jugend und Schönheit zu entschädigen suchten. Sie aßen Wild von blaugelbem Porzellan aus Moustiers.

»Sehen Sie«, erklärte der Hausherr liebenswürdig, »das ist, damit Sie sich nicht fremd fühlen.«

Dabei wies er auf die schweren, runden Fayenceplatten, deren Grund mit türkischen Motiven verziert war: Man sah Mauren, die Strauße jagten, neben einem Brunnen im Koran lasen oder auf ihren Pferden defilierten.

»Sie können sehr glücklich sein«, sagte Pater Plantain, ohne zu scherzen, »daß Sie sie hier nur auf Ihren Tellern haben.«

Am nächsten Tag bat Poncet den Marquis, ihn bei der Jagd begleiten zu dürfen. Sie brachen zu viert, mit den Söhnen, auf. Durch die Wälder zogen laue Nebelschwaden, die vom Gold der Blätter herabtropften. Die Schritte der Pferde gingen leicht über den dichten Humus, der mit Kastanienschalen bedeckt war. Ein eisiger Wind, der von den Alpen herabkam, ließ die feuchte Luft in den Nasenlöchern stechen, in deren Duft die Kiefernwälder und das Wacholderdickicht miteinander wetteiferten.

Sie kehrten erst nachts zurück, voller Scham, Madame de Simiane beim Abendessen mit zwei so unerfreulichen Gästen wie Fléhaut und Pater Plantain allein gelassen zu haben. Aber sie waren glücklich über ihre Jagd, erschöpft und durch eine Freundschaft verbunden, wie sie zwischen jenen entsteht, die gemeinsam ein großes Vergnügen genossen haben, ohne mehr als drei Worte miteinander zu reden.

Die Jäger kleideten sich um und aßen nach den anderen, die bereits zu Bett gegangen waren. Poncet, dem nichts so entsetzlich erschien wie die Vorstellung, am nächsten Tag die Reise in seinem schwarzen Käfig mit diesen Raben fortzusetzen, fragte Monsieur de Simiane, ob er ihm ein Pferd und einen Sattel verkaufe, um die Reise neben der Kutsche, aber an der frischen Luft fortsetzen zu können.

»Wie gut ich Sie verstehe!« sagte der Marquis. »Sie kehren nach Frankreich zurück! Man muß das spüren, den Wind einatmen. Ich selbst konnte niemals eingeschlossen leben, deshalb sehen Sie mich nicht bei Hofe. Lieber Freund, Sie brauchen ein Pferd: Morgen früh werden Sie eines haben. Behalten Sie Ihr Gold. Wenn Sie hierher zurückkommen, so Gott will, bringen Sie mir das Tier zurück oder ein anderes oder gar keins. Sie werden immer willkommen sein.«

Dann ließen sie sich alle vier in den großen Sesseln am Kamin nieder, und Monsieur de Simiane bat Jean-Baptiste, ihnen etwas von Abessinien zu erzählen. Poncet entschied sich, ihnen zu erklären, wie die Abessinier Elefanten jagten.

Diese Geschichte war ein großer Erfolg, und Monsieur de Simiane bat Jean-Baptiste eindringlich, eine andere folgen zu lassen. Schließlich hielt sie der Bericht von der Reise einen Großteil der Nacht wach, und wenn er nicht selbst darauf bestanden hätte, zu Bett zu gehen, hätten sie ihm bis zum Morgengrauen zugehört.

Der Arzt sah im Erfolg seiner Geschichten ein gutes Vorzeichen. Es war das erste Mal, daß er in Frankreich etwas von seiner Reise erzählte. Er war ermutigt und sehr optimistisch wegen des Interesses, daß sie weckte. ›Wenn der König die gleiche Geisteshaltung zeigt, werde ich keine Mühe haben, ihn zu gewinnen‹, dachte er.

Am nächsten Morgen verließ Jean-Baptiste das Schloß auf einem feurigen Fuchs. Auf der Straße nach Valence ritt er in langsamem Trab neben der Kutsche her, die er jetzt ohne Verdruß über den Weg rumpeln sah. Der Himmel glich dem blauen und grauen Lack der Teller aus Moustier. ›Nur‹, dachte Jean-Baptiste, ›daß man keine Türken sieht.‹

Zweites Kapitel

Nach ihrer letzten nächtlichen Begegnung mit Jean-Baptiste hatte Alix zunächst um ihn gezittert. Françoise beruhigte sie am nächsten Morgen. Am Nachmittag erfuhr das Mädchen durch die Gerüchte, die sich im Haus verbreiteten, von dem Attentat, dessen Opfer »der arme Macé« geworden war, wie ihre Mutter sagte. Sie verstand alles und war von wildem Zorn erfüllt. Dessen Ziel war jedoch nicht »der arme Macé«, den sie nicht stärker verachten konnte, als sie es ohnehin schon tat. Es mußte ihr tatsächlich sehr an Gesellschaft gefehlt haben, daß sie früher bereit gewesen war, einem solchen Mann Aufmerksamkeit zu schenken. Jetzt, da sie ihn, wie sie meinte, sehr viel klarer beurteilte, wobei sie ihm tatsächlich die grausame Ungerechtigkeit antat, ihn mit Jean-Baptiste zu vergleichen, sah sie den Sekretär in all seiner Unterwürfigkeit und Willensschwäche und konnte ihm seine angeborene Verworfenheit nicht übelnehmen. Nein, plötzlich grollte sie ihrem Vater zutiefst. Sie zweifelte nicht daran, daß Monsieur Macé auf Befehl gehandelt und sie im Auftrag des Konsuls überwacht hatte.

Da Alix kein maßvoller Charakter war, was sie selbst gerade erst zu erkennen begann, verband sie die Vorbehalte gegen ihren Vater mit all ihren anderen Mißstimmungen. Zuallererst warf sie ihm innerlich vor, der Grund für die erneute Trennung zu sein. Jean-Baptiste war beim ersten Mal zu der Reise nach Abessinien verpflichtet worden, ehe sie ihn kannte. Niemand konnte etwas dafür. Aber diesmal fuhr er durch die Schuld des Vaters, der aus Starrsinn, Prinzipienreiterei und Gleichgültigkeit gegen das Leben der anderen und vor allem seiner Tochter Bedingungen für ihre Heirat stellte. Sie warf ihm auch vor, die letzten Augenblicke mit Jean-Baptiste verdorben zu haben, indem er sie verfolgen ließ. Immer wieder rief sie sich dieses Bild in Erinnerung, das jedesmal ihre Erniedrigung verstärkte: sie und Françoise, wie sie in ihren leichten, zu engen Schuhen davonrannten, stolpernd, mit klopfenden Herzen, um dem gemeinen Spion zu entfliehen. Es war eine Jagdszene. Das war es: Ihr Vater behandelte sie wie ein Wild, das man ausspäht und ins

Visier nimmt. Und auch das Kräfteverhältnis entsprach diesem Bild: Jean-Baptiste waren ebenso ohne jede Hilfsmittel wie die Hasen in einem Maisfeld: Sie konnten sich nur verstecken, fliehen und die Hunde überlisten, die ihnen auf den Fersen waren.

Ausgehend von diesem Bild, das ihr das Herz geöffnet hatte, wie man eine Nuß knackt, überdachte Alix ihre ganze Kindheit und die Erziehung, die sie erhalten hatte. Es war nicht mehr und nicht weniger als beispielhaft für das, was man in jener Zeit für Mädchen angemessen hielt. Als Kind wurde sie von einer Gouvernante versorgt, deren einzige Sorge darin bestand, sie bei den wenigen Gelegenheiten in der Woche, wenn sie ihrer Mutter vorgeführt wurde, stillzuhalten. Dann kam sie in ein Kloster, und dasjenige, in dem sie aufwuchs, war nicht wie andere weltoffen durch die Erlesenheit ihrer Pensionärinnen: Ein Loch auf dem Lande, darin hatte man sie versteckt. Die einzige Hoffnung, die man diesen Mädchen gab, die abgeschieden von der Welt leben mußten, bestand darin, so schnell wie möglich in die Abhängigkeit von einem Ehemann zu wechseln, den sie nicht selbst auswählen durften. Als wollte man sie auf dieses Schicksal vorbereiten, das ganz von den Zwängen der Gesellschaft bestimmt war, lehrte man sie, Prachtgewänder zu ertragen, die mit Körben von Roßhaar gestopft und mit Eisenreifen verstärkt waren. In der Einsamkeit ihres Hauses in Kairo, jeder Gesellschaft beraubt, mit der sie sich hätte vergleichen können, um diese Sitten als normal anzusehen, respektierte Alix diese nur aus Gewohnheit. Und diese Gewohnheit war nun zerbrochen – wie ihre Absätze in jener Nacht der Jagd, wo ihr das Natürliche ebenso bewußt wurde wie das Gegenteil, die Zwänge, denen sie unterlag.

Während der ersten Reise ihres Geliebten hatte sie etwas verheimlicht, ihren Vater in gewisser Weise belogen, denn sie hatte ihre Leidenschaft sorgfältig verborgen. Aber sie hatte es bedauert, und der Respekt, den sie ihren Eltern schuldete, war dadurch nicht angegriffen gewesen. Diesmal war alles anders. Ihre Gewißheit, daß der Vater ihr gegenüber unlautere Mittel angewandt hatte, brachte in ihr die fest gespannte Saite der Auflehnung zum Klingen. Sie würde in ihrem Kampf nicht mehr auf die Moral achten: Um sich zu verteidigen, wollte sie von nun an all die armseligen Waffen einsetzen, die sie besaß, und auch versuchen, andere, mächtigere zu erlangen.

Sie erwartete die Vorladung ihres Vaters.

Er rief sie zwei Tage nach Poncets Abreise in sein Arbeitszimmer. Der Konsul hatte keinerlei Verdacht gegen seine Tochter. Sein Egoismus verleitete ihn zu größter Gleichgültigkeit gegenüber seinen Nächsten, so daß er ihnen nicht einmal feindliche oder auch nur unabhängige Gefühle entgegenbringen konnte. Man weiß, daß Monsieur de Maillet mit dem Hinterhalt seines Sekretärs nichts zu tun hatte. Dessen Einflüsterungen und vor allem Poncets Unverschämtheiten brachten den Konsul schließlich dazu, seine Tochter zu rufen und sie zu warnen.

»Haben Sie diesen Apotheker, diesen Monsieur Poncet bemerkt?« fragte er ohne jeden Groll seine Tochter, mit der er immer sehr sanft sprach, was ihn selbst davon überzeugte, daß er sie liebe.

»Sie selbst haben ihn mir vorgestellt«, sagte Alix, ohne in Verwirrung zu geraten.

›Wenn er glaubt, daß das Rebhuhn beim ersten Schritt des Jägers davonfliegt‹, dachte sie, ›täuscht er sich.‹

»Er ist abgereist, und ich hoffe sehr, daß wir ihn nicht mehr wiedersehen. Aber antworten Sie mir bitte, denn ich möchte einige Vorkehrungen treffen für den Fall, daß er versuchen sollte, hierher zurückzukommen: Hat er Sie jemals belästigt?«

Alix nahm eine Falte ihres blauschwarzen Kleides in die Hand und schob sie über ihr Knie, als wolle sie ihre Peinlichkeit überwinden. ›Daß er versuchen sollte!‹ dachte sie. ›Er will ihn daran hindern zurückzukommen. Egal, wenn der König ihn belohnt, kann er das auch ...‹

»Sie zögern?« fragte der Konsul.

»Ich versuche mich zu erinnern. Aber ich finde absolut nichts, Vater. Ich habe diesen Mann sehr selten gesehen, und er hat sich immer äußerst anständig mir gegenüber verhalten.«

›Er glaubt mir nicht‹, sagte sie sich. ›Er weiß es. Leugnen, leugnen, immer leugnen.‹

»Sind Sie sich ganz sicher, daß Sie sich niemals auch nur im geringsten zweideutig verhalten haben, was ein unverbildetes

Herz täuschen und dazu verleiten könnte, Ihr Schamgefühl zu beleidigen?«

»Ich, Vater?« fragte sie und riß ihre blauen Augen auf.

Sie kannte sich selbst gut genug um zu wissen, daß diese Pupille ein Felsquell, ein See sein konnten, in dessen Tiefe man ihren Herzschlag zu sehen meinte.

›Wenn er nichts weiß‹, sagte sie sich, ›wird er im Glanz meiner Augen die reine Unschuld sehen. Wenn er Bescheid weiß, ist es eine scharfe Klinge.‹

Monsieur de Maillet entspannte sich, trat zu seiner Tochter, nahm ihre Hand und streichelte sie, wie man ein kleines Tier liebkost.

»Natürlich«, sagte er. »Meine Fragen sind zu hart. Aber ich versuche, Sie zu beschützen, verstehen Sie, und dieses Individuum hat Worte von sich gegeben, von denen ich fürchtete, ihr Echo könnte Sie erreicht haben.«

»Was für Worte, Vater?« fragte sie und zog ihre Hand zurück.

»Nichts. Das Gerede eines Trunkenbolds. Dieser Mann ist ein Schurke, wie leider die meisten Abenteurer, die in dieser Kolonie stranden. Deshalb bewahre ich Sie, soweit ich kann, vor diesem Umgang.«

»Ich danke Ihnen, Vater«, sagte Alix. Nachdem sie diesen ersten Angriff abgewehrt hatte, setzte sie unverzüglich zu einer Gegenattacke an. »Ihnen verdanke ich es, daß meine Tugend nie gefährdet wurde. Aber das Unangenehme ist ... «

»Was denn?«

»... daß ich mich hier schrecklich langweile.«

»Ich weiß«, sagte Monsieur de Maillet.

Er ging ein paar Schritte, dann drehte er sich um und kam zu ihr zurück.

»Ich wollte es Ihnen noch nicht so bald mitteilen, aber im Grunde ist es gleich«, fuhr er fort. »Also, ich habe dafür gesorgt, daß Sie sich in kurzer Zeit, ja, in sehr kurzer Zeit nicht mehr langweilen werden.«

»Wie das?«

»Sie werden heiraten.«

Verliebte kennen keine Vernunft: Alix glaubte für einen Augenblick, ihr Vater werde ihr mitteilen, daß Jean-Baptiste ...

»Die Neuigkeit verwirrt Sie, das verstehe ich«, sagte der Konsul. »Aber bedenken Sie, daß es an der Zeit ist.«

Alix neigte den Kopf, um zu zeigen, daß sie sich dem Willen ihres Vaters unterwarf.

»Und darf ich erfahren, wen Sie für mich bestimmt haben?« fragte sie in ergebenem Ton.

»Jemand, den Sie bald kennenlernen werden. Ich will nicht sagen, daß er allein mit diesem Ziel aus Frankreich kommt, aber doch nahezu. Es ist ein Mann von hervorragender Abstammung, dessen Verdienste mir unser Verwandter Pontchartrain persönlich garantiert, was nicht wenig ist.«

Alix senkte erneut den Kopf und fragte nichts weiter, worüber der Konsul gleichzeitig erleichtert und erstaunt war. Er hatte keine Ablehnung erwartet, denn er war sich seiner Autorität sicher. Aber er hatte Jammern, Fragen, ein ganzes Aufgebot an Gefühlen befürchtet, was zwar kein Hindernis gewesen wäre, wohl aber ein Ärgernis. ›Man stellt sich das Herz eines jungen Mädchens immer komplizierter vor, als es ist‹, dachte er. ›Aber nein: Wenn man sie gut erzogen hat, ist alles ganz einfach.‹ Für einen Augenblick verspürte Monsieur de Maillet ein Gefühl der Rührung über dieses untadelige Produkt der familiären Ordnung, während sein Blick auf seiner Tochter ruhte.

»Vater«, sagte Alix, »ich werde darauf warten, den Mann zu sehen, welchen Sie mir ankündigen, und ich zweifle nicht daran, daß ich bei ihm die Qualitäten finden werde, die Ihnen so nachdrücklich empfohlen wurden.«

Monsieur de Maillet lächelte zärtlich.

»Dennoch nehme ich an, daß meine Hochzeit nicht schon morgen sein wird«, fuhr das Mädchen fort. »Und inzwischen bitte ich Sie, mir einen Gefallen zu gewähren.«

»Sprechen Sie«, meinte der Konsul.

»Das Klima in Kairo betäubt mich. Sehen Sie, wie blaß ich bin. Ich glaube, um das Aussehen einer Braut zu gewinnen ... «

»Was sagen Sie da? Ich finde Sie strahlend schön.«

»Weil ich Puder aufgelegt habe. Und man erfährt ja nicht jeden Tag von seiner Hochzeit. Das gibt mir vielleicht im Moment ein wenig Farbe. Aber glauben Sie mir, Vater, ich werde hier ganz blutarm.«

»Wir sind noch für mehrere Jahre in Kairo, Sie müssen sich damit abfinden«, sagte Monsieur de Maillet in entschiedenem Ton. »Wenn Sie den Mann heiraten, den ich Ihnen verspreche, werden Sie ihm vielleicht woandershin folgen. Aber ich sage es Ihnen schon jetzt: Er ist Diplomat im Orient, es kann sein, daß Sie eines Tages unter noch widrigeren Umständen leben werden. Können Sie sich vorstellen, in einer Legation in Damaskus oder Bagdad Ihre Zeit zu verbringen? Sie kennen diese Städte nicht! Hier hat man wenigstens die Luft vom Nil ... «

»Wie wahr, Vater. Das ist alles, was ich mir wünsche. Das Gesellschaftsleben fehlt mir in Kairo nicht. Ich brauche nur ein wenig Natur, frische Luft. Sie haben doch diesen Landsitz, eine Meile vor Gizeh. Erlauben Sie mir, dort ein paar Tage mit meiner Mutter und einigen Dienstboten zu verbringen.«

»Dieses Haus ist der Gesundheit nicht zuträglich«, sagte der Konsul lebhaft. »Dort gibt es gefährliche Stechmücken im Fluß, und Sie werden Fieber bekommen.«

»Im Sommer. Aber im Winter ist es gesund. Ihr Vorgänger war zweimal im Jahr dort.«

›Im Grunde‹, sagte sich der Konsul, ›ist das Wesentliche ihre Zustimmung zur Hochzeit ohne Murren. Dafür verdient sie eine Belohnung. Wir wollen keinen Unfrieden schüren, wo im Augenblick nur größte Bereitschaft vorhanden ist.‹

»Ich will nicht, daß Ihre Mutter Kairo verläßt. Das Konsulat kann nicht lange ohne sie bleiben.«

Das war eine seltsame, aber ehrliche Anerkennung. Indem Monsieur de Maillet vom »Konsulat» sprach, meinte er natürlich den Konsul.

»Nun, dann fahre ich allein mit den Dienern«, sagte Alix.

»Mit wem? Dieser Wäscherin, die nicht von Ihrer Seite weicht und von der man mir nichts Gutes erzählt?«

›So weit also reicht die Boshaftigkeit von Macé‹, dachte Alix.

»Was werfen Sie ihr vor, Vater?« fragte sie und machte erneut von ihren großen Augen Gebrauch, die sie, halb geöffnet hatte und starr auf den Vater richtete.

»Auf jeden Fall«, sagte er, indem er die Augen abwandte, »können nicht zwei Frauen allein dort sein. Sie brauchen zwei Wachen, die wir von hier nehmen werden, und ich werde den Aga um ein paar Janitscharen bitten, die den Park bewachen.«

»Oh! Sie stimmen also zu!«

»Wegen Ihres Teints«, sagte er mit grimmiger Miene. »Und unter der Bedingung, daß Sie zurückkommen, sobald ich es wünsche, denn derjenige, den ich Ihnen angekündigt habe, wird nicht mehr lange auf sich warten lassen.«

Alix war mit allem einverstanden und verschwand, glücklich, sich so gut geschlagen zu haben.

Monsieur de Maillet, der ebenfalls zufrieden war mit diesem Gespräch, gab die versprochenen Anweisungen und verbrachte den Rest des Morgens damit, persönlich drei Briefe zu schreiben, darunter einen an den Kanzler Pontchartrain, um ihn vor Poncet zu warnen. Er beschrieb den Mann so, wie er war: ein Trunkenbold, ein Geschichtenerzähler, dem man nicht glauben durfte, erfüllt von Ausschweifungen und Ehrgeiz. Der Konsul äußerte große Zweifel an der Wahrhaftigkeit seines Abessinien-Berichtes und unterstellte sogar, dieser Phantast habe die Grenzen von Senaar niemals überschritten. Die Argumente, die Monsieur de Maillet zu diesem letzten Punkt darstellte, waren ziemlich mager, aber die Vorsehung wollte, daß die folgenden Tage ihm weitere Beweise lieferten.

Wie damals, nach der Abreise der Mission von Pater de Brèvedent, erschien der Vorsteher der Kapuziner, jener struppige Riese, der sich Don Pasquale nannte, um sich zu beschweren. Er hatte von der Reise Pater Plantains und der Abessinier nach Versailles gehört und protestierte gegen das, was er »die Parteinahme Frankreichs für eine einzelne Bruderschaft« nannte. Monsieur de Maillet antwortete ihm äußerst liebenswürdig, daß er niemanden bevorzuge und daß er ihm zur Verfügung stehe, um die Bemühungen seines Ordens auf anderen Gebieten zu unterstützen, wenn es in seiner Macht stünde.

»Das trifft den Punto«, sagte der italienische Priester. »Wir werden bald eine Missione nach Abessinia senden.«

»Schon wieder!« rief der Konsul.

»Für den Momento bleiben wir in Senaar, und niemand ist bisher noch weiter vorgedrungen.«

Dann fügte er hinterhältig hinzu:

»Auch nicht Ihr Protegé, übrigens.«

»Mein Protegé?«

»Si. Signor Poncet!«

Der Konsul war äußerst interessiert. Er bat Pater Pasquale, seine Worte zu wiederholen. Dieser bestätigte, daß Poncet, den glaubwürdigen Informationen der Brüder in Senaar zufolge, nach seiner Flucht aus dieser Stadt nur bis etwa zehn Meilen vor der Grenze gekommen sei, in ein abessinisches Dorf, das als Zollstation diente. Dort habe man ihn nicht weiterreisen lassen. Nach mehreren Monaten des Wartens habe er sogar nach den Sitten des Landes eine Einheimische geheiratet, was nicht sehr schwierig sei. Dann sei er zurückgekehrt, um Fabeln über einen Herrscher zu erzählen, den er nie gesehen habe.

Höchst erfreut über diesen Bericht fragte Monsieur de Maillet den Kapuziner, warum er ihm nicht früher davon erzählt habe. Der andere antwortete unverschämt, wenn es den Franzosen gefalle, sich lächerlich zu machen, indem sie einen ehemaligen armenischen Koch wie einen Gesandten behandelten, wolle er sie nicht dieses Vergnügens berauben. Aber er fügte hinzu, daß er die Dinge nach Rom berichtet habe und daß alle Kapuziner die Wahrheit wüßten, auch die in Paris.

»Was Sie mir da erzählen, ist von größter Bedeutung«, erklärte der Konsul ernst. »Könnten Sie die Berichte der Pater in Senaar vorlegen? Wurden sie aufgeschrieben?«

»Ich habe im Kloster einen langen Brief des Superiore von Senaar.«

»Ich flehe Sie an!« antwortete der Konsul aufgeregt. »Überlassen Sie mir eine Kopie dieses Briefes. Noch kann ich die ganze Angelegenheit aufhalten.«

Der Kapuziner sagte nichts, er erwartete etwas. Der Konsul ließ sich ködern:

»Einverstanden«, sagte er, »Sie haben mein Wort, ich verpflichte mich, alles zu tun, was in meinen Möglichkeiten steht, um Ihre eigene Mission zu unterstützen.«

»Ihr Wort?«

»Sie haben es.«

»Bene. Sie haben den Brief heute abend«, sagte Pater Pasquale, der endlich das erhalten hatte, weshalb er gekommen war. »Ich komme in einigen Tagen wieder, um Ihnen unseren Plan zu erklären und darzulegen, was wir brauchen.«

Mit diesen Worten verließ der Italiener den Konsul ebenso flegelhaft, wie er gekommen war. Aber Monsieur de Maillet begann diese ungezwungene Rüpelhaftigkeit zu schätzen, die in so deutlichem Gegensatz zu der hinterhältigen Höflichkeit der Jesuiten stand.

Es dauerte kaum eine Woche, bis die Diener den Pavillon in Gizeh vorbereitet hatten. Sie öffneten alle Fenster, damit die frische Luft bis in die hintersten Räume eindringen konnte. Dann räucherten sie alles aus, um die Fieberkeime zu vertreiben. Schließlich brachten sie auf zwei Karren Geschirr und saubere Wäsche.

Alix kam an dem Tag, nachdem die Vorbereitungen beendet waren, in Begleitung von Françoise – ihre Mutter hatte es, wie erwartet, vorgezogen, in Kairo zu bleiben. Die drei Diener, die sie begleiteten, waren den beiden Frauen gänzlich ergeben. Sie hatten keine Mühe gehabt, diese auszuwählen, denn das ganze Haus des Konsuls war gegen ihn, verärgert über seinen Geiz und die Verachtung, die er seinen Untergebenen bezeugte. Die kleine Abordnung der Türken, die der Aga der Janitscharen gesandt hatte, war weit vom Haus entfernt und durfte das Grundstück nur aus der Distanz beobachten.

Mademoiselle de Maillet, in ein blaues Mieder ohne Spitzen und einen schwarzen Samtrock gekleidet, ein einziges Band in den Haaren, kam um drei Uhr nachmittags mit der Kalesche an. Man hatte ihr von dem Haus erzählt, aber sie kannte es nicht. Es lag am Ende eines langen Dammweges, den die Fluten jetzt in der Hochwasserzeit auf beiden Seiten umspülten. Das Gebäude war ein maurischer Palast, von Holzarkaden umgeben. Die Fenster waren von Fensterrosten aus Zedernholz verschlossen. Das Haus war mit einem achteckigen Turm verziert, dessen Dach die Form eines ottomanischen Helms besaß. Es fehlte nur der mohammedanische Halbmond auf der Spitze. Dieses Emblem war ursprünglich vorhanden gewesen, aber der Pascha, der die Residenz vor fast fünfzig Jahren einem französischen Konsul geschenkte hatte, war so feinfühlig gewesen, ihn entfernen zu lassen.

Das Bauwerk stand auf einem Hügel über dem Flußufer, der es vor den regelmäßigen Überschwemmungen schützte. Von drei Seiten war es von angeschwemmtem Land umgeben, das zwar fruchtbar war, aber vom Konsul nicht bestellt wurde. Fettes Gras wuchs darauf, was die Umgebung des Pavillons wie eine riesige Wiese erscheinen ließ. Die vierte Seite, am Abhang zum Fluß, war mit großen Bäumen bepflanzt, die den Boden mit ihrem Schatten bedeckten und dadurch jedes andere Wachstum verhinderten. Deshalb breitete sich unter diesem Dach nur ein Teppich aus trockenem Laub aus, der bis an den Fluß heranreichte. Die weißen Segel der Feluken zogen in einiger Entfernung an dem Gut vorbei, abgehalten von einem Verbot, das nirgends geschrieben stand, aber offensichtlich von einem Schiffer an den nächsten weitergegeben wurde. Ein Holzsteg, an dem ein alter, morscher Kahn lag, ragte etwa zwanzig Meter ins Wasser hinein.

Alix lief durch das Haus und sog auf der Holzterrasse des Salons tief den säuerlichen Duft des Flusses ein.

»Also los«, sagte sie zu Françoise, »beginnen wir sogleich mit unserem Programm.«

Drittes Kapitel

Der November war kalt. Jean-Baptiste, der sich die Hände am Hals seines Pferdes wärmte, kam fast erstarrt an den Etappenzielen an. Er erbat sich von seinen Reisegefährten die Erlaubnis, nach seinem Tempo zu galoppieren, und erwartete sie am Tor jeder größeren Stadt. Endlich zog er mit der Illusion dahin, allein und frei zu sein. Er ritt in die Dörfer, sprach mit den Bauern, lauschte den Alten auf den Plätzen. In Lyon kaufte er einen Postillonsumhang und einen Filzhut mit roter Feder. Dort erfuhr er auch vom Tod des spanischen Königs.

Nach drei weiteren Reisetagen trafen sich Kutsche und Reiter in Fontainebleau. Mitten in der Nacht erreichten sie das Haus der Jesuiten. Windböen löschten immer wieder die Kupferlaternen. Es hatte zu regnen begonnen. Die schwarzen Bäume am Straßenrand beugten sich tief unter dem Gewitter. Jean-Baptiste lachte, öffnete den Mund, um den kalten Regen aufzufangen, der ihm, ohne daß er es wußte, während der Jahre in den Tropen so gefehlt hatte. Am nächsten Tag waren sie in Paris, passierten die Porte d'Italie und wandten sich nach Bièvre, mitten hinein in die schwarzen Gestalten, die vor dem Regen flohen. Man brachte sie in einer Dependance des Collège Louis-le-Grand unter. Fléhaut, der seine Familie im Dorf Auteuil hatte, verließ sie schon am ersten Tag.

»Er wird bei Pontchartrain Bericht erstatten«, sagte Pater Plantain finster, sobald sie der Diplomat in einer Sänfte verlassen hatte.

Die große Neuigkeit des Tages war, daß Ludwig XIV. das Testament des spanischen Königs akzeptiert hatte, der kinderlos war und seine Krone dem Herzog von Anjou zuerkannte. Der König von Frankreich vereinte durch die Thronbesteigung seines Enkels in Madrid beide Königreiche. Er wurde der mächtigste Mann Europas, also der Welt. Die Wiederkehr des Krieges war unvermeidlich. Die Jesuiten kommentierten diese großen Neuigkeiten mit Befriedigung. Pater Plantain war der Meinung, nun könne der große christliche König weniger denn je seine Rolle als Beschützer der Missionen aufgeben, vor allem im Orient, also in Abessinien. Es gab kein Ereignis, das der Priester nicht in Verbindung mit dem brachte, was nunmehr das große Vorhaben seines Lebens war: die Rückführung eines Landes, das er nicht kannte und das ihn um nichts bat, in den Schoß der Kirche.

Jean-Baptiste war nie zuvor in Paris gewesen. Am ersten Abend ritt er bis zur Seine hinab und ließ sein Pferd am Ufer zwischen Ruderbooten und Waschplätzen trinken. Am nächsten Tag machte er einen Rundgang zu Fuß. Er sah sich zunächst auf den großen Freiflächen um, wo die neuen Baustellen von Menschen wimmelten. Dann durchquerte er die Invalides, ging am Ufer bis zum Pont-Neuf zurück und machte einen langen Marsch über die Boulevards im Norden bis zur Bastille. Er stellte fest, daß sich die Kleidermode sehr verändert hatte, seit er aus dem Land fortgegangen war. Die Franzosen in Kairo waren in dieser Hinsicht ziemlich rückständig. Sein schönster Anzug nahm sich kläglich aus neben dem, was man in der Hauptstadt trug. Am folgenden

Tag erstand er in der Rue Saint-Jacques eine grüne Samtjacke mit silbernen Posamenten, eine Seidenweste, schwarze Hosen und Strümpfe. So gekleidet, wagte er die eigentliche Stadt zu betreten, die engen Straßen im Zentrum, wo man leicht die unverschämten Kommentare von Passanten oder Verkäufern zu hören bekam. Er sah gut aus mit seinem Degen und seinen lebhaften Augen. Niemand hatte etwas auszusetzen.

Jean-Baptiste war entschlossen, auf eigene Kosten in der Stadt zu logieren. Die Jesuiten hatten ihn hergebracht, sie kümmerten sich um die Audienz beim König, das war genug. Darüber hinaus wollte er nicht von ihnen abhängig sein. Allerdings war er nicht reich, und die Preise in der Hauptstadt waren hoch.

›Mein Sack mit Goldstaub‹, dachte Jean-Baptiste, ›dient besser dazu, mir diese Unabhängigkeit zu gewähren, denn als Geschenk für den König. Seine Majestät könnte sich sogar beleidigt fühlen, ein so erbärmliches Geschenk überreicht zu bekommen.‹

Er ging zu einem Wechsler und tauschte das Gold ein, das von weit her kam, aber deshalb doch nicht mehr wert war. Der Bankier sah ihn sogar mißtrauisch an und gab ihm erst nach langem Zögern eine Börse mit Talern, die Jean-Baptiste sehr leicht vorkam. ›Besser als nichts‹, sagte er sich, ›und auf jeden Fall genug, um gut unterzukommen.‹

Er machte sich auf die Suche nach einem Zimmer. Zunächst spazierte er über die Île de la Cité, dann ging er dicht am Hôtel de Ville vorbei und entdeckte schließlich neben der Église Saint-Eustache das, was er brauchte. Es war ein Wirtshaus, dessen Schild seinen Blick angezogen hatte und das er für seine Situation sehr passend fand. Man sah auf farbigem Blech einen großen Afrikaner, der einen Lendenschurz trug und eine Lanze in der Hand hielt. Das Lokal nannte sich »Le Beau Noir«, der schöne Schwarze. Jean-Baptiste trat ein. Der Wirt, ein großer Mann mit eingefallenen Wangen und grauer Haut, schien seine Gäste glücklicherweise besser zu behandeln als sich selbst: Man hörte aus dem großen Saal an der Straße Lachen und lebhafte Stimmen.

»Ich habe das Geschäft von einem Färber gekauft«, erklärte der Mann mit einem offenen Lächeln. »Er hat sich dieses lustige Schild ausgesucht. Ich habe es behalten.«

Jean-Baptiste fragte, ob ein Zimmer frei sei und zu welchem

Preis. Das einzige, was zur Verfügung stand, war eher eine Kammer und sehr teuer, aber es hatte einen eigenen Kamin, und der Wirt versprach Jean-Baptiste, so viel Brennholz heraufzuschaffen, wie dieser wünsche. Der junge Mann, der ständig fror und den nostalgischen Charme dieses Gefühls immer weniger genoß, war einverstanden und bezahlte vier Tage im voraus. Er holte bei den Jesuiten seinen Kleiderkoffer und die Medikamentenkiste, informierte sie über seinen Umzug und bat lediglich, für sein Pferd zu sorgen. Pater Plantain versuchte vergeblich, ihn zurückzuhalten. Poncet versprach, jeden Morgen im Collège vorbeizukommen, um sich nach Neuigkeiten zu erkundigen, und ihnen für die königliche Audienz zur Verfügung zu stehen, sobald sie festgesetzt sei. Dann ging er zum »Beau Noir« zurück, aß mit gutem Appetit und trank reichlich von dem Burgunder Wein, der ihn ein wenig erwärmte. Der Wirt war neugierig und setzte sich zu ihm, um mit ihm zu plaudern. Jean-Baptiste erzählte ihm, daß er aus Kairo kam und mit Hilfe der Pflanzen heilen konnte.

»Also ein Arzt!« sagte der Wirt mit einer respektvollen Verbeugung.

»Mehr oder weniger«, erwiderte Poncet, der den ordentlichen Ärzten stets mißtraute.

»Oh! Mehr, Monsieur, gewiß mehr. Ich kenne diese Spitzbuben von der Universität: Sie bringen uns um und rauben uns außerdem noch aus. Ich würde ganz sicher eher an die Geheimnisse der Pflanzen glauben, besonders wenn sie aus dem Orient kommen.«

Jean-Baptiste hütete sich, noch etwas hinzuzufügen und vor allem, dem Mann das Reden zu verbieten. Während er in sein Zimmer hinaufging, hörte er, wie der Wirt von Tisch zu Tisch ging, um die Nachricht von seinem Beruf zu verbreiten, und der Arzt spürte in seinem Rücken Blicke voller Hochachtung.

»Hoffen wir, daß die Patienten kommen«, sagte er sich. »Denn so schnell, wie man in dieser Stadt sein Geld ausgibt, wird mein Goldpuder bald erschöpft sein. Und wer weiß, wie lange wir bleiben werden?«

Inzwischen waren die Jesuiten nicht untätig. Die Ereignisse in Spanien hatten den Hof in Aufregung versetzt und den König lange beschäftigt. Aber die Pater verstanden zu warten und machten inzwischen ihre Äthiopien-Pläne unter ihren Anhängern bekannt. In den Reihen ihrer Bruderschaft waren die meisten Beichtväter der Großen des Landes, angefangen bei dem König selbst. Auf diesem Weg verbreiteten sie in hundert wichtigen Häusern das Gerücht von dieser märchenhaften Mission und verkündeten die Anwesenheit des Helden dieser Entdeckungsreise in der Hauptstadt. Es gab verschiedene Abendessen der frommen Beichtkinder, denen Jean-Baptiste seine Teilnahme mit der Begründung verweigerte, seinen Bericht als erstes vor dem König abgeben zu wollen. Pater Plantain machte ihm deswegen halbherzige Vorwürfe. Tatsächlich war er jedoch sehr geschmeichelt, allein in diese vornehmen Häuser gehen zu können, wo ihm reiche Männer mit hohen Titeln und hübsche Frauen zuhörten, eine Gesellschaft also, auf die seine Kuhhändlervorfahren gewiß sehr stolz gewesen wären. Wenn es ein Feld gibt, auf dem die Priester im allgemeinen sehr geschickt sind, so ist es die Fähigkeit, sich Geheimnisse zu Nutze zu machen. Aus dem wenigen, was er über die Reise Poncets und des unglücklichen Brèvedent wußte, gestaltete Pater Plantain eine erbauliche Geschichte, bewegend sogar durch ihre Lücken, triumphierend in ihren Schlußfolgerungen, denn es ging um nicht weniger als die Rückkehr eines edlen Volkes zum wahren Glauben. Der unsichtbare Poncet gewann in der aristokratischen Gerüchteküche die Dimension eines Mythos.

Inzwischen spielte Jean-Baptiste, die Füße gegen den Kamin im Speisezimmer gelehnt, mit den anderen Gästen des »Beau Noir« Karten, spazierte, wenn die Sonne schien, durch die Gärten der Tuilerien und goß bei der Rückkehr die Hibiskussamen, die er in einem Blumenkasten ausgesät hatte. Schon am Tag nach seiner Ankunft behandelte er seinen ersten Kranken, den Sohn einer Dienerin, den Monsieur Raoul, der Wirt, selbst in sein Zimmer führte. Der Junge hatte eine schwere Angina. Jean-Baptiste gab ihm Medikamente und lehnte eine Bezahlung ab. Nach zwei Tagen war der Kranke geheilt, ein Ergebnis, das die Natur auch allein vollbracht hätte, das der Arzt jedoch geschickt auf sein Konto setzte. Sein Ruf verbreitete sich sehr schnell, und er begann, Gewinn daraus zu ziehen.

So pflegte Jean-Baptiste während seiner ersten Woche in Paris zwei sehr unterschiedliche Vorstellungen von seiner Person: die des Botschafters bei den Fürsten, die ihn noch nicht kannten, und die des Heilenden in dem Armenviertel, wo er seine Tage verbrachte. Tatsächlich kam noch ein Drittes hinzu, von dem er nichts wußte, und das ihm gewiß nicht gefallen hätte. Wegen der Verzögerung bei der königlichen Audienz hatten die Briefe von Monsieur de Maillet und den Kapuzinern aus Kairo die Reisenden eingeholt und begonnen, ihre Glaubwürdigkeit zu untergraben. Der Graf von Pontchartrain war jetzt in aller Form vor ihnen gewarnt, und im niederen Klerus, der mehr mit Rom als mit den Jesuiten verbunden war, wurde gemurmelt, diese Geschichte mit der Gesandtschaft sei eine Erfindung, ein Märchen, und Poncet ein Aufschneider.

Pater Plantain meinte, man müsse diese widerwärtige Kampagne entschärfen, auch wenn sie bisher nur bescheidene Ausmaße hatte. Es war unvorsichtig, die Audienz bei Seiner Majestät abzuwarten, was noch einige Zeit dauern konnte, denn der König bereitete die Abreise seines Enkels nach Spanien vor und mußte ihm im Eiltempo einige Kenntnisse über das Regieren vermitteln. Der Jesuit rief Poncet ins Louis-le-Grand. Dieser erschien eines Morgens zwischen zwei Krankenbesuchen, die Wangen von der Kälte gerötet.

»Lieber Freund«, hob Pater Plantain salbungsvoll an, »gewisse eifersüchtige Geister – wir kennen sie gut und unser Orden ist ihre haßerfüllte Kritik gewöhnt – haben die Stirn, die Realität Ihrer Reise nach Abessinien in Zweifel zu ziehen. Wir müssen ihnen ein formales und schnelles Dementi entgegensetzen. Würden Sie mir bitte, da wir ja nun in Paris angekommen sind, den Brief übergeben, den Ihnen der Negus anvertraut hat? Ich werde ihn unverzüglich übersetzen und bestätigen lassen. Dann veröffentlichen wir ihn in den Gazetten, die ausnahmsweise einmal der Wahrheit und unserer Sache dienen werden.«

Die Atmosphäre von Paris hatte Jean-Baptiste völlig gefangengenommen. Als er bis zur Rue Saint-Jacques lief, war er ganz damit beschäftigt, die schnellen Kabrioletts, Scharen von graugekleiden Musketieren und Kaleschen, in denen man herzerfrischende Damen sah, zu beobachten. Darüber hatte er seine Angelegenheiten mit den Jesuiten völlig vergessen, insbesondere seine Erfindung des vermeintlichen Briefes. Tatsächlich war es nur ein

Stück Papier, das er selbst bekritzelt hatte und dessen Siegel nichts anderes war als der Wachsabdruck eines alten Schürhakens.

»Der Brief des Negus?« wiederholte er, den Blick ins Leere gerichtet.

Dann erinnerte er sich wieder.

»Ah! Jetzt weiß ich es. Verzeihen Sie mir, die Kälte macht mich ganz benommen. Nun, Pater, das ist unmöglich.«

»Und warum?«

»Ich habe ihn verloren.«

Wenn ein Blitz die Decke durchbohrt und im Zimmer eingeschlagen hätte, wäre Pater Plantain gewiß nicht mehr entsetzt gewesen.

»Sie sagen mir das ... so ganz selbstverständlich! Aber ist Ihnen bewußt, was das heißt?«

Dann fing er sich wieder und fügte mit kräftiger Stimme hinzu:

»Finden Sie ihn wieder! Das kann nicht sein. Stellen Sie alles auf den Kopf. Kehren Sie nach Marseille zurück, wenn es sein muß, und suchen Sie unterwegs den Boden ab.«

»Nein«, sagte Poncet, der seine Geschichte nun, da er einmal angefangen hatte, auch zu Ende bringen wollte, »ich versichere Ihnen, das würde nichts helfen. Ich habe ihn auf dem Schiff verloren.«

»Schicken wir einen Kurier nach Marseille. Vielleicht liegt die Galeere noch dort, sonst kann ein Kreuzer sie einholen.«

Jean-Baptiste schüttelte den Kopf.

»Nutzlos, sage ich Ihnen.«

Er nahm einen Stuhl, ließ sich seitlich darauf nieder, einen Ellbogen auf der Lehne, und begann mit der unbefangenen Miene eines Geschichtenerzählers seinen Bericht:

»Wir hatten gerade Sardinien hinter uns gelassen. Ich erinnere mich gut daran, daß Sie, wie gewohnt, vorn auf dem Schiff standen, Pater. Sie beteten, glaube ich – nein, Sie lasen im Meßbuch, so war es. Auf der Oberfläche des Meeres sah man die weißen Spuren von drei Fuß langen Fischen. Man hätte meinen können, sie verfolgten uns. Ich bin in die Küche gegangen, habe kleine Brotstücke geholt und sie ihnen zugeworfen, um zu sehen, ob sie von ihrem Kurs abweichen würden.«

»Und dann?« fragte der Jesuit, der Verzweiflung nahe.

»Dann, ja! Sie wichen ab! Sie holten sich das Brot und … «

»Zum Teufel mit Ihren Fischen!« schrie Pater Plantain. »Der Brief?«

»Er ist mir aus der Tasche gefallen.«

»Auf die Brücke?«

»Nein, ins Wasser.«

Der Mönch legte eine Hand auf den Eichentisch, um sich abzustützen.

»Und Sie werden es nicht glauben«, fuhr Poncet lebhaft fort, »ich habe gesehen, wie sich drei dieser Monster auf das Papier stürzten und es in Fetzen rissen!«

Der Jesuit preßte die Hand auf sein Herz. Er atmete mit Mühe.

»Was haben Sie?« fragte Jean-Baptiste. »Geht es Ihnen nicht gut?«

Er stand auf, schob den Priester auf seinen Stuhl, rief einen Diener und bestellte ein Glas Rum.

Pater Plantain erholte sich schnell von seinem Unwohlsein, denn er war von robuster Natur. Aber ein anderer Mönch, der ihm zu Hilfe gekommen war, bedeutete Poncet, daß es besser sei, sie allein zu lassen, denn sein bloßer Anblick entlockte dem Unglücklichen wütende Schreie.

Jean-Baptiste ging mit ernster Miene hinaus. Aber sobald er die Ecke des Hôtel de Conti erreicht hatte, brach er auf der Straße in lautes Lachen aus.

Bisher gehörten seine Patienten zu dem Volk, das den »Beau Noir« bevölkerte. Die wenigen Zimmer wurden von bescheidenen Kaufleuten bewohnt oder von Ausländern, über deren Geschäfte man nichts wußte. Die Taverne lockte Kutscher, Soldaten und Arbeiter aus den benachbarten »Halles« an, die Monsieur Raoul wie seinesgleichen behandelte. Als Jean-Baptiste an diesem Abend aus dem Jesuitenkollegium zurückkam, erwartete ihn der Wirt, um ihn zu einem geheimnisvollen Kranken zu führen, von dem er mit der gedämpften Stimme des Respekts sprach.

Der Mann wohnte in derselben Straße, fast gegenüber der Herberge, aber die hohe Steinfassade seines Hauses bildete einen deutlichen Gegensatz zu dem schiefen Fachwerk des »Beau Noir« und den heruntergekommenen Häusern in der Nachbarschaft.

»Vor einem halben Jahrhundert«, bemerkte der Wirt, »als der König die Duelle noch nicht verboten hatte, war das Haus, in das wir jetzt gehen, der größte Fechtplatz von Paris.«

»Oh! Oh!«, meinte Poncet, »dann hätte ich wohl meinen Degen mitnehmen sollen.«

»Heute haben Sie glücklicherweise nichts mehr zu fürchten«, sagte Monsieur Raoul und hielt kurz vor der Haustür an, um Poncet, bevor sie hineingingen, weitere Erklärungen zu geben: »Das Haus wurde an einen sehr ehrenwerten Bürger verkauft, der lange Zeit Beamter im Parlament war. Seine Frau starb vor zwanzig Jahren an einer Epidemie. Man sagt, das habe ihm den Glauben geraubt, aber das kümmert mich nicht. Auf jeden Fall hat er seine beiden Kinder sehr gut erzogen, sie sind jetzt erwachsen und kommen nur selten. Das Mädchen ist mit einem Ausländer verheiratet und lebt in der Ferne; der Sohn dient bei einem Regiment in Indien. Der Hausherr wohnt hier allein und ist ein fröhlicher Mensch, der gern ausgeht und Gäste empfängt. Aber seit sechs Monaten ist er oft krank. Er hat Anfälle, bei denen er vor Schmerz schreit. Manchmal kann man das bis zu mir hören, und er schläft jetzt auf der Hinterseite, um die Passanten nicht zu belästigen, wenn er leidet. Die Ärzte haben seiner Geldbörse und ihm selbst schamlos das Blut ausgesaugt. Sie sind dabei, ihn zu töten und zu ruinieren. Man kann sicher sein, daß sie es in der richtigen Reihenfolge erledigen und ihn zuerst zugrunde richten. Er hat nur eine Dienerin, die sich um ihn kümmert. Glücklicherweise ist sie eine Heilige, die nur sein Bestes will. Ich habe ihm von Ihnen erzählt. In der letzten Nacht hatte er eine erneute Krise. Heute morgen kam die Frau zu mir gerannt und hat mir gesagt, daß er bereit sei, sich Ihren Händen anzuvertrauen.

Nach diesen Worten schritt Monsieur Raoul zur Tür und zog an einer Eisenkette. Weit entfernt hallte eine Klingel durch leere Korridore. Einen Moment später erschien die Dienerin. Sie hatte ein Gesicht voller Falten, aber gütige Augen, aus denen Jugendlichkeit strahlte. Sie trug eine in der Taille geknotete Schürze und eine einfache Batisthaube.

»Für deinen Herrn, Françoise«, sagte der Wirt.

Bei diesem Namen zuckte Jean-Baptiste zurück, und der Gedanke an Alix durchbohrte ihn wie ein Schwert. Er fing sich jedoch sogleich wieder. Die Dienerin führte sie durch lange Gänge, in denen Eichenkisten standen. Sie waren dunkel und verlassen, aber man konnte sich vorstellen, daß hier einst ein Familienleben geführt wurde und Kinderschreie ertönten. Sie stiegen eine knarrende Treppe hinauf und betraten ein Zimmer, das mit karminrotem Samt mit Damastmotiven bespannt war.

Auf Leinenlaken gebettet erwartete sie ein großer Mann mit rundem Gesicht und kurzem, grauem Haar. Mit großer Mühe verzog er das vom Schmerz gezeichnete Gesicht zu einem matten Lächeln.

Poncet bat den Wirt und die Dienerin, draußen zu warten. Er untersuchte den Kranken, der ihm mit dem Finger die Stellen wies, die ihn peinigten, denn die Anstrengung, seine Schmerzensschreie zu unterdrücken, verschloß seine Lippen. Jean-Baptiste befragte ihn ausführlich und bat ihn, nur zu nicken oder den Kopf zu schütteln. Schließlich, als er eine Vorstellung von der Art der Krankheit hatte, verließ er ihn mit der Ankündigung, am nächsten Morgen wiederzukehren.

Er verbrachte einen großen Teil der Nacht damit, ein Medikament herzustellen, und gab es dem Kranken am folgenden Tag. Doch die Schmerzen verschwanden nicht. Er arbeitete wiederum am Nachmittag und brachte eine neue Mischung, die keine größere Wirkung zeigte. In der folgenden Nacht suchte er in einer anderen Richtung, klagte, daß Maître Juremi nicht da sei, um ihm zu helfen, denn dieser beherrschte solche Arbeiten besser als er. Schließlich brachte er dem Kranken am Morgen des zweiten Tages einen dritten Trank auf der Grundlage von Zistroseharz, das nach kaum einer Stunde zu wirken begann. Das Nachlassen der Schmerzen war deutlich auf dem Gesicht des Kranken abzulesen. Die Erleichterung ließ ihn einschlafen. Am Abend rief er Jean-Baptiste erneut zu sich. Als dieser kam, fand er den Kranken angekleidet und in einem Sessel sitzend vor.

»Nehmen Sie Platz«, sagte der Mann liebenswürdig. »Und gestatten Sie mir, mich vorzustellen. Mein Name, der Ihnen gewiß nichts sagen wird, ist Robert du Sangray.«

Viertes Kapitel

Michel, ein alter Kopte aus Luxor, der dem Konsulat schon über zwanzig Jahre als Stallbursche und Reitlehrer für die Diplomatenfamilien diente, gehörte zu den Dienstboten, die Alix nach Gizeh begleiteten. Er empfand für das Mädchen jene furchtsame Bewunderung, welche die Ägypter oft ihrem Herrn bezeugen, insbesondere wenn es sich dabei um eine charmante Frau handelt. Als sie ihn um Reitstunden bat, hielt er es für ausreichend, sie im Damensitz auf einen Sattel zu setzen und auf einem Wiesenstück gegenüber des Pavillons im Schritt an der Longe herumzuführen. Am nächsten Tag wollte er es ebenso machen, aber Alix sagte ihm, es dränge sie nach schnelleren Fortschritten. Mit einem Schlag der Reitpeitsche trieb er also das Pferd zu langsamem Trab an. Vor der dritten Stunde begab sich Alix zu dem alten Stalldiener. Als sie ihn erneut die Longe bereitmachen sah, stellte sie sich vor ihn und sagte mit einer für ein Mädchen dieses Alters etwas erschreckenden Festigkeit:

»Michel, wir haben wenig Zeit. Jeden Tag kann mich mein Vater nach Kairo zurückrufen. Inzwischen will ich reiten lernen. Ist das klar? Schluß mit dem Damensitz und der Longe. Gib mir einen Männersattel und Sporen. Ich habe Samthosen angezogen, die man nicht schonen muß. Bring mir alle Gangarten bei und die Sprünge, kurz, alles, was man wissen muß.«

Der Alte führte diese Anweisungen mit Erstaunen und Sorge aus. Man erlernt das Reiten nicht, ohne zu fallen. Was würde man sagen, wenn sie sich durch seine Schuld die Knochen brach? Er liebte den Konsul nicht, aber er fürchtete ihn. Alix zerstreute diesen letzten Vorbehalt, indem sie erklärte, daß sie bei einem Unfall für alles allein verantwortlich sei und vorgeben würde, das Pferd heimlich genommen zu haben.

Beruhigt ließ sich Michel auf das Spiel ein. Nach einer Woche war seine Furcht durch großen Stolz abgelöst worden. Die junge Schülerin hatte Reflexe erworben, sie lernte, richtig im Sattel zu sitzen, und konnte dank ihrer natürlichen Anmut und einer Furchtlosigkeit, die man nicht erwartet hätte, ihr Pferd harmonisch lenken, geschmeidig, aber mit ruhiger Autorität.

Bald machte sie ihre ersten Ausflüge. Sie mußte allein ausreiten, denn es gab nur Zaumzeug und Sattel für ein Pferd. Ohnehin beriet der Alte zwar die Reiter, stieg aber nicht mehr selbst aufs Pferd, weil er an Rheuma litt und davon fast steif war. Man sagte nur den Janitscharen Bescheid, die am Eingang des Grundstücks lagerten. Sie gewöhnten sich daran, jeden Morgen einen Reiter vorbeifliegen zu sehen, der durch die Felder galoppierte und die Kanäle auf Deichen aus roter Erde überquerte, welche die Bauern angelegt hatten. Sie glaubten immer, es sei ein Mann, denn Alix verbarg ihr Haar unter einem Hut mit Krempe, und das weite Hemd verhüllte ihre Formen.

Diese Reitübungen hätten ausreichen können, um sie zu erschöpfen, aber das Mädchen begnügte sich nicht damit. Auf ihre Bitte kam am Tag nach ihrer Ankunft Maître Juremi mit einem Boot zu ihnen. Er legte bei Nachtanbruch am Steg an und schleppte allein eine schwere Kiste, die metallisch klirrte, wenn sie am Boden anstieß, bis zum Haus. Daraus holte er mit einem Lederknopf geschützte Florette, zwei Lederwamse und Masken. Am selben Abend nahm Alix ihre erste Fechtstunde auf der Holzterrasse am Nil. Maître Juremi mußte sie nicht erklären, was sie wollte: er hatte verstanden und behandelte sie mit derselben Strenge, die er einem Mann entgegenbrachte.

Dann bat sie ihn, auch mit Françoise zu arbeiten, damit sie, wenn er abreisen mußte, miteinander die Übungen fortsetzen könnten. Alix beobachtete amüsiert, mit welcher Verwirrung diese zweite Unterrichtsstunde vonstatten ging. Françoise übertrieb ihre Ungeschicklichkeit als Anfängerin, aber dennoch ließ sich Maître Juremi, der diese Entschuldigung weiß Gott nicht vorbringen konnte, in seiner Nervosität zweimal treffen.

Als alles vorbei war, begleitete Alix den Waffenmeister mit einer Laterne in der Hand persönlich bis zu dem Zimmer, das im Obergeschoß für ihn vorbereitet war. Obwohl Françoise gewiß das Bedürfnis verspürte, sich der Freundin anzuvertrauen, warf sich das Mädchen trunken vor Müdigkeit auf ihr Bett und schlief ein.

Die Tage vergingen im beständigen Rhythmus dieser Übungen. Einmal, nachdem sie den Türken mitgeteilt hatten, daß die Diener einen streunenden Hund erlegen wollten, übten sie sich sogar im Pistolenschießen. Alix lernte, die Waffen zu laden, und gab ein Dutzend Schüsse ab, ohne zu zittern.

Die Abende waren schwieriger. Sie aßen zu dritt auf der Terrasse und die Konversation lag fast ausschließlich bei Alix, denn die beiden anderen waren verlegen, sich einander gegenüber zu finden. Die Frösche, die zu Tausenden im Schilf am Flußufer quakten, füllten das lange Schweigen an ihrem Tisch.

Alix machte es Spaß, diesen Mann und diese Frau zu sehen, beide voller Erfahrung, beide gewöhnlich eher fröhlich, und nun durch die Wirkung der Liebe zum Schweigen gebracht. Sie dachte lange darüber nach.

Allerdings wurde das Klima dieser Abende bald belastend. Alix wünschte, irgend etwas würde geschehen. Sie wagte nicht, sich Françoise gegenüber auszusprechen. Eines Abends, als sie von einem Ausritt zurückkehrte, erschöpft von wildem Galopp, hatte das Mädchen endlich den Eindruck, als hätte sich die Situation geändert. Nach dem Abendessen, bei dem wieder einmal Schweigen geherrscht hatte, erklärte Maître Juremi mit seiner tiefen Stimme, welche die Dunkelheit erfüllte:

»Mademoiselle, ich bitte Sie um Verzeihung. Ich habe die Pflege unserer Pflanzen einem Nachbarjungen übertragen. Ich glaube, Sie wissen besser als jeder andere, wieviel uns an ihnen liegt. Ich bitte Sie um die Erlaubnis, morgen früh nach Kairo zurückkehren zu dürfen.«

»Aber unser Unterricht ...«, sagte Alix, die sich ihren Egoismus sogleich vorwarf.

»Man braucht es nicht zu übereilen. Sie haben die Grundlagen erlernt. Jetzt wird ihnen die Übung Fortschritte bringen. Ich lasse Ihnen die Degen und die Westen hier. Sie können mit Françoise üben. Ehrlich gesagt, ich bin hier nicht mehr vonnöten.«

Françoise starrte Maître Juremi bestürzt an, und ihre Lippen bebten. Sie stand auf, mit dem Vorwand, das Kaffeetablett in die Küche zu bringen, und verschwand. Auch der Waffenmeister verließ den Tisch, grüßte Alix ehrerbietig und entfernte sich, seine Laterne in der Hand, in die andere Richtung. Sie hörte seinen Schritt auf den Treppenstufen.

Am nächsten Tag bei Sonnenaufgang reiste Maître Juremi ab.

Die beiden Frauen begleiteten ihn bis an den Steg. Sobald er abgelegt hatte, wurde das Boot in den Fluß getrieben. Die vom Wüstennebel entstellte Sonne erhob sich fast viereckig zwischen den Palmen am anderen Ufer. Eine mit Holz beladene Feluke ohne Segel ließ ihren Mast über das Wasser gleiten, der den schlanken Querbalken zu halten schien wie die Balancierstange eines Seiltänzers. Zwei große, rosafarbene Stelzvögel standen unbeweglich da, streckten ihre Schnäbel der Sonne entgegen, und von weitem hätte man annehmen können, daß sie nach der Scheibe griffen und sie langsam aus dem Wasser zogen. Françoise weinte.

»Was ist geschehen?« fragte Alix und nahm sie am Arm.

Françoise trocknete sich die Augen, schniefte und zuckte mit den Schultern, als sie Alix ansah.

»Verzeihen Sie mir. Ich muß mich wieder fangen. So, jetzt geht es. Ich beherrsche mich. Sind wir dumm! In unserem Alter!«

»Sie haben mit ihm gesprochen?« fragte Alix, setzte sich auf den Steg und zog die Freundin neben sich.

»Natürlich! Ich werde es Ihnen erzählen, aber Sie haben ja schon alles erraten. Sie wissen, daß er seine Tage hier auf dem Steg verbrachte und tat, als würde er angeln, um mich nicht zu sehen. Gestern nachmittag bin ich Michel suchen gegangen: Er hat immer eine Flasche Branntwein von Ihrem Vater, für sein Rheuma. Ich habe zwei Schluck daraus genommen und bin hergekommen. Juremi tat nichts, aber als er mich hörte, gab er sich den Anschein, als würde er sich auf eine Angelschnur stürzen und den Haken herausziehen. Ich habe mich neben ihn gesetzt. Er hat gebrummt. Ich hatte Angst, das können Sie mir glauben. Obwohl ich nicht schwimmen kann, hätte ich eher den Mut gehabt, mich ins Wasser zu werfen. Aber er hat gesprochen. Mit seiner Stimme, Sie kennen sie. Sie können sich denken, wie ich mich gefühlt habe ... Ich wollte gerade den Mund aufmachen, als plötzlich dieses dumpfe Trommeln mein Ohr erreichte.«

»Was hat er zu Ihnen gesagt?«

Die Sonne stand bereits hoch. Sie ließ das Ufer heller erscheinen, den Fluß jedoch noch schwärzer: Die Stelzvögel waren davongeflogen.

»›Françoise‹, hat er zuerst gesagt, und als ich meinen Namen hörte, empfand ich eine Bewegung, die ich Ihnen nicht beschreiben kann. ›Françoise, ich weiß, was Sie mir sagen wollen. Es ist unnötig zu sprechen. Wissen Sie, in meiner Familie haben wir alles auf uns genommen, weil man wollte, daß wir unseren Glauben verleugneten. Niemals hat einer von uns das getan. Das ist keine Frage der Religion. Die Wahrheit ist, daß wir niemals fähig waren, unser Wort zu brechen. Und deshalb müssen Sie wissen, daß ich mein Wort gegeben habe.‹ Er hat eine Pause gemacht, die Angelschnur beiseite gelegt und seine Hand auf meine gelegt. Dann fuhr er fort: ›Wenn das Leben mich von meinem Schwur entbunden hat, was ich vielleicht eines Tages wissen werde, bin ich frei. Dann werde ich Ihnen mein Wort geben, wenn Sie es wollen. Und das wird für den Rest meines Lebens sein.‹ «

Alix nahm Françoise in die Arme, die noch lange weinte, dann kehrten sie zum Haus zurück.

›Was für ein Glück für sie‹, dachte Alix. ›Aber zum Teufel, was sind Verliebte traurig.‹

Sie dachte an die kurzen Momente, die sie mit Jean-Baptiste verbracht hatte, und ihr schien, daß auch sie selbst ein sehr schwaches und langweiliges Bild von sich selbst gegeben hatte.

›In Versailles‹, dachte sie, ›inmitten all dieser schönen Frauen, wie soll er sich da an mich erinnern?‹ Dieser Gedanke, der sie unter anderen Umständen niedergedrückt hätte, verlieh ihrem Galopp nur noch mehr Feuer.

Der Conseiller Pomot du Sangray war genau so, wie ihn der Wirt kurz beschrieben hatte: Mit seinem fröhlichen Naturell liebte er die Welt, und diese glücklichen Eigenschaften kehrten zurück, sobald die Schmerzen verschwunden waren. Dank Jean-Baptiste hatte er zum ersten Mal eine Waffe, um sie zu bekämpfen. Seine Dankbarkeit wäre schon bei einigen Stunden der Ruhe groß gewesen. Da ihm die Behandlung eine längere Beruhigung verschaffte, die sich nach mehreren Tagen festigte, kannte sein Wohlwollen keine Grenzen. Er gab dem Apotheker eine Börse mit 30 Goldtalern und versprach ihm, all seine Kosten für den Aufenthalt in Paris zu übernehmen, der, wie er hoffte, noch lange dauern würde.

Zuweilen vermag große Güte alle Schulden zu begleichen: Die

Freundschaft des alten Mannes schien Jean-Baptiste ein guter und ausreichender Lohn. Er hätte sich geschämt, mehr zu verlangen. Deshalb akzeptierte er die Börse und erklärte, er würde nichts anderes von ihm annehmen.

Jeden Nachmittag besuchte er seinen Patienten, der wieder frei war in seinen Bewegungen, durch die Stadt lief und selbst erst zur vereinbarten Zeit nach Hause kam. So wußte man nicht mehr genau, wer wen besuchte. Es kam vor, daß sich der Arzt und sein Patient an der Haustür trafen, wo jeder vom anderen Ende der Straße ankam. Ihre Gespräche hatten das Feld der Krankheit verlassen und wurden zu einem ungeordneten, zwanglosen Austausch zwischen Freunden.

»Warum ziehen Sie nicht lieber zu mir?« fragte ihn der Conseiller nach kaum einer Woche. »Der ›Beau Noir‹ ist ein nettes Lokal, aber, wie mir scheint, ein furchtbares Hotel.«

»Es wäre nicht sehr freundlich gegenüber dem Wirt, dem wir es verdanken, daß wir uns getroffen haben.«

»Ich werde es mit ihm klären. Er wird weiterhin Ihre Mahlzeiten bringen. Und da ich die dünne Suppe von Françoise nicht mehr brauche, lasse ich auch etwas für mich kommen. Wir bleiben also gute Kunden, und zu dieser Jahreszeit, bei all den Märkten, wird er Ihr Zimmer schon morgen wieder vermietet haben.«

Jean-Baptiste war einverstanden. Der Conseiller ließ für seinen Gast helle, hübsch möblierte Zimmer herrichten, deren beide vordere Fenster auf die belebte Straße hinausgingen, wo man das Kommen und Gehen der Gläubigen am Portal von Saint-Eustache beobachten konnte. Man öffnete einen großen Kamin aus italienischem Marmor, in dem Jean-Baptiste, um endlich einmal warm zu werden, ein wahres Höllenfeuer entfachte. Hinter diesen Räumen lagen ein Schlafzimmer, zwei Kammern und ein Ankleideraum, wohin er von gegenüber sein leichtes Gepäck, den Medikamentenkoffer und die Kiste mit den Elefantenohren bringen ließ.

»Als ich dieses Haus kaufte«, erzählte Sangray, während er begutachtete, wie sich sein Gast eingerichtet hatte, »stand es seit zehn Jahren leer, und seine Eigentümer empfanden nahezu einen Haß auf das Gebäude.«

»Hier wurde gekämpft, habe ich gehört?«

»Zu Beginn des Jahrhunderts war es die Zuflucht all jener, die sich die Retter der Ehre nannten. Niemand zweifelte daran, daß sie Ehre besaßen. Aber ihre Rettung bestand darin, bei ihren Schlächtereien strenge Regeln zu befolgen – die sie übrigens selbst aufstellten. Stellen Sie sich vor, der Graf von Montmorency-Boutteville, der offizielle Mieter, hatte mit siebenundzwanzig Jahren bereits zweiundzwanzig Duelle ausgefochten! Das letzte fand unter den Fenstern des Hôtel de Richelieu statt, wofür er am Vorabend des Johannisfestes geköpft wurde.

»Glorreiche Erinnerungen«, sagte Jean-Baptiste bewegt.

»Finden Sie?«

»Ja, ich glaube, daß diese Männer wirklich lebten.«

»Sie starben noch wirklicher«, sagte Sangray. »Und sie ließen andere sterben. Ich habe zuviel Grauen während der ›Fronde‹ erlebt. Und da besaß ich bereits zu viel kindliches Bewußtsein, als daß ich diesem von der Gewalt in Unordnung gebrachten Reich jetzt nachtrauern würde. Nein, mein lieber Doktor, ich bin ein Mann des Rechtes, des Gleichgewichtes. Ich fühle mich mehr als Kerkermeister dieser Gespenster, denn als ihr Bewahrer.«

Jean-Baptiste gewann sogleich großes Vertrauen in diesen geduldigen, sanften Mann, der alles mit freiem Geist bedachte. Er berichtete ihm ausführlich von seiner Reise nach Abessinien, und diese Erzahlung füllte mehrere lebhafte Abende, wo sie beide in breiten Sesseln lehnten, die Füße bis zu dem bronzenen Feuerbock ausgestreckt.

Dieser Austausch führte zu verschiedenen literarischen Arbeiten. Sangray nahm sich vor, das Werk über den Vergleich der Menschenrechte wieder aufzunehmen, und Jean-Baptiste beschloß auf seinen Rat hin, einen Reisebericht niederzuschreiben. Sie machten sich gleich am folgenden Tag ans Werk.

Aber der Conseiller war nicht nur ein Mann des Geistes. Als seine Krankheit nachließ, fand er das ganze Leben wieder, und es gab kein Vergnügen, an dem er nicht teilhaben mochte. Sobald es einen Ball im Königspalast gab, eilte er, der auch beim Herzog von Chartres angestellt war, dorthin und lud Jean-Baptiste ein, ihn zu begleiten.

Sie waren gleich groß, wenn auch von unterschiedlicher Statur. Der Conseiller lieh seinem Gast ein mit Gold und feinen Spitzen besetztes Prachtgewand. Monsieur Raoul, der Wirt, der auch Kabrioletts vermietete, schickte ihnen einen Kutscher und einen Wagen. Rechtzeitig zum Abendessen brachen sie auf.

Fünftes Kapitel

Das Palais Royal war damals in Paris das einzige Überbleibsel eines Hoflebens, welches ganz und gar nach Versailles in die Umgebung des Königs umgezogen war. Im Palais Royal gab es Pracht und Luxus, jedoch ohne die erdrückende Präsenz eines Herrn, denn der Neffe des Königs bezeugte allen eine Art verständnisvoller Zuneigung, die jede Freiheit gestattete. In diesem Klima sanfter Wärme entfalteten sich die herrlichsten Pflanzen mit weniger Zwängen als in Versailles: Schönheit, Jugend und Geist, die man schon einzeln nur selten antrifft, waren hier in erstaunlich vielen Menschen, besonders bei Frauen, vereint. Sangray stellte seinen Gefährten der Herzogin von Chartres vor, denn ihr Gemahl, der Hausherr, war an diesem Abend schon früh nach Versailles gerufen worden und hatte sich bereits auf den Weg gemacht, als sie eintrafen.

Während des Abendessens und danach, als die kleine Menge sich in den Salons zerstreute, legte Poncet ein wenig von seiner Vorsicht ab. In einer Ecke hatte sich eine Gruppe um ihn versammelt: Mehrere hübsche Frauen, deren Namen er nicht kannte, mit Ausnahme einer Dame in weit fortgeschrittenem Alter, welche die anderen als Marquise de *** bezeichneten, umringten ihn. Jean-Baptistes elegante Erscheinung, die Besonderheit seiner Herkunft und vor allem die Fähigkeit der Frauen, ein Geheimnis zu enthüllen, das man bewahren will, und in diese Bresche den Hebel ihrer Neugier anzusetzen, all das vereinte um ihn diejenigen, die es am stärksten nach Neuigkeiten verlangte. Er ging ihnen um so leichter in die Falle, als er beim Sprechen am besten seine Aufregung und Schüchternheit unterdrücken konnte, die dieser glänzende Hof in ihm weckte. Er ließ sich hinreißen, Abessinien zu erwähnen, und dieses Thema rief tausend begeisterte Fragen hervor. Im Durcheinander dieser mondänen Plauderei beging Jean-Baptiste den Fehler, die Originalität ein wenig zu weit zu treiben. Er erzählte mit vielen Einzelheiten, wie die Abessinier sich bei ihren äußerst luxuriösen Banketts an lebenden Stieren satt aßen, denen sie das noch bebende Fleisch ausrissen, indem sie die Finger in die Einschnitte schoben, die sie entlang der Wirbelsäule der unglücklichen Tiere gemacht hatten.

Er beendete seine Geschichte unter eisigem Schweigen. Die alte Marquise bedachte ihn mit einem empörten Blick, wedelte heftig mit ihrem Fächer und floh auf die Veranda. Die ganze Gruppe junger Mädchen folgte ihr mit einem wollüstigen Rauschen ihrer vogelbunter Taftkleider.

Der junge Mann, nun allein auf seinem Kanapee, atmete noch lange die Düfte ein, welche die spitzenbedeckten Körper, die Moschus, Pfeffer und Jasmin verströmenden Schultern, die mit Kandisweiß gebleichten und mit Brasilholz geröteten Gesichter hinterlassen hatten. Er hatte nie zuvor etwas so Elegantes wie diese Frauen gesehen, jede von ihnen, die jüngsten wie die ältesten, waren begehrenswert bis zum Wahnsinn. Sie hatten die Weiblichkeit derart verfeinert, daß sie diese zu einer fast reinen Materie kristallisierten, wie man Pflanzen destilliert, um daraus ein paar Tropfen zu gewinnen, die heilen oder töten.

Aber irgend etwas störte ihn. Vielleicht war es das ausschließlich künstliche Wesen dieser Anmut. ›Letztlich paßt das alles in diese Paläste, unter diese endlosen Reihen leuchtender Kerzen, während der wenigen Stunden, da diese Schmuckstücke zurechtgemacht und noch nicht verblüht sind‹, sagte er sich. ›Aber wenn sie von einem Augenblick auf den anderen in eine andere, also die wirkliche Welt, getaucht würden, was würde dann von ihnen bleiben? Mumien? Gewiß können sie nichts anderes atmen als diese von Reispuder geschwängerte Luft. Und die Männer müssen sich, um hier zu gefallen, dazu zwingen, zur selben Zeit, in derselben Kulisse und mit denselben Manieren zu leben. Man braucht sie sich ja nur anzusehen.‹

Jean-Baptiste beobachtete so respektvoll wie möglich diese kleinen Feldherren von zwanzig Jahren, diese eleganten Bischöfe, die Edelmänner, die der Anblick eines gezückten Degens mit Entsetzen erfüllt hätte. ›Das Herz, der Glaube, der Waffenruhm, alles ist gezähmt‹, dachte er bei sich, ›und diese Genüsse sind nur eine Gefangenschaft.‹ Trotzdem war er immer noch erregt, als zwei Schönheiten an ihm vorbeigingen und ihm zulächelten.

Sangray fand ihn in Gedanken versunken und setzte sich zu ihm.

»Nun, mein Lieber, ich gratulieren Ihnen von ganzem Herzen! Ich habe begeisterte Reaktionen auf Ihre Person vernommen. Man hat mich gelobt, weil ich Sie mitgebracht habe.«

»Sie machen sich lustig über mich. Ganz im Gegenteil, ich habe mich sehr ungeschickt benommen.«

Jean-Baptiste erzählte die grausige Geschichte von dem Stier und von der empörten Flucht seiner Zuhörerschaft.

»Völlig unwichtig. Sie haben diesen Damen nur einen bequemen Vorwand geliefert, sich mit Eleganz auf die Törtchen zu stürzen, die gerade serviert wurden. Glauben Sie mir: Sie haben bereits alles vergessen, außer dem Eindruck, daß Sie sehr charmant sind.«

Wie um seine Worte zu bestätigen, ging eine kleine Gruppe an ihnen vorbei, zu der auch einige junge Gefährtinnen der Marquise von *** gehörten, und sie schenkten ihnen ein anmutiges Lächeln.

»Hören Sie«, fuhr der Conseiller fort, »ich habe Neuigkeiten in Ihrer Angelegenheit. Der König von Spanien wird Versailles morgen verlassen. Unser Herrscher wird seine Aufgabe als Hofmeister beenden. Dann kann er seine Audienzen wieder aufnehmen, und sicher müssen auch Sie nicht mehr lange warten.«

Überall in den Sälen hatten sich Spieler um die Faro- oder Trictrac-Spieltische versammelt. Jean-Baptiste und Sangray nutzten diese Ablenkung, um sich unauffällig zu entfernen, nachdem sie sich von der Herzogin verabschiedet hatten. Sie fuhren in der Kalesche nach Hause. Françoise hatte in den Zimmern große Feuer entfacht. Jean-Baptiste schlief mit der rechten Hand vor dem Gesicht ein, welche die Herzogin vertraulich gedrückt hatte und die noch nach ihrem Moschusparfum duftete.

Am nächsten Tag brachte Monsieur Raoul Jean-Baptiste eine Botschaft. Es war ein Brief von Pater Plantain, der ihm seine Nachrichten weiterhin zum »Beau Noir« schickte. Der Arzt hatte es nicht für angebracht gehalten, den Jesuiten wissen zu lassen, daß er bei dem Conseiller wohne. Er las:

»Halten Sie sich bereit. Wir reisen übermorgen nach Versailles. Unsere Audienz wird am Mittwoch um vier Uhr nachmittags stattfinden.

Pater G. Plantain«

Nach dem Essen begab sich Jean-Baptiste ins Jesuitenkolleg, um die Einzelheiten für die Audienz festzulegen.

Auf dem Rückweg machte er einen Umweg zum Louvre, wo, wie man sich erzählte, die Kavallerie König Philipps V. bereits die Vorhut zu dem glanzvollen Geleitzug formierte, der sich am folgenden Tag in Bewegung setzen würde. Auf dem Kai traf er den ersten und den zweiten Stallmeister des Königs mit prächtigen Federhüten und Gewändern. Sie führten vierundzwanzig Pagen an, in Wams und Beinkleidern aus Satin, mit Silber betreßt und mit Spitze festoniert, auf Streitrossen, die über und über mit Bändern geschmückt waren. Zwölf spanische Pferde, die an der Hand geführt wurden, zeigten dahinter ihre geschmückten Mähnen, ihr vergoldetes Zaumzeug, Ziernägel und Steigbügel, die Satteldecken aus rotem Samt, die mit Gold und Silber bestickt waren. Mehr konnte Jean-Baptiste nicht sehen, denn eine Truppe von graugekleideten Musketieren vertrieb die Neugierigen aus der Umgebung des Palastes.

Als er beim Conseiller ankam, fand er diesen im Salon am Feuer sitzend und streckte selbst die Hände nach den Flammen aus, um sich aufzuwärmen. Es war drei Uhr. Françoise servierte ihnen ein Essen vor dem Kamin. Sie sprachen über den königlichen Geleitzug, dann von der Audienz.

»Wie wollen Sie sich dort verhalten?« fragte Sangray.

»Nun, ich werde die Wahrheit sagen«, verkündete Jean-Baptiste schlicht.

»Oh! Oh! Sie fangen schlecht an. Wissen Sie nicht, daß die Wahrheit für Könige nur das ist, was sie gern hören?«

»Ich weiß nicht, was der König gerne hören wird, aber ich weiß, was ihm gewisse Leute sagen wollen und daß es falsch ist.«

»Von wem sprechen Sie?«

»Von den Jesuiten.«

»Haben diese nicht für Sie die Audienz erwirkt?«

»Das stimmt. Aber deshalb müssen wir nicht derselben Meinung darüber sein, was man dem König sagen muß.«

Der Conseiller legte das Entenstück, das er mit den Fingern aß, auf den Teller, nahm einen Schluck von dem funkelnden Wein und sah Jean-Baptiste erstaunt an.

»Sie kündigen mir an, daß Sie den Jesuiten vor dem König widersprechen werden? Mein Freund, ich bin glücklich, mit Ihnen zu speisen, denn ich fürchte sehr, es wird das letzte Mal sein. Sagen Sie mir, welches Ziel verfolgen Sie genau?«

»Ehrlich gesagt, verfolge ich zwei.«

»Schlechtes Prinzip.«

»Aber für mich bilden diese zwei eine Einheit«, fügte Poncet lebhaft hinzu. »Also: Zunächst will ich, daß der König mich nach Abessinien zurückschickt, als seinen ordentlichen Botschafter, und dann, daß er mir alle Privilegien dieses Amtes zuerkennt, auch den Adel.«

»So wie Sie es formulieren, ist es sehr ehrgeizig, aber nicht unmöglich.«

»Sehen Sie.«

»Aber warum wollen Sie unbedingt dorthin zurückkehren?«

»Nicht das ist es, woran mir liegt. Aber mit der Gunst des Königs könnte ich gleichzeitig zwei Schwüre erfüllen, die ich abgelegt habe.«

»Teufel nochmal! Und vor wem?«

»Den ersten vor einem Mädchen. Sie steht durch ihre Geburt über mir. Ich habe mich verpflichtet, sie zu heiraten. Ich kann nur darauf hoffen, wenn mich der König zum Edelmann macht.«

»Ich verstehe. Das sind Dinge, wie man sie in Ihrem Alter macht. Der andere Schwur?«

»Dem Herrscher von Abessinien. Ich habe ihm geschworen, daß die Jesuiten nicht wiederkommen und daß, wenn er Frankreich um einen Botschafter bittet, ich es sein werde.«

»Sie müssen also gleichzeitig darum bitten, entsandt zu werden und den König wissen lassen, daß man keine Jesuiten haben will. Auch wenn es die Jesuiten sind, die Sie hierher gebracht haben!«

»Ich hatte keine Wahl. Ohne sie hätte ich Kairo niemals verlassen können.«

»Das sage ich ja.«

»Aber sie kennen meine Absichten nicht«, sagte Jean-Baptiste.

»Das kann ich mir gut vorstellen. Sie müssen ihnen also im letzten Augenblick entgegentreten, im Beisein des Königs. Ist Ihnen klar, was Sie da tun wollen? Und Sie lachen!«

»Ich lache, weil ich mich entgegen allem Augenschein voller Vertrauen fühle.«

»Ihre Jugend macht Sie verwegen. Aber passen Sie auf! Der Hof ist ein Ort der Intrigen, wo man sich nicht um Mut schert, weil er das ist, worüber man auf dieser Welt am leichtesten triumphieren kann. Es genügt, daß sich ein paar Leute zusammentun und aus dem Hinterhalt zuschlagen.«

»Nein, Monsieur le Conseiller«, sagte Jean-Baptiste sanft, »ich glaube wirklich nicht, daß ich verrückt bin. Meine Zuversicht erwächst nicht aus Blindheit. Ich habe sie im Gegenteil gewonnen, indem ich die Augen öffnete. Wollen Sie wissen, wann das geschehen ist? Als ich mit dem Pferd hierher kam, ja, während ich dieses Königreich durchquerte, mit dem Volk sprach, auf dem Land und in den Städten. Wissen Sie, was ich mir gesagt habe? Der Mann, der über all das herrscht, ist ein großer König.«

»Eine schöne Entdeckung!«

»Nein, warten Sie. Er ist ein großer König, weil ich mich daran erinnere, als ich noch hier lebte, wie die Menschen einst von der ›Fronde‹ sprachen, von den Religionskriegen, von der großen Pest und den großen Hungersnöten. Nun, dieser König hat nach seinem Vater und seinem Großvater alldem ein Ende gemacht. Er hat den Großen einen Maulkorb angelegt, den Adel unterworfen. Unterwegs konnte ich die verlassenen Schlösser und die demütige Unterwerfung der Übriggebliebenen sehen. Und betrachten Sie die Kirche: Aufgrund der Hilfe, die ihr der König gewährt hat, um die Protestanten zu bekämpfen, untersteht sie heute seiner Autorität. Er hat eine Militärmacht geschaffen, die die äußeren Feinde zurückgeschlagen und eine unvergleichliche Stärke erlangt hat.«

»Ich nehme an, Sie wissen, womit all das bezahlt wurde? Mit dem gegen uns vereinten Europa, dem von Steuern erstickten

Volk, den Protestanten und Jansenisten, die wie Tiere behandelt werden: Keine politischen Meinungen außer der des Königs, da weiß ich Bescheid, ich habe dreißig Jahre im Parlament verbracht.«

»Das ist nicht die Frage«, sagte Jean-Baptiste, der abwehrend die Hand hob, um zum Kern des Gesprächs zurückzukehren. »Ich urteile nicht für die Geschichte. Ich beschreibe das Werk eines Mannes, der ein großer König sein wollte und es geworden ist. Nun, und ich sage: Das trifft auch für den König von Abessinien zu.«

»Sie vergleichen ... «

»Ja. Der gleiche Wille, die gleiche Inbrunst, alles seiner Autorität zu unterwerfen, die gleiche uneingeschränkte Macht. Yasu I. hat das gleiche Werk vollbracht. Wenn man zwei Männer vergleichen kann, dann diese beiden.«

»Und so wollen Sie mit dem König sprechen!«

»Ich bin sicher, daß er mich versteht. Die Jesuiten sagen ihm: ›Die Abessinier wollen in den Schoß der römischen Kirche zurückkehren.‹ Ich werde ihm sagen: ›Majestät, nehmt die Freundschaft eines großen Königs im Orient an. Schickt ihm eine Botschaft, handelt, kauft sein Gold, verkauft ihm das Werk Eurer Manufakturen. Aber versucht nicht, die Grundlagen seiner Nation zu stören, indem Ihr die Menschen bekehren wollt, denn Ihr würdet auch nicht dulden, daß man Eure stört.‹«

»Jean-Baptiste, Sie sind verrückt!« rief Sangray und sprang auf. »Ich mag Sie zu gern, um Sie in eine solche Falle laufen zu lassen, die Sie sich selbst stellen.«

Er machte zwei Schritte durch das Zimmer, kam zum Kamin zurück und sagte, noch immer im Stehen:

»Was ist Abessinien, Poncet?«

»Ein Land.«

»Nein. Es ist nichts. Ein Winkel in Afrika, von Wilden bewohnt. Nichts, verstehen Sie. Und was ist Frankreich? Alles.«

»Das sagen Sie, Monsieur le Conseiller! Sie, der Sie meinen Bericht über Abessinien gehört haben, Sie, der Sitten und Gebräuche ergründet und vorgibt, man dürfe sie nicht verurteilen, ohne sie zu verstehen: Der gesagt hat, er würde schreiben ... «

»Schreiben ja. Nicht sprechen. Noch weniger zum König sprechen. Was ich denke, empfinden und verstehen nur sehr wenige. Deshalb werfe ich meine Gedanken in den großen Fluß der geschriebenen Werke, in dem meine Flasche vielleicht irgendwo von einem anderen Durstigen geöffnet wird, der mich versteht. Aber in dieser Zeit gibt es nur das, was alle denken, und alle denken, was der König denkt. Er hat nicht die Macht gesucht, um sich zu vergleichen. Noch weniger mit Menschen, von denen er denkt, daß die Zivilisation sie nie erreicht hat. Ich warne Sie, Poncet, mit all meiner Freundschaft und der Zuneigung, die ich für Sie empfinde und die jener gleicht, die man einem Sohn schenkt. Vor dem König wird jeder Vergleich seiner Macht mit der eines Eingeborenen, und wäre er auch Christ, als Beleidigung empfunden, und Sie werden mit einem Schlag nicht nur jede Möglichkeit verlieren, das zu erreichen, was Sie sich wünschen, sondern auch die Chance, dieses Land frei zu verlassen.«

Jean-Baptiste war erschüttert durch diese so ernste und aufrichtige Warnung.

»Was soll ich dann tun?« fragte er niedergeschlagen.

»Schreiben Sie Ihre Gedanken nieder. Ich werde sie aufbewahren. Später wird man sehen, wie man sie veröffentlichen, welchen weltoffenen Geistern man sie zu lesen geben kann. Aber jetzt, vor dem König, stellen Sie sich nicht gegen die Jesuiten. Übertreiben Sie, wenn Sie wollen, die Schwierigkeiten der Reise, damit sie zögern – auch wenn nichts sie aufhalten wird. Aber wenn sie behaupten, daß der Negus konvertieren will, widersprechen Sie nicht. Unterwerfen Sie sich. Sie können nicht hoffen, die Gunst des Königs zu erhalten, wenn Sie nicht seinen Blickwinkel annehmen. Sie wollen geadelt werden? Das ist wohl möglich, und ich kann Ihnen dabei helfen. Aber zunächst müssen Sie gefallen. Zeigen Sie dem König Ihre Ergebenheit. Sagen Sie ihm, daß Sie die Kunde von seiner Größe bis ans Ende der Welt getragen haben und daß die orientalischen Könige in ihrer Begeisterung Ihnen aufgetragen haben, ihm ihre ergebensten Ehrerweisungen zu überbringen. Sagen Sie, daß der Glaube dank ihm voranschreitet, daß Sie einen Jesuiten mit sich genommen hatten, der leider während der Reise starb, aber daß Sie fest entschlossen sind, viele andere dorthin zu bringen.«

»Andere hinzubringen!« rief Jeam-Baptiste, »während ich

dem Herrscher versprochen habe, sie an der Rückkehr zu hindern.«

»Zügeln Sie Ihren Stolz, mein Freund. Sie werden nicht allein ein Bollwerk gegen den Willen eines Ordens bilden, der den größten christlichen König zu seinen Beichtkindern zählt. Pech für Ihren Schwur. Wir leben nicht mehr in der Zeit der Retter der Ehre. Man kann es bedauern – mir liegt nicht daran. Aber man muß es anerkennen. Haben Sie unter die nackten Gewehrständer und die leeren Fässer gesehen? Ich beschwöre Sie: Täuschen Sie sich nicht in der Epoche, in der wir leben.«

Jean-Baptiste wandte sich zum Feuer und kreuzte die Arme.

Sechstes Kapitel

In Kairo ließ Monsieur Le Noir du Roule inzwischen auf sich warten. Der Konsul befürchtete schon wieder einen furchtbaren Schiffbruch. Er sah seinen künftigen Schwiegersohn im Traum, an einem Ufer gestrandet, wie einst der arme Pater Versau, mit einem Baumstamm in den Armen. Die Wahrheit war weniger tragisch. Der Diplomat reiste, ohne sich zu beeilen. Er hatte in Civitavecchia das Schiff verlassen, war mit der Kutsche bis Rom gereist, hatte dort nach Herzenslust die Stadt besichtigt und sogar einige Affären mit den Kurtisanen gehabt. Dann hatte er sich nach Bari begeben und von dort aus die Überfahrt nach Korinth angetreten. Schließlich meldete man seine Ankunft in Alexandria, und er kam nach Kairo.

Monsieur de Maillet hatte beschlossen, du Roule im Konsulat aufzunehmen, wenngleich er ein Untergebener war. Er legte Wert darauf, ihm als Edelmann Ehre zu erweisen und ihm vor allem zu zeigen, daß er schon zur Familie gehörte. Wenngleich er durch das Verhalten seiner Tochter beruhigt war, sorgte sich der Konsul nun sehr über die Absichten des Bräutigams. Würde Alix seinem Geschmack entsprechen? Der Konsul gehörte nicht zu den Vätern, welche die Liebe zu den Kindern blind macht. Er beurteilte seine Tochter nicht nach dem Aussehen, sondern nach der Schicklichkeit und sah dort viel Kritikwürdiges. Wie war sie in der vorangegangenen Woche, auf seine Anweisung, aus Gizeh zurückgekehrt: von der Sonne gebräunt, daran gewöhnt, sich zu Pferd zu bewegen, mit dem Aussehen einer Wilden! Ein anspruchsvoller Mann, der an die Salons der Hauptstadt gewöhnt war, wollte sich vielleicht nicht mit einer solchen Frau kompromittieren.

Am Tag von du Roules Ankunft erschien Alix in der Eingangshalle, als die Kutsche in den Hof einfuhr und es zu spät war, sie zurückzuschicken, um sich vorzubereiten. Entsetzt bemerkte Monsieur de Maillet, daß sie keinen Puder aufgelegt hatte und wie die armseligste Dienerin frisiert war, die Haare gescheitelt. Sie trug ein Kleid ihrer Mutter, das ihr nicht nur viel zu weit war und lächerlich wirkte, sondern auch abgenutzt aussah und dessen weinrote Farbe sogar in Kairo seit fünfzehn Jahren nicht mehr modern war. Das gesamte Personal des Konsulats stand auf der Freitreppe hinter der Familie Maillet. Es war schwierig, vor so vielen Zeugen eine Szene zu machen. Außerdem öffnete der Ankömmling bereits die Wagentür, und ein arabischer Diener schob ihm das Trittbrett zurecht. Der Konsul hatte zunächst die Absicht gehabt, oben auf der Freitreppe zu warten. Er hatte diesen Punkt des Protokolls am Vortag mit Monsieur Macé diskutiert und war zu diesem Entschluß gelangt. Aber in der Aufregung vergaß er seine Absicht: Er eilte also dem Reisenden in schnellem Schritt entgegen und begrüßte ihn vor der Kutsche.

Monsieur Le Noir du Roule war ein Mann von hoher Gestalt, sehr gut gebaut, mit schlanker Taille und feinen Gelenken, und man konnte auf den ersten Blick erkennen, daß er sich der Wirkung dieser Attribute sehr wohl bewußt war. Nie bewegte er den Arm, ohne sich vorher zu überlegen, in welche vorteilhafte Position er ihn anschließend bringen würde. Natürlich achtete er darauf, das Kinn hoch erhoben zu halten, die Füße leicht ausgestellt, den Rücken durchgedrückt. Bei etwas größerer Geschmeidigkeit hätte man ihn für einen Tänzer halten können, aber hinter diesen Manieren verbarg sich zuviel gebändigte Kraft, so daß er eher wie eine Katze, ein Raubtier wirkte, dessen außerordentliche Eleganz außerordentliche Grausamkeit verbirgt.

Alix erschauerte, als er näherkam und sie sein Gesicht sah. Es war so scharf wie eine Klinge. Die lange, schmale Nase saß unter einer Stirn, die wie ein offenes Buch in Falten lag. Dazu kamen eingefallene Wangen, schmale Lippen und ein spitzes, nach vorn gerecktes Kinn. Während er auf die Höflichkeiten des Konsuls antwortete, ließ Le Noir du Roule seine Blicke über die Anwesenden wandern: Er hatte eine Augenbraue wie ein Dreieck hochgezogen, die Wimpern, unbeweglich wie ein Blech, schützten das schwarze Auge. Sogleich fiel ihm das Mädchen auf, er warf ihr einen intensiven und durchdringenden Blick zu, der sie sogleich erkennen ließ, daß ihre Nachlässigkeit keineswegs ausreichte, einem solchen Mann ihre Reize zu verbergen. Der Ankömmling grüßte die Damen, wie es bei Hofe üblich war, was einen seltsamen Eindruck machte, jedoch als die neueste Sitte akzeptiert wurde. Dann betrat er das Haus mit dem Konsul und Monsieur Macé. Sie hatten ein vertrauliches Gespräch, und anschließend begab sich der Reisende auf sein Zimmer. Zum Abendessen erschien er wieder, noch eleganter als bei der Ankunft. Er trug einen Anzug aus feinem himmelblauen Samt mit ultramarinblauem Revers, goldenen Stickereien und einer hellrosa Weste, passend zu seinen Hosen. Er war zwar der einzige seiner Art im Speisesaal, aber durch die Tatsache, daß er aus Versailles kam, erschien er als das Normale, während die anderen, allen voran der Konsul, mit einem Mal wie in Lumpen dastanden. Alix, die zur Linken ihres Vaters saß, trug ein gut sitzendes Kleid. Ihre anfängliche Verkleidung hatte keine andere Wirkung gehabt, als ihren Vater zu verärgern. Sie spürte in jedem Fall, daß nichts sie vor dem Blick dieses Mannes bewahren konnte, der ihre Schönheit erkannt hatte, wie ein Gepard die Silhouette einer Antilope im dichten Wald wahrnimmt. Alles in der Haltung dieses Le Noir du Roule machte deutlich, daß er sich seines Rechts auf sie bewußt war, aber es war nicht so, wie sie es sich vorgestellt hatte. Gewiß hatten ihr Vater und Pontchartrain ihm ihre Heiratspläne kundgetan. Sie rechnete damit. Was sie nicht vorhergesehen hatte, war jene ruhige, fast wilde Sicherheit, dieser Anschein von Zügellosigkeit, die Art, wie er sich seiner selbst, seines Charmes und seiner Durchtriebenheit gewiß war. Dieser Mann wollte sie bezwingen, was auch geschah, selbst wenn man sie ihm nicht geradezu im voraus ausgeliefert hätte, und vielleicht in diesem Fall sogar mit noch größerem Vergnügen.

Monsieur Le Noir du Roule belebte den Tisch mit seiner brillanten Konversation. Er liebte die Künste, beschrieb die ägyptischen Monumente, die er noch nicht gesehen hatte, mit dem Wissen eines aufmerksamen Lesers. Während er sprach, wechselte sein Gesicht von einem Ausdruck zum anderen, wie ein Automat. Man konnte keinen Übergang zwischen den verschiedenen Arten der Mimik ausmachen, die manchmal sehr schnell aufeinander folgten, wie die rechte Hand auf dem Gitarrensteg unsichtbar von einem Akkord zum anderen springt. Nur die Wimpern bewegten sich nicht. Beim Dessert sah er Alix direkt an.

»Und Sie, Mademoiselle«, sagte er, »haben Sie den Sphinx schon gesehen?«

»Nein«, antwortete sie lebhaft.

Als ihr Vater protestieren wollte, erklären, daß sie gerade aus Gizeh zurückgekehrt sei, hörte er einen Aufschrei. Alix war aufgestanden und nach einem Schritt besinnungslos zu Boden gestürzt.

Françoise und die Köchin, von Madame de Maillet gerufen, trugen das Mädchen in ihr Zimmer hinauf. Die Eltern folgten in großer Aufregung.

»Sehen Sie«, sagte der Konsul auf der Treppe zu seiner Frau, »ich war sicher, daß sie von diesem Aufenthalt mit Fieber zurückkehren würde.«

»Sie fühlt sich nicht heiß an«, antwortete Madame de Maillet.

»Egal, den ganzen Tag dazusitzen und sich den Geist mit Romanen vollzustopfen! Es war unvermeidlich, daß sie davon Zustände bekommen mußte.«

Inzwischen versuchte Monsieur Macé im großen Saal, den neuen Diplomaten zu zerstreuen, und er bat ihn, den Zwischenfall zu entschuldigen.

»Das ist doch zumindest nicht ansteckend?« fragte Le Noir du Roule, mit der Nase in einem Spitzentuch.

In der Dezemberluft und nach all der Aufregung durch die Feste, mit denen die Abreise des neuen Königs vorbereitet wurde, wirkte Versailles wie ein großer, erschöpfter Körper, verzweifelt und sehnsüchtig. Die Gärten, mit vergilbtem Laub bedeckt, von

Nebelschwaden durchzogen, muteten an wie fächerförmige Einschnitte in die schwarzen Wälder. Man sah nur kältesteife Schatten: ein paar Gärtner um einen Baumstumpf oder beim Harken der Blumenbeete. Der Palast unter den Dächern aus grauem Schiefer bot dem feuchten Wind seine düsteren Fassaden dar, wo man hinter den Fenstern das schwache Licht von Fackeln sah, die den ganzen Tag über brannten. Jede Kutsche, die den Ehrenhof durchquerte, erinnerte mit einem gräßlichen Quietschen der Achsen auf dem Sandsteinboden an einen Henkerskarren. Überall ertönten hinter den Holzpalisaden, fern, aber durch das Echo vervielfacht, die Hammerschläge unsichtbarer Arbeiter in den Höhen der Stangengerüste.

Jean-Baptiste, Pater Plantain und Pater Fleuriau kamen am Vorabend der Audienz an und bezogen ein Haus, das die Jesuiten in der Stadt am Cours de la Reine errichtet hatten. Fléhaut hatte sie im letzten Moment unterrichten lassen, daß er sie erst bei der Audienz treffen würde.

»Das heißt, daß er seine Anweisungen hat und daß Pontchartrain ihn bei sich haben will«, bemerkte Pater Plantain.

Das Abendessen hob sich unangenehm von den gebratenen Hühnern und Pasteten ab, an die sich Jean-Baptiste im »Beau Noir« gewöhnt hatte. Er mußte sich mit einer mageren Brühe, geriebenem Kohl und einer Ecke Käse begnügen. Fleuriau, mager und mit grünlichem Teint, kaute endlos auf diesen Winzigkeiten herum. Anschließend bekundete er seine Sättigung ebenso begeistert, wie ein Mensch, der soeben ein Festmahl genossen hat. Ein schwindsüchtiges Feuer glomm im Kamin vor sich hin. Poncet hatte beim Essen seinen Filzmantel anbehalten und zitterte dennoch. Er bat um die Erlaubnis, sich in sein Bett zu flüchten, nachdem man es auf seine Bitte angewärmt hatte. Er war völlig mit dem Frieren beschäftigt und dachte an nichts anderes als an ein bißchen Wärme, das er in der einen oder anderen Position einsparen könnte. Der Schlaf betäubte ihn und ließ ihn erstarren wie ein Tier, das in Eiswasser gefallen war.

Um acht Uhr zog ein Diener die Vorhänge auf, zündete ein Feuer an und bedeutete ihm, daß ihn die Pater zum Frühstück erwarteten. Die Mahlzeit fiel ebenso armselig aus wie die am Vorabend. Poncet, der um diese Zeit keine Hühnerbrühe mochte, erfuhr mißgestimmt, daß es weder Kaffee noch Tee, noch Schokolade gab. Er bat um ein großes Glas Malvasierwein und trank es in einem Zug aus.

Pater Plantain verkündete ihm mit finsterer Miene, daß sich Pater Fleuriau nicht wohl fühle, daß er im Bett bleiben müsse und sie nicht begleiten könne. Zweifellos hatte er den Überfluß des üppigen Mahls am Vorabend nicht ertragen.

Um zehn Uhr wurden sie von einer Kutsche des Ordens abgeholt, die ihnen Pater de La Chaise geschickt hatte. Der Tag war noch trüber als die vorangegangenen. Eine dicke Wolke mit gelblichem Schimmer kündigte Schnee an und schluckte das Licht. Die Schweizer Garde am Tor des Schlosses war in dreifache Mäntel gehüllt. Auf den Höfen trafen die Besucher keinen Menschen an. Alle Kamine des Palastes rauchten.

Dieses Klima tröstete Jean-Baptiste. Bei schönem Wetter hätten der Glanz von Gold und Verzierungen, die Harmonie der Gärten, die Eleganz der Gebäude ihren hochfahrenden Triumph genossen. Nun lag hingegen etwas Demütiges in der rauchenden Höhle dieses Königs, der sich noch so groß gebärden mochte, aber dennoch der Macht der Jahreszeiten unterworfen war und sich ebenso wie seine Brut von Verwandten vor den launenhaften Härten der Kälte und des Regens schützen mußte. Versailles war unter diesem Rauhreif nicht mehr die höhere Region von Luxus und Macht, sondern eine einfache Zuflucht aus Stein und Schiefer, wo eine Stammesgemeinschaft am lauen Feuer zitterte und mit gebeugtem Rücken auf das Ende des Winters wartete.

Sie betraten die große Marmortreppe, über die Lakaien in leichten Livréen mit kälteblauen Händen eilten. Die endlosen Stufen waren in eisige Feuchtigkeit getaucht, die nach Wachs und Gruft roch. Von oben hörte man das Echo dumpfer Stimmen. Die Besucher stiegen eng aneinandergepreßt hinauf, ohne daß auch nur einer von ihnen wagte, das Eisengeländer mit vergoldeten Rosetten zu berühren. Auf dem Treppenabsatz stießen sie auf eine Ansammlung aufgeregt tuschelnder Diener. Sie beschäftigten sich nicht mit ihrer Ankunft, die im übrigen offenbar niemand zur Kenntnis genommen hatte. Als sie die letzte Stufe erreicht hatten, schauten sie automatisch nach oben, in Erwartung weiterer Treppen: Es war erstaunlich, schon anzukommen, während noch so viel Raum bis zur Decke blieb. Hinter einem Wandbehang, den sie nicht einmal bemerkt hatten, trat Pater de La Chaise hervor. Der Mann in strenger Soutane, eine Kappe aus schwarzem Taft auf dem Kopf, lächelte unaufhörlich, und diese erstarrte Mimik, die sie zunächst beruhigte, begann sie bald zu erschrecken. An seinem Gang und der Art, wie er die Worte wisperte, sah man, daß er auch mit den kleinsten Regungen der Größe vertraut war. Er bewegte seine zierliche Gestalt in dieser riesigen Umgebung als Zeuge seiner unausrottbaren Zerbrechlichkeit. Er sah Poncet aus dem Augenwinkel mit besorgter Miene an. Als Pater Plantain ihm mitteilte, man müsse noch eine Kiste holen lassen, die in der Kutsche geblieben war, rief Pater de La Chaise nach zwei Lakaien. Mit herrschaftlicher Entschlossenheit, die deutlich darauf hinwies, welche großen eisigen Tiefen die ruhige Oberfläche seines Wesens verbarg, gab er ihnen ein Handzeichen. Er nahm Pater Plantain beiseite und sagte unter einer riesigen vergoldeten Zierleiste mit leiser Stimme ein paar Worte zu ihm.

Sie folgten dem Beichtvater in den ersten Saal, wo sich die Soldaten aufhielten. Pater de La Chaise benachrichtigte die Schildwache, die mit der Muskete über der Schulter auf und ab marschierte, daß eine von zwei Männern getragene Kiste folgen würde, und tatsächlich erschien sie in diesem Augenblick.

Sie betraten das erste Vorzimmer, einen großzügiger Raum, in dem der König zu speisen pflegte. Bronzeleuchter brannten, damit man etwas sah. Das Fenster spiegelte lediglich einen orangefarbenen Himmel wider, der immer dunkler wurde. Nyert, der erste Kammerdiener des Königs, ein kleiner Mann mit kurzer Perücke, erwartete die Besucher an der Tür. Sie durchquerten in seinem Gefolge einen weiteren Saal, der nicht beleuchtet und von grauem Halbschatten erfüllt war.

Am anderen Ende ließ eine halb geöffnete Flügeltür das starke Licht des folgenden Raums erkennen, in dem ein Leuchter mit dreißig Kerzen brannte. Der Kammerherr ordnete die Besucher, dann öffnete er die Tür weit und stellte sie dem König vor.

Siebtes Kapitel

Der Salon des Königs war ein Raum ohne Charakter. Daher rührte zweifellos auch der Wunsch Ludwigs XIV., ihn neu zu gestalten. Er war zu klein für einen Festsaal, vor allem im Vergleich mit der Spiegelgalerie, zu der er sich mit drei Türen öffnete, jedoch etwas zu groß, um nur als Salon zu gelten. In den Maßen war er zu bescheiden, von der Bescheidenheit her konnte er anmaßend wirken.

Das Ergebnis war ein schreiendes Mißverhältnis der Herrschaftlichkeit. Der König saß ungefähr in der Mitte, wurde weder durch großzügige Perspektiven herausgehoben, noch wirkte er erdrückend, wie es eine bedeutende Persönlichkeit in einem kleinen Raum sein kann, den sie mit ihrer Präsenz verschlingt. Er war einfach da, nicht beeindruckender als ein Bürger inmitten einer kleinen Menschenansammlung. Er unterschied sich nur darin, daß sein Kopf mit einem großen Dreispitz mit weißen Federn bedeckt war, während die anderen Anwesenden nur ihre Perücken trugen.

Der Stuhl, auf dem der Herrscher saß, ließ ihn vollends familiär erscheinen. Es war ein Sessel aus schwarzem Leder mit vergoldeten Nägeln auf einer Plattform mit drei Rädern. Die größeren Räder hinten dienten dazu, daß er von zwei Schweizern geschoben wurde, ein kleines Rad vorn erlaubte ihm, mit Hilfe einer langen, eisernen Stange, die in einen Handgriff mündete, zu lenken. Nichts enthüllte die Zwänge des Körpers deutlicher als dieses Gerät, das ihm ein treuer Gehilfe war. Wer immer sich der Illusion hingeben wollte, einen Halbgott vor sich zu haben, den die Macht über die Menschen erhoben hatte, wurde augenblicklich durch diese ins Auge stechenden drei Räder auf den Boden der Wirklichkeit gebracht.

Die Hartnäckigkeit des Königs, mit der er trotz all dieser Einfachheit ernst, unerschütterlich und majestätisch zu erscheinen versuchte, verlieh ihm lediglich einen mürrischen, unzufriedenen und empörten Ausdruck. Dies war zumindest Jean-Baptistes Eindruck, als er inmitten seiner kleinen Priesterschar hereintrat. Der König ähnelte nur sehr entfernt den offiziellen Porträts –

vor allem jenem, welches das Konsulat in Kairo zierte. Als Jean-Baptiste sie aus der Erinnerung verglich, gewann er den Eindruck, der Maler hätte nicht das Bild des Königs, sondern seinen Widerschein in der erhabenen Welt der Ideen dargestellt, wobei er die Pockennarben, die Röte der Nase und den aufgequollenen Hals vergessen hatte. Monsieur de Maillet hatte nicht gut daran getan, das Gemälde restaurieren zu lassen, denn indem es die Natur mit ihren Spuren versah, hatte sie ihm mehr Ähnlichkeit verliehen als der Maler. In der Gruppe, die den König umgab, bemerkte Jean-Baptiste weiter hinten Fléhaut und neben ihm, näher beim König, einen Mann mit hochfrisierter Perücke und langer, spitzer Nase, der wohl der Kanzler Pontchartrain sein mußte. All diese Leute, bis hin zum letzten Schweizer, der den Stuhl schob, unternahmen nach dem Beispiel des Monarchen den Versuch, bedeutend auszusehen, das heißt – denn diese beiden Dinge sind in der Erscheinung sehr ähnlich – einen beleidigten Ausdruck zur Schau zu tragen, als sei man empört über die Vermessenheit dieser unerwünschten Eindringlinge.

Die Jesuiten grüßten demütig, aber zurückhaltend, genossen sie doch das Privileg, einzig Gott ganz und gar Gehorsam zu bezeigen. Jean-Baptiste, der einen Augenblick lang aus der Erinnerung den Impuls verspürte, sich lang auf den Boden zu werfen, neigte sich zu einer tiefen Verbeugung, die gewiß nicht der Mode entsprach. Aber sie war aufrichtig und bewies, daß er nicht zauderte, sich der Macht des Herrschers zu unterwerfen.

Nach der Begrüßung gab es einen Augenblick allgemeinen Zögerns. Jean-Baptistes zweite Wahrnehmung war eine Spannung, die über dem ganzen Raum lag, vor allem an diesem Grenzstreifen von etwas mehr als einem Meter, der die beiden Gruppen trennte, eine Verkrampfung, die fast hörbar durch die Luft flirrte, wie im Sommer, wenn sich die elektrische Masse eines Gewitters nähert.

»Sire«, begann Pater de La Chaise, der einzige, der unter der unbestimmten Drohung dieses Blitzes vorzutreten wagte, »Ihr kennt Pater Fleuriau, dem die Aufsicht über unsere Missionen im Orient obliegt. Zu seinem großen Bedauern ist er heute leidend und konnte nicht vor Euch erscheinen, aber ich habe die große Ehre, Euch Pater Plantain vorzustellen, der die schwierige

Aufgabe hat, uns in den Ländern des Türken zu vertreten, genauer gesagt in Ägypten.«

Pater Plantain senkte erneut seine große Stirn und ließ die Hand auf dem Herzen ruhen.

»Von dort aus«, fuhr der königliche Beichtvater fort, »ist die Mission nach Abessinien aufgebrochen, die Eure Majestät die Klugheit besaß zu ersinnen und zu unterstützen und die den Versuch unternahm, in jenem unseligen christlichen Land Fuß zu fassen, das der Häresie verfallen ist und wo mehrere unserer Brüder zu Beginn dieses Jahrhunderts ermordet wurden. Ihr wißt, Sire, welch ungeheure Anstrengungen unser Orden unternimmt, um so viele Völker, die ihre Ahnungslosigkeit für die Ewigkeit verdammt, dem Irrtum oder der Unwissenheit zu entreißen. Pater Plantain wird, wenn Ihr es wünscht, von der Mission berichten, die Ihr gewünscht hattet.«

Der König hüstelte kurz in seine Hand, wobei er den Ärmel des grünen Wamses hinaufzog. Jean-Baptiste bemerkte, daß der Herrscher diese scheinbar natürliche Geste genutzt hatte, um am Spitzenbesatz seiner Manschette einen Tropfen Speichel abzuwischen, der am rechten Mundwinkel herauslief, welcher ein wenig tiefer herabhing als der andere und nicht geschlossen war.

»Sprecht, Pater«, sagte der König. »Wir interessieren uns sehr für diese Angelegenheit.«

»Sire«, sagte Pater Plantain, der bis an die Kopfhaut errötet war, »leider muß ich Eurer Majestät zunächst mitteilen, daß der mutige Abgesandte, der die Hoffnung unseres Ordens in diesen Landstrich getragen hat, nicht mehr auf dieser Welt ist. Er wurde während seiner schweren Reise zu Gott zurückgerufen. Dennoch war sein Opfer nicht vergebens. Der Herrscher der Abessinier hat den Rest der Gesandtschaft aufs herzlichste empfangen. Er hat größte Aufgeschlossenheit gegenüber dem katholischen Glauben bekundet, zu dem er in aller Aufrichtigkeit zurückzukehren wünscht. Außerdem hat er seine ergebene Unterwerfung unter Eure Majestät kundgetan, erkennt er in Euch doch den größten christlichen Herrscher der Welt. Er hat, um Euch seine Huldigung darzubringen, einen Boten nach Kairo gesandt, den man als Botschafter bezeichnen könnte, wenngleich diese Länder noch nicht mit diesen Gebräuchen vertraut sind.«

»Warum ist dieser Mann nicht hier?« fragte Ludwig XIV.

»Sire, das war unser innigster Wunsch. Dennoch wißt Ihr, wie viele Hindernisse die Türken jeder Reise nach Europa in den Weg legen, wenn der Reisende nicht von dort stammt. Glücklicherweise ist dieser Gesandte nicht allein gekommen. Er wurde von Monsieur Poncet begleitet, der hier vor Euch steht.«

Pater Plantain wandte sich zu Jean-Baptiste um. Die Spannung der Atmosphäre, die sich während dieses Dialogs etwas gelegt hatte, kehrte zu ihrer anfänglichen Intensität zurück. Jean-Baptiste verstand plötzlich, daß er allein die Ursache dafür war.

»Monsieur Poncet übt in den levantinischen Städten den Beruf eines Apothekers aus. Gegenwärtig lebt er in Kairo. Unser Missionar, der verstorbene Pater de Brèvedent, ist mit ihm nach Abessinien gereist. Der Herrscher war krank. Er bat um die Pflege eines Europäers. Durch die Vermittlung von Monsieur Poncet konnte die Botschaft den Negus, wie man den Herrscher dort nennt, erreichen. Mit ihm kam auch der Gesandte zurück.«

Nach diesen Worten trat Pater Plantain zurück und wandte sich zu Jean-Baptiste. Auch Ludwig XIV. richtete seinen Blick auf den Arzt, und die ganze Umgebung des Königs tat es ihm gleich. Der Moment war gekommen.

Jean-Baptiste trat vor, verbeugte sich erneut und begann:

»Sire, in Abwesenheit des Botschafters, den der Herrscher der Abessinier an den Hof Eurer Majestät entsandte, obliegt es mir, die Botschaft zu übermitteln, die dieser Herrscher an Eurem Hof zu Gehör bringen wollte. Ich füge hinzu, daß er leidenschaftlich hofft, Eure Majestät werde ihm eine Antwort zukommen lassen, und ich stehe Euch ganz und gar zur Verfügung, um sie zu überbringen, auch wenn ich dabei erneut mein Leben aufs Spiel setzen soll.«

»Was ist die Botschaft, mit der man Euch beauftragt hat?« fragte der König.

»Sire, ich antworte Euch sogleich, aber um zu beginnen habt die Güte, folgendes anzuhören: Der König der Abessinier hat mich nicht mit leeren Händen geschickt. Sein Land ist reich: Der Boden ist voll von Metallen und Edelsteinen, in den Wäldern gibt es Tiere, die sich auch die fruchtbarste Phantasie nicht vorzustellen vermag. Der Negus wünschte, der König von Frankreich möge zum Zeichen seiner Freundschaft ... «

Ein Raunen ging durch die Reihen. Der Blick des Königs sagte nichts.

»... und seiner Bewunderung«, fügte Jean-Baptiste eilig hinzu, »die schönsten Muster dieser Reichtümer erhalten.«

»Nun«, fragte Ludwig XIV., »wo sind diese Geschenke?«

Bei diesen Worten richtete er den Blick auf die Kiste, die vor den zwei Dienern stand.

»Oh! Sire. Der Herrscher hat uns Säcke mit Goldstaub gegeben, die fünf Maultiere tragen mußten. Dazu kamen Zibet und Weihrauch für vier weitere Maultiere. Außerdem grauer Amber und zehn Säcke von dem besten Kaffee, den man auf der Welt findet. Das war die erste Ladung. Dahinter folgten fünf reinrassige Pferde, deren Grazie Eure Majestät entzückt hätte, Pferde, die für jedes Terrain geeignet waren. Der Herrscher ließ sie mit dem besten Leder satteln und zäumen. Acht abessinische Soldaten begleiteten sie. Sie waren unter den kräftigsten Männern aus der Garde des Negus ausgewählt worden, gewöhnt an das rauhe Klima der Hochebene.«

Die Jesuiten waren unmerklich von Jean-Baptiste abgerückt, um ihn beim Reden anzuschauen. Er hielt sich sehr aufrecht, die Augen bald auf den Herrscher gerichtet, bald über die Umstehenden schweifend. Er sprach mit sicherer Stimme und für eine Weile verstummte das Gerede. Die mit Gold beladenen Maultiere, die reich gesattelten Pferde und die Prozession der jungen Abessinier schienen im Zimmer aufzutauchen, mit langsamem Schritt durch den Saal zu gehen, um in der Spiegelgalerie zu verschwinden.

»Dahinter«, fuhr Jean-Baptiste fort, »um den Zug abzuschließen und uns als Nachhut zu dienen, liefen zwei jener riesigen Tiere, die man Elefanten nennt, mit Ketten gefesselt, an denen silberne Glöckchen hingen. Aus jedem ihrer Stoßzähne konnte man die Statue eines Menschen in Lebensgröße in Elfenbein schnitzen ... «

Pontchartrain beugte sich zum Herrscher, sagte ihm etwas ins Ohr, und diese eine Bewegung brach die Faszination der Anwesenden und zerstörte den Charme.

»Und«, unterbrach ihn der König, »habt Ihr all das in dieser Kiste?«

Ein ironisches Murmeln stieg aus den Reihen der Höflinge auf und ein boshaftes Grinsen zeigte sich auf ihren Gesichtern.

»Leider, Sire, in gewisser Weise, ja.«

Das Gemurmel brach wie Wasser auf dem Feuer hier und da in einige Blasen dumpfen Lachens aus.

»Ja«, wiederholte Jean-Baptiste und erhob seine aufrichtigen Augen zu Ludwig XIV., »die Reise hat viel angerichtet. Das Klima hat die Pferde getötet. Die Türken haben die Abessinier festgehalten. Man hat uns Gold, Amber und Weihrauch gestohlen.«

Er machte einen Schritt auf die Kiste zu.

»Ihr könnt zweifeln, Sire. Dies aber wird euch die Wahrheit meines Berichtes beweisen und Euch eine Vorstellung von der Herrlichkeit geben, mit der Euch der Herrscher Abessiniens huldigen wollte.«

Die Diener waren auf seine Bitte mit Brecheisen ausgestattet worden. Jean-Baptiste gab ihnen mit einer Handbewegung die Anweisung, die Kiste zu öffnen. Der König bedeutete den Schweizern, seinen Stuhl einige Schritte vorzuschieben, und stellte ihn mit Hilfe seiner Lenkstange quer, um von links direkt auf das sehen zu können, was nun erscheinen würde. Aufmerksame Stille begleitete die Arbeit der beiden Diener. Man hörte nur noch das Knistern des riesigen Holzscheits, das im Kamin verbrannte, und von Zeit zu Zeit das Quietschen der Nägel, die mit den Werkzeugen aus dem Holz der Kiste gezogen wurden. Schließlich gab der Deckel nach. Jean-Baptiste schob die Diener weg, legte den Deckel beiseite. Man sah nur eine Schicht feuchten Leinens von brauner Farbe, das einen prallen Inhalt verbarg. Jean-Baptiste entfernte es, und dann ging alles ganz schnell.

Er zögerte einen Augenblick, dann ergriff er etwas mit beiden Händen, das die ganze Breite der Kiste einnahm. Er richtete sich auf: Das dicke Etwas entfaltete sich durch sein Gewicht. Es war grünlich, pelzig, ekelerregend. Das Ohr des Elefanten, unkenntlich, war durch die Fäulnis zu einem Klumpen geschrumpft. Es verteilte, als es sich öffnete, einen feinen aschgrauen Staub, wie schlechtes Mehl, der eine dicke, stinkende Wolke bildete. Widerwärtige Insekten, von dieser plötzlichen Störung erschreckt, sprangen in alle Richtungen, mit dem, was sie an Füßen, Flügeln, Fühlern hatten, und die grausigen Schwärme flüchteten über den Boden.

Jean-Baptiste war so fassungslos über das Verfaulen dieses Reliktes, daß er es in der Hand behielt und, während er verzweifelt um sich blickte, fortfuhr, das weiche, moosige Etwas zu bewegen, das die Luft mit seinem Gestank verpestete.

Nach einem Augenblick der Fassungslosigkeit wurden die Umstehenden von wilder Aufregung ergriffen.

»Der König! Der König!« rief eine Stimme, die zweifellos Pontchartrain gehörte. »Er darf nichts einatmen!«

Die Schweizer drehten den Stuhl und schoben ihn rasch durch eine sofort geöffnete Tür zur Galerie.

»Wache, Wache, ruft die Wache!« brüllte eine andere Stimme. »Einen Arzt!«

Die Anwesenden waren von Jean-Baptiste abgerückt, der allein unter dem Leuchter stehenblieb, während sich die anderen in vier Gruppen in den Ecken drängten.

Irgend jemand sprach das Wort »Gift« aus, das an diesem Hof mit so finsteren Erinnerungen behaftet war, daß alle ihre Nasen in die Taschentücher oder Spitzenmanschetten steckten. Die herbeigerufenen Wachen stürmten durch die Tür. Ein halbes Dutzend Männer stürzte sich auf Jean-Baptiste. Sie schlugen mit den Musketenkolben auf seine Hände, damit er das stinkende Werkzeug seines Attentates losließ, griffen nach Stoff, um die Kiste einzuwickeln, und warfen sie dann ins Feuer. Anschließend schleiften die Männer, die Jean-Baptiste festhielten, ihn ohne Rücksicht nach draußen und stellten ihn in eine Ecke des Wachraums. Inzwischen hatte man den Salon gelüftet, und aus Vorsicht begaben sich die Gäste in die Spiegelgalerie, welche die Jesuiten erst nach längerem Warten betreten durften.

Pater de La Chaise, der unter allen Umständen den König zu sehen verlangte, wurde schließlich in den Ratssaal geführt, wo man Ihre Majestät in Sicherheit gebracht hatte. Fagon, der den König untersuchte, hatte keine Anzeichen für eine Vergiftung durch fliegende Substanzen entdeckt. Zur Sicherheit empfahl er eine Tasse warme Eselsmilch. Pontchartrain war nicht mehr beim

König, als der Jesuit hereinkam. Dieser warf sich dem Herrscher zu Füßen und bat ihn um Vergebung.

»Es ist gut«, sagte Ludwig XIV., »erhebt Euch, Pater, es war nichts. Meine Schweizer hatten größere Angst als ich. Aber da ich auf diesem Stuhl ihr Gefangener bin ... «

»Sire, glaubt mir, ich bedaure es unendlich.«

»Versichert Euch künftig der Geschenke, die Ihr mir überbringt«, sagte der König in sanftem, wenngleich leicht ironisch gefärbtem Ton.

»Wir hätten ... «

»Beenden wir diesen Zwischenfall«, unterbrach ihn der König. »Ihr müßt wissen, daß ich eine gewisse Ahnung hatte. Dieser Mann erscheint mir keineswegs vertrauenswürdig. Ich habe von allen Seiten schlimme Vermutungen gehört und, um Euch alles zu sagen, nicht wenige fürchten, er sei ein Hochstapler. Ich habe auf Euch gehört und eingewilligt, ihn dennoch zu empfangen ... «

»Sire, sein Verhalten ist tadelnswert, ich stimme Euch zu. Aber wir hatten nie die geringsten Zweifel an der Richtigkeit seiner Aussagen.«

»Ihr seid ein heiliger Mann, Pater. Aber ich fürchte, Ihr seid geschickter darin, den Dämon in den Seelen zu enthüllen als die Betrügerei, die in Fleisch und Blut vor Euch steht.«

An dem Blick, den er bei diesen Worten auffing, erkannte Pater de La Chaise, daß diese Erwähnung des Teufels in den Seelen den König daran erinnerte, daß er mit seinem Beichtvater sprach, und ein kaum wahrnehmbarer Schatten der Furcht verschleierte seine Augen.

»Ihr bekümmert mich zutiefst«, sagte der Jesuit voller Demut.

»Dazu gibt es keinen Grund. Mein Vertrauen wird Euch weiter begleiten. Ihr sollt wissen, daß ich das Werk Eures Ordens sehr bewundere und mehr denn je fördern werde. Ich habe soeben Befehl gegeben, Eurer Mission in Peking alle Unterstützung zuteil werden zu lassen.«

»Das ist ein gutes Werk«, sagte der Jesuit und verneigte sich tief.

»Und für Abessinien habt ihr mich um Hilfe gebeten, um sechs Eurer Brüder dorthin zu entsenden, ist das richtig?«

»Ja, Sire.«

»Ihr sollt sie bekommen. Aber geht damit nicht allzu sehr an die Öffentlichkeit.«

»Danke, Majestät.«

»Was diesen vorgeblichen Reisenden angeht«, fügte der König hinzu, »so habe ich befohlen, was wir vorher hätten tun sollen: Gelehrte werden sich versichern, ob er die Wahrheit sagt. Wenn man anerkennt, daß er kein Hochstapler ist, werden wir anhören, was er uns zu sagen hat.«

»Das ist eine sehr kluge Maßnahme, Sire. Aber ich bin fest davon überzeugt, daß er die Wahrhaftigkeit seiner Reise beweisen wird.«

»Wir werden sehen«, sagte der König.

»Können unsere Brüder also unverzüglich nach Abessinien aufbrechen?«

»Gleich morgen, wenn Ihr es wünscht«, antwortete der König und griff nach einer Ledermappe auf dem Schreibtisch, wodurch der Jesuit verstand, daß er sich zurückziehen durfte.

Pater de La Chaise ging durch die Galerie zurück. Die Lüster aus Felskristall schimmerten schwärzlich unter dem Aufleben des Lichtes, denn der Wind hatte jetzt am Nachmittag die Wolken für einen Augenblick beiseite geschoben, um dem Sonnenuntergang Platz zu machen.

›Im Grunde‹, dachte der Mann in Schwarz, ›hat sich Pontchartrain für schlau gehalten, indem er diese Audienz sabotierte. Er hat den König vor uns gewarnt und alle Welt wegen eines bedeutungslosen Zwischenfalls in Aufregung versetzt. Und schließlich steht er als Verlierer da. Um Vergebung dafür zu erlangen, uns enttäuscht zu haben, gewährt uns Ihre Majestät alles, worum wir gebeten haben.‹ Als er zum Wachsaal kam, überlegte er: ›Dieser Poncet hat uns gute Dienste geleistet, obwohl er sich wie ein Geisteskranker verhalten hat. Wir müssen ihn verteidigen, denn er ist ein Teil unserer Reputation. Aber wir sind wenigstens nicht mehr von ihm abhängig.‹

Achtes Kapitel

Die Kutschen hielten vor Saint-Eustache, als es gerade elf Uhr geschlagen hatte. Die Straße lag in vollkommener Dunkelheit. Nur vor dem »Beau Noir« drang das Licht der Kerzen blaß durch die schmutzigen Fenster.

Jean-Baptiste stieg aus, schloß die Wagentür und klopfte, anstatt sich zum Wirtshaus zu wenden, an die Tür des Sangray.

»Was denn?« flüsterte Pater Plantain und öffnete auf seiner Seite den Wagenschlag. »Sie wohnen nicht mehr in der Herberge?«

»Wie Sie sehen«, antwortete Jean-Baptiste und betätigte erneut den Türklopfer.

Schließlich öffnete man. Der Conseiller selbst erschien mit einer Fackel in der Hand. Pater Plantain verbarg sich bei seinem Anblick erschreckt in der Dunkelheit der Kutsche und ließ das Gespann antreiben. Aus dem zweiten Wagen stiegen zwei in Filzmäntel gehüllte Wachen mit der Muskete in der Hand.

»Kommen Sie schnell herein«, flüsterte Sangray, der diese Begleitung nicht bemerkt hatte.

»Ich bin nicht allein«, verkündete Jean-Baptiste und wies auf die beiden Soldaten, die näher kamen.

»Befehl des Königs«, sagte einer von ihnen: »Wir dürfen diesen Herrn nicht verlassen. Wohnt er bei Ihnen?«

»Ich glaube schon«, antwortete Sangray.

»In diesem Fall müssen Sie wohl ein wenig Platz für uns machen.«

Der Conseiller ließ Jean-Baptiste, gefolgt von den Wachen, herein, dann verriegelte er die Tür. Die Korridore waren eisig, aber Sangray sorgte sich nicht um die Wachen und forderte sie auf, sich dort ihr Nachtlager einzurichten. Dann trat er in den Salon, wo ihn Jean-Baptiste am großen Kamin erwartete, in dem zwei große Holzscheite behaglich knisterten.

»Ich hatte mir ausgerechnet, Sie würden gegen sieben Uhr zurückkommen«, sagte der Conseiller mit leiser Stimme. »Ehrlich gesagt, fing ich schon an, die Hoffnung aufzugeben, Sie wiederzusehen. Gerade eben dachte ich, ich müsse morgen zum

Palais Royal oder nach Saint-Cloud gehen, um Nachforschungen anzustellen.«

Jean-Baptiste war in einen Sessel gesunken, Hände und Füße zum Feuer gewandt, und starrte mit leerem Blick vor sich hin. Seine Miene war finsterer, als Sangray sie je gesehen hatte. Ohne den abwesenden Ausdruck aufzugeben, erzählte der junge Mann auf Bitten seines Freundes von der Audienz beim König bis hin zu dem Zwischenfall. Dann sprach er über seine Bewachung. Die Musketiere hielten ihn für einen Giftmischer, um so mehr, als er sich anfänglich als Apotheker vorgestellt hatte. Es hatte nicht viel gefehlt, und sie hätten ihn geschlagen, um ein Geständnis zu erhalten. »Untersuchen Sie das Geschenk, das ich dem König gebracht habe«, hatte Jean-Baptiste gesagt, »Sie werden sehen, daß es nichts von dem ist, was Sie sich vorstellen.«

Bei diesen Worten war dem Leutnant der Wachen aufgefallen, daß sie in der Tat das Corpus delicti vernichtet hatten, indem sie die Kiste in das Feuer warfen. Er befahl, sogleich die Reste zu retten, die noch im Kamin glommen. Das Holz war bereits verbrannt, aber es gelang ihnen, unter der Asche fast unberührte Stücke des Ohres zu finden. Man brachte einen Hund, damit er ein Stück davon fraß. Er verschlang das gebratene Fleisch voller Genuß und schien sogar mehr davon zu verlangen. Er bekundete damit, daß es sich um eine harmlose, aber äußerst wohlschmeckende Speise handelte, wenn sie richtig zubereitet ist, wie auch Murad immer behauptet hatte.

Schließlich kamen die Jesuiten zurück, begleitet von einem Sekretär. Sie wiesen die Musketiere an, den Verdächtigen freizulassen, ihn jedoch zu bewachen, bis eine Kommission von Gelehrten ihn geprüft hätte. Dann gab es noch verschiedene Formalitäten zu erledigen. Man mußte warten, bis die dazu bestimmten Bewacher bereit waren. Schließlich fuhren die beiden Kutschen durch die schwarze, kalte Nacht von Versailles nach Paris zurück.

»Ach«, sagte Sangray lachend, als er diesen Bericht gehört hatte. »Wenn es weiter nichts ist!«

Jean-Baptiste zuckte die Schultern

»Mir scheint, das ist ausreichend.«

»Ja, Sie sagen es, ausreichend. Aber der Schaden ist nicht allzu groß. Erzählen Sie mir das nochmal, wie Sie da standen, mit einem verfaulten Elefantenohr in der Hand ... «

Er begann wieder zu lachen. Es war zuerst ein vorsichtiges Lachen, gedämpft von dem Wunsch, den Freund nicht zu verletzen. Dann löste sich die Anspannung der letzten Stunden. Er verlor alle Mäßigung und lachte so laut und kräftig, wie von Wellen bewegt, daß die Wachen den Kopf durch den Türspalt steckten und auch Jean-Baptiste durch die Fröhlichkeit, ja Albernheit angesteckt wurde. Sie beruhigten sich erst nach längerer Zeit und vielen Rückfällen und trockneten sich die Augen.

»Dennoch«, meinte Jean-Baptiste wieder ernst, »ich habe alles verloren.«

»Ich glaube nicht«, sagte Sangray, der seine Weste aufknöpfte, um durchzuatmen, »ganz im Gegenteil sogar. Dieses Elefantenohr hat Ihnen das Leben gerettet. Ich sah Sie schon verbannt oder gar auf der Galeere.«

»Aber ich bin mit all dem gescheitert, was ich mir vorgenommen hatte«, wandte Jean-Baptiste ein, und der Conseiller spürte, daß er wieder der Melancholie verfiel.

»Ah! Lieber Freund, morgen ist ein neuer Tag. Ich bin nicht in der Verfassung, Ihre Klagen anzuhören, die ich im übrigen für sehr übertrieben halte. Wenn ich Ihnen einen Rat geben darf, nach all der Aufregung, dann bleiben Sie heute abend bei unserem freien, wilden Lachen, das uns so erfreut hat. Gehen Sie zu Bett, und denken Sie nur daran, daß Sie am Leben sind, was für uns alle am Ende eines jeden Tages, aber besonders an den schwierigen, Anlaß für Erstaunen und Befriedigung sein sollte.«

Bei diesen Worten umarmte er Jean-Baptiste wie ein Vater, nahm einen Leuchter und führte ihn bis zu seinen Zimmern, wo er ihm eine gute Nacht wünschte.

Die folgenden Tage brachten immer neue schlechte Nachrichten. Zunächst hatte sich der Zwischenfall am ganzen Hof verbreitet, und die Gazetten der Stadt hatten ihn genüßlich erzählt. Da niemand wußte, was genau der stinkende Gegenstand gewesen war, den Poncet vor dem König zu schwenken die Kühnheit besessen hatte, wirkte die Anekdote nicht mehr lächerlich, sondern geradezu skandalös, und es schien, als habe man wahrhaftig ein Attentat verüben wollen. Die schlimmsten Kommentare galten Jean-Baptiste. Anschuldigungen wegen Hochstapelei wurden mittlerweile ohne Scham ausgesprochen. Das Ganze wurde insgeheim von den Feinden der Jesuiten gefördert. Weniger die Person des jungen Reisenden stand im Kreuzfeuer als vielmehr jene, die als seine Verbündeten auftraten. Da man diese nicht angreifen konnte, war er es, der in den Schmutz gezogen wurde.

Dann wurde der Termin für den Prozeß, den Jean-Baptiste herbeisehnte, um mehrere Wochen verschoben. Es mußte eine erfahrene Kommission zusammengestellt werden, die alle Unterlagen zu prüfen hatte. Wahrscheinlich würden die ersten Befragungen erst nach Epiphanias stattfinden.

Schließlich, und diese letzte Neuigkeit gewann durch die vorangegangene zusätzliches Gewicht, teilten die Jesuiten Jean-Baptiste mit, daß der König ihrem Verlangen zugestimmt hatte. Eine Mission aus sechs Mönchen, darunter ein Arzt, ein Botaniker, ein Astronom und ein Architekt, würden in der folgenden Woche abreisen. Drei dieser Missionare kamen aus Klöstern in der Provence, zwei weitere aus Palästina, der sechste aus Asturien. Der Orden würde sie von dort, wo sie lebten, direkt nach Alexandria schicken. Sie würden also nicht nach Paris kommen, was die Patres für bedauerlich hielten, mußten sie doch auf Poncets wertvolle Ratschläge verzichten. Dennoch meinten sie, der Schaden sei nicht allzu groß, denn sie würden in Kairo Murad treffen, der sie nach Abessinien führen sollte.

Jean-Baptiste wollte protestieren, erklären, sie könnten nicht ohne seine Zustimmung über den Armenier verfügen. Doch er sah bald ein, daß er keine Möglichkeit hatte, sich dem zu widersetzen.

Der Dezember verging. Zu Johanni waren die Tage so kurz, daß sie kaum die Nächte voneinander trennten: Die Kerzen brannten ununterbrochen: Die Pariser waren geradezu an ihre Kamine gefesselt. Jean-Baptiste war verzweifelt über das, was ihm geschah. Seine Situation erschien ihm in den düstersten Farben. Er hatte vorgehabt, sein Wort gegenüber dem Negus einzuhalten, und nun war er der Auslöser für den stärksten Aufmarsch der Jesuiten in Abessinien seit einem halben Jahrhundert. Er hatte Liebe und Hoffnung in Alix' Herz gepflanzt und durfte nicht mehr hoffen, aus seinem Stand erhoben zu werden. Er würde sie also enttäuschen und leiden lassen. Man konnte sogar sagen, daß er noch tiefer gefallen war, denn er hatte jetzt bei allen den verabscheuungswürdigen Ruf eines Hochstaplers und eines erbärmlichen Magiers gewonnen.

Sangray versuchte, ihn aufzuheitern, und erzählte ihm, daß der Herzog von Chartres, den er im Palais-Royal getroffen hatte, voller Leidenschaft seine Verteidigung übernahm. Das Gespräch drehte sich um das vermeintliche Attentat, dessen Jean-Baptiste beschuldigt wurde, indem er vor dem König ein unbekanntes Objekt geschwenkt hatte, das einen üblen Dunst verbreitete. »Mein Onkel wird, wie immer, wegen nichts Angst bekommen haben«, sagte der Herzog lachend. »Was erwarten sie eigentlich aus Abessinien? Zweifellos einen Schweizer Chronometer.« Nach diesem Ausbruch hatte der Conseiller den Herzog beiseite gezogen und ihm erzählt, daß Poncet bei ihm wohne. Er war äußerst interessiert daran, ihn zu treffen. Es war zu früh, um abzuschätzen, wozu ein solcher Verbündeter einmal gut sein würde, aber wenigstens war es ein Funken Hoffnung.

Jean-Baptiste war dadurch kaum getröstet. Er saß weiter vor dem Kamin und blies Trübsal.

»Schreiben Sie doch!« sagte Sangray schließlich mit leichter Ungeduld. »Ja, schreiben Sie, wie man auf und ab läuft, vielleicht um nirgendwo anzukommen, aber um nicht vor Kälte zu sterben. Außerdem, wenn Sie Ihre Erinnerungen sammeln, wenn Sie festhalten, was Sie gesehen und erlebt haben, werden Sie bei Ihren Antworten vor denen, die über Sie richten sollen, sicherer erscheinen.«

Jean-Baptiste befolgte diesen Rat zunächst ohne Begeisterung. Dann vertiefte er sich jedoch in die Bearbeitung seiner Erinnerungen. Anstatt in den schwarzen Träumen des städtischen Winters zu versinken, hielt er sich an den hellen Tagen des abessinischen Hochplateaus aufrecht, den Ausritten auf der Jagd nach Antilopen, den Wachen des Negus mit ihren goldenen Bändern und den Leopardenumhängen. Er war in Gondar, auf dem Kräutermarkt und roch Zimt und roten Pfeffer. In der Süße des Abends hörte er die Hyänen heulen. Frauen warfen ihm im Vorbeigehen lange, strenge Blicke aus ihren so weißen und so schwarzen Augen zu.

Er schrieb von morgens bis abends neben dem Feuer in seinem Zimmer. Die Wachen standen zuweilen den ganzen Tag vor seiner Tür, ohne ihn zu sehen. Er hatte aus seinem kargen Gepäck einen Anzug aus weißer Baumwolle gezogen, wie ihn die Abessinier trugen, eine enge Hose und einen Musselinschleier, der mit einer schmalen farbigen Bordüre bestickt war, als Umhang um die Schultern geworfen. Er hatte diese Kleidungsstücke aus Äthiopien mitgebracht, ohne zu wissen, warum, zunächst in der Absicht, sie zu verschenken. In seinem Zimmer gewöhnte er sich daran, sie selbst zu tragen. Er band den Gürtel um die Hüfte, der für den König von Frankreich bestimmt gewesen war, von dessen Übergabe die Jesuiten jedoch abgeraten hatten. Als Abessinier gekleidet, fühlte sich Jean-Baptiste seinem Thema noch näher. Um sein Äußeres zu vervollständigen, legte er die Goldkette mit dem Anhänger um, die ihm der Negus Yasu zum Abschied geschenkt hatte. Es berührte ihn tief, diesen Gegenstand in den Händen zu halten, den jener ferne, fast unwirkliche Monarch berührt hatte und der seine Freundschaft, ja selbst seine Existenz bezeugte, während alle um ihn herum Intrigen spannen, um diese in Zweifel zu stellen. Jean-Baptistes Träumerei, die er in sein Heft übertrug, wurde eins mit ihm in diesem Aufzug aus weißer Baumwolle. Sangray gewöhnte sich daran, seinen Gast in diesem Gewand zu sehen, wenn sie gemeinsam ihre Mahlzeiten einnahmen.

Eines Tages rief Monsieur Raoul Poncet dringend zu einem Mann, der in seiner Herberge einen Schlaganfall erlitten hatte. Der Befehl des Kanzlers verbot dem Arzt nicht, auszugehen, wenn ihm seine Wache folgte und er sich nicht der königlichen Familie näherte. Im Speisesaal des Wirtshauses erschien vor den Augen der Gäste, die gleichzeitig aufsprangen, der junge Mann in Weiß mit goldenem Gürtel, während sich hinter ihm die beiden Musketiere aufbauten. Die fassungslosen Gäste glaubten an die Erscheinung eines orientalischen Prinzen, der womöglich mit einem fliegenden Teppich gekommen war und vom König mit einer Leibwache ausgestattet wurde. Die Kaufleute, die im Lokal aßen, wunderten sich noch mehr, als sie diese herrliche Gesellschaft die baufällige Treppe hinaufsteigen sah, um einen der ihren zu besuchen. Jean-Baptiste konnte allerdings nichts tun: Als er das Zimmer des Händlers betrat, stieß dieser gerade sein letztes Röcheln aus. Der Arzt ging, und bald darauf brachte man den Toten herunter. Mit leiser Stimme tauschten die Zuschauer ihre Hypothesen aus. Die meisten folgten der Ansicht eines alten Weinbauern aus Chablis. Dieser behauptete, ihr Kollege habe sich während seiner Reisen zu einer fernen, unbekannten Religion bekehrt, deren Priester, ganz in weiß gekleidet, ihm die letzten Sakramente brachte.

Nach diesem ersten Ausflug hatte Jean-Baptiste kein Problem mehr, in der gleichen Bekleidung weitere Konsultationen folgen zu lassen. Monsieur Raoul wurde noch immer mit Anfragen bestürmt und war froh, diese wieder befriedigen zu können. Jean-Baptiste ging nur zu den Ärmsten und ließ sich nicht bezahlen. Allmählich erfuhr man im Viertel die Wahrheit über ihn und wunderte sich nicht mehr, wenn man seine hohe Gestalt, in eine weiße Toga gehüllt, von zwei Soldaten des Königs begleitet, erblickte, immer am frühen Nachmittag, nachdem er sich von seinem Text losgerissen hatte, um in den Gäßchen die Adresse der erbärmlichsten Löcher zu suchen, in denen Kinder litten.

Überall in dem weiten Gebiet, wo man ihn um Hilfe bat, nannten die Pariser ihn einfach den Abessinier, und sie grüßten ihn freundlich auf der Straße.

Neuntes Kapitel

»Wie sieht das Heilige Öl Ihrer Meinung nach aus?«

Monsieur de Maillet saß in einem großen Sessel, die Beine fast mit denen von Monsieur Macé gekreuzt, der ihm gegenüber Platz genommen hatte. Er sprach mit leiser Stimme.

»Exzellenz, mir scheint … nun, ich weiß nicht, ich stelle mir vor … es ist Öl.«

»Sehr gut«, sagte der Konsul mit leichter Ungeduld, »aber was für welches, wieviel, in was für einer Flasche?«

»Nun, viel braucht man bestimmt nicht. Ein bißchen auf die Stirn ... und auf die Hände.«

»Kurzum, Macé, Sie sind wie ich«, meinte Monsieur de Maillet und richtete sich auf, »Sie haben keine Ahnung.«

»Ich werde mich informieren«, rief der Sekretär pikiert.

»Auf jeden Fall ändert das nichts. Die Kapuziner werden es uns schon sagen. Erzählen Sie es mir noch einmal: Wer soll es ihnen geben?«

»Ein syrischer Mönch, ein gewisser Bruder Ibrahim, der den koptischen Patriarchen kennt und behauptet, er würde von ihm das Krönungsöl erhalten.«

»Wann?«

»Sobald die Kapuziner bereit sind.«

Monsieur de Maillet stand auf und warf einen Leinenmantel um. Der Dezember in Kairo kann kalt sein. Die Wüste ist nicht weit entfernt. Und in diesen verdammten Häusern ist nichts vorgesehen, um etwas anderes als Hitze abzuwehren. Der Konsul legte die Perücke, deren langen Schöße er fröstelnd auf der Brust glattstrich, nicht ab.

»Das ist also der Plan der Kapuziner: dem Herrscher von Abessinien das Heilige Öl für seine Krönung bringen, obwohl diese schon vor fünfzehn Jahren stattgefunden hat, wenn ich mich nicht irre?«

»Pater Pasquale sagt, das sei unwichtig. Die Abessinier sind von der Welt abgeschnitten und deshalb daran gewöhnt, allein zurechtzukommen. Aber sie tun es mit Bedauern. Wenn jemand ihnen das Öl bringen würde, wären sie ihm sehr dankbar, auch nach fünfzehn Jahren, und sie würden begeistert eine neue Krönungszeremonie durchführen.«

Nach dieser Rede hustete Monsieur Macé geräuschvoll.

»Nehmen wir an, das stimmt«, meinte der Konsul. »Wie haben Sie Pater Pasquale erklärt, daß ich ihn nicht empfange?«

»Wie Monsieur le Consul mir empfahl, habe ich ihm gesagt, Sie seien leidend.«

»Hat er Ihnen geglaubt?«

»Ich bezweifle es. Auf jeden Fall wird er morgen wiederkommen, und wenn mir Exzellenz eine Vorhersage erlauben, so wird er uns nicht mehr in Ruhe lassen, denn er sagt, ihr hättet ihm finanzielle Unterstützung versprochen.«

»Das ist sehr ärgerlich«, sagte der Konsul verstimmt. »Ich muß nach Versailles schreiben. Ich habe keine Mittel für die Reisen dieser Kapuziner und ihre Lieferung von Heiligem Öl!«

Er zuckte mit den Schultern.

»Wahrhaftig, das verdrießt mich. Diese Orden sollten sich ruhig verhalten. Sie riskieren es, Schatten auf unsere eigene Gesandtschaft zu werfen, auf die von Le Noir du Roule, die einzige, die für mich zählt.«

»Vielleicht könnte man sie zusammenlegen, ihre Expedition mit unserer verbinden?« wagte Monsieur Macé vorzuschlagen.

»Oh! Sie sind nicht bei Sinnen!« rief der Konsul.

Er wollte mit der Kundgebung seiner Empörung fortfahren, als es leise an der Tür des Arbeitszimmers klopfte. Der Sekretär trabte zur Klinke, öffnete halb, nahm ein kleines Paket in Empfang und sagte zum Konsul:

»Die Post aus Alexandria, Exzellenz.«

Monsieur de Maillet eilte herbei, nahm die Briefe aus der Hand von Monsieur Macé entgegen, zerschnitt nervös die versiegelte Schnur, die sie zusammenhielt, und blätterte hastig: nichts von Pontchartrain, aber eine kurze Botschaft von Fléhaut. Der Konsul öffnete sie ungeduldig und begleitete die Lektüre mit häufigen Ausrufen. Fléhaut berichtete von Poncets Audienz und den Konsequenzen, erwähnte dessen bevorstehende Verurteilung und kündigte, unter dem Siegel der Verschwiegenheit, die Ankunft von sechs Jesuiten an.

»Was für ein Unglück!« rief der Konsul. »Ist das möglich? Wir dachten, wir hätten uns ihrer entledigt. Und jetzt kommen sechs neue!«

Aber er las die Fortsetzung des Briefes mit solcher Wonne, daß er der Versuchung nicht widerstehen konnte, sie für Monsieur Macé laut zu wiederholen.

»Hören Sie: ›… Aber der Minister hat durchgesetzt, daß die Mission dieser Jesuiten gänzlich unabhängig vom Konsulat ist. Außerdem ist es Monsieur de Pontchartrain, der nicht mit Lobesreden über Eure Exzellenz spart, gelungen, den König davon zu überzeugen, daß es nützlich ist, unsere eigene Gesandtschaft zu schicken, mit politischen und wirtschaftlichen Zielen ...‹ Der große Mann! Der teure Cousin! ›... Monsieur Le Noir du Roule scheint dem Minister für diese Mission geeignet, die also ohne Verzug aufbrechen kann. Die nächsten Konsulatsfinanzen enthalten die nötigen Mittel für diese Expedition. Unterschrift: Fléhaut.‹ «

In seinen Mantel gehüllt, die Perücke schief auf dem Kopf, ließ sich der Konsul auf einen Stuhl fallen.

»Macé, endlich läuft die Angelegenheit nach meinen Vorstellungen. Eine Gesandtschaft ... Holen Sie mir Le Noir du Roule.«

»Ich glaube nicht, daß er da ist.«

»Finden Sie ihn.«

Das war nicht schwer. Den ganzen Nachmittag hielt der Diplomat, der dem Spiel verfallen war, die Bank an einem Faro-Tisch im Haus eines verwitweten Kaufmanns, der ein gutes Geschäft gemacht hatte, ehe er ihn kennenlernte. Monsieur Macé entriß du Roule mit Mühe dieser Beschäftigung und brachte ihn zum Konsul.

»Lieber Freund«, sagte Monsieur de Maillet gutgelaunt, »ich habe eine wunderbare Neuigkeit für Sie.«

›Wahrhaftig‹, dachte du Roule, ›sie muß gut sein, damit ich ihm verzeihe, daß er mich bei einem Spiel unterbrochen hat, in dem ich um ein Haar tausend Livres gewonnen hätte.‹ Er verneigte sich höflich.

»Nehmen Sie lieber Platz, denn es ist wirklich eine sehr große Neuigkeit. Also: Der Minister ernennt Sie zum Botschafter in Abessinien.«

Die Mimik des jungen Diplomaten erfuhr vier, fünf schnelle Wandlungen, immer von inneren Triebkräften bewegt, obwohl es, wie stets, unmöglich war, zu wissen, was er dachte.

»In der Tat«, sagte er lebhaft, »das ist eine Neuigkeit, die mich überwältigt.«

Aber niemand wirkte weniger überwältigt als diese elegante Gestalt mit tadellosen Strümpfen, wenngleich er gerade eine Straße voller Unrat überquert hatte.

»Wann werde ich fahren?« fragte er.

»Ah! Das ist es! Welch ein Ungestüm, welch eine Ungeduld!«

rief der Konsul begeistert. »Einen Augenblick, ich bitte Sie. Das Geld kommt mit der nächsten Lieferung. Man muß alles sorgfältig vorbereiten.«

»Ein paar Tage?«

»Mehr. Einige Wochen. Wenn alles klappt, sagen wir sechs Wochen. Vielleicht acht.«

»Wunderbar!« sagte du Roule.

»Wir wollen bei Ihrer Reise nichts dem Zufall überlassen. Wir legen großen Wert auf Sie, mein Freund. Die Improvisation paßte zu den Abenteurern, die uns den Weg eröffnet haben. Für eine echte Gesandtschaft braucht man beträchtliche Mittel, reiche Geschenke, eine Garde ... «

Sie sprachen ein wenig über die Einzelheiten der Expedition. Es war fast Zeit für das Abendessen, das im Konsulat sehr früh eingenommen wurde. Monsieur de Maillet bat den Sekretär, sie einen Moment allein zu lassen.

»Gibt es keine persönlichen Vorkehrungen, die Sie vor Ihrer Abreise treffen wollen?« fragte der Konsul, als er allein mit du Roule war.

Er rechnete damit, daß der Diplomat bei dieser Gelegenheit seine Absichten bezüglich seiner Tochter erklären würde. Wann immer er konnte, hatte der Konsul zahlreiche, plumpe Andeutungen gemacht. Aber entweder war dieser Mann zu sehr durch seine Erziehung gehemmt, oder das junge Mädchen mißfiel ihm, wie der Vater fürchtete, weil sie nicht die geringste Anstrengung unternahm, liebenswert zu erscheinen – nichts geschah.

»Nein, Exzellenz, ich glaube nicht«, entgegnete du Roule ruhig und gab sich erstaunt.

Der Chevalier Hector Le Noir du Roule war das dritte Kind einer Familie, die das Recht des ältesten Sohnes um so strenger anwandte, als sie seit langer Zeit nichts mehr aufzuteilen hatte. Er war ohne Zuwendung im Schloß der Familie in der Nähe von Senlis aufgewachsen. Alles darin zeugte von den Vorfahren, deren Porträts an den Wänden hingen und die mißmutig auf die Lebenden herabschauten. Die Waffen, die Künste, der Adel – alles, was in diesem Schloß berühmt war, präsentierte sich dem Kind als sein eigenes Dementi, denn all diese Qualitäten, lange und sorgfältig gepflegt, hatten nur in den Ruin geführt. In jedem der schönen Dinge, in jedem Ornament, ob es das Bild eines Meisters, eine Bronzeverzierung, ein Teppich oder ein Ritterschwert war, sah der junge du Roule mit der Zeit nur ein Hilfsmittel, das an einer Wand lehnte oder auf einem Möbelstück stand, um einen Riß, ein Rostloch oder einen Fäulnisfleck zu verbergen. Der Chevalier – so nannten ihn die Bauern, denn die Familie hatten nicht genug Titel, um andere Kinder als das älteste damit auszustatten – genoß alle Freiheit, mit den kleinen Bauernsöhnen durch die Wälder zu streunen. Der junge Adlige entdeckte bald, daß diese kleinen Spitzbuben oft mehr zu essen hatten als er. Schnell paßte er sich beiden Welten an: Draußen war er durchtrieben, brutal, machte er aus seiner Boshaftigkeit eine Waffe und fast einen Broterwerb. Im Schloß dagegen setzte er Eleganz und Höflichkeit ein, um den Frauen der Familie etwas mehr Essen oder Kleidung zu entlocken als ihm zustand, aber auch Liebkosungen, denn er verspürte sehr früh ein sinnliches Bedürfnis nach Rundungen und Düften.

Er schrieb die Lektionen seines älteren Bruders ab, der als einziger einen Hauslehrer hatte, und lernte dabei genug, um der Sekretär des Herzogs von Vendôme zu werden, an den ihn ein Cousin seines Vaters empfahl. Er betrat die große Welt durch diese kleine Tür und fuhr fort, draußen durch das Spiel und jede Art von Orgien die Eleganz zu widerlegen, durch die er in der Gesellschaft sofort auffiel. Durch welche Kette von Verführung und Niedertracht, von Arbeitseifer und Beharrlichkeit im Laster wurde er durch Torcy in dessen Büro für Auslandsangelegenheiten berufen? Besser, es nicht zu wissen. Seit langem begeisterte sich du Roule für die Diplomatie. Er sah darin eine Karriere, wo man ihm seine Vornehmheit hoch anrechnen würde und wo er dank des räumlichen Abstandes seiner wilden Gewinnsucht freien Lauf lassen könnte. Man schlug ihm das Konsulat in Rosette vor. Von allen Hafenstädten der Levante wurde dieses am schlechtesten bezahlt. Aber Rosette war ein Hafen, also wurde dort gehandelt. Er sagte sich, daß er dort seine Einnahmen ohne Mühe aufbessern konnte. Er brach also auf. Und nun, kaum angekommen, bot man ihm im Vertrauen auf seinen untadeligen Ruf gleichzeitig eine Frau und eine Gesandtschaft an. Scheinbar zwei Glücksfälle. Aber man mußte überlegen, durfte sich nicht täuschen lassen. Mademoiselle de Maillet war eine annehmbare Partie; außerdem ließ sich gewiß über die Mitgift verhandeln. Dennoch fühlte du Roule keine Eile, sich zu binden. Abessinien interessierte ihn mehr. Er wußte nicht viel über das Land, nur, daß es um Gold, Edelsteine und Gewürze ging. Monsieur de Maillet hatte ihm nebulöse Pläne zur Erweiterung der Ostindiengesellschaft dargelegt. Der arme Konsul bildete sich offensichtlich ein, du Roule würde für andere arbeiten ... Darüber konnte der Chevalier nur lachen, strebte er doch, wie es sich gehörte, einzig nach eigenem Reichtum und versuchte ohne jeden Skrupel, diesen zu erlangen. Er gab seinen Zynismus vor sich selbst zu und war sogar stolz darauf. Dennoch, in gewisser Weise – und er wäre sehr erstaunt gewesen, das über sich sagen zu hören – war dieser Realist ein Träumer. Das Vermögen, auf das er rechnete, lag außerhalb jeder Wahrscheinlichkeit. Er hatte vor, ein Königreich zu erobern, wie es sich die ersten Spanier in Amerika oder der Franzose Pronis in den Maskarenen angemaßt hatten. Er sah sich irgendwo König und Eigentümer eines riesigen Vermögens werden. Deshalb fürchtete er, unter diesen Umständen würde Mademoiselle de Maillet ihm nicht mehr genügen. Er träumte von Prinzessinnen, von Königinnen. Aus diesem Grund hatte er seine Wahl rasch getroffen: zunächst die Reise, und erst dann, wenn es noch angemessen war, die Hochzeit.

Er hatte nicht mit der Kraft seiner Sinne gerechnet, die Alix mit aller Macht entflammte. Nach einer Woche dachte er: ›Wahrhaftig, ich kümmere mich nicht um die Heirat, aber ich würde alles dafür geben, dieses wilde Kind meinem Willen zu unterwerfen.‹ Leider war er nicht mehr auf dem Lande, in den Wäldern, und die Tochter des Konsuls war kein kleines Bauernmädchen, das man mir nichts dir nichts ins Gras legen konnte. Er mußte sie vorher heiraten, und das wollte er nicht. Während er tausend Ausflüchte fand, um den sich häufenden Angeboten des Vaters auszuweichen, gab du Roule doch nicht die Suche nach einem Weg auf, um vor seiner Abreise ein paar Augenblicke der Wollust mit der Tochter zu verbringen, ohne ihr etwas zu versprechen. Er beobachtete sie und machte sich sein Bild von ihr.

Als Monsieur de Maillet ihm die Gesandtschaft bestätigte, war du Roule zu der Gewißheit gelangt, daß es in diesem Mädchen eine geheime Leidenschaft gab, die ihr die Ehe ebensowenig verlockend erscheinen ließ wie ihm. Das beruhigte den Lebemann, und er sagte sich, daß diese Liebe, die einem anderen galt – Monsieur Macé, den er sich zum Verbündeten gemacht hatte, enthüllte ihm bald, um wen es sich handelte –, sie dazu bringen konnte, dem Verlangen nachzugeben, das er in ihr brennen spürte und das er als erfahrener Mann geschickt auf sich lenken würde.

Nachdem sich Alix einige Tage infolge ihrer Ohnmacht zurückgezogen hatte, tauchte sie nun wieder auf. Du Roule begnügte sich damit, sie ständig mit seinen Blicken zu verfolgen. Monsieur de Maillet, entzückt über dieses Interesse, tat, als würde er nichts bemerken, wies hingegen seine Tochter ständig wegen ihrer ungepflegten Erscheinung und der Kälte gegenüber dem Ankömmling zurecht. Ließ sich Alix von diesen Vorwürfen täuschen oder wußte sie, wie sehr ihre natürliche Schönheit, ihr lockiges, kaum gebändigtes Haar, die Schlichtheit ihrer Kleidung, die Gesundheit, die ihr Körper trotz all ihrer vermeintlichen Krankheiten ausstrahlte, die Sinne des Chevaliers erregten? Wußte sie, wie deutlich ihre Zurückhaltung und ihre Furcht ein Gefühl verrieten, das du Roule liebend gern zu seiner Quelle zurückgeführt, also in Begehren und Wollust verwandelt hätte?

Als der soeben zum Botschafter ernannte Chevalier das Arbeitszimmer des Konsuls verließ, sah er Alix die Treppen hinabschreiten, und er folgte ihr in den Musiksalon. Sie wollte eilig nach einer Partitur auf dem Spinett greifen.

Du Roule machte sich nicht einmal die Mühe, diese Beschäftigung zu beachten: Er trat zu dem Mädchen.

»Ich habe eine gute Neuigkeit für Sie«, sagte er so nah an ihrem Gesicht, daß sie seinen Atem auf der Stirn spürte. »Ich werde abreisen.«

»Aber ... das ist bedauerlich.«

Noch nie hatten sie zwei Worte allein gewechselt.

»Wirklich, es tut Ihnen leid?«

Alix antwortete nicht, und während dieses Augenblicks des Schweigens spürte sie, wie in ihr eine schnelle und tiefgreifende Veränderung vor sich ging. Dieser Mann dicht vor ihr, in diesem

Salon, dessen Tür so fern war, die Schwäche ihres Atems, ihr Erröten ... Sie sah sich mit einem Mal wieder gehetzt, in der Nacht, verfolgt, mit abgebrochenem Absatz, inmitten von bellenden Hunden. Dann kehrte sie ebenso plötzlich in die Stunden der Freiheit nach Gizeh zurück: Sie erinnerte sich der Gewandtheit des Floretts, der Kraft des Pferdes und der Schüsse aus der Pistole. Schließlich richtete sie sich auf und setzte sich zur Wehr.

»Was wollen Sie?« fragte sie und sah ihn dabei an.

»Man will für mich«, antwortete du Roule. »Und ich, ich will nicht. Nicht mehr als Sie. Wir werden nicht heiraten.«

»Sie scheinen sehr froh zu sein, darüber zu entscheiden.«

Er kam noch näher. Sie wich nicht zurück, und die Verwirrung, die seine Nähe auslöste, war keine Furcht mehr.

»Ich entscheide nicht«, sagte er, »ich weiß.«

»Was denn?«

»Daß ich frei bleiben möchte und daß Sie es nicht sind.«

»Also?«

»Also vergessen wir diese Heirat. Lieben Sie weiter und bewahren wir uns ... «

Sie senkte nicht die Augen.

»... das Vergnügen«, sagte er und bemächtigte sich ihres Mundes, den sie nicht so schnell zurückzog, wie sie es gekonnt hätte.

Jemand betrat die Eingangshalle. Alix, Herrin über sich selbst, setzte sich mit größter Ungezwungenheit ans Klavier. Du Roule ließ sich in der anderen Ecke des kleinen Salons nieder. Madame de Maillet trat ein, beglückt, die beiden, die füreinander bestimmt waren, zusammen zu finden, denn die brave Frau teilte ganz und gar die Ansicht ihres Gatten. Sie bat sie zu Tisch.

Während der Mahlzeit wurde das Gespräch einzig durch den Konsul geführt, der aus den Zeitungen berichtete.

»Was Poncet angeht«, sagte er, an seine Frau gewandt, »Sie erinnern sich natürlich, den Apotheker ... «

Monsieur Macé und du Roule beobachteten Alix über ihre Löffel hinweg.

»... dieser eingebildete Kerl wollte den König sehen. Nun, er hat ihn gesehen. Ihre Majestät war zu scharfsichtig, um sich mißbrauchen zu lassen. Der Unverschämte wurde verhaftet und erwartet seine Verurteilung.«

Es gab keine Bewegung, keinen Seufzer, kein Wort, das sie verriet. Alix war am Ufer des Flusses, in Gizeh, und verbarg sich im Schilfgürtel. Die Kraft, die sie in diesen wenigen Tagen gewonnen hatte, war gut getarnt. Seit ihrer Rückkehr war alles so verlaufen, als habe sie diese Stunden der Freiheit nie erlebt. Sie war vor du Roule geflohen, hatte sich in dieser Rolle des jungen Mädchens gedemütigt, erst leidend, dann verschreckt gegeben. All das geschah, weil sie auf Jean-Baptiste wartete und weil sie ihm versprochen hatte, nichts aufs Spiel zu setzen. Und nun verkündete man, er sei ein Gefangener. Jetzt war es an ihr zu handeln und zunächst ihre Freiheit in eine Zuwiderhandlung umzuwandeln, ihren Willen in Kraft, sich vor nichts mehr zu fürchten, weder vor sich selbst noch vor den anderen, und alle Hindernisse zu überwinden.

Es war kurz nach Mitternacht, als sie in das Zimmer des Chevalier du Roule schlich, der sie erwartete.

Zehntes Kapitel

Die Kommission der Gelehrten, die über Jean-Baptiste urteilen sollte, wurde kurz vor Neujahr gebildet, früher, als Sangray angenommen hatte. Die lange Anwesenheit dieses seltsamen Gefangenen, über den die phantastischsten Geschichten zu kursieren begannen, wurde in Versailles als störend empfunden. Die Angelegenheit wurde zunächst im Kronrat besprochen. Der König selbst riet, man solle sich beeilen. Wenn Poncet ein Hochstapler war, konnte man ihn ebensogut rasch bestrafen: War er tatsächlich der Gesandte des Negus, wäre es günstiger, die Dauer seines Aufenthalts zu verkürzen, die als Beleidigung aufgefaßt werden konnte.

Es gab vier Geschworene: Zwei kamen von der Universität, die beiden anderen gehörten dem Klerus an. Alle vier waren anerkannte Gelehrte auf den Gebieten der Archäologie und Philologie – derart trockenen Wissenschaften, daß niemand daran dachte, ihr Wissen in Zweifel zu ziehen. Man war gewissermaßen gezwungen, ihnen aufs Wort zu glauben. Deshalb erschien es angemessen, daß sich dieses Wort nur selten und gewichtig hören ließ, daß es Tropfen von Galle auf alle nicht autorisierten, also von den ihren abweichenden Meinungen ergoß.

Wollte man behaupten, daß diese Kommission Poncet feindlich gesonnen war, würde man stark untertreiben. Das war im übrigen nicht die Frage: Diese Männer waren darum besorgt, dem König zu gefallen, und Poncet hatte ihm mißfallen. Außerdem hatte die gegen den vermeintlichen Reisenden verbreitete Propaganda in ihren Geistern gewirkt, die zwar sehr berühmt, aber deswegen nicht weniger leicht zu beeinflussen waren.

Jean-Baptiste begab sich voller Unruhe zur ersten Sitzung. Sangray hatte ihm geraten, das Gewand aus weißer Baumwolle abzulegen, weil man es als Provokation auffassen würde. Deshalb trug er einen unauffälligen Anzug aus gewöhnlichem Tuch. Die Sitzung fand in einem großen, holzgetäfelten und goldverzierten Saal der Sorbonne statt. Die Mitglieder der Kommission saßen auf einem Podium, die Professoren in Toga, die Priester in Soutane. Der Verdächtige war weiter unten vor ihnen plaziert. Seine Wachen saßen rechts und links neben ihm. Dahinter waren in zwei Reihen einige Zuschauer verstreut, unter denen er Jean-Baptiste Fléhaut, der ihn nicht grüßte, Pater Plantain, von einigen Jesuiten begleitet, und mehrere Unbekannte sah. Jetzt im Winter war der Saal kalt, und die Zuhörer bekundeten ihre Anwesenheit durch häufiges Husten.

Das allgemeine Unbehagen rührte daher, daß die Angelegenheit den Anschein eines Prozesses hatte, ohne wirklich ein solcher zu sein. Es ging um das Urteil von Gelehrten. Die Frage war nicht, ob Jean-Baptiste ein Verbrechen begangen, sondern ob er die Reise gemacht hatte, von der er behauptete, zurückgekehrt zu sein. Gleichzeitig nahm das, was eine reine, leidenschaftliche Suche nach der Wahrheit sein sollte, eine andere Wendung: Jeder wußte, daß Jean-Baptiste, wenn man ihn zum Lügner erklärte, zum Angeklagten und sogleich der eigentlichen Justiz übergeben würde, die andere Methoden hat, um die Schuldigen zum Sprechen zu bringen.

Alles begann im Zeichen dieser Zweischneidigkeit. Die Geschworenen baten »die Person«, ihren Namen, die Abstammung und den Stand anzugeben, »wenn er es wolle«. Aber der Ton des Vorsitzenden gab deutlich zu erkennen, daß es unvorstellbar war, er könne nicht wollen.

»Ich heiße Jean-Baptiste Poncet. Meine Eltern kenne ich nicht. Ich wurde am 17. Juni 1672 in Grenoble geboren. Seit mehr als drei Jahren lebe ich in Kairo, wo ich den Beruf eines Botanikers ausübe.« Der Vorsitzende blickte auf die Papiere vor sich. In einer Ecke des Podiums ließ ein Schreiber die Feder kratzen.

»Sie geben also vor, bis nach Abessinien gereist zu sein?«

»Ich gebe es nicht vor, Herr Vorsitzender. Ich versichere es.«

»Sie wissen, daß sich heute nur sehr wenige Christen rühmen können, von einer solchen Reise zurückgekehrt zu sein.«

»Das weiß ich«, sagte Jean-Baptiste. »Und ich rühme mich dessen nicht.«

»Dennoch haben Sie es sogar vor dem König behauptet«, sagte der andere Professor, sehr alt, mit gelblichem Teint, der mit der krächzenden Stimme einer alten Schlampe sprach.

»Der Herrscher Äthiopiens selbst hat mich mit dieser Mission beauftragt.«

»Das wissen wir, das wissen wir«, unterbrach ihn der Vorsitzende in dem Ton, in dem man einen Phantasierenden in seinem Wahnsinn zustimmt. »Aber bleiben wir nicht bei diesen allgemeinen Feststellungen. Antworten Sie bitte auf die präzisen Fragen, die wir Ihnen stellen werden. Pater Juillet will beginnen, wie ich glaube.«

»Monsieur«, sagte der Mönch, ein noch junger Mann mit knochigem Gesicht, in dem sich zu beiden Seiten des Mundes tiefe Falten eingegraben hatten, »wie nennt sich die Stadt, in welcher der Herrscher von Äthiopien residiert?«

»Gondar, Pater.«

»Wie schreiben Sie das?«

Poncet buchstabierte den Namen. Auf Bitten des Priesters beschrieb er die Stadt ausführlich, während sich die vier Männer beim Zuhören Blicke zuwarfen und ein spöttisches Lächeln auf ihre Lippen trat.

»Kennen Sie Don Alvarez?«

»Nein«, sagte Jean-Baptiste nach einigem Nachdenken. »Wo hätte ich ihn treffen sollen?«

»Don Alvarez ist tot«, sagte der Vorsitzende mit einem verächtlichen Lächeln. »Er war ein berühmter Jesuit, ein großer, ein echter Gelehrter. Er hat uns nach der Rückkehr von einem zehnjährigen Aufenthalt einen Bericht über das Leben der Abessinier hinterlassen.«

»Ich würde mich sehr freuen, ihn zu lesen«, sagte Poncet.

»Sie würden tatsächlich gut daran tun«, sagte der Universitätsgelehrte mit dem gelblichen Teint. »Sie würden daraus lernen, daß die Hauptstadt Äthiopiens Aksum heißt und nicht ... wie Sie sagten ... Gondar.«

»Und Sie würden dann auch wissen«, fügte der jüngere Mönch hinzu, »daß es keine andere Stadt in diesem Land gibt, wo alle Menschen in Dörfern leben und das Land bestellen und wo selbst der König ständig von einem Lager zum nächsten zieht.«

»Oh! Aber verzeihen Sie«, rief Poncet. »Dieser Bericht ist wohl schon alt. Das Land ist voller Marktflecken und sogar Städte. Gondar wurde nach der Abreise der Jesuiten gegründet, denn der Herrscher wollte einen feststehenden Hof haben und mißtraute den Menschen in Aksum. Er hat im Grunde keinen anderen Weg verfolgt als unsere Könige von Frankreich. Zu Zeiten Franz I. wechselte der Hof ständig seine Residenz, dann ließ er sich in Paris nieder und schließlich in Versailles. Ein Bote, der vor zehn Jahren aus Frankreich gekommen wäre, hätte uns niemals von dieser Stadt erzählt.«

»Ihre Erklärungen sind interessant«, sagte der Gelehrte. »Man versteht besser, wie Sie das ideale Bild des Mannes konstruiert haben, bei dem gewesen zu sein Sie vorgeben, indem Sie die Geschichte unseres Landes umdichten.«

Jean-Baptiste wollte protestieren. Der Vorsitzende unterbrach den Streit und stellte eine weitere Frage. Aus diesem Wortwechsel wurde bereits der Geist des Treffens deutlich. Es ist unnötig, weiter Einzelheiten zu berichten, um so mehr, als die Befragung über zwei Stunden dauerte.

Der Verdächtige kehrte bei Anbruch der Nacht mit seinen beiden Wachen heim. Sangray erwartete ihn ungeduldig. Ein Hühnchen aus dem »Beau Noir« dampfte auf dem Tisch.

»Nun?« fragte der Conseiller.

»Sie glauben kein Wort von dem, was ich ihnen sage. All ihr

Wissen ist das der Jesuiten, die das Land vor sechzig Jahren verlassen haben. Unter dem Vorwand, daß sich das, was diese aufgeschrieben haben, in Äthiopien seit der Königin von Saba nicht verändert hätte, nehmen diese Dummköpfe an, ein halbes Jahrhundert sei nichts, und alles, was nicht in ihren Büchern steht, erscheint ihnen wie ein Märchen.«

Jean-Baptiste gab seinem Freund einen kurzen Bericht von der Sitzung.

»Sie haben mich auch gefragt, ob ich die Religion der Abessinier kenne. Ich habe ihnen gesagt, daß ich nichts davon verstehe. Einer von ihnen hat mir folgende Frage gestellt: ›Wie viele Naturen hat Christus nach Ansicht der dortigen Priester?‹ Ich habe ihnen gesagt, daß man mich das dort mit denselben Worten gefragt habe. ›Wenn das wahr ist und wenn Sie unserer Religion getreu geantwortet haben‹, hielt mir der Vorsitzende entgegen, ›hätten sie Sie umbringen müssen.‹ ›Nein‹, habe ich ihm entgegnet, ›ich habe nichts Genaues geantwortet, aus einem hervorragenden Grund: weil ich die Antwort nicht kenne. Ich habe meine Schwäche in der Theologie eingestanden und dafür um Vergebung gebeten. Dort hat mich meine Unwissenheit gerettet. Es wäre sehr seltsam, wenn sie mich hier verurteilen würde.‹ «

»Sehr gut, hervorragend! Sie haben gekämpft wie ein Löwe«, sagte Sangray.

»Wie ein Löwe in einer tiefen Grube, auf den man von allen Seiten mit vergifteten Lanzen einsticht. Wissen Sie, daß sie auch die Aufrichtigkeit von Murad bezweifeln ... weil er keinen abessinischen, sondern einen türkischen Namen trägt. Natürlich! Er ist Armenier. ›Er soll also Armenier sein und der Negus schickt ihn als Diplomaten‹, wandte dieser große Einfaltspinsel von Priester ein. ›Seit wann wählt man seine Botschafter aus einer feindlichen Nation?‹ Ich habe versucht, es ihm zu erklären. Er wollte keines meiner Argumente hören.«

»Sie dürfen nicht verzweifeln«, sagte Sangray. »Halten Sie durch. Erreichen Sie ein maßvolles Urteil, auch wenn es ungünstig ist. Inzwischen arbeiten wir für Sie. Denn ich habe trotzdem eine große Neuigkeit: Der Herzog von Chartres wollte das Manuskript Ihrer Erinnerungen lesen, das Sie mir vor drei Tagen anvertraut hatten. Ich bekomme Anfang der nächsten Woche von ihm Nachricht. Er hat wenig Einfluß auf den König, aber er ist ein Mensch, der die Begabung besitzt, für eine gute Sache große Brände zu entfachen.«

»Mir scheint, der Scheiterhaufen brennt bereits ganz kräftig«, sagte Jean-Baptiste voller Bitterkeit.

Der nächste Tag war ein Sonntag. Die Befragung sollte am Mittwoch fortgesetzt werden. Sangray kam um zehn Uhr zu Jean-Baptiste.

»Sie wissen, wie wenig Geschmack ich daran finde, den Glauben zu befördern«, sagte er mit leiser Stimme. »Aber Ihre beiden Schutzengel werden gewiß einen Bericht über Sie erstatten, den man berücksichtigen wird. Ihre Anwesenheit bei mir ist ein Minuspunkt. Wenn Sie obendrein nicht in die Messe gehen ... «

Jean-Baptiste folgte dem Rat und führte seine Eskorte zur Elf-Uhr-Messe in die Église Saint-Eustache. Er kannte die Rituale zu schlecht, um etwas anderes als ein leises Rauschen zu vernehmen, dessen Wirkung von den Gesängen und der Schönheit der malvenblauen Gewölbe, die in das blasse Dezemberlicht getaucht waren, gesteigert wurde. Diese Atmosphäre versenkte ihn in einen Traum, der ihn in seine Kindheit zurückführte. Er dachte an seine Mutter, von der er behauptete, sie nicht gekannt zu haben, die jedoch in Wirklichkeit eine arme Dienstmagd gewesen war, der ihre Herren nicht erlaubt hatten, diesen Bastard bei sich aufzuziehen. Der Bastard von wem? Er hatte es nie erfahren. Aber ein Kind, das nichts über seine Abstammung weiß, wendet den Blick immer nach dem Schloß. Es sieht sich eher als Abkömmling eines Königs oder Herzogs, denn eines Schurken. Oder, wenn es schon ein Schurke ist, so muß es der Furchtbarste unter ihnen sein, der Fürst der Messerstecher, der großzügigste, der furchtloseste, der unbesiegbarste der ehrenhaften Banditen. Vater unser, der du bist im Himmel? Jean-Baptiste wußte wirklich nicht, was er hinter diesen Worten sehen sollte. Man bot ihm ein einziges Wesen an, während er sich so viele Personen vorstellte, und diese je nach Geisteshaltung so oft gewechselt hatten. Für die Kinder ohne Vater ist der Himmel leer oder zu voll, was auf das Gleiche herauskommt.

Von frühester Kindheit an bis zum Alter von zwölf Jahren hatte sich seine sanfte Großmutter um ihn gekümmert, die auf dem Lande lebte und ihr Brot damit verdiente, Binsenkörbe zu flechten. Alle weiblichen Figuren der Kirche stammten aus dieser gemeinsamen Quelle. Wenn man ihm vorgeschlagen hätte, eine Göttin anstelle eines Gottes anzubeten, hätte er die Energie aufgebracht, Papst zu werden. ›Hätte irgendwer dadurch gewonnen?‹ dachte er lächelnd bei sich selbst.

Je nachdem, was die Zeremonie verlangte, setzte sich Jean-Baptiste hin, stand auf oder fiel auf die Knie. Die Stuhlbeine quietschten bei jeder Bewegung auf den kalten Steinplatten. Beim Abendmahl ließ ein Junge, der dem Priester half, die Glocke ertönen. Der hohe Ton hallte in der kalten Luft wie eine Totenglocke. Jean-Baptiste, auf Knien, sah den Dampf aus seinem Mund aufsteigen. Er senkte den Kopf und erlebte plötzlich eine jener Offenbarungen, die man spürt, ehe man sie formuliert und die uns in der Kürze eines Blitzes völlig verändern.

›Ich liege auf Knien‹, dachte er mit weit aufgerissenen Augen, als sehe er eine große Entdeckung vor sich. ›Ja! Seit ich diese Äthiopien-Mission unternommen habe, liege ich auf Knien. Oder vielleicht seit ich Alix zum ersten Mal gesehen habe. Das kommt auf dasselbe heraus. Ich war ein freier Mann. Ich hatte niemals einer Autorität erlaubt, mich zu unterwerfen. Als ich den Konsul zum ersten Mal gesehen habe, ist er zu mir gekommen, ich saß in meinem Baum und habe ihm den Gefallen getan, ihm zuzuhören. Und jetzt liege ich auf Knien ...‹

Inzwischen hatten sich die Anwesenden auf ein Zeichen des Priesters erhoben. Jean-Baptiste hörte hinter sich das Eisen der Musketiere, die sich aufrichteten. Er tat es ihnen gleich.

›Und jetzt stehe ich aufrecht, aber nur, weil man es mir befohlen hat. Das ist es: Ob ich sitze oder stehe, ich liege immer auf Knien, das heißt ich bin unterworfen. Ich warte darauf, daß mir der Konsul gnädig seine Tochter gibt: Ich warte, daß mich der König zum Edelmann macht: Ich warte, daß diese Gelehrten über mich urteilen. Und da sie mich verurteilen werden, da der König nichts für mich tun wird, da der Konsul mir seine Tochter verweigern wird, liege ich nicht vor den Menschen auf den Knien, die mich lieben, sondern vor der feindseligsten Autorität. Das schlimmste ist, daß ich nicht einmal selbst daran glaube. Ich glaube nicht, daß es eine Ehre ist, zum Edelmann gemacht zu werden von einem König, der diese Macht hat, um dich zu unterwerfen. Ich glaube nicht, daß die eine Religion mehr oder weniger wert ist als eine andere, und wenn ich jedem das Recht zugestehe, daran zu glauben, wenn er es will, spreche ich der Kirche jede Autorität ab, das Gewissen zu zwingen, und zuallererst das meine. Und dennoch liege ich auf den Knien.‹

Der Priester hatte die Gläubigen gesegnet, die sich mit eiligem Schritt zerstreuten, die Hände in den Mantelfalten verborgen. Im Vorbeigehen blickten sie nach dem verstörten jungen Mann, auf den zwei Musketiere warteten.

›Und all das‹, fuhr Jean-Baptiste in Gedanken fort, ›kommt daher, daß ich zuerst vor dem Konsul auf den Knien gelegen habe. Das ist der Anfang, das ist ganz klar, ganz einfach: Das war mein erster Kniefall. Das genau war der Augenblick, in dem ich meine Freiheit aufgegeben habe. Ich habe mich benommen, als sei es legitim, daß ein Vater nach Belieben über seine Tochter verfügt. Ich habe vorgegeben, jemanden zu lieben, und gleichzeitig habe ich ihre Existenz geleugnet, ihre Freiheit verhöhnt. Ich habe das Leben von Alix und mein eigenes in die Hände dieses erbärmlichen Vaters gelegt. Ich liege auf den Knien!‹

»Nein«, sagte schüchtern einer der Musketiere.

Jean-Baptiste wurde bewußt, daß er diesen letzten Satz laut ausgesprochen hatte, und er errötete.

»Hören Sie, meine Herren«, sagte er, während er seine Fassung zurückgewann, »man muß sich immer vor dem Willen Gottes beugen.«

Dann führte er sie in seinem Schlepptau hinaus.

So harmlos diese Episode erscheinen mag, auf Jean-Baptiste hatte sie eine tiefe Wirkung. Aus diesem Samen entstand in wenigen Stunden die Grundlage seines künftigen Verhaltens.

»Die Freiheit erbittet man nicht, man nimmt sie sich«, sagte er am Abend zu Sangray.

Schon am nächsten Tag begann er, diese Feststellung in die Tat umzusetzen.

Ein Ereignis, das drei Tage zuvor stattgefunden hatte, erhielt in diesem neuen Licht unschätzbaren Wert. Wie bekannt, setzte Jean-Baptiste seine Krankenbesuche fort. Auch der nahe Prozeß hatte sie nicht unterbrochen; es waren seine einzigen Ausgänge. Die Wachen folgten ihm bis zur Schwelle des Zimmers, in dem er die Kranken pflegte, gingen jedoch nicht mit hinein. Monsieur Raoul stand ihm in gewisser Weise als Sekretär zur Seite. Dem Wirt wurden die Anfragen mitgeteilt, er entschied über Dringlichkeit und Schwere des Falles. Drei Tage vor der Messe hatte Monsieur Raoul Jean-Baptiste eine Adresse gegeben und ihm größte Vorsicht angeraten. Er hatte einen seltsamen Gesichtsausdruck, als er von dieser Angelegenheit sprach.

In der schmutzigen schwarzen Gasse, wo Jean-Baptiste vorsprach, lebten vier Personen: eine alterslose Frau, elend gekleidet, zwei mürrische Kinder, die in einer Ecke hockten, und der Kranke. Der Mann, der sich Mortier nannte, hatte anfänglich behauptet, ein Karren hätte ihn angefahren. Jean-Baptiste brachte ihn ohne Mühe zu dem Geständnis, daß die durchgehende Wunde, die seine Wade hatte anschwellen lassen, von einem Pfeil stammte. Er war mit Getreide durch die Zollschranke von Meaux geschlichen, als ihn die wachhabenden Bogenschützen erwischten. Jean-Baptiste beruhigte den Schmuggler, indem er ihm tiefstes Schweigen versprach. Dann strich er starke Salben auf die Wunde, legte einen Verband an und verordnete dem Patienten große Mengen von Ypecacuana. Der Knochen war nicht verletzt, man mußte nur die Entzündung hemmen. Am nächsten Tag schwitzte der Kranke stark, und am zweiten konnte er wieder essen.

Elftes Kapitel

Die zweite Begegnung Jean-Baptistes mit der Kommission fand in einer gänzlich anderen Geisteshaltung statt als die erste. Die Gelehrten, wenn auch einig in der Einschätzung, daß der vorgebliche Reisende schlecht geantwortet hatte, fühlten die Kraft seiner Argumentation und die Schwäche der Beweise, auf denen sich eine Anklage begründen konnte. Sie hatten die Tage genutzt, um sich in ihre Studien zu vertiefen und einen strengeren Fragebogen vorzubereiten. Jean-Baptiste dagegen, ganz von der Freude erfüllt, die ihm seine neue Entschlossenheit schenkte, erschien mit einem Lächeln. Der kleine Marsch hatte ihn aufgeheitert: Er hatte ihn in Begleitung seiner Wachen zurückgelegt, zwei einfachen Burschen aus der Picardie, weitläufig miteinander verwandt, die durch die Gunst ihres Vorgesetzten ihren Dienst immer gemeinschaftlich verrichten durften.

Das Verhör begann mit einer Frage des Priesters, der bei der vorangegangenen Befragung nicht den Mund aufgemacht hatte. Er war ein kräftiger, stark kurzsichtiger Mann, der sein Blatt an die Nase preßte, um den Text zu lesen, den er vorbereitet hatte. Dann richtete er seine großen, verschleierten Augen auf den Saal. Er wollte über die Nahrung der Abessinier sprechen: Abgesehen von der Kompliziertheit des Satzes war seine Frage ziemlich einfach, im Grunde dumm. Jean-Baptiste antwortete mit höflicher Lässigkeit. Es folgten zahlreiche Detailfragen, die zeigten, wie sorgfältig die Gelehrten die wenigen verfügbaren Berichte über Abessinien studiert hatten. Die Sitzung plätscherte dahin. Sie belebte sich bei einer Frage nach den Grundsätzen der Erbfolge im Königreich.

»Ebenso wie hier ist die Regel das Recht des Erstgeborenen«, sagte Jean-Baptiste. »Brüder, Cousins und Neffen des König, von denen die Gefahr eines Aufstandes drohen könnte, werden unschädlich gemacht. Während man sie anderswo mit Ausschweifungen betäubt, hält man sie dort auf dem Gipfel eines Berges gefangen.«

»Und wo, bitte sehr, betäubt man die Brüder des Königs mit Ausschweifungen?« fragte der Präsident.

Die Anspielung auf den armen Herzog von Orléans war zu deutlich, um noch klarer ausgesprochen zu werden.

»Aber … ich weiß nicht. Bei den Azteken, nehme ich an.«

Die Geschworenen sahen einander fassungslos an. So derbe Provokationen waren empörend, und dennoch, was für ein Glück! Sollten sie sich wiederholen, könnte man das unsichere Terrain der Wissenschaft und Philologie verlassen, um sich dem der Beleidigung, also bald der normalen Polizei zuzuwenden. Sie mußten nur weiterfragen …

»Erzählen Sie uns bitte mehr vom König von Abessinien«, bat einer der Professoren mit einem feinen Lächeln.

»Ich habe Ihnen schon so viel gesagt. Wahrhaftig, jetzt läßt mich mein Gedächtnis im Stich.«

»Überlegen Sie gut. Wie lebt er? Was gibt es in seiner Umgebung Bemerkenswertes?«

»Ich glaube, das habe ich Ihnen alles beschrieben. Den Thron, den Palast … Ah! Ja, vielleicht eine Anekdote. Sie fällt mir gerade wieder ein. Also: Die Fenster des Palastes öffnen sich zu zwei Höfen. In dem einem sind die Löwen.«

»Das haben Sie uns erzählt.«

»Ja. Aber was Sie noch nicht wissen, ist, daß man im zweiten Hof ständiges Wehklagen hört. Es ist ein Murmeln, das niemals aufhört. Zuweilen wird es stärker, und man hört Schreie und Schluchzen. Eines Tages fragte ich, ob diese Töne von Verurteilten stammten, von Kriegsgefangenen. Man antwortete mir, daß es sich bei denen, die dort klagten, ganz im Gegenteil um Diener des Königs handele, die dieser sehr schätze und gut bezahle. Ihre Arbeit bestehe lediglich darin, das zu erzeugen, was man in Abessinien für die Musik hält, derer ein Herrscher am dringendsten bedarf und die er ständig im Ohr haben sollte: die Klagen des leidenden Volkes, das ihn um Hilfe anfleht.«

»Und weiter?« fragte der Vorsitzende. »Was folgern Sie daraus?«

»Ziehen Sie selbst Ihre Schlüsse«, gab Jean-Baptiste zurück. »Es ist nicht meine Sache zu wissen, ob manche Könige gut daran tun würden oder nicht, die Klagen ihrer Untertanen bis an ihr Ohr dringen zu lassen.«

»Oh! Oh!«, meinte der Vorsitzende und warf einen angeregten Blick zu seinen Kollegen. »Hat der Schreiber alles notiert? Wunderbar.«

Nichts erfreut das Herz der Höflinge mehr als das Schauspiel eines Mannes, der aus Stolz der Macht die Stirn bietet, der sie sich unterwerfen. Sie erhalten so die Gelegenheit zu erleben, wie diese Macht erbarmungslos reagiert, und können hoffen, daß ihre eigene Feigheit durch eine Schlacht, die von vornherein verloren ist, gerechtfertigt wird.

»Ach ja, hören Sie«, sagte Jean-Baptiste, der sich von der Begeisterung anstecken ließ, »ich habe noch eine, wenn Sie das Leben des Negus interessiert. Stellen Sie sich vor, daß bei Nacht eine vornehme Persönlichkeit auf der Schwelle seines Zimmers schläft. Er weckt am Morgen den König, indem er mit der Peitsche auf den Boden schlägt. Warum mit der Peitsche? Das stammt aus den Zeiten, da der Negus sein Lager auf dem Land aufschlug und fast täglich den Aufenthaltsort wechselte. Es kam vor, daß in der Dunkelheit der Nacht wilde Tiere, Raubkatzen, oft Hyänen, zwischen die Zelte schlichen, manchmal gar bis zum Eingang des Herrscherzeltes. Die Peitschenschläge hatten das Ziel, ehe sich der König erhob, die wilden Bestien zu vertreiben, die ihn womöglich angreifen wollten. Als die Könige Paläste erbauten und darin schliefen, bewahrten sie diese Sitte, als wären sie noch immer im Dschungel, umgeben von einer wilden und gefährlichen Fauna. Frei heraus, meine Herren, finden Sie nicht, daß dies ein sehr schönes Beispiel ist, dem man anderswo durchaus folgen könnte?«

»Die Hyänen im Palast verjagen, ja? Womöglich die Höflinge peitschen? Wenn der König erwacht, ja?« schrie der Vorsitzende.

»Natürlich. Schreiben Sie, Schreiber. Oh, wahrhaftig, Ihre Geschichten sind hervorragend. Warum haben Sie uns diese Perlen nicht früher geschenkt?«

Die gesamte Kommission war entspannt, alle lächelten breit. Eine lastende Stille stieg aus dem Publikum auf.

»Vielleicht noch andere Einzelheiten?« erkundigte sich der Vorsitzende gierig.

»Eine letzte«, entgegnete Jean-Baptiste lächelnd. »Ich habe dort an zahlreichen Exekutionen teilgenommen. Es gibt eine Bestrafung, die ich Ihnen beschreiben möchte. Das ist so: Man ergreift den Verurteilten und wickelt ihn ganz und gar in eine Art Laken aus weißem Musselin. Dann gießt man warmes, flüssiges Wachs über ihn. Es durchtränkt den Stoff, wird fest und verwandelt den Menschen in eine große, brennende Kerze. Man muß sie nur noch anzünden. Er brennt wie eine Fackel. Man hört ihn kaum schreien, so laut ist der Atem des Feuers.«

Die fassungslosen Gelehrten sahen Jean-Baptiste mit entsetzter Miene an. Der Schreiber hielt die Feder in die Luft.

»Wenn alles vorbei ist, bleibt die schwarze Form des verkohlten Körpers. Nun muß man gut aufpassen. Man muß genau hinsehen, die Leiche in alle Richtungen drehen: Mit ein wenig Glück entdeckt man dann unter einer Kruste von immer noch weißem

Stoff die beiden Augen des Verurteilten, die durch seine Tränen geschützt wurden.«

Jean-Baptiste stand auf.

»Nun wissen Sie genug«, sagte er. »Diesmal habe ich Ihnen wirklich nichts mehr zu erzählen. Beurteilen Sie mich, wie sie wollen. Ich habe nur einen Wunsch: Ich möchte, daß Sie für mich eine Exekution dieser Art empfehlen, die meinen Körper zerstört, aber meine Augen, von denen ich bisher so guten Gebrauch gemacht habe, unverletzt läßt. Leben Sie wohl, meine Herren, und danke, daß Sie sich den Bericht von meiner Reise angehört haben.«

In der stummen, eisigen Atmosphäre hörte man nur die Stiefel Jean-Baptistes, gefolgt von seinen beiden Pikarden. Sie durchquerten den ganzen Saal, stiegen die Holzstufen bis zu der großen Tür hinauf und gingen voller Würde hinaus.

»Das war nicht gut, mein Freund«, sagte der Conseiller du Sangray. »Man hätte vielleicht alles regeln können. Stellen Sie sich vor, der Herzog von Chartres ist von Ihren Erinnerungen begeistert. Um Ihnen zu zeigen, welchen Wert er dieser Lektüre beimißt, möchte er Sie unbedingt treffen. Er schickt Ihnen zehntausend Livres – hier sind sie –, und bittet um die Erlaubnis, Ihren Bericht zu veröffentlichen. Deshalb haben Sie nicht gut daran getan, die Kommission zu provozieren.«

Der Conseiller stand vor Jean-Baptiste. Wie gewöhnlich trug der alte Mann keine Perücke. Sein großer Kopf war eingerahmt von kurzen, grauen Büscheln. Er schloß den Arzt fest in die ausgestreckten Arme.

»Oh! Sie hatten unrecht, und Sie hatten so recht. Ich verstehe Sie so gut. Wenn Sie wüßten! Hier, nehmen Sie, neben dem Gold des Herzogs bitte ich Sie, das hier von mir anzunehmen.«

Er drückte Jean-Baptiste eine dicke Samtbörse in die Hand.

»Jetzt dürfen Sie keine Zeit verlieren. Sie wollten einen Skandal. Ich hätte Ihnen niemals zugeraten, denn hier geht alles sehr schnell. La Reynie ist nicht mehr da, aber die Polizei ist mächtiger denn je. Noch ehe Ihre Kommission einen Bericht verfaßt hat, wird der König alles wissen.«

»Ich will noch heute nacht handeln.«

»Nun, so sagen Sie mir nur, was ich tun kann, um Ihnen zu helfen.«

Jean-Baptiste erklärte es ihm.

»Wie schade!« meinte der Conseiller. »Der Herzog von Chartres wird untröstlich sein, daß er Sie nicht kennengelernt hat. Er hatte so viele Fragen.«

Dann umarmte Sangray seinen jungen Freund mit Tränen in den Augen.

»Und ich«, sagte er, »verliere einen Sohn.«

»Sie verlieren ihn nicht, Sie retten ihn.«

»Das tröstet mich, aber Sie müssen zugeben, wenn Sie auch Ihren Richtern entfliehen, ist das Urteil für mich sehr hart.«

Der junge Mann war sehr bewegt von diesem Abschied. Monsieur Raoul, der mit einem Fasan kam, holte eine Flasche Burgunder Wein und ließ die beiden Männer zum letzten Mal das Abendmahl in beiderlei Gestalt nehmen.

Um neun Uhr betrat Jean-Baptiste sein Zimmer. Die beiden pikardischen Gendarmen grüßten ihn respektvoll. Eine halbe Stunde später schlief das ganze Haus.

An der Rückseite des Hôtel Royaumont, welches der Conseiller du Sangray bewohnte, lag ein kleiner, gepflasterter Hof. Ein Brunnen und zwei Ställe standen an der Seite, die von einer zwei Meter hohen Mauer begrenzt wurde. Ein Fenster mit steinernem Fensterkreuz führte von Jean-Baptistes Zimmer auf diesen Hof. Das Glück wollte es, daß die Dächer der Ställe, die durch eine breite Dachkehle mit dem Hauptgebäude verbunden waren, direkt gegenüber dieses Fensters lagen. Beim zehnten Schlag der Glocke von Saint-Eustache kletterte Jean-Baptiste, mit seinen wärmsten Anzügen bekleidet und in einen dicken Mantel gehüllt, durch das Fenster und ließ sich auf das Dach des Pferdestalls gleiten. Er trug einen Sack über der Schulter. Vorsichtig lief er auf dem Schiefer entlang, erreichte die Mauer und sprang in den Nachbarhof, wo er mit beiden Füßen auf einem kleinen Haufen lockerer Erde landete. Es war dunkel und sehr kalt. Die Sterne blinkten an einem Himmel von eisigem Schwarz.

Jean-Baptiste machte vorsichtig zwei Schritte, als eine Hand nach ihm griff.

»Mortier?« fragte er zusammenzuckend.

»Psst! Folgen Sie mir.«

Die Verletzung des Schmugglers war noch nicht ganz verheilt. Aber er hatte kein Fieber mehr, die Wunde war sauber und schloß sich unter dem Schutz eines ordentlichen Verbandes. Er humpelte noch, aber er hatte schon Schlimmeres erlebt und würde gewiß seine Abenteuer bald wieder aufnehmen. Niemand kannte Paris besser als er. Geheimnis gegen Geheimnis. Poncet hatte ihm seines enthüllt, und der Mann war nur zu glücklich, dem, der ihn gerettet hatte, einen Dienst erweisen zu können.

Sie schlichen durch ein Labyrinth von Gassen und Höfen. Der Winterwind hatte die meisten Laternen ausgeblasen. Mortier wußte, wo die Hunde waren, welche Gartentore offenstanden und ihnen Durchgang gewährten. Er kannte die Strecke der Wachen, und außer einer Denunziation – mit der sich ganz gewiß sein Unfall erklären ließ – fürchtete er nichts. Er betrachtete die Straßen, wie ein Seemann die Gefahren der Wellen und Strömungen abschätzt. In einer halben Stunde erreichten sie den Boulevard du Temple, der von großen Kupferlaternen, die an Masten hingen, beleuchtet wurde.

»Achtung«, flüsterte Mortier. »Fünfzig Meter weiter ist ein Wachposten. Halten Sie sich immer am Rand des Schattens, und wenn Sie jemanden schreien hören, rennen Sie.«

Mortier überquerte zuerst humpelnd den erleuchteten Streifen des Boulevards. Als er in der Dunkelheit der anderen Seite verschwunden war, folgte ihm Jean-Baptiste mit wenigen Sätzen, ohne belästigt zu werden. Neben ihnen erstreckten sich Gärten mit großen Bäumen, in denen einige Häuser standen. Man mußte sich vor den Wachhunden in acht nehmen, die manchmal hinter den Hecken lauerten. Bald verließen sie diese Einfriedungen und wandten sich durch verlassenes, unbebautes Land zur Steigung von Charonne. Sie liefen durch Hohlwege, durchquerten auf Wildpfaden kleine Wälder und sprangen über schmale Flüßchen, deren Ufer mit Laub bedeckt waren.

Der Himmel spendete kein Licht, denn der Mond war noch nicht aufgegangen. Sie erreichten einen breiten Weg und hörten hin und wieder hinter einem Gatter den schweren Schritt eines Ochsen, der in seinem Schlaf gestört war. Kurz vor dem Dorf Charonne wandten sie sich nach rechts. An der Feuchtigkeit und dem Rascheln der Blätter erkannte Jean-Baptiste, daß sie in einem Wald waren. Auf einer Lichtung hörten sie ein Pferd schnauben. Mortier machte ein vereinbartes Geräusch, auf das ein Pfiff antwortete.

»Bist du es, Streuner?«

»Ich persönlich, Taugenichts.«

Eine etwas zittrige Stimme, zweifellos die eines Greises, ertönte ganz nah bei ihnen aus der Nacht.

»Hast du das Tier?«

»Selber Tier, hast du keine Ohren? Deine Hand, da, faß es an. Ist das vielleicht ein Rebhuhn?«

»Alter Gauner. Gib mir die Zügel. Hier, Doktor, Ihr Pferd, fertig gesattelt.«

Jean-Baptiste ordnete auf Zehenspitzen die Steigbügelriemen und schwang sich in den Sattel. Mortier erinnerte ihn noch einmal daran, wo er sein Reittier wechseln sollte. Er wollte kein Geld annehmen. Ohne zu streiten, schob Jean-Baptiste unbemerkt eine Börse in die Manteltasche des Schmugglers.

Sie drückten sich schweigend die Hand, und jeder dankte dem anderen von ganzem Herzen. Poncet trieb das Pferd an und erreichte die Straße. An der ersten Kreuzung wandte er sich nach Süden und wich nicht mehr von dieser Richtung ab. Am Anfang zwang ihn die Dunkelheit zum Trab. Dann stieg eine Mondsichel auf, ausreichend, um die Unwägbarkeiten zu erkennen. Das Pferd hatte einen schönen, regelmäßigen, weichen Galopp. Nie zuvor war Jean-Baptiste in derartige Bedrängnis geraten: Man würde ihn suchen, verfolgen, denn er widersetzte sich dem größten aller Könige. Dennoch hatte er sich niemals so frei und voller Vertrauen gefühlt wie in dieser eisigen Nacht, von Ästen gepeitscht, die Augen voller Tränen.

5.

Der brennende Busch

Erstes Kapitel

Nichts war Alix wichtiger als ihre moralische Reinheit, die Selbstlosigkeit ihrer Gefühle, ihre Fähigkeit, sich ganz und gar treu ihrer Liebe hinzugeben. Sie besaß genügend Stolz anzunehmen, daß die Bewahrung dieser Tugenden einzig von ihrem Willen abhing und daß der Mißbrauch ihres Körpers nicht daran rührte. Allein in ihrem unbeschädigten, glühenden Herzen lebte ihre wahre, jungfräuliche Größe.

Um diese zu bewahren, war es keineswegs nötig, sich zur Sklavin jener körperlichen Jungfräulichkeit zu machen, die ihr von einer Gesellschaft aufgezwungen wurde, die solch große Angst vor der Freiheit junger Menschen verspürte. Im Gegenteil, dachte sie empört, eben um dieses lächerliche Heiligtum zu schützen, hatte sie sich bisher in Kleider mit Schleppe und eiserne Korsetts einschließen, vor Fremden die Augen senken und schließlich wie gehetztes Wild durch die Nacht rennen müssen.

Nun, da sie in Gizeh Unbefangenheit, Kraft und Gewandtheit erlangt hatte, mußte sie nur noch aus sich selbst heraustreten und dieses letzte Tau durchschneiden. Sie hätte zutiefst gewünscht, daß es Jean-Baptiste gewesen wäre, der sie über diese Schwelle treten ließ. Aber da es unmöglich war, da sie im Gegenteil unverzüglich all ihre Energie darauf richten mußte, zu ihm zu kommen und ihm zu helfen, mußte sie sich eines beliebigen Mannes bedienen. Der Chevalier du Roule glaubte, sie erobert zu haben und zu besitzen. Dabei diente er auf erbärmliche Weise als Instrument für das, was sie allein gewollt hatte. Der Lebemann erschrak trotz seiner Erfahrung – oder vielleicht gerade deshalb – in der Nacht, die er mit Alix verbrachte, vor ihrer Kälte und Entschlossenheit. Er bewahrte genügend Kaltblütigkeit, um die schwerwiegenden Folgen dieses Ereignisses zu ermessen.

Zunächst verfiel er in tiefste Anbetung für dieses so schöne, so unkeusche Mädchen, das mit einer unvergleichlichen Mischung aus Natürlichkeit und Adel, aus Leidenschaft und Gleichgültigkeit handelte. Dann, als er glaubte, dieser Sieg räume ihm gewisse Rechte ein – allen voran jenes, diese Liebesspiele, wie es ihm paßte, zu wiederholen –, stellte er fest, daß statt dessen er der Gnade seiner vermeintlichen Eroberung ausgeliefert war: Schon am zweiten Abend übernahm Alix die Führung, und er war zutiefst gedemütigt. Nun packte ihn die Angst. Die Motive für das Handeln dieser Wagemutigen blieben ihm verborgen. Er irrte sich und nahm an, sie sei einfach impulsiv, sinnlich, zu jeder Verrücktheit fähig, auch der, ihre Beziehung der Öffentlichkeit preiszugeben. Du Roule erkannte, daß ihn seine Freude an der sinnlichen Lust diesmal etwas zu weit geführt hatte. Der Eindruck, den Alix auf ihn gemacht hatte, war jedoch so stark, daß er zwar das Schlimmste fürchtete, jedoch nichts bereute. In den folgenden Nächten war er es, der um eine Gunst bat, die man ihm kalt verweigerte. Er fand sich allein auf dem Treppenabsatz, flehend, wie von Sinnen vor Verlangen, sollte er doch niemals wieder genießen dürfen, wovon ihm Alix ein einziges Mal eine schwache Ahnung und ewige Wehmut gegeben hatte.

Sie hatte Françoise alles gestanden, und diese hatte kraft ihres Amtes als Wäscherin alle Spuren dieser Episode beseitigt. Die Freundin hätte sie gewiß zurückgehalten, wenn sie sich ihr vorher anvertraut hätte. Es war zu spät zum Jammern. Alix erklärte ihr ihre Pläne. Françoise erhob tausend Einwände, denn auf dem Weg, den das Mädchen einschlagen wollte, lauerten unzählige Fallen. Doch nach langen Diskussionen konnte die Dienerin nur die Kraft und den Ungestüm dieses jungen Mädchens bewundern, das sich auf die wunderbare Seite der Freiheit schlug. Sie gab nach und versprach, ihr bei allem zu helfen.

Als du Roule in der vierten Nacht voller Angst vor einem Skandal heranschlich, um wie ein bedauernswertes Haustier an der Tür von Mademoiselle de Maillet zu kratzen, stellte er mit Erregung fest, daß die Tür nicht wie sonst verriegelt war. Er trat ein. Alix empfing ihn im Stehen. Sie trug ihr Batisthemd, samtene Kniehosen und Stiefel, den Aufzug, in dem sie in Gizeh über die Wiesen galoppiert war. Sie sah so wild und ungezähmt aus, daß der Chevalier nicht wagte, sie zu umarmen, wenngleich er vor Verlangen starb, dies zu tun.

»Schließen Sie bitte die Tür ab«, sagte sie.

Er gehorchte. Sie wies auf einen kleinen Stuhl vor dem kleinen Sekretär aus Nußbaumholz, an dem sie so oft geträumt hatte. Er setzte sich vorsichtig, denn die Stuhlbeine wirkten zart und zerbrechlich.

»Monsieur«, begann sie, »es ist wahrlich nicht in Ihrem Interesse, wenn Sie jede Nacht zu meiner Tür kommen. Ich werde Ihnen nicht öffnen, und Sie laufen Gefahr, entdeckt zu werden.«

»Aber was habe ich getan?« fragte er unterwürfig. »Womit habe ich Sie verärgert?«

»Es geht nicht um Sie. Ich bestätige Ihnen, daß Sie ehrenvoll die Aufgabe erfüllt haben, die Ihnen anvertraut wurde.«

»Ehrenvoll! Aufgabe! Oh, Sie machen sich über mich lustig«, sagte du Roule niedergeschlagen.

»Keineswegs. Man muß die Dinge sehen, wie sie sind oder besser gesagt, wie sie waren. Sie haben einen Auftrag erhalten, und Sie haben ihn geschickt erfüllt. Ich danke Ihnen dafür.«

»Mademoiselle, Sie demütigen mich.«

Es war das erste Mal in seinem Leben, das voller Ausschweifungen jeder Art gewesen war, daß sich du Roule dermaßen einer Frau unterworfen fühlte, die er doch ursprünglich nur besitzen wollte. Er hätte sich ihr zu Füßen werfen mögen, wenn es irgend einen Nutzen gebracht hätte. Statt dessen mußte er sich darum bemühen, sich nicht noch mehr zu erniedrigen, so deutlich zeigte sie ihm durch ihre hochfahrende Haltung, daß sie von ihm nichts anderes verlangte als Würde.

»Denken Sie vor allem daran, Monsieur«, fuhr sie fort, »daß unsere Interessen ganz und gar gegensätzlich sind. Sie wollen den Skandal vermeiden. Ich suche ihn.«

Auf du Roules Gesicht malte sich Entsetzen ab. Er war überzeugt, sie würde ihm eine Denunziation ankündigen.

»Fürchten Sie nichts: Ich bin ebenso entschlossen, Ihren überaus kostbaren Ruf zu bewahren, wie ich meinen schänden will.«

Er verstand nichts. Nur eine Erkenntnis tauchte in seinem Geist auf: All seine männliche Energie hatte ihn verlassen, und diese Frau hatte sich ihrer bemächtigt.

»Sprechen Sie deutlicher«, sagte er schwach.

»Bitte sehr. Wir werden uns verständigen, und ich bin sicher, daß Sie mit dem gleichen Eifer wie bisher tun werden, was ich von Ihnen erwarte. Sie werden morgen bei meinem Vater um meine Hand anhalten.«

Du Roule sprang von seinem Stuhl auf und stieß einen Schrei aus, den er sogleich unterdrückte.

»Oh, Mademoiselle, nichts wünsche ich mir sehnlicher.«

Das stimmte. Zunächst war er der Ansicht gewesen, eine Heirat läge nicht in seinem Interesse. Aber seit jener schicksalhaften Nacht war alles durcheinandergeraten. Um diese Lust wieder zu erleben, wäre er bereit gewesen, den Preis der Ehe zu zahlen. Dabei verkannte er, daß es doch gerade Alix' Freiheit war, die seine Leidenschaft nährte. In diesem Moment machte er sich jedoch selbst etwas vor.

»Mißverstehen Sie mich nicht«, sagte sie hart. »Wir haben beide nicht das geringste Interesse daran, daß diese Heirat stattfindet.«

»Und warum nicht?« jammerte er.

»Sie haben es mir selbst gesagt, als ich Ihnen durch meinen Vater ausgeliefert wurde. Wenn es Ihnen so vorkommt, als hätten Sie Ihre Meinung geändert, dann beruht das nur darauf, daß Ihre Sinne nach einer Wiederholung dessen verlangen, was sie genossen haben. Meine Ablehnung verwirrt Sie, aber Sie haben zuviel Erfahrung, um Ihre Leidenschaft mit Ihrem Appetit zu verwechseln.«

»Nein! Nein! Glauben Sie mir!« rief du Roule, den Tränen nahe.

»Verlieren wir keine Zeit bei diesem Punkt. Ich schenke Ihren Gefühlen Glauben, aber sie sind mir gleichgültig. Zumindest für mich kann von einer Heirat nicht ernsthaft die Rede sein. Ich will nur, daß Sie darum bitten. Wenn Sie sich weigern, werde ich alles enthüllen.«

Du Roule sank schwer auf den Stuhl zurück, wie betäubt von diesem Schlag.

»Aber warum wollen Sie dann, daß ich Ihren Vater darum bitte? Ich verstehe das nicht.«

Alix ging zur Tür und schob leise den Riegel zurück.

»Es wird nicht das erste Mal sein, Monsieur, daß Sie etwas tun, ohne den Grund zu begreifen. Wir sind uns also einig? Ich erwarte, daß Sie sich gleich morgen erklären. Ansonsten werde ich es tun, mit den unangenehmsten Folgen.«

»Sie wollen mich wirklich fortjagen?« fragte du Roule flehend.

Diese Frau brachte ihn mit ihrer Schönheit und den Erinnerung an die Lust, die sie ihm geschenkt hatte, auf den Gipfel der Erregung.

Mit einer Handbewegung riß sie die Tür weit auf.

Du Roule warf einen entsetzten Blick in den dunklen Flur. Er erhob sich vorsichtig und schlich hinaus. Auf der Schwelle wandte er sich um. Vielleicht gewährte sie ihm ja einen letzten Blick, einen Kuß, eine abschließende Geste des Bedauerns oder der Hingabe, zu der Frauen zuweilen auf der letzten Stufe ihrer Grausamkeit fähig sind. Doch Alix machte ihm einfach die Tür vor der Nase zu.

Am folgenden Nachmittag spazierte sie durch den öffentlichen Garten am Ende der Straße vor dem Konsulat. Erst seit kurzer Zeit war ihr das erlaubt. Sie mußte allerdings einen Schleier tragen und durfte niemanden grüßen. Françoise begleitete sie. Wenn man sie so Arm in Arm daherschreiten sah, beneidete mehr als ein Händler den Konsul als Vater und du Roule, der überall als künftiger Schwiegersohn angesehen wurde.

Der Winter war nicht kalt gewesen. Manchmal blies jedoch, wie gerade jetzt, ein Ostwind, der die Frische aus den Bergen des felsigen Arabien mit sich brachte, gewürzt mit der leicht salzigen Feuchte aus den Suez-Tälern.

»Hast du Maître Juremi gesehen?« fragte Alix unter ihrem Schleier.

»Ja, aber ich war zweimal vergeblich dort. Er ist ständig zu Krankenbesuchen unterwegs. Er bemüht sich so gut es geht, seinen Partner zu ersetzen.«

»Ist er einverstanden mit dem, worum wir ihn bitten?«

Alix, ganz Herrin ihrer selbst, begleitete dieses Gespräch unter Verschwörern mit den natürlichen Bewegungen eines Spaziergangs: Sie wies auf eine Blume oder einen Vogel.

»Er wird alles tun, was Sie wünschen«, sagte Françoise. »Und die Aussicht, Jean-Baptiste wiederzusehen ... «

»Du hast ihm nichts verheimlicht? Die Gefahren ... «

»Nichts. Außerdem versteht er solche Dinge rasch. Aber dieser Mann wird von der Gefahr angezogen.«

»Hat er etwas ... zu dir gesagt?«

»Was sollte er sagen? Im Gegenteil, wir waren viel zu glücklich, daß uns äußere Umstände dazu zwangen, miteinander zu sprechen, ohne uns bloßzustellen. Sie wissen doch, es ist alles gesagt ... In unserem Alter leidet man glücklicherweise weniger unter der Zeit. Wir warten aufeinander, das ist alles.«

»Ich verstehe Sie«, sagte Alix, »aber ich mißbillige Ihr Verhalten ein wenig. Wenn man das Glück hat, nicht getrennt zu sein ... «

Dieses Zwiegespräch hatte ein wenig Melancholie in ihre Seelen gegossen. Schweigend gingen sie ein Stück nebeneinander. Dann kam Alix auf die praktischen Fragen zurück, und sie legten gemeinsam alle Einzelheiten fest.

Kaum waren sie im Konsulat angekommen, als eine Wache Mademoiselle de Maillet mitteilte, daß seine Exzellenz, der Konsul, unablässig nach ihr verlange. Sie betrat das große Empfangszimmer im Erdgeschoß. Ihr Vater erwartete sie in einem scharlachroten Anzug mit schwarzem Revers, die größte Perücke auf dem Kopf, Bänder an den Strümpfen. ›Er sieht aus wie eine große, parfümierte Puppe‹, dachte sie. Er kam auf sie zu, wegen der Schuhe mit den viereckigen Absätzen lief er wie eine Ente. ›Ganz sicher wird er nach meinen Händen greifen. Richtig. Es ist soweit.‹

»Meine Tochter ...«, begann der Konsul mit einem Zittern in der Stimme.

Ihm fehlte der Mut, den Satz zu vollenden, und er umarmte

sie. Er zog ein Tuch aus der Tasche, tupfte sich ab und begann erneut:

»Ich habe Ihnen eine große Neuigkeit mitzuteilen. Die größte, wie mir scheint, die eine Frau in ihrem Leben erfährt.«

»Ich höre Ihnen zu, Vater«, sagte Alix.

»Nun, dieser Edelmann hier hat mich soeben um Ihre Hand gebeten.«

Du Roule war im Zimmer, aber er stand zurückgezogen vor einer Wandbespannung von der gleichen Farbe wie sein Wams, gleich einem Chamäleon. Alix hatte ihn noch nicht gesehen. Sie wandte ihm den Kopf zu. Man mochte meinen, den unglückseligen heiligen Dionysius vor sich zu sehen, der sich nach seiner Enthauptung aufrecht hielt: Sein Gesicht war so bleich wie das eines Gefolterten, die Augen geschlossen, als wolle er lieber die Geräusche der Katastrophe vernehmen, als sie über sich hereinbrechen zu sehen. Sie hatte großes Mitleid mit ihm.

»Vater«, sagte sie ohne Verwirrung, »ich möchte mit Ihnen allein sprechen.«

Kaum ein Befehl wurde je so schnell ausgeführt: Du Roule, der nur auf ein Zeichen gewartet hatte, verschwand. Als er ohne Zeugen allein mit seiner Tochter war, sagte Monsieur de Maillet, der eine letzte, launenhafte Forderung seiner Tochter fürchtete:

»Sie sind bewegt. Ich auch. Versuchen wir, die Einfachheit der Dinge zu bewahren und die Schönheit des Mysteriums. Was wollen Sie mir sagen, das Ihr künftiger Ehemann nicht hören darf?«

»Vater, Sie bitten mich, einfach zu sein. Nun: Dieser Man wird niemals mein Gemahl werden.«

»Zum Teufel«, rief Monsieur de Maillet, von plötzlicher Übelkeit befallen. »Und warum nicht?«

»Weil ich nicht heiraten werde.«

»Sieh an!« sagte der Konsul verdrossen. »Was ist das schon wieder für eine Laune?«

»Es ist keine Laune, sondern eine Unmöglichkeit.«

»Würden Sie mir sagen welche?«

»Wenn Sie darauf bestehen, Vater.«

»Und wie ich darauf bestehe! Mir scheint, ich habe ein Recht zu wissen, was Sie zurückhält.«

Alix atmete tief ein, wie ein Sportler, der zum Sprung ansetzt.

»Ich werde nicht heiraten, weil ich entehrt bin.«

»Entehrt?« fragte der Konsul ungeduldig. »Was wollen Sie damit sagen?«

»Das, was es heißt. Ich bin nicht mehr in dem Zustand, in dem die Natur mich geschaffen hat und in dem man einem Ehemann entgegentreten sollte.«

Hätte Monsieur de Maillet eine der Fußbodenbohlen auf den Kopf bekommen, sein Gleichgewicht hätte nicht schlimmer gestört sein können. Er machte einen Schritt nach hinten und stützte die Hand auf den Tisch.

»Sie scherzen, meine Tochter ... «

Alix, die nicht die Augen gesenkt hatte, antwortete unerbittlich:

»Ich stehe Ihnen zur Verfügung, damit ein Priester, eine Hebamme, wer immer Sie wollen, sich dessen versichert und es Ihnen offiziell bestätigt.«

Nur der Blick, den sie ohne Schwäche auf ihn heftete, stand seinem Verlangen entgegen, sie zu ohrfeigen. Er hielt sich zurück und lief in einem weiten Bogen durch das Zimmer, wobei er bei jedem Schritt schwer auf den Boden stampfte. Er senkte die Augen, als er am Porträt des Königs vorbeikam. Von einem plötzlichen Gedanken durchzuckt, kam er zu ihr zurück:

»Sie wollen mir doch aber nicht sagen ... ?« fragte er mit bösem Blick. »Dieser Apotheker, dieser Scharlatan ... Poncet!«

»Nein, Vater, nicht er.«

»Wer dann?« fragte er und schlug mit der flachen Hand auf den Eichentisch.

»Niemand, den Sie kennen«, sagte sie bescheiden.

»Wie ist das möglich? Sie gehen nicht aus dem Haus. Jeder Besuch im Konsulat ist mir bekannt. Nein, nein, Sie schützen ihn, aber es kann nur Poncet sein.«

»Ich gebe Ihnen mein Wort.«

»Oder das, was es noch wert ist«, kreischte der Konsul. »Wer dann?«

»Ein Türke.«

»Mein Gott!« rief der Konsul, von diesem letzten Schlag niedergeschmettert.

»Was ändert das?« meinte Alix nüchtern. »Die Tatsache allein zählt, nicht wahr? Es ist unwichtig, wer der Verantwortliche ist.«

»Dennoch! Ein Türke!«

Der Konsul riß sich nervös die Perücke vom Kopf und begann sie zu schwenken, wie ein Jäger, der den schlaffen Kadaver eines Hasen in der ausgestreckten Hand hält.

»Und wo haben Sie diesen Verfluchten kennengelernt?«

»In Gizeh.«

»Ich wußte es. Ich wollte nicht, daß Sie dorthin gehen. Und diese Dienerin war Ihre Komplizin, vielleicht sogar die Kupplerin?«

»Françoise hat nichts erfahren. Sie war mit Michel, dem Stallburschen, ins Dorf gegangen, um Eier zu kaufen. Dieser Mann ist über den Fluß gekommen. Es war ein Fischer. Er hat mich auf der Terrasse genommen ... «

»Ohne Ihre Zustimmung? Eine Vergewaltigung? Oh, ich werde vom Pascha Vergeltung fordern, man wird eine Treibjagd veranstalten, man wird ihn finden ... «

»Nein, Vater. Ich habe mich hingegeben. Vielleicht war es die Sonne, die Ruhe dieses Ortes, dem es nicht an Wollust fehlt. Als dieser Bursche auftauchte, verspürte ich plötzlich ein Verlangen ... «

»Genug!« unterbrach sie der Konsul. »Ich möchte nichts mehr davon hören. Entsetzlich! Die Hölle! Meine einzige Tochter, meine einzige Hoffnung, meine Erbin.«

Der Konsul war aufrichtig bewegt, weniger beim Gedanken an sein verlorenes Kind, als von der Erinnerung an die endlosen Träumereien von Glück und Wohlstand, die ihn jahrelang beschäftigt hatte.

»Pontchartrain ... Eine vornehme Verbindung ... Fast Botschafter ... «

Er sprach mit sich selbst, rittlings auf einem Stuhl sitzend, die Wange gegen die hohe Lehne gestützt.

»Und warum haben Sie es mir nicht früher gesagt, bevor all diese Vorkehrungen getroffen waren?« schrie er.

»Die Schritte waren bereits getan«, sagte Alix. »Und außerdem gebe ich zu, daß ich den Moment des Geständnisses aufschieben wollte. Ich wollte so lange wie möglich bei Ihnen und bei meiner Mutter bleiben. Sobald Sie von meinem Zustand erfahren hätten ... «

»Ihr Zustand! Sie sind doch wenigstens nicht schwanger?«

»Glücklicherweise nein, das hat sich inzwischen bestätigt.«

» Eine Sorge weniger.«

»Ich sagte: Sobald Sie, sagen wir von meiner Situation, erfahren hätten, würde sich alles ändern, und ich könnte mich nur noch Ihrem Willen unterwerfen und mich für den Rest meiner Tage in einem dunklen Kloster der französischen Provinz einschließen.«

»Genau. Leider gibt es keine andere Möglichkeit.«

»Das weiß ich wohl, Vater«, sagte Alix und ließ ein paar Tränen fließen, die sie in ihrem Gesicht verschmierte, »um so mehr, als das so schnell wie möglich geschehen wird. Ich werde die Schande, Ihnen unter die Augen zu treten, nicht mehr lange ertragen.«

»Und ich werde sterben, wenn ich Sie sehen muß«, sagte der Konsul ungeduldig.

Er dachte schon an etwas anderes: Man mußte den Chevalier du Roule verständigen.

»Kämmen Sie sich und legen Sie Rouge auf. Ich rufe ihn.«

Alix faßte sich rasch. Du Roule trat ein, den Kopf eingezogen zwischen den Schultern. Er warf Blicke nach allen Seiten wie ein gehetztes Reh.

»Ich bedaure es sehr, Chevalier«, hob der Konsul schwülstig an, »ich habe mit meiner Tochter gesprochen. Sie sind auf dieser Welt der Mann, den sie mit der größten Freude angenommen hätte. Es gibt nur einen Rivalen, gegen den Sie nicht kämpfen können und dem sie geschworen hat, ihr Leben zu widmen, was ich eben noch nicht wußte. Es handelt sich um den Herrgott. Meine Tochter empfindet eine religiöse Berufung, der ich mich nicht zu widersetzen vermag.«

»Aha«, meinte du Roule mit furchtsamem Erstaunen.

Er warf dem jungen Mädchen einen verschreckten Blick zu, in dem sich die fleischlichen Erinnerungen dieser wilden Schönheit mit der unvorstellbaren Vision der frommen Dame mischte, von der man ihm nun erzählte.

»Nun ja!« sagte der Konsul wehmütig. »Gott befiehlt, und

er ruft zuweilen die Besten. So ist es. Während Sie die Vorbereitungen für Ihre Gesandtschaft beenden, wird sich meine Tochter nach Alexandria aufmachen, um mit dem ersten königlichen Schiff nach Frankreich und in ihr Kloster zu reisen.«

Zweites Kapitel

Es gibt Landstriche, die nur mit Unkraut und Dickicht bedeckt sind, die alles dazu bestimmt, elend zu bleiben, und dennoch hat menschliche Arbeit mit ihrer Hartnäckigkeit das Wunder vollbracht, Harmonie und sogar Wohlstand zu schaffen. Dieses Land hier war das Gegenteil: Die Natur hatte es mit einem weichen, schwarzen Boden beschenkt, auf dem alles wie von selbst wuchs. Sie hatte die Erde mit einem gnädigen Himmel überspannt, wo sich Sonne und Regen mit sanfter Höflichkeit abwechselten. Sie hatte das Land mit Bergen übersät, von denen klare Flüßchen strömten, deren Hänge jedoch die Kulturen nicht behinderten, ja sie geradezu förderten. Es schien allerdings, als hätten die Menschen nichts anderes getan, als diese Gaben zu vernichten, indem sie einander töteten und durch ihren schlechten Lebenswandel Bruderkriege und Hungersnöte entfesselten, welche die Schwachen dahinrafften. Dieses Land war voll von Gestrüpp, das sogar die Wege überwucherte, und der Reiter, der sich auf ihnen vorwärts bewegte, mußte auf der Hut sein, um die Richtung nicht zu verlieren, denn selbst die größten Straßen mündeten, ihrem Schicksal überlassen, in fast unsichtbaren Pfaden im Dickicht. Von zwei Häusern, die man sah, war mindestens eins nur noch eine Ruine. Man mußte sich in den Wäldern vor verwilderten Hunden hüten, die sich scheinbar mehr aus Rachsucht denn aus Instinkt auf die Menschen stürzten.

Der Reiter erreichte ein Dorf, das sich auf einem Hügel vor dem Himmel abzeichnete. Von weitem erschien es recht groß; man konnte hoffen, es sei wohlhabend.

Wenn man näher kam, entdeckte man nur beschädigte Scheunen, verbrannte Strohdächer, Häusergerippe. Ein paar grau gekleidete alte Frauen, fleischlos wie Tote, trieben zwischen den Ruinen gespenstisch magere Ziegen vor sich her. Der Reiter hielt auf dem Dorfplatz an, der mit den Steinen mehrerer Häuser und Gras bedeckt war.

»Hallo!« rief er zu einem jungen Schäfer hinüber, »komm doch einmal her.«

Der Junge wandte sein kohlrabenschwarzes Gesicht dem Mann zu und nahm barfuß über die eisigen Steine Reißaus. Dann erblickte der Reisende einen Greis, der etwas zurückgezogen an einem Brunnen saß, dessen Rand seine geschliffene Kante verloren hatte. Der Reiter sprang vom Pferd und schlang die Zügel um den Stamm eines Haselnußstrauches, der auf einer Ruine wuchs. Er hatte eingefallene Wangen, einen Achttagebart und den zögernden Gang eines Seemanns, der seit einiger Zeit das Gefühl für den festen Boden verloren hat. Er trat zu dem Greis, der den Blick zu ihm erhob.

»Ist hier das Dorf, das man Soubeyran nennt, mein Freund?« fragte der erschöpfte Reiter, der kein anderer als Jean-Baptiste war.

Irgendwo hatte er im Galopp seinen Hut verloren. Seine Stirn und seine Haare waren von Schweiß und Sand verklebt.

»Es gibt nicht mehr viele Leute, die diesem Ort einen Namen geben können«, antwortete der Alte.

Er hatte eine klare, sanfte Stimme, leicht verschleiert, wie die eines Jugendlichen.

»Aber es stimmt«, fügte er hinzu, »es ist das, was von Soubeyran übrig geblieben ist.«

»Wohin sind all die Menschen gegangen, die hier gelebt haben?« fragte Jean-Baptiste, während er um sich blickte.

Während der letzten Tage hatte ein Nordostwind geweht, kalt wie eine Messerklinge. Er hatte den ganzen Himmel von Wolken reingewaschen: Es blieb nur sein klares Blau über den verbrannten Wunden dieses Dorfes.

»Wenn Sie die Antwort kennen und versuchen, mich zu überführen«, sagte der alte Mann, »wäre es besser, mich gleich mitzunehmen oder hier zu töten, denn ich bin zweifellos einer von denen, die Sie suchen. Wenn Sie aber tatsächlich so ahnungslos sind, wie Sie vorgeben, dann müssen Sie von weit her kommen.«

»Ich komme von weit her.«

»Und wenn Sie bis hierher geritten sind, so müssen Sie einen bestimmten Grund dafür haben, vielleicht einen Bekannten. In diesem Fall müssen Sie befürchten, daß ich Ihnen schlechte Nachricht von ihm gebe.«

»Ich suche eine Frau.«

»Würden Sie einen Mann suchen, hätte ich Sie sogleich unterbrochen: Hier gibt es nur zwei, sofern Sie mich noch zu den Lebenden rechnen. Aber von den Frauen sind einige noch da. Wie heißt sie?«

»Marine.«

Der Alte richtete sich auf.

»Kennen Sie ihren Ehenamen?« fragte er.

»Sie war kaum mehr als acht Tage verheiratet. Ihr Ehemann ist geflohen. Er heißt Juremi.«

»Oh, Juremi, natürlich! Ein strammer Bursche. Er war das zweite Kind meines nächsten Nachbarn, dort, hinter den Scheunen. Lebt er noch?«

»Er ist mein Partner und mein Freund. Er lebt in Kairo.«

»In Kairo. In Ägypten, im Land der Bibel. Mein Gott! Wie glücklich ich bin! Sie können nicht wissen, was eine gute Nachricht in meinem Alter bedeutet. Ich werde ständig daran denken, wenn Sie wieder fort sind. Wahrhaftig, ich bin so glücklich, daß er lebt!«

»Und seine Frau?« fragte Jean-Baptiste erneut.

»Oh! Quälen Sie ihn nicht damit. Die Vergangenheit ist Vergangenheit. Er soll leben und glücklich sein.«

»Aber verstehen Sie nicht«, sagte Jean-Baptiste, während er ein Knie auf die Erde beugte und mit dem Gesicht nah an den Greis herankam. »Er selbst schickt mich. Er ist ihr all die Zeit über treu geblieben, und wenn Sie wollen, daß er glücklich ist, muß er die Wahrheit wissen.«

»Ja«, sagte der Greis nachdenklich. »So ist er. Das ist ganz und gar er. Die anderen dieser Familie waren genauso. Vielleicht war sogar das ganze Dorf so. Deshalb haben sie uns nicht verschont.«

Er hob die Augen: Sie waren weiß verschleiert.

»Sie starb am Tag nach seiner Abreise.«

Die kurze Stille in dieser stummen Landschaft hatte das Gewicht von Granit. Sogar der Wind fuhr ohne Geräusch über die Steine.

»Wie ist es geschehen?« fragte Jean-Baptiste.

»Mein Freund«, sagte der Greis sanft, während er ins Leere schaute, »wir sind nicht zahlreich genug, als daß wir überlebt hätten, damit unsere Erinnerung noch nützlich ist. Dieser kleine Erdenwinkel war zweifellos auserwählt, um Zeuge eines unendlichen Grauens und unendlicher Feigheit zu sein. Warum soll man davon berichten? Um die Nachwelt für die Infamie zu öffnen? Nein, wir haben die Erinnerung an die Schlächter in denselben Gräbern begraben wie unsere Toten. Einzig der Liebe, dem Frieden, der Freude darf man Denkmäler errichten, denn sie würden ohne uns nicht überleben.

»Aber diese Frau, diese blutjunge Frau, die Juremi gerade geheiratet hatte … «

»Nun, sie hat ihn geliebt. Weder die Zeit noch die Menschen konnten ihre Liebe zerstören. Sie ist mit seinem Namen auf den Lippen gestorben.«

Der Greis ergriff einen langen Stock, der glatt war von der Berührung seiner Finger, und richtete sich mühsam auf. Er zog die Falten eines durchlöcherten Umhangs über seinem mageren Körper zusammen.

»Bleiben Sie eine Weile hier?«

»Nein, ich reite gleich weiter. Und bitte … «

Jean-Baptiste reichte dem Alten, der ihn begleiten wollte, den Arm.

»… wenn jemand Sie befragt, so haben Sie mich nicht gesehen.«

»Gehören Sie etwa zu uns?«

»Nein, aber wir haben dieselben Feinde.«

»Sehen Sie sich vor!« sagte der Greis, während er den schönen jungen Mann voller Lebenskraft ansah, und man spürte, daß er an all jene dachte, die in der gleichen Blüte ihres Lebens hinweggerafft worden waren. »Woher kommen Sie? Ihr Pferd sieht abgeritten aus.«

»Dieses da kommt aus Toulon, an der Rhône. Ich fürchte, es

wird mich nicht mehr weit tragen. Ich habe seit Paris sechs andere Tiere müde geritten.«

»Paris!« sagte der Greis erstaunt, »und bis wohin wollen Sie kommen?«

»Heute abend bis Sète.«

»Alle Poststationen der Umgebung werden von Dragonern bewacht«, sagte der alte Mann.

Dann drehte er sich nach allen Richtungen und rief mit kräftiger Stimme, die durch die Ruinen hallte:

»Daniel!«

Das mit Schmutz bedeckte Kind, das Jean-Baptiste zuerst gesehen hatte, zeigte seinen Haarschopf hinter einem Mäuerchen.

»Komm her«, sagte der Greis.

Dann wandte er sich an den Reisenden:

»Nehmen Sie diesen Jungen auf die Kruppe. Er wird Sie durch die Büsche bis zu einem kleinen Lager unserer Leute führen, falls sie da sind. Ich glaube schon. Die Berge bewegen sich im Moment, und ich glaube, daß sich große Ereignisse ankündigen. Wenn Sie die anderen gefunden haben, sagen Sie ihnen, daß Sie aus Soubeyran kommen und daß Jean Sie schickt. Das bin ich.«

Jean-Baptiste stieg aufs Pferd, griff den kleinen Jungen und setzte ihn hinter sich.

»Sie werden vielleicht etwas Zeit verlieren«, sagte der Alte, »aber das brauchen Sie nicht zu bedauern. Sie werden Ihnen ein frisches Pferd geben, und morgen sind Sie in Sète.«

»Danke«, sagte Jean-Baptiste.

Er hatte die Hand in eine Satteltasche gesteckt, wo er eine Geldbörse aufbewahrte.

»Darf ich Ihnen eine Unterstützung anbieten?« fragte er schüchtern.

Der Alte sah seine Bewegung und hielt ihn auf.

»Sie werden es nötiger brauchen als ich«, sagte er. »Unter jedem dieser Häuser liegen vergrabene Taler, die die Dragoner nicht gefunden haben. Wenn sie uns mit Geld sehen würden, kämen sie zurück ... «

»Nun denn, Jean, adieu, ich werde Juremi Ihre Grüße ausrichten«, sagte Jean-Baptiste tief bewegt.

Er gab seinem Pferd die Sporen, aber das Tier verspürte kein

Verlangen, sich von dem Büschel Osterluzei loszureißen, in dem es bis zum Hals verschwunden war. Schließlich erbebte es und lief mit vorsichtigem Schritt durch die Ruinen, die unbeweglich Totenwache hielten.

»Sehen Sie, dort drüben«, rief Jean, während sich Jean-Baptiste und das Kind schon entfernten. »Haben Sie das Denkmal gesehen, das sie errichtet haben? Ein Kreuz! Zur Erinnerung an ihren Sieg … Ist das nicht das schlimmste?«

Aber schon hörte ihn der Reiter nicht mehr.

Sie ritten die Straße hinter Soubeyran weiter und erreichten eine feuchte, schattige Schlucht. Ein steiler Pfad, der bisweilen unter Laub und Moos verborgen war, führte an einem Flüßchen entlang. Der Nachmittag war fortgeschritten; schon kündigten erste dichte Schatten über den Bäumen die einbrechende Nacht an. Sie setzten den Aufstieg fort und hörten nichts als das Knacken trockener Zweige unter den Hufen des Pferdes. Vor ihnen erhob sich ein letzter moosbewachsener Felsvorsprung. Der Junge bedeutete Jean-Baptiste, diesen rechts zu umgehen. Sie verständigten sich nur mit Handbewegungen. Als der Junge plötzlich aufschrie, erschrak Jean-Baptiste: Er hatte seine Stimme noch nicht gehört. Sie klang, als stamme sie von einem Tier, um so mehr, da der Junge kein Wort gerufen, sondern einen zweifachen Schrei ausgestoßen hatte, den er wie ein Waldkauz dreimal wiederholte. Sie ritten weiter und kamen unter dem riesigen, gespaltenen Stamm einer alten Kastanie vorbei. Dort tauchten plötzlich fünf Männer auf, begleitet vom leisen Rascheln der Blätter. Sie kamen aus den Felsen oder den Bäumen, schwarz, bucklig, grimassenschneidend wie Teufel, und richteten ihre Arkebusen und Piken auf den Reiter.

»Jean aus Soubeyran schickt mich«, sagte Jean-Baptiste, ohne zu erschrecken.

Er wußte nicht, an welches dieser unter Hüten und Bärten verborgenen Gesichter er sich wenden sollte.

»Das stimmt«, sagte das Kind.

»Steig ab!« befahl leise einer der Angreifer.

Jean-Baptiste sprang aus dem Sattel und hob sogleich die Hände. Der Mann, der gesprochen hatte, trat zu dem Pferd und betrachtete den Kleidersack.

»Ich habe eine Pistole im linken Halfter, einen Dolch in meiner Tasche und den Degen, den Sie sehen. Aber ich bin ein Freund und möchte nichts davon benutzen.«

Der Mann stieß ein Grunzen aus und gab einem anderen Zeichen, das Pferd am Zügel zu nehmen, dann trat er zu Jean-Baptiste. Er zog ein Leinentuch aus der Tasche, das er ihm um die Augen band. Sie machten sich wieder auf den Weg, der Junge noch immer im Sattel, fest an den Knauf geklammert, Jean-Baptiste blind, eine Hand auf der Schulter eines der Räuber. Sie waren etwa eine Stunde auf diese Weise gelaufen, als man ihm die Binde abnahm. Nun fand er sich in einer finsteren Kulisse aus Grotten und Felsen wieder. Die Nacht war hereingebrochen. Das Lager, zu dem man ihn geführt hatte, wurde von sieben oder acht kleinen Feuern erhellt. Schatten machten sich an schwarzen Töpfen zu schaffen, die an Astgabeln hingen. Ein Mann, der auf der anderen Seite der kleinen Feuerstelle neben Jean-Baptiste stand, forderte ihn auf, ihm gegenüber Platz zu nehmen.

»Sie kommen also aus Soubeyran«, sagte der Mann. »Gehören Sie zu uns?«

Während er sprach, zerbrach er kleine Kastanienzweige und warf sie einzeln ins Feuer, das Funken sprühte. Er hatte ein langes, knochiges Gesicht und glänzende Augen. Hunger, Müdigkeit, die Gewöhnung an die Todesangst, die man selbst empfindet und anderen einjagt, verliehen all diesen Physiognomien große Ähnlichkeit, als würde es die Härte ihrer Lebensbedingungen diesen Menschen gerade erlauben, als Art fortzubestehen, jedoch ohne die Möglichkeit, auch als Individuen zu existieren.

Jean-Baptiste erklärte, was ihn hergeführt hatte, und obwohl seine Geschichte sehr lang war, offenbarte er nur den kürzesten Teil, der Juremi und seine Rückkehr nach Kairo umfaßte.

»Ich heiße Catinat«, sagte der Mann. »Wenigstens nennt man mich hier so. Ich kenne diesen Juremi nicht, denn er ist älter als ich. Aber ich glaube, ich habe früher von ihm gehört. Es ist ein Glück, daß er am Leben ist, und unsere Väter hatten damals keine andere Möglichkeit, als in die Ferne zu ziehen. Wir dagegen haben beschlossen, hier zu kämpfen. Die Zeiten ändern sich. Der König ist alt, das Land löst sich von ihm und murrt. Es ist nicht mehr an der Zeit, unseren Vätern zu folgen. Wir müssen hier für unsere Freiheit kämpfen.«

Einer der Rebellen, finster wie die Nacht, brachte ihnen zwei Holzschalen mit Grütze.

Während sie auf ihre kärgliche Kost bliesen, sprachen sie über Kairo und Versailles. Catinat erzählte, daß er seit zwei Jahren in den Wäldern lebte. Ihn dürstete nach Neuigkeiten aus der Welt, die er bekämpfte, und daran erkannte man, daß es nicht sein Ziel war, sie zu zerstören. Er wollte vielmehr allen darin ihren Platz einräumen. Dieses Leben eines Tieres stand im Dienste eines Menschenideals.

»Ich muß morgen früh in Sète sein«, sagte Jean-Baptiste, der seine Situation nicht aus den Augen verlor und sich wegen dieses langen Umwegs Sorgen machte.

»Wollen Sie dort ein Schiff nehmen?«

»Ja, ich fahre mit einem Fischerboot bis Genua.«

»Werden die Boten des Königs nicht schon die dortigen Beamten vor Ihnen gewarnt haben? Sie werden gewiß gesucht.«

»Ich bezweifle, daß die Boten schneller waren als ich. Und meine Flucht wurde bestimmt nicht sofort entdeckt. Ich habe noch vierundzwanzig Stunden.«

»Hmm. Das ist sehr riskant. Es steht nicht jeden Tag ein Schiff bereit. Angenommen, die Nachricht trifft ein, während Sie dort sind und mit den Fischern verhandeln. Man wird Sie auf der Stelle verraten.«

»Das weiß ich wohl«, sagte Jean-Baptiste sorgenvoll. »Seit dem Beginn meiner Flucht hatte ich genug Zeit, es mir auszumalen. Aber ich habe keine Wahl.«

Catinat leerte seinen Napf und wischte den Boden mit dem Finger aus.

»Ich rate Ihnen, sich ein paar Stunden auszuruhen. Sehen Sie sich an: Ihnen fehlt Schlaf, und in diesem Zustand bringt man nichts Gutes zustande. Gehen Sie in eine der Höhlen, rollen Sie sich in ein Schaffell ein und schlafen Sie. Wir brechen um vier Uhr auf. Bis dahin habe ich vielleicht etwas für Sie organisiert.«

Die warme Suppe und die Ruhepause am Feuer hatten Jean-

Baptistes Körper mit unendlicher Müdigkeit erfüllt. Seit seiner Abreise hatte er sich nur wenige Stunden Erholung gegönnt, niemals gänzlich entspannt, weil er ständig auf der Hut war. Er folgte Catinats Rat. Sobald er lag, fiel er trotz des widerwärtigen Geruchs des rohen Fells in tiefen Schlaf.

Catinat schüttelte ihn, wie er angekündigt hatte, um vier Uhr wach. Er breitete Kleider aus und wies ihn an, sich umzuziehen. Betäubt und nur halb bei Bewußtsein streifte Jean-Baptiste die alten Sachen ab und schlüpfte in ein Satinwams mit bestickten Manschetten, das ihm genau paßte, sowie in feine Stiefel, die ihm allerdings etwas zu groß waren. Dazu kamen ein weites Filzcape und ein Dreispitz. In dieser herrlichen Aufmachung stieß Jean-Baptiste zu der Gruppe von Männern, die um das nächste Feuer standen und unter denen er Catinat entdeckte. Mit dem Hut in der Hand sprachen sie ein kurzes Gebet, aber man spürte, daß sie sich mit ganzer Seele Gott zuwandten. Dann wurde eine Schüssel der gleichen Suppe wie am Vorabend, nur etwas dünner, verteilt. Catinat winkte Poncet zu sich heran.

»Vor drei Tagen haben unsere Leute auf der Straße nach Uzès einen jungen Edelmann erwischt, der so unvorsichtig war, ohne Eskorte dort hinauf zu reiten. Sie haben die Sache sauber erledigt, Ihr Gewand hat keine Blutspuren. Hier sind seine Papiere.«

Er reichte Jean-Baptiste ein kleines rotes Lederetui, auf dem in goldenen Lettern die Initialen H. V. standen.

»Das war einer dieser jungen Abenteurer, die sich in den Dienst der Armee stellen, um uns zu bekämpfen. Es gibt nichts Schlimmeres. Unter dem Deckmantel des Glaubens wollen sie nur plündern und ihrem Namen das Vermögen hinzufügen, das ihnen fehlt. Sie hatten großes Glück, daß niemand Sie auf dem Weg hierher für einen dieser Männer gehalten hat. Allerdings sahen Sie auch ziemlich heruntergekommen aus, während diese Edelleute sehr auf ihre Kleidung achten. Sie machen sich schön, um uns umzubringen, was für eine Ehre!«

Jean-Baptiste hatte die Brieftasche geöffnet. Sie enthielt die Papiere des Toten. Er hieß Hugues de Vaudesorgues. Er gehörte zum Hause des Prinzen de Conti, der ihn an den Generalgouverneur von Nîmes empfohlen hatte. Er war nur zwei Monate jünger als Poncet.

»Sie können Ihr Pferd behalten«, sagte Catinat. »Wir haben nur Zugpferde, die kaum zu Ihrer neuen Persönlichkeit passen. Aber mit diesen Papieren wird niemand Sie belästigen. Reiten Sie zur ersten Poststation östlich von Uzès, und wechseln Sie das Pferd ebenso selbstverständlich, als hätten Sie eine normale Tagesetappe zurückgelegt. Ihr Double ist dort nicht vorbeigekommen, und niemand wird Verdacht schöpfen. Dann reiten Sie nach Marseille. Der Hafen ist groß. Sie finden ganz gewiß ein Schiff, und niemand wird auf Sie aufmerksam werden. Es kommt oft vor, daß diese kleinen Helden bei der ersten Kugel, die wir ihnen um die Ohren sausen lassen, kehrtmachen und ihr Glück auf der anderen Seite des Mittelmeeres suchen.«

Schon graute der Morgen blaß über den nackten Ästen. Die Männer trampelten die Feuer aus, schulterten die Tornister und versammelten sich mit den Waffen in der Hand. Jean-Baptiste führte neben ihnen sein Pferd an den Zügeln bis zu einer Art Terrasse, einem flachen Felsvorsprung, von wo aus man die gewölbten Rücken der großen schwarzen Wälder und ganz weit am Horizont die Pastellinie des Tales sehen konnte. Dort trennte man sich, nachdem sich Poncet und Catinat lange umarmt hatten. Jean-Baptiste stieg auf sein Pferd und blickte ein letztes Mal im bläulichen Tageslicht auf diese struppige, elende, zitternde Truppe, die dennoch für ihn das Sinnbild der Würde war. Er bemerkte, daß die meisten über ihre armseligen Kleider ein weites Leinenhemd gestreift hatten, an dem sie einander erkennen konnten. Sie hoben ihre Schwerter oder Piken, um Jean-Baptiste zu grüßen. Während er ins Tal ritt, folgten sie mit den Blicken lange dieser Gestalt, die sie gestern getötet hatten, um sie heute wieder auferstehen zu lassen.

Drittes Kapitel

Bruder Pasquale und Bartolomeo, ein junger Novize, der frisch aus Italien eingetroffen war, warteten im Hof. Es wäre nicht angemessen gewesen, weiterzugehen. Der bärtige Kapuziner lief in einem großen Bogen um die Dattelpalme herum, die in seinen Augen etwas lächerlich wirkte, wie sie da so ganz allein inmitten dieses gepflasterten Hofes stand, der von hohen zinnenbewehrten Mauern umgeben war. Wahrhaftig, dachte er, man könnte meinen, man wäre im Gefängnis. Dieser Eindruck wurde noch dadurch verstärkt, daß die Fenster der koptischen Kirche an ihrer Seite mit geschmiedeten Eisengittern versehen waren. Als er an der halbgeöffneten Tür vorbeikam, konnte der Kapuziner die von tiefen Stimmen gesungenen Psalmen hören, und der vertraute Weihrauchduft drang bis an seine große Nase.

Im Innern der Basilika war die Atmosphäre vollkommen anders. Dank der Holzläden vor allen Fenstern und einem komplizierten System von Wandbehängen, Paravents und Zwischenwänden herrschte im Allerheiligsten vollkommene Dunkelheit. Nur das scharlachrote Leuchten der dunklen Lampen erreichte den Frieden der Objekte und der Menschen, schien fast geizig das auszuwählen, was es enthüllen wollte, und zeigte ein geradezu spitzbübisches Geschick, im Halbschatten Gold, Elfenbein und Edelsteine aufzustöbern. Ibrahim, der syrische Mönch, half dem Patriarchen und wenigen Auserwählten bei der langen Zeremonie der Segnung des Krönungsöls. Nach zahlreichen Vorreden und endlosen Gebeten nahm der Patriarch aus einem Tabernakel eine Alabasteramphore. Nun begann die eigentliche Segnung. Schließlich erfolgte das Umfüllen in ein Kännchen aus Ton, das einen kleinen Henkel besaß und mit einem Korken verschlossen wurde. Die Zeremonie endete, als draußen der Abend hereinbrach. In einer Prozession schritt der Patriarch, der das Kännchen trug, in den Vorraum und winkte einem alten koptischen Priester, der unablässig mit dem Kopf wackelte, damit er die Tür öffnete. Trotz seines Ärgers über die lange Wartezeit ging Bruder Pasquale dem Bischof der Kopten freundlich entgegen und nahm mit dem Ausdruck demütigster Unterwerfung das kostbare Gefäß aus dessen Händen entgegen, dazu ein zusammengerolltes Pergament, das den Ursprung bestätigte. Er beugte gewandt das Knie und sagte auf arabisch:

»In drei Tagen, Monsignore, wird dieses Heilige Öl auf dem Weg nach Abessinien sein.«

Der Patriarch schlug ein letztes Mal das Kreuz über den Behälter. Ibrahim wechselte einen verständnisinnigen Blick mit dem Kapuziner. Bruder Pasquale, von Bartolomeo gefolgt, grüßte, durchquerte langsam den Hof und verschwand schließlich im Tumult der Stadt.

Das koptische Heiligtum lag an einer engen Gasse, die von hohen Häusern gesäumt war. Zu Füßen fast all dieser Gebäude breiteten Geschäfte ihre Waren aus, die von Öllampen beleuchtet wurden. Die Straße war noch immer voll, und die Passanten, die durch den Schatten eilten, stießen zuweilen hart gegeneinander.

»Nimm dieses Kännchen«, sagte Bruder Pasquale zu dem Novizen. »Du siehst besser als ich.«

Der junge Mönch griff angstvoll nach der kostbaren Flasche. Er war ein dicker, pausbäckiger Junge aus Istrien. Seine Berufung war nicht sicher. Aber sein Vater, vor dem er sich fürchtete, wollte eines seiner Kinder Gott weihen und hatte unter allen diesen ausgewählt, weil er der gefräßigste und deshalb am teuersten zu unterhalten war. Seither diente Bartolomeo dem Herrn mit der Loyalität eines Soldaten, der brav kämpft, weil die Kost reichhaltig ist.

»Hast du diesen Gauner von Patriarchen gesehen, Bursche, wie er sich mit seiner großen, goldbestickten Toga wichtig tut!« brummte der Kapuziner, der vorwegging und sich nun, wo er die Hände frei hatte, das Vergnügen gönnte, sich in die Menge zu werfen und nach allen Seiten Schulterstöße zu verteilen. »Aber wenn ich diesem Schurken nicht vorher die Hälfte der Zechinen des Konsuls gegeben hätte …«

Bartolomeo lief hinter ihm her, ohne ihm von den Fersen zu weichen.

»Hör mir gut zu«, fuhr Bruder Pasquale fort. »Du bist jung, Bartolomeo. Du mußt wissen, daß die Kopten nichts sind. Gar nichts. Wenn du sie nach ihrer Kleidung beurteilst, nach ihren vergoldeten Weihrauchfäßchen, kannst du glauben, sie seien etwas. Das ist ein Irrtum. All das gehört dem Pascha. Er überläßt es ihnen zur Nutzung, aber sie selbst sind ärmer als Bettler.«

»Sind wir nicht auch arm?« fragte der junge Kapuziner etwas außer Atem, war ihm doch, seit er zu einem Leben unter den Mönchen bestimmt war, eingebleut worden, daß sie geschworen hatten, sich ihre Nahrung zu erbetteln.

»Wir, wir haben den Papst, verstehst du?« antwortete Pasquale. »Natürlich sind wir arm, aber das ist unsere Waffe, unser besonderer Platz. Nehmen wir an, wir seien die Aufklärer. Hinter uns gibt es noch die Kavallerie, die Kanonen, eine große Macht. Diese Kopten dagegen haben hinter sich nur die Krummschwerter der Moslems, die bereit sind, ihnen die Köpfe abzuschlagen. Und dennoch spielen sie die Bedeutenden und lassen uns vier Stunden darauf warten, daß sie mit ihrem Segnungssammelsurium fertig werden.«

Sie waren in eine noch engere Gasse eingebogen, wo es vollkommen dunkel war. Außer ihnen war niemand zu sehen. Durch diese Abkürzung umgingen sie die Zitadelle und waren schneller beim Konvent.

»Warten Sie, Pater«, sagte Bartolomeo. »Ich sehe nichts mehr.«

»Setz einen Fuß vor den anderen, Dummkopf. Was hat man dir im Seminar eigentlich beigebracht?«

Bruder Bartolomeo tat sein Bestes, aber plötzlich blieb er stehen, stieß einen erstickten Schrei aus und fing entsetzt an zu jammern.

»Oh! Himmel! Was habe ich getan? Ich bin verloren! Haben Sie Erbarmen mit mir! Möge der Herr mir seine Strafe ersparen! Oh! Mein Gott, mein Gott ... «

Bruder Pasquale wandte sich in der Dunkelheit um.

»Was ist denn nun schon wieder los?«

»Erbarmen, Erbarmen«, rief der Novize, der auf dem rauhen Boden kniete. »Ich habe das Kännchen fallenlassen.«

»Zerbrochen?«

»Ja! O weh, ich bin verloren.«

Bruder Pasquale stieß Verwünschungen in seinem Heimatdialekt aus, den der Novize nicht verstand, so daß sein Entsetzen noch wuchs.

»Kann man denn so ungeschickt sein?« fragte der Bruder, eher verärgert als wütend.

Der Knabe lag immer noch auf den Knien und weinte.

»Und du verschwendest auch noch Zeit, indem du dich selbst bedauerst! Komm schon, es ist nicht so tragisch, und ich bin dumm genug, dir zu verzeihen. Aber ich warne dich: Mein Zorn wird furchtbar, wenn wir wegen dir auch noch das Essen verpassen.«

»Aber«, fragte Bartolomeo, während er sich die Tränen abwischte, neu belebt durch die Erwähnung der Suppe, »was wird denn nun mit dem heiligen Kännchen?«

»Ach, das ist ganz einfach: Morgen früh gehst du zu dem arabischen Kräuterhändler gegenüber vom Kloster und kaufst bei ihm für zwei Zechinen Agavenöl.«

»Und das bringen wir zum Patriarchen, um es segnen zu lassen?«

»Segnen!« schrie Bruder Pasquale, während er den Seminaristen am Ohr packte und schüttelte. »Wie kann man nur so dämlich sein! Segnen! Du bist offenbar zum Götzenverehrer geworden?«

»Nein, nein«, plärrte Bartolomeo.

»Na also. Was sind die Segnungen der Jünger des Heiligen Markus wert, frage ich dich? Wir haben nur Umgang mit ihnen, damit wir nach Abessinien kommen. Aber wir müssen sie bekehren. Nicht umgekehrt. Verstehst du? Wir haben das Pergament, das die Echtheit des Öls bestätigt, und deshalb wird uns das des Kräuterhändlers ebensogute Dienste tun.«

Nach diesen Worten trampelte Bruder Pasquale auf dem Boden herum, um die Scherben des Kännchens zu verteilen. Dann setzte er seinen Weg fort, ohne sich weiter um Bartolomeo zu kümmern, der ihm jammernd folgte, eine Hand auf das malträtierte Ohr gepreßt.

Jeder andere als Murad wäre nach Jean-Baptistes Abreise vor Langeweile gestorben. Zurückgezogen in seinem Haus am Ende der fränkischen Kolonie, kärglich vom Konsulat versorgt, seiner abessinischen Sklaven beraubt, von den Ägyptern ebenso wie von den europäischen Händlern gegängelt, erhielt der arme Armenier nur hin und wieder Besuch von Maître Juremi. Durch dessen Vermittlung hatte er eine arabische Dienerin gefunden. Khadija war eine sehr alte, fast blinde Frau, eine Witwe ohne Kinder, welche die Armut zum Arbeiten zwang, damit sie überleben konnte. Schon am zweiten Tag ihres Dienstes bei Murad spürte Khadija eine runde Hand unter ihr weites Leinenkleid gleiten. Nach ein paar Schrecksekunden angesichts eines derart unvorstellbaren Angriffs verpaßte sie dem Schamlosen ein paar tüchtige Ohrfeigen, spuckte ihm ins Gesicht und überschüttete ihn mit Flüchen. Dann kehrte alles zu der gewohnten Ordnung zurück. Sie setzte ihre Arbeit fort, ohne noch einmal belästigt zu werden. Murad bewahrte von diesem Zwischenfall ein heiliges Entsetzen vor dieser Matrone. Khadija ihrerseits empfand wohl seit diesem Übergriff eine heimliche Dankbarkeit für den Mann, der in ihr ein Objekt des Begehrens sah, denn sie diente Murad von nun an in rührender Ergebenheit und verließ ihn nicht mehr.

Dies war über lange Wochen Murads einzige Gesellschaft. Man sah ihn hin und wieder durch die Gassen von Kairo schlendern, auf der meist vergeblichen Suche nach Vergnügungen, die er sich mit seinen beschränkten Mitteln erlauben könnte. Im Winter blieb er zu Hause, die Nase am Fenster, einen Rosenkranz zwischen den Fingern. Maître Juremi brachte ihm ab und zu ein paar Datteln. Er lutschte stundenlang an ihnen herum, bis sogar der Kern weich wurde, den er schließlich mit einem bedauernden Seufzer hinunterschluckte.

Er gehörte zu der kleinen, verstreuten Gruppe jener, die in Kairo auf eine Nachricht von Poncet warteten.

Eines Tages sah er völlig verblüfft die drei Abessinier zurückkehren. Er hatte von ihrem Mißgeschick im Hafen von Alexandria gehört und gedacht, er sähe sie niemals wieder. Nachdem man sie zu Mohammedanern gemacht hatten, waren diese Unglücklichen von derselben Menge, die sich so lebhaft um ihre Seelen gesorgt hatte, ihrem Schicksal überlassen worden. Nach einigen Tagen des Umherirrens und Bettelns überzeugte der Älteste die beiden anderen davon, nach Kairo zu Murad zurückzukehren, der ihre Sprache verstand und sie anständig behandelte. In einer ruhigen, würdevollen Prozession machten sie sich auf den Weg, und niemand beunruhigte sich jemals deswegen, denn sie sprachen ostentativ ihre fünf Gebete. Zu Fuß, in kleinen Etappen, hatten sie schließlich Kairo erreicht. Als Maître Juremi sie bei Murad sah, wo sie ihren Platz im Haus wieder eingenommen hatten – die Dienerin bestand nichtsdestoweniger darauf, zu bleiben –, war auch er sehr erstaunt.

»Es wird erzählt, man habe sie zu Türken gemacht«, sagte er zu Murad.

»Das stimmt.«

»Die Armen müssen doch ganz verzweifelt sein.«

»Überhaupt nicht. Eigentlich sind sie zum zweiten Mal Mohammedaner.«

»Wie ist das möglich?« rief der Protestant.

»Vergessen Sie nicht, daß sie Gefangene des Negus waren. Er hatte sie im Süden aufgegriffen, wo die heidnischen Stämme leben. Dort betet man Kühe, Bäume und Berge an. Wenn von außen Armeen eindringen, werden sie zu der Religion der Stärkeren bekehrt. Diese hier waren vorher Untertanen von Senaar. Der König dieses Reiches hat sie überzeugt, Allah anzubeten. Dann hat unser Herrscher sie überwältigt, und sie sind Jesus gefolgt. Nun befinden sie sich wieder im vorherigen Zustand. Aber ich bin sicher, daß sie in ihrem tiefsten Innern weiter ihre Berge oder sonst etwas anbeten, was wir nicht kennen.«

Maître Juremi betrachtete die drei Abessinier. Sie waren glücklich über ihre Rückkehr. Sie kauerten an der Tür, unbeweglich, ernst, undurchdringlich. Sie waren der lebende Beweis dafür, daß die vollkommene Unterwerfung zugleich die Art der Auflehnung ist, der man am schlechtesten beikommen kann.

Einige Tage später erhielt Monsieur de Maillet Nachricht von der Ungnade, in die Poncet gefallen war, sowie von seiner bevorstehenden Verurteilung. Er ließ Murad wissen, daß er ihm ab dem Monatsende keinerlei Unterstützung mehr zukommen lassen würde. Monsieur Macé überbrachte diese Entscheidung und fügte einige unverschämte Bemerkungen hinzu, die dem Armenier zu verstehen geben sollten, daß es in seinem Interesse liege, so schnell wie möglich nach Hause zurückzukehren – wenn überhaupt, so ergänzte der Sekretär, dieser Begriff für jemanden wie ihn eine Bedeutung habe.

Murad eilte zu Maître Juremi, schluchzte und erklärte, er sei verloren. Er hatte zunächst die Idee, sich bei einem Händler in der Kolonie eine Stelle als Koch zu suchen. Er war es in Aleppo gewesen, warum sollte er es nicht in Kairo wieder sein?

Maître Juremi erklärte ihm, daß er damit der Mission, welche ihm der Herrscher anvertraut hatte, wenig Ehre erweisen würde. Außerdem, wenn es eine Chance gab, Jean-Baptiste zu retten, so mußte man die Glaubwürdigkeit seines Berichts mit allen Mitteln unterstützen: Da er behauptete, einen Botschafter mitgebracht zu haben, dürfe man diesen nicht dabei erwischen, wie er die Soßen verdarb.

Tatsächlich bereitete es Maître Juremi große Mühe, Murad kluge Ratschläge zu geben: Er wußte selbst nur wenig darüber, was in Versailles geschehen war. Françoise hatte ihm von einem anderen beunruhigenden Ereignis erzählt: der bevorstehenden offiziellen Entsendung von du Roule. Der arme Juremi wußte nicht mehr, wie er sich verhalten sollte. Er verteidigte Poncet, allerdings in der Überzeugung, daß dieser die Partie bereits verloren hatte. Er ermutigte Murad, der würdige Botschafter des Negus zu bleiben, aber dennoch stellte er fest, daß das Konsulat dem Armenier keine Beachtung mehr schenkte und seine eigene Gesandtschaft auf den Weg brachte. Kurz und gut, er war gänzlich unentschlossen und litt sehr darunter.

Trotzdem arbeitete er weiter als Apotheker und führte Jean-Baptistes Behandlungen fort. Er war sogar, wenn auch nur insgeheim, der Drogist des neuen Pascha Mehmet-Bey geworden, der ihn ohne das Wissen der Muftis, seiner Rechtsberater, bei sich empfing.

Zu all dem kam noch die Nähe von Françoise, die als Botin zwischen ihm und dem Konsulat diente, und für die er immer größere Zärtlichkeit empfand, ohne zu wissen, ob er diese aufrichtig zeigen durfte.

Als ihm Françoise schließlich mitteilte, daß Alix beschlossen hatte, nach Frankreich zu fahren, unter dem Vorwand, dort ins Kloster einzutreten, und ihn bat, das Mädchen unterwegs zu befreien und bei der Suche nach Poncet zu unterstützen, war es für Maître Juremi trotz der vorhersehbaren Gefahren dieses Unternehmens wie ein strahlender Sonnenaufgang.

Endlich würde er kämpfen, sich bewegen, Näheres erfahren können. Nichts war für einen Mann wie ihn weniger geeignet als dieses seßhafte, von Heimlichkeit bestimmte Leben. Er wichste seine Stiefel, reinigte liebevoll seinen Degen und seine Pistolen und sang dabei vor Freude.

Der einzige, der in diesem neuen Plan keinen Platz mehr hatte, war Murad. Nachdem der Protestant ihm ständig Geduld gepredigt hatte, änderte er plötzlich seine Meinung und empfahl ihm ebenfalls, nach Abessinien zurückzukehren. Er bot ihm sogar die dafür nötigen Mittel an, also ein Reittier und etwas Geld.

So stand es nun, und Murad konnte sich nicht entschließen, als eines Morgens zwei Unbekannte vor seiner Tür standen.

Es waren zwei Franken, die niemand je in der Kolonie gesehen hatte. Sie erklärten, sie seien am Vortag angekommen.

»Sind Sie Exzellenz Murad, der Botschafter Äthiopiens?« fragte der größere der beiden Besucher, ein Mann von etwa vierzig Jahren, sehr mager, das Gesicht außerordentlich ernst und unbeweglich, sogar wenn er sprach.

»Genau der bin ich«, antwortete Murad und richtete sich auf, denn es war tatsächlich lange her, daß man sich mit soviel wohltuendem Respekt an ihn gewandt hatte. »Womit kann ich Ihnen dienen?«

»Wir kommen aus Palästina, direkt aus Jerusalem«, sagte der seltsame Gast. »Ich heiße Hubert de Monehaut, das ist mein Kollege Grégoire Riffault. Wir sind Wissenschaftler. Er ist Geograph, und ich bin Architekt.«

Der andere, jüngere Besucher nickte zu allem, was der erste sagte. Er hatte nichts Bemerkenswertes an sich, außer seinen außerordentlich hellen, fast weißen Augen, die wie zwei Porzellanuntertassen weit aufgerissen und starr auf Murad gerichtet waren.

»Wir haben von einem Bevollmächtigten des abessinischen Hofes gehört, der sich in Kairo niedergelassen hat, und sind in der Hoffnung gekommen, Exzellenz um einen Gefallen bitten zu dürfen.«

»Ich werde alles tun, was in meiner Macht steht«, sagte der in seiner Eitelkeit geschmeichelte Murad, während er beim Sprechen die gleiche steife Pose mit gestrecktem Hals annahm, die er bei Monsieur de Maillet während der Audienzen beobachtet hatte.

»Ich danke Euch bereits im voraus, Exzellenz, ich danke Euch«, meinte der erste Besucher und machte eine tiefe Verbeugung, die der Mann mit den Fayenceaugen mit leichter Verzögerung wiederholte.

»Wir sind Mitglieder einer Expedition, die unter der Schirmherrschaft der Königlichen Akademie der Wissenschaften von Spanien zusammengestellt wurde«, erklärte der Wortführer. »Vier weitere Wissenschaftler werden Ende dieser Woche zu uns stoßen. Sie kommen aus Europa, und man hat uns bereits über ihre Ankunft in Alexandria informiert. Wir wollen uns alle sechs in das Land begeben, das Ihr hier vertretet, Abessinien. Wir möchten Eure Exzellenz um die Gunst bitten, uns bei Eurem Herrscher einzuführen.«

Murad preßte die Perlen seines kleinen Rosenkranzes in der rechten Hand zusammen. »Mein Gott«, dachte er, »ihr seid meine Rettung.«

»Meine Herren«, erklärte er bedeutungsvoll, »ich werde Sie sehr gern in Ihrer Mission unterstützen. Allerdings muß ich vorher Ihre Absichten kennen. Vielleicht wissen Sie nicht, daß der Negus, mein Gebieter, strenge Regeln für den Besuch von Ausländern in seinem Königreich festgelegt hat.«

»Wir wissen es, Exzellenz. Aber unsere Absichten richten sich ausschließlich darauf, unseren Wissensdurst zu stillen. Der Geograph beispielsweise interessiert sich für den Verlauf der Flüsse, der Arzt, der sich uns anschließen wird, für die Beschreibung der häufigsten Krankheiten. Mit einem Wort, jeder wünscht die natürliche Neugier zu befriedigen, die ein unbekanntes Land in Geistern wie den unseren weckt.«

»Sie sind doch nicht auf der Suche nach Gold?« fragte Murad streng.

»Frei heraus gesprochen, Exzellenz, diese Expedition wird uns mehr kosten, als sie uns einbringt, zumindest in klingender Münze. Nein, Gold besitzen wir selbst.«

›Diese Erklärung gefällt mir‹, dachte der Armenier.

»Nun, meine Herren, ich werde Besseres tun, als Sie dem Negus anzukündigen.«

»Besseres, Exzellenz?«

»Ja, ich werde Sie zu ihm begleiten.«

»Ist das möglich?« rief Monehaut.

»Der Zufall will es, daß Sie mich gerade am Vorabend meiner Rückreise aufsuchen. Ja, so ist es: Morgen muß ich zu meinem Gebieter zurückkehren.«

»Morgen! Aber wir werden noch nicht bereit sein.«

»Leider kann ich nicht warten«, erklärte Murad majestätisch.

»Wir brauchen eine Woche, um unsere Kollegen zu erwarten und das Material für die Expedition zu kaufen.«

»Meine Herren, ich wäre herzlich gern bereit, meine Abreise zu verschieben, aber Sie müssen mir glauben, es ist unmöglich.«

»Dürfte ich mir erlauben, nach dem Grund zu fragen? Vielleicht könnten wir ... «

»Oh, meine Herren, der Grund ist sehr einfach. Um meine Mission zu erfüllen, hat mich der Herrscher mit einem bestimmten Betrag ausgestattet, der nun erschöpft ist. Es steht außer Frage, daß ich die Zuwendung einer ausländischen Macht annehmen könnte. Der Konsul Frankreichs hat mir eine Unterstützung angeboten, die ich mit all der Energie, die meine Diplomatenehre mir gebietet, abgelehnt habe. Deshalb muß ich abreisen.«

»Wir verstehen«, sagte der Besucher unbeirrbar. »Aber wenn uns Eure Exzellenz die Gnade erweisen würde, ein wenig zu warten, so wäre es an uns, die wir Ursache der Verzögerung sind, die Kosten dafür zu tragen. In gewisser Weise ginge es nur darum, die Bezahlung der Verpflichtung zu akzeptieren, die wir Euch gegenüber eingingen.«

»In diesem Fall wäre es tatsächlich nicht unangemessen«, sagte Murad.

Daraufhin zog der kleine Mann mit beachtlicher Schnelligkeit, Diskretion und Takt eine Lederbörse aus seinem Anzug, die er dem Botschafter vor die Füße legte.

Man vereinbarte, daß dieser Anzahlung weitere Beträge folgen würden, sofern sich die Abreise verzögern sollte, aber die Gelehrten verpflichteten sich, nicht länger als acht Tage zu warten.

»Ein letztes Anliegen, Exzellenz«, sagte Monsieur de Monehaut. » Wir würden es vorziehen, wenn der Konsul nicht in unsere Vorbereitungen einbezogen wird, ja, wenn er nicht von unseren Plänen erfahren würde. Spanien und Frankreich sind im Moment zwar einig, aber schon morgen … «

»Seien Sie ohne Sorge«, sagte Murad.

Die beiden Männer verabschiedeten sich unter tausend Dankesworten. Sobald sie weg waren, stürzte sich Murad auf die Börse, zählte zwölf Taler und sprang vor Freude in die Luft.

Noch am selben Abend gab er sechs davon in einer Karawanserei aus, wo er sich mit seinem Reichtum aufspielte.

Viertes Kapitel

Der Chevalier Le Noir du Roule war durch die Ereignisse, die sich im Konsulat abgespielt hatten, stark angegriffen. Die Angst, von dem Skandal mitgerissen zu werden, hatte ihn zunächst gelähmt. Dann, als er sah, daß er mit heiler Haut davonkam, wich diese Furcht zurück wie das Wasser bei Ebbe. Nun entdeckte er voller Erstaunen, daß sein Verlangen nach Alix keineswegs nachgelassen hatte. Er besaß sogar die Kühnheit, mehr noch die außerordentliche Unvorsichtigkeit, wieder des Nachts an der Tür der künftigen Nonne zu kratzen und um ihre Gunst zu flehen. Er ging nicht mehr aus, sein Geist war einzig von diesem Begehren erfüllt. Er versuchte, ihr zufällig zu begegnen – ohne Erfolg, denn sie blieb in ihrem Zimmer eingeschlossen. Kurzum, er erkannte die Symptome der Leidenschaft, über die er bei anderen so oft gespottet hatte, und gestand sich ein, daß er verliebt war. Diese Schwäche brachte ihn zur Verzweiflung. Ihm schien, als sei jede Entgleisung zu entschuldigen, mit Ausnahme dieser einen, die einen in geistlose Abhängigkeit von einem Geschöpf geraten läßt, das es meist nicht einmal wert ist und dessen Eroberung oft nicht einmal den eigenen Interessen dienen würde.

Dem Konsul blieb das Schmachten des armen Abgewiesenen nicht verborgen. Monsieur de Maillet fühlte sich ungeheuer schuldig an dieser Enttäuschung und begann, den Chevalier mit Zeichen grenzenloser Freundschaft zu überschütten. Der Unglückliche schien sogar die Lust an seiner Gesandtschaft verloren zu haben. Der Konsul sprach nicht mehr von diesem Plan, fuhr jedoch fort, die Karawane zusammenzustellen und Geschenke für die Fürsten kaufen zu lassen, deren Territorien man durchqueren mußte. Er bereitete alles für den Tag vor, da du Roule aus seiner Melancholie erwachen würde. Inzwischen empfing er ihn jeden Morgen und jeden Abend in seinem Arbeitszimmer, um ihm tröstende Reden zu halten.

Nichts bestätigt einen mehr in seinem Kummer, als wenn dieser geteilt wird. Während du Roule den Konsul ständig von den schweren Prüfungen reden hörte, welche die Vorsehung sensiblen Herzen auferlegt, um sie zu prüfen, wuchs sein Selbstmitleid ins Unermeßliche. Aber die bedeutungsschwere Rhetorik Monsieur de Maillets entstammte einem anderen Zeitalter. Sein verfehlter Schwiegersohn verlor schließlich die Geduld, wenn der Konsul auf die großen, frommen Tugenden der ritterlichen Liebe anspielte, die seiner Meinung nach allein den Edelmännern zuteil würde. Um ihn zum Schweigen zu bringen, hätte du Roule ihm gern gesagt, daß er nur zwei Wünsche hatte, die seine Tochter betrafen: sie erneut eine ganze Nacht lang zu besitzen und sie dann selbst zu verlassen.

Er verzichtete darauf, diese Absichten auszusprechen, formulierte sie jedoch in Gedanken und erkannte dabei, daß sein Zustand vielleicht gar nicht so sehr der eines Verliebten war, wie er fürchtete. Er war vielmehr in seinem fleischlichen Begehren und in seiner Eigenliebe getroffen. Wie ein Verwundeter, wenn der erste Schmerz abklingt, nüchtern seine Wunden betrachtet und erkennt, daß er überleben und seine Kraft zurückgewinnen wird, steigerte du Roule die Wertschätzung für sich selbst, als er feststellte, daß er nicht der Liebe verfallen war. Er beschloß mutig, sich wieder zu fangen. Gleich am nächsten Tag übernahm er bei einem Kaufmann die Faro-Bank und verlor viel Geld. Er aß, trank übermäßig und beendete die Nacht zwischen zwei Tänzerinnen bei einer türkischen Haremsmutter, die viele junge Schönheiten zu bieten hatte. Kurzum, er ließ sich nicht länger gehen.

Alix erschien ihm erneut als das, was ein gesundes Urteil in ihr erkennen mußte: eine Halbverrückte, die durchaus in ein Kloster gehörte, wo sie für den Rest ihres Lebens genug Zeit haben würde, sich der Erinnerung an die kurzen Freuden hinzugeben, die er in seiner Güte mit ihr geteilt hatte.

Aus Vorsicht hütete sich du Roule, Monsieur de Maillet sogleich diese Veränderung spüren zu lassen. Er tat, als erhole er sich nur in kleinen Schritten wieder, und der Konsul bemühte sich, diese zu fördern, indem er ihm mehr denn je seine Fürsorge zuteil werden ließ. Aus Frankreich waren günstige Depeschen eingetroffen, die das Interesse des Ministers an dieser Abessinien-Mission bestätigten. Monsieur de Maillet hielt sich für berechtigt, aus der Konsulatskasse große Vorschüsse zu zahlen, damit es den Reisenden an nichts fehlte. In den Augen aller Welt – und vor allem in denen der Äthiopier – sollte diese Mission auf den ersten Blick ihren offiziellen Charakter enthüllen. Alles würde sie deshalb von dem armseligen Aufzug unterscheiden, in dem Poncet und sein vorgeblicher Diener Joseph gereist waren.

Die Karawane von du Roule sollte aus dreiundzwanzig Kamelen der besten Rasse mit kostbaren Sätteln und Beschlägen bestehen. Sie sollte von dem Mauren Belac geführt werden, einem Beauftragten des Königs von Senaar. Schweren Herzens erklärte sich der Konsul bereit, auf Frisetti, den Ersten Dolmetscher, zu verzichten, damit dieser die Gesandtschaft begleitete. Als er vollständig wiederhergestellt war, bat du Roule darum, die übrigen Reisenden gänzlich seiner Wahl zu überlassen. Ohne den Konsul darüber zu informieren, wählte er als rechte Hand einen jungen Franzosen, der im Vorjahr in Kairo eingetroffen war und sich durch die Vielzahl und Ruchlosigkeit seiner Laster auszeichnete. Du Roule hatte diesen Rumilhac – das war sein Name – beim Spiel kennengelernt, wo er damit glänzte, die gutmütigen Bürger der Stadt auszunehmen. Der Diplomat, dem niemand erklären mußte, was ein Trickbetrüger war, entlarvte ihn ohne Mühe. Anstatt ihn jedoch zu verraten, machte er gemeinsame Sache mit ihm. Ihr bis dahin schon schmeichelhafter Ruf steigerte sich, bis man sie als unschlagbares Paar anerkannte. Rumilhac war jung genug, um trotz seines unstillbaren Durstes noch eine schlanke, angenehme Gestalt zu bewahren. Ein kleines Netz blauer Adern auf seinen Wangenknochen kündete jedoch schon von den ersten Folgen seiner Ausschweifungen.

Du Roule wählte noch zwei weitere Männer vom gleichen

Schlag aus, die allerdings weniger durch ihre Sünden glänzten: einen früheren Gendarmen, der aus finsteren Gründen seinem Dienst entflohen war und in Kairo dahinvegetierte, sowie einen Schmuckhändler aus Arles, zweifellos ein Hehler und Fälscher, der die Ferne vorgezogen hatte. Obwohl diesen Herren ein zweifelhafter Ruf vorauseilte, waren ihnen die Unverschämtheit und eine übertriebene Würde in ihrem Benehmen gemeinsam. Monsieur de Maillet, der sie nie zuvor kennengelernt hatte, war nicht begeistert von dieser Wahl. Er mußte allerdings zugeben, daß diese Gruppe, wenngleich ohne gute Referenzen, einen angenehmen Eindruck machte. Um ihn zu überzeugen und sich selbst ins rechte Licht zu rücken, sagte du Roule:

»Es ist außerordentlich selten, wahre Edelmänner zu finden, die solchen Gefahren trotzen können.«

Zu dieser Gruppe, wo jeder einen Namen, wenn auch keinen Stand besaß, kam ein Dutzend Habenichtse, die unter den Gestrandeten der Kolonie ausgewählt wurden: Deserteure, geflohene Dienstboten, Söldner jeder Art, aus denen du Roule seine Kampftruppe bilden wollte.

Die erste Aufgabe der beiden Anführer dieser Horde bestand darin, die Mittel des Konsulats zu verschleudern, um die Waren für die Karawane zu kaufen.

Du Roules Politik war einfach, und seine Partner hatten sie schnell begriffen: Die Mission war der Vorwand, aber der Handel ihr einziges Anliegen. Es ging darum, die Geschenke weitgehend einzuschränken und sich statt dessen mit Waren einzudecken, die man verkaufen oder tauschen konnte. So würden sie auch die lange Reise nutzen können, um ein Vermögen anzuhäufen und dieses in Abessinien gegen ein noch größeres einzutauschen. Vielleicht wären die Bedingungen dort auch für noch ehrgeizigere Unternehmungen geeignet, könnten sie sich dort eine Armee kaufen, Verbündete und – warum nicht? – die Macht selbst? Eine tiefe Freundschaft entwickelte sich auf Anhieb zwischen den künftigen Reisenden: Du Roule war gemeinsamer Gegenstand ihrer Bewunderung. Angesichts seiner ungeheuren Maßlosigkeit und der Kühnheit seines Zynismus' zweifelte keiner daran, daß er ein Fürst war, den sie in sein Königreich begleiteten.

Von den Gefahren, die mit ihrem Unternehmen einhergingen, machten sie sich eine ziemlich genaue Vorstellung. Jeder von ihnen war überzeugt, Abenteuer erlebt zu haben, mit denen sich nichts anderes würde messen können. Gegen Hunger und Durst müßte man sich nur mit ausreichend Vorräten versehen. Was die Eingeborenen betraf, so hatten sie, die das Leben in der Levante gewöhnt waren, ein sehr konkretes Bild von ihnen, das durch den Kontakt mit vielen nubischen oder sudanesischen Dienern und anderen Kaffern, von denen es in der Kolonie wimmelte, geprägt wurden. Mit ihnen gab es kein Problem, das sich nicht durch eine anständige Tracht Prügel lösen ließ. Sie rüsteten sich reichlich mit Degen, Pistolen und Arkebusen aus, weniger, um sich damit zu verteidigen, als um sie den Wilden zu verkaufen, die sich alle der unschuldigen Leidenschaft hingaben, einander gegenseitig auszurotten.

Beim Kontakt mit diesen Eingeborenen mußte man ansonsten vor allem mit den Frauen rechnen, die kühner waren als ihre Männer und diese beherrschten. Für die Frauen kauften sie zu lächerlichen Preisen bunte Stoffe, Rasseln und sogar Zerrspiegel, wie sie in Europa auf Jahrmärkten gezeigt wurden, die ein venezianischer Kaufmann erst kürzlich eingeführt hatte.

Während diese Vorbereitungen stattfanden, beschäftigte sich Alix mit ihren eigenen, die bescheidener, aber nicht weniger sorgfältig waren. Sie hatte ihren Vater um die Erlaubnis gebeten, ihr Zimmer nicht mehr verlassen zu müssen. Er hatte es ihr mit Erleichterung gewährt. Vollgestopft mit den tröstlichsten Gedanken des Epiktet, den er in den letzten Tagen verschlungen hatte, glaubte Monsieur de Maillet, die Gleichgültigkeit des Stoikers erlangt zu haben, der in seiner Überlegenheit Schmerz und Schande nicht mehr spürt. Diese Haltung war noch nicht gefestigt: Wenn er gegen eine Tür stieß, versetzte er ihr mechanisch gewaltige Schläge mit dem Gehstock. Aber das waren nur Nachwehen – für ihn existierte seine Tochter nicht mehr. Madame de Maillet besaß nicht diese Entschlossenheit, und ihr Gatte machte ihr deswegen Vorhaltungen. Er hatte ihr nichts von der furchtbaren Missetat erzählt, die Alix ihm gestanden hatte. Ihre Mutter weinte also nur über ihre Berufung. Wie wäre es erst, wenn sie ihre Entehrung beklagen müßte? Alix empfing die arme Frau einmal am Tag, am späten Nachmittag, und ließ sie die kleine, mit rosafarbener Seide bezogene Bank, auf der sie einst zum Lesen saß, mit ihren Tränen überfluten. Ansonsten öffnete sie ihre Tür einzig für Françoise. Monsieur de Maillet hatte in seinem Zorn, keineswegs von ihrer Unschuld überzeugt, verboten, daß die Wäscherin seine Tochter nach Frankreich begleitete. Sie durfte ihr jedoch bis zur Abreise Gesellschaft leisten.

Gemeinsam stellten sie eine seltsame Novizinnenausstattung zusammen. Sie vereinbarten, daß Alix am Tag ihrer Abreise eine dunkelbeige Tunika tragen würde, streng wie der Konvent, die jeden Verdacht zerstreuen mußte. Darunter würde sie jedoch ihre Samthosen, ein weites Hemd und einen Ledergürtel, in den man Pistolen stecken konnte, anziehen. Unter einer Schicht einfacher Wäsche, wie sie zu einem Leben im Gebet paßte, hatte Alix in ihrem Koffer ein Paar weiche Lederstiefel verborgen, die Françoise nach dem Maß ihres eigenen Fußes – der von gleicher Größe war wie der des Mädchens –, in der Altstadt hatte anfertigen lassen. Dazu kamen geräderte Sporen und ein Dolch mit Elfenbeingriff. Schließlich hatte die treue Françoise unter ihren Kleidern noch ein Florett hereingeschmuggelt, das Maître Juremi für diesen Anlaß geschliffen hatte. Jetzt fehlten nur noch Pistolen, Pulver und Bleikugeln, die wenig später in einem Wäschekorb gebracht wurden.

Diese Vorbereitungen dauerten etwa zehn Tage, denn sie waren zu größter Vorsicht gezwungen. Dann war Alix bereit. Während sie die Mahlzeit verspeiste, die ihr die Köchin auf einem Tablett brachte, sah sie nachdenklich aus dem Fenster. Wann würde sie abreisen? Warum ließ dieses Schiff auf sich warten? Das Jahr schritt voran. Der Februar ging zu Ende, und allmählich legte sich wieder die Hitze über Ägypten. Die Lebenskraft kehrte in die Bäume zurück. Eines Tages war der brennende Busch im Garten mit kleinen roten Punkten bedeckt, die mit einem Mal aufgeblüht waren und dem Rasen Farbe verliehen. Sie sah darin ein Vorzeichen, daß sie bald mit Jean-Baptiste vereint sein würde. Sie hatte keine Tränen mehr, um zu bedauern, zu leiden. So tief sie auch in sich forschte, sie entdeckte nichts als wilde Ungeduld.

Von all den Reisenden in Kairo war Murad der erster, der die

Stadt verließ. Er verabschiedete sich vom Konsul, der ihn liebenswürdig empfing. Seine Spione hatten ihm von sechs Männern berichtet, und er zog daraus den Schluß, daß es sich um die Jesuiten handele, die Fléhaut angekündigt hatte. Der Minister hatte befohlen, in dieser Angelegenheit Schweigen zu bewahren: Monsieur de Maillet hielt sich streng an diese Anweisung. Er legte größten Wert darauf, seine eigene Gesandtschaft von den religiösen Initiativen getrennt zu halten. Er wünschte Murad eine gute Reise und übermittelte ihm mündlich herzliche Grüße des Königs von Frankreich an den Herrscher Äthiopiens, falls er diesen überhaupt treffen würde ...

»Welchen Weg werden Sie nehmen, um in dieses Land zurückzukehren?« fragte der Konsul Murad.

»Exzellenz, wir werden uns nach Djedda wenden, und dann über Massaua den Weg nach Gondar nehmen.«

»Sie wählen also den Wasserweg.«

Das war eine gute Nachricht. Wenigstens würden sie so du Roule nicht in die Quere kommen und mit ein wenig Glück sogar länger unterwegs sein als dieser.

Auch Maître Juremi verabschiedete sich herzlich von Murad, denn er mußte jetzt nicht mehr fürchten, ihn in einer unangenehmen Situation zurückzulassen. Die Vorsehung hatte ihn »in extremis« gerettet. Der Protestant kannte die Gelehrten nicht, die Murad begleiten würden. Obwohl ein flüchtiger Zweifel seine Gedanken streifte, zeigte Maître Juremi die Schwäche, dem Geheimnis ihrer Identität nicht auf den Grund zu gehen. Er war erleichtert um des Armeniers willen und selbst zu sehr mit der schwierigen Mission beschäftigt, die ihm Alix anvertraut hatte, als daß er neue Komplikationen an Stellen gesucht hätte, wo es diese womöglich gar nicht gab. Murad und seine Begleiter machten sich an einem sonnigen Morgen zu Pferd auf den Weg nach Suez. Die drei Abessinier folgten wiederum in einem Kabriolett.

Zwei Tage später hätte ein Zwischenfall beinahe Alix' Plan aufgedeckt. Ein Bote aus Versailles war im Konsulat eingetroffen. Das bedeutete, daß kurz zuvor ein Schiff in Alexandria angekommen war und die Abreise unmittelbar bevorstand.

Von letzten Ängsten erfaßt, wollte Alix erfahren, ob die neue Post nicht irgendwelche Informationen über Jean-Baptiste enthielten. Sie hatte die unbestimmte Furcht, daß sie durch ihren Aufbruch beide entgegengesetzte Wege beschreiten könnten, die ihre Probleme noch verschlimmern würden, anstatt sie zu lösen.

Wie gewöhnlich brachte Monsieur Macé die Briefe dem Konsul, der sich in seinem Arbeitszimmer einschloß, um sie zu lesen. Er tauchte erst zum Mittagessen wieder auf, das er mit seinem Sekretär einnahm. In aller Eile verabredeten Alix und Françoise, daß diese die folgende Stunde nutzen würde, wenn der Konsul wie üblich im Obergeschoß seine Mittagsruhe hielt, um in sein Arbeitszimmer zu schleichen und einen Blick auf die Post zu werfen. Sie folgte kühn diesem Vorhaben und begann den ersten Brief zu lesen. Die arme Frau war nicht sehr geschickt darin, die Schrift des Ministers zu entziffern. Sie quälte sich und stockte immer wieder. Meist enthüllte sich der Sinn der Sätze nicht bei der ersten Lektüre. Sie verlor Zeit. Und immer noch nichts über Jean-Baptiste …

Plötzlich waren in der Eingangshalle Stimmen zu hören, als sei ein Besucher eingetroffen. Sie hatte jedoch keine Kutsche auf dem Hof gehört. Der Gast war offensichtlich zu Fuß gekommen. Françoise ließ den Brief fallen und rannte zum Musiksalon. Als sie die Tür öffnete, sah sie Madame de Maillet dort sitzen und allein vor sich hin schluchzen. Glücklicherweise wandte sie ihr den Rücken zu. Françoise schloß die Tür, hörte die Stimme von Monsieur Macé näherkommen. Bestürzt verbarg sie sich hinter einem Wandbehang. Der Sekretär trat ein. Er war in Begleitung eines Mannes, der mit ausländischem Akzent sprach.

»Warten Sie hier, Pater, ich bitte Sie. Monsieur de Maillet wird sogleich erscheinen.«

Monsieur Macé ließ den Gast im Zimmer zurück, und Françoise hörte, wie er die Treppe hinauflief. Wenig später kam der Konsul herunter, trat ein und sagte in dem unwilligen Ton eines Menschen, dem man in den Tropen seine Mittagsruhe stört:

»Nun, Bruder Pasquale, warum müssen Sie mich so dringend sehen?«

»Ah, Signor Konsul, verzeihen Sie mir. Ich wußte nicht, daß Sie schlafen. Aber wir haben das Öl!«

»Das Öl?«

»Ma sì, das Krönungsöl.«

»Ach so, das Öl« sagte der Konsul mißgelaunt. »Und weiter?«

»Oh, der Patriarch war sehr gierig. Wir mußten ihm alles geben, was Sie für uns gesammelt hatten.«

»Das ist Ihre Angelegenheit, Bruder Pasquale. Wir haben uns auf eine Summe geeinigt. Mehr werde ich Ihnen nicht geben.«

»Aber ich flehe Sie an, Signor Konsul, unsere Fratri werden morgen abreisen. Sie haben nicht einmal Maultiere, um darauf zu reiten. Zu Fuß! Sollen sie bis Abessinia zu Fuß gehen?«

»Bedrängen Sie mich nicht, Bruder Pasquale. Ich wiederhole, das ist Ihre Angelegenheit.«

Der Kapuziner machte eine Pause. Françoise rührte sich nicht in ihrem Versteck.

»Wenn ich an all die Kamele der Karawane Ihres Gesandten denke ... «

»Das hat nichts damit zu tun.«

»Leider! Aber sie werden auch nach Senaar kommen. Sie könnten unsere Fratri und das Öl mitnehmen.«

»Das kommt nicht in Frage. Diese beiden Angelegenheiten müssen streng getrennt bleiben. Das ist ein Befehl des Königs.«

»Vielleicht des Königs von Frankreich. Aber nicht des Königs von Senaar.«

»Was wollen Sie damit sagen?«

»Niente! Wir kennen den König von Senaar sehr gut. Das ist alles.«

Diese Worte klangen völlig harmlos. Dennoch konnte man wie durch klares Wassers einen trüben, schwärzlichen Untergrund sehen, wo sich mit der Gewandtheit einer Muräne gefährliche Drohungen schlängelten. Monsieur de Maillet verstand sofort. Er durfte nicht das geringste Risiko eingehen. Diese Mönche würden die Reise in jedem Fall antreten. Sie waren ohne Gepäck. Sie würden schnell vorankommen. Man mußte unter allen Umständen vermeiden, daß sie eine Intrige gegen du Roule spannen, ehe dieser in Senaar eintraf.

»Gut, was brauchen Sie?«

Nach langem Hin und Her nötigte ihm der Kapuziner ein Kamel, zwei Maultiere und ein wenig Gold ab. Er verabschiedete sich unter ergebenen Danksagungen.

»Wir verlieren kaum etwas dabei«, erklärte der Konsul Monsieur Macé, um seine Kapitulation zu rechtfertigen. »Wenigstens steht er jetzt in meiner Schuld.«

Nach diesem Satz verließen sie das Arbeitszimmer. Françoise wartete noch, bis sich der Konsul wieder hingelegt hatte und Monsieur Macé in seinem Verschlag verschwunden war, ehe sie das Versteck verließ und zu Alix hinaufeilte.

Fünftes Kapitel

Die Karawane der Gesandtschaft brach eine Woche später als Murad auf. Monsieur de Maillet würdigte dieses Ereignis mit großem Aufwand. Alles, was Rang und Namen hatte, begleitete du Roules Mission, und da viele darauf Anspruch erhoben, ohne tatsächlich über einen Titel zu verfügen, ließ sich der Konsul diese Ehre teuer bezahlen und entschädigte sich auf diese Weise ein wenig für die entstandenen Kosten. Der Pascha hatte Schwierigkeiten gemacht, die für die Abreise nötigen Genehmigungen zu erteilen. Aber der Konsul wollte keineswegs unauffällig bleiben, und mit dieser Zeremonie demonstrierte er, welchen Wert Frankreich dieser Angelegenheit beimaß. Man kann nicht immer den Rücken vor den Türken beugen, sagte er, auch wenn sie behaupten, hier zu Hause zu sein.

Der Chevalier du Roule und seine Bande hochmütiger Spitzbuben machten sich prächtig auf ihren Kamelen. Belac, ein geschickter Karawanenführer, hatte beim Aufzäumen den Tieren Bänder mit silbernen Glöckchen um die Fesseln gebunden, um ihre Vornehmheit zu unterstreichen.

Es würde schwierig werden, die Karawane von Assiout zu erreichen, der sich Poncet damals angeschlossen hatte. Deshalb beschloß man, daß die eigene Karawane groß genug sei, um allein den Weg zurückzulegen, den Belac sehr gut kannte und der sie direkt in den dritten Katarakt führen würde.

Während dieser herrliche Troß nach Süden zog, noch lange von den gerührten Blicken des Konsuls und der Elite der fränkischen Kolonie begleitet, brach ein weiterer Zug vom Konsulat auf.

Monsieur de Maillet hatte festgelegt, daß die Abreise seiner Tochter genau zu diesem Zeitpunkt erfolge, um die Aufmerksamkeit und den Skandal zu vermeiden. Sie fuhr allein, in einer schwarzen Kutsche ohne Wappen. Zwei Wachen folgten zu Pferd. Madame de Maillet verlor in der Eingangshalle das Bewußtsein, nachdem sie die Nonne, die sie Gott schenkte, umarmt hatte. Françoise mußte sie in ihr Zimmer tragen und konnte der Freundin deshalb nicht einmal mit den Augen folgen.

Der Konsul hatte den Aufstieg der Wäscherin zur Kammerdienerin nur unter der Bedingung geduldet, daß er an dem Tag, da Alix das Konsulat verließe, von ihrem Anblick befreit sei. Am selben Abend schnürte sie ihr Bündel und ging nach Hause.

Durch das Fenster sah sie Maître Juremi auf der Terrasse sitzen und gesellte sich zu ihm. Sie erzählte ihm von Alix' Abreise. Sie wiederholten noch einmal, was sie in den folgenden Tagen zu tun hatten. Dann breitete sich eine peinliche Stille aus.

Es war sechs Uhr abends. Das Himmelsviereck über der Terrasse färbte sich dunkelblau. Man sah bereits ein paar Sterne blinken, erkannte aber auch noch das Grün der Orangenbäume. Dies ist der Augenblick, wo die Lichter der Nacht und die Farben des Tages einander begegnen und grüßen. Noch immer entfaltete sich der Dschungel um das Haus, und Maître Juremi hatte sich in letzter Zeit kaum um seine Pflege gesorgt. Die großen Blätter der vielfältigen Vegetation preßten sich gegen die Fensterscheiben.

»Sie kümmern sich nicht mehr um Ihre Pflanzen«, sagte Françoise.

»Wozu noch? Morgen ... «

Der Gedanke, daß sie Kairo in kaum zwei Tagen verlassen würden und niemals zurückkehren konnten, ließ sie in gemeinsame Wehmut versinken. Aufbrechen, ja, gemeinsam aufbrechen, denselben Weg nehmen, denselben Gefahren begegnen, seit zwei Jahren war nichts anderes geschehen, aber niemals hatten sie es so nah beieinander getan. Françoise spürte, wie Juremi bei dieser Vorstellung traurig wurde.

»Ich bitte Sie«, sagte sie, »grollen Sie mir nicht. Es ist nun einmal so: Wir werden zusammen sein. Seien wir einfach glücklich darüber. Ich verlange nichts anderes von Ihnen.«

Sie saßen einander sehr nah gegenüber.

»Jean-Baptiste ist verschwunden, Alix hat uns eben verlassen«, sagte sie. »Oh, Juremi, verbindet uns einzig das, was uns fehlt?«

Er hob seinen großen, bärtigen Kopf und sah sie mit seinen warmen Augen an. Sie legte das Gesicht an die Brust des Riesen, und er schloß die Arme um sie. Als die Nacht ganz hereingebrochen war, stiegen sie durch das Fenster in Françoises Wohnung. Sie hatte ein breites Bett, das an zwei Ecken von Ziegelsteinen gestützt wurde. Es quietschte die ganze Nacht unter ihnen, teilte wie ein großes Schiff die Wogen von Wollust, Zärtlichkeit und Freiheit.

Am Morgen kehrte Maître Juremi in sein Haus zurück und kümmerte sich um sein Gepäck. Zumindest hatte er das vor. Aber er irrte von unten nach oben, sah auf die Pflanzen, die ihm so lange Gesellschaft geleistet hatten, setzte sich, sprang auf, lief ruhelos umher. Er hatte nicht einmal Kraft zum Gebet. Er wußte nicht, wie er sich unter solchen Umständen an seinen Gott wenden sollte.

Françoise besaß genug Feingefühl, um ihn nicht zu stören. Sie wußte, daß sie am nächsten Tag im Morgengrauen gemeinsam aufbrechen würden und daß sie ihn dann so lange an ihrer Seite hatte, wie sie es sich nur wünschen konnte.

Um fünf Uhr nachmittags begann sich die Dunkelheit in der finsteren Höhle im Erdgeschoß auszubreiten. Im Gegensatz zu einem Schläfer, den das Licht weckt, wird der Träumer oft durch den Einbruch der Nacht aus seiner Welt gerissen. Maître Juremi entzündete eine Öllampe und geriet in leichte Panik, weil er noch nichts gerichtet hatte. Er holte ein paar alte Ledertaschen hervor, die seit seiner Rückkehr aus Abessinien unter einem Schrank vor sich hin trockneten, und begann, das Nötigste zusammenzutragen.

Um sieben Uhr klopfte es an der Eingangstür. Er glaubte, es sei Françoise, und ärgerte sich darüber. Es klopfte erneut. Diese Ungeduld erschien ihm nur allzu vertraut. Er ging noch langsamer, erreichte brummend die Tür und öffnete einen verrosteten Spion, den er sonst nie benutzte.

»Was ist?« fragte er grob und blickte durch das Eisenloch.

Eine männliche Gestalt zeichnete sich vor dem helleren Hintergrund der Arkaden ab.

»Was wollen Sie?« fragte Maître Juremi, der glaubte, es mit dem Bittsteller für einen Krankenbesuch zu tun zu haben.

»Mach auf«, sagte der Mann.

»Immer mit der Ruhe, mein Freund. Ich muß Ihnen sagen, daß niemand da ist.«

Der Eindringling trat so nah an den Spion, daß er ihn fast mit dem Mund berührte. Er murmelte:

»Spiel nicht den Esel, mach auf.«

Maître Juremi wurde totenbleich.

»Bist ... du es?« fragte er.

»Komm schon, laß mich nicht hier stehen, wo mich jeder sehen kann.«

In Sekundenschnelle hatte der Protestant den Riegel zurückgeschoben, die Tür geöffnet und Jean-Baptiste hereingelassen. Sie fielen einander in die Arme, stumm vor Tränen.

»Laß dich ansehen«, sagte Maître Juremi schließlich, hob die Lampe und trat einen Schritt zurück.

Sein Freund war nicht wiederzuerkennen. Gewiß, er hatte noch seine schwarzen, blitzenden Augen und eine Gesichtsform, dank der man, wenn man die Wahrheit kannte, sagen konnte: »Ja, vielleicht könnte er es sein.« Aber er hatte sich vollkommen verändert. Das Haar, in dem sich graue Strähnen zeigten, war kurzgeschnitten. Ein spitzer Schnurrbart veränderte die Form seiner Nase. Ein altmodisches Kinnbärtchen ließ seinen Mund stolz und beleidigt aussehen. Dazu kam die Eleganz eines Edelmannes: Er trug ein maulwurfgraues, perlenbesticktes Wams, feine Spitzenmanschetten, eine Seidenweste und in der Hand einen Dreispitz mit weißen Federn.

»Hättest du mich wiedererkannt?« fragte Jean-Baptiste lachend.

»Oh, dieses Lachen, das bist ganz du«, sagte der Protestant und umarmte den Freund erneut.

»Wir dürfen keine Zeit verlieren«, sagte Jean-Baptiste. »Mein Pferd ist draußen angebunden, vor den Arkaden. Hol es und bring es in den Stall von Bennoch.«

Hinter ihrem Haus pflegte der Händler Bennoch seine Wagen unterzustellen. Aber er war nicht mehr so wohlhabend wie einst: Es gab viel Platz, den die Nachbarn nutzen durften. Eilig führte

Maître Juremi das Pferd hinein. Er kam mit dem schweren Sattel über dem Arm und dem Kleidersack auf der Schulter zurück.

Jean-Baptiste war oben bei seinen Pflanzen, die er einzeln begrüßte, indem er ihre Blätter ebenso sanft berührte, wie man ein Waisenkind streichelte.

»Sie machen, was sie wollen«, sagte er zu Maître Juremi, ohne einen Vorwurf in der Stimme, lediglich mit der leichten Ironie, mit der man zu einem Lehrer spricht, dem die Kinder nicht gehorchen.

»Teufel nochmal!« rief Maître Juremi, der durch den kurzen Gang an die frische Luft seine Sinne wiedergefunden hatte. »Man hat uns erzählt, du würdest in Paris von einem Gericht festgehalten. Wir hatten dich schon fast in der Bastille gesehen ...«

»So war es auch. Aber das geht mich alles nichts mehr an: Ich bin jetzt ein anderer. Du siehst vor dir den Chevalier Hugues de Vaudesorgues aus dem Fürstenhaus der Conti.«

Er verneigte sich elegant und lächelte.

»Wie geht es Alix?« fragte er plötzlich in ganz anderem Ton.

Maître Juremi erfaßte auf einen Schlag die Situation.

»Sie glaubte dich auch in Paris. Sie ist gestern früh abgereist.«

»Abgereist!« rief Jean-Baptiste. »Aber wie ? Wer konnte ...«

»Sie ist in einer Kutsche losgefahren, bewacht von zwei Raufbolden, die sie nach Alexandria bringen, wo sie das Schiff nehmen wird. Nach ihrer Ankunft in Frankreich bringt man sie sogleich in ein Kloster.«

Jean-Baptiste stieß einen Schrei aus. Maître Juremi antwortete ihm mit heftigen Vorwürfen, weil er sie ohne Nachricht gelassen hatte. Sie begannen einander gleichzeitig Fragen zu stellen, ohne sich die Zeit zum Antworten zu nehmen.

Françoise, durch den Lärm alarmiert, stieg aus ihrem Fenster. Als die beiden Männer Schritte auf der Terrasse hörten, schwiegen sie, und Jean-Baptiste trat fluchtbereit an die Treppe.

»Bleib hier, es ist Françoise«, sagte Maître Juremi und errötete bis unter die Augenbrauen.

»Ich war in Soubeyran. Marine ist seit fünfzehn Jahren tot«, flüsterte Jean-Baptiste ihm rasch zu, dann faßte er sich, um Françoise zu begrüßen, die ins Zimmer trat.

Sie ließ ihrem Gefühl und ihrer Freude freien Lauf, aber

sogleich gewann ihr praktischer Sinn wieder die Oberhand: Sie fragte Jean-Baptiste, ob er schon etwas gegessen habe. Er kam tatsächlich fast um vor Hunger. Sie machten Platz auf dem Tisch, Maître Juremi holte eine Flasche aus seiner Höhle. Françoise kletterte in ihre Wohnung, um gekochten Kohl, Eselswürste und ein großes Stück Brot zu holen. Maître Juremi sprach als erster, während sich Jean-Baptiste auf das Essen stürzte.

Er erzählte von den Umständen der Abreise von Alix, von denen er nur die offizielle Version kannte, denn Françoise hatte ihm das Geheimnis nicht verraten, das ihr ihre junge Herrin anvertraut hatte. Dann beschrieb er den Plan, dem sie folgen würden und nach dem sie im Morgengrauen aufbrechen mußten. Jean-Baptiste war begeistert, und sie stießen auf den Erfolg des Unternehmens an, das jetzt eine beachtliche Verstärkung erfuhr. Dann war Jean-Baptiste an der Reihe, in groben Zügen von seiner Reise, der Audienz beim König und den daraus folgenden Unannehmlichkeiten, von seiner Flucht und der Begegnung mit den Protestanten zu erzählen. Erneut prosteten sie sich fröhlich zu.

»Und Murad?« fragte Jean-Baptiste.

»Er ist unterwegs nach Äthiopien. Er hat Förderer gefunden, die ihn mitnehmen. Man hätte es sich nicht besser wünschen können.«

»Sind sie zu sechst?«

»Ja, woher weißt du das?«

»Jesuiten«, erklärte Jean-Baptiste und biß in sein Brot. »Vom französischen Hof entsandt. Nach meiner unerfreulichen Audienz hat der König sich von seinem Beichtvater überreden lassen. Er hat ihm das Geschenk dieser neuen Mission gemacht, als Entschädigung für die erste.«

»Das heißt, du konntest die Botschaft des Herrschers nicht übermitteln?« fragte Maître Juremi.

»Ich hatte keine Zeit, und ich glaube auch, daß niemand bereit war, sie anzuhören.«

»Oh! Jean-Baptiste«, sagte der Protestant düster. »Ich war ganz sicher, daß die Jesuiten stärker sein würden. Du wolltest sie als Verbündete …«

»Ich hatte keine andere Wahl, um nach Versailles zu kommen.«

»Und warum wolltest du unbedingt dorthin?« entgegnete Maître Juremi mit dem wilden Blick, der in seine Augen trat, wenn er mit seinem Gott haderte. »Einzig und allein, um deine eigene Sache zu vertreten und Alix' Hand zu erhalten.«

»Einzig und allein ist nicht wahr«, schrie Jean-Baptiste. »Ich wollte auch dem Herrscher dienen, den König überzeugen ... «

»Beruhigt euch«, sagte Françoise in Sorge über ihre Lautstärke, »man kann euch hören. Das ist nicht der richtige Zeitpunkt.«

»Auf jeden Fall haben wir jetzt das Ergebnis«, sagte Maître Juremi leiser. »Zwei Karawanen sind unterwegs, um Abessinien zu erobern, und der König bezahlt sie alle beide. Wir haben geschworen, es würden keine Jesuiten mehr kommen: Jetzt haben sich sechs von ihnen Murad an die Fersen geheftet. Der Herrscher wollte dich als Botschafter. Statt dessen wird er du Roule ankommen sehen, der nach dem, was mir alle Leute erzählen, der finsterste Geselle ist, den man in dieser Gegend finden kann, wo es wahrlich nicht daran fehlt.«

Françoise wollte eingreifen. Sie sagte schüchtern:

»Entschuldigt, ich möchte euch vor allem beruhigen. Aber da ihr von Abessinien sprecht, muß ich euch etwas erzählen, was ich im Konsulat gehört habe.«

Sie berichtete von der Begegnung zwischen Monsieur de Maillet und Bruder Pasquale.

»Nummer drei«, seufzte Maître Juremi. »Die Kapuziner haben uns noch gefehlt. Mit dem Krönungsöl! Noch eine Folge der Gleichgültigkeit des koptischen Patriarchen. Mein Gott, ich schäme mich für das, was wir angerichtet haben.«

»Ich auch, Juremi«, sagte Jean-Baptiste und senkte den Kopf. »Wenn du endlich aufhörst, mich zur Verzweiflung zu bringen, kann ich dir sagen, daß ich so ehrlich gehandelt habe, wie ich konnte, daß ich gescheitert bin und daß ich während meiner Rückkehr an nichts anderes gedacht habe.«

Maître Juremi brummte und starrte in sein Glas.

»Hör zu«, fuhr Jean-Baptiste fort. »Auf dem Weg hierher habe auch ich einen Plan entwickelt. Er hatte nichts mit Alix' Abreise zu tun, denn davon wußte ich nichts. Natürlich brenne ich darauf, sie zu sehen. Aber erst habe ich anderes zu tun. Hört zu, was ich euch zu sagen habe.«

Jean-Baptiste sah mit seinem Schnurrbart und dem kleinen Spitzbart aus wie ein wilder Duellant aus dem vergangenen Jahrhundert, wie ein Retter der Ehre, hätte Sangray gesagt, herausfordernd und bereit, sein Leben aufs Spiel zu setzen.

»Ihr werdet tun, was ihr euch vorgenommen habt«, sagte er, »ohne euch um mich zu kümmern. Aber anstatt in See zu stechen, wie ihr geplant hattet, geht ihr nach Suez, zum Berg Sinai. Erinnerst du dich an das Kloster, Juremi, in dem wir einen Monat verbracht haben, als wir zum ersten Mal nach Ägypten kamen?«

»Dort, wo du den Abt vom Fieber geheilt hast?«

»Genau. Dort werdet ihr euch verstecken. Niemand wird euch dort finden, wenn ihr vorsichtig genug seid und nicht verfolgt werdet. Ich komme zu euch, sobald ich meine Angelegenheiten geklärt habe.«

Maître Juremi wurde von Gewissensbissen gequält.

»Jean-Baptiste, komm mit uns«, sagte er. »Ich habe nur über die Vergangenheit gesprochen. Die Dinge sind, wie sie sind, nicht zu ändern. Die Abessinier werden sich allein verteidigen, wie sie es schon seit Jahrhunderten tun.«

»Nein, Juremi. Die Vergangenheit endet erst mit dem Tod. Niemand soll sagen können, wir hätten unser Wort nicht gehalten.«

Françoise warnte ihn: Kairo war voller Spione. Man konnte ihn wiedererkennen, denunzieren. Maître Juremi wußte nicht, wie er seine ersten Vorwürfe mildern konnte, nun, da er sah, was sie für Folgen hatten. Jean-Baptiste wies ihre Einwände nüchtern zurück. Eine Stunde lang befragte er sie noch über das Leben in der Kolonie seit seiner Abreise, ihr Apothekengeschäft und die Karawane von du Roule. Außerdem ließ er sich die Liste der Kranken geben, die Maître Juremi weiter versorgt hatte.

Schließlich unterbrachen sie das Gespräch, um sich auszuruhen. Um sechs Uhr, als der Morgen heraufdämmerte, suchten Maître Juremi und Françoise ihr Gepäck zusammen und beluden ihre Pferde in dem Stall, wo seit dem Abend auch das Tier Jean-Baptistes stand. Françoise war gekleidet wie ein Mann: Sie trug Stiefel und einen Hut mit breitem Rand. Maître Juremi sah genauso aus, nur war er viel größer.

Jean-Baptiste verabschiedete sie bewegt. Kaum hatten sie einander wiedergefunden, mußten sie sich wieder trennen. Er wartete eine Viertelstunde, lief noch ein letztes Mal zwischen seinen Pflanzen umher, pflückte ein paar Samen, die er in die Tasche seiner Jacke steckte, hing sich einen kleinen Medikamentenkoffer, den Maître Juremi zurückgelassen hatte, über die Schulter und ließ sich vom weichen Schritt seiner Fuchsstute in die Altstadt tragen, wo er am Vorabend ein Quartier gemietet hatte.

Sechstes Kapitel

Ursprünglich hatten Alix und ihre Freunde vorgehabt, sich der Wache kurz vor Alexandria zu entledigen, in einen kyrenischen Hafen zu fliehen und über das Meer Frankreich zu erreichen. Françoise und Maître Juremi sollten sie erst zwei Tage nach ihrer Abreise einholen, um den Hinterhalt für die Wachen zu legen.

Nun, da alles anders war und sie gen Osten nach Suez reiten mußten, stellte diese Verzögerung einen großen Nachteil dar. Sie würden anschließend wieder einen Teil des Deltas hinaufreiten müssen, Mandsura durchqueren und Ismailija erreichen. Maître Juremi dachte an die Gefahren, die auf dieser neuen Route drohten, während er neben Françoise dahingaloppierte. Aber als die Sonne ganz aufgegangen war und ihre ersten Liebkosungen durch den kalten Nebel der Nilebene sandte, füllte sich die verhärtete Seele des Protestanten, der so ganz und gar an die Einsamkeit gewöhnt war, mit dem Glück dieses Rittes. Françoise sah ihn manchmal an und lächelte. Die Anstrengung und die kühle, feuchte Luft vom Flußufer rötete ihre Wangen. Ihre Haare waren unter dem Hut versteckt. Man sah nur in ihrem Nacken ein paar kleine Flaumhaare, um deren Weichheit Maître Juremi jetzt wußte. Es war wunderbar, diese beiden leidgeprüften Geschöpfe, rücksichtslos von der Zeit und den Härten des Lebens gezeichnet, ebensoviel Frische, Zärtlichkeit und Charme entfalten zu sehen wie die Überlebenden einer Plünderung, die sich gerettet wissen und das goldene Geschirr aus dem Versteck holen.

Je näher sie der Küste kamen, desto mehr graue und weiße Seevögel sahen sie über das Wasser gleiten. In den Dörfern trafen sie Greise mit ihrer charakteristischen Kopfbedeckung, dem Tarbusch. In den endlosen Weiten, durchzogen von lehmigen Kanälen, wimmelte es von Fellachen, die nur ein einfaches graues Hemd trugen und die sie doch mit den Augen der Pharaonen anblickten. Fette Ochsen weideten in den Palmenwäldern, die vom salzigen Wind zerzaust wurden. Es war, als würde sich ihre eigene, wiedergefundene Jugend aus der Jugend der Welt nähren, die um sie herum in ihren ersten Jahren stehengeblieben zu sein schien, da alles noch einfach und vertraut war.

An einem Tag legten sie die Strecke zurück, für die Alix' schwere Kutsche zwei gebraucht hatte. Die Nacht verbrachten sie in Damanhur. Sie wußten, daß Alix bei der frommen Witwe eines französischen Händlers schlafen würde, der bis zu seinem Tod der Vertreter des Konsuls für diese kleine Stadt gewesen war. Françoise und Maître Juremi begnügten sich mit einer schmutzstarrenden Poststation, die von einem Kopten geführt wurde. Da sie nicht beweisen konnten, daß sie verheiratet waren, erhielten sie zwei getrennte Strohsäcke, die durch eine Zwischenwand aus Palmwedeln getrennt waren. Der Schein blieb gewahrt. Der alte Kopte wünschte ihnen mit zahnlosem, verschwörerischem Lächeln eine gute Nacht, nachdem er sie reichlich mit Truthahn und gelbem Reis versorgt hatte. Eng umschlungen machten sie einen Verdauungsspaziergang, der sie ins Zentrum des Städtchens führte. Von weitem sahen sie hinter dem Gitter vor einem der wenigen Steinhäuser die Kutsche von Alix und die Pferde ihrer Bewacher. Sie gingen beruhigt zurück, und Maître Juremi bat den Wirt, sie vor Tagesanbruch zu wecken. Sie brachen im ersten Morgenlicht auf und erreichten den vereinbarten Platz.

Der Troß von Alix setzte sich nur sehr langsam in Bewegung. Michel, der Stallmeister des Konsulats, hielt die Zügel der Kutschpferde. Er war nicht ganz eingeweiht, wußte jedoch, daß etwas geschehen würde und daß er selbst nichts zu fürchten hätte. Er liebte Alix wie eine Tochter und bedauerte es zutiefst, sie ins Kloster bringen zu müssen. Die beiden Wachen nahmen ihre Aufgabe sehr ernst. Sie hatten die ganze Nacht abwechselnd vor der Tür des Mädchens gewacht. Es waren zwei Kreaturen von Monsieur Macé. Einer von ihnen, ein Franzose, war drei Jahre zuvor von der Galeere entlassen worden und hatte ohne Papiere in Abukir gelebt. Von den Türken gefangengenommen, verdankte er sein Heil dem Sekretär des Konsulats, dem er seither verpflichtet war. Der andere war ein Mischling aus Kairo, der einem illegitimen Verhältnis zwischen einem Italiener und einer Koptin entstammte. Er diente als Kofferträger an der Landungsbrücke des Nils. Monsieur Macé versprach ihm seit langer Zeit die Einbürgerung und nutzte ihn um dieser vergeblichen Hoffnung willen schamlos aus.

Bei der Abreise tauchte eine letzte Schwierigkeit auf. Die Gastgeberin, bei der Alix die Nacht verbracht hatte, Madame Beulorat, wollte sich ihnen anschließen. Sie mußte nach Alexandria, um einige Angelegenheiten zu regeln und wollte die bequeme Mitfahrgelegenheit nutzen. Sie hatte die beiden Wachen für sich gewonnen, zweifellos mit ein paar Piastern. Sie stieg ein. Alix wußte, daß ihre Freunde jeden Moment auftauchen konnten. Sie hatte darauf bestanden, ihre Tasche bei sich zu behalten, in der sie den Dolch und die Pistolen versteckt hatte. Nun mußte sie sich, anstatt sich auf den Überfall vorzubereiten, dem Gerede dieses frömmelnden Weibes widmen.

»Oh, meine Tochter«, sagte Madame Beulorat in süßlichem Ton, »sehen Sie nicht ständig hinaus! Sie tun sich selbst weh. Diese Landschaft verschwindet für Sie. Aber denken Sie an die himmlischen Schönheiten, die Sie künftig ohne Unterlaß rühmen werden.«

»Sie können nicht ahnen, wie glücklich ich darüber bin, Madame.«

»Ich ahne es, und stellen Sie sich vor, ich beneide Sie. Gewiß, ich hatte ein ganz anderes Leben. Ich habe mich einem Ehemann, den Kindern geopfert. Dennoch frage ich mich zuweilen, ob ich nicht für den Herrn erschaffen wurde.«

»Wie interessant«, sagte Alix, die ständig nach draußen spähte.

»Nicht wahr? Ich glaube, ich hätte in einem Leben als Nonne den Frieden gefunden, nach dem mein ganzes Sein verlangt.«

Mit ihrem Satinmantel und der Frisur nach der Mode des vergangenen Jahrhunderts mühte sich die alte, faltige Frau um das Aussehen einer Jungfrau, als wollte sie beweisen, wie gern sie die Dienerin Gottes geworden wäre.

»Wissen Sie, daß ich Ihm mit so viel Hingabe gedient habe, daß mein verschiedener Gemahl zuweilen eifersüchtig war?«

»Ist das möglich!« sagte Alix höflich.

Nachdem sie eine halbe Stunde dieses mühsame Gespräch geführt hatten, fuhr die Kutsche in einer steilen Kurve etwas langsamer, und zwei Explosionen erschütterten die feuchte Luft. Alix stürzte zum Verschlag, sah jedoch nichts. Sie preßte sich gegen das hintere Fenster: Eine der Wachen war verletzt zu Boden gefallen. Michel ließ den Wagen anhalten. Der andere Wächter trieb sein Pferd an, holte den Kutscher ein und befahl ihm weiterzufahren. Im gleichen Augenblick tauchte Maître Juremi hinter dem Steinmäuerchen eines Gartens auf und griff ihn mit bloßem Degen an. Der andere zog ebenfalls die Waffe, und sie begannen zu kämpfen.

Zunächst erstaunt, begriff Madame Beulorat, daß der Himmel ihr eine weitere Prüfung sandte. Sie begann wie ein gequältes Tier zu brüllen. Alix, die am Wagenschlag mit leidenschaftlicher Anteilnahme den Kampf verfolgte, wandte sich zu ihr und befahl ihr zu schweigen. Daraufhin schrie sie noch lauter. In größter Fassungslosigkeit sah sie das Mädchen näherkommen und ihr ungerührt zwei mächtige Ohrfeigen verpassen.

»Willst du still sein, alte Heuchlerin!«

Die Hände auf die noch brennenden Wangen gepreßt, erlebte Madame Beulorat schweigend, aber vor Angst keuchend den Fortgang dieses Schauspiel des Grauens. Sie sah, wie die künftige Nonne, die einige Minuten zuvor noch ganz ihrer Berufung ergeben gewesen war, das strenge Kleid der Braut Christi abstreifte und darunter im Reitergewand auftauchte. Dann öffnete sie den Ledersack, der auf dem Boden lag, streifte die Holzpantoffeln ab und schlüpfte in hohe, schokoladenbraune Stiefel mit Sporen an den Absätzen. Draußen hörte man noch immer die Klingen der Kämpfenden aneinanderschlagen. Maître Juremi gewann die Oberhand, aber sein Gegner widersetzte sich mit letzter Energie. Ein plötzlicher Zwischenfall drohte alles zunichte zu machen. Ein Janitschar kam um die Kurve der Straße galoppiert, hinter der die Kutsche stand. Er brauchte nicht lange, um zu begreifen, wer der Angreifer war, und eilte dem Wächter mit wilden Schlägen seines Krummschwertes zu Hilfe. Maître Juremi wich zurück.

Alix sah Françoise hinter dem Mäuerchen, sie zögerte zu schießen, denn der Kampf war wild und durcheinander, sie dagegen zu weit entfernt. Alix wandte sich zurück ins Innere der Kutsche, wo die fromme Dame noch immer jammerte, ergriff eine Pistole, die sie am Vorabend geladen hatte, spannte den Hahn, und richtete den Zündstein. Die Kämpfer waren drei Schritte von ihr entfernt. Sie wartete, bis der Janitschar allein in ihrer Schußlinie war, und schoß. Der Maure hatte den Arm erhoben. Die Kugel drang leicht in seine Brust ein und durchbohrte ihn. Er brach zusammen. Der Wächter des Konsulats war so entsetzt, seinen Verbündeten so brutal fallen zu sehen, daß er einen Augenblick zu lange zögerte. Ein Hieb Juremis traf sein Gesicht, der nächste durchbohrte sein Herz, und er fiel mit einem matten Seufzer nach hinten.

Alix stieß einen Freudenschrei aus. Aber sie durften keine Zeit verlieren. Françoise zog die Leichen an den Straßenrand und verbarg sie hinter der Mauer. Michel lenkte die Kutsche in den Palmenhain, um sie dort zu verbergen. Maître Juremi legte dem alten Kutscher Fesseln an, die nicht sehr fest waren, ihm jedoch als Alibi dienen würden. Alix knebelte eigenhändig die Witwe Beulorat.

»Merken Sie sich gut, was Sie gesehen haben«, sagte sie sehr ernst: »Ich wurde von zwei türkischen Räubern entführt. Wenn Sie etwas anderes behaupten, kommen meine Freunde zurück und kümmern sich darum, daß Sie schneller in den Himmel gelangen.«

Dann fügte sie lachend hinzu:

»Und nun, wenn Sie immer noch Lust auf meinen Platz im Kloster haben: Er ist frei.«

Sie sprang auf ein Pferd der Wächter, dessen Steigbügel Françoise kürzer gestellt hatte, und die drei Freunde galoppierten gen Osten davon.

Als sie weit genug vom Ort der Entführung entfernt waren, brachte Maître Juremi sie von der Straße weg zu einer Ruine, die man auf einem Hügel sah. Sie stiegen ab und ließen die Pferde zu Kräften kommen. Der Protestant berichtete Alix, was in Kairo geschehen war.

»Jean-Baptiste ist gekommen!« rief sie aus.

Sie hatten große Mühe, das Mädchen davon abzubringen, in die Stadt zurückzukehren. Den Mann, den sie liebte, weniger als einen halben Tagesritt entfernt zu wissen und dennoch zu beschließen, sich weiter von ihm zu entfernen, war wie eine Folter. Die Liebenden, denen das Schicksal ein Zeichen sendet, daß es ihnen gewogen ist, werden unbezwingbar dazu getrieben, es noch kühner herauszufordern. Sie erklärte, wenn er Versailles und dem König entkommen sei, würde er sich nicht fürchten müssen, in Kairo zu ihr zu kommen. Maître Juremi und Françoise predigten ihr Geduld, wiederholten die Anweisungen, die Jean-Baptiste selbst gegeben hatte, und überzeugten sie schließlich. Sie besprachen die Route, um den Sinai zu erreichen.

»Wir sollten jetzt hier an diesem abgelegenen Ort schlafen und uns abends auf den Weg machen«, sagte Maître Juremi.

Sie legten sich hin und warfen sich unruhig hin und her, ohne Schlaf zu finden. Um sechs Uhr sattelten sie die Pferde und brachen auf. Sie konnten ohne Sorge durch die helle Nacht des Deltas galoppieren, wo der Mond sein Licht in tausend milchigen Funken auf den Flüssen und Kanälen blitzen ließ.

Am Morgen sahen sie vor sich Ismailija und waren gegen elf Uhr dort. Die Stadt war still und lag noch in tiefstem Schlaf. Die Holzläden vor den Fenstern der Geschäfte waren herabgezogen, die Türen verriegelt. Keine Seele war auf der Straße zu sehen.

Maître Juremi machte sich keine Sorgen: Es war unmöglich, daß sich die Nachricht von der Entführung, die erst bis nach Kairo gelangen mußte, bereits hier verbreitet hatte. Aber ebenso wie die beiden Frauen wurde er angesichts dieser toten Stadt, die weder verwüstet war noch verlassen sein konnte, von einer dumpfen Furcht ergriffen.

Als sie das Ende einer breiten Straße erreichten, die von den gewaltigen Toren zweier Moscheen gesäumt war, hörten sie, wie sich im Obergeschoß eines Hauses der hölzerne Fensterladen öffnete. Eine junge Frau tauchte am Fenster auf. Sie legte eine Hand über die Augen, als ob sie geblendet wäre. Sogleich quietschte ein anderes Fenster im Haus gegenüber, und ein alter Mann neigte seinen mit einer schief sitzenden Kappe bedeckten faltigen Kopf hinaus. Bald öffneten sich weitere Fenster, und die Tür eines Geschäftes wurde einen Spaltbreit aufgeschoben.

»Warum stehen Sie so spät auf?« fragte Maître Juremi den Greis, der über ihnen aufgetaucht war, in arabischer Sprache.

Der Mann versuchte zu erkennen, wer da mit ihm sprach. Auch er hielt die Augen fast geschlossen und schien nichts zu sehen.

»He, ich bin hier unten auf der Straße«, rief Maître Juremi.

»Oh! Sie sind zweifellos ein Fremder!« sagte der Alte.

»Heute morgen angekommen.«

»Und Sie wissen nicht, daß uns die Pest heimgesucht hat.«

Nun erinnerte sich der Protestant. Man hatte ihm in Kairo von Pestfällen erzählt, die zwar noch nicht die Landenge des Suez erreicht hatten, aber bereits in einigen Städten aufgetaucht waren. Da er zu diesem Zeitpunkt nicht plante, sich in diese Richtung zu begeben, hatte er es wieder vergessen.

»Heute ist der letzte Tag der Quarantäne«, sagte der Alte. »Haben Sie viele Leichen auf den Straßen gesehen?«

»Bisher keine einzige«, sagte Maître Juremi. »Alle sehen ziemlich lebendig aus.«

In diesem Moment öffneten sich viele Fenster. Fröhliche Rufe flogen hin und her. Die Straße war voll von Freudenschreien und Jubel. Auch die Türen wurden entriegelt und unzählige Kinder, Frauen, Männer jeden Alters, benommen von der Dunkelheit und dem Eingeschlossensein, tanzten herum, taumelten, stießen mit der Ungeschicklichkeit von Blinden aneinander, lachten laut.

Die drei Reisenden blieben in diesem Tumult unbemerkt. Sie fanden Futter für ihre Tiere und getrocknete Früchte für sich, die ihnen die Händler nach der langen Arbeitspause zu besten Preisen verkauften.

Zur Sicherheit wiederholte Maître Juremi allen Händlern mehrmals, daß sie nach Suez unterwegs seien. Als sie die Stadt verließen, wandten sie sich tatsächlich in diese Richtung. Wie am Vortag lagerten sie abseits der Straße in einem Palmenhain, der an einer kleinen Düne endete. Diesmal schliefen sie sofort ein. In der Abendfrische brachen sie wieder auf. Anstatt aber den eingeschlagenen Weg fortzusetzen, machten sie kehrt, wandten sich nach Osten zur Wüste und folgten dem trockenen Lauf des Sinai.

Bald war alle Vegetation verschwunden. Um sie herum gab es nur noch die bläulichen Schatten der Steine, die sich wie Säulen aus ihrem Sandbett erhoben. Auf diesem Terrain wären ihnen

Kamele eine größere Hilfe gewesen, aber die Pferde leisteten ihnen treue Dienste, trotz der spitzen Steine, die den Boden bedeckten. Mitten in der Nacht erreichten sie eine erste Oase, beschlossen jedoch, nicht anzuhalten.

Sie folgen den Sternen, die für sie am Himmel ausgesät waren. Maître Juremi blickte oft zu Françoise hinüber und nur die Rücksicht auf Alix, deren Traurigkeit er respektierte, hinderte ihn daran, die Freundin allzu oft strahlend anzulächeln.

Siebtes Kapitel

Auf der Rückseite der Zitadelle, der Residenz des Paschas von Kairo, führte eine dunkle Gasse an den hohen Mauern des Serails entlang. Auf dieser Seite durfte es auch nicht die kleinste Öffnung, sei es eine Tür oder ein Fenster, geben. Deshalb wirkte diese Straße wie ein Kanal oder eine Art Burggraben, der sich zwischen zwei eintönigen Mauern entlangschlängelte, auf der einen Seite die Rückseite des Palastes, auf der andern die fensterlosen Mauern der Stadthäuser. Tag und Nacht patrouillierte hier eine Wache, und niemand anders wagte sich in diese finstere Gegend. Dennoch gewährte etwa in der Mitte dieses Gäßchens, also an seinem finstersten Punkt, eine kleine Pforte aus metallbeschlagenem Holz, ohne Türschloß an der Außenseite, Durchlaß durch die dicke Mauer bis in den Hof des Palastes. Die Paschas hatten diese Tür auf verschiedene Weise genutzt, die viel von den Eigenheiten jedes einzelnen verriet. Manche, wie Hussein, der bekanntlich kurz nach der Abreise der ersten Abessinien-Mission an den Folgen eines Sturzes vom Pferd gestorben war, öffneten diese Tür nur für sich selbst, um unerkannt in die Stadt gehen zu können, umherzulaufen, die Menschen frei reden zu hören und nach der Art Harun ar-Raschids ihre Intrigen zu spinnen. Andere hielten diese Pforte ständig geschlossen und ließen sie bewachen: Sie fürchteten um ihr Leben und wurden oft trotzdem ermordet, denn Allah kennt die geheime Vorbestimmung der Menschen und erfüllt sie stets. Andere schließlich nutzten diese Pforte, um ungesehen Personen in den Palast einzulassen, die man offiziell nicht empfangen konnte. Das traf für den frommen Mehmet-Bey zu, Hoffnung und Trost aller strenggläubigen Muftis und Imams, der jedoch unter bestimmten Umständen seine Unnachgiebigkeit mäßigte und sich herabließ, heimlichen Besuch zu empfangen, den er durch diese Pforte einließ.

Mehmet-Bey wurde zwar regelmäßig von vier moslemischen Frauen besucht, denen er nicht weniger regelmäßig zwölf Kinder geschenkt hatte – wenn man nur die Überlebenden zählte –, aber er konnte leider nicht auf ein anderes Laster verzichten: sein Verlangen nach Ausländerinnen. Diese Angewohnheit hatte er während der Kriegszüge in Europa angenommen. Zu jener gesegneten, aber schon fernen Zeit war alles sehr einfach gewesen: Er erhielt die schönen Ungläubigen als Kriegsbeute, und niemand dachte daran, sich darüber zu empören. Er hatte sie in jeder Gestalt, jedem Alter genossen – das interessierte ihn, ehrlich gesagt, nur wenig. Er liebte es vor allem, diese Anbeterinnen fremder Götter zu besitzen, ob sie nun katholisch, jüdisch, orthodox oder heidnisch waren. Er tat es, ohne seinen Glauben zu verleugnen, im Gegenteil. Niemals fühlte er sich dem Propheten so demütig ergeben, wie wenn er seinen Samen eines Rechtgläubigen in den Furchen aussäte, die andere gezogen hatten, welche er jetzt um ihre Ernte brachte. Die Muftis kannten diesen fast missionarischen Eifer des Paschas und machten kein Problem daraus. Der Anstand und das sensible Gleichgewicht der Konfessionen in diesem Teil des Reiches verlangten jedoch, daß er dieser Neigung mit aller nur möglichen Diskretion nachgab. Dazu diente diese Pforte.

Seit einigen Monaten jedoch bereitete Mehmet-Bey sein Körper, der während seines Kriegerlebens hart beansprucht worden war, derartige Leiden, daß er ihm alle Energie raubte, ja sogar die Lust, sich eine Andersgläubige bringen zu lassen, so schön, so jung, so ketzerisch sie auch sein mochte. In den letzten drei Monaten waren nur noch Ärzte durch die Pforte gekommen, unter denen Maître Juremi der am höchsten geschätzte war.

Er kam dreimal in der Woche, an festgesetzten Tagen, bei Einbruch der Nacht. Die Wachen wußten es und ließen ihn, wenn sie das Kennwort »Nieswurz« hörten, hinein. In dieser Nacht erschien er wie gewöhnlich, in einen weiten Mantel gehüllt, mit einem großen Filzhut auf dem Kopf. Er sprach das Losungswort und trat durch die Tür. Ein weißgekleideter barfüßiger Diener führte den Arzt über Marmorstufen bis zu einem kleinen Hof. Dann geleitete er ihn unter einer Arkade mit Spitzbögen und maurischen Skulpturen in einen achteckigen Pavillon, dessen Wände mit blauen Fayencen bedeckt waren.

Von einem Zedernbalken hing an einer langen Kette eine Laterne aus buntem Glas herab, in der vier Kerzen brannten. Der Pascha saß in einer Zimmerecke auf einer Bank, die Füße zu einem gelben Kupferofen ausgestreckt, dessen Rauch durch ein enges Rohr mit drei Windungen nach außen geleitet wurde. Der Diener zog sich zurück

»Treten Sie näher, Doktor«, sagte Mehmet-Bey auf arabisch.

Als sich der Besucher auf einen Hocker aus Holz und Elfenbein niederließ und den Mantel ablegte, fuhr der Türke erschreckt zurück, griff nach dem Dolch mit verziertem Griff, den er immer am Gürtel trug, und rief:

»Wer seid Ihr?«

Er wollte schreien. Jean-Baptiste hielt ihn zurück.

»Seid ohne Sorge, Herr. Maître Juremi selbst schickt mich. Ich bin sein Partner. Hat er Euch nie von mir erzählt?«

»Seid Ihr vielleicht der Mann, der den Negus von Äthiopien geheilt hat?«

»Ich selbst, Herr.«

Jean-Baptiste verneigte sich tief.

»So seid Ihr auch derjenige, den ich zuerst sehen wollte«, fuhr der Maure fort. »Aber Euer Partner sagte mir, Ihr wäret in Frankreich.«

»Ich bin gerade zurückgekehrt.«

»Warum ist Maître Juremi nicht mit Euch gekommen? Das hätte mir einen Schreck erspart.«

»Er ist selbst krank, Herr. Er bittet Euch um Vergebung.«

Der Pascha hatte seinen Platz am Ofen wieder eingenommen.

»Er hat mich gut gepflegt. Aber er hat immer wieder gesagt, daß er Eure Abwesenheit bedauere und daß er sich nicht mit Euch messen könne.«

»Er ist ein Freund. Er wollte mir schmeicheln. Die Wahrheit

ist, daß wir einander ergänzen. Ich verschreibe die Medizin, und er bereitet die Heilmittel zu, mit einer Geschicklichkeit, die ich keineswegs besitze.«

»Dann untersucht mich, und entscheidet, was zu tun ist«, sagte der Pascha mit den Zeichen tiefster Erschöpfung.

Jean-Baptiste befragte den alten Mann ausführlich nach seinen Schmerzen, ihrem Auftreten und den betroffenen Körperteilen. Dann ließ er sich von seinem Leben erzählen, was er aß und trank, fragte nach seinem Schlaf und dem Verlangen nach Frauen. Auf diese Weise entstand für Jean-Baptiste das innere Wesen des Menschen, der vor ihm saß, und er versuchte, indem er an diese Wurzeln drang, herauszufinden, welche Verbindungen mit anderen Wurzeln, anderen Geschöpfen, ihren Blättern oder Früchten, ihm seine Harmonie zurückgeben könnten.

»Macht Ihr mir Hoffnung auf Genesung?« fragte der Pascha.

»Es kommt darauf an, was Ihr darunter versteht. Wenn Genesung heißt, den Körper des Zwanzigjährigen wiederzuerlangen, nein, Herr, dann werdet Ihr nicht genesen. Wenn Ihr die Kraft, die Ruhe, das Glück meint, das Eurem Alter angemessen ist, dann ist es sehr wahrscheinlich, daß Ihr dies bald wiederfinden werdet.«

Der Türke war entzückt.

»Ich muß nach Hause, um die Medikamente zuzubereiten, die Ihr benötigt«, sagte Jean-Baptiste. »Ich werde Sie Euch morgen persönlich bringen.«

»Laßt nicht auf Euch warten«, sagte der Pascha ungeduldig. »Juremi hat es Euch sicher gesagt, aber ich wiederhole es in aller Form: Kein Wort über all das, vor allem nicht zu den Franken.«

»Es ist an mir, Herr, Euch um diesen Gefallen zu bitten. Niemand in der Kolonie weiß von meiner Rückkehr, am wenigsten der Konsul. Ich möchte nicht, daß man es erfährt. Tagsüber verlasse ich nie die arabische Pension in der Altstadt, wo ich einstweilen Unterkunft gefunden habe.«

»Sieh an«, sagte der Pascha, »wie seltsam. Ich dachte, Ihr wäret zu Eurem König gereist, man hätte Euch mit einer Mission betraut.«

»Oh, Herr, das ist eine sehr schmerzvolle Geschichte«, seufzte Jean-Baptiste und wandte den Kopf ab, als wolle er seinen

Gesprächspartner nicht mit seinem eigenen Unglück belästigen. »Sie ist vor allem lang und voller erstaunlicher Dinge, so daß Ihr dieser bald überdrüssig werden könntet.«

»Erzählt sie mir«, befahl der Pascha, der wie der Sultan Scheh-rija nichts so liebte, wie von einer Geschichte in Atem gehalten zu werden.

»Nun gut«, begann Jean-Baptiste, »ich bin nach Abessinien gereist.«

Er beschrieb ausführlich die Reise und die Begegnung mit dem Herrscher. Sein Bericht war so fesselnd, daß ihm der Pascha mit halb geschlossenen Augen voller Vergnügen lauschte. Er ließ Minzetee und Gebäck bringen, um sein Wohlbefinden noch zu steigern.

Jean-Baptiste sprach über den Wunsch des Negus, daß keine ausländischen Priester in sein Land kommen sollten, und den Respekt, welchen er dem Pascha entgegenbrachte, der es der äthiopischen Kirche erlaubte, ihren Führer aus Ägypten kommen zu lassen.

»Er will in Frieden in seinen Bergen leben«, schloß Poncet.

»Bei Allah, er hat sehr recht damit! Ich hielt ihn für weniger vernünftig, Ihr bringt mir eine gute Nachricht. Aber das erklärt mir immer noch nicht, warum Ihr Euch hier versteckt?«

»Dazu komme ich jetzt, Herr. Anschließend bin ich nach Versailles gereist ... «

Jean-Baptiste begann mit einer ausführlichen Beschreibung vom Hof des Sonnenkönigs, welcher der Pascha voller Wonne lauschte. In Europa hatte er während seiner Kriegszüge des öfteren gehofft, daß man ihn in einer dieser prächtigen Hauptstädte empfing. Leider hatte er jedoch die meiste Zeit in Soldatenlagern mitten in den Feldern verbracht, und wenn er durch Zufall das Glück hatte, eine Stadt zu betreten, dann erst, nachdem er sie zerstört hatte. Jean-Baptiste hielt sich lange bei der Schilderung der Frauen in Versailles auf, beschrieb ihre Frisuren, ihre Parfums. Der arme alte Soldat verging vor Bewunderung.

Es folgte eine recht schmeichelhafte Erzählung über die königliche Audienz, in der keineswegs von verfaulten Ohren die Rede war, sondern nur von dem lebhaften Interesse, das der König dem Orient entgegenbrachte.

Sie waren sich einig, daß Ludwig ein großer König war. Mehmet-Bey bedauerte, daß er kein Moslem war, wagte jedoch zu behaupten, daß er alle Tugenden besitze, um ein solcher zu werden.

»Das erklärt mir immer noch nicht, warum Ihr Euch versteckt.«

Die Nacht verstrich. Der Diener war zweimal gekommen, um den Ofen neu zu füllen. Der Pascha hatte seine Wasserpfeife anzünden lassen und sie mit Jean-Baptiste geteilt. Sie waren jetzt geradezu Freunde, und die Behaglichkeit ihres Zusammenseins ließ die Kluft des Standesunterschiedes schwinden.

»Leider ist auch unser großer König nur ein König«, fuhr Jean-Baptiste fort, »und das ist nur wenig im Angesicht Gottes. Der Herr des Himmels hat seine Augen überall ... «

Der Moslem, der unter dieser ständigen Kontrolle lebte, richtete den Blick voller Demut nach oben.

»Es gibt nur einen Gott, und das ist Allah!« sagte er fast automatisch.

»... während die Herrscher auf Erden nicht alles sehen können.«

»Das ist wohl wahr.«

»Zuweilen wissen sie nicht einmal, was in ihrer direkten Umgebung vor sich geht«, sagte Jean-Baptiste.

Er nahm zwei Züge aus dem Holzrohr, das ihm der Pascha reichte, und fuhr fort:

»Ich bin ganz sicher, daß der König das Komplott, das ich an seinem Hof aufgedeckt habe, nicht dulden würde, wenn er davon wüßte.«

»Ein Komplott!« rief der Pascha, der dem Bericht des Arztes trotz der vorgerückten Stunde mit größter Aufmerksamkeit folgte.

»Es gibt kein anderes Wort dafür. Ihr wolltet wissen, warum ich mich verstecke: Nun, ganz einfach, weil ich mich nicht in den Dienst dieser Verschwörer stellen wollte.«

»Worum geht es denn?« fragte der Pascha voller Ungeduld.

»Um Euch, Herr.«

»Um mich!«

»Ja, um Euch, um Ägypten, um Abessinien. Kurz, es geht um

alles, was diejenigen, welche Ihr hier aufnehmt und unter Euren diplomatischen Schutz nehmt, anzetteln.«

»Sprecht endlich, beim Barte des Propheten!« forderte der Pascha, der kurz davor war aufzuspringen und dem die Neugier ein fast bedrohliches Aussehen verlieh.

»Beruhigt Euch, Herr. Hier sind die Einzelheiten. Ich hoffe, Ihr werdet den, der selbst das Opfer dieser Verschwörung ist, nicht bestrafen, weil er der Überbringer der schlechten Nachricht ist.

»Fangt an ... «

»Also: Meine Mission in Abessinien hatte das einzige Ziel, den König zu heilen. Dieser hat mich dann nach Paris gesandt, um einem anderen König zu danken, dem er sich verpflichtet fühlte.«

»Das habt Ihr bereits gesagt..«

»Ja, aber diese Höflichkeit des Abessiniers hat in Frankreich bestimmte Leute auf eine Idee gebracht.«

»Wen?«

»Sagen wir, einige der engsten Vertrauten des Königs.«

»Die Priester?«

»Natürlich, und das wird Euch nicht erstaunen: Sie haben den Plan niemals aufgegeben, in das Land einzudringen. Aber nicht nur sie, und ich kann sogar sagen, daß nicht sie am weitesten in dieser Angelegenheit vorangeschritten sind.«

»Ihr beunruhigt mich, denn ich kenne nichts Schlimmeres als diese Leute.«

»Herr, Ihr seid zu geradlinig. Es gibt sehr viel gewundenere Geister. Sie haben ein sehr hinterhältiges Projekt entwickelt, glaubt mir. Darf ich noch ein Stück von diesem köstlichen Gebäck nehmen?«

»Laßt das Gebäck einstweilen liegen und erzählt weiter.«

»Die Idee ist folgende: Abessinien ist reich. Es ist voll von Gold, Edelsteinen, seltenen Hölzern. Abessinien ist christlich, auch wenn es in einigen Punkten von der Lehre abweicht, der man in Rom anhängt. Abessinien liegt im Rücken der Türken, also von Euch, Herr.«

»Also?«

»Also muß man es kontrollieren.«

»Weiter nichts?«

»Ja, es beherrschen, wenn Ihr wollt. Und wie erreicht man das? Das Land bekehren? Das reicht nicht aus, und vielleicht wäre sogar das Gegenteil viel logischer: zuerst die Herrschaft übernehmen, um es dann zu bekehren. Das ist der Plan, für den man sich entschieden hat.«

»Ihr behauptet, die Franken wollen die Herrschaft in Abessinien übernehmen?«

»Ich behaupte es nicht, ich bin davon überzeugt. Alle Beschreibungen, die ich von Äthiopien gegeben habe, womit ich in meiner Naivität dem friedliebenden König dieses Landes zu dienen glaubte, hatten einzig die Wirkung, die Verschwörer in ihren Ideen zu bestärken: Eine leichte, gut bewaffnete Karawane, mit Gold und Geschenken ausgestattet, kann ausreichen, um von einem so abgeschlossenen Land Besitz zu ergreifen. Die Jesuiten selbst haben es fast geschafft, indem sie den König auf ihre Seite zogen. Aber ihnen fehlten die Waffen, um aus diesem Sieg eine Eroberung zu machen. Diesmal werden die Waffen zuerst kommen.«

Der Pascha ruhte zusammengesunken auf den Kissen der Bank und sah Jean-Baptiste besorgt an:

»Ihr wollt mir sagen, daß die Gesandtschaft, die sich gerade auf den Weg gemacht hat ... «

»... das Instrument ist, mit dem bestimmte Leute rechnen, um sich des Landes zu bemächtigen.«

»Es sind kaum zwanzig Mann. Das ist ein Scherz!«

»Herr, ich war in diesem Land. Es wird von Rivalitäten erschüttert. Zwanzig Männer ohne Skrupel können mit Geld und Musketen eine Armee ausheben, Chaos verbreiten und einen Mann krönen, der in ihrem Sold steht, also einen der ihren, wie es die Spanier im vergangenen Jahrhundert mit den Inka in Amerika gemacht haben.«

»Hm!« meinte der Pascha mit einem nachsichtigen Lächeln. »Ist das Euer großes Komplott?«

»Eben jenes, welches mir schlimme Drohungen eingebracht hat, weil ich mich weigerte, daran teilzunehmen. Ich mußte Frankreich heimlich verlassen und lebe aus demselben Grund auch hier versteckt.«

»Ehrlich heraus, mein Freund, ich glaube Euch nicht. Es ist

möglich, daß Ihr dort ernste Schwierigkeiten hattet. Es ist sogar glaubhaft, daß man vor Euch irgendwelche phantastischen Pläne erwähnt hat. Aber deshalb anzunehmen, daß die Karawane, der ich selbst die Reiseerlaubnis gegeben habe, ihren Anführer zum Herrscher krönen will, ist weit hergeholt.«

»Herr, Euer Siegel war unerläßlich. Wie sollten sie es erhalten, wenn nicht, indem sie Euch die Angelegenheit ganz und gar harmlos darstellten. Es wäre dumm gewesen, Euch alles auf einmal zu offenbaren. Habt Ihr nicht vielleicht von einer Mission von Gelehrten gehört?«

»In der Tat, man hat mir erzählt, daß einige Gelehrte nach Suez reisen wollten, um in den Jemen vorzudringen.«

»Und dann nach Abessinien. Sie haben den Mann mitgenommen, welchen der Herrscher als seinen Vertreter mit mir hierher gesandt hatte.«

»Diesen Kurdenhund.«

»Er ist Armenier.«

»Das ist egal«, fauchte der Pascha. »Sie sind mit ihm zusammen abgereist? Davon hat man mir nichts gesagt.«

»Mit gutem Grund! Ihr seht, sie sind nicht mehr zwanzig, sondern fast dreißig. Einige haben das Gold und die Waffen, andere den Gesandten des Königs und alles Wissen des Abendlandes.«

Der Pascha befand sich in einem peinvollen Zustand von Unentschlossenheit und Fassungslosigkeit. Jean-Baptiste hatte Mitleid und beschloß, ihm durch eine letzte Offenbarung zu helfen.

»Da ist noch mehr.«

»Mehr?«

Jean-Baptiste sah dem Pascha direkt in die Augen.

»Ja, Herr, habt Ihr Euch gefragt, warum dieser Karawane Kapuziner vorauseilen, die sich ihr in Senaar anschließen werden und denen der Patriarch das Krönungsöl mitgegeben hat?«

»Das Krönungsöl?« fragte der Pascha verärgert. »Was ist das schon wieder?«

»Es ist das Heilige Öl, das in den Augen der Kopten einem neuen Herrscher Autorität und Macht verleiht.«

»Das hat der Patriarch getan?«

»Die Kapuziner sind zu dieser Stunde bereits auf dem Weg.«

»Ohne es mir zu sagen? Beim Schwerte Alis!«

Der Pascha, erschöpft von der schlaflosen Nacht, wurde ganz und gar vor dieser Mitteilung im ersten Morgendämmern gefangengenommen. Er sprang auf, lief durch den Pavillon, wo die ersten Strahlen des Tageslichts durch die blauen Scheiben eindrangen und die Fayencen, die bis zur halben Höhe die Wände bedeckten, in himmelblauem Leuchten erstrahlen ließen. Plötzlich blieb er vor Jean-Baptiste stehen und dankte ihm benommen. Nachdem dieser versprochen hatte, in der folgenden Nacht mit den Medikamenten wiederzukommen, wandte er ihm den Rücken zu und trat in einen Innenhof, wo ein Bassin mit klarem Wasser schimmerte. Sobald der Arzt durch die Pforte verschwunden war, befahl Mehmet-Bey seiner Garde, den koptischen Patriarchen aus dem Bett zu holen und ihn auf der Stelle herzuschaffen, zusammen mit allen Imams, die man in ihren Wohnungen auftreiben könnte.

Achtes Kapitel

Am nächsten Tag trat Jean-Baptiste zur selben Stunde wieder durch die Pforte des Serails. Er trug ein Köfferchen in der Hand. Der Pascha empfing ihn in demselben Zimmer. Sobald er ihn sah, drängte er darauf, die Medikamente zu bekommen. Jean-Baptiste holte Phiolen, eine Tabakdose mit einem Puder und einen Sack mit getrockneten Wurzeln hervor. Er mußte viel Entschlossenheit zeigen, damit der Pascha nicht alles auf einmal hinunterschlang. Maître Juremi hatte ihm zwar davon erzählt, daß die Medikamentensucht des Türken unermeßlich war, aber so schlimm hatte er es sich nicht vorgestellt.

»Ihr habt doch einen Diener, der Eure Medikamente vorbereitet«, sagte Jean-Baptiste. »Vielleicht wäre es besser, ihn zu rufen, damit er von mir erfährt, wie man diese Heilmittel anwendet, und sie dann zu sich nimmt.«

Der Pascha klatschte in die Hände und schrie dem herbeieilenden Diener einen Namen zu. Einen Augenblick später trat ein alter Mann ein und grüßte die Anwesenden ehrerbietig. Er war klein und dürr, hatte das schmale, traurige Gesicht eines verlassenen Windhundes.

»Hier sind meine neuen Medikamente«, sagte der Pascha. »Hör gut zu, Abdel Madjid, wie man sie verwenden muß.«

Jean-Baptiste erklärte lange, ließ den Diener das Gehörte wiederholen und vertraute ihm den Koffer an. Der Pascha bestand darauf, die erste Dosis auf der Stelle einzunehmen.

»Ihr dürft erst nach einigen Wochen mit Erleichterung rechnen«, sagte Jean-Baptiste.

Aber allein die Einnahme der Drogen wirkte schon auf den Pascha, der sich gesättigt, den Mund brennend von der Chinarinde, mit der Laune eines Bräutigams auf seinen Kissen ausstreckte. Aber sogleich verfinsterte sich sein Gesicht wieder, als er sich besann und die Erinnerungen an den verstrichenen Tag zurückkehrten.

»Ich habe diesen Hund von Patriarchen herbestellt«, begann er. »Ihr habt die Wahrheit gesagt über das Öl. Er hat gestanden. Ich mußte ihm selbst erklären, was dahintersteckt. Dieser Schwachsinnige hat nur das Gold gesehen. Er hatte sich zwar gefragt, warum die Kapuziner solchen Wert darauf legten, einen Herrscher zu krönen, der schon seit fünfzehn Jahren regiert, aber er hat die Angelegenheit nicht durchschaut. Oh! Dieser Dummkopf. Er hat sich endlos entschuldigt. Wir wären immer noch nicht fertig, hätte ihm nicht mein Hauswächter ein paar Hiebe auf den Hintern versetzt, um ihn hinauszuwerfen.«

Der Pascha mußte kräftig aufstoßen und dankte seinem Gott, dann fuhr er fort:

»Ich habe auch den Konsul von Frankreich gesehen. Ihn mußte ich nicht rufen lassen. Er ist gekommen, um sich zu beklagen, weil man seine Tochter vor zwei Tagen auf der Straße nach Alexandria entführt hat.«

Jean-Baptiste sah erstaunt aus.

»Kennt Ihr sie?« fragte der Pascha.

»Vom Sehen, aus dem Konsulat. Sie ist ein sehr schönes Mädchen.«

Jean-Baptiste geriet unweigerlich in Erregung, wenn er von ihr sprach.

»Das hat man mir erzählt. Sehr schade, mehr konnte ich ihm nicht antworten. Wahrscheinlich waren es Straßenräuber. Die Straße ist voll von ihnen. Eine andere Frau, die mit in der Kutsche saß und die sie nicht haben wollten, wohl weil sie nicht mehr die Jüngste ist, hat eine leider sehr allgemeine Beschreibung von den Angreifern gegeben: zwei Burschen mit Turban, schwarzem Schnurrbart und dem Namen Allahs auf den Lippen. Sie haben das Mädchen auf dem Pferd mitgenommen und sind nach Nordwesten geritten. Zweifellos wird man sie mit dem Schiff nach Zypern bringen, dann wird sie ein Freudenhaus auf dem Balkan oder anderswo zieren.«

»Das arme Mädchen«, sagte Jean-Baptiste mechanisch.

»Ja, aber wenn ihr nichts geschehen wäre, hätte sie auch kein besseres Leben vor sich gehabt.«

»Warum?«

»Ihr Vater hat mir erzählt, daß sie auf dem Weg ins Kloster war. Frei heraus, Doktor, ich schätze Euch, aber Ihr seid Christ, und es gibt Dinge in Eurer Welt, die ich niemals verstehen werde: Warum sperrt man all diese Frauen einzig zum Dienst an Gott ein? Glaubt Ihr, daß er so etwas verlangt? Hat er nicht die Geschlechter geschaffen, damit sie sich vereinen? Als der Konsul mir die Angelegenheit erklärte, hatte ich große Lust ihm zu sagen, daß seine Tochter, eingesperrt hier oder da, nun wenigstens um sich herum ein bißchen Freude spenden wird. Aber lassen wir das. Kurz und gut, ich würde sagen, daß unser Monsieur de Maillet sehr erregt war. Er hatte seine Gesandtschaft fast vergessen. Ich sage ›fast‹, denn sobald ich ihn danach fragte, stürzte er sich auf dieses Thema. Seit Ihr mir die Augen geöffnet habt, verstehe ich die Leidenschaft besser, mit der er sich dieser Angelegenheit widmet.«

Jean-Baptiste schaute bescheiden vor sich hin. Der Diener brachte Gebäck und Tee.

»Glaubt mir, wenn Ihr es könnt«, sagte der Pascha. »Ich habe mich hingelegt, um mittags eine halbe Stunde zu schlafen: unmöglich. All diese Ereignisse wirbeln in meinem armen Kopf herum. Ich werde Euch etwas gestehen, Doktor. Ich bin ein Soldat. Man muß mir den Feind zeigen und mir sagen: Vernichte ihn. Dann gebe ich mein Bestes. Dank Euch sehe ich nun den Feind. Das ist schon viel wert. Aber ihn vernichten? Wir sind nicht auf dem Schlachtfeld. Was kann ich tun? Ihr wißt, wie die ›Pforte‹ mit den Franken umgeht; immer verhandeln, Ausflüchte, alle Beteiligten schonen. Man sieht, wohin uns das führt.«

Er sprach, ohne Jean-Baptiste anzusehen, der geduldig auf seine Stunde wartete.

»Wenn ich den Großwesir warne, bin ich mir ganz sicher: Er wird Beweise verlangen. Man wird sie immer für ungenügend erklären. Man wird weitere fordern. Inzwischen vergeht die Zeit, und sie werden vielleicht schon dabei sein, ihr verfluchtes Öl über die Stirn dieses du Roule zu gießen, um ihn zu krönen.«

Jean-Baptiste stimmte ihm vorsichtig zu.

»Andererseits, wenn ich allein gegen die Franken handle, wird der Konsul einen teuflischen Skandal vom Zaun brechen, und wer weiß, ob man mich in Konstantinopel unterstützen wird! Nein, ich habe es mir wohl überlegt: Die einzigen, die ich unbesorgt ergreifen kann, sind die Kapuziner. Ich gebe mir noch diese Nacht, um die Entscheidung reifen zu lassen, aber morgen früh schicke ich meine Soldaten nach Senaar, um sie festzunehmen und das Öl mit der Urkunde des Patriarchen zurückzubringen. Diese da kann ich wohl ausweisen, und niemand kann mir deswegen Vorwürfe machen. Aber was mache ich mit der Karawane der Franken? Doktor, Ihr seid ein Mann von großer Weisheit. Was denkt Ihr darüber?«

Das war der Augenblick, auf den Jean-Baptiste gewartet hatte. Er nahm zwei Schluck Tee, ließ sich Zeit, eine Antwort zu überlegen oder zumindest diesen Anschein zu erwecken, denn er hatte sie schon lange vorbereitet, und sagte schließlich in vorsichtig fragendem Tonfall:

»Vielleicht müßte man den König von Senaar zum Handeln veranlassen?«

»Er wird niemals das Risiko eingehen, eine offizielle Gesandtschaft der Franken anzugreifen.«

»Wenn nicht das Volk selbst es tut … «

»Was wollt Ihr damit sagen?«

»Als ich durch Senaar kam, haben mir die Kapuziner damit gedroht, den Pöbel gegen mich aufzuhetzen: Sie hätten nur behaupten müssen, ich sei ein Magier. Das Volk von Senaar fürchtet sich anscheinend sehr vor Zaubereien, und man stellt sich gern vor, daß die Weißen sie verhexen könnten. Das könnte erklären, daß sich eine von Angst getriebene Menge gegen unbekannte Reisende wendet, mit einer Inbrunst, die niemand kontrollieren könnte, nicht einmal der König ... «

Der Pascha griff nach dem Rettungsseil dieser Idee, wie ein Mensch, der vom Strom mitgerissen wird und sich an eine Liane klammert, um an Land zu kommen. Nun, da er festen Boden unter den Füßen spürte, beglückwünschte er sich selbst, diesem Franken sein Vertrauen geschenkt zu haben.

Dann stellte er noch eine Reihe praktischer Fragen. Jean-Baptiste antwortete einleuchtend und schlicht.

»Man könnte glauben, Ihr hättet Eure Antworten vorbereitet«, sagte der Pascha ohne jeden Hintergedanken, dafür aber voller Bewunderung.

Er ließ die Wasserpfeife bringen und nahm von tiefem Glück erfüllt die ersten Züge. Jean-Baptiste erwartete die Fortsetzung. Sie kam in Form einer wilden Grimasse, die den Rauch in den falschen Weg lenkte: Der Pascha hatte einen Hustenanfall und prustete mit rot angelaufenem Gesicht:

»Und die Gelehrten? Die mit dem Kurden abgereist sind?«

»Diese überlaßt mir, Herr«, sagte Jean-Baptiste. »Ich kümmere mich um sie.«

Der Pascha zeigte sein Erstaunen.

»Gebt mir eine Eskorte bis Djedda«, fuhr Jean-Baptiste fort, »garantiert meine Sicherheit in Ägypten, für den Fall, daß man mich beim Konsul anzeigt. Ich bin offiziell der Chevalier de Vaudesorgues: Wenn Ihr mich unter Euren Schutz nehmt, kann ich mich ungezwungen bewegen. Ich werde die sechs Männer finden, und glaubt mir, Sie werden niemals bis nach Abessinien gelangen.«

Nach langem Zögern sagte der Türke:

»Das kommt nicht in Frage.«

Jean-Baptiste zuckte zusammen und sah den alten Krieger an.

»Ich kann nicht ohne Arzt bleiben«, erklärte der Pascha.

Kleine Tamarindenscheite knackten im Ofen, dessen Boden mit feiner Asche bedeckt war.

»Das wird eine Sache von höchstens vier Wochen sein, Herr. Ich habe Euch mehr Medikamente gebracht, als man in drei Monaten braucht. Wenn es nötig ist, wird Maître Juremi wiederkommen, auch wenn er im Moment krank ist.«

»Man spricht von der Pest im Osten. Ismailija steht unter Quarantäne. Ihr könntet krank werden.«

»Hier auch. Gott verfügt über uns, wo er will«, gab Jean-Baptiste zu bedenken.

»Das ist wohl wahr«, seufzte der Pascha. Dann, nachdem er die Vorteile einer solchen Reise gegenüber jeder anderen Lösung abgewogen hatte – wobei ihm keine einzige einfiel –, stimmte er zu.

Alles war gelöst oder auf dem Weg dorthin. Die Milde des Tabaks, die weichen Kissen, vielleicht auch die wohltuende Wirkung der Medizin wirkten zusammen, um im mächtigen Körper des alten Türken die Müdigkeit dieser beiden zu ereignisreichen Tage aufsteigen zu lassen.

Jean-Baptiste verabschiedete sich sehr früh. Ehe der Pascha zu Bett ging, gab er seine Befehle wegen Senaar und befahl, eine Eskorte zusammenzustellen, die seinen Arzt bis nach Djedda begleiten würde.

Der Chevalier de Vaudesorgues gab ein stolzes Bild ab, als er aufrecht auf seinem grauen Araberpferd durch Kairo ritt. Er hatte den Hut abgesetzt und streckte die Nase zu den höchsten Fenstern der Häuser hinauf, aus denen die neugierigen Weiber spähten, um den vornehmen Franken und seine Eskorte von Janitscharen mit Turban und Krummschwert zu bewundern. Frühling lag in der lauen Luft, unzählige Vögel drehten ihre Kreise über der Stadt. Die Gruppe kam an den Basaren vorbei, die voller Farben waren: Teppiche, Kupfer, Stoffe quollen aus den Ständen, überfluteten die Straße, zogen die Menge der Schaulustigen mit ihren langen blauen und schwarzen Tuniken, ihren Tarbuschs oder Schleiern an.

Sie legten die Strecke bis Suez zurück, ohne ein Wort zu sprechen, denn der Anführer der Janitscharen hielt den Mann, den sie begleiteten, für eine große Persönlichkeit und wagte nicht, das Schweigen zu brechen. Jean-Baptiste hatte ihnen auch nicht viel zu sagen. Er war ganz von dem Gedanken an das erfüllt, was er tun würde. Wenn er gerade nicht darüber nachdachte, eilten seine Gedanken zu Alix. Er fragte sich, wie sie die schwierige Prüfung der Flucht durch die Wüste überstanden hatte. Jean-Baptiste hatte Vertrauen zu ihr, Juremi und Françoise. Am meisten aber vertraute er seinem Schicksal.

Sie kamen an den Amersseen vorbei, sahen von weitem das Serapeum, den dem Gott Serapis geweihten Tempel. Schließlich tauchte nach zwei Tagen der kleine Hafen von Suez, schmal wie ein italienischer See, ganz am Ende des Golfes vor ihnen auf. Das Wasser war mit weißen und grauen Segeln bedeckt, die von einem regelmäßigen Wind nach Südosten getrieben wurden.

Auf Anforderung der Janitscharen stellte ihnen der Hafenkapitän, ein bärtiger, freundlicher Libanese, eine große seetüchtige Feluke mit zwei Masten zur Verfügung, einst ein ziviles Schiff, das mit zwei Kanonen für das Militär ausgestattet worden war. Die Mannschaft bestand aus türkischen Soldaten, was nicht sehr beruhigend war, weiß man doch um die legendäre Zwietracht zwischen diesem Volk und der Seefahrt. Glücklicherweise stellte sich heraus, daß die Mehrzahl, darunter der Obermaat, eingebürgerte Griechen waren, die aus Chios stammten. Sie sprachen die fünf Gebete und glaubten an Mohammed, verständigten sich aber untereinander weiterhin in der Sprache des Aristophanes.

Das Boot hatte guten Wind. Ohne Windstille oder Böen fuhren sie am Sinai entlang, dessen Gipfel man hinter dem Nebel erahnen konnte.

Das Meer wurde unruhiger, als sie den Persischen Golf erreichten. Die gleißende Sonne ließ die feuchten Planken des Schandecks und die kupferfarbene Haut der Matrosen erstrahlen. Die Nächte waren noch windig und kalt. Sie machten nur einmal Halt und erreichten Djedda am frühen Morgen des fünften Tages.

Der Pascha von Kairo hatte einen Geleitbrief für den Scharif von Mekka vorbereitet. Der angebliche Chevalier wurde mit größter Aufmerksamkeit empfangen. Man brachte ihn in einem

Hotel unter, das von einem orthodoxen Syrer namens Markos geführt wurde und am Rand der Sandwüste im Schatten einiger Palmen lag, getrennt vom Rest der Stadt. Nur dort durften sich Christen aufhalten.

An der Rückseite des Gebäudes befand sich ein gepflasterter Hof, der von Mauern umschlossen war und in dem in regelmäßigen Abständen gegeneinander versetzt Orangenbäume und Oleander wuchsen. Jean-Baptistes Intuition hatte ihn nicht getäuscht: Sobald er den Garten betrat, sah er Murad auf einem Kissen sitzen und eine Wasserpfeife rauchen. Auf der anderen Seite saßen die sechs Gelehrten mit Büchern in der Hand in einem schweigenden Kreis.

Jean-Baptiste, mehr Chevalier denn je, grüßte sie aus der Entfernung voller Hochmut, setzte sich mit dem Rücken zu Murad und ließ sich einen stark gezuckerten türkischen Kaffee bringen. Die Janitscharen hatten sich auf seine Bitte hin verabschiedet. Er hatte sie entlassen, weil er sein Ziel erreicht hatte. Sie konnten in der Stadt übernachten. Djedda, die Stadt der Pilger und des Handelshafens, bot, unter ihrem strengen Erscheinungsbild verborgen, alle Arten von Vergnügungen. Jean-Baptiste gab dem ersten Janitscharen zwei Zechinen, den anderen je eine, was zwei Patakas entsprach, also sechsundfünfzig Harfs, einhundertzwölf Diwanis, zweitausendzweihundertvierzig Kibeers oder aber sechstausendsiebenhundertzwanzig Borjookas, jene kleinen Münzen am Roten Meer, die nicht aus Metall sind, sondern aus venezianischen Glassplittern. Jean-Baptiste machte sie also reich. Sie zogen in die Stadt, würdig, aber doch voller Eile, um vom Leben die Quittung für die Gunst zu empfangen, die Gott ihnen durch die Freigebigkeit dieses Franken gewährt hatte.

Abends aßen alle Gäste des Hotels schweigend in einem großen Speisesaal mit gekalkten Wänden. Als einziger Schmuck hing ein altes, stark verrostetes Ritterschwert an zwei Nägeln. Dann zogen sich die Anwesenden mit Kerzen in den Händen zurück, und man hörte die Dielen im Obergeschoß knarren. Jean-Baptiste wartete, bis Murad allein blieb, getreu seiner Gewohnheit, einen Tisch immer als letzter zu verlassen, um alle Reste zu vertilgen. Dann setzte er sich dem Armenier gegenüber.

»Mein Herr«, sagte Jean-Baptiste auf arabisch.

Murad kniff seine kurzsichtigen Augen zusammen und grüßte mit den Anzeichen leichter Besorgnis.

»Botschafter Murad, nehme ich an?« fragte Jean-Baptiste.

»So was! Woher wißt Ihr das?«

Der Armenier griff nach der Kerze und führte sie näher an das Gesicht seines Gesprächspartners.

»Aber ... man könnte meinen ... Bist du das, Jean-Baptiste?«

»Pst! Ich bin der Chevalier de Vaudesorgues.«

»Ach so!« meinte Murad leicht enttäuscht. »Ich dachte ... «

»Nicht doch, Idiot, natürlich bin ich es. Man darf es nur nicht überall herumschreien. Vor allem nicht bei deinen neuen Freunden.«

»Das sind nicht meine Freunde. Diese Herren reisen als bedeutende Gelehrte. Sie wünschen Abessinien kennenzulernen. Da ich nichts mehr von dir gehört hatte ... «

»Es war richtig, daß du abgereist bist, Murad«, sagte Jean-Baptiste lächelnd.

Er zog ein flaches, verzinntes Kupferfläschchen heraus und goß eine weiße Flüssigkeit in Murads leere Tasse und in die eigene, die er von seinem Tisch mitgebracht hatte.

»Tresterbranntwein«, sagte der Armenier. »Im Jemen, dem Land des Propheten ... Du hast vor nichts Angst!«

»Doch«, sagte Jean-Baptiste, »ich habe Angst. Um dich.«

»Was meinst du?«

»Wirst du nach Massaua weiterreisen?«

»In zwei oder drei Tagen, wenn der Scharif von Mekka die Dokumente dieser Herren geprüft hat.«

»Du hast den Nayb lange nicht mehr gesehen?«

»Wahrlich, der gute Alte.«

»Es ist nicht mehr der, den du meinst.«

»Ach so, nicht mehr der schreckliche Mohammed?«

»Nein, Mohammed ist tot, du wirst mit seinem Neffen zu tun bekommen, Hassan. Er ist noch schrecklicher. Sein Haß auf fränkische Mönche kennt keine Grenzen.«

»Na, das betrifft uns nicht. Der Negus selbst hat mich gebeten, Gelehrte mitzubringen, wenn sie dazu bereit wären.«

»Gelehrte ja. Aber Jesuiten?«

»Was?« schrie Murad. »Was erzählst du da?«

Jean-Baptiste packte den Armenier am Kragen seiner Tunika und sprach ihm direkt ins Ohr.

»Ich erzähle, daß du dabei bist, sechs Jesuiten reinsten Wassers nach Massaua zu führen. Daß du vielleicht naiv genug bist, um es nicht zu merken, aber daß der Nayb möglicherweise weniger dumm sein wird. Und angenommen, er merkt nichts, dann sieht der Herrscher sechs Männer ankommen, die nur eine Idee im Kopf haben: ihn zu bekehren. Er hat uns schwören lassen, keine Jesuiten mehr ins Land zu bringen, und du kehrst mit einem halben Dutzend von ihnen im Gepäck zurück.«

Er ließ Murad los, der auf seinen Stuhl zurückfiel, betäubt wie nach einer Tracht Prügel.

»Ich bin verloren«, sagte der Armenier.

Er begann leise zu schluchzen wie ein Kind.

»Hör auf damit«, verlangte Jean-Baptiste und goß ihm noch einen Schluck Schnaps ein.

Murad trank ihn in einem Zug und schien noch trauriger zu werden.

»Oh! Ich hätte besser meiner ersten Idee folgen und in Kairo als Koch arbeiten sollen. Ich verstehe nichts anderes. Eure ganzen Geschichten von Religion und Politik verwirren mich.«

»Hör zu, Murad. Mach, was ich dir sage, dann hast du nichts zu befürchten. Der Herrscher wird dich bestens empfangen, und du kannst bei ihm Koch werden, wenn dir das gefällt.«

Murad schniefte und schob ohne ein Wort seine Tasse über den Tisch. Jean-Baptiste warf einen Blick zur Küche und schenkte nach.

»Morgen früh, vor Tagesanbruch, wirst du zum Hafen fahren«, sagte der Arzt leise. »Ich gebe dir einen Beutel Gold, damit kannst du jeden Felukenkapitän überzeugen. Du überquerst das Rote Meer und gehst zum Nayb. Warne ihn, daß sechs Jesuiten in sein Land eindringen wollen und daß du ihnen glücklicherweise entkommen bist. Dann begibst du dich nach Gondar, grüßt den Herrscher von mir, sagst ihm, daß der König der Franken seine Botschaft erhalten hat und ihm seinen Segen schickt. Damit ist deine Mission beendet. Du wirst deine Cousins und deinen Onkel wiedertreffen, und ich hoffe, daß du für den Rest deiner Tage glücklich sein wirst.«

»Und die Jesuiten?« fragte Murad, von diesen Worten und den drei Gläsern Schnaps getröstet.

»Darum kümmere ich mich.«

»Und ... du?«

»Ich, mein Freund, bin ein glücklicher Mensch. Und ich hoffe, bald noch glücklicher zu sein.«

»Deine Braut?«

»Ich werde sie bald treffen. Wer weiß, vielleicht siehst du uns eines Tages in Gondar?«

Sie stießen noch zweimal an. Jean-Baptiste wiederholte seine Anweisungen und legte jede Einzelheit fest. Sie trennten sich gegen Mitternacht mit einer herzlichen Umarmung.

Neuntes Kapitel

Am nächsten Tag beobachtete Jean-Baptiste aufmerksam die sechs Hotelgäste, die Murad begleitet hatten. Sie bemerkten Murads Abwesenheit erst gegen Mittag, denn sie waren daran gewöhnt, daß er lange schlief. Einer von ihnen klopfte an seine Zimmertür. Er kam sehr beunruhigt zurück. Wie Murad am Vorabend mit Jean-Baptiste vereinbart hatte, war der Wirt beauftragt, ihnen zu sagen, daß der Armenier in die Stadt gegangen sei, um ein Geschäft zu erledigen. Da kein Ausländer ohne besondere Genehmigung ins Zentrum durfte, übten sich die sechs Jesuiten in Geduld. Sie verteilten sich im Garten und auf der staubigen Straße, die zum Hafenbecken führte und auf der man etwa fünfhundert Meter weit laufen durfte.

Die Nacht brach herein. Sie besprachen sich erneut, dann aßen sie schweigend. An diesem Abend gab es außer Poncet keine weiteren Gäste. Als er seine Mahlzeit beendet hatte, schob Jean-Baptiste seinen Stuhl an den Tisch der Gelehrten. Er bat um die Erlaubnis, sie zu Minzetee und Gebäck einzuladen, da er die Indiskretion besessen habe, aus ihren wenigen Worten zu erkennen, daß sie seine Landsleute waren.

»Seien Sie willkommen«, sagte einer der sechs finster.

»Nun«, sagte Jean-Baptiste und hob sein dampfendes Glas, »da es hier verboten ist, mit etwas anderem anzustoßen, erhebe ich meinen Tee, der, wenn man es sich recht überlegt, die Farbe von Cognac hat. Auf Ihr Wohl!«

Sie stießen ohne Begeisterung an, anders als Jean-Baptiste, der Fröhlichkeit für sieben ausstrahlte.

»Ich habe mich noch nicht vorgestellt, verzeihen Sie mir: Ich bin Chevalier Hugues de Vaudesorgues, Ihr Diener.«

Nach diesen Worten erhob sich der vorgebliche Chevalier ein paar Zentimeter von seinem Stuhl und machte eine leichte Verbeugung.

»Wir sind Gelehrte«, brachte der Älteste aus der Runde unwillig hervor, »von der Königlichen Gesellschaft für Wissenschaften Spaniens auf Forschungsreise entsandt.«

»Und wohin führt Sie Ihre Reise?« erkundigte sich Jean-Baptiste mit gespielter Unschuld.

Die sechs Männer sahen einander beunruhigt an.

»Nach Abessinien«, sagte ihr Wortführer schließlich.

Der Chevalier stieß einen Schrei der Bewunderung aus.

»Ein unbekanntes Land! Meine Herren ich lobe Ihren Wagemut!«

Nichts wirkte in diesem Moment weniger wagemutig als diese unglücklichen Reisenden, von ihrem Führer verlassen und voller Mißtrauen gegen den Wichtigtuer, der ihnen ein Gespräch aufzwang.

»Darf ich Ihnen eine indiskrete Frage stellen, meine Herren?« sagte Jean-Baptiste mit leiser Stimme.

»Wenn es Ihnen wichtig ist.«

»Also, aber Sie sind natürlich nicht gezwungen, zu antworten: Sind Sie verheiratet?«

Ein Schauer des Unbehagens durchfuhr die sechs Männer. Sie zögerten. Schließlich erklärte ihr Sprecher:

»Nein, Monsieur le Chevalier, das sind wir nicht.«

»Ah! Das ist wunderbar«, rief Jean-Baptiste laut, »wirklich wunderbar.«

»Darf man wissen, weshalb?« fragte pikiert einer der Reisenden links am Tisch, der den Eindringling mit größerer Kaltblütigkeit beobachtete als die anderen.

»Weil ich dann nicht mehr daran zweifeln kann, daß Sie dieses Land bekehren werden.«

Sechs entsetzte Ausrufe ertönten gleichzeitig, dann wandten sich alle Blicke ängstlich zu den Diensträumen, wo glücklicherweise niemand die unvorsichtigen Worte Jean-Baptistes gehört zu haben schien.

»Erklären Sie, was Sie meinen«, verlangte der Wortführer halblaut.

»Aber das ist ganz einfach. Ich werde Ihnen eine Anekdote erzählen, dann werden Sie es verstehen. Ich habe sie von einem Missionar der Kapuziner, der in Senaar gelebt hat, das liegt etwas weiter auf dem Weg nach Abessinien. He! Wirt, bring uns Kerzen! Spare nicht an Talg, man zahlt genug in deinem Haus.«

Markos kam herangehumpelt, sehr beflissen gegenüber seinen Gästen, wenn man ihm nur sehr klare Forderungen stellte und dies mit lauter Stimme, denn er wurde bereits taub. Sie bekamen drei neue Kerzen auf den Tisch, und als der Wirt gegangen war, fuhr der Chevalier fort.

»Also, dieser Missionar kommt eines Tages in ein Dorf der Savanne: ein paar Hütten, hohes Gras und unter einem Affenbrotbaum niedrige Stühle, wo die Alten sitzen und palavern. Er stellt sich vor, erklärt sein Anliegen auf arabisch, das die Eingeborenen ein wenig verstehen. Ihr Anführer schließt ihn ins Herz. Man nimmt ihn auf, und nach zwei Tagen beginnt er, von seiner Religion zu reden, also, wie ich annehme, der unseren.«

Die Reisenden nickten, wirkten jedoch noch nicht sehr beruhigt.

»Der Anführer scheint sehr interessiert an diesem Jesus, dessen Wunder ihm erklärt werden. Dieser Kapuziner gefällt ihm. Er läßt ihn spüren, daß er nichts dagegen hat, mehr darüber zu erfahren. Alles scheint gut zu laufen. Aber dann bricht die Nacht herein, und als unser Mönch zu Bett geht, findet er die Tochter des Anführers in seiner Hütte. Er sagt nichts, schläft neben dem Bett, ohne sie anzurühren. Die Unselige erzählt am nächsten Morgen alles ihrem Vater. ›Wie kannst du es wagen, meine Tochter abzulehnen!‹ sagt dieser zu dem Kapuziner. Und der Mönch erklärt sehr verlegen, daß seine Religion ihm jede Unzucht verbietet.«

Die sechs Jesuiten hörten ihm mit wachsender Besorgnis zu. Jean-Baptiste nahm sich Zeit, ließ neuen Tee kommen und fuhr fort:

»Der Anführer rast! Er wird schrecklich wütend: ›Was ist das für ein Gott, von dem du uns erzählst und der so etwas verlangt? Wenn er das Wohl der Menschen wünscht, kann er diejenigen unter ihnen, die ihn am meisten lieben, nicht zwingen, ihr Leben lang keine Frau anzurühren. Dein Gott ist ein Verbrecher, ganz klar. Er beleidigt die Natur und kann sie nicht geschaffen haben.‹ Am Abend läßt der Anführer den Kapuziner erneut mit seiner Tochter einschließen. Diesmal stehen alle Männer des Dorfes um die Hütte herum. Der Mönch weiß, daß er nicht lebend herauskommt, ehe er nicht bewiesen hat, daß er diese schöne Jungfrau ihrer Unschuld beraubt hat.«

»Diese Geschichte ist furchtbar, Monsieur le Chevalier«, sagte der älteste der Reisenden mit tonloser Stimme. »Hören Sie auf damit!«

Aber der Jesuit verlieh seiner Forderung keinen Nachdruck, denn in Wirklichkeit brannten alle drauf, den Ausgang zu erfahren.

»Ich bin fast am Ende. Mein Freund war kein Heiliger, aber vielleicht ist er es dadurch geworden. Er hat sich schließlich gebeugt. Der Anführer ließ am Morgen die schändlichsten Überprüfungen vornehmen, dann kam er strahlend zu dem Kapuziner. ›Bei Gott, mein Freund, ich bin stolz auf dich, und jetzt bin ich auch wieder bereit, den Erzählungen über deinen Jesus zuzuhören. Jetzt wirst du das ganze Land bekehren können, das heißt ganz einfach, so viele kleine Christen zu zeugen, wie deine Kräfte es dir erlauben. Denn der beste Weg, seine Religion zu verbreiten‹, schloß der Anführer, ›besteht darin, viele Kinder zu machen, anstatt die der anderen zu stehlen, was gar nicht gut ist.‹«

Als Jean-Baptiste geendet hatte, herrschte ein lastendes Schweigen. Ohne sich darum zu kümmern, blies er auf seinen noch heißen Tee und trank ihn mit lautem Schlürfen.

»Heißt das«, sagte schließlich der aufmerksamste und kühnste der Jesuiten, »daß Sie annehmen, wir wollten zu sechst Abessinien mit unserem Samen befruchten?«

Während er das sagte, blickte er den Chevalier eindringlich an und schien in seinem Gesicht nach einer verschwommenen, fernen Erinnerung zu suchen. Auch Jean-Baptiste war sein Gesicht nicht unbekannt. Als er ihm antwortete, verzichtete er auf den scherzhaften Tonfall, und diese Veränderung ließ die Zuhörer noch mehr erstarren.

»Abessinien ist nicht die Savanne von Senaar. Es ist ein stolzes, altes christliches Land, dem man nicht den Schimpf antun darf, es mit so primitiven Gedanken zu beleidigen.«

Dann ließ er seinen Blick in der Runde wandern und sagte:

»Nein, meine teuren Pater, ich unterstelle Ihnen keinerlei Absicht. Das ist nicht nötig. Ich weiß einfach aus sicherer Quelle, wer Sie sind und was Sie vorhaben.«

Seine Stimme klang so sicher, daß kein Zweifel möglich war, und nach dem ersten Erstaunen griffen sie ihn an einer anderen Front an.

»Nun, wenn Sie uns kennen, sagen Sie uns, welche Einwände Sie gegen unsere Pläne erheben?« sagte der erste Wortführer. »Haben Sie irgend etwas gegen die Verbreitung des Evangeliums?«

»Sie sind zweifellos Pater de Monehaut?« fragte Jean-Baptiste, denn Murad hatte ihm seine Auftraggeber einzeln beschrieben.

»In der Tat.«

»Nun gut, Pater, ja, ich habe etwas einzuwenden, und sogar sehr viel. Dieses Land bedarf nicht des Evangeliums: Man kennt es dort ebensolange wie wir. Ich weiß, daß die dortige Lehre für Sie nicht dem strengen Dogma entspricht, aber das ist nicht die eigentliche Frage.«

»Was dann?« fragte Pater de Monehaut vorsichtig.

Jean-Baptiste schien eine Sekunde zu zögern, dann erklärte er:

»Wissen Sie, es ist Zeit vergangen, und ich habe mich sehr verändert. Vor einem Jahr hätte ich zu einer großen Rede angesetzt, um Sie mit vielfältigen historischen, menschlichen, religiösen Argumenten davon zu überzeugen, dieses Land nicht zu stören. Ich bin sogar nach Versailles gegangen, um dort diese Rede zu halten.«

»Poncet!« rief der Jesuit, der ihn so eindringlich betrachtet hatte.

Jean-Baptiste erkannte einen der Mönche aus dem Haus in Marseille, wo er gemeinsam mit Pater Plantain empfangen worden war.

»Ja, Pater, im vergangenen Jahr, als Sie mich gesehen haben, brannte ich darauf, mich verständlich zu machen, und jetzt bin ich es, der verstanden hat.«

»Dann erklären Sie uns wenigstens, was Sie verstanden haben«, sagte Pater de Monehaut geduldig, wie man einen Verrückten zu beruhigen sucht.

»Ganz einfach, daß Sie eine Kraft darstellen.«

Ein verächtliches Lächeln trat für einen Augenblick auf die Lippen einiger Mönche.

»Eine Kraft im Dienste der Macht«, fuhr Jean-Baptiste fort, »die sich des Namens Jesus Christ als Fahne bedient, eine Fahne, die so gut ist wie jede andere, wenn es darum geht, das Wesentliche zu verbergen, die Macht.«

»Also?« meinte derselbe Priester, der Kritik gewohnt war.

»Also kann nur die Kraft Sie bremsen. Ich besaß zu lange die Naivität zu glauben, daß man Sie überzeugen könnte.«

Es herrschte eine Weile Schweigen. Man vergaß nahezu, daß sich dieser Saal, in dem die Kerzen funkelten, am Rande der Sandwüste, tief in Arabien befand. Mit einem Mal erinnerte sie Jean-Baptiste daran, und nun wurde ihnen deutlich, daß es ebenso ein Gefängnis sein konnte.

»Suchen Sie nicht mehr nach Murad«, sagte er boshaft. »Er ist abgereist, und zu dieser Stunde ist er, wie ich hoffe, sogar schon angekommen. Der Nayb von Massaua ist über Ihre Identität informiert. Sein Großvater wurde dadurch berühmt, daß er die Tonsuren Ihrer Vorgänger an den Herrscher von Äthiopien schickte, um ihm zu beweisen, daß er seine Grenzen gut bewachte. Der Enkel hat alle Tugenden seines Ahnen geerbt. Er ist kein Türke. Er gehorcht der ›Hohen Pforte‹ nur sehr begrenzt. Keine Intrige, keine Lüge, kein Flehen werden ihn erweichen, und wenn Sie die Gefahr eingehen, dieses Meer zu überqueren, so dürfen Sie nicht hoffen, jemals nach Abessinien zu kommen.«

Die sechs Jesuiten starrten voller Entsetzen auf diesen jungen, eleganten Mann in seinem feuerroten Spitzengewand, der sie erbarmungslos attackierte.

»Was sollen wir tun?« fragte Pater de Monehaut voller Würde.

»Nicht nach Kairo zurückkehren, wo man Sie sehr schlecht empfangen würde. Nicht versuchen, Abessinien auf dem Landweg zu erreichen, denn alle dortigen Fürsten wurden vor Ihnen gewarnt. Es gibt nur eine Lösung: Nehmen Sie ein Schiff und kehren Sie nach Suez zurück, dann ins Heilige Land, nach Frankreich, wohin Sie wollen. Es gibt genügend Länder, in denen Sie bereits zu Hause sind.«

Jean-Baptiste stand auf, sah sie alle an und sagte mit verlegener Miene, als würde er etwas bedauern:

»Ich habe Respekt für jeden einzelnen von Ihnen, glauben Sie mir. Wenn ich Sie hätte ausliefern wollen, wäre ich anders vorgegangen. Nein, im Gegenteil, ich rette Sie. Aber ich bleibe dem Wort treu, das ich einem König gegeben habe.«

Die sechs Jesuiten beugten sich dem Schicksal, und Poncet war betroffener als sie selbst. ›Das kommt daher, daß ich frei bin in meinem Handeln‹, dachte er. ›Und verantwortlich dafür. Sie haben keinen eigenen Willen, sie gehorchen ...‹

Er grüßte höflich und entfernte sich, aber ehe er an der Tür war, drehte er sich noch einmal um:

»Es wäre natürlich sinnlos, den Scharif von Mekka zu alarmieren. Bisher weiß er nicht, wer Sie sind, und wenn er es erfahren würde, würden Sie es sicher mehr als ich bereuen, entlarvt zu sein. Sie sollten sich jetzt ausruhen, es ist spät. Gute Nacht, meine Herren.«

Um fünf Uhr morgens trug die kleine Feluke, die Jean-Baptiste gemietet hatte, ihn bei völliger Windstille über die spiegelglatte Meeresoberfläche davon, in der sich das erste Morgenlicht spiegelte. Acht Ruderer teilten das Wasser und folgten Kassiopeia nach Nordosten.

In derselben Woche nahm ein Trupp türkischer Reiter, die der Pascha entsandt hatte, in Höhe des dritten Katarakts zwei Kapuziner fest. In der Satteltasche des einen entdeckte man ein Schreiben für den Abuna, das Oberhaupt der Kirche von Abessinien, und ein Ölfläschchen. Sie wurden nach Kairo gebracht und zum koptischen Patriarchen geführt, der das Schreiben bestätigte, aber in aller Form erklärte, weder das Öl noch das Kännchen wiederzuerkennen. Bruder Pasquale weigerte sich hartnäckig zu gestehen, wo das echte Öl versteckt war. Diese Widerspenstigkeit wurde vom Pascha in seinem Schreiben nach Konstantinopel besonders unterstrichen und führte zur Ausweisung von mehr als der Hälfte aller Kapuziner nach Italien. Die Abessinien-Mission dieses Ordens wurde nie durchgeführt.

Du Roule hatte nur eine Sorge: Disziplin in seine Truppe zu bringen. Er hatte sich derart wilde Burschen ausgewählt, die gierig nach Eroberungen und Reichtum drängten, daß er nun ständig ihren Eifer bremsen mußte. Diese Helden zeigten ihre Qualitäten am deutlichsten, wenn es darum ging, unschuldigen Mädchen nachzusteigen. Solange sie sich in den Ländern der Moslems bewegten, mußte er sie zurückhalten. In Abessinien würde es ganz anders werden. Sie malten sich gern aus, daß dort unten sie die Verfolgten sein würden, so viele Märchen hatten sie über die Sinnlichkeit der Frauen dieses Volkes gehört.

Gut vorbereitet, gut bewaffnet, gut versorgt erreichte die Karawane Dunqulah ohne jeden Zwischenfall. Der König dieser Stadt empfing sie mit allen nur möglichen Ehren.

Du Roule und Rumilhac hatten dennoch Mühe, während des Galadiners, das der Fürst zu ihren Ehren gab, nicht vor Lachen zu ersticken, so albern erschien ihnen dieser erbärmliche, schmutzstarrende Pomp.

»Es ist etwas Wunderbares, als Wilder oder Halbwilder zu leben«, sagte du Roule, »wenn es wenigstens ein paar Vorteile hätte: Freiheit, Natürlichkeit. Aber nein! Sie sind noch lüsterner auf Etikette als die alten Herzöge bei uns.«

Unter sich klagten sie sehr über Frisetti, den Dolmetscher, der tat, als würde er all das sehr ernst nehmen, und der ihnen ihr Verhalten übelnahm. Das war der Gipfel: Man mußte wahrlich bis zu den Negern kommen, damit ein Mann ohne Stand Edelleuten wie ihnen Benehmen lehren konnte.

Da sie in dieser Stadt nichts zum Handeln fanden, das sie interessierte, brachen sie zwei Tage später nach Senaar auf.

Die ersten beiden Oasen erreichten sie ohne Probleme. Bei der dritten kam Belac, der Karawanenführer, zu du Roule, um ihm seine Besorgnis mitzuteilen. Drei Kamelführer hatten erklärt, sie wollten nicht mehr weiterziehen. Man hatte sie nicht zur Vernunft bringen können. Die Menschen, die in dieser abgelegenen Oase lebten, zeigten ein unerklärliches Mißtrauen gegen diese Weißen, obwohl sie daran gewöhnt waren, solchen zu begegnen und sie nicht zu fürchten. Unglücklicherweise ging einer der Handlanger der Truppe, ein Bursche aus Dalmatien, in seinen Liebkosungen für ein rotznäsiges, barfüßiges Mädchen von zwölf Jahren etwas zu weit. Die Eingeborenen verteidigten ihre Ehre in einer Art, die stark übertrieben schien. Du Roule zog sich mit einer Kette aus venezianischen Glassplittern für das vermeintliche Opfer und einem Paar alter Schuhe für den Vater des Mädchens aus der Affäre. Dennoch schienen diese Wilden nicht zufrieden zu sein. Eine wahrhaft unangenehme Geschichte. Nach Ansicht Rumilhacs zeigte sie deutlich die Böswilligkeit dieses Stammes gegenüber den großzügigen Fremden.

Sie verließen diese Oase voller Hoffnung auf die nächste. Dort war es noch schlimmer, und so ging es bis Senaar weiter, wo ihr Einzug einen stummen, feindlichen Menschenauflauf hervorrief. Glücklicherweise entschädigte sie der König für die Ablehnung seines Volkes mit außerordentlichem Zuvorkommen. Er lud die Gäste gleich am ersten Abend zum Essen ein. Trotz ihrer Abneigung gegen die fetten und stark gewürzten Speisen aßen du Roule, Rumilhac und die beiden anderen vermeintlichen Würdenträger mit Genuß. Frisetti erklärte, er sei krank und blieb im Lager, um dessen Errichtung zu überwachen. Nach Gewohnheit der Franken, die nicht unbemerkt blieb, aber geduldet wurde, zogen die vier Gäste kleine Fläschchen aus ihren Taschen und würzten ihre Getränke. Als das Essen endete, waren sie völlig betrunken und bildeten sich ein, der König ahne nichts von der Ursache ihrer Fröhlichkeit, womit sie ihm größere Blindheit unterstellten, als er tatsächlich besaß. Der Herrscher hatte die Güte, sich nichts anmerken zu lassen, sogar als der frühere Gendarm sich hinreißen ließ, einem der Diener die Hände unter die Tunika zu stecken, wobei er ganz und gar vergaß, was diese kleiderartigen Gewänder in jener Gegend verhüllten. Dann kehrten sie zu ihrer Karawane zurück und fanden das Lager fertig aufgestellt nahe einem der Stadttore. Sie schliefen glücklich ein und träumten von Ehre und Reichtum.

Am nächsten Tag war die Feindlichkeit ihrer Umgebung noch deutlicher zu spüren. Zwei Männer wurden mit Steinen beworfen, als sie durch die Stadt gingen. Keines der Geschäfte, die sie auf dem Markt machen wollten, kam zustande, als brächte alles, was von ihnen kam, nur Unglück.

Du Roule beschloß, die einzigen, die sie mit ein wenig Aufmerksamkeit bedachten, also den König und seinen Hof, noch stärker für sich zu gewinnen. Neben den Geschenken, die er am Vorabend abgegeben hatte, ließ er wissen, daß es ihm eine Ehre wäre, die Königin und die vornehmsten Damen zu empfangen, um sie mit einer Attraktion zu unterhalten, die sie aus Europa mitgebracht hätten. Am folgenden Tag kamen zehn Damen des Hofes als Vorhut. Die Königin zog es vor, am ersten Tag nicht zu erscheinen.

Rumilhac erstickte fast vor Lachen beim Anblick dieser plumpen Nubierinnen, die in bunte Schleier gehüllt waren, ohne weiteres ihre Gesichter entblößten und wie Enten daherwatschelten.

»Sind die häßlich!« sagte er auf französisch zu du Roule, während er den Anwesenden zulächelte. »Kommen Sie herein, meine Damen. Da, sieh nur, das ist doch die Mätresse des Königs, Madame La Vallière.«

Er zeigte auf ein mächtiges Weib, das zwei kurze Zöpfe auf dem Kopf trug und humpelte.

»Und da, sieh an, ihre Vorgängerin bei Ihrer Majestät, unsere teure Françoise d'Aubigné. Kommen Sie, Madame la Marquise.«

Das war eine alte Frau mit sauertöpfischer Miene. Nach dem du Roule sie alle in dem großen Zelt verteilt hatte, das für Empfänge in der Mitte des Lagers aufgestellt worden war, enthüllte er seine Attraktion: die venezianischen Zerrspiegel.

Die Frauen standen mitten im Zelt, und die Spiegel nahmen die gesamten Zeltwände ein. Als die Männer die Stoffe entfernten, die sie bedeckt hatten, blieben die Frauen unbeweglich stehen, und man konnte glauben, sie würden ihr Abbild nicht sehen. Du Roule und Rumilhac führten eine Dame nach der anderen an die Sensation heran, während sie weiter auf französisch scherzten.

»Diese hier hat sich noch nie so mager gesehen. Sieh nur, meine Hübsche. Da drin siehst du aus wie ein Kamelcopard: alles Beine und oben drauf ein Ziegenkopf.«

»Kommt näher und seht euch eure Freundin an. Sie ist ganz ernst. Mehr breit als hoch, oh ja! Wie die Männer hier es lieben.«

Aber Frisetti, der Dolmetscher, der verstand, was die Damen murmelten, lachte nicht. Er hatte wohl bemerkt, daß sie fassungslos und voller Entsetzen auf ihr Abbild starrten. Sie sahen sich selbst, aber furchtbar entstellt, als hätte man sie in den Körper eines Dämons gesteckt. In diesen Gegenden, wo der Islam herrscht und die Zauberei für sich beansprucht, wird die Erscheinung zu ernst genommen, um nur eine Illusion zu sein. Was sich ihnen unter du Roules Kichern enthüllte, war ihr eigenes Schicksal, als hätte die Hölle für einen Moment ihre Tore geöffent, um ihnen die Ewigkeit der Qualen, zu denen sie verurteilt wären, zu präsentieren.

Der Aufschrei der ersten zog die anderen nach sich. Sie verließen alle das Zelt, hielten ihre Schleier fest, um besser rennen zu können, und eilten keuchend und verstört bis zum Palast hinauf, heulten durch die Straßenschluchten, wo die Mauern das Echo ihrer Schreie zurückwarfen.

Endlich begriff auch du Roule. Er gab Befehl, nach den Waffen zu greifen und sich aufzustellen. Nach zehn Minuten in lastendem Schweigen sahen sie von drei Seiten eine dichte Menschenmenge auf sich zukommen, deren Stampfen den Staub aufwirbelte. Jeder der Franken schoß eine Kugel ab und erledigte einen Mann, aber es kamen so viele hinterher, daß jede Hoffnung vergeblich war. In wenigen Minuten war die ganze Karawane in den Händen der Angreifer. Für die Nubier bringt es Unglück, einen Zauberer mit bloßen Händen zu töten. Deshalb dauerte der Todeskampf der Gefangenen etwas länger, als wenn man sie ganz einfach hätte erdrosseln können.

Die Reiter des Königs griffen erst ein, als alles vorbei war: Sie bemächtigten sich der Kamele sowie aller Lasten und brachten sie zum Herrscher. Dieser schrieb noch am selben Tag an den

Pascha. Er beklagte sich, daß den Reisenden schlimme Gerüchte, gewiß von den Kapuzinern verbreitet, vorausgeeilt seien. Obwohl er sie so anständig behandelt hatte, wie er konnte, hatte sich die Menge schließlich ihrer bemächtigt. Und was vermag ein König, fragte er demütig, wenn das Volk nach einem Mord verlangt?

Zehntes Kapitel

An der Gabelung der beiden Golfe erhob sich ein frischer Wind, der die Feluke von der Seite nahm, so daß sie die Segel hissen und gute Fahrt zum Sinai hin machen konnten. Im blaßblauen Aprilhimmel sah man die ockerbraunen Berggipfel. Jean-Baptiste spürte auf Gesicht und Händen den scharfen Geschmack des Meeres. Die Sonne trocknete die Gischtspritzer auf seiner Haut und hinterließ nur die Spuren von Salz.

Alles würde enden und neu beginnen. Die drei Missionen nach Abessinien waren verhindert. Alix erwartete ihn in einem Tal des Gebirges, das vor seinen Augen wuchs. Natürlich gab es noch genug Ungewißheiten, als daß sich Jean-Baptiste weiterhin, ohne nachzudenken, diesem Gedanken hingeben könnte. Aber im Grunde sah er keinen großen Überraschungen mehr entgegen. In diesem Frieden von Windböen und Wellen auf dem Meer, jener geheimnisvollen Fläche, die ein so genaues Abbild des Schicksals und des Platzes eines jeden Menschen wiedergibt, sah Jean-Baptiste gelassen, aber fasziniert, wie am Rand eines Abgrundes, der Stunde entgegen, da er endlich mit der Frau vereint sein würde, die er liebte.

Die arabischen Seeleute standen barfuß auf den vom Salz gebleichten Planken. Ihre Tuniken flatterten im Wind. Sie waren glücklich über die Wärme, zufrieden, ihr Schiff heil zurückzubringen. Sie betrachteten das Gebirge wie etwas Großes und doch Schlichtes, das über sie herrschte.

»Versuchen wir, wie sie zu sein«, sagte sich Jean-Baptiste. »Man darf nur das fühlen, was kommt, und sich nicht mit dem Geist gegen das Glück auflehnen.«

Am frühen Nachmittag erreichten sie At-Tur. Jean-Baptiste war wie ein Araber angezogen und trug seine europäischen Kleider in einem Stoffsack. Ihm war noch ein Rest vom Gold des Herzogs von Chartres geblieben, kaum zehn Zechinen. Davon kaufte er ein Maultier mit einem Sattel voller Löcher, aus denen graues Stroh quoll. Mit einem Stock in der einen Hand, um das faule Tier anzutreiben, und dem Zügel in der anderen, um ihm halbwegs die Richtung zu weisen, machte er sich auf ins Innere der Halbinsel.

An diesem Teil der Küste senkt sich der Sinai zu einer Ebene, über die man langsam in das Zentrum des Bergmassivs aufsteigt. Die Wüste ist da, sobald man die letzten Gärten der Hafenstadt hinter sich gelassen hat. Es ist keine Sandwüste, wo alles von Zersetzung betroffen scheint. Die Landschaft aus aufrecht stehenden nackten Steinen auf einem Felssockel gleicht im Gegenteil einem riesigen Ruinenfeld, ehern, unvergänglich, das jedes andere Leben als das ewige, erstarrte des Felsens vernichtet. Eine feine weiße Staubschicht, die der Wind aus den Tiefen des steinernen Arabien herangetragen hatte, bedeckt diese Kulisse. Sie verstärkt den Eindruck eines Palastes, der von den Dienern verlassen ist und in den die Zeit, da sie keine andere Zerstörung anrichten kann, den feinen Sand der himmlischen Wasseruhr rinnen läßt.

Jean-Baptiste traf zwei Stunden lang auf keine Menschenseele. Bald würde die Nacht hereinbrechen. Er mühte sich vergebens, sein Maultier anzutreiben. Dieses Tier kannte leider nur zwei Gangarten: den Stand oder diesen müden Schritt. Der Weg schraubte sich in steileren Serpentinen nach oben und führte an einem großen, dunklen Steilhang vorbei. Jean-Baptiste erreichte die Spitze, als der Himmel bereits die Farbe von Tinte angenommen hatte und den Felsen die schwärzliche Silhouette von Riesen verlieh. An der Mündung von zwei Hochtälern, welche die Gipfel des Sinai teilten, entdeckte er inmitten all des rohen Gesteins geformte Ziegel: Das war das rechteckige Massiv der Klostermauern.

Zwölf runde Türme erhoben sich aus den hohen grauen Mauern. Man konnte meinen, ein Ksar zu sehen, eine Wüstenfestung, wären da nicht die beiden Turmspitzen der Basilika gewesen, die man hervorragen sah. Das Maultier bereitete Jean-Baptiste wahre Folterqualen, denn er brauchte, so nah am Ziel, noch mehr als eine Stunde, um das Tier bis vor das riesige Tor in der Außenmauer zu führen. Die Mönche beschützten sich selbst: Zwei von ihnen, gebaut wie Kämpfer, mit einem breiten Gürtel um die Robe und einem Schwert an der Seite, hielten den Reiter an und gingen, um dem Abt seinen Namen mitzuteilen. Sie ließen ihn erst herein, als sie einen entsprechenden Befehl erhielten.

Im Innern seiner Mauern wirkte das Katharinenkloster wie eine Stadt. Die Basilika bildete das Zentrum, aber man hatte so viele Gebäude, Galerien, Terrassen und Kapellen darum herumgebaut, daß der von den Außenmauern begrenzte Raum angefüllt war mit Hauswänden, Gassen, Passagen, nebeneinandergesetzt, aufgetürmt, durcheinandergeraten wie in einer normalen Stadt des Orients. Ein sehr junger Mönch, blond wie ein Kreuzfahrer, führte Jean-Baptiste bis zur Residenz des Abtes. Er trug seinen Sack und riet ihm, das Maultier bei den Wachmönchen am Eingang zu lassen.

Das Katharinenkloster, im 6. Jahrhundert von Kaiser Justinian errichtet, war immer verschont worden, vielleicht durch seine Mauern, aber wohl eher durch die Nachbarschaft des Heiligen Gebirges, das in allen Nachfahren Moses' das Gewissen wachruft. Die orthodoxen Mönche, die in diesem Heiligtum lebten, waren formal dem Patriarchen von Jerusalem unterstellt. Tatsächlich waren sie – eher als das Instrument einer besonderen Religion – eine autonome Macht, die Hüter eines geheimnisvollen, schrecklichen Ortes. Die Flüchtlinge, denen das Kloster Schutz gewährte, waren in Sicherheit, woher sie auch stammen mochten und was immer ihr Verbrechen war. Manche hielten sich nur fur kurze Zeit auf, andere blieben für immer, vergrößerten die Gemeinschaft und konnten sogar hoffen, nach einer langen Zeit spiritueller Einkehr ihr Anführer zu werden.

In der Residenz des Abtes herrschte eine seltsame Atmosphäre, ganz anders, als Jean-Baptiste es bei seinem ersten Besuch erlebt hatte. Die Mönche sprachen mit leisen Stimmen, der Geruch von Kampfer und Myrrhe lag über den gepflasterten Fluren.

»Unser Abt ist sehr krank«, sagte der Prior zu Jean-Baptiste.

»Vor drei Wochen ist er während der Messe umgefallen. Er war ohne Bewußtsein. Inzwischen ist er zu sich gekommen, aber er kann nur mit Mühe sprechen. Er leidet nachts, man hört ihn jammern, zuweilen gar schreien. Ihr Partner hat ihm eine Medizin zubereitet, die ihn erleichtert und ihn beruhigt. Aber wir sind in großer Sorge.«

Jean-Baptiste bot an, den Abt zu untersuchen. Vorher mußte er aber die Frage stellen, die ihm auf den Lippen brannte.

»Wo sind denn meine Freunde, Maître Juremi und die beiden Damen?«

»Seien Sie beruhigt«, sagte der Prior, »sie sind vor zwei Wochen angekommen und erwarten Sie. Das einzige Hindernis, aber das ist nicht sehr schlimm, besteht darin, daß sie gestern, vielleicht aus Langeweile, denn hier gibt es nicht viel zu tun, beschlossen haben, sich von einer kleinen Kapelle aus den Sonnenaufgang anzusehen, die unsere Brüder etwas weiter oben in der Einsamkeit der Berge errichtet haben. Die Idee stammte von mir, jetzt tut es mir leid. Sie kommen morgen früh zurück.«

Jean-Baptiste war einen Moment enttäuscht, dann überlegte er, daß er eine Nacht ausruhen und sich umkleiden könne, um ihnen am nächsten Morgen, an Körper und Geist erfrischt, entgegenzugehen.

Der Prior führte ihn in das Zimmer des Abtes. Es war ein großes Zimmer mit einem hohen Fenster, hinter dem ein mit Lorbeer und Fuchsien bepflanzter Balkon lag. Ein Wandteppich an einer der Mauern zeigte den Turm von Babel. Der Abt war ein ehemaliger Baumeister und hatte lange in Damaskus gelebt. Nach dem plötzlichen Tod seiner Frau und seiner beiden Söhne hatte er die Stadt verlassen, war umhergeirrt und hatte schließlich den Weg zum Sinai gefunden. Seitdem hatte er Sankt Katharina nicht verlassen und war nach kaum zehn Jahren der Vorsteher geworden. Bei seinem ersten Besuch hatte Jean-Baptiste ihn noch mit Kompaß, Anlegewinkel und Lineal hantieren sehen, denn er wollte selbst die Pläne für alle Vergrößerungen des Klosters zeichnen. Auf einem Tisch in der Ecke seines Zimmers waren große Rollen gestapelt – gewiß das noch zu vollendende Werk.

Der arme Mann war nicht wiederzuerkennen, eingefallen, mager und wächsern, der Mund schief.

»Ich bin sehr glücklich, Sie vor meinem Ende noch zu sehen«, flüsterte er mühsam.

Jean-Baptiste drückte die knochige Hand und konnte nichts sagen, so tief war er gerührt. Der Greis schlummerte ein. Der Arzt ging hinaus, um dem Prior seine Meinung darzulegen. Er sagte, man könne höchstens hoffen, den Schmerz zu vertreiben, nicht aber den Tod.

»Das Außergewöhnliche ist, daß er weder das eine noch das andere fürchtet«, sagte der Prior. »Wir sind weit stärker betroffen.«

»Ich glaube, binnen zwei Tagen … «

Der Prior bekreuzigte sich, verbarg seine Tränen und führte Jean-Baptiste zu den Zimmern, die für ihn reserviert waren.

Um sieben Uhr morgens trafen Françoise und Maître Juremi Jean-Baptiste, als sie zu Fuß von der Kapelle zurückkehrten, wo sie den Sonnenaufgang bewundert hatten. Sie umarmten ihn gerührt, fragten ihn nach seiner Reise, seiner Ankunft. Er aber erkundigte sich besorgt nach Alix.

»Sie ist ein Stück zurückgeblieben«, sagte Françoise. »So ist ihre Stimmung im Moment, sie will allein sein. Sie finden sie wenig weiter auf dem großen Plateau gegenüber der Kapelle.«

Jean-Baptiste entschuldigte sich und verließ die beiden. Er ging auf dem Weg weiter. Die Hitze war schon stark; er zog die Jacke aus und trug sie über der Schulter. Die kleine Kapelle tauchte erst im letzten Moment hinter eine Wegkurve auf. Es war eine schlichte Steinhütte, mit unregelmäßigen Platten bedeckt. Die Mönche hatten nicht einmal ein Kreuz aufgestellt, aus Rücksicht auf die verschiedenen Religionen all jener, die sich der Schönheit dieses Ortes hingeben mochten. Eine Art kleiner Vorplatz breitete sich zwischen dem Gebäude und einem Felsvorsprung aus, auf dem sich wie Statuen einzelne Steine erhoben. Von diesem Hügel aus konnte man den Sonnenaufgang beobachten. Der Blick ging an drei Seiten in die Tiefe. Jean-Baptiste erkannte Alix inmitten dieser Figuren. Eigentlich erahnte er sie eher, und sie, als sie ihn erblickte, hatte dieselbe Intuition und sprang auf. Er rannte auf sie zu, wurde zehn Schritte vor ihr langsamer und legte die letzten Meter wie in Zeitlupe zurück. Wie sehr sie sich verändert hatte! Ihr Gesicht, ihr Körper waren gereift, und die Schönheit strahlte deshalb nur noch stärker. Sie trug ihre Reiterkleidung, war befreit vom Zwang der Kleider und Korsetts, ihr Haar hing frei herab. ›All das‹, sagte er sich, ›ist nichts im Vergleich zu ihrer majestätischen, unbeugsamen Ausstrahlung.‹ Und auch er, dessen Bild in ihr durch die Abwesenheit gereinigt war, gewann wieder die Kraft der Züge, den Glanz der Augen, die Mischung von Anmut und Kraft in der kleinsten Bewegung.

Nun waren alle Hindernisse beseitigt. Zwischen ihnen lag nichts mehr als jene zehn Schritte auf steinigem Boden. Der Standesunterschied, der Wille eines Vaters, die Gleichgültigkeit eines Königs und die Bosheit vieler Menschen behinderten ihren Weg nicht stärker als die kleinen Lavakiesel, die unter ihren Füßen wegrollten.

Als sie einander berühren konnten, sahen sie sich noch immer sehr ernst an. Letztendlich hatten sie bis jetzt nichts anderes vollbracht, als eine wahre, eine aufmerksame erste Begegnung möglich zu machen. Es war nicht mehr die Komödie der gesenkten Augen oder heimlichen Blicke. Sie waren frei und mußten einander erst einmal ansehen, ohne Scham, bis auf den Grund ihrer Seelen, so wie sie geworden waren, mehr sie selbst als je zuvor.

Alix hob sanft die Hand und führte sie an Jean-Baptistes Lippen. Er hauchte einen Kuß auf ihre Fingerspitzen. Sie waren frei und mußten ihr Begehren nicht mehr verbergen, noch es durch die Hast vermindern, so schnell wie möglich viele Zärtlichkeiten auszutauschen.

Der Himmel war voll von dicken weißen Wolken, wattig und heiter. Jean-Baptiste ließ seine Jacke auf einen Felsen fallen und umarmte Alix. Sie waren frei und brauchten ihrem Verlangen nichts mehr zu verweigern, wenn es nur übereinstimmte, und es ist wenig, wollte man sagen, daß sie ihre Sehnsucht teilten. Sie umarmten sich, ihre Münder verschmolzen, sie liebkosten einander, und es gibt nichts darüber zu sagen, was sich all jene nicht vorstellen könnten, die wenigstens für einen Augenblick ihres Lebens vollkommen glücklich waren.

Sie blieben den ganzen Vormittag auf dem Berg, liefen eng umschlungen herum, blieben stehen, um die beim Gehen unterbrochenen Zärtlichkeiten wieder aufzunehmen. Die riesigen Basaltplatten lagen übereinander, wie die Seiten eines riesigen Buches. Die weiter entfernten Felsen zeigten sich dem Auge in verschiedenen Ebenen und mit unterschiedlichen Schichtungen von blau bis hin zu dem fernen violetten Streifen, dem Roten Meer. Kein Ort macht einen wilderen Eindruck als diese Berge des Sinai: Sie scheinen direkt aus dem Lavagedärm der Erde gekommen zu sein und versinken in einem gewittrigen Himmel, der von Wasser verschleiert ist und von Windstößen gepeitscht wird. Die beiden Liebenden liefen durch den warmen Wind, der ihre Haare flattern ließ und sie miteinander verflocht.

»Ein verzauberter Ort!« sagte Jean-Baptiste, »Kann man nicht jeden Moment glauben, ein Gott würde zwischen den Wolken auftauchen?«

»Und was würdest du tun, wenn er da, vor uns, herabsteigen würde?« fragte Alix lachend.

»Nun, ich würde ihn auffordern, sich zu setzen, beispielsweise auf diesen Stein, weil ich annehme, er hat ein hohes Alter und ist sehr müde.«

»Und dann?« sagte Alix und schob eine Locke aus der Stirn des Geliebten.

»Dann würde ich ihn bitten, uns zu segnen. Und wir würden über sein Leben sprechen und über unseres.«

»Wenn er dir seine Gebote geben würde?«

»Würde ich ihm sagen, daß sie schon in das Herz eines jeden Geschöpfes geschrieben sind und daß er sie nicht einzelnen Menschen anvertrauen darf, weil er damit Priester, Könige, Väter und Unglück schaffen könnte.«

»Du wärest ziemlich unverschämt, und er könnte seine Blitze auf dich schleudern.«

»Warum denn?« fragte Jean-Baptiste ernst. »Wenn es einen Gott gibt, liebt er die glücklichen Menschen.«

So vergingen diese Stunden vollkommenen Glücks unter heiterem Geplauder und langen Liebkosungen.

Als sie sich auf den Weg zum Kloster machten, erzählten sie einander die Erlebnisse während ihrer vergangenen Trennungen, ein Thema, das noch lange nicht erschöpft sein würde. Alix mußte ihm enthüllen, daß sie sich einem anderen Mann hingegeben hatte, denn dieses Geheimnis lastete auf ihr. Sie sagte ihm, wer und in aller Kürze warum.

»Liebst du ihn?« fragte Jean-Baptiste.

»Ich habe nur an dich gedacht und niemals einen Moment aufgehört, dich zu lieben.«

»Was bedeutet es dann! Ich bin nicht dein Herr und in einer Beziehung wie der unseren gibt es keine Bedingungen.«

Innerlich lächelte Jean-Baptiste bei dem Gedanken daran, daß er, ohne es geplant oder gewünscht zu haben, bereits gerächt war.

Im Kloster aßen sie in Gesellschaft von Françoise und Maître Juremi. Der Protestant genoß sein Glück in bester Laune. Er hatte seine Redseligkeit und sein Lächeln wiedergefunden. Die große Frage lautete: wohin nun? Obwohl die Heilige Katharina sie schützte, befanden sie sich noch immer im Land des Großtürken, wo man sie gewiß suchte.

»Françoise und ich gehen nach Frankreich«, sagte Maître Juremi.

»Frankreich! Aber du bist Protestant, hast du das vergessen?«

»Wenn ich es vergesse, werden sie mich daran erinnern«, antwortete Maître Juremi lachend. »Im Ernst: Was ist besser? Weiter als Paria im Orient zu leben oder es in der eigenen Heimat zu sein? Wir haben ein Alter erreicht, wo das Herumirren schlimmer ist als alles andere. Also werden wir uns mit dem Empfang abfinden, den man uns bereitet.«

Ihr Entschluß war gefaßt, es bestand keine Aussicht, sie davon abzubringen. Sie würden einen Monat im Kloster bleiben, bis die Entführung in Konstantinopel vergessen wäre, wo Monsieur de Maillet gewiß für ihre Verbreitung gesorgt hatte. Dann würden sie nach Palästina reisen und in El-Arisch das Schiff nach Zypern, Griechenland, Venedig und schließlich nach Frankreich nehmen.

Wenn man die beiden ansah – kraftvoll, gelassen, von tiefer Erfahrung gestärkt und in so großer Zuneigung verbunden –, schien es, als müsse sich alles ihrem gemeinsamen Willen unterwerfen.

Alix hatte viel von Abessinien geträumt. Jean-Baptiste erzählte ihr stundenlang davon und steigerte ihre Neugier. Sie überlegten eine Zeitlang, dorthin zu ziehen. Aber noch während ihres Aufenthaltes im Kloster erhielten sie durch Seeleute aus At-Tur einen Brief von Murad, der nach Massaua gelangt war. Er hatte seinen Auftrag ausgeführt und sandten ihnen Neuigkeiten über Äthiopien. Der Herrscher Yasu war einige Monate zuvor gestorben, zweifellos an der Krankheit, die Jean-Baptiste erkannt hatte. Sein Sohn, der unter dem Einfluß der Priester erzogen war, stand allen Ausländern voller Ablehnung gegenüber, so daß selbst Murad darauf verzichtete, ihm von seiner Mission zu berichten, und lieber nach Aleppo oder Jerusalem gehen wollte, wo er als Koch mit seinem Aufenthalt bei den Franken in Kairo prahlen könnte.

Diese Neuigkeit brachte Jean-Baptiste davon ab, eine Reise zu wagen, die nicht zuletzt der Freundschaft für den Herrscher galt, der sie geschützt hätte. Man konnte nicht einerseits leidenschaftlich dagegen ankämpfen, daß Fremde ein Land störten, und sich dann beklagen, daß es seiner eigenen Geschichte folgte, in der das Abendland keinen Anteil und die Europäer keinen Platz hatten.

Sie beschlossen also, nach Norden zu reiten, Françoise und Maître Juremi bis Saint-Jean-d'Acre zu begleiten und dann ihrer Eingebung zu folgen.

Der Abt starb nach einer Woche größter Schwäche. Er wurde voller Anteilnahme begraben. Ein von den Mönchen gewählter Nachfolger trat an seine Stelle. Alix und Jean-Baptiste gewöhnten sich an, große Spaziergänge zu machen, in den Bergen ebenso wie in dem dunklen Gewirr der Gäßchen des Klosters, das ihnen bald vertraut wurde. Wenn der Abend hereinbrach, war ihr Lieblingsort ein kleiner Hof an der Apsis der Basilika. In diesem wunderbar leeren Raum wuchs ein Strauch ohne Anmut, der keinerlei Pflege genoß. Dennoch war er der Daseinsgrund des Klosters, der heilige Mittelpunkt, um den sich alles bewegte. Obwohl es nicht die gleiche Art wie die Pflanze war, vor der sie einander begegnet waren und die Jean-Baptiste in El Vah wiedergesehen hatte – das hatte sie ein wenig enttäuscht –, handelte es sich, wie man ihnen sagte, um den wahrhaftig brennenden Busch, den Moses gesehen hatte.

Epilog

Seit Jean-Baptiste ihm von seiner Begegnung mit den protestantischen Partisanen in den Wäldern berichtet hatte, träumte Maître Juremi nur noch davon, sich ihnen anzuschließen. Françoise empfand zu große Liebe, um diesen Wunsch nicht zu teilen. Sobald sie in Frankreich angekommen waren, mietete sie von ihren Ersparnissen eine kleine Herberge. Sie war Katholikin, und niemand hatte etwas dagegen einzuwenden. Tagsüber servierte man den Reisenden, Bauern, Soldaten ihre Getränke. Nachts kam Maître Juremi mit seinen Kampfgefährten, denen er sich in den Bergen angeschlossen hatte. Weniger als sechs Monate später entfachten die Rebellen einen wahren Bürgerkrieg in der Region. Man mußte eine ganze Armee entsenden, die von Marschall de Villars geführt wurde, um diese Banditen zur Strecke zu bringen, die unter dem Namen »Camisards« in die Geschichte eingehen sollten. Maître Juremi, der sich Ravenel nannte, war einer ihrer Anführer. Nach der Niederschlagung des Aufstandes gelang ihm die Flucht, und Françoise folgte ihm gewiß. Hier verlieren sich ihre Spuren, aber man darf annehmen, daß sie in England Zuflucht fanden.

Jean-Baptiste verdiente mit der Behandlung der Vornehmen des Landes in Sain-Jean-d'Acre genug Geld, um nach Syrien weiterzuziehen. Alix und er ritten bis Palmyra, durchquerten die Wüste und erreichten die Sümpfe des Euphrat. Sie überschritten die Grenzen Persiens, wo sie in Sicherheit waren. Sie reisten durch das Land, und es gefiel ihnen. In Isfahan nahm Jean-Baptiste seine Arbeit wieder auf. Er hatte riesigen Erfolg. Die Händler der Stadt, ob Ausländer oder Perser, die Diplomaten, das einfache Volk und sogar die fanatischsten Imams ließen sich von ihm behandeln. Er erhielt soviel Gold, daß er bald ein großes Haus nahe der Blauen Moschee kaufen konnte. Das Klima war ideal, um alle möglichen Pflanzen zu züchten. In seinem Heilkräutergarten pflanzte er die Samenkörner ein, die er während seiner Reisen in der Tasche mitgenommen hatte. Alix züchtete Rosen. Sie wollten nicht mehr fort.

Nach dem Tod Ludwig XIV. erfuhren sie mit großer Verspätung von der Regentschaft des Herzogs von Orléans, den Jean-Baptiste um ein Haar kennengelernt hatte, als er noch Herzog von Chartres war. Er schrieb ihm. Der Regent antwortete eigenhändig und äußerte das lebhafte Verlangen, sie in Paris zu empfangen. Jean-Baptiste beriet sich lange mit Alix. Schließlich entschieden sie, ihre sanften Berge und ihre Rosen nicht zu verlassen.

Nach dem Tod du Roules, der für großes Aufsehen gesorgt hatte, dem erbärmlichen Scheitern der Jesuiten und der Ausweisung der Kapuziner blieb Abessinien für fast anderthalb Jahrhunderte von jedem ausländischen Besuch verschont – wenn man von einigen seltenen und friedlichen Reisen englischer Geographen absieht. Erst in der zweiten Hälfte des 19. Jahrhunderts zog die Grabung des Suez-Kanals wieder die kolonialen Gelüste auf das Rote Meer, und Abessinien sah all jene zurückkehren, vor denen Poncet es bewahrt hatte. Vielleicht fand es eben deshalb die Kraft, ihnen zu widerstehen, weil das Land den Glauben seines Ursprungs, seine Souveränität und seine Sitten bewahrt hat.

In den Chroniken des italienischen Eritrea findet man am Beginn des 20. Jahrhunderts den Namen eines Poncet, Apotheker in Asmara. Vielleicht ist es ein Nachkomme der vier Kinder von Alix und Jean-Baptiste. Nichts spricht dagegen, aber es gibt auch keinen Beweis dafür, denn von glücklichen Menschen weiß man nicht viel. Sie leben, das ist alles, und das Glück ersetzt für sie die Geschichte.